北京新跨越

百名记者讲述新时代北京故事

中共北京市委宣传部 组织编写

北京日报出版社
北京人民出版社

图书在版编目（CIP）数据

北京新跨越：百名记者讲述新时代北京故事 / 中共北京市委宣传部组织编写. — 北京：北京日报出版社：北京人民出版社, 2023.12
 ISBN 978-7-5477-4755-1

Ⅰ. ①北… Ⅱ. ①中… Ⅲ. ①新闻报道—作品集—中国—当代 Ⅳ. ①I253

中国国家版本馆CIP数据核字（2023）第235528号

北京新跨越　　百名记者讲述新时代北京故事

出版发行：	北京日报出版社
	北京人民出版社
地　　址：	北京市东城区东单三条8-16号东方广场东配楼四层
邮　　编：	100005
电　　话：	发行部：（010）65255876
	总编室：（010）65252135
印　　刷：	北京华联印刷有限公司
经　　销：	各地新华书店
版　　次：	2023年12月第1版
	2023年12月第1次印刷
开　　本：	787毫米×1092毫米　1/16
印　　张：	40.5
字　　数：	580千字
定　　价：	128.00元（全两册）

版权所有，侵权必究，未经许可，不得转载

编委会

主　任：莫高义　北京市委常委、宣传部部长

副主任：赵卫东　北京市委宣传部分管日常工作的副部长

　　　　余俊生　北京市委副秘书长，宣传部副部长，市政府新闻办
　　　　　　　　主任，北京广播电视台党组书记、台长

委　员：赵靖云　北京日报社社长、社务委员会主任委员

　　　　伍义林　北京日报社总编辑、副社长、
　　　　　　　　社务委员会副主任委员

　　　　徐　滔　北京广播电视台党组副书记、总编辑

　　　　刘军胜　新京报社党委书记、社长

　　　　张爱军　北京出版集团党委书记、董事长

　　　　李　海　新京报社党委副书记、总编辑

　　　　李学梅　北京日报社副总编辑、社务委员会委员

　　　　田科武　北京日报社副总编辑、北京青年报社总编辑、
　　　　　　　　社务委员会委员

　　　　边　建　北京广播电视台党组成员、副总编辑

　　　　李秀磊　北京广播电视台党组成员、副总编辑

　　　　郭　强　新京报社党委委员、副社长

序　言
记录时代进步　见证思想伟力

历史的如椽巨笔，常常在重要节点上，留下浓墨重彩的篇章。

党的十八大以来，是北京发展史上具有里程碑意义的重要时期。习近平总书记多次视察北京、对北京发表重要讲话，深刻回答了"建设一个什么样的首都，怎样建设首都"这一重大时代课题，为做好新时代首都工作指明了前进方向。

沿着习近平总书记指引的方向，北京这座伟大城市深刻转型，实现了从北京发展转向首都发展，从单一城市发展转向京津冀协同发展，从聚集资源求增长转向疏解非首都功能谋发展，从城市管理转向超大城市治理，开启了首都全面建设社会主义现代化新航程。

春华秋实，勤耕不辍，首都北京发生了新的历史性变化，取得了新的历史性成就：协同发展，释放"1+1+1＞3"的澎湃动能；矢志创新，助力高水平科技自立自强；文脉赓续，彰显"首都风范、古都风韵、时代风貌"；大城精治，践行"以人民为中心"的发展思想；生态优先，实现人与自然和谐共生的现代化；精神文明，提升城市的软实力和竞争力。

走过十年奋斗历程，我们更加深切体会到，首都工作每前进一步、京华大地的发展变化，都凝结着习近平总书记的亲切关怀和殷殷教诲。我们所做的全部工作，归结起来就是推动习近平新时代中国特色社会主义思想在京华大地落地生根、开花结果，形成生动实践。只要有习近平总书记掌舵领航，有习近平新时代中国特色社会主义思想的科学指引，我们就有无穷的信心、无尽的力量，就能无往而不胜。

知所从来，方明所往。讲好新时代首都发展成就故事，总结好、宣传好经验做法和启示意义，是宣传思想文化战线的光荣职责。2023年3月至6月，首都各大主流媒体各展其长，紧密配合，统筹线上和线下、报道和评论、文图和视频，全景式展现了习近平新时代中国特色社会主义思想在京华大地形成的生动实践。整组主题报道坚持讲好故事，把宏大叙事和百姓故事相结合、重大主题与百姓话题相结合，把新时代首都发展变化过程讲全面讲深入；坚持讲透经验，深入采访管理者、亲历者、参与者，阐明思路、解读政策、分析做法，把故事背后的办法经验讲明白讲透彻；坚持讲清道理，结合具体案例寓理于事、寓情于理，水到渠成、画龙点睛式地揭示道理，把首都实践的启示意义讲清楚讲深刻。整组报道创新叙事方式，贴近生动实践，阐释真理力量，持续形成强大舆论声势。

《北京新跨越——百名记者讲述新时代北京故事》一书，基于"新时代首都发展巡礼"重大主题宣传报道，对于京津冀协同发展、科技创新、历史文化保护利用、超大城市治理、生态治理和精神文明建设6个专题进行整理，旨在发挥主题宣传长尾效应，提供给各级党员干部，用于主题教育学习、理论中心组学习和日常学习。利用好这一"工具书"，将其中内容与习近平总书记系列重要讲话紧密结合起来，一体学习、一体领会、融会贯通，广大干部群众将更加深刻了解新时代首都发展成就，更加深入把握推动高质量发展的成功经验，更加深刻领悟"两个确立"的决定性意义，更好凝聚奋进新征程的磅礴力量。

结合"新时代首都发展巡礼"主题宣传这一成功实践,我们收获了深刻启示:

高举思想旗帜、立足生动实践是做好重大主题宣传的源头活水。我们要深入学习贯彻习近平新时代中国特色社会主义思想和党的二十大精神,深刻领会习近平总书记对北京工作的重要指示精神,在首都广大干部群众的火热实践中找准宣传报道的着眼点,提升主题宣传的吸引力、感染力和影响力。

顺应时代之变、坚持守正创新是做好重大主题宣传的关键一招。守正就是要坚守宣传思想工作的指导思想和方针不动摇,创新就是要打破主题宣传的模式、套路,着眼宣传效果,在理念、内容、手段、机制等方面全面突破。

深化媒体融合、走好群众路线是做好重大主题宣传的重要法宝。用活传播手段、用足传播载体、把握传播节奏,在"内容创新、表达创新、传播创新、协同创新"方面重点发力,这既能增强主流媒体的引领力、整合力、传播力,也将助力构建更高质量的全媒体传播体系。

锤炼"四力"本领、扎根一线采访是做好重大主题宣传的长久之功。重大主题宣传的质量效果根本上取决于一篇篇稿件作品的质量水平,背后反映的是新闻工作者的能力素养、工作作风。不断增强"四力",打造过硬的宣传思想工作队伍,才能在迅速变化的时代中赢得主动。

新思想引领新时代,新征程呼唤新作为。让我们更加紧密地团结在以习近平同志为核心的党中央周围,锚定建设贯彻落实习近平文化思想的首善之区,不断开创新时代首都宣传思想文化工作新局面!

目　录

第一章　抓住"牛鼻子"　协同京津冀 1

第一节　疏解整治促提升 5
一、一场从"山"到"海"的跨越 5
二、这座新"村"不一般 11
三、一份文件的跨省之旅 18
四、三地建起健康新通道 23

第二节　"一核"辐射　"两翼"齐飞 31
一、五河交汇处见证副中心崛起 31
二、卫星图里的巨变 37
三、家门口有了"北京名校" 43
四、雄安容天下　京津冀未来 50
五、"朋友圈"扩大　都市圈加速跑 57

第三节　1+1+1如何大于3 64
一、"一小时交通圈"越画越大 64
二、借"冬风" 71
三、一项高科技专利的协同之路 77
四、"一盘棋"保护传承利用，千年运河重现昔日风采 83
五、让当地患者就近享受北京医疗服务 90
六、每一天，都是青春飞扬的日子 95
七、长城国家文化公园成了新地标 102

第二章　创新之都　活力之城 ... 111

第一节　从0到1　领跑前沿 ... 115
一、追逐原始创新之"光" ... 115
二、屡创世界纪录的奥秘 ... 123
三、科学家"创业天团" ... 129
四、攥指成拳攻坚医疗机器人 ... 139

第二节　创新赋能　产业升级 ... 147
一、AI少年闯关硬科技 ... 147
二、科研成果飞出象牙塔 ... 155
三、无人车加速出海 ... 163
四、"北京码农"14秒飞跃 ... 172

第三节　科创高地　辐射全球 ... 182
一、电子一条街升级创新一条街 ... 182
二、新老创客逐梦独角兽之城 ... 192
三、潮白河两岸创新"候鸟"聚集 ... 199
四、从中国硅谷到世界的中关村 ... 208

第三章　擦亮古都历史文化金名片 ... 217

第一节　京畿红迹　熠熠生辉 ... 221
一、重温"进京赶考"路 ... 221
二、清华园车站：老车站的新使命 ... 228
三、香山革命纪念地：红叶之外，更有红色历史 ... 233
四、草原火种，从蒙藏学校走向斗争前沿 ... 239
五、植槐栽藤，都要从诗人的词句里找线索 ... 246

第二节　三大文化带　缀珠成链 ... 252
一、千年号子　再响百里运河 ... 252

目录

　　二、七百岁窑火　重燃永定河畔 259

　　三、"活态"长城　重现千年烟火气 266

第三节　百年会馆　重开大戏 274

　　一、融同乡"情"，聚百行"艺" 274

　　二、三大计划"唤醒"会馆 280

　　三、会馆文化复归，助力经济发展 285

　　四、地方戏曲北京续缘，演出资源汇聚戏楼 289

第四节　历史坐标　古都脊梁 293

　　一、妙应白塔：穿越千年的风铃声依旧悠扬 293

　　二、万寿寺百年大修，"京西小故宫"重获新生 299

　　三、古建+书店，最绝妙的组合 304

　　四、中轴线保护的"北京经验" 309

　　五、用数字"复刻"北京中轴线 315

第一章
抓住"牛鼻子" 协同京津冀

京津冀协同发展意义重大,对这个问题的认识要上升到国家战略层面。

要坚持优势互补、互利共赢、扎实推进,加快走出一条科学持续的协同发展路子来。

——2014年2月26日,习近平总书记在听取京津冀协同发展专题汇报时的重要讲话

"以更加奋发有为的精神状态推进各项工作，推动京津冀协同发展不断迈上新台阶，努力使京津冀成为中国式现代化建设的先行区、示范区。"2023年5月11日至12日，习近平总书记在河北考察，并主持召开深入推进京津冀协同发展座谈会，系统总结了近十年来京津冀协同发展取得的新的显著成效，深入分析当前面临的形势，明确工作总体要求，部署下一阶段重点任务，为新时代深入推进京津冀协同发展提供了科学纲领和行动指南。

京津冀，是我国经济最具活力、开放程度最高、创新能力最强的地区之一。推动京津冀协同发展，是以习近平同志为核心的党中央在新的时代条件下作出的重大决策部署，是促进区域协调发展、形成新增长极的重大国家战略。近十年来，习近平总书记主持召开三场座谈会，先后多次在京津冀地区考察调研，为三地协同发展领航指路、把脉定向。时光为证，三地携手发力，重点区域协同发展蹄疾步稳，交通、环境、产业、公共服务等重点领域建设不断取得新突破。2022年，三地经济总量突破10万亿元。实践证明，党中央关于京津冀等重大区域发展战略是符合我国新时代高质量发展需要的，是推进中国式现代化建设的有效途径。

"建设一个什么样的首都，怎样建设首都"，2014年的早春，

第一章 抓住"牛鼻子" 协同京津冀

带着这一建设首都的时代之问,习近平总书记视察北京并发表重要讲话,明确了北京在新形势新时期的战略定位,提出了建设国际一流和谐宜居之都的奋斗目标,发出了推动京津冀协同发展的"总动员令"。知之愈明,行之愈笃。沿着习近平总书记指引的方向,北京牢牢抓住疏解非首都功能这个"牛鼻子",率先探索以减量发展推进高质量发展,坚定不移从北京发展转向首都发展,从单一城市发展转向京津冀协同发展,从聚集资源求增长转向疏解非首都功能谋发展,从城市管理转向超大城市治理。腾笼换鸟、转型升级,北京全面落实"四个中心"城市战略定位,首都功能不断提升,全面建设社会主义现代化新航程已然开启。

"建设北京城市副中心和雄安新区两个新城,形成北京新的'两翼'。这是我们城市发展的一种新选择。"遵循"一核"辐射、"两翼"齐飞的战略擘画,北京自觉把首都发展融入国家战略大局,坚持高水平规划建设北京城市副中心,副中心城市框架逐步拉开,科技创新、行政办公、商务服务等主导功能持续增强,首都北京"以副辅主、主副共兴"的格局正在形成。同时,北京把支持雄安新区建设作为分内之事,努力做到有求必应、毫不含糊,积极参与生态治理、助推基础建设,引导创新资源前往布局安家。目前,雄安新区已进入大规模建设与承接北京非首都功能疏解并重阶段,城市副中心也进入推动城市框架和主体功能基本成型的关键时期。区域发展一体共进稳健前行,"两翼"齐飞生动格局日渐明晰,为京津冀协同发展撑开更大的想象空间。

协同发展的不凡进程,彰显着"国之大者"的非凡重量。于首都而言,社会精细化治理全面提速,污染防治攻坚战取得重大进展,"七有""五性"民生实事落得更细更实,城市宜居水平实现新跃升。于三地而言,"虹吸效应"弱化,"辐射带动"显著,区域发展不平衡不充分的问题在协同共进中改善,借助于交通、产业、医疗、教育、政务等多领域对接,优质资源不再遥远,更多群众看见了变化、感受到了实惠。民有所呼、我有所应。宏伟篇章的最终落点,是民众触手可及的温热。协同发展一路走来,"人民"作为主题词,始终重若千钧。

大道如砥,行者无疆。京津冀协同发展的国家战略,正在宏阔时空中稳健推进。新时代的奋斗者,正在新征程上笃行不息,以"功成不必在我"的胸怀,以"功成必定有我"的担当,把宏伟蓝图变成生动图景,广袤的幽燕大地,掀开新的发展篇章。

第一节 疏解整治促提升

党的十八大以来,习近平总书记深刻阐述了"建设一个什么样的首都,怎样建设首都"这一重大时代课题,为做好新时代首都工作指明了前进方向,提供了破解各方面难题的金钥匙。

腾笼换鸟、转型升级,疏解北京非首都功能、中关村向外输出科技"金种子"、"跨省通办"利企利民……疏解功能谋发展,减量提质迎新生。从北京发展转向首都发展,从单一城市发展转向京津冀协同发展,从聚集资源求增长转向疏解非首都功能谋发展,从城市管理转向超大城市治理……北京全面落实"四个中心"城市战略定位,首都功能不断提升,全面建设社会主义现代化新航程已然开启。

一、一场从"山"到"海"的跨越

十余载栉风沐雨,山海做证。

从西山南麓,到渤海之滨,率先疏解北京非首都功能的首钢完成了史无前例的搬迁调整,实现了一场从"山"到"海"的跨越。

曹妃甸昔日的荒凉滩涂上,一座钢铁"梦工厂"迅速崛起。转型升级后的首钢京唐公司点燃创新炉火,锻造"首屈一指的钢",成为拉动区域经济发展的新引擎。

海上新首钢,为北京疏解非首都功能立下标杆,更为京津冀协同发展写下生动注脚。

搬迁升级迎来海阔天空

5月初的一个周末，首钢京唐公司炼钢工郭佳宁坐上从北京市石景山区到唐山市曹妃甸的班车。从石景山区到曹妃甸，路程全长220公里，班车要开4个小时。12年来，作为首钢"双城大军"的一员，郭佳宁每周都在这条线路上往返，早已习惯了这样的"双城"生活。

2001年，郭佳宁从首钢技校毕业进入首钢第二炼钢厂，在炉下工岗位练就肉眼看炭花、看钢样儿的本领，成了班组里的"多面手"，很快越过巡检工和摇炉工的岗位，破格成为一名炼钢操作工。

那时的首钢老厂，生产工艺与现在比堪称"原始"——工人们需要顶着扑面的热浪，端起测温枪和取样勺伸进炉口测温取样，哪怕炼钢工练就了"火眼金睛"，判断失误的情况还是时有发生。

而在钢厂之外，企业发展和首都环境、产业结构的矛盾越来越突出。也就是在郭佳宁进厂的2001年，首钢迎来重大转折：北京申奥成功，绿色北京的发展要求让首钢搬迁势在必行。

2005年，国务院批复同意《首钢实施搬迁、结构调整和环境治理方案》，拉开了中国钢铁史上最大规模迁移的序幕。

为了开辟新的发展空间，首钢将目光投向了有着大型深水港建设条件的曹妃甸。

荒凉的滩涂上，首钢人开启了二次创业，曹妃甸小岛很快崛起一片新钢城。短短3年，错落有致的现代化厂房，自动化的生产设备，花园式厂区，簇新的宿舍楼、餐厅等生活设施，双向四车道的便利交通道全部建成。2009年5月，首钢京唐公司1号高炉铁水出炉，首钢在曹妃甸启动试生产。

"从北京到河北，并不是简单的搬迁，设备和工艺全都是新的！"来到首钢京唐后第一次站在300吨大型转炉前，郭佳宁看呆了：这比首钢老厂的

210吨转炉大了一圈，5个大型转炉的数量也比老厂多了2个！

新厂房、新设备、新目标。"肉眼看炭花的时代已经过去了！"郭佳宁把自己当成了新人，一切从头学起。为了钻透国外钢厂开发的"全三脱"（脱硫、脱磷、脱碳）炼钢技术，他和班组里的老师傅、年轻人一起反复试验，"突击"大半年吃透炼钢新工艺。在主控室里，数十张大屏幕直播着生产现场的每一幅画面。忍受高温炙烤的作业方式已成历史，如今系统已能远程监控操作全部生产流程，真正实现"一键炼钢"。

"首钢搬迁曹妃甸，并非一般意义上的异地迁建，而是一次'脱胎换骨'的产业革命！"首钢京唐公司相关负责人说。以搬迁为契机，首钢发展迎来海阔天空的新机遇。

首钢京唐公司全景（首钢京唐公司供图）

"蝉翼钢"秀出硬核实力

2014年，习近平总书记亲自谋划、亲自部署、亲自推动京津冀协同发展，非首都功能疏解拉开大幕。站在新的历史节点，首钢以引领京津冀高质量发展的使命感，进一步加快探索产业升级。

搬迁之前，老首钢主打的产品是"面条"加"裤腰带"，也就是螺纹钢和盘条钢，生产工艺相对简单，市场竞争力不是很强。而在搬迁之后，经过10余年的科研攻关，首钢京唐已经拥有汽车板、镀锡板等拳头产品。

走进首钢京唐生产现场，炼钢、冷轧等一道道工序有条不紊地进行，厚度堪比普通A4纸的钢材源源不断生产出来，最薄的只有0.07毫米。这就是首钢人引以为傲的新名片——"蝉翼钢"。

薄如蝉翼、光似镜面的"蝉翼钢"，又被称作"5G钢"，主要用于5G基站信号接收器、信号发射滤波器、集成电路板的制造。

"3年攻关，我们一直在突破极限，让宽幅'蝉翼钢'厚度从0.11毫米降到了0.07毫米，达到世界领先水平！"首钢京唐公司镀锡板事业部副部长莫志英自豪地说。

十年前，他从另一家知名钢厂辞职，来到曹妃甸"另起炉灶"。在他看来，这里是最适合钢铁工人发挥聪明才智的"梦工厂"，他下定决心要在新岗位上做出一番事业。那时，很多企业都反馈高端超薄钢材"蝉翼钢"需求量大，国外进口产品价格高昂，希望能用上国产钢材。巨大的市场需求和技术挑战，摆在了莫志英团队面前。

"蝉翼钢"极薄极宽的特性，对生产工艺要求极高，钢质纯净度、厚度、张力控制的轻微波动，都可能导致断带或褶皱。作为"蝉翼钢"全流程研发、生产的负责人，莫志英必须对炼钢、热轧、冷轧等各个主流程的300多个小工序、上千个质量控制点尽数掌握。

"哪怕降低0.01毫米的厚度都非常困难，需要所有生产部门协同努力。"莫志英对此深有体会。在炼钢环节，首钢京唐炼钢转炉全炉碳氧积（衡量钢水洁净度的关键指标）达到国际领先水平，先生产出230毫米厚、宽度1米的纯净板坯。到了热轧和冷轧环节，板坯在多次轧制、退火中逐渐变薄。2022年2月，首钢"蝉翼钢"厚度成功下探至0.07毫米极薄规格，标志着首钢京唐高端产品制造能力再上新台阶。

"蝉翼钢"上市后受到国内外新能源车企、通信企业、食品企业的青睐，订单如雪片般飞来。"蝉翼钢"产品还成功进入文创领域，先后被制成北京冬奥会主题明信片和中国共产党第二十次全国代表大会《长城颂》明信片。在2023年5月21日第四届"国际茶日"上，"蝉翼钢"制成的艺术茶罐文创产品登上国际舞台，被作为官方礼品赠送世界各国嘉宾。

首钢京唐公司炼钢工在控制室操作设备进行炼钢作业（北京日报社供图　邓伟　摄）

从一座厂到一座城

2014年2月26日，习近平总书记在北京召开座谈会就京津冀协同发展发表重要讲话时，唯一提到的企业就是首钢。他指出，首钢搬迁到曹妃甸就是具体行动。要继续坚定不移地做下去。

当年7月，京冀两地签署《共同打造曹妃甸协同发展示范区框架协议》，双方决定在产业、交通等7方面不断加强协同合作。依托京冀曹妃甸协同发展示范区，首钢深度融入协同发展"一盘棋"，加快打造京津产业转移首选地、协同创新新基地、非首都功能疏解新空间，协同发展的示范引领作用愈发凸显。数据显示，自搬迁调整以来，首钢在河北注册企业81家，资产规模1947亿元，有力带动了区域经济社会发展和产业提升。

在首钢的示范效应下，金隅供应链、京能鑫华源智能停车、建工市政钢结构、城建重工新能源汽车等10多家北京市属企业，华润电力、国投港口、中铁十六局盾构等10余家中央企业，以及厦门日上、常青股份、东邦绿建、三一重工等20多家上市企业及知名民企陆续成功落地曹妃甸并实现投产运营。

曹妃甸港区水深港阔，为国际货轮提供了天然的靠泊条件。来自五湖四海的货船踏浪而来，载满出口钢材的货船起航驶向远方。作为入驻曹妃甸的首家龙头企业，首钢京唐带动北京生产性服务业转移到此，与钢铁业下游形成产业链，推动曹妃甸矿石港、原油港、煤炭港等港口群建设，在京津冀协同发展的潮头，勇当先锋。

产业加速聚集的同时，热气腾腾的烟火气也在此聚集。

"一开始附近都找不到吃饭的地儿，每天只能在路边三轮车小贩那儿买盒饭吃。"刚到曹妃甸工作时，莫志英每天看着没车、没人、少配套的街道，心理落差很大。现如今，小区门口就有医院和北京景山学校曹妃甸分校，生活日渐便捷。随着华北理工大学等高校搬迁到曹妃甸，很多学生毕业后直接到首钢京唐工作，莫志英的团队和高校展开科研项目合作也更加顺畅。

"有产业，有配套，有年轻人。"莫志英真切地感受到曹妃甸这片产城联动宜居之地的日新月异，"大都市有的，如今这里都有"。

从石景山到曹妃甸，新首钢成为"山"与"海"之间一道独特的风景。

百年钢城，从此翻开崭新的一页。

在疏解中拓展高质量发展空间

9年来，北京自觉把首都发展融入国家战略大局，牢牢抓住疏解非首都功能这个"牛鼻子",在京津冀协同联动中拓展高质量发展空间。

继首钢搬迁后,北京累计退出一般制造和污染企业约3000家,疏解提升区域性专业市场和物流中心近1000家。同时,从源头上严控非首都功能增量,修订实施新版新增产业禁限目录,累计不予办理新设立或变更登记业务超2.44万件。

作为全国第一个减量发展的城市,北京的"减法"换来高质量发展的"加法"。北京科技、商务、文化等高精尖产业新设市场主体占比由2013年的40%提升至2022年的65.6%;累计建设提升便民商业网点近6000个;利用拆违腾退土地实施"留白增绿"8500多公顷。2021年,北京高精尖产业增加值占GDP比重已达30.1%。在精选"菜心"的过程中,北京突出高端领域、关键环节,培育出新一代信息技术(含软件和信息服务业)、科技服务业2个万亿级产业集群以及医药健康、智能装备、人工智能、节能环保、集成电路5个千亿级产业集群。

经过多年协同发展,现代化首都都市圈建设已经具备一定基础。2021年,北京企业对"通勤圈""功能圈""产业圈"投资次数分别是2015年的2.4倍、2.2倍、2.1倍,3个圈层实现地区生产总值3.9万亿元,占京津冀地区生产总值的比重超四成。未来,在现代化首都都市圈的支撑下,京津冀世界级城市群将加快构建。

二、这座新"村"不一般

驰隙流年,故地新颜。

北京向东不足百公里的天津宝坻,6年间崛起一座新"村",正不断吸引着来自北京的创新种子向东而行。

这的确是一座新"村",但又并非传统意义上的村镇,而是北京中关村的新家。

2014年，京津冀协同发展上升为重大国家战略。京津中关村科技城作为北京中关村在京外的首个重资产投资项目，正是在这样的大背景下应运而生，并于2017年初在宝坻破土动工。

6年来，从阡陌纵横到宽阔大道，从老旧村镇到现代化办公区和人才社区，从麦浪翻涌到自动化生产线……这座总规划面积14.5平方公里的科技新城，向下根植中关村基因，向上激活城市生长力，书写着协同发展的动人篇章。

巢还未筑"金凤"已来

在天津京津中关村科技城有限公司，企业服务部总监张立健有个响当当的名号——"1号员工"。细看老张胸前的工牌，果然编号"001"。

"科技城公司还没成立，我就到了中关村协同发展投资公司参与这个项目。"从前期筹备到开始招商，再到现在的企业服务，科技城一路成长的点点滴滴，张立健是全程见证者。

时光回溯至2013年，习近平总书记5月到天津调研，提出要谱写新时期社会主义现代化的京津"双城记"。同年9月，中共中央政治局集体学习首次走出中南海，把"课堂"搬到了北京中关村，对中关村寄予了为全国科技创新发挥示范引领作用的殷切期望。

肩负新时代使命，北京中关村管委会、中关村发展集团与天津市宝坻区萌生了共建科技城的最初意向。经过前期筹备，2017年，科技城正式开建，招商工作也同步启动。

"一开始，招商真是挺不容易的。"张立健回忆，最初带着有意向的企业看现场时，村庄刚刚完成腾退，四处是废墟，车开了一段，前边就没路了。张立健带着客户下了车，踏过一片麦田，深一脚浅一脚地找到了客户想要购买的地块，向客户描绘着未来建厂的图景。

都说筑巢引凤，巢还没有雏形，第一只"金凤"却真的被引来了。"说到底，靠的还是'中关村'这块金字招牌。"张立健清楚地记得，第一家决定落户的企业叫合众汇能，是一家聚焦电容技术研发、落户于北京上地中关村科技园的高新技术企业。这家企业是在北京中关村的沃土中成长起来的，对中关村有着很深的感情和天然的信任，当时正考虑要在北京附近设立分公司和生产基地，离北京不算远的京津中关村科技城成为首选。靠着中关村的吸引力，在招商最难的2017年，最终有5家公司成为在科技城首批买地建厂的企业。

京津中关村科技城（北京日报社供图　王海欣 摄）

此后，伴随着科技城的建设推进，创新企业、优质项目落地也渐渐跑出加速度。截至2023年5月，京津中关村科技城累计入驻市场主体1118家，产业用地型项目中高新技术企业占比近80%，项目全部达产后，预计年税收超过10.8亿元。为实现京津产业互动的精准对接，科技城围绕新一代信息技术、新能源新材料、高端装备制造、生物医药与医疗器械和现代服业"4+1"主导产业发力，将打造研发孵化在北京、生产制造在宝坻的"中关村宝坻模式"。

"搬"出来的数亿元产值

京津中关村科技城崛起的背后，是一粒粒创新种子在这片沃土汲取养分、加速成长的故事。

工人从头到脚穿戴防护服，进入堪比手术室的洁净车间，完成零件加工、校验、组装等工作，一台台高端芯片清洗设备在此诞生。这样的生产环境，南轩科技公司副总经理轩辕云喜之前想都不敢想。

2017年，原本在北京通州发展的南轩科技到了需要建设更高标准、更大规模生产基地的时候，购买新地块建厂迫在眉睫。顺应京津冀协同发展大势，公司在北京周边考察了一圈，最终相中了京津中关村科技城。"这里从北京开车一个小时就到，很方便，最重要的是，有中关村的团队提供配套服务，让我们感觉心里有底。"轩辕云喜说。

从北京到宝坻，别看只隔了不到百公里，但一开始，办理各种事项也让企业有着"两眼一抹黑"的顾虑。"比如我们在北京已经被认定为高新技术企业，但开办了天津分公司，当时还需要再申报资质。天津对高新技术企业是什么政策、什么要求，我们都不太清楚，全靠中关村的企业服务'管家'手把手帮我们操持。"轩辕云喜举例说。

还有一件更让他着急的事儿。北京那边的老厂要腾退，天津这边的新厂还没建，但生产不能停，怎么办？中关村团队贴心地帮企业在周边物色了一处厂房，可以短期租赁扛过"过渡期"。与此同时，为了帮助企业更快地建起生产基地，科技城压缩审批时限，克服疫情影响，日夜赶工，原本预计两年才能建成投用的生产基地，仅用一年就建成了。

如今，南轩科技的新基地生产面积达1.2万平方米，比过去在北京的规模扩大了近4倍。同时，企业还投入资金升级了多套自动化设备，引入外

第一章 抓住"牛鼻子" 协同京津冀

京津中关村科技城（北京日报社供图 王海欣 摄）

籍专家，打造洁净车间。轩辕云喜感叹："我们'搬'得恰是时候，正赶上这两年国内集成电路产业加速发展，公司也跟着拔节生长，过去年合同额只有几千万元，到2022年合同额涨到了3亿元，2023年预计能突破5亿元。"

中关村基因移植科学城

工作多年，随着天泽电力在天津设立分公司和生产基地，车间里的老组长苗红强顺利拿到了天津户口，并在宝坻买房安了家。

"现在就在家门口上班，周边便民商超、咖啡厅、餐厅渐渐都有了，休息的时候还能去公园步道溜达溜达，生活特别惬意。"打拼10多年，老苗终于在这座新城找到了自己的归属感。和老苗一样，公司不少技术人才都在天津落了户，这得益于科技城的一项人才创新政策。

天泽电力天津分公司总经理张承辉说，之前不少企业骨干人才受制于年龄、学历、社保等问题无法落户,在京津中关村科技城的推动下,人才政策历经三次创新突破,最终为科技城内一批重点企业打开"绿色通道",允许核心人才破格落户。

人才落户,只是科技城内孕育政策创新的一个缩影。主管企业服务的张立健每年有一项重要工作,就是搜集企业面临的共性问题,形成一份政策申请报告,向宝坻区有关部门"要政策"。"比如最初,企业在北京认定的高新技术、专精特新等资质,在天津需要重新认定,但两地不断沟通协调,如今一些资质已经实现了互认。"张立健介绍,截至2023年5月,科技城已累计在降低土地成本、审批改革、资质互认、厂房分割销售、鼓励科技创新、资金支持、人才引进、职工购房、保障子女教育九大方面实现了40余项政策突破。

政策创新的同时,中关村的基因也深深根植于科技城,一整套"类中关村"的服务模式和产业生态环境加速构建:建立金融超市,为企业提供金融支持;成立产业基金,为优质孵化项目提供资金支持;打造综合服务中心,使企业足不出户就能办理60多项行政许可业务……

2023年5月,京津中关村科技城已完成一期4.19平方公里基础设施开发建设,二期5.2平方公里已启动建设。

初夏时节,科技城里塔吊林立,机器轰鸣。未来,一幅宜居宜业的新图景将在这里缓缓展开:南开中学京津中关村科技城学校正在建设,大型商业综合体、优质医疗资源引进等工作也在有序推进。

抓机遇,借东风,一座有高精尖产业、有生活、有烟火气的京津中关村科技城,正在快速崛起。

"类中关村"多点开花

协同是针,创新是线,一个更加紧密协同的京津冀创新共同体十年间加速成型。作为北京科技创新金名片的中关村,在协同创新中扮演着重要角色。天津宝坻、滨海，河北保定、雄安……走出北京的中关村，带团队、带项目、带服务、带理念，让"类中关村"创新生态在津冀大地上多点开花，数年间崛起一个个协同创新高地。

2016年11月22日，天津滨海—中关村科技园正式揭牌。作为承接北京非首都功能疏解的重要载体，截至2023年5月，科技园注册企业已突破4000家，累计注册资本金1806亿元，为850家北京科技企业提供应用场景、技术转化支持。

协同创新是天津滨海—中关村科技园的重要使命。截至2023年5月，科技园注册企业中，70%以上都是科技型企业，主要涉及生命大健康、智能科技、新能源新材料等领域。据统计，近4年，园区国家高新技术企业年复合增长率为126%，国家科技型中小企业年复合增长率达121%。天津滨海—中关村科技园办公室主任陈强表示，将充分发挥科技园创新链产业链协同发展优势，促进创新要素加速流通，把长板做长、增量做大。

2015年4月，保定·中关村创新中心正式揭牌。截至2023年5月，中心已基本形成新材料、生物医药和生物农业、新能源及智能电网三大产业微集群，吸引入驻企业336家、双创人才4000余名，入驻企业累计研发投入超过3亿元，有力推动了京津冀科技成果北京研发、保定转化的进程。

2017年底，中关村科技园区管委会与河北雄安新区管委会签署《共建雄安新区中关村科技园协议》。协议签署同期，中关村管委会结合雄安新区建设需求，组织碧水源、东方园林、东方雨虹、广联达、雪迪龙等12家中关村节能环保及智慧城市服务企业与雄安新区签署战略合作框架协议，入驻雄安中关村科技产业基地，支持服务雄安新区建设国际一流、绿色、现代、智慧的"未来之城"。

三、一份文件的跨省之旅

21万平方公里的京畿大地上，一条条交通大动脉连接京津冀三地。客流、物流、车流涌动的背后，是更加紧密的产业链和创新链。

当产业协作和人员往来步入新的历史阶段，协同发展的先行者开始有了新的需求——"跨省通办"。

说着容易，做到难。"跨省通办"，要跨越的是不同地域行政机构的不同体系、不同标准和不同流程，即便是在地缘相近、人缘相亲的京津冀，也要逐一打通堵点、解决痛点，才能换来企业和百姓的便利。

3年前，京津经开区迈出了"跨省通办"第一步。这是国家级经开区之间首次实现"跨省通办"，更是京津冀探索打破政务服务壁垒分割的一次成功尝试。

北京经开区政务服务中心"跨省通办"窗口，工作人员正在帮助企业办理跨省业务（北京日报社供图　和冠欣　摄）

解决痛点的有益尝试

北京经开区政务服务中心，二层的3号窗口有点儿特殊。

窗口里的工作人员王超接的件不是北京的，窗口外的企业办事人也是为天津等地的外地公司奔走——这是个"跨省通办"窗口。

2020年9月，国务院办公厅发布《关于加快推进政务服务"跨省通办"的指导意见》。一时间，"跨省通办"成为备受企业期待的政务服务改革。对于企业和百姓而言，一旦实现"跨省通办"，则可免去往返跑腿，在外地就能把事办成。

对京津冀区域而言，"跨省通办"的需求更大。随着京津冀协同发展上升为国家战略，三地企业跳出一隅天地宽，纷纷以更广阔的视野在京津冀协同布局。

"企业闯出去了，到天津、河北布局了，可轮到办业务的时候却成了三地跑，格外不方便。"作为产业重镇，亦庄的企业对往返跑腿的痛点深有体会。

"能不能我们两个经开区之间先试试？"2020年秋天，"跨省通办"国家层面的指导意见出台没多久，北京经开区与天津经开区就在一次日常沟通会上一拍即合，开启了国家级经开区之间的第一次"跨省通办"。

万事开头难。到底"跨省通办"要办哪些事？京津经开区决定，各自列出一版高频服务事项清单，每地先列10个事项探路。

既然要列清单，就要把所承担的1000多项审批事项梳理清楚，逐一考量。北京经开区行政审批局政策体系处处长郭浩的电脑里至今还保存着5个版本的清单，也见证了打磨的艰辛全程。

"先实现哪些通办事项，我们说了不算，得让企业来定。"郭浩开始跟两地皆有布局的企业进行座谈，再一一评估每个事项异地办理的可操作性和安全性。2个月后，两地终于拿出最后版本。

2021年3月，京津两地经开区正式签署《北京、天津经开区推进政务服务"跨省通办"授权协议》，敲定了两地各10个审批事项。这也是京津冀三地最早实现区域"跨省通办"的案例之一。

打破壁垒的数据互通

两年前，当王超得知自己要调到即将开设的"跨省通办"窗口时，不免有些紧张：天津的审批事项，我在北京能办得好吗？北京这边收了材料，怎么转给天津啊？

其实，王超的顾虑，也是天津经开区窗口工作人员的顾虑。

"跨省通办"的关键是"跨"，要跨越两地政务服务的壁垒，把事"办"成。无论是在北京，还是在天津，政务服务都要经历提交申请材料、审核、批准等步骤，可就是这提交材料的第一步就有障碍——在不同的城市提交材料，不像一个窗口递给另一个窗口那么简单。这正是过去困扰企业办事两头跑的症结。

能不能天津那边需要的材料，北京这边就给收了？北京这边需要的材料，天津那边也给收了？从一开始设计"跨省通办"流程时，两个经开区就冲着最关键的障碍，给出最便于企业的改革方向。

顺着这个方向，京津经开区敲定20个审批事项。办理过程分为两类：能网办的，在审批员的帮助下在异地的政务服务大厅通过网络办理；不能网办的，双方线下代收申请材料，初步把关后，快速发送给对方，依然在原本的承诺时限里办结。也就是说，过去企业跑腿的过程全交给了政府部门来办。

2021年4月，北京正霖建设工程有限公司的常先生在天津经开区办理了企业档案查询业务，成为京津经开区"跨省通办"首个"吃螃蟹的人"。

正是这第一个案例的办理过程，拓宽了两地经开区的思路。企业档案查询业务最初实现"跨省通办"时，还只能是线下代收代办，通过邮寄完成，与本地"企业档案查询业务"已实现的当场办结存在差距。

"虽然实现了'跨省通办'，但两边的系统没有打通，更需要信息化赋能。"郭浩说，如果说之前探索的是"1.0版本"，那么"2.0版本"则是要使用更加智能化、信息化的手段，打通信息藩篱，让数据流通起来。

改革没有停步。在北京市市场监管局的支持下，"企业档案查询业务"事项打通了系统障碍，实现数据互通。如今，在天津也能远程查询和打印北京的企业档案信息。

政务服务的流程再造

在北京经开区政务服务中心的24小时自助服务区，一台印有"天津政务"的自助机格外醒目。这台搭载二代身份证识别、指纹识别、电子签名、打印和智能流转柜等功能的设备，可自助完成开具临时身份证明、不动产登记等268项政务服务，成为"跨省通办"的"见证者"。

两年的改革探索中，"跨省通办"清单里的事项越来越多。在国家"跨省通办"事项清单基础上，京津经开区之间已累计实现200多个高频事项的"跨省通办"。

当"跨省通办"的清单越来越长，企业的新需求随之而来："我着急办的事不在清单里，能不能帮我解决一下？"这是三地经开区办理政务服务时常见的一幕。

如今，"跨省通办"的推进，已经从以"通办事项"为基础的探索阶段升级到了以"协作机制"为中心的突破阶段，双方建立即时性的沟通机制，对于事项清单中没有包含的事项，在条件允许的情况下，办事人也可以实现异地办事。

在京津经开区首度"牵手"实现"跨省通办"后半年内，京津冀三地14家国家级经开区签订了《京津冀三地国家级经开区优化营商环境改革创新合作联盟框架协议》。通过合作联盟，三地经开区建立起产业协同共建共享、政务服务互通互办、"放管服"改革互学互鉴、人才干部互派交流四大机制，成功构建国家级经开区协同发展和高水平对外开放平台。

马上办、就近办、一地办……"跨省通办"带来京津冀政务服务理念的改变和流程再造，为三地产业紧密协作带来了新活力和新机遇。

北京经开区政务服务中心自助服务机前，工作人员正在协助企业办理"跨省通办"业务（北京日报社供图　和冠欣　摄）

"跨省通办"瞄准热点高频事项

伴随着京津冀各区域之间互动愈发频繁，"跨省通办"的"朋友圈"也越来越大：

北京城市副中心依托一体化政务服务平台，部署云窗系统到河北、天津共9个属地大厅"跨省通办"窗口，在当地以"云窗口"远程视频模式办事，通州区与北三县3600余个政务服务事项实现跨域通办；

天津市津南区22项、西青区17项，河北省张家口市万全区17项、廊坊市永清县25项高频政务服务事项均可在北京顺义办理；

"京津冀+雄安"政务服务"跨省通办"自助办上线，初步实现电脑端、移动端和自助端"多端融合、相互赋能、差异服务"，首批四地自助办服务就达到208项；

……

2023年4月，北京营商环境改革6.0版发布，首次把京津冀营商环境一体化发展作为重点任务，从区域协同发展的角度进行系统谋划，围绕商事制度、监管执法、政务服务、跨境贸易、知识产权5个方面，提出27项任务，共同营造京津冀一流营商环境，打造京津冀协同发展的新优势。

按照改革方案，京津冀政务服务"跨省通办"将进一步强化：新增临时居民身份证办理、子女投靠父母户口迁移、社保缴费、公积金补缴等19项"跨省通办"事项；在移动端服务专区新增30项高频办理事项，推进自助终端事项集成服务，方便企业和群众异地办事；围绕京津冀自贸试验区政务服务"同事同标"事项，大力增加"网上办""自助办""专区办"深度；发布不动产权证书、特种设备作业人员证书等120类京津冀电子证照共享清单，推动电子证照跨区域应用……

四、三地建起健康新通道

明媚的晨光从北京大学人民医院通州院区门诊大厅"医疗街"的玻璃天花板洒下，温暖着步履匆匆的人们。

这是5月里一个普通的清晨。北京大学人民医院通州院区的医生们早早开启了一天的工作。

创伤骨科知名专家王天兵在诊室里做着出诊前的准备；全科医学科主任曹照龙正驱车前往通州区张家湾镇南部的牛堡屯社区卫生服务中心；血液科医生唐菲菲已然在更早些时候搭上了开往河北省唐山市的高铁……

北京的优质医疗资源正在"流动"起来，突破地域壁垒，携手为京津冀三地患者打通一条新的绿色通道，曾经"患者不动医生动"的愿望终成现实。

北京大学人民医院通州院区（北京日报社供图　方非　摄）

大专家扎根"桥头堡"

"陈大夫，真是多亏了您，我的老毛病终于治好了！"2023年5月18日一早，70多岁的刘先生就守在疝和腹壁外科诊室门口，看到科主任陈杰，立刻迎上去，一个劲儿地道谢。

刘先生是河北人，最近两年曾在当地医院做过腹股疝修补手术，但术后伤口许久不愈，一走路就坠痛难忍。他在当地医院查了又查，可结果总是：术后的正常反应。

5月初，刘先生从家开车一个多小时，慕名来到北京大学人民医院通州院区就诊。头天下午入院检查，第二天上午陈杰为他进行了一次规范的修补手术，下午刘先生就出院了。最关键的是，困扰了他两年的毛病，彻底好了！

"没折腾，少花钱，北京的大专家给做手术，过去想都不敢想的好事儿，成真了！"术后一周来复查，刘先生兴奋地说，"恢复情况和心情都是'一片大好'。"

北京大学人民医院通州院区的门诊设有特需号、专家号、普通号，为了让患者在各院区能够享受到同样的医疗服务，医院所有专家在两个院区都出诊。北京大学人民医院三大"招牌"学科——血液科、胸外科和创伤医学科，甚至将诊疗或科研的重心移向了通州院区。

"5月16日，北京大学人民医院血液移植病房在通州院区启用，就是具有里程碑意义的重要一步。"北京大学人民医院通州院区执行院长王天兵说。

在移植病房里，有一位从天津赶来的病人王先生。2022年11月，他被诊断为多发性骨髓瘤。通过北京大学人民医院血液科知名专家黄晓军、路瑾团队精心治疗，王先生的病情很快得到缓解。但依据国际、国内指南推荐，他还应接受造血干细胞移植进行巩固治疗，可北京大学人民医院原有的骨髓移植层流转病房早已满员。

正巧，北京大学人民医院通州院区移植病区——亚洲最大的骨髓移植单体中心启用了，该院超过三分之二的床位和骨髓移植仓位迁入。王先生也被主管医生安排到北京大学人民医院通州院区进行自体造血干细胞移植。

目前，北京大学人民医院几乎所有的"高原学科"都在通州落了地。分管医疗工作的北京大学人民医院党委书记王建六说，通州院区的发展思路是"小门诊、大病房"。该院区编制床位800张，开放床位720张，住院率超过95%。王建六说："越是优势的学科，越是强势的功能，越是要在京津冀协同发展的'桥头堡'扎根壮大。"

副中心有了"国家队"

2021年12月18日，随着北京大学人民医院通州院区开诊，国家创伤医学中心落户城市副中心。这也是目前13个国家医学中心中唯一落户通州的。该中心设有创伤救治中心、急诊急救中心、抢救复苏等医疗单元，将院前急救和院内急诊紧密联系，为创伤急诊患者提供快速诊疗通道和救治空间。

"医德高尚技精湛，妙手回春暖人心。"不久前，住在通州的老程将一面锦旗送到了创伤救治中心的医生办公室。

一次，他在工作时被高处坠落的重物砸伤。"到医院时，我腿都黑了。当时已经不抱希望了，心想这下肯定要截肢了。"

急诊科医护人员迅速送老程进行影像学检查，结果显示左腿左脚均出现严重的粉碎性骨折，左下肢的神经血管损伤严重。创伤救治中心和麻醉科的医护人员紧急为老程进行清创并施行胫骨外固定术、腓骨复位内固定手术与神经血管探查，竭尽全力保住了伤肢。

"千言万语说不尽心里的感谢，国家医学中心的水平，真牛！"老程激动地说。

国家级的医学中心，不仅要承担医疗服务的功能，还承担着打造国家级学科战略力量高地，创建研究型、创新型医院的职责。

在北京大学人民医院通州院区6层，一系列药物和医疗器械的临床试验、生物医学新技术的临床应用观察等高水平临床研究有序开展。

创伤模型实验室助理研究员叶菁菁正在进行失血性休克动物模型的实验。她将实验用小鼠称重后，置入麻醉装置麻醉。然后将小鼠放置在动物手术台上，备皮后在显微镜下进行股动脉插管……通过大量实验，团队已初步构建起了失血性休克的动物模型。"在此基础上，我们还可以继续研究失血性休克的靶点，从而进一步探索研究复苏体液、抗休克药物，开展有成果转化前景的科研项目。"叶菁菁说。

2023年3月25日，是国家创伤医学中心科研道路上具有里程碑意义的一天——城市副中心首个医产协同创新示范基地成立。

"我们与通州区内的知名医药企业签约，针对医药领域技术上的'卡脖子'难题，携手攻关。"王天兵说，北京大学人民医院将与共建单位在资源整合共享、技术攻关、临床试验研究与论证、成果转移转化、应用场景共谋、技术人才共育、创新平台共建、产品市场拓展等方面，实现多层次、多角度的深入合作。

越做越大的"朋友圈"

"您这是结核病，回家按时吃抗菌药，不用再回去住院了。"北京大学人民医院通州院区全科医学科主任曹照龙仔细嘱咐"老熟人"赵先生。

前段时间，曹照龙照例到牛堡屯社区卫生服务中心查房、出诊，一位"奇怪"的住院病人引起了他的注意。这名患者就是赵先生——因发热就诊，社区医院按照肺炎收归住院，进行了一个星期的抗感染治疗，效果却不好，一直没退烧。

曹照龙查看了赵先生的胸片和CT，发现他右胸有积液。"得抽胸水化验，进一步诊断。"曹照龙与社区医院的医生一商量，通过双向转诊通道，直接为赵先生预约了通州院区的门诊号。

通过更精细的检查和化验，曹照龙对症给药，赵先生心里更踏实了。

"牛堡屯社区卫生服务中心跟我们可以双向转诊，'大医院救治，社区康复'已成为一种新模式。在为周边患者提供便捷医疗服务的同时，也缓解了大医院医疗资源紧张的压力。"王天兵介绍，2021年7月，北京大学人民医院以潞县、觅子店、永乐店、于家务、牛堡屯5家社区卫生服务中心为成员单位，建立了通州区片区制医联体。医联体内不仅可实现双向转诊，还搭建了预约挂号平台，为成员单位预留号源。此外，信息共享网络平台也在建设中，建成后将实现检验、检查报告共享。

2023年3月，北京大学人民医院牵头，将河北省唐山市工人医院、河北省香河县人民医院、天津市武清区人民医院等津冀的医疗机构纳入合作名单，共同组建起首个京津冀医联体联盟。

4月6日，北京大学党委书记郝平和河北省委常委、唐山市委书记武卫东共同揭下红色绸布，"北京大学人民医院—唐山市工人医院学科区域协作中心"揭牌。

"这只是合作的开始，未来，京唐双方会在优质医疗资源扩容和区域均衡布局方面不断加强协同。"北京大学人民医院院长王俊说，北京的专家已经开始常驻唐山，开展门诊、手术、查房、讲课、科研等共建工作。

"赵大夫，您还记得我吗？知道您出门诊后，我特意来道谢。"北京大学人民医院胸外科医生赵辉在唐山市工人医院出门诊时，碰上了患者韩女士。

3年前，家住唐山市的韩女士特意跑到北京，在北京大学人民医院做了肺癌手术，主刀医生正是赵辉。韩女士术后恢复得很好。当她得知北京大学人民医院与唐山市工人医院协同共建，赵辉会定期到她家门口出诊时，特意跑来当面表达感谢。她说："以后我复诊时也不用跑北京了，真好！"

"助力国家战略布局、服务京津冀一体化建设、承担副中心医疗服务及社会职责，这是我们成立三地医联体联盟的初衷。"王天兵说，医院将通过

位于安贞医院通州院区的混凝土抗压强度智能检测机器人（北京日报社供图　潘之望　摄）

医联体联盟提升区域内的医疗服务能力，打造全流程的分级诊疗体系，全面提升基层医疗机构防病治病和健康管理能力。

此外，安贞医院、友谊医院也在通州设立了新院区，丰富了副中心的医疗资源。

协同发展公共服务先行

近年来，北京不断推动非首都功能疏解，推进首都都市圈建设，优质公共服务资源向周边地区不断辐射和输出，为解决"大城市病"蹚出一条新路——

有序推动京津冀重点医疗卫生项目合作。中日友好医院、安贞医院、友谊医院等纷纷拿出自己的"绝活"，对口支持北三县医疗机构，重点支持消化内科、呼吸与重症医学科、神经内科、神经外科、心内科等科室的发展。2023年9月，援建雄安的"交钥匙"工程雄安宣武医院，也正式交付雄安新区。

持续加强对张家口、承德、唐山、保定等重点地区的支持合作，天坛医院帮扶张家口第一医院，筹建了张家口地区第一家眩晕临床诊疗中心；北京儿童医院托管保定市儿童医院，国家儿童医学中心干细胞移植科在保定成立。

推动三地医疗服务同质化发展，京津冀485家医疗机构临床检验结果互认、239家医疗机构医学影像检查资料共享……

除医疗资源的输出、共享外，京津冀教育协同发展的局面也已蔚然成形。截至2023年4月，援建雄安新区的3所"交钥匙"学校竣工交付；北京景山学校、八一学校、八中等优质学校在河北多地建设分校；北京中小学校与河北23个贫困县学校建立起160余对"手拉手"帮扶合作校；为提升城市副中心教育质量，北京市集中优质资源在通州区新建了28所中小学、幼儿园，新增4.3万个优质学位。

【数说·新时代新北京】

近十年来,北京在疏解非首都功能中实现减量提质。从源头上严控非首都功能增量,制定实施北京市新增产业的禁止和限制目录,累计不予办理新设立或变更登记业务超2.44万件;产业结构持续优化,科技、商务、文化、信息等高精尖产业新设市场主体占比由2013年的40%上升至2022年的65.6%。持续打好疏解整治促提升"组合拳",北京累计退出一般制造和污染企业约3000家,疏解提升区域性专业市场和物流中心近1000个。

截至2023年5月,京冀曹妃甸协同发展示范区已签约北京项目465个,天津滨海—中关村科技园新增注册企业累计超过4000家,中关村企业在津冀两地设立分支机构累计达9500余家,北京流向津冀技术合同成交额累计超2100亿元。

近十年来,北京积极推动优质公共服务资源向津冀延伸,成立15个跨区域特色职教集团(联盟),组建22个京津冀高校发展联盟,累计实施京冀、京津医疗卫生合作项目约50个。与此同时,50项临床检验结果在京津冀685家医疗机构实现互认,20项医学影像检查资料在三省市313家医疗机构试行共享,京津冀4800余家定点医疗机构实现跨省异地就医住院费用直接结算,5500余家定点医疗机构实现异地就医门诊费用直接结算。

第二节 "一核"辐射 "两翼"齐飞

"建设北京城市副中心和雄安新区两个新城，形成北京新的'两翼'。这是我们城市发展的一种新选择。"目前，雄安新区已进入大规模建设与承接北京非首都功能疏解并重阶段，城市副中心也进入了推动城市框架和主体功能基本成型的关键时期。"一核"辐射，"两翼"齐飞。现代化首都都市圈正加快构建。

一、五河交汇处见证副中心崛起

在北京城市副中心，有一处全市知名的胜景——五河交汇。北运河与通惠河、温榆河、小中河、运潮减河在这里汇聚，见证千年漕运兴衰的燃灯塔也坐落在此。"一枝塔影认通州"的诗句流传至今。

今天，古塔脚下，新城崛起。登临五河交汇处的高楼观景平台，凭栏眺望，只见运河水道两侧，现代化楼宇鳞次栉比。这里是城市副中心运河商务区所在地，20679家注册企业入驻，包括国家级绿色交易所在内的一批重大项目相继落户，为其注入勃勃生机。

在老居民的记忆里，五河交汇处曾是低矮的棚户区、污染的河道，还有落后的配套设施，跟"繁华"不沾边儿。

规划建设北京城市副中心，是以习近平同志为核心的党中央作出的重大决策部署。北京市抓住这一重大机遇，6年多来，成千上万的建设者、创

五河交汇处，运河商务区加速崛起（北京日报社供图　马文晓 摄）

业者在这片热土挥洒汗水、只争朝夕，一座高质量发展的"绿色"新城正拔节生长。位于城市副中心西北角的五河交汇地区，也吸引着高端要素加速汇集。

绿色运河带火商务区

早上8点，在运河商务区管委会，有关部门负责人与企业代表有个例行早餐会。边吃边聊，氛围轻松。大家有一说一，开诚布公，协商解决问题。

窗外，盐滩路上，手拿咖啡、身着西装的金融从业者脚步不停；通惠河边，"老通州"陈宪迎正在健身步道上晨走。

运河商务区的幢幢高楼在通惠河北岸，陈宪迎住了30年的天桥湾小区在南岸。"过去，北岸几个村房屋低矮，路也坑洼，环境不好。一场大风过去，树上能挂不少塑料袋。"那时，陈宪迎总盼着搬家，"通惠河也有一股味儿！"

话锋一转。"多亏没卖房子！老伴儿退休后爱拍鸟，这两年在家门口就拍着过白鹭、银鸥。"说话间，一条形似乌篷船的智能清理船来到眼前，两条柔性臂巧妙地把河面上的絮状物收集起来，利索地"吞"进滤网。

近年来，随着水环境治理力度的加强，五河交汇地区近50万平方米的水域已经还清，水质从曾经的劣Ⅴ类恢复到了地表Ⅳ类。

河道还清，生态改善，让一度陷于发展"洼地"的五河交汇地区，有了向高质量发展跃升最为雄厚的"绿色资本"。"可着全北京市，伴着运河而生的商务区，我们是独一份！"运河商务区招商负责人冯宇语气中透着自豪，"几乎所有来运河商务区考察的项目团队，都对这里的生态环境特别满意。"

水清岸绿的运河水道自不必说，周围簇拥着西海子公园、运河文化广场、运河奥体公园等优质绿色空间，不远处就是燃灯塔、大光楼、文庙、紫清宫这些古色古香的建筑群，还有那颇具艺术气息的"千荷泻露桥"，以及可以搭乘运河游船的码头……

截至2023年7月，运河商务区注册企业突破2万家，其中有不少是从中心城区疏解来的重点项目，很多企业一眼就相中了这里的好环境。

要当中国"金丝雀码头"

让陈宪迎感受深刻的，不仅仅是生态环境的改善，还有"洋气十足"的产业生态。"不是这个总部，就是那个总部。过去挺落后的一个地方，现在鸟枪换炮了嘿！"

每次听到居民这样的评价，中关村通州园管委会主任、运河商务区党工委书记、管委会主任林正航都会很开心。他介绍，运河商务区的发展还刚刚起步，未来的发展目标是对标银行总部云集的英国伦敦"金丝雀码头"，打造一处国际范儿的金融高地。

五河交汇处，历史上就有金融产业的基因。

六百年前，这里曾是京城东部著名的码头，每年约有600万石军粮从南方运抵。据史书记载，清朝末年，五河交汇地区有包括票号在内的金融机构将近300家，是一处区域性的金融中心。

今天的五河交汇处，金融产业再次兴盛，不过靠的不再是水运和码头经济，而是不污染环境、占用空间小、产值较高的金融类机构。近年来，工商银行、中国银行、北京银行的财富管理相关总部等相继落户，运河畔的金融城渐渐崛起。

绿色金融是运河商务区最具特色的金融板块。所谓绿色金融，是通过投融资、金融产品创新等方式为环境保护提供支持，是可持续发展理念在金融领域的具体体现。

林正航说，"十四五"时期，运河商务区要打造国家绿色金融改革创新示范区——集聚金融科技企业超过110家；吸引绿色金融机构落地超过10家；绿色信贷规模突破200亿元；实现碳配额、自愿减排量等累计成交超1亿吨；集聚财富管理机构力争超过200家。

2023年，绿色金融领域的一件大新闻，就发生在五河交汇地区：从中心城区疏解、落户于运河商务区的北京绿色交易所，升级为面向全球的国家级绿色交易所，为城市副中心建设国家绿色发展示范区助力。

还是在五河交汇地区，工商银行北京通州分行辖属运河商务区绿色支行，2023年也成为全国首家通过"绿色网点"服务认证的金融机构。工商银行北京通州分行已为通州区多个水环境治理及改善项目提供全方位融资支持。

运河商务区持续擦亮绿色发展金名片，也令很多业内人士欢欣鼓舞。绿色金融国际合作研究中心主任程琳说，运河商务区的发展方向、战略定位与绿色发展理念是高度契合的，"我们有足够的信心认为，会有越来越多与绿色相关的企业、研究院所和投资机构在这里落户"。

活力街区满满未来感

现在的五河交汇处，已经是城市副中心高质量发展的一张金名片。让"老通州"们欢欣鼓舞的，还有城市面貌的巨大改变。产城融合，一处具有未来感、渗透着绿色发展理念的现代化街区，正在运河畔悄然成形。

这里不能不提的是正在建设中的亚洲最大地下综合交通枢纽——城市副中心站。站在位于地下二三十米深的站台，一抬头竟能看见蓝天白云、明媚的太阳光线。这浪漫、大胆的创新设计，把自然光线直接引入地下，大大节省了照明费用，并且让人与自然更紧密地连接在一起。

城市副中心站地面的"京帆"屋盖设计，同样创意无限。副中心站站体最深位于地下约32米，如果采用传统车站的大屋盖设计，将会带来不必要的碳排放。"京帆"方案巧妙地将下部幕墙和上部物面切开来，一方面可大大提高下部车站空间的保温效率，另一方面也让上部的"帆"形态获取最大的自由度，以便更灵活有效地满足声光热等多种节能运维需求。

"京帆"屋盖结合城市空间设有七片"主帆"，下方容纳车站屋盖、城市景观、公共客厅等多种城市功能。起伏连绵的"帆"屋面将创造大量的城市共享空间，并与四周绿地相连，市民可穿行其中，并由此进入地下配套商业空间——未来，这里不仅是通达京津冀主要节点的车站，还是一处市民共享的公共花园、烟火气十足的商圈。

不只是副中心站，运河商务区所有开发项目全部按照绿色建筑要求设计，在空间规划上，创新性地把交通体系和保障城市运行的设施引入地下，地上腾出的空间布局慢行系统和商业体系。由东关隧道、北环环隧、南环环隧（在建）三大隧道构成的一座3平方公里的"地下城"，将大大减少地面车流，让街区环境更加舒适宜人。

曾经的商业设施短板，也在这两年加紧补足、完善。陈宪迎和老街坊们迎来了一个"逛吃购游"的新去处：乐堤港。这是一处大型商业综合体，就矗立在五河交汇处西岸，整体造型宛如"运河之眼"。乐堤港南侧，新光大中心也将迎来新商业空间开放，富力广场、合景悠方天地也在火热招商……

五河交汇处，一片宜居宜业宜游的活力商务新区正在崛起，以绿色为基底的高质量发展，让这幅画卷生机勃勃、历久弥新。

大运河畔，北京城市副中心三大建筑与自然和谐共生（北京日报社供图　潘之望　摄）

绿色发展的最鲜明底色

作为首都北京新"两翼"的重要一翼，城市副中心承担着疏解北京非首都功能、带动周边交界地区协同发展的重要职责使命。2019年以来，北京市市级机关1.7万余人迁至城市副中心办公，一批交通、水利、能源等重大基础设施和生态环境综合治理项目逐步建成，"千年之城"的城市框架有序拉开。

京津冀协同发展，城市副中心作为"桥头堡"具有示范作用。"这几年的实践表明，绿色发展是城市副中心最鲜明的底色，也是最宝贵的经验。"北京城市副中心党工委委员、管委会副主任胡九龙表示，北京城市副中心坚持规划引领，突出绿色发展主基调，以生态治理、城乡建设、产业转型、社会文明为重要抓手，打造了"蓝绿交织、水城共融"的城市风貌，探索走出了一条以绿色为鲜明特征的高质量发展之路。目前，城市副中心已经启动国家绿色发展示范区建设。

五河交汇处，运河商务区的崛起正是副中心绿色发展的缩影。这样的生动故事还有很多：

曾经的东方化工厂原址变为副中心最大绿肺——城市绿心森林公园，被污染的土壤经过几年生态修复，已经成为50多种野生动物栖居的生态乐园；图书馆、博物馆、剧院等三大建筑在万亩林海中拔地而起，历史上的化工厂区变成了副中心最具生命力的地标。

东六环入地改造，地面原有的主路将建成"高线公园"，"缝合"城市空间、串联多个功能区的同时，还能为副中心增加绿化面积约50公顷，新增绿化每年可吸收约23万吨二氧化碳。

过去的工业重镇张家湾，华丽转身为潮流时尚的设计小镇。2022年底，落户于此的北京建筑设计研究院联手英国零碳工场，在这里建立了"零碳工场中国研究院"……

绿色发展理念渗入城市副中心发展的每一个细节。"未来，副中心将坚定不移走生态优先、绿色低碳的高质量发展之路，加快建设国家绿色发展示范区，打造人与自然和谐共生的中国式现代化城市发展样板。"胡九龙说。

二、卫星图里的巨变

"雄安现在怎么样？一组卫星图告诉你……"2023年初，"卫星图上看雄安"活动引起社会关注。当镜头升高，再升高，卫星捕捉的画面令人震撼——6年前还是典型传统村落模样的容东片区，如今栋栋楼宇拔地而起，条条街巷平坦宽阔；曾经水质恶化、水面萎缩的白洋淀，如今水面宽阔广衮，淀泊明眸善睐。

6年，2000多个日夜，华北平原上一座新城破土、萌芽、生长。千年之城，雄姿英发。

支持雄安新区建设，是北京义不容辞的政治责任。6年间，北京援建雄安"三校"竣工移交；雄安宣武医院加紧施工，2023年投入运营；雄安中关村科技园规划正加紧编制……

如今的雄安，公共服务水平不断增强，科技创新资源在此汇聚，新区的综合承载力、要素聚集力、自我发展力持续提升。一座"妙不可言、心向往之"的"未来之城"，正向我们走来。

"三校一院"增强综合承载力

"这儿原来是容城县的胡村，现在已经建成了一所现代化的小学。"史家小学副校长张欣欣站在史家小学雄安校区自豪地说。校园内几座建筑相

雄安北海幼儿园项目操场（北京日报社供图　武亦彬 摄）

互连通，行走其间，仿佛置身于一幅文化长卷。

2017年8月，京冀签署《关于共同推进河北雄安新区规划建设战略合作协议》，明确北京市以"交钥匙"的方式，支持雄安新区新建幼儿园、小学、完全中学、综合医院各1所。张欣欣就是北京市援建雄安"三校"项目的专班成员。

2019年初到雄安时，这里没有大型建筑，刚刚破土的"三校"显得有些"孤独"。张欣欣迅速完成了从一名体育教师到"工长"的角色转换，不舍昼夜，紧盯校园建设每个细节。

史家小学雄安校区项目建设全过程实行绿色建筑三星标准。所用建材均为绿色材料，墙体使用120毫米岩棉板，增强节能效果；安装能源监测系统，对各项能源使用情况进行监测，随时调整能源结构，最大限度降低能源消耗。

一流的硬件有了，张欣欣和同事们又开始忙起优质教学资源的注入。2023年5月，小学项目面向全国招聘教职工，其中提到"北京市援建雄安新区'交钥匙'项目三所学校（以下简称'三校'）是由北京市政府投资建设，建成后移交雄安新区，并分别委托北京市北海幼儿园、北京市东城区史家小学、北京市第四中学管理的高品质学校"。而且，这里的教职工上岗前，都需要接受史家小学本部提供的集中培训、跟岗实习、师徒帮带等形式的培训。

如今，雄安早已没有了张欣欣2019年初到时的"荒凉"，这里高楼林立，随处可见热火朝天的建设场景。在雄安新区启动区，科学园、互联网产业园、大学园、金融岛等功能片区建设有序推进，国贸中心、体育中心、大学园图书馆、中国科学院雄安创新研究院科技园区、科创综合服务中心等重大项目拔地而起。

作为雄安新区公共服务领域的"先手棋"，"三校一院"已经与这座新城融为一体。未来，北海幼儿园、史家小学、北京四中还将提供办学支持，这标志着北京市全力支持雄安新区提升公共服务水平和综合承载能力取得显著的阶段性进展。

科技创新提升要素集聚力

清晨6点56分，一列"复兴号"高铁列车从北京西站准时出发，一路向南，经停北京大兴国际机场，50多分钟后，到达位于雄安新区雄县昝岗镇的雄安站。如今，每天有17对城际列车往返北京和雄安。随着对外骨干交通路网加快构建，千年古都与"未来之城"之间，日渐紧密。

北京邮电大学信通学院副教授路兆铭经常往返于京雄两地，"从北邮出发，坐地铁到北京西站，再乘高铁到达雄安站，路上的时间可以继续思考问题"。路兆铭笑称自己是"地下工作者"——他的课题研究场景就在雄安的地下空间。在雄安新区容东片区，众多小区、楼宇的地下停车场是相通的，但在大规模地下空间中，人很容易迷路。如今，利用"5G+北斗"定位导航技术，在雄安新区可实现停车场人员和车辆准确位置导航。目前，这项技术已覆盖容东片区超过20万平方米的地下停车场，未来计划推广至新区所有地下空间。

地下空间精准导航，揭开了"地下雄安"的冰山一角。新区规划建设了系统网络化、空间弹性化、运行智能化的"干线—支线"两级综合管廊约380公里，让电力、通信、燃气、供热、给排水等各种工程管线全部住进城市地下隧道空间的"集体宿舍"，"宿舍"里布设着20多种、近万套前端感知设备，实现视频监控全覆盖。

地上雄安、地下雄安、云上雄安，雄安"三座城"共同生长，依托的全是科技。

"整套流程通过雄安新区产业互联网平台进行线上办理，省心又省事。"眼神科技雄安事业部总经理李强刚到新区，没想到通过雄安新区产业互联网平台，公司就申请到政策扶持资金几十万元。

基于区块链技术搭建的雄安新区产业互联网平台,通过将企业各类信息与各种优惠政策进行匹配,可精准推送到企业,让企业实现"一键申报"。

人在北京,通过线上就将企业迁到了雄安。宝冶(北京)建筑科技有限公司的工作人员通过准迁申请网络提交、电子档案信息互查、营业执照自助打印等,很快就拿到了注册名为宝冶(雄安)建筑科技有限公司的营业执照,免去了往返提交材料和邮寄纸质档案的周折。

靠着创新驱动、智慧赋能,新区城市管理和居民生活更加智能便捷。

美丽宜居汇聚自我发展力

人民城市人民建,人民城市为人民。

清华大学建筑设计研究院此前参与了雄安新区容东片区C组团147栋建筑共166万平方米安置片区的规划设计工作,以人民为中心的理念贯穿始终。

容东片区B1组团是新区百姓安置房及配套设施项目,已顺利交付。社区环境优美,配套齐全(北京日报社供图　潘之望　摄)

整个C组团按照功能流线进行设计——居民下班回家，先经过两所学校接孩子，再经过一条商业街，采买生活必需品，然后回到居住的小区。清华大学建筑设计研究院副院长刘玉龙介绍，商业街上还有书店、生鲜超市、果蔬店、卫生服务站、邻里互助设施、警务站等，这是为居民打造的"幸福一公里"。刘玉龙说："这将是中国未来城市人居环境建设的一种范式。"

如今，容东、容西、雄东片区逐步建成现代化新城区，一批群众回迁入住；启动区一批重点项目拔地而起，承载能力持续提升；昝岗片区科创中心中试基地、综保区等产业平台载体持续提升，优质生态空间提升城市吸引力……美丽宜居的环境、创新奋进的氛围，吸引越来越多人才汇聚雄安。

2023年2月，中国科学院院士、中国科学院雄安创新研究院院长祝宁华领到一张"雄才卡"A卡。按照新区政策，他可以享受包括直接落户、交通出行、医疗健康、子女教育等14项政策支持。截至2023年2月，雄安新区首批"雄才卡"审核通过3774人，均为新区急需人才。

雄安新区全面实施"雄才计划"，已先后选录招聘"双一流"高校人才3000余名，多渠道引进院士及其他高端领军人才12名，引进规划建设重点领域人才100余名，新增各类创新创业人才2.5万余名。

打造疏解北京非首都功能集中承载地，是设立雄安新区的初心。新区设立之初，习近平总书记就强调，雄安新区不同于一般意义上的新区，其定位首先是疏解北京非首都功能集中承载地，重点承接北京疏解出的行政事业单位、总部企业、金融机构、高等院校、科研院所等，不符合条件的坚决不能要。

按照党中央、国务院决策部署，从2021年起，以在京部委所属高校、医院和央企总部为重点，分期分批推动相关非首都功能向雄安新区疏解。在这一过程中，北京市积极提供服务支持和与雄安新区的转接，以落实好两地新一轮战略合作协议为牵引，助力雄安新区打造高质量发展样板。

新征程上，雄安新区作为北京发展重要一翼，正推动京津冀这一中国高质量发展重要一极加快崛起。

围绕承接疏解推动京雄联动发展

对照"中国式现代化建设的先行区、示范区"要求，按照《京津冀协同发展规划纲要》《河北雄安新区规划纲要》对京津冀（整体及三地）和雄安新区的目标定位，围绕疏解和承接功能，着力推动京雄联动发展。

瞄准北京"高精尖"和雄安"高端高新"产业定位，京雄携手打造世界级先进制造业集群。放眼未来，在科技创新方面，北京的目标是"国际科技创新中心"，雄安的目标是"全球创新高地"；在产业发展方面，北京的目标是形成"高精尖产业格局"，成为"全球数字经济标杆城市"，雄安的目标是成为"现代化经济体系的新引擎"，以"高端高新产业引领发展"。实现上述目标，迫切需要世界级先进制造业集群的支撑。

河北省政府参事、河北经贸大学研究员、京津冀协同发展河北省协同创新中心主任武义青建议，北京携手雄安，重点聚焦集成电路、智能网联汽车、网络安全、生物医药、智能制造等领域，着力打造新一代信息技术、生物医药和生命健康、节能环保、高端新材料等先进制造业集群，助力京津冀协同发展不断迈上新台阶，努力使京津冀成为中国式现代化建设的先行区、示范区。

三、家门口有了"北京名校"

习近平总书记强调，推进京津冀协同发展，最终要体现到增进人民福祉、促进共同富裕上。要推动京津优质中小学基础教育资源同河北共享，深化区域内高校师资队伍、学科建设、成果转化等方面合作。

新建优质校、进行师生互访、开展科研交流、一对一"结对"帮扶……

民生之基，教育为本。教育协同是京津冀协同发展的核心一环。近年来，北京多措并举，多渠道助力京津冀教育发展，如今京津冀教育协同发展局面蔚然成形。

家门口有了"北京名校"

2023年4月，在北京市朝阳区实验小学举办的"少年科技梦 创新筑未来"主题系列科技活动上，100余名来自朝阳区实验小学雄安校区、朝阳区实验小学雄安容西分校的师生组团来到北京，与本部同学一起参与活动，共同探索科学的奥秘。"能跟北京的同学们一起参加科技活动，收获真的很多。"一位雄安校区的同学在活动后这样说。

实际上，这样跨区域一同开展集团活动，在朝阳区实验小学教育集团内并非首次。京雄两地学生还曾一起走进阿根廷大使馆、尼日利亚文化中心，参加"一带一路"手拉手活动等。为助力提升雄安新区公共服务水平和综合承载能力，北京主动支持、积极配合。2018年，京雄两地签订雄安教育发展合作协议，北京推动"建三援四"项目，朝阳区实验小学教育集团和容城小学结成帮扶对子就是其中之一。2018年3月1日，朝阳区实验小学教育集团援助容城小学办学。

自此，朝阳区实验小学教育集团通过校长导学、专家引领、名师工作室、组团指导、跟岗交流等方式在教学教研方面给予容城小学大力支持。"疫情之前，北京专家老师每周两天走进雄安，面对面给雄安兄弟校老师们做教研、指导。从教学目标的制订到教学计划设计和执行，都手把手地教。疫情期间，两地教师也多次远程进行集体备课。"朝阳区实验小学雄安校区一位老师提到，她的课堂也由原来的传统灌输式教学转变为"以学生为主体"的课堂，通过实践探究等多种形式激发学生学习兴趣。

不仅如此，朝阳区实验小学教育集团还为学校送来了1600个篮球、300面腰鼓、100面非洲鼓、16面中国鼓等，并邀请京剧大师、艺术大师、非遗

第一章 抓住"牛鼻子" 协同京津冀

北京八十中雄安容东分校的课间,老师为同学们答疑解惑(北京日报社供图 武亦彬 摄)

传承人、外教等优质教育资源走进容城小学。"自从有了这些资源,学校陆续开启了篮球社团、非洲鼓社团、啦啦操社团等十几个课后服务社团。"这位老师提到,如今,学校已被评为河北省课后服务示范校,自己和孩子们都是结对帮扶的获益者,学校的教学质量更是得到显著提升。

高标准、高配置的新学校将继续服务雄安新区居民,大大提升雄安新区的承载力和吸引力。北京市教委相关负责人介绍,截至2023年4月,北京援建河北雄安新区三所"交钥匙"学校全部竣工交付,安排北京第四中学、史家小学、北海幼儿园承担后续办学工作。

推动北京市第八十中学、中关村三小、朝阳区实验小学和六一幼儿园援助雄安新区办学,为当地居民提供了"家门口的北京名校"。北京金隅科技学校、丰台区职教中心等职业学校对接新区职教中心开展合作,提升三县职教中心办学水平。加强雄安新区干部团队和骨干教师培训,助力干部教师能力素质提升,北京40余所学校先后对接支持雄安新区相关机构。

教学资源两地共享

来到雄安新区启动区,一座以中国传统书院为参照,采用经典围院布局的小学校园便呈现在眼前。这座占地面积达28560平方米,可容纳24个班840余名学生的学校,便是史家小学雄安校区。

作为北京支持雄安建设的"三校一院""交钥匙"项目之一,史家小学雄安校区的硬软件均对标史家小学本校区。以教师招聘为例,雄安校区严格按照北京史家小学的教师招聘考核制度进行,所有参与招聘的教师均需要经过线上初审、线下复审、现场面试、跟岗综合考查等四道关。

"我们要严把入口关,所有参与招聘的考官都是史家小学市区级以上的骨干教师,考核后会按照统一评价标准在应聘教师中优中选优。"史家小学雄安校区校长张欣欣介绍,每个月都会有史家小学的特级教师或骨干教师、正高级教师走进雄安校区,对当地老师进行定期的业务培训。

北京四中雄安校区项目(画面左侧)和史家小学雄安校区项目(画面右侧)(北京日报社供图 武亦彬 摄)

此外，学校将把相对成熟的线上共研、理念共识、成果共享的线上教研体系复制到史家小学雄安校区的日常教育教学中，助力雄安校区教师队伍高质量发展。

在课程建设上，史家小学雄安校区制定了完备的课程体系。该校区在严格落实新课程实施方案和新课程标准的基础上，大力发展10%的学科综合实践课程，结合雄安特色研发符合学生发展规律的校本课程，并以探究式、互动式、体验式为主的教学模式发展学生的核心素养。史家小学还将北京校区的优质课程、项目通过双师课堂形式，与雄安校区进行对接，力求实现教学资源的无缝衔接。

史家小学雄安校区的同学们也有机会走进北京，与总校的同学们一起共享课程，共同参与集团活动。比如，雄安校区的同学们将能够与总校同学一同到国家博物馆上史家小学的特色博物馆课程。同学们还有机会在未来与北京史家小学的同学们一起参与集团运动会、科技节等集体活动。

史家小学还会将优质教育资源辐射到整个雄安，共同促进雄安新区教育水平的提高。该校未来计划建设"史家学院"，搭建共享资源、优势互补的交流平台。未来，"史家学院"将邀请全国的专家来到雄安新区，为京津冀地区的老师们进行业务培训。"这个平台将面向京津冀的老师们，把小学办成教师成长的大学。"张欣欣说。

优质教育留住人才

作为北京新"两翼"中的另一翼，北京城市副中心也用"一天一个样"的变化向外界展示了教育领域拔节生长的勃勃生机。"不少优质校都在通州办分校了，而且与中心城区学校是同一法人，两边学校统一管理，教师也都是优质教师。如今的通州教育值得我们期待。"家住在通州区新华大街附近的张先生说，家门口的首师大附中通州校区入驻通州几年来，越来越好，他和妻子决定孩子以后就在通州上学了。

  首师大附中通州校区就是通州按照"五位一体"（统一法人、统一团队、统一管理、统一课程、统一招生）管理模式，引入的优质资源之一。除此之外，北京小学、史家小学、一幼海晟实验园、北京第五幼儿园、北海幼儿园、黄城根小学等中心城区优质资源也已布局通州。市教委相关负责人介绍，近年来北京市集中全市优质资源支持副中心教育，在通州区范围内新建28所中小学、幼儿园，新增4.3万个优质学位，重点在行政办公区周边规划建设14所中小学、幼儿园，引进多个中心城区优质资源，组建了北京学校，设立了北京第一实验学校和北京第一实验中学等。

  在新建、引入优质名校办分校的基础上，北京市通过"一对一"支持的方式促进副中心基础教育水平全面提升，目前全市已统筹63所优质学校"一对一"支持通州区学校。北京市教委2017年就启动了第一期支持通州基础教育质量提升计划，以及通州区教师素养提升计划。2023年1月，北京市举办了支持通州区基础教育质量提升行动计划启动签约仪式，再启动新一轮针对通州区教育的市级支持计划，通过校际"手拉手"等形式，将市级优质教育资源引入通州区。这其中包括，通州区芙蓉小学和海淀区中关村三小，通州区甘棠中心幼儿园和西城区中国儿童中心幼儿园，通州区教师研修中心和北京教育学院等学校和教研单位分别签署了合作协议……

  "2017年便和通州区张家湾中学结为'手拉手'学校，这些年从学校文化建设、课程改革、特色发展和教育教学活动、师资培训等方面进行了深入探讨和合作，已经取得一定成绩。张家湾中学已经从一所普通学校变成了在美育、美术方面具有特色的学校。东城区工美附中特色课程和师资的直接植入，使张家湾中学办学水平不断提高。"东城区工美附中校长王泽旭提到。

教育协同惠及更广人群

北三县与北京市建立了13个基础教育协同发展共同体，北京中小学、幼儿园与北三县14所学校合作办学……北京优质教育资源向北三县不断延伸。北京市教委相关负责人介绍，2019年，市教委与廊坊市政府签订《关于北三县地区教育发展合作协议》，指导通州区教委持续推进与廊坊北三县教育协同发展，围绕教师跟岗培训、学校"手拉手"交流等方面开展合作。

以北京市商业学校为例，该校早在2016年就与河北青龙县职教中心签署对口帮扶协议，在联合办学、干部培训、教师培养、专业交流等方面提供支持；2022年，学校又指导阜平职教中心申报开设眼视光与配镜专业，帮助规划专业生产性实训基地建设，在专业建设层面助推京津冀职业教育一体化发展。为进一步扩展校校合作的广度和深度，学校还与阜平职教中心共同签署了职业教育交流与合作协议，在基层党建、思政教育、专业建设、师资培训、创新就业指导、资源合作与开发等方面深入开展合作交流。北京财贸职业学院也与廊坊燕京职业技术学院联合办学，在师生互访、科研交流、师资培训、申报项目等方面开展深入合作。北京财贸职业学院与大厂县职业技术教育中心合作开展跨省市"3+2"联合培养试点。北京实验学校三河校区和北京潞河中学三河校区挂牌成立。

北京每年组织北三县近百名校（园）长、管理干部、骨干教师来京跟岗研修，北京专家教师还多次赴北三县送教讲学。这一系列的"组合拳"更是有效提升了北三县的教育教学水平，为京津冀教育协同提升作出"北京贡献"。

近年来，北京通过教师互派、课程共享、远程培训等多种形式，加强对津冀两地的教师培训，津冀来京集中培训师资51000余人次、挂职跟岗师资4700余人次。为持续深化京津冀教育协同发展，签订三地《"十四五"时期京津冀教育协同发展总体框架协议（2021—2025年）》。市教委和部分区教委与河北雄安新区、环京地市建立了教育发展对接沟通机制。北京市中小学校与河北省23个贫困县的学校建立了160余对"手拉手"帮扶合作关系。北京景山学校、北京五中分校、八一学校、北京八中等优质学校在河北多地市建设分校，开展跨区域合作。北京市教委主任李奕表示，首都教育系统将持续完善京津冀教育协同机制，全力支持雄安新区教育发展，统筹优质教育资源向廊坊北三县延伸布局，推动京津冀教育协同发展形成更多生动实践。

四、雄安容天下　京津冀未来

"一核"辐射、"两翼"齐飞，京津冀如同一张巨大的棋盘，关键处落子，带动全局。2014年2月26日，习近平总书记在北京召开座谈会并发表重要讲话，京津冀协同发展上升为重大国家战略。2016年5月27日，中共中央政治局召开会议，首次研究部署规划建设北京城市副中心；2017年4月1日，中共中央、国务院决定设立国家级新区河北雄安新区。从此，通州与雄安新区共同成为首都北京的新"两翼"。"一核"辐射，"两翼"齐飞，中国式现代化在区域协同发展中正在形成更多生动实践。

城市副中心实现跨越式发展

2021年11月，国务院印发《关于支持北京城市副中心高质量发展的意见》，进一步为城市副中心发展擘画了蓝图、指明了方向。6年多来，城市副中心实现了跨越式发展。

"如今的通州真是发生了巨大的变化，身边多了公园绿地，生活环境好了。三甲医院和名校分校都落户到通州，医疗教育的水平明显提升了。家人看病、孩子上学，我们再也不用想着到城区了。"家住在通州永顺镇的居民陈女士，已经在通州生活了近20年，见证了城市副中心在公共服务方面日新月异的变化。陈女士坦言，自己母亲患有疾病，需定期治疗，此前每

第一章 抓住"牛鼻子" 协同京津冀

在通州院区开诊一周年之际,北京友谊医院通州院区开展"创新驱动发展,守护百姓健康"义诊(北京日报社供图 方非 摄)

次看病都需要开车一个多小时到友谊医院本院区治疗。友谊医院通州院区开诊后,他们在"家门口"就能治疗,而自己的女儿上中学也选择了在家门口的北京五中通州校区就读。"以前我们还想着孩子到了上初中的年纪就到城里买房,但学区片里新建了北京五中通州校区,学校的师资和硬件都不错,我们最终选择了留在通州上学。"

"要加快重大基础设施建设,配置教育、医疗、文化等公共服务功能,提高副中心的承载力和吸引力。"2019年1月,习近平总书记考察北京城市副中心时强调,要高质量推动北京城市副中心规划建设。几年来城市副中心不断补足医疗、教育短板,提升公共服务能力。如今,城市副中心已有北京友谊医院通州院区、北京大学人民医院通州院区等4家市属医院运营,医疗水平得到质的提升。除此之外,北京学校、人大附中等近20所市级优质教育资源入驻副中心,仅2022年就新增学位8730个。

开工建设通州北苑、玉桥家园中心，稳步实施南大街及周边片区腾退保护更新项目……通州这座老城也在城市更新中不断焕发新的活力。2023年，还有一批深入推进城市更新的项目继续实施，加快推进老旧小区改造、棚户区改造和政策性住房建设。

目前，城市副中心居民在家门口就可以享受到比肩中心城区的优质教育医疗资源，而且通州连续5年通过了全国文明城区的复审，老城"双修"高效推进，人居环境加快改善，城乡环境正逐步实现由"盆景"到"风景"的转变，城市功能品质实现了蝶变式新提升。

规划建设北京城市副中心，是千年大计、国家大事。北京保持每年千亿元以上投资强度，加快重大工程项目建设，努力打造"城市副中心质量"。

城市绿心森林公园里，大运河博物馆、北京城市副中心图书馆、北京城市副中心剧院三座新地标，建筑面积超30万平方米，已初现真容。目前正进行内部精装修及室外市政、景观绿化工程。三座新地标的建成是提升城市副中心文化风貌、促进文化艺术传播的标志性文化设施群，被市民亲切地称为一座"文化粮仓"、一艘"运河之舟"、一间"森林书苑"。这三大地标投入使用后，将成为集文化体验、共享交流、演艺演出、展览展示、休闲娱乐于一体的城市活力组团和北京市又一新地标，使城市的"高颜值"与"深内涵"更具副中心文化韵味。

目光转向东六环的北京城市副中心站综合交通枢纽，这里塔吊林立，工人们正在紧张有序地施工中。未来这里将拥有铁路、地铁、公交、航站楼等，将盘活地上地下城市空间。2025年建成后，这个"超级枢纽"将可实现1小时内到达河北雄安新区和天津滨海新区，而到达北京首都国际机场只用15分钟。

再往东看，2023年市级行政办公区二期实现竣工。2019年1月，北京市级行政中心正式迁入城市副中心，第一批35个市级部门、165家单位搬迁，约1.2万名公务员入驻行政办公区。"未来还有近3万人到这里办公。"通州区委书记孟景伟介绍，城市副中心与主城区"以副辅主、主副共兴"的发展格局将有序形成，持续强化非首都功能承载力。

2023年4月，通州区发布了《2023年北京城市副中心重大工程行动计划》，一项项重大工程压茬推进，彰显着城市副中心高质量发展的步伐不断加速。作为首都新"两翼"中的一翼，城市副中心如今已实现了跨越式发展，906平方公里的土地上，焕发出勃勃生机。

在承接非首都功能的同时，按照城市控规，城市副中心聚焦行政办公、商务服务、文化旅游三大主导功能，并在商务服务、文化旅游方面聚集优势产业，为副中心打造首都新"两翼"中的一翼奠定坚实基础。

以运河商务区为例，作为承接北京中心城商务功能、提升消费功能、集聚文化功能的重要空间载体，这里已有金融企业289家，高新技术企业124家，专精特新企业21家，上市企业2家……运河商务区聚焦高端商务服务业，已形成建设全球财富管理中心、北京绿色金融国际中心、金融科技创新中心重要承载区的产业功能定位。运河商务区注册企业达1.97万家，力争到2025年建成"总部经济"和"财富管理"两大千亿级产业集群。

2023年，城市副中心高质量发展的步伐更加铿锵有力。中国信通院产业创新基地即将开工，西北工业大学北京研究院、通州网安园网络安全领军人才培育基地、小米智能制造产业基地等都将加快实施。同时，作为产业发展的"活水"，银行等金融机构也加码布局。目前，通州区注册金融企业超过350家，金融业占GDP的比重超过10%，各类金融资产交易、管理规模突破2万亿元。

"未来之城"正拔节生长

走进京南120公里外的雄安新区，一片火热的建设场景映入眼帘，一座承载着千年大计、国家大事的"未来之城"轮廓渐明。自2017年4月宣布设立雄安新区以来，城市功能不断完善，城市雏形全面显现，承接北京非首都功能疏解工作有序进行，重点片区和重大项目建设稳步推进，"未来之城"正拔节生长，中国式现代化雄安场景正拉开序章。

"我住的是140平方米的房子，四室两厅两卫，南北通透。小区环境也很好，下楼就能跟邻居聊天、交流。"在雄安新区容东片区南文营社区弘文花园小区，居民刘先生言语中透露着对居住环境的满足。走进南文营社区，处处是一派欢乐祥和的景象；居民们聚在一起下棋、健身，孩子们组团嬉戏玩耍。

是否住得稳、过得安、有奔头，群众最有发言权。南文营社区仅是雄安新区回迁群众幸福安居的一个缩影。目前，容东片区已有6万多名回迁群众安居。在雄安，容东、容西、雄东等安置片区加快建设，近12万回迁群众乔迁新居。

"要坚持人民城市人民建、人民城市为人民。"习近平总书记在雄安新区考察时强调。雄安新区注重保障和改善民生，引入京津优质的教育、医疗卫生、文化体育等资源，建设优质共享的公共服务设施，提升公共服务

雄安商务服务中心展现雄姿（北京日报社供图　武亦彬 摄）

水平，构筑新时代宜居宜业的"人民之城"。

北京以分内之事全力支持雄安新区建设，坚持雄安新区需要什么就主动支持什么。北京市发改委相关负责人表示，北京积极助力雄安新区提升综合承载力，以"交钥匙"方式在雄安建设3所学校、1所综合医院，建成后由北海幼儿园、史家小学、北京四中、宣武医院提供办学办医支持。截至2023年9月，幼儿园、小学、中学3所学校，以及医院一期项目已全部建成交付。制定支持雄安新区提升公共服务水平有关工作意见，推动实施"基础教育提升、医疗卫生发展、职业培训创新"三大工程，北京40余所学校、5所医疗卫生机构对接支持雄安新区相关学校和医疗卫生机构。

打造疏解北京非首都功能集中承载地，设立雄安新区的初心正逐步化为现实。雄安新区紧紧牵住疏解北京非首都功能这个"牛鼻子"加快推进重大项目和标志性建筑建设，努力把高标准的城市规划蓝图变为高质量的城市发展画卷。

中国中化、中国华能总部有序建设，新成立的中矿集团落户并完成选址，一批市场化疏解项目如期推进，中国电信智慧城市产业园8号楼和10号楼主体封顶……一家家标志性项目也在雄安新区提速建设，为承接北京非首都功能疏解树立标杆。"燃气管道和通信电缆迁移、地面障碍物清理等，这些拿地前的事项，一些地方可能要2个多月才能完成，而雄安新区只用了10天，对我们加快工程进度很有帮助。"中化控股雄安置业有限公司项目总监张吉烁表示，为让项目加速落地，在确保安全和质量的前提下，工地全天24小时都在施工，展现出了"雄安速度"，也正是这样的速度，让这里的每一天都有新变化。

目前，中央企业在雄安新区设立各类机构140多家，其中二、三级公司90多家。截至2023年一季度末，雄安新区累计实施重点项目达到292个、完成投资超过5300亿元，高峰时期约有20万建设者紧张有序施工。

"在雄安就能办理北京的营业执照，太方便了。"2023年4月18日，在雄安新区政务服务中心办事大厅，河北雄安方元科技有限公司行政总监冯宇通过"自贸通办"窗口办理了该公司北京分支机构的营业执照。这也成为京冀政务服务"自贸通办"窗口上线运行后的首单业务。

2023年4月，京冀政务服务"自贸通办"试点框架协议签约暨"自贸通办"窗口上线仪式举行，河北自贸试验区四个片区依托北京城市副中心一体化综合受理平台，通过实时视频连线北京市政务服务大厅办理窗口的方式，在河北省率先实现北京市和通州区近3500项政务服务事项跨区域无差别办理。这一举措通过打破体制机制壁垒，提高政务服务智能化精准化水平，有效解决了非首都功能疏解企业异地办事"两头跑""折返跑"等问题，促进了资源要素在区域间便捷流动。

这是北京和河北不断优化服务功能的举措之一。为给企业提供更多发展便利和舞台，雄安不遗余力。2021年9月雄安新区在中国（河北）自由

雄安新区产业互联网平台的信息屏上，政策服务、金融服务、人才服务、跨境电商服务等几大板块的信息一目了然（北京日报社供图　武亦彬　摄）

贸易试验区雄安片区内建设综保区；这片占地面积仅有1000亩的园区，通过税收优惠等政策扶持，助力企业"轻松"实现"买卖全球"。园区重点引进信息技术、先进制造等领域的央企子公司，目前共计32家企业落户。未来，这里将实现"四区"驱动——雄安新区、自贸试验区、跨境电商综合试验区以及综保区。

搭建新平台，释放新动能。"雄安新区统筹推动形态开发、功能开发、平台开发，形成示范带动效应。"雄安新区管委会负责人曾说。北京市发改委相关负责人表示，北京支持符合雄安新区功能定位的创新资源在雄安新区集聚发展，京冀两地共同谋划建设雄安新区中关村科技园，3000余家北京来源企业在雄安新区注册，中关村高科技企业设立分支机构142家。17家市管国企在雄安新区投资项目100余个，涉及基础设施、城市运营、生态环境等多个领域。

五、"朋友圈"扩大　都市圈加速跑

2023年中关村论坛期间，京津冀协同发展成效展亮相中关村论坛展览（科博会）。展览以"通勤圈、功能圈、产业圈"三个圈层为框架，全景式、多角度展现三省市携手建设现代化首都都市圈、推动京津冀协同发展取得的新成效。当前，京津冀三地经济总量已突破10万亿元，产业链、供应链、创新链"三链"联动成果显现。

产业协同新模式成效显著

走进京津冀协同发展成效展，两座高大的火箭模型格外引人注目，它们是新一代大型运载火箭"长征五号"和中型运载火箭"长征七号"。其中，"长征五号"的研制成功标志着中国运载火箭实现升级换代，是我国由航天大国迈向航天强国的关键一步。而这背后，离不开京津冀协同创新的深入。

"长征五号、长征七号运载火箭由中国航天科技集团第一研究院研发设计，天津航天长征火箭制造有限公司生产制造，是京津两地在航空、航天等重点领域协同发展的代表性产品。"天津市协同办工作处二级调研员王晓军介绍，北京承担设计，天津负责零件、部段生产及全箭总装、总测，展现了"北京设计、天津制造"的产业协同发展模式。

据了解，天津航天长征火箭制造有限公司是国家重大科技专项"载人航天及探月工程"项目重点企业，主要从事新一代运载火箭的研制生产及总装。2008年11月，该公司在天津开发区西区启建，一座大型的新航天城开始生根。天津航天长征火箭制造有限公司相关负责人介绍，当初选择在天津滨海新区，一是因为新一代火箭个头儿更大了，二是天津本身的区位、产业优势。

"现役火箭直径3.35米，可以通过铁路运输；但是大火箭的直径达到5米，铁路运输已经无法满足了，只能通过空运和海运。天津具有雄厚的工业和人才优势，在京津冀协同发展的大背景下，通过国家整体战略考虑，新一代运载火箭产业化基地在天津滨海新区落成。"该负责人表示。

展区另一侧，一列列精巧的动车模型也吸引了许多观众驻足，他们将手机镜头尽量贴近模型，想拍摄到更多细节。其中，就有北京地铁冬奥支线列车模型，这趟列车由北京市属国企京投公司在河北建立的河北京车智能制造基地生产，属于"北京设计、河北生产"，是京津冀强化协同创新和产业协作的一项重要新成果。

北京冬奥会期间，北京赛区所有比赛场馆全部可以乘坐地铁抵达。北京轨道交通11号线西段被称为"冬奥支线"，是北京第一条智慧轨道交通示范线路，被誉为"雪国列车"。这列地铁是为北京冬奥会"量身打造"的。

据了解，2021年，河北京车累计有4个订单项目排产，分别为北京市轨道交通11号线、12号线、3号线，以及绍兴市轨道交通1号线。其中，北京市轨道交通11号线是河北京车首个投入正式运营的项目。

"京车项目是京投公司贯彻京津冀协同发展战略、疏解非首都功能，落实'投资＋创新'战略，推进'一体两翼、三大支撑'战略的重大投资项目，也是河北保定承接首都高端装备制造产业、提升战略新兴产业发展水平引进的重大项目。项目以轨道交通车辆制造为龙头，涵盖地铁车、市域动车组、磁浮车、轻轨车等多个品种。"项目负责人介绍，"研发中心设在北京，制造基地建在保定，既发挥了首都优势，保持了对高端人才的吸引，也有效汇聚了轨道交通装备制造技术和创新资源，带动了河北当地经济和就业。"

这两组展品只是京津冀产业协同的一个缩影。2023年4月，北京、天津两市举办"京津产业交流合作对接洽谈会"，为两地企业搭建合作对接平台；京冀曹妃甸协同发展示范区已签约北京项目500余个；中关村企业在津冀设立分支机构9500余家，北京流向津冀技术合同成交额累计超2100亿元……在京畿大地，产业之花正在绽放。

重点领域晒出"成绩单"

在京津冀协同发展成效展上，交通、生态、产业等重点领域协同发展取得的新突破悉数亮相。

交通一体化是京津冀协同发展的骨骼系统和先行领域，9年多来，京津冀交通一体化率先突破、全面推进，"四纵四横一环"综合运输通道基本形成，交通网络格局持续优化。

随着2019年9月北京大兴国际机场正式投用，北京迈入航空"双枢纽"时代。京张高铁、京雄城际、京哈高铁、京唐城际、京滨城际（宝坻至北辰段）开通运营，环首都"一小时交通圈"逐步扩大，相邻城市间基本实现铁路1.5小时通达。截至2022年底，京津冀区域营运性铁路总里程达到10933公里，较2014年增长38.3%。

潮白河上,由中铁六局承建的跨京哈铁路特大桥连接着京唐城际铁路北京段和河北段(北京日报社供图　潘之望　摄)

京津冀之间的高速公路"断头路"实现全面消除,京礼、京台、京秦等多条高速公路相继建成通车,截至2022年底,京津冀高速公路总里程达到10880公里,较2014年末增长36.3%。同时,开通了平谷到遵化、平谷到兴隆等6条省际班线的公交化运营试点,实现了38条公交线路跨市域运营,线路总里程2700余公里。

生态文明建设是推动京津冀协同发展的重要基础。9年多来,京津冀认真践行"绿水青山就是金山银山"的理念,加大生态环境联合治理和协同保护力度,全力打造京津冀区域绿色生态屏障,携手共建山川秀美的京津冀。

数据显示,2022年,京津冀三地PM2.5平均浓度为37微克/立方米,较2013年下降65.1%。其中,北京PM2.5平均浓度降至30微克/立方米,比2013年下降66.5%;天津PM2.5平均浓度为37微克/立方米,同比下降5.1%;河北省PM2.5平均浓度为36.8微克/立方米,同比下降5.2%,为监测记录以来最好水平。

与此同时，永定河、潮白河等五大河流全部实现"流动的河"并贯通入海，白洋淀水质从劣Ⅴ类提升至Ⅲ类，进入全国水质良好湖泊行列。三地还携手建设生态水源保护林，治理风沙源。天津市实施875平方公里湿地保护修复，在"津城""滨城"之间划定736平方公里绿色生态屏障区。张家口水源涵养功能和生态环境支撑能力也在持续提升。

推进京津冀协同发展，最终要体现到增进人民福祉、促进共同富裕上。北京持续推动优质公共服务资源向津冀布局，为当地居民就学、就医提供便利。比如，在深化教育领域合作方面，京冀开展职业院校跨省市"3+2"联合培养试点，组建22个京津冀高校发展联盟；在加强医疗卫生协作方面，累计实施京津、京冀医疗卫生合作项目50余个，50项临床检测结果在京津冀685家医疗机构实现互认，20项医学影像检查资料在三省市313家医疗机构试行共享。京津冀4900余家定点医疗机构实现跨省市异地就医住院费用直接结算，6500余家定点医疗机构实现异地就医门诊费用直接结算。

京冀还携手成功举办了一届无与伦比的冬奥盛会，北京成为全球首个也是唯一一个"双奥之城"。

现代化首都都市圈正加快构建

通勤圈、功能圈、产业圈，"三圈"加快构建；北京城市副中心、雄安新区，"两翼"齐飞。京津冀协同发展成效展上，一张张图片、一组组数字、一段段视频、一件件展品，勾勒出了京津冀协同发展9年来的新成效。

如今，京张高铁、京雄城际、京哈高铁、京唐城际、京滨城际（宝坻至北辰段）开通运营，环首都"一小时交通圈"逐步扩大。通州区与北三县对接道路达10条，厂通路公路部分总体工程进度过半，北京首条跨省市地铁平谷线进入全面建设阶段，北三县至北京国贸地区通勤定制快巴试点开通，大运河京冀段62公里实现旅游通航……一条条交通线，让京津冀之间的距离再缩小。

看雄安新区,这一翼已进入大规模建设与承接北京非首都功能疏解并重阶段。北京以"交钥匙"方式,支持建设的雄安北海幼儿园、雄安史家小学、北京四中雄安校区3所学校全部建成交付,雄安宣武医院一期项目竣工交付。

看北京城市副中心,另一翼城市绿心森林公园开园,副中心剧院、图书馆、博物馆主体工程全面完工,副中心站综合交通枢纽、东六环路入地改造等重点工程加快推进,环球影城主题公园盛大开园,成为北京文化旅游新地标。当前,北投集团等一批市属企业落户副中心,张家湾设计小镇、运河商务区分别注册企业达382家、1.97万家。

2020年,我国第一个综合类国家技术创新中心——京津冀国家技术创新中心获批成立,并在燕郊、通州、天津建立分中心,加快构建"创新链—产业链"耦合的京津冀协同创新共同体。"我们从全球的顶尖高校遴选核心技术进行孵化,举三地之力进行学科协同攻关,持续进行产业化,推动促进产业升级。"相关负责人介绍,如今,京津冀国家技术创新中心已汇聚创业企业105家,累计实施208项前瞻性项目,139项科技成果实现转移转化,约10%的研究成果属于世界首创或领先。

北京市发改委相关负责人表示,未来,三地将联合推动北京新"两翼"建设取得更大突破,强化交通、生态、产业、创新、公共服务等领域协作,加快构建现代化首都都市圈,推进京津冀协同发展走深走实,推动京津冀协同发展不断迈上新台阶,努力使京津冀成为中国式现代化建设的先行区、示范区。

【数说·新时代新北京】

北京城市副中心保持每年千亿元投资强度,城市框架基本成型。第一批市级机关顺利迁入副中心,行政办公区二期进入施工收尾阶段,2023年底前启动搬迁;环球影城主题公园盛大开园,城市绿心森林公园成为市民新打卡地,副中心剧院、图书馆、博物馆三大建筑顺利通过竣工验收,副中心站综合交通枢纽、东六环入地改造等一批重点工程全面提速;行政办公、商务服务、文化旅游、科技创新等"3+1"主导功能持续加强;通州区与北三县一体化高质量发展示范区加快建设,对接道路已达10条,厂通路及跨潮白河大桥正在加快建设,大运河京冀段全线62公里实现旅游通航。

雄安高铁站等一批重大项目建成,"四纵两横"高速铁路网络加快形成,启动区"三横四纵"骨干路网具备通车条件;北京支持建设的3所学校全部建成交付,2023年9月开学,雄安宣武医院一期项目竣工交付。首批标志性疏解项目陆续在雄安新区落地,4所高校、2所医院选址落位,中国星网总部项目主体结构封顶,中国中化、中国华能等央企总部加快建设;白洋淀水质逐年好转,从劣Ⅴ类提升至Ⅲ类,进入全国水质良好湖泊行列。

第三节　1+1+1如何大于3

近十年来，习近平总书记主持召开三场座谈会，先后多次在京津冀地区考察调研，为三地协同发展领航指路、把脉定向。京津冀协同发展战略在三地形成生动实践，取得巨大成就。三地携手发力，交通、环境、产业、公共服务等重点领域建设不断取得新突破。优质资源不再遥远，更多群众看见了变化，感受到实惠。

一、"一小时交通圈"越画越大

广袤的京津冀大地上，一列列高铁奔腾往来，让北京的"一小时交通圈"生机勃勃。

9年间，在一张蓝图的指引下，三地携手，"轨道上的京津冀"主骨架形成，并且跑出了加速度。截至2022年底，京津冀三省市铁路营业里程达10933公里，其中高铁2575公里，实现铁路对20万人口以上城市全覆盖，高铁覆盖京津冀所有地级市，快速推进半小时、一小时城际交通圈。

如今，大批工作在首都北京、安家在环京城市的奋斗者，因为高铁，改变了工作、生活及休闲度假方式；也是因为高铁，本就地缘相近、人缘相亲的京津冀三地，走得更近、融得更快。

跨省高铁通勤"速度惊人"

早上7时14分，34岁的曹燕坐上了河北涿州开往北京的高铁，她打开小桌板，拿出人力资源专业书籍，勾勾画画，认真学了起来。意犹未尽，车已到站。这趟通勤高铁，把涿州至北京的时间缩短至25分钟。

在北京西站下车，走免检通道，无缝换乘地铁7号线，桥湾站下车后步行10分钟，曹燕就到了自己工作的物业公司。从走出涿州家门，到进入北京的办公楼，用时一个钟头。

不夸张地说，这趟通勤高铁，为曹燕一家打开了幸福之门。曹燕是河北保定人，大学毕业后到北京打拼，租了9年房，搬家数次，最远时租住在房山，上下班"跋山涉水"，穿越大半个北京城。"有时晚上加班，一想到回家路上公交倒地铁，得折腾一个半小时，都想睡在单位。"再苦再累，曹燕一直咬牙坚持着，直到她的孩子出生。

由于出租房条件差，曹燕两口子工作都忙，休完产假曹燕就把孩子送回老家，交给父母照顾。"太想孩子了，有时半夜惊醒，发现孩子不在身边，跟我爱人抱头痛哭。"回想起那段日子，曹燕眼圈红了，她不想让孩子当留守儿童。再说老人年纪越来越大，她也担心父母的身体。

一次带老人在涿州看病的经历，让曹燕坚定作出跨省通勤的决定。"在我印象中，从北京到涿州至少得俩小时。没想到，坐高铁只用了25分钟，我被这样的速度震惊了！"2018年，曹燕用奋斗多年的积蓄，在涿州高铁站附近买了一套127平方米的三居室。

2019年底，曹燕住进了属于自己的家，不仅通勤顺畅，还能一家人在一起，每天抱着孩子入睡。"别看我的家在涿州，但我感觉跟住在北京差不多！"

让她高兴的事儿，一件接一件。2022年7月，涿州东至北京西加开"京涿通勤高铁"，在以往售票紧张的"过路车"基础上，增加了始发车。"早晚车次选择更多了,最晚一趟晚上10点才从北京西发车,偶尔加个班也能赶上。"曹燕算了笔账,自己一个月通勤费用1200元左右,除了单位的通勤补贴,免费注册铁路会员后,每个月还能用积分兑换两三张票。

高铁飞驰,连接家与远方,让更多的年轻人在"家门口"实现梦想。天津到北京半小时,河北廊坊、张家口、承德、石家庄到北京最快分别为21分钟、48分钟、52分钟、1小时……如今,河北大多数地级市都加入了北京"一小时交通圈",每天都有大批环京通勤族乘坐高铁来往于家与北京之间,"双城生活"成为现实。

周末环京旅行"说走就走"

对于京津冀居民来说,高铁不仅是跨省通勤工具,更让周末度假有了新选择。

"到天津赶海,挖蛤蜊,孩子玩嗨了!"刚刚入夏,不少北京市民已经利用周末带孩子坐高铁到天津东疆亲海公园去玩了。"北京南站坐高铁,1小时到天津滨海站,出站打车半小时就到,坐公交也可以。"市民赵峰出发前功课做得很细,还提前看了"潮汐表",当天水位最低点是上午11时30分,适宜赶海,于是买了早上8时10分出发的高铁。

赶完海第二天,赵峰还带孩子打卡了国家海洋博物馆。博物馆陈列丰富,一家三口在里面逛了一天,直到傍晚,才恋恋不舍地踏上回京的高铁。选择高铁,赵峰不只图速度快,还因为孩子是个高铁迷,"他从小就喜欢高铁,'复兴号'有多少型号,最高时速多少,哪些技术世界领先……这些知识比我都丰富。"

坐着京张高铁去草原,搭乘京雄高铁去白洋淀看荷花……越来越便捷的高铁,为京津冀丰富的旅游资源带来更多游客,带动了当地经济增长,带火了一批网红打卡地。

"张家口崇礼太舞度假小镇,平均温度20℃的夏天,每年暑假必打卡!"

第一章 抓住"牛鼻子" 协同京津冀

8月1日,京津城际铁路正式开通运营15周年。在北京南站,一列城际列车缓缓驶出站台（北京日报社供图 武亦彬 摄）

一位妈妈在社交平台上分享着自己的游玩攻略。2023年是太舞度假小镇运营第8年,2019年底京张高铁开通后,小镇游客量直线上升。"过去雪季,人们都是自驾来,现在高铁方便了,不少滑雪爱好者来得更频繁了,坐高铁可以当天往返,小镇距离高铁站只有四百米。"让太舞集团市场中心经理任晓强高兴的是,还没进入暑期旺季呢,一到周末,小镇上近30家不同风味的餐厅生意红火,酒店入住率持续上升。

数据显示,京张高铁开通后的2020年至2021年度,太舞度假小镇接待游客85万人次,较上一年度增长30万人次。

这么近、那么美,周末到河北。2023年"五一"前夕,北京—涉县文化旅游列车从北京西站出发,不仅配备舒适软卧,多功能车厢还设有书吧、茶吧、KTV等,旅客可以沿途游览娲皇宫、129师司令部旧址、韩王九寨、太行五指山、刘家村、大洼村等涉县精品景区。

"以前从北京到涉县,没有直达火车,如果自己开车,最快也得5个多小时。现在有了旅游班列,省心省事,一路上我们在列车上品茶、唱歌,老友叙旧,休闲又惬意。"年过六旬的孙女士说。

跨城寄快件当日"门到门"

当高铁快运像同城配送一样方便,京津冀的时空距离再次缩短,跨城急件"坐"高铁,最快4小时就能送到用户手中。

2023年5月19日10时,中铁快运发货微信小程序收到一个高铁急送单,发货方是北京金域医学检验实验室有限公司,货品是一批石家庄子公司急用的包装材料。骑手上门取货后,亲手交给中铁快运北京西站工作人员。货品搭乘G339次列车,抵达石家庄北站。等候在站台的工作人员,第一时间将货品取下,交给当地骑手,送至客户手中,货品签收时间是当日15时30分。全程338公里的一次配送,只用了5个半小时。

"高铁速度快,时效有保证,相比于其他运输方式,受天气影响相对较小。"该公司下单的物流部经理王建东说,正是因为看中铁路物流优势,公司选择与中铁快运长期合作,北京、天津、石家庄三家子公司之间货品往来也全部走高铁。"过去中铁快运没有急送业务时,要想当天送到,还要派专人坐高铁跑一趟,人工成本高,而且未必能买到最近时间的高铁车票。现在可真方便,打开手机操作几下,人家就上门替你跑腿了,货物安全还有保障。"王建东感叹道。

2023年5月初,中铁快运推出"高铁急送"新产品,为有紧急运输需求的客户,提供全程速度最快、时效最准、运行最稳的点对点小件快运服务,可以实现跨城市"门到门"当日送达。

"急送件装载在列车上的高铁快运柜里,作业人员提前在站台等候接车,全程手递手交接。"中铁快运股份有限公司高铁快运业务负责人介绍,用户下单后,系统会自动匹配最快出发的车次。同时,通过自主研发的冷链运输技术，可以提供-30℃至25℃不同区间温度的运输服务。

"从试运营效果来看，京津冀城市群内的急送需求比较多。"高铁快运业务负责人说，这些急送物品主要包括商务函件、标书合同、生鲜礼品、急用药品、个人证件和物品等，让他印象深刻的，还有车钥匙、矫正牙齿用的牙模等。

目前，"高铁急送"业务已经覆盖包括北京、天津、石家庄等全国88个城市。高铁物流的飞速发展，进一步消弭了京津冀城市间的距离感。

如今，京张高铁、京雄城际、京滨城际……一条条高铁新线的开通，让三地"同城化生活"正在变成美好现实。"轨道上的京津冀"日新月异，跑出协同发展的加速度。

坐上高铁看雄安

"我想载着更多的人来雄安看看，这是国家的新区。"韩军甲自豪地说。

2020年12月27日，京雄城际铁路正式开通运营，北京与雄安这座"未来之城"紧紧连在一起。作为首发司机之一，韩军甲见证了这一历史时刻。为了这一天，他和15名司机事先驾驶"复兴号"在大兴机场站和雄安站之间跑了70多天，往返千余次联调联试，确保万无一失。

京雄城际铁路是我国第一条全过程、全专业运用BIM（建筑信息模型）技术设计的智能高铁，逐步应用70余项物联网等前沿科技，树起了世界智能高铁的新标杆。

"贴地飞行"，时速350公里的"复兴号"列车疾驰在京雄之间，韩军甲看到的是不一样的风景。"当初联调联试时，沿线只是一片一片施工现场和大型的机械，不知不觉间，一栋栋高楼平地起，新区一天一个样！"

"轨道上的京津冀"飞速发展，韩军甲既是亲历者，也是受益者。

作为土生土长的张家口人，京张高铁的开通，让他下班回家更方便了。"早些年从北京回张家口，走丰沙线最快也要3小时40分钟，走京包线得6

个小时,还是绿皮车,赶上没座时,站回家筋疲力尽。"韩军甲感叹道,如今不仅1个小时就能到家,乘车环境也发生了翻天覆地的变化。

追寻梦想,追赶中国速度。韩军甲希望握着列车闸把退休,见证雄安新区、见证京津冀大地协同发展日新月异的变化。

跨北京和廊坊市北三县的21条公交线路便利了住在北三县的北京上班族们的通勤(北京日报社供图 白继开 摄)

京雄津保"一小时交通圈"形成

9年来,北京交通行业牢牢把握交通"先行官"定位,积极推进京津冀交通一体化发展从"蓝图"变成"现实"。

"轨道上的京津冀"加速构建,京张高铁、京雄城际等开通运营,北京市域内铁路营业总里程达1352公里,以北京、天津为核心枢纽,贯通连接河北各地市的铁路网基本形成。相邻城市间基本实现铁路1.5小时通达,京雄津保"一小时交通圈"已经形成。

北京大兴国际机场正式通航，建成大兴机场高速、轨道交通大兴机场线等陆侧综合交通体系。清河站、北京朝阳站和北京丰台站等铁路枢纽开通运营，北京"七站两场"综合交通枢纽格局已形成。

京秦高速、首都地区环线通州大兴段等建成通车，北京市域内国家高速公路网"断头路"清零；京礼高速北京段、大兴机场北线高速等建成通车，普通国市道实现与津冀68条公路连接，全市公路总里程达22363公里，对外交通辐射能力大幅提升。

运输服务一体化加快形成。开通国贸地区与廊坊北三县通勤定制快巴，38条跨省公交线路常态化运营，环京通勤效率有效提升。大运河京冀段全线62公里实现游船互联互通，北京首次开通跨省航道和水上旅游运输。轨道交通与天津、上海等5个城市实现"二维码"一码通行。

二、借"冬风"

清晨，一列"复兴号"动车组列车飞速驶过京张高铁官厅水库特大桥。这条世界首条时速350公里的智能高铁，2022北京冬奥会期间曾经连接三大赛区。后冬奥时代，还是这条高铁，成为北京和张家口资源对接、文旅融合的大动脉。

2021年1月20日，习近平总书记主持召开北京2022年冬奥会和冬残奥会筹办工作汇报会，作出"要积极谋划冬奥场馆赛后利用，将举办重大赛事同服务全民健身结合起来，加快建设京张体育文化旅游带"重要指示。

沿着习近平总书记指引的方向，京冀两地密切联动，通过体育牵引、文化赋能、旅游带动，京张体育文化旅游带建设加快推进。在北京，首钢园、"冰丝带"惊艳亮相；在张家口，"雪如意""冰玉环"虚位以待；在沿线，八达岭长城、官厅水库国家湿地公园风光旖旎……借"冬风"，向未来，京张体育文化旅游带穿珠成链，文旅融合方兴未艾。

冬奥场馆沉浸式体验

"这里的冰滑着太舒服了,我现在一有时间就想让爸爸带我来。"2023年"五一"假期,9岁的李梓宸与爸爸在国家速滑馆"冰丝带"滑了一整天。自2022年7月正式对外开放后,"冰丝带"已累计接待游客达10万人次,滑冰爱好者尽情感受着这块诞生过1项世界纪录、10项奥运会纪录的"最快的冰"。场馆还举办了两场"市民速度滑冰系列赛",并设立"市民纪录墙",吸引更多人参与冰上运动。

国庆长假,不少市民、游客来到"冰丝带"参观、体验冰雪运动(北京日报社供图 潘之望 摄)

北京冬奥会圆满闭幕一年多后,普通人成为冬奥场馆内的主角,沉浸式体验成为冬奥场馆的特色。

位于延庆区小海陀山的国家高山滑雪中心"雪飞燕"2022年冬天开放以来,成为众多滑雪爱好者打卡地。资深雪友王佳鹏2023年春节就特意与朋友相约体验"雪飞燕"的速度与激情。他表示,"雪飞燕"雪质出众,几条雪道的设计各有特点,让不少中高水平的爱好者流连忘返。

国家跳台滑雪中心"雪如意",千人画卷、飞盘嘉年华、大力士滚轮胎……别开生面的群众体育活动,热闹非凡。这里曾是北京冬奥会的明星场馆,一直保持着超高人气。运营方张家口奥体公司总经理张力涛介绍,"雪如意"四季多彩、四季"如意"——夏秋季节,白天有飞盘、攀岩,晚上有灯光秀、乐队表演,还能承办论坛、娱乐、演艺、赛事等各类活动;滑雪季,场馆可以承办大型国际国内冰雪赛事,吸引更多专业运动队来此训练比赛。"我们要把'雪如意'及周边打造成一年四季、从早到晚都可以玩儿的好地方,满足游客多层次的需求,使之成为国际知名的体育娱乐休闲场所。"张力涛对未来信心满满。

国际雪联官网5月29日公布的2023/2024赛季赛历显示:单板滑雪和自由式滑雪U型场地世界杯,2023年12月6日至9日在北京冬奥会场地——云顶滑雪场举行一站赛事。届时观众有望在现场再次目睹谷爱凌、蔡雪桐等一众冰雪运动员的风采。冰雪盛会铸经典,向着春天再出发。北京与张家口的冰雪情缘开启续篇,品牌效应持续放大。

冬奥场馆感觉真棒

"走在冬奥场馆之间,像在画中游,这种感觉真棒!"太子城冰雪小镇管委会常务副主任赵利东如是评价说。在工作之余,他习惯沿着场馆转一转,"雪如意"有研学活动,太舞小镇举办音乐节,遗址公园有新展览……小镇的变化,他如数家珍。

十年时间,他见证了崇礼申办、筹办、举办冬奥会全过程以及后冬奥时代的接续发展。谈到未来,赵利东说:"冬奥会为崇礼积累了很多赛事组织经验,更留下了宝贵的人才,崇礼能为游客提供高水平的度假体验,我在这里等您来。"

2022年冬奥会成功举办,崇礼惊艳世界。盛会结束后,赵利东和同事们主要为小镇各业主单位服务,了解它们的发展规划和需求,引导它们良性竞争，围绕赛事活动、会议论坛、文艺演出、庆典活动、展览展会、集训培训、旅游度假、全民健身等八大业态展开运营，差异化、高端发展。

赵利东表示，将发挥小镇冬奥品牌影响力，积极对接市场资源，申办国内外高水平冰雪赛事，大力发展赛事经济、会展经济、论坛经济等新业态，将这里打造成世界级冰雪旅游目的地。

京张文脉梦幻联动

从太子城高铁站北望，蓝天白云下，一座红色建筑十分醒目。红色幕墙环绕的西院落就是太子城国家考古遗址公园的组成部分。

太子城原本只是崇礼区四台嘴乡静谧山谷中一个名不见经传的村庄。为配合北京冬奥会的基建项目，2017年开始，河北省组织省市区联合考古队，对太子城遗址开展考古发掘，最终确定这里为金章宗完颜璟夏捺钵之"泰和宫"。随后在此建设了考古遗址公园。西院落是"尚食局"所在地，出土了大量珍贵文物。

河北省文物考古研究院副院长黄信说："太子城遗址在1202年便是金朝行宫，北京是金中都，当时二者便是一体的；北京与崇礼在2022年共同举办冬奥会，跨越820年，北京与张家口崇礼再续前缘，不得不说这种巧合非常神奇。"

北京与张家口，山水同源，文化一脉相承。汉文化中的晋、燕、幽、冀文化在这里交汇，又通过张库大道与蒙文化相互交融。明朝，张家口是拱卫京城的军事重镇。清朝，这里是京畿门户和重要的"陆路商埠"。厚重的历史文化积淀，为京张体育文化旅游带建设提供了深厚的人文基础和鲜明的地域特色。

北京延庆区，长城脚下，青山环抱的青龙桥车站旁，有一尊詹天佑铜像。这位京张铁路的缔造者眺望远方，目光深邃，见证着沧桑巨变。百年间，中国铁路建设从詹天佑时的蒸汽时代，经历了内燃机时代、电气时代，跨入高铁时代。如今，京张高铁下穿八达岭长城，与100多年前的京张铁路并肩前行，在中国历史、奥运史上写下浓墨重彩的一笔。

北京冬奥会火炬在张家口接力传递时，两棒火炬在中国人自主修建的第一条铁路京张铁路原铁轨上进行传递，火炬手乘坐"瑞雪迎春"主题的改装高铁，随着列车行进完成接力。代表中国近代工业先声的老铁轨和代表"中国速度"的高铁列车，共同见证了北京冬奥会的来临。

文化是京张体育文化旅游带的灵魂。北京大学首都发展研究院院长李国平认为，京张体育文化旅游带中的"文化"，是指文化元素以及文化产业，这是该旅游带的核心要素。2022年以来，张家口市利用冬奥场馆、长城、张库大道、京张铁路等特色文化资源，持续推进长城国家文化公园、张库大道文化产业示范园区等的建设，这些项目像一颗颗明珠，在京张体育文化旅游带上穿珠成链。

协同效应持续释放

"本趟列车由清河站始发，经停八达岭长城站，最终到达崇礼站。"冬奥会后首个雪季，北京清河站人来人往，携带各式各样雪具的游客兴冲冲地搭乘列车。

3月31日，北京·张家口（怀来）旅游专线开通，成为京张体育文化旅游带上首条开通的旅游专线。一线直达、一线多景、车跟景走，游客可通过网上购票选择"一日游"或"两日游"线路，搭乘专线大巴观光车从北京到怀来官厅水库国家湿地公园、黄龙山庄、世界葡萄酒之窗、鸡鸣驿城等景区景点，赏花、品酒、游玩，方便舒心。

京张高铁和京礼高速串联起京张"一小时交通圈"，真正实现了路通人聚。在京张体育文化旅游带上，"首钢城市复兴新地标""延庆最美冬奥城""张家口亚洲冰雪旅游度假目的地"，已成为冬奥筹办带动旅游发展的成功范例。

在张家口市崇礼区云顶滑雪场，游人在阳光下体验滑雪乐趣（北京日报社供图 邓伟 摄）

体育资源"动"起来，文化资源"活"起来，旅游消费自然就"火"起来了。

京张体育文化旅游带区域内拥有25个奥运场馆、6项世界文化遗产、136个全国重点文物保护单位。2023年，张家口将承办、举办各类赛事活动175项4000余场次，力争接待游客超8000万人次，实现旅游综合收入800亿元以上。

5月25日，张家口市人民政府与北京市文化和旅游局在京签署《共建京张体育文化旅游带战略合作协议》，旨在把京张体育文化旅游带建设成环境优美的旅游带、产业集聚的经济带和融合发展的示范带。两地通过文旅产业投融资对接活动，相互推送招商引资重点项目，鼓励和支持本地投资机构、文旅企业到对方投资兴业。

奥缘续新篇，一起向未来。京张两地正携手擦亮后奥运经济金字招牌——一批重大项目建设运营，各类赛事活动有序开展，体育文化旅游业态不断丰富，京张体育文化旅游带正在为京津冀协同发展提供更多生动实践和成功示范，为三地群众和国内外旅客提供越来越多高质量体育文化享受。

冬奥遗产是京张文旅带核心资源

随着《京张体育文化旅游带建设规划》的发布，京津冀在规划编制、基础设施连通共建、旅游景点打造等方面开展了多项协调对接工作，为两地协同发展打下基础。

北京体育大学体育休闲与旅游学院副院长蒋依依认为，下一步各方应以更大力度推动跨领域、跨部门、跨区域的协同合作，实现冬奥遗产利用效益最大化，助推城乡融合发展和京津冀协同发展。

冬奥遗产是京张体育文化旅游带的核心资源。蒋依依认为，在冬奥遗产利用方面，京张两地可以做到"三个协同"：一是资源要素协同。建立冬奥遗产旅游信息共享平台，以信息共享、资源互补、互联互通为主线，集中整合冬奥遗产的信息和资源，共享冬奥会旅游资源、游客消费行为、旅游服务等相关信息，为旅游产业的协同发展提供基础支撑。二是体制机制协同。将冬奥遗产的规划利用纳入体制创新、机制创新、管理创新和政策创新中，进一步强化区域协同和支撑体系建设，推进冬奥遗产旅游资源在体育、文化和旅游方面多产业创新融合，打造京张体育文化旅游带协同发展新高地，为京津冀协同发展注入新活力。三是产品体系协同。借助冬奥赛区场馆遗产，通过资源扶持，企业共享，促进京津冀冰雪度假产业协同发展，以打造国际冰雪旅游目的地，形成体育、休闲、旅游产业集聚区。

2023年"五一"假期，北京四大奥运场馆正式联动。蒋依依表示，接下来可以进一步串联京张两地冬奥场馆和体育资源，通过"冬奥遗产游""京张户外休闲游"等开通体育旅游专线，丰富游客的旅游体验。

三、一项高科技专利的协同之路

"点火！""燃烧器正常，燃料供给系统正常……"位于衡水高新区的中科衡发动力装备有限公司内，一连串"正常"后，现场响起了掌声。来自中国科学院工程热物理研究所的超临界二氧化碳发电技术近年来到河北转移转化，科研人员对超临界二氧化碳发电示范机组进行全面调试，正朝着产业化方向前进。

京津地区高校、科研院所众多，科技资源丰富。为进一步做好京津科技成果孵化转化，加快打造京津冀协同创新共同体，2022年，河北省科技厅印发《河北·京南国家科技成果转移转化示范区建设方案（2022—2025年）》（以下简称《建设方案》）。根据《建设方案》，京南示范区建设空间由"十园"拓展为石家庄、廊坊、保定、沧州、衡水和雄安新区"五市一区"全域。预计到2025年，京南示范区吸纳京津技术合同成交额增长15%以上，技术合同成交总额达1000亿元。

变革性技术落地

在衡水中科衡发实验车间，庞大的发电实验机组正在调试，工作人员正监测透平机和锅炉的运行特性，探究整机运行的调控规律。

中科衡发公司副总经理岳鹏说，目前世界上主要发电技术的基本原理是热能把水加热成高温高压的水蒸气，再推动蒸汽轮机带动发电机组产生电能。随着超临界二氧化碳发电技术的出现，用来转换热能到机械能的媒介不再是水，而是二氧化碳。超临界状态下的二氧化碳会同时保留液体和气体两种状态，能量转化过程更高效。采用超临界二氧化碳的发电机组，设备体积只有传统设备的二十分之一，发电效率却能提高10%。

中国科学院工程热物理研究所经过多年研究实现了技术突破。2017年，研究所与衡水高新区共建中科衡发兆瓦级超临界二氧化碳发电示范机组。项目团队自入驻以来，一直刻苦攻关，2021年超临界二氧化碳发电示范机组顺利竣工并转入调试阶段，核心技术完全自主研发。这项技术是世界各国争相研发的热点，目前该团队的进展已处在国际领先水平。

第一章 抓住"牛鼻子" 协同京津冀

位于沧州临港开发区的中试熟化基地（北京日报社供图）

为强化"京津研发、河北转化"，河北省在省级层面对重点领域重大科技成果转化给予政策支持，特别提出对重大科技成果转化给予资金支持，一次性支持力度达到200万元至500万元，让更多超临界二氧化碳发电示范机组一类的京津项目在河北落地。"十三五"以来，河北省科技厅共安排经费近7亿元，支持实施重大科技成果转化专项项目420项，通过项目实施，直接撬动企业研发投入超40亿元，吸引了160余项京津高水平科技成果在河北落地，为产业跃升和经济社会发展提供有力支撑。

中试基地促成成果转化

在沧州临港开发区中试熟化基地内，一片标准化厂房已经建成，来自南开大学的科研人员正在对设备进行调试。该基地由沧州临港兴泓科技发展有限公司与南开大学共建，主要以生物医药、新材料、绿色化工等领域孵化熟化为主要方向，建设6座标准化厂房，配备中试设备80余台（套），公共工程设备30余台（套）。

兴泓科技公司总经理杜硕表示，中试熟化是科技成果转化过程中的重要环节，此前河北缺乏针对化工领域的中试熟化基地。"对化工企业而言，中试熟化、放大验证需要的场景对环评、安评要求高，审批周期长，建设成本高，在一定程度上制约了成果的转化。"中试熟化基地于2022年投产，主要瞄准高附加值、高技术含量的项目，一方面承接南开大学、临港开发区内企业科技成果中试熟化工作，同时面向京津冀地区承接化工、医药等小试、中试相关服务工作。目前，基地已与南开大学绿色化工研究院、北京龙基高科生物、沧州信联化工、爱彼爱和新材料、北京化工大学等单位签订或计划签订中试合作协议。该基地在3年项目建设实施周期内，预计促成科技成果转化不少于10个，支持高新技术企业不少于40家。

各方优势有机结合

从实施重大成果转化专项到建设中试基地，越来越多的京津科技在河北结出硕果。《建设方案》提出，京南示范区依托地方资源禀赋和产业发展基础，重点围绕石家庄市新一代电子信息、生物医药产业，保定市先进装备制造、新能源产业，廊坊市新一代电子信息、先进装备制造产业，沧州市石油化工、先进装备制造产业，衡水市先进装备制造、新材料产业，雄安新区空天信息、区块链及人工智能产业，集聚科技创新资源，推动成果转化政策、措施先行先试。

《建设方案》聚焦河北省在京津冀协同创新共同体建设中的成果孵化转化中心战略定位，坚持"京津研发、河北转化"建设思路，从项目布局、平台建设、服务保障、制度创新、对接活动多点发力，将促进成果转移转化作为工作主线，将京津冀协调联动作为核心环节，探索具有区域发展特色的科技成果转化机制与路径。

推动形成京津冀协同创新共同体，是京津冀协同发展战略的重要内容。河北经贸大学研究员、京津冀协同发展河北省协同创新中心主任武义青认为，京津二市是我国科技智力资源最为密集丰富的区域，但受到空间所限，需要广阔的腹地。河北省毗邻京津，拥有相对充裕的土地和人力资源、雄厚的制造业基础和相对广阔的产业化空间，但创新资源短缺、创新能力薄弱。将京津的研发能力与河北省的加工制造优势、低成本配套优势有机结合，打造以"京津研发、河北转化"为核心内容的协同创新共同体，是优化配置京津冀创新资源、形成高新技术产业优势的可行路径。

武义青表示，《建设方案》是构筑京津冀区域创新系统的有力举措，有望将京南产业园区建成承接京津高端产业转移的"桥头堡"和首选区，也使得京津冀成长为我国发展高新技术产业"第三极"拥有了高度的可能性。当前，制约"京津研发、河北转化"的一个现实问题在于，京津的高精尖成果与河北承接能力之间的梯度过大，河北省的创新吸纳能力较弱，存在着因差距太大而"接不住"的问题。武义青认为，为跨越"知识鸿沟"，河北还需要在服务体系和载体建设两方面着力。科研服务体系方面，建议由政府牵线搭桥，组织京津的科研项目及技术研发、技术交易、技术转移、

保定·中关村创新中心中创燕园公司的植物工厂（北京日报社供图　邓伟 摄）

成果孵化、科技咨询、科技金融等服务机构向河北（雄安新区）疏解，形成产业创新综合体，搭建科技服务超市，尽快解决成果转化链条中的"最初一公里""最后一公里"堵点问题，提升知识扩散的效率和效能。载体建设方面，筑牢一批标志性、有影响力的战略性、功能型平台，比如国家自由贸易区、国家级新区，大力实施高新区增比进位工程，建设一批中试熟化基地，让京津项目在河北引进来、留得住、发展好。

为科技成果转化"架桥铺路"

将创新成果转化为生产力，离不开核心技术支撑与各方力量协作。超临界二氧化碳发电技术，是来自中国科学院工程热物理研究所的技术突破，而后以专利入股成立公司落地衡水。为承接重大科创项目，衡水高新区建设衡水科技谷，构建起"研发中心—中试基地—产业园"全链条成果转移转化体系，同时对入驻重点项目给予专项资金支持，确保项目引进来、留得住、发展好。近年来，衡水高新区先后与中国科学院北京分院、中国科学院12家院所、中国医学科学院等建立战略合作关系，依托"中国科学院+"形成了智能导钻、钒钛新材料、大健康三大战略新兴产业集群。

深化京津冀协同创新，关键是让科技成果从实验室走向生产线、迈向市场化。多年来，三地不断在这方面加强交流协作——构筑平台，支持雄安新区、河北·京南科技成果转移转化示范区先行先试，承接北京优质科技资源；打破壁垒，鼓励园区、企业跨区域设立实验室、产业研究院、企业技术中心，推进创新要素全方位对接；紧扣产业，共建京津冀国家技术创新中心，在数字经济、新能源、高端装备等领域共同攻关……一手出政策，一手畅渠道，充分发挥三地既有资源禀赋优势，产业转型升级跑出了加速度。

也要看到，当前三地在科技成果转化上还面临产业链与创新链匹配不够、平台载体支撑不力、科技服务配套不足等问题。这表明京津冀在高端要素流动、区域市场一体化上还存在短板。因此，需进一步深化协同，发挥政府引导作用，建设更多"中间平台"，完善各主体间的反馈和匹配机制。鼓励高校和科研院所开展"定制化"科研，从源头对接市场需求。持续推进京津冀地区应用场景建设，组织开放重大工程建设、数字化工厂、技术升级改造、节能减排等领域应用场景，充分发挥高校院所、中小微企业在5G、AI、工业物联网等领域的各自优势，培育新业态、新模式，带动未来产业新发展。

深化协同，是为了携手攻关。一起为科技成果转化"架桥铺路"，广袤的京畿大地上一定能释放出更多创新发展的原动力。

四、"一盘棋"保护传承利用，千年运河重现昔日风采

如果从高空俯瞰，你会发现，在京津冀三地之间有一条蓝绿色的绸带，诗意蜿蜒。

这条绸带，就是人类水利工程史上的杰作——京杭大运河。这条千年流淌的运河，曾经是明清时期的经济命脉，也是南北文化交融的纽带。沿线数不清的城镇村庄，因与运河相伴相生，孕育出了多姿多彩的漕运文化、非遗文化、戏曲文化、美食文化……

京津冀协同发展，运河文化保护传承利用是一道必答题。大运河是祖先留给我们的宝贵遗产，是流动的文化，要统筹保护好、传承好、利用好。

6年来，京津冀三地"一盘棋"，共同治理运河生态、推动旅游通航、修缮文物遗存，让这条大河重现昔日风采，并带来了运河文化的复兴。

昔日臭河变身生态画卷

"从前的大运河，七九河开，八九雁来，九九桃花水涨满岸绿。"著名作家刘绍棠曾用诗一般的语言描绘大运河。但20世纪50年代以后的大运

千年流淌的大运河已重现昔日风采（北京日报社供图　潘之望　摄）

河，在他的笔下却成了另一番模样："滔滔不绝的污水把北京的翡翠围腰变成了臭不可闻的脏水沟……"

过通州北关闸，大运河一路向东南而下，在西集镇吕家湾村前拐过一道急弯，直奔河北香河而去。60多岁的张树明是吕家湾的老住户，年轻时曾在村办企业当电工。他回忆说："早年间，村里小型化工厂、养猪场的污水，全都往河里排。谁提到家门口的运河，都得皱眉头。"

2000年初，通州区开始重点治理运河沿线散乱污企业，同步兴建污水处理厂，人工重构水生态系统。吕家湾人眼里的脏河臭河，一点点变成了清亮的生态河。

如今，一条滨河绿道，将吕家湾村和大堤串联起来。夏日傍晚，村民们坐在树荫下的长椅上，摇蒲扇、拉家常。张树明说："不光村民喜欢，经常有骑行队，从通州城区一直沿着河骑到我们村口，香河的骑行队也来过。"

随着通州进入城市副中心时代，一座座公园陆续建成，大运河铺展开一幅"蓝绿交织、水城共融"的生态画卷。大运河通州段水质已经从劣Ⅴ类逐步改善到景观用水标准，到了候鸟迁徙季，宽阔的河面上鸥鹭翔集，蔚为大观。

随着京津冀协同发展国家战略稳步推进，三地共同加强绿色生态廊道建设、生态空间管控和生态保护修复，按照统一标准加强水环境保护，开展沿线水环境监测预警与控制，推进水污染联防联控。这幅美丽的生态画卷，同步铺展到了大运河沿线的河北、天津——河北香河，刘宋镇万亩荷塘、蒋辛屯镇水岸潮白等运河主题文化景点缀珠成链；天津西青，运河环绕的元宝岛公园也开门迎客……一条绿色生态带，穿越京津冀。

大运河畔的西集镇，凭借好生态吸引来了不少投资客。通州人陈伟在吕家湾开办了一家名叫"荷塘月色"的民宿，客房全部装修成大运河主题；沙古堆村的曹艳红也带着乡亲们瞄准了民宿产业，2023年底，村里的民宿达到6家。

千年水道迎来文化复兴

"无恙蒲帆新雨后，一枝塔影认通州。"这两句通州人家喻户晓的古诗，出自清代诗人王维珍的名作《古塔凌云》。

这两句诗，也是北京大运河文化研究会会员任德永的最爱。在这位"老通州"的眼里，"大运河不仅仅是一条千年水道，更是一个带状文化区、一片文化高地"。京津冀地域有相当比例的人口在运河两岸枕水而居，伴水而生，形成了中心城市、副中心城市、城镇、村落的活化空间区域形态，交织着漕运历史、社会变迁、民俗流变、戏曲传承、文学脉络等文化形态。特别是2014年大运河被联合国教科文组织列入《世界遗产名录》后，续写运河风华、讲好大运河文化故事就显得尤为重要。

保护好这条文化带，首先要保护散落其间的文物遗产。全长1000多公里的运河，北京段虽然只有82公里，占比不到10%，但沿线文物等级高、分布密集、时间跨度长、类型丰富。2017年，北京成立了大运河文化带建设组。当年发布的《北京城市总体规划（2016年—2035年）》也将大运河文化带列为北京历史文化名城保护体系的重要内容。北京在沿线各省市中第一个编制大运河文化带规划，在全国率先印发实施大运河国家文化公园建设保护规划……从顶层设计上为大运河文化遗产保护传承保驾护航。

此后，大运河文化带建设在北京的昌平、海淀、西城、东城、朝阳、通州6个区共82公里的河流沿线启动，相关部门对文物遗产一一梳理勘查，进行保护、修缮或复建。

2023年4月8日，位于昌平的大运河源头遗址公园正式开放，游客来到修缮后的白浮泉观赏"龙泉漱玉"景观（北京日报社供图　邓伟　摄）

2023年春，位于大运河源头的昌平白浮泉，迎来了一件盛事：大运河源头遗址公园建成开放。

在北京的建都史上，白浮泉是个值得大书特书的所在。700多年前，元大都初建时，科学家郭守敬曾踏遍京郊，为都城寻找稳定水源，最终在昌平龙山脚下觅得了出水大而稳定的白浮泉。引白浮泉水入京，将稳定充沛的水源与大运河相连，为千年大运河注入了新的活力。

700多年过去了，昔日运河源头的庙宇、泉眼、市集已经盛景不再。随着大运河源头遗址公园的建设，园内都龙王庙、龙泉禅寺、九龙池及碑亭等完成了文物修缮，并增加了长流惠泽、山水清音景点以及运河源、引水台、聆泉处、读泉圃4处节点。最叫人眼前一亮的是，元明时期白浮泉"龙泉漱玉"的美景，在运河源头生动再现。

一处处运河遗址的修缮，让一段段鲜活的运河历史重新回到人们的视野。近年来，在大运河北京段沿线，郭守敬纪念馆、万寿寺、八里桥等50余处闸、桥梁、古遗址、古建筑等遗产点位，已经逐渐组成一条璀璨文化带。

这条文化带，也随着流淌的大运河，将京津冀三地紧紧连在一起。如今，京津冀已经建起大运河文化保护传承利用协同会商机制，推进大运河文化带的共建共享。以运河文化为主题，三地整合沿线文化、旅游等各类资源，系列文化活动丰富多彩，携手传承弘扬运河文化。

用镜头记录"运河时空"

"老通州人"白志海的电脑里，有个名叫"运河时空"的作品集，包含了他过去7年间拍摄的7万多张运河照片。"运河时空"，是白志海自己取的名字。

11年前，他开始接触摄影，国内外很多风景秀丽的地方都拍过，但总觉得作品差点儿意思，"行话讲，没有魂"。2015年夏天，一位"影友"的话点醒了白志海——照片得能讲故事、寄托情感，才称得上"有魂"。从此，就像无数摄影师把自己的母亲河作为创作对象一样，从小就在运河边长大的他，开始把镜头对准这条承载了自己无数记忆的运河。

距离京冀通航北起点二号码头不远的玉带河大桥，被白志海称为"福地"。2019年10月3日早晨，他在这里拍到了大运河通州城市段通航的第一条船；2021年6月26日，也是在这里，大运河通州段全线通航的第一条游船，被他成功拍到；2022年6月24日，大运河京冀段62公里航线打通时，他也站在这里端着相机。

3张照片，角度相同，游船相似。不同的是，背景里运河商务区的高楼越来越多。白志海说，以千年运河为纽带，把古色古香的游船与高楼大厦组合在一起，最能表现"运河时空"的概念——古韵今风，古今同辉。

7万多张照片，又按照不同主题分为若干组。"雨滴里的大运河"组图是白志海的最爱。每张照片中，都有一朵春花，花瓣上的雨滴放大之后令人不禁惊叹——雨滴倒映着燃灯佛舍利塔、大光楼、张家湾通运桥、千荷泻露桥、大运河森林公园观景台等大运河畔古今景点的影像。

大运河文化带的建设，让北京段沿线的众多遗产点位缀珠成链。"我也是受益者。"白志海说，他计划从大运河的北端源头昌平白浮泉出发，用相机给这些点位"拍写真"，"将来还计划把足迹拓展到天津、河北，顺着大运河，直达杭州。"

文旅融合激活古老运河

大运河通州与朝阳的交界处，一座三券高拱桥横跨通惠河。它就是大运河北京段保存最完整、形制最精美的石桥——八里桥。桥东不远处，还有一处运河文物——御制通州石道碑。

2005年初，通州北苑高架桥北侧辅路项目与石道碑原址保护工作冲突。按照项目计划，石道碑要迁至他处。时任通州区文物管理所文物科副科长的任德永经过极力争取，最终得到了"碑不迁移，原址不动；调整设计，路绕碑行，且为碑建亭"的答复。按照计划，待八里桥公园建成开放后，园中将展现八里桥和通州古石道的辉煌历史。

"这件事对我触动很大。大运河文化遗产的保护如何与城市建设相得益彰，是一个新课题。"任德永说，随着近年来大运河沿线文旅融合不断走向深入，"这个课题找到了解决办法。"

沿通惠河再往东，五河交汇处，大运河文化旅游景区正在创建京城东部首个5A级旅游景区。届时，运河通州段沿线的4座公园将串联起来，形成有历史、有文化、有生态、有活力的10余公里景观带。

从景区登船，游人也可以一直泛舟到河北，"河北人坐船去北京，北京人泛舟游河北"成为现实。在一船游两地的基础上，远期还将实现京津冀游船互联互通。"2022年6月24日，大运河京冀段62公里航线打通那天，我就站在岸边。仿佛漕运年代万舟云集的热闹场面又回来了，只不过换了种形式。"任德永说。

登上游船，顺流而下。城市绿心森林公园的万亩林海中，镶嵌着博物馆、剧院、图书馆这三颗"文化明珠"。它们的设计灵感，分别来自运河之舟、粮仓和银杏林。有着"大运河第一码头"之称的张家湾镇，也通过修缮城墙遗址和通运桥，再现往昔风采……

2022年底，由京津冀三省市共同起草的《关于京津冀协同推进大运河文化保护传承利用的决定（草案）》，经三省市人大常委会分别表决通过，自2023年1月1日起同时实施。自此，三地将统筹大运河及沿线文物保护单位、非物质文化遗产、历史文化名城名镇名村等文化资源，构建跨区域文化遗产连片、成线整体保护体系，谱写运河新传奇。

"大运河滋养着京津冀，京津冀也呵护着大运河。"任德永说，在大运河文化带上，一颗颗明珠般的文物古迹，正擦拭历史尘埃，展露出璀璨光芒，让千年文脉在大地上延伸、复兴。

高位谋划统筹推进大运河文化带建设

北京市高度重视大运河文化带建设工作，高起点规划，高标准建设，高效率推进。经过几年的攻坚克难，北京市大运河文化带建设取得了显著的成效，树立了大运河文化带建设的"北京样板"，在国内外形成了良好的品牌示范效应。

大运河文化研究专家、通州区大运河文化研究会常务理事陈喜波介绍，北京市设有大运河文化带建设组和国家文化公园建设专项工作组，以北京全国文化中心建设和城市副中心千年大计为抓手，以世界眼光、国际标准来谋篇布局，统筹规划。从大运河世界级文化遗产重要地位出发，根据国家颁布的《大运河文化保护传承利用规划纲要》，先后编制《北京市大运河文化保护传承利用实施规划》《北京市大运河文化保护传承利用五年行动计划（2018年—2022年）》《北京市大运河国家文化公园建设保护规划》，形成"1+2"规划体系，全面推进北京大运河文化带建设。

北京市紧紧抓住"治水"这个着力点，实现了生态治理和文化建设两个方面的突破。前者包括对北运河、通惠河、萧太后河、坝河等重点河段进行综合治理，运河水源污染得以全面控制，基本实现河道水体全面还清。后者则有燃灯塔升级为国家级文保单位，八里桥老桥"退役"进入遗产保护状态，通州学宫的完整复建，长河万寿寺大规模修缮，等等。

为了传承大运河文化，北京市组织各方力量，深入挖掘文化内涵，通过创新转化，实现了运河文化的有效传承和利用，如推出系列大运河题材文化精品力作、举办各种论坛和节事活动等。北京市在大运河畔的城市绿心森林公园建设了具有文化地标性质的图书馆、博物馆、剧院三大建筑，与北京城市副中心行政办公区隔河相望，一个彰显新时代气象的文化高地正在形成。

五、让当地患者就近享受北京医疗服务

《京津冀协同发展规划纲要》指出，加强医疗卫生联动协作。引导在京

医院开办分院、合作办医、专科协作以及异地建设区域性医疗中心等，推动在京医疗资源向京外、京郊疏解，同步缓解北京大医院服务压力。建立健全区域内双向转诊和检查结果互认制度，推进执业医师多点执业和医疗人才流动。建立区域互联互通的医疗卫生信息平台。

引导中心城区优质医疗卫生资源向城市南部、西部、回天地区等重点地区转移疏解，做好对廊坊北三县支持合作，开展公共服务共建共享，推进京津冀地区临床检验结果互认……近年来，首都卫生健康系统立足首都"四个中心"功能定位，坚持以人民健康为中心，全力推进优质医疗资源均衡布局和京津冀医疗卫生协同发展，取得了显著成效。未来，北京市将继续支持医疗公共服务资源向北三县延伸布局，并探索建立京津冀一体化院前医疗急救体系。

疏解核心区三级医院床位

通过牢牢扭住疏解北京非首都功能这一城市规划建设的"牛鼻子"，统筹引导中心城区优质医疗卫生资源向城市南部、西部、回天地区等重点地区转移疏解，有力辐射带动周边区域，北京市医疗卫生资源配置和空间布局正持续优化。2018年10月，天坛医院完成整体迁建，疏解核心区床位950张；2018年底，北京友谊医院通州院区开诊并持续发挥功能作用；2021年，同仁医院亦庄院区二期建成运行，崇文门院区完成压缩800张床位的目标；2021年，积水潭新街口院区新北楼拆除，助力"银锭观山"景观视廊恢复，新龙泽院区同步开诊运行，回天地区医疗服务能力水平进一步提升。据统计，截至2022年底，已累计疏解核心区三级医院床位2200余张。

立足首都城市战略定位，北京市医疗卫生系统将持续提升服务首都发展能力，继续坚定不移推进非首都功能疏解，持续优化医疗卫生资源配置，推进优质资源向近郊区和生态涵养区迁移。目前，市疾控中心新址已经启动主体工程施工，友谊医院顺义院区、安贞医院通州院区以及口腔医院迁

在友谊医院通州院区，一名患者正在利用自助取药机取药（北京日报社供图　方非　摄）

建工程、积水潭回龙观二期扩建等项目进展顺利。清华长庚医院二期、首儿所通州院区、卫生职业学院新院区正在加快建设中。

下一步，北京将以更大力度推进医疗资源合理布局，继续推进市属医疗资源疏解，加快口腔医院迁建及友谊医院顺义院区、安贞医院通州院区等项目建设，加快宣武医院房山院区、儿童医院亦庄院区、安定医院大兴院区、北京中医医院新院区前期手续办理，继续开展核心区市属医疗资源疏解效果监测评价。同时，加强市级统筹力度，更大力度推动央属医院疏解布局。

推进公共服务共建共享

随着京津冀协同步伐的加速，京津冀医疗卫生支持合作项目也在不断深入推进。近年来，本市深入贯彻落实京津冀协同发展战略部署，有序推动京津冀重点医疗卫生项目合作，推进首都都市圈建设。

市卫健委相关负责人透露：

首先，是做好对廊坊北三县支持合作，推进公共服务共建共享。持续推动中日友好医院、安贞医院、友谊医院等央属、市属医院对口支持北三县医疗机构，重点支持消化内科、呼吸与重症医学科、神经内科、神经外科、心内科等科室，填补当地医疗资源短板。支持帮助河北燕达医院，并建立远程放射影像诊断及远程病理诊断平台，便利更多当地和周边患者就近就医。

其次，是全力支持雄安新区规划建设。作为北京支持雄安新区建设的"三校一院""交钥匙"项目之一，备受瞩目的雄安宣武医院项目于2023年9月开诊。雄安宣武医院是"三校一院"项目中规模体量最大的，北京投资部分12.2万平方米，雄安新区投资部分15.8万平方米，医疗功能分区复杂、内部结构科学合理，高标准设计建设的雄安宣武医院令人期待。作为雄安新区新建的第一所大型三级综合医院，雄安宣武医院将成为新区级医疗中

雄安宣武医院一期迎来竣工交付（北京日报社供图　潘之望　摄）

心之一，肩负雄安新区医疗、教学、科研、预防、保健、康复等多重使命，投入使用后可为雄安新区及周边居民提供高水准、全方位的优质医疗服务。

同时，本市还组织宣武医院、北京妇产医院、北京中医医院等支援机构重点支持雄安新区容城县对口医疗机构，提升当地诊疗技术水平。其中，宣武医院帮助容城县建立了雄安三县唯一的卒中治疗中心，覆盖人口100余万人。在北京妇产医院帮扶下，容城县妇幼保健院妇产科和新生儿科成为雄安新区重点专科，医院发展取得历史性突破。

京张、京承、京唐、京保等重点地区支持合作也在持续进行。其中，北京市11家医院与张家口市9家医院对接合作，截至2022年底，已累计指导合作医院新设科室29个，培养学科带头人57名，申报国家、省、市科研立项95项，开展新技术54项。如天坛医院帮扶张家口第一医院筹建了张家口地区第一家眩晕临床诊疗中心；积水潭医院协助张家口市第二医院承担多项大型国内外重大体育赛事的保障任务，建成奥运保障团队，圆满完成冬奥会及冬残奥会应急保障任务。此外，北京儿童医院托管保定市儿童医院，国家儿童医学中心干细胞移植科在保定市儿童医院正式揭牌，有力提升了当地儿科医疗服务能力水平。"京廊""京衡"中医药协同发展工程持续实施，共建设重点专科25个、医联体20个、名中医室站28个。

推进三地检验结果互认

京津冀三地之间的医疗卫生政策协同也在持续推进。北京市卫健委发布的数据显示，截至2022年底，京津冀地区临床检验结果互认的医疗机构总数达到485家，其中北京262家、天津67家、河北156家，临床检验结果互认项目43项，覆盖了符合要求的二、三级医疗机构，独立医学检验实验室及民营医疗机构。医学影像检查资料共享的医疗机构达到239家，其中北京59家、天津50家、河北130家，共享医学影像检查资料21项，有力提升了三地医疗服务同质化水平。

京津冀公共卫生领域全面合作正有序推进。三地卫生健康部门签署了20余项合作框架协议，持续推进疾病防控、卫生应急、妇幼健康、老年健康、精神卫生、综合监督、食品安全等方面的协同合作，通过业务交流、举办培训、组织演练、搭建共享平台等多种形式，带动提升河北等地公共卫生服务水平，促进京津冀三地卫生健康事业可持续协同发展。

下一步，市卫健委将组织开展京津冀协同发展医疗卫生合作成效评估，推动落实京冀张医疗卫生协同发展框架协议，继续支持医疗公共服务资源向北三县延伸布局，探索建立京津冀一体化院前医疗急救体系。通过深化京津冀医疗卫生项目合作，全方位提升京津冀医疗卫生协同发展水平，推动新时代首都卫生健康事业实现高质量发展。

六、每一天，都是青春飞扬的日子

初夏时节，在占地2343亩的京冀扶贫协作项目河北阜平硒鸽实业有限公司内，又一群小硒鸽诞生了。可别小看这些小硒鸽，它们早已名声在外，带动了当地贫困户增收致富。

北京扶贫协作项目阜平硒鸽实业有限公司鸟瞰图（北京日报社供图）

北京从2016年起陆续对口帮扶河北省张家口、承德、保定3市23个县。4年后，这23个贫困县全部脱贫摘帽，45万建档立卡贫困人口脱贫，贫困发生率降至0.3%。如今，曾被列入"环首都贫困带"的张家口、承德、保定3市，已经变身首都"后花园"。地缘相近、人缘相亲的京冀两地，在新征程上携手前行，心贴得越来越近。

手机成了新农具

河北省赤城县绿色蔬菜进入北京超市。想到绿油油的蔬菜被端上北京市民餐桌，已回到北京市海淀区工作的赵可欣慰地笑了。

2019年，赵可主动报名去河北省张家口市赤城县挂职，任县委常委、副县长，主管东西部扶贫协作工作。

赤城距离北京只有2小时车程，怎么会是国家级贫困县呢？为了弄清个中原因，一到任，赵可就跑遍了赤城的18个乡镇。

"赤城是个好地方，山清水秀、物产丰富，蔬菜、水果品质特别好。但是，产量低、没品牌、没销路，在北京一直没有打开市场。"赵可说。

为了帮助赤城贫困村的蔬菜走进北京市场，赵可把北京海淀区的优势资源全拉过来了。从蔬菜的检测、品控、商标，到包装、运输，全方位对接帮扶。他还帮助赤城企业与北京各大商超、机关食堂、工会组织联系销售，让赤城生态红谷米通过电商平台实现了线上销售。

疫情防控期间，赤城的农产品一度滞销。赵可亲自上阵，走到田间地头直播带货。不到3个小时，累计观看人数超过50万，滞销农产品销售一空。

尝到了直播带货的甜头，赵可开始手把手教村民使用手机这个新农具。渐渐地，村民感受到了这个新农具的好处，纷纷学会了通过手机与网友互动，销售农产品。2020年赤城扶贫产品销售额达到5.11亿元。

在赤城京赤科技示范园区，赵可和团队积极支持建设物联网项目。这个项目辐射全县18个农业示范园区，实现了专家与农民零距离、技术与田间零距离、生产者与消费者零距离。北京挂职团队请来了北京科技特派员张会臣，对赤城农业种植问题进行现场指导，其他农业专家通过物联网判断农作物的生长情况和问题，并实时给出解决方案。农业技术人员组成了"菜师兄"专业团队，负责农药喷洒，在降低农户施药成本的同时确保有效性和降低农药残留。北京科技助力，保障了赤城蔬菜的高质量生产。

昌平草莓坝上红

"在尚义扶贫协作的每一天，都是青春飞扬的日子。"望着刚从河北尚义红土梁镇寄过来的鲜嫩草莓，张春清深情地说。

张春清2017年4月从昌平区选派到河北省张家口市尚义县任县委常委、副县长，也是北京市赴河北挂职团队尚义党小组组长。

尚义县是张家口市坝上四县之一，属燕山—太行山集中连片特困地区，是国家级扶贫开发重点县，也是河北省10个深度贫困县之一。2017年底，全县有建档立卡贫困村88个，贫困人口14063户25841人，贫困发生率19.44%。

张春清和团队暗下决心，一定要将贫困发生率降为0。一开始，张春清就想到了把昌平草莓搬到坝上，以产业带动旅游，让尚义成为首都北京的"菜篮子""后花园"。

在张春清的穿针引线下，2018年2月，昌平区和尚义县议定共建产业园，由北京万德园农业科技发展有限公司提供种苗、技术和人才，尚义县负责基地土地流转、大棚及配套建设。几个月后，产业园在红土梁镇拔地而起，一期占地300亩，可繁育草莓原种苗50万株、商品苗1000万株，生产鲜果5万公斤。

产业园当年建设当年见效，带动了附近46个贫困村增收致富。"昌平草莓坝上红"美名不胫而走。

2019年10月，尚义突发蔬菜滞销预警，眼看即将上冻，菜农急得不行。张春清迅速联系了张家口市北京挂职团队,京津冀农产品行业联盟秘书长尹作丰当即组织北京商超来尚义外采;北京物美商业集团股份有限公司副总裁许丽娜直接到货柜推销滞销菜,为尚义扶贫产品代言……

挂职期间,因为时不时蹦出农言土话,张春清被儿子笑话"扶贫就是种草莓吗?听名就土得掉渣"。后来张春清给儿子讲了北京亲人帮助销售滞销草莓的故事,儿子开始关注扶贫,跟爸爸探讨起卖草莓的点子。从尚义回到北京后,儿子还拉着小伙伴,在老师和同学中推销尚义草莓。

位于张家口尚义的扶贫协作产业园一期全景(北京日报社供图 张春清 摄)

变"输血"为"造血"

"宏宾,你们帮扶的那个阜平职业学校今天又签约了一批合作项目,有北京大明眼镜股份公司、北京市商业学校、北京首农大厨房,都是北京的企业,职业学校的孩子毕业后不愁找不到工作啦。感谢你们当年的付出啊!"3年前已结束挂职回到北京工作的西城区干部王宏宾接到阜平县副县长仇金龙的电话。亲切的称呼、真挚的谢意，传递着阜平人对北京挂职干部的感情。

2016年京冀签订帮扶协议不久，作为西城区帮扶阜平的第一批挂职干部之一，王宏宾来到阜平县经济开发区担任副主任。他很快发现，开发区招商渴望非常迫切，但连起码的招商政策都没有，成果更是凤毛麟角。

王宏宾主动承担起这项工作。经过4个多月奋战，他和同事们提出了包括土地、税收、人才等六大方面的招商政策建议文本。阜平县经济开发区由此成为当年保定市20个省级经开区中率先推出招商政策的一个。

出台招商政策固然可喜，但王宏宾明白，没有本地干部参与，扶贫就不能算成功。如何给受援地区留下一支"带不走的队伍"？怎样让贫困地区一线干部经常"充充电"？这是王宏宾在阜平县时经常思考的问题。

"从长远看，乡村发展的关键还是要靠本地干部队伍和人才。"王宏宾深刻领会到这一点——把人的能力提升上去，从某种意义上来说，也是变"输血"为"造血"。

王宏宾一方面请北京的干部到阜平来做培训，另一方面组织阜平的干部到北京学习。但没想到，这事推进起来困难重重。当地不少干部觉得"北京的经验对我们不适用"，培训时干部的安全如何保证、车辆怎么调派等问题都需要解决。面对困难，王宏宾没有退缩，坚持"请进来、走出去"，3年内累计为阜平培训干部160余人次，培训教育管理人才、教师人才近3000人次。

城南庄镇一名干部到北京参观西城区政务服务大厅后，对大厅的12个窗口一站式办理印象深刻。不久，"一体化政务服务"就在城南庄镇落地，以前群众跑多趟才能办完的事儿，一次就全办了。

2020年2月，阜平县成功脱贫摘帽。王宏宾说，把贫困地区的群众当成自己的亲人，就得走进他们中间，设身处地为他们的未来着想。两地人的心，越靠越近。

"孩子们需要我!"

"了解红色故乡,传承红色基因,让子毅学校的孩子们充满自豪感和使命感地快乐成长,是助力推进京津冀教育一体化协同发展和'老校长下乡'工程的应有之举。"前不久,在"薪火好少年 奋进新时代——京冀牵手关心下一代主题教育"活动上,北京市"老校长下乡"代表、原北京市西城区退休老校长李亚明向阜平学生赠送了他策划编写的校本教材《太行深处的红色土地》。

2018年8月,李亚明接到区里转发的《关于选派退休人员参加"老校长下乡支教"的工作通知》,支教工作地点是河北省阜平县。李亚明很兴奋,因为早在还没退休时,他就特别想到河北山里的学校看看,为孩子们做点儿事。

当晚,李亚明在地图上查找阜平县所在的地理位置,然后打开手机通过导航查看支教的学校——"阜平县台峪乡子毅学校",但是没有找到直达的公共交通,要去支教学校需要多次换乘不同交通工具,且用时太长、极为不便,李亚明决定自己驾车前往。

阜平县是太行山著名的革命老区,教育事业发展滞后,全县30%的人口只有初中以下学历。子毅学校处于阜平县的深山区,道路崎岖,多盘山道急转弯,每次从北京驱车前往,单程就需要4个小时。可3年来,年逾花甲的李亚明风雨无阻。他说:"不管山高路远,我都要去,因为那里的孩子们需要我!"

每次到子毅学校教育扶贫,李亚明都会在学校住上两天。早上5点起床,早饭后,立即开始一天的听课评课工作,晚上参加教研组会,帮教师们批改试卷和作业……凳子又凉又硬,李校长携带的小垫子从厚变薄,两鬓的白发也越来越多,但他的支教热情丝毫不减——不仅自己来支教,还呼朋唤友捐助子毅学校,助山里娃有了第一套校服,为教师建立了"阅读角"。在他的全力帮扶下，子毅学校焕发出勃勃生机。

2018年11月，李亚明来到子毅学校教学点吴家庄小学，发现这个小院里，有幼儿园、一年级和二年级共十几名学生和3位教师，大部分学生都是留守儿童。李亚明为一年级的3个孩子上了一堂语文课——《小雨点》。他耐心指导每名学生大声朗读，通过学习"小雨点"勇敢找寻有花有草的地方，教育孩子树立自信，勇敢追求自己的梦想。"孩子们的琅琅书声始终是我最喜欢听的声音！"李亚明说。

5年来，北京市教育系统有32位像李亚明这样的退休老校长深入河北省阜平、承德等25个条件艰苦的乡村学校支教，其中16位老校长定期到阜平县的乡村学校工作。北京30余所中小学签署"手拉手"对接帮扶河北省23个教育贫困县协议。

从"环首都贫困带"到北京"后花园"

2016年国家六部委出台《京津两市对口帮扶河北省张承环京津相关地区工作方案》，明确北京市对口帮扶河北省张家口市8个县区和承德市2个县，后帮扶范围扩大到张承保3市的23个县区，并纳入国家东西部扶贫协作，实现了对3市国家级贫困县的帮扶全覆盖。

"十三五"期间，北京市、区两级共投入财政帮扶资金46亿多元，县均超过2亿元；实施帮扶项目1900多个，23个区县的77万余贫困人口从中受益，为河北实现整体性脱贫作出了重要贡献。

北京国际城市发展研究院副院长、支援合作研究中心主任石龙学介绍，在帮扶过程中，北京各区在引导非首都功能疏解助力河北受援地脱贫的同时，积极推进当地产业升级，共建了一批产业园区，打造了一批特色种植养殖基地，延伸了受援地产业链，促进了产业高质量发展，使一批贫困村成为北京蔬菜供应地、休闲旅游打卡地。同时，开展"名校长工作室""老校长下乡"等教育帮扶活动，形成了"京张远程会诊对口合作模式"等一批医疗合作典范，有力推动了优质公共服务资源在京冀间共享。

脱贫攻坚取得全面胜利后，河北不再被纳入东西部协作范围，北京市坚持工作不断、项目不走，将后续工作纳入京津冀协同发展重点，继续按照国家关于对口帮扶河北省张承环京津相关地区工作要求开展京冀对口帮扶。

七、长城国家文化公园成了新地标

万里长城犹如一条巨龙蜿蜒在神州大地，是中华民族的重要象征，在京津冀地区长城早已成为重要的文化符号。2019年7月24日，中央全面深化改革委员会会议审议通过《长城、大运河、长征国家文化公园建设方案》。此后，北京、天津、河北纷纷出台了长城国家文化公园的建设方案，加大力度推动长城国家文化公园的建设规划工作，一批标志性项目正加紧建设，对推动长城的管控保护、主题展示、文旅融合、传统利用发挥积极作用，长城国家文化公园正成为京津冀新的文化地标。

红石门段长城"一脚踏三地"

相比驰名中外的八达岭长城、慕田峪长城、金山岭长城，红石门长城的知名度不高，却凭借"一脚踏三地"的交界属性，成为长城中的独特存在。

长城红石门段，坐落在北京市平谷区金海湖镇红石门村东北约1公里、与河北省兴隆县交界的山脊上。

从红石门村出发，沿山间小道攀登约1个小时，来到海拔600多米的大松木顶，山顶上坐落着平谷区1号敌台，这是明长城进入北京东部的起点，亦是京津冀的交界地。

平谷区1号敌台仅存基座，台基中央矗立着三棱柱界桩，由国务院设立于1996年，界桩三面分别刻有北京、天津、河北字样，因而被人们称为"三界碑"。经常有游客在游览长城风光的同时与界碑合影留念。在三界碑附近，能听到来自北京市、天津市、河北省承德市游客的乡音。

针对边界长城，2019年发布的《长城保护总体规划》指出，涉及跨行政区域分布的长城点段，相关地方缺乏必要沟通、协商，对长城点段保护带来不利影响。为此，北京市开展了边界长城的修缮保护工作。

站在大松木顶上，向北京方向远眺，修缮后的长城犹如白色巨龙沿崇山峻岭逶迤起伏；向天津、河北方向望去，长城墙体全部用毛石垒砌，近年来未经修缮，呈现出古迹的沧桑之美。

大松木顶上的长城敌台，仅仅是边界长城的一处缩影。京津冀长城边界总长在110公里左右，涉及北京市的平谷、密云、延庆、昌平、门头沟五区，其中密云和平谷为主要区域，"古北口—金山岭段"长城为国家级重点点段。

山海关的长城文化博物馆

山海关位于秦皇岛市东北部，始建于1381年。明朝将领徐达在这里修筑长城时，首设此关。山海关北依燕山，南临渤海，地形狭长，"山"与"海"相隔仅8公里，是长城东端的重要关隘，被称为"万里长城第一关"。

在山海关以北3公里处，山海关中国长城博物馆项目建设现场，机械轰鸣，塔吊林立，工人们正埋头苦干，一派热火朝天的建设景象。

山海关中国长城博物馆是长城国家文化公园（河北段）建设的重大标志性项目，总规划用地面积约106亩，建筑面积约3万平方米，建设投资估算4.2亿元，2022年12月6日正式开工。2023年4月，该项目主体结构已完成80%。山海关中国长城博物馆展陈面积约1万平方米，建设有中国长城文化陈列展厅、长城国家文化公园规划展厅等。展陈设计与展品征集正同步进行，12月投入运营。

游客在秦皇岛市山海关老龙头景区游览（新华社供图）

"山海关号称天下第一关，其军事重镇的地位、严谨科学的长城防御体系，在长城各关口中绝无仅有，是建设国家级长城文化博物馆的最佳选择。"项目建设专班负责人冯振说。

秦皇岛长城资源禀赋天成，市内明长城全长223.1公里。境内长城有入海长城、山地长城、平原长城、河道长城等多形态长城资源，辖段长城遗存丰富、体例齐全，代表了古代长城军事防御体系的最高成就。秦皇岛围绕保护传承、研究发掘、环境配套、文旅融合和数字再现等方面，重点实施33个项目，总投资63.8亿元，深度推进文旅融合，带动长城周边产业发展，持续释放兴文化、优环境、促发展的多重引领效应。

"最小干预"修缮金山岭长城

金山岭长城位于承德市滦平县，始建于明洪武年间，全长10.5公里，是明长城的精华地段，素有"万里长城金山独秀"之美誉。金山岭长城是目前保留最完整的明长城之一,成为中外长城爱好者和摄影师的打卡地。

2021年6月金山岭长城启动第三次保护性修缮,工程范围包括28号至32号等5座敌楼和475延长米墙体。31号至32号敌楼之间的宇墙因数百年风雨侵蚀造成坍塌近37米,是修缮工程量最大的一处。在对敌楼的修复中,工人对敌楼墙体酥碱深度超过100毫米的墙砖进行剔补,对松动、存在坍塌危险的墙砖予以修整、补砌、加固,对墙体现有裂缝用白灰浆进行封护,防止雨水渗入内部对墙体造成损害。工程已全面完工。

2022年,文物部门和滦平县统筹社会资本加入长城保护,计划实施涝洼五道梁西段抢险加固工程,工程涉及敌台3座、关门1处、墙体164延米,投资285万元。金山岭长城保护修缮工程按照"保护为主,抢救第一,坚持不改变文物,最小干预"的原则,以排除长城本体险情为目的,妥善保护长城遗存的真实性、完整性和沧桑古朴的历史风貌。

金山岭长城修缮现场(北京日报社供图)

三地协同保护长城精华

为健全京津冀长城协同保护利用的合作机制，2022年7月5日，在国家文物局的见证下，北京市文物局、天津市文物局、河北省文物局签订了《全面加强京津冀长城协同保护利用联合协定》（以下简称《联合协定》）。签署《联合协定》，不仅仅是要保护边界长城，更是要推动京津冀长城保护水平的整体进步。

长城是我国现存规模最大的文化遗产，1987年被列入《世界遗产名录》。其中，京津冀地区的长城历史悠久、建筑宏伟、内涵深邃，对中国历史上的军事防御、政治经济、民族交融、文化趋同等方面产生了深远影响。明代长城在京津冀地区亦是最精华的部分，要维持长城各个历史层面上的完整性，京津冀三地必须协同保护。

在长城研究方面，《联合协定》指出，要支持鼓励京津冀三地文物保护、考古研究等领域的高水平专业机构和高等院校加强合作，全面、全程参与长城保护工程和利用活动，加大长城考古、研究力度，做好相关遗址遗迹调查、发掘与研究。

在培训交流方面，《联合协定》提出，要依托长城保护修复实践基地，开展长城保护项目管理、设计、施工人员实训，搭建京津冀三地专业培训平台，为长城保护管理、修缮展示等提供专业支持。

建立京津冀长城保护利用信息共享机制。《联合协定》明确，在充分整合京津冀长城资源调查以及专业机构、高等院校相关科研成果的基础上，联合开展长城资源复核与补充调查，补充完善长城资源信息数据，建立京津冀长城保护利用信息共享机制，实现长城资源及保护管理信息的共建共享，为挖掘阐释、展示传承长城价值、长城文化和长城精神提供数据保障。

京津冀地区长城现存多大规模？根据北京市文物局网站，北京范围内的长城始建于北齐,明代大规模修筑,东起平谷区,经密云区、怀柔区、延庆区、昌平区,西至门头沟区,现存长城墙体520.77公里,其中包括八达岭、慕田峪、司马台等知名段落;明长城天津段全部位于蓟州区北部山区,以黄崖关长城的知名度较高;河北境内的长城是拱卫京师的重要屏障,据《河北省志·长城志》记载,河北省境内有战国以来历代王朝修筑的长城多达15条,包括著名的山海关、大境门、金山岭长城。

八达岭之雄、慕田峪之秀、司马台之险、山海关老龙头之奇……长城也是京津冀地区发展旅游的重要资源。国家《长城保护总体规划》指出,长城所在地各省(区、市)城乡人口密度、资源环境、产业结构、经济与社会发展水平具有不平衡性,东部和中部地区包括"北京市、天津市、河北省、山东省以及山西省、河南省6个省(市)"经济相对发达,其中京津冀地区人口大量聚集、旅游业发展快速。

在保护修缮长城基础上,京津冀将充分利用长城资源,大力发展旅游等产业,让长城造福三地人民。

破解长城保护中"边界难题"

《联合协定》提出,要解决好京津冀三地在长城保护过程中遇到的"边界难题"。

长城保护中存在哪些"边界难题"?主要存在于两方面:首先,是保护级别不同,北京市已将经国家文物局资源调查认定的所有长城资源(主要是明长城)公布为第八批全国重点文物保护单位,但在大部分的边界长城中,河北省部分都是省级重点文物保护单位,这就造成了同一段长城两个保护级别的问题;其次,是保护范围和建设控制地带的划分范围不同,北京在2011年已经公布,北京长城的保护范围为距离长城本体500米,一类建设控制地带为保护范围向外延伸2500米,这就是我们常说的"500、3000",但是河北省等地将保护范围和建设控制地带公布为"50、150",这也使边界长城的保护管理利用存在比较复杂的问题。

如何破解"边界难题"?《联合协定》明确提出了三个方面:要共同建立"长城保护协调机制",定期举办长城保护工作研讨会,推动京津冀逐级形成行政区域边界处的长城保护工作共识文件;要做好"规划衔接",协调行政区域边界处的长城保护范围和建设控制地带的划定,京津冀三地共同制订共管辖区内长城保护与利用的整体计划,同步开展长城保护修缮、利用开放等工作;定期开展京津冀三地行政区域边界处的长城的联合巡查、督察,并依职责协调执法工作。

值得一提的是,在《联合协定》签署当天,北京市密云区人民政府、河北省滦平县人民政府还签订了《边界长城保护合作协议》。密云区、滦平县将加强行政区域边界处长城保护利用事项的先期沟通,确定项目实施主体,编制保护维修方案,加强相互支持配合。双方还将打造两地边界长城执法工作共享平台,互相协助查处长城违法案件,及时发布相关信息。

早在2006年施行的《长城保护条例》中就已明确,长城段落为行政区域边界的,其毗邻的县级以上地方人民政府应当定期召开由相关部门参加的联席会议,研究解决长城保护中的重大问题。《联合协定》和《边界长城保护合作协议》,将《长城保护条例》中的相关要求进一步明确和细化。

【数说·新时代新北京】

近十年来,京津冀一体化交通网络加快构建。京张高铁、京雄城际、京唐城际、京滨城际及京廊、京保、京涿通勤高铁等陆续开通运营,京津冀区域营运性铁路总里程达到10933公里(较2014年增长38.3%)。京昆、京秦、京礼、京雄等一大批高速公路建成通车,京津冀区域高速公路总里程达到10880公里(较2014年增长36.3%),京津雄半小时通达、京津冀主要城市1~1.5小时交通圈基本形成。公共服务共建共享取得积极进展。三地老百姓共享协同发展成果,200余所京津中小学幼儿园与河北273所学校开展跨区域合作办学,累计成立15个跨区域特色职教集团(联盟)、22个京津冀高校发展联盟。京冀携手充分利用冬奥遗产,打造集冰雪、旅游、休闲、度假于一体的京张体育文化旅游带,区域内拥有25个奥运场馆、6项世界文化遗产、136个全国重点文物保护单位。

第二章
创新之都　活力之城

要加快建设北京国际科技创新中心和高水平人才高地，着力打造我国自主创新的重要源头和原始创新的主要策源地。

——2023年5月12日，习近平总书记
在深入推进京津冀协同发展座谈会上的重要讲话

高能同步辐射光源生长拔节,"推想"AI模型帮助医生炼就"火眼金睛","天机芯"、量子直接通信样机等世界级重大原创成果加速涌现……科技创新,正重新定义着北京这座城市的发展动能。领跑世界的前沿成果,矢志攻坚的奋斗风潮,展现着首都北京在中国实现高水平科技自立自强征程中的担当作为。

"实现高水平科技自立自强,是中国式现代化建设的关键。"党的十八大以来,习近平同志为核心的党中央把科技自立自强作为国家发展的战略支撑,高度重视国家科技创新布局,注重提升国家创新体系整体效能,亲自提出、亲自谋划、亲自推动了北京国际科技创新中心建设这一战略任务。沿着习近平总书记指引的方向,北京踔厉奋发、勤耕不辍,科技创新取得了历史性成就——国家战略科技力量更加坚实,"三城一区"成为创新发展的主平台;原创性、引领性科技攻关扎实推进,量子信息、人工智能、生命科学等重点领域成果频出;科技创新进一步赋能高精尖产业发展,2022年高技术产业增加值占GDP比重达28.4%,数字经济占比提升至41.6%;科技体制改革实现新突破,24项先行先试改革措施落地见效。丰硕的创新成绩单,是党中央坚强领导的结果,凝结着无数人的心血汗水,彰显着首善之区的创新风范。

第二章 创新之都 活力之城

自力更生是中华民族自立于世界民族之林的奋斗基点，自主创新是我们攀登世界科技高峰的必由之路。这十年，从中央到北京，对科技创新重视程度之高、政策密度之大、推动力度之强前所未有。

硬核投入背后，是对历史规律的充分把握，对未来形势的准确判断。今天的世界，新一轮科技革命和产业变革方兴未艾，正同我国转变发展方式形成历史性交汇，我们既面临着弯道超车的重要机遇，又面临着不进则退的严峻挑战。非凡十年的辉煌成就充分证明，只有坚持自主创新，把科技的命脉牢牢掌握在自己手中，才能不断提升我国发展独立性、自主性、安全性；形势任务的严峻紧迫提醒我们，唯有在激烈竞逐中稳扎稳打，在攻坚克难中追求卓越，才能在新征程上赢得优势、赢得主动、赢得未来。

首善之区，就是攻坚尖兵；资源所在，就是责任所在。当前，北京国际科技创新中心建设还面临不少困难和短板，新征程上再出发，写就新的"首都创新答卷"，必须进一步加强关键核心技术攻关，加强基础研究，从源头和底层解决关键技术问题，强化国家战略科技力量，有组织推进科研攻关，在基础原材料、高端芯片等方面全面发力。要加强人才高地建设，大力集聚战略科技人才，提升人才自主培养能力，优化人才发展环境。要深化体制机制改革，营造优良创新生态，当前最紧要的就是推进中关村新一轮先行先试改革措施落实见效，抓紧在更大范围推广，并及时研究推出下一批先行先试政策。要发挥创新引领作用，抓好创新平台建设，瞄准高精尖，加强企业梯队建设，更好助力全市高质量发展。最强的智，是众智；最大的力，是合力。当各方面积极因素集聚，必将激发创新源泉充分涌流、创造活力充分迸发。

抓创新就是抓发展，谋创新就是谋未来。今天的中国正处于政治最稳定、经济最繁荣、创新最活跃的时期，实现科技强国梦想是大势所趋。京华大地上，科技创新的激情正在升腾，科技创新的成果正在涌现，相信北京力量将在我国实现高水平科技自立自强的伟大进军中留下光辉华章！

第一节　从 0 到 1　领跑前沿

科技兴则民族兴，科技强则国家强。党的十八大以来，作为我国科技基础最为雄厚、创新资源最为集聚、创新主体最为活跃的区域之一，北京市深入贯彻落实习近平总书记关于科技创新的重要论述和对北京一系列重要讲话精神，提速建设国际科技创新中心。聚焦关键核心技术和前沿领域，北京持续加码研发投入和成果转化，着力打造我国自主创新的重要源头和原始创新的主要策源地，为加快实现高水平科技自立自强贡献北京力量。

一、追逐原始创新之"光"

在怀柔雁栖湖畔，一个周长1.36千米的"放大镜"形建筑群占据了967亩的区域，约90个足球场大小。2023年3月14日，这里刚刚成功加速了装置的第一束电子束，向产生世界"最亮的光"又迈进了一步。

填补空白的"追光人"

"为这一束电子束，我们等了约15年。"中国科学院高能物理研究所高能同步辐射光源加速器部副主任李京祎感慨。光，照亮了物质世界。李京祎和同事，是一群"追光人"。

20世纪40年代末，科学界发现：就像雨中快速转动的雨伞，伞边缘切线方向会飞出一簇簇水珠一样，当高能电子束团被强迫在环形同步加速器上以接近于光速做回旋运动时,也会在切线方向发射出电磁波,这就是同步辐射光。

与常规光源相比,同步辐射光亮度高、覆盖频谱宽,就像是超级X光机,人们可以借助它观察到物质的微观结构。自此,世界各国开始了建设同步辐射装置来构建光源的"竞赛"。

北京,是我国第一个大科学设施的诞生地。玉泉路旁,北京正负电子对撞机"一机两用",进行着正负电子的高能对撞。1988年至今,依托对撞机和北京同步辐射装置,我国科研人员已产出一系列世界级科研成果,世界上第一个SARS冠状病毒主蛋白酶蛋白质的晶体结构就在此得到解析。

而为了"看"到纳米级的物质结构,放眼世界,发射度更小、亮度更高、分辨率更高的新一代光源建设从未停步。一步慢,步步慢,时不我待。这是我国高能物理研究者的信念——要建一台高能光源,填补空白。

时针转回2008年。这群"追光人"开始对建设高能同步辐射光源的必要性和可行性进行论证,历经近十年攻关,验证了技术路径的可行性,完成了装置的概念和工程设计。高能光源选址,则定在了北京怀柔科学城。

朝霞映红北京怀柔科学城大科学装置(高能同步辐射光源)(北京日报社供图 卜向东 摄)

2019年6月,高能同步辐射光源破土动工,争分夺秒成为每位建设者的信条。工程指挥部成员的办公室墙上,挂着一份工程建设总进度计划图,宏大的工程被细致分解为82步,成为52个分系统人员的"指挥棒"。一个个时间节点稳步推进的背后,是参与者废寝忘食忙碌的身影。

自主创新啃下"硬骨头"

要造出第四代高能同步辐射光源,点亮最"亮"的同步光,物理和硬件技术上要啃的"硬骨头"一个接一个。"其实,每一个大科学设施的建设,必然会遇到难题,这是避不开的,只能面对它们,并且解决它们。"李京祎说。

施工刚刚起步,一项地基施工的指标就让建设者们直呼"不可能"——防微振动控制目标要小于25纳米,即要实现结构"零沉降"。纳米,这个从未出现在建筑规范中的单位,却是未来光源实验精度的重要保障。装置建设团队反复试验,用4个月里无数次失败最终换来了答案:他们将光源储存环隧道及实验大厅地基用厚达3米的素混凝土进行基础换填,保障光源地基稳如磐石。

大装置里面的"小家伙"也难关重重。光源直线加速器是电子的源头和第一级加速器,电子束要通过它加速到0.5吉电子伏特的高能量。这其中的关键部件之一,就是提供能量的微波功率源。虽然北京正负电子对撞机上也有类似的设备,但其安装的是基于老式人工线型调制器的功率源,高能同步辐射光源决定搭配"升级款"的固态调制器。

不过,"升级款"的固态调制器,全世界仅有一家企业有成熟产品,且价格十分昂贵。"我们下了决心,一定要自己研制出来。"李京祎语气坚定。团队成员从理论模型的建立开始,反复分析优化,并不断钻研优化变压器绕线和整机集成工艺。"高压脉冲变压器是固态调制器的核心技术,不同的走线、缠绕方式,都会影响产品的性能。我们前后钻研了3年,迭代了6个版本,实现了设计指标。"

最终，当固态调制器"就位"于光源现场，一项项测试数据在屏幕上跳动，均达到"满分"标准。这是代级的跃变！

期待世界"最亮的光"

历时近4年建设，曾经的荒草地上已经"长"出了3栋主体建筑，最大的圆环状建筑便是光源的核心。

"在光源的建设过程中，北京市、怀柔区和怀柔科学城都给了我们很大的支持，全方位保驾护航，为'大国重器'连通了'生命线'。"李京祎说起，2022年冬天，是光源主体建筑封顶、科研设备启动安装的首个冬天。由于科研设备的准直精度普遍在10微米量级，环境温度的细微变化，都会导致设备准直精度下降。以储存环为例，其环境温度必须保持在正负0.1℃范围内，才能保证磁铁等设备的就位精度。

面对如此严苛的需求，怀柔区迅速协调，及时解决了光源装置区的水、电、供暖等问题。"那个冬天，我们和光源的设备都感到特别温暖。"李京祎笑道。

2023年2月1日，高能同步辐射光源储存环隧道设备安装工作启动（中国科学院高能物理研究所供图）

2023年3月，高能同步辐射光源直线加速器"满能量"出束，率先迎来"开门红"，每秒都有百亿量级的电子从电子枪"射"出，其中约90%的电子能顺利抵达末端，保证末端电荷量达到额定2.5纳库（1微库＝1000纳库）以上。这也意味着，这座"大国重器"进入科研设备安装、调束并行阶段，向产生世界最"亮"的同步光再迈进一步。预计到2025年，高能同步辐射光源将建成运行。

现在，光源最大的"环形加速跑道"——储存环的安装正在进行。光源投入运行后，储存环中电子束在奔跑的过程中，将产生高亮度的同步光，帮助科研人员"照亮"实验样品，更好地解析物质的微观结构及演变。

与储存环一墙之隔，便是未来供用户开展科学实验的实验站，大到飞机发动机，小到病毒蛋白质，都能在这里"体检"。

"基础研究是科技发展的基石，我们期待光源的第一束光尽快到来！"李京祎说。

梦寐以求的研究平台

小于1毫开尔文的极低温、超过300吉帕斯卡的超高压、至少26特斯拉的全超导磁体强磁场以及约100阿秒的超快光场……这是中国科学院物理研究所在怀柔科学城落地建设的综合极端条件实验装置所能提供的实验条件。

所谓极端条件，是指在实验室中人为创造出来达到或接近目前技术极限的条件。上述这组条件，意味着该装置能够提供比宇宙的背景辐射温度还低非常多的极低温，接近地心压力的超高压，比地球磁场高出几十万倍的强磁场，以及能捕捉到千万亿分之一秒画面的"高速摄影机"。

走进综合极端条件实验装置的实验大厅，两层楼高的宽敞空间里，一组组设备分布在不同区域，组成一个个实验站，如成人胳膊粗的管道连接着各项仪器。"这些都是输送液氦的管道，眼前这栋楼是量子计算中心,主要研究在极低温和强磁场两种极端条件下的物质反应,液氦正是用来制冷的。"工作人员介绍,在物理学领域,有一个绝对零度的概念,即-273.15℃。通俗来讲,代表冷到不可能再冷了的最低温度,而在量子计算中心,能做到仅比绝对零度高0.001℃。"这是世界领先水平。"工作人员说,"在这种极低温条件下,能观察到物质丰富的表现形式,比如量子态,进而实现量子计算。"

新物态的探索和调控一直是物理学研究的重要内容。比如调控水的状态把水变成水蒸气,人类发明了蒸汽机,掀起了第一次工业革命;调控电磁场的状态,人类开启了第二次工业革命,进入电气时代;调控电子能带的状态,导致了第三次工业革命——信息化。从物理学的角度,科研人员希望通过继续调控物质的状态、物质里电子的状态,对第四次工业革命作出贡献。

"这是全世界物理学家梦寐以求的研究平台。"中国科学院物理所怀柔研究部主任吕力说,"如果把综合极端条件下的科学探索过程比喻成探矿寻宝,有了这个综合极端条件实验装置,我们就可以看得比别人更远,挖得比别人更深,收获也比别人更多。"

吕力的另一个身份是综合极端条件实验装置首席科学家。近年来,利用极端实验条件取得创新突破,已成为科学研究发展的一种重要范式。

工欲善其事,必先利其器。2003年,中国科学院物理所成立工作小组,开始筹划综合极端条件实验装置的建设。4年后,吕力第一次来到怀柔,参与装置的选址工作,"当时,装置所在的这片区域还都是农田、林地,后来,怀柔科学城慢慢建起来了,雁栖湖已经成为'国际会都',周围的环境真是大变样"。

2017年,综合极端条件实验装置正式启动建设。这是怀柔科学城内第一个开工的国家重大科技基础设施,也是第一个进入科研状态的大科学设施。它与其他大科学设施相比,最大的特点在于综合化、集群化,每个极端条件都不是独立的,是"强强联合",帮助科研人员进行全面、系统的研究。

建设大科学设施的过程,也是攻坚克难的过程。吕力提到,有些仪器购买困难,研究人员就从零开始,自主研发。2022年12月20日,综合极端条件实验装置全面进入试运行阶段,20个平台均面向中外用户开放预约。科学家们第一次可以在家门口做实验,自是难掩激动。首批通过性能工艺测试的5个实验站开放普通课题预约申请时,就收到57份申请,申请者中包括36家国内外科研院所、高等院校和高新企业的一线科研团队。

综合极端条件实验装置帮助人们从新的角度观察世界,另一个大科学装置则是把地球直接搬进了实验室。

怀柔科学城东扩至密云后,一座名为"寰"的地球系统数值模拟装置落户密云,目前已进入运行状态。地球模拟实验室的展厅里,直径3米的地球"风起云涌",再现不同时期大气、海洋、植被状况。拾级而上,5层楼高的超级计算机"硅立方"正为其提供算力支持。

"由大气所自主研发的地球系统模式,集成耦合了包含大气、海洋、陆面、植被生态、大气化学、海洋生化、陆地生化在内的7个分系统,能够模拟大气圈、水圈、冰冻圈、岩石圈、生物圈,打造出一个相对完整的数字版'孪生地球'。"中国科学院大气物理研究所副研究员张贺介绍,"寰"的问世,打破了美国、日本等发达国家在全球气候变化学术领域的主导权,中国在全球气候变化特别是全球变暖减缓、控制措施等方面有了更强的话语权。

"大装置"聚天下英才

从正式获批建设至今,怀柔科学城成为生机勃勃的科学研究热土。这是全国重大科技基础设施集聚度最高的区域之一,已布局29座科学设施平台。

伴随着大科学设施的亮相,科研成果也加速涌现——

引力波暴高能电磁对应体全天监测器,是北京怀柔综合性国家科学中心空间科学实验室挂牌后发射的首个科学卫星,得名"怀柔一号",将持续探索深邃太空的奥秘;

中国科学院大气物理所依托地球系统数值模拟装置在国内首次实现大气二氧化碳浓度的全耦合模拟,可为2060年碳中和的路径优化提供科学支撑;

中国科学院力学所研制了国际领先水平的复现高超声速飞行条件激波风洞和爆轰驱动超高速高焓激波风洞,大幅提升我国在空天宇航方面的地位;

……

怀柔科学城正向着世界级原始创新策源地发起冲击。

在清华大学公共管理学院教授、中国科技政策研究中心副主任梁正看来,重大科学基础设施是"大科学时代"科技发展的产物,其有助于提升国家创新体系整体效能,提高我国原始创新能力,实现关键核心技术突破。

"依托大科学设施来吸引和凝聚全球科学家和人才,是国际上比较通行的做法。"梁正说,北京历来重视重大科学基础设施建设,如北京正负电子对撞机建设至今已有30余年,较早实现了高能物理领域多位实验物理学家与理论物理学家的"引进来"和"走出去"。怀柔科学城依托大科学设施集群,也提出了针对外籍人才的开放共享战略,推出相关城市服务供给与配套措施。

当然,在依托"硬"设施吸引和凝聚国际尖端科技人才的同时,也需要系统谋划完善发现、引进、用好、留住高水平国际科技人才的"软"制度体系。

完善"城"的功能,正成为近两年怀柔科学城的重点任务。人才社区陆续竣工,基础教育资源不断增强,着力打造生态宜居创新示范区……"远看是花园,近看是家园"的宜业宜居环境正在这里形成。

二、屡创世界纪录的奥秘

拍摄一张照片，点击"发送"按钮，短短几秒钟，一张图片在量子光的运载下穿过长达100公里的光纤，完成信息的安全传输。100公里，国际上最长的量子直接通信距离纪录就诞生在北京量子信息科学研究院。

5年多来，量子院作为本市首批支持建设的新型研发机构之一，已孕育出一系列世界级科研成果。打破科研单位之间、学科之间、科研与产业之间的"三堵墙"，新型研发机构以开放创新的大胆探索，集聚全国乃至全球顶尖人才的聪明智慧，在重大基础前沿科学研究、关键核心技术攻关方面接连取得突破性进展。

整合科研资源攻坚克难

告别窃听风云，量子通信因极高的安全性而成为科学研究的前沿领域之一。2022年诺贝尔物理学奖颁发给了量子信息领域的三位科学家，进一步引发全球对量子科技的高度关注。

北京在量子研究领域优势明显。早在2000年，清华大学龙桂鲁教授就带领团队提出了量子直接通信理论。"利用量子态的特性，我们可以在信息传递时边检查边通信。暗中窃听会引发量子态的状态改变，对方既不能隐藏窃听行为，也无法窃取任何信息。"龙桂鲁解释，量子直接通信将传统保密通信的密钥分发和密文传输双信道结构，改变为单信道结构，不仅能够感知窃听，还能够阻止窃听。

不过，当2016年龙桂鲁带领团队启动量子直接通信原理样机的研制时，工程化实践的短板制约凸显出来。"高校科研小团队的力量远远不够。你很难要求物理系的学生通晓电子、半导体、软件编码等技术，所以初始产品里藏着一些小问题，影响了优化升级的脚步。"

这也折射出当时北京量子研究的不足：中国科学院、北大、清华等高校院所争相发力，但科研力量分散，资源优势并未有效转化为竞争优势。2017年12月24日，由北京市政府发起，联合多家顶尖学术单位共同建设的北京量子信息科学研究院（以下简称量子院）揭牌成立。作为北京首批新型研发机构之一，量子院迈出了先行先试的步伐，大力引进全球量子科技领域人才的同时，还组建起一支高水平工程师组成的技术保障团队，打造产学研全链条畅通的科研平台。

2019年，龙桂鲁以"双聘制"形式加入量子院，担任该院副院长。在这里，财政科研经费实行"负面清单"，设备采购能"一键下单"，研究团队充分感受到新机制下科研进展的"日新月异"。随着软硬件工程师陆续加入团队，新一代样机在设计上更加成熟。

整合资源协同创新，龙桂鲁团队在量子院接连取得突破性成果：2020

北京量子信息科学研究院的实验室里，龙桂鲁教授与研究人员正在进行时间同步实验（北京日报社供图　和冠欣　摄）

年成功推出世界首台实用化量子直接通信样机,率先实现10公里光纤链路每秒4千比特通信速率的量子保密通话;同年,通过编码优化,直接通信距离提升至18公里;2022年,龙桂鲁团队和清华大学教授陆建华团队合作,设计出相位量子态与时间戳量子态混合编码的新系统,将量子直接通信距离一举刷新至100公里,创下世界纪录。

这意味着,依靠现有的成熟技术手段,城市之间已能实现点对点的量子直接通信。

基础研究成果加速转化

基础研究科研周期长、投入大、转化难,科研人员往往要坐"冷板凳"。但探索未知世界的好奇心,吸引科研人员不断深入前沿领域。

量子理论诞生在百余年前,第一次量子革命催生了现代信息技术。而利用量子的特性推动量子通信等领域走向产业化,便是正在进行的第二次量子革命的目标。"量子技术是从基础研究到应用转化最快的领域之一,量子院正是用灵活的体制机制打通了瓶颈,推动基础研究的成果向产品化应用转化。"龙桂鲁说。

从实验室到产品的路注定不会一帆风顺。在测试新一代量子直接通信样机时,信号怎么也无法接通。为了找到故障点,团队颇费了一番功夫,花费数月排查了数百个零部件,迷雾终于被拨开——两条光纤在对接时出现了误差,虽然误差不过毫厘,却导致光路中断。

工程师仔细调整后再测试,通了!

现在,第二代量子直接通信样机的通信速率达到了每秒千比特的量级,能够稳定实现图文传输,并且已从"一对一"通信发展到了"多人群聊",初步构建起了量子直接通信网络。

"在量子院做科研,很舒心。"工程师宋啸天2022年加入了龙桂鲁团队,最近,他正向新一代量子直接通信系统的芯片发起挑战。之前他还在为芯片过高的误码率苦恼，通过反复摸索、尝试，终于有了新突破——通过对关键部件重新设计，芯片误码率降至3%，整体结构也更加紧凑小巧。

近期，龙桂鲁要把量子直接通信技术带出实验室，利用已铺设的光纤网络进行测试。"我们要让技术在真实环境中接受考验，再做进一步优化。"龙桂鲁预计，3至5年内，量子直接通信网络将真正走入人们的生活，接打"量子电话"、发送"量子信息"将可触可及。

"五新"机制激发创新活力

与龙桂鲁相似，陆续加入量子院的顶尖人才纷纷感受到北京推进前沿创新的加速度。

2019年，长期从事超导量子计算和量子模拟研究的于海峰入职量子院。他快速组建起具有物理、电子、计算机等不同专业背景的40余人科研团队，围绕建造实用化量子计算机的总目标发起攻关。

同年，32岁的常凯在马克斯－普朗克微结构物理研究所完成博士后研究，虽然没有知名头衔，量子院依然看到了他的科研潜质。在加入量子院并组建低维量子材料团队后，短短2年时间，他的研究成果就登上了《科学》杂志。"量子院对于青年科学家的科研经费支持力度，让我可以完全按照自己的设想去建设世界一流的实验室，不必因为经费问题而作出种种妥协。"常凯说。

以研发高速光纤量子密钥系统而闻名的袁之良在2021年归国，担任量子院首席科学家。量子院对其科研支持工作的开展，以天为单位计算。从签订聘用合同到在岗投入科研，短短4个月的时间里，他所需要的科研设备论证、300平方米实验室改造、科研团队组建工作全部完成。

新的运行体制、新的财政支持政策、新的绩效评价机制、新的知识产权激励、新的固定资产管理方式，量子院不断释放创新活力，新的世界纪录在这里不断诞生。

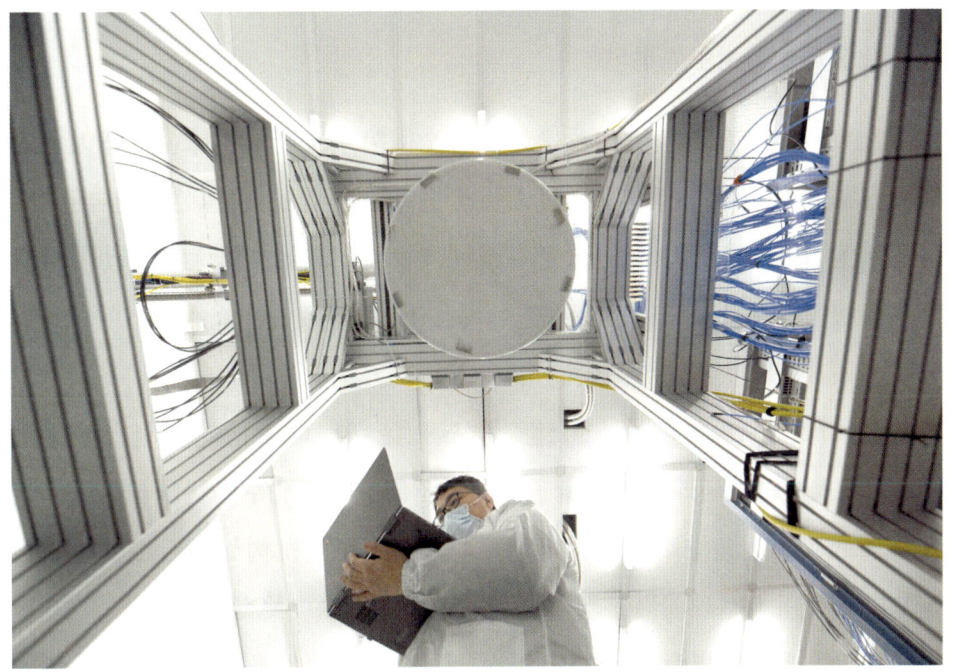

北京量子信息科学研究院，科研人员正在量子计算装置下全力攻关（北京日报社供图 和冠欣 摄）

2021年中关村论坛上，于海峰团队的重磅研究成果发布——长寿命超导量子比特芯片突破500微秒大关，标志着我国在超导量子芯片研究领域走在了世界前列。

2023年3月，袁之良团队的实验室发布最新成果，在世界上首创开放式架构双场量子密钥分发系统，完成615公里光纤量子密钥分发实验。这种开放式架构设计简洁，能极大节约量子网络系统的建设成本，助力未来实现在城市间拨打"量子语音电话"。

"不完全像大学，不完全像科研院所，不完全像企业，不完全像事业单位"，不少科研人员将新型研发机构亲切地称为"四不像"单位。正是这种"四不像"的探索，打破了基础研究与产业的隔膜，成功激发和凝聚科学家精神，让北京原始创新和前沿探索呈现出"千里马"竞相奔腾的蓬勃生机。

化资源优势为争先勇气

北京的高校和科研机构数量均位居全国第一,创新主体、科技人才等科技创新资源汇聚。为鼓励科研人员挺进基础研究领域,甚至向科研"无人区"发起冲击,北京市出台了一系列"松绑"政策,极大地调动了科研人员积极性。在"科研经费28条""科创30条"等政策措施的保障下,本市顶尖科研成果加快从实验室走向市场。

2018年1月,《北京市支持建设世界一流新型研发机构实施办法(试行)》正式发布。随即,北京量子信息科学研究院、北京脑科学与类脑研究中心、北京雁栖湖应用数学研究院等一批新型研发机构如雨后春笋般成长起来,聚焦重大基础前沿科学研究和关键核心技术攻关突破。

然而,前沿创新从来都是多年潜心研究厚积薄发的结果,如何让科研人员能从容、安心地在相应领域持续探索等待收获期到来?新型研发机构对此作出了重要尝试。

以北京脑科学与类脑研究中心为例,一位新的科研人员加入后,前5至6年会得到稳定的经费支持,能放开手脚去做自己想做的研究。"一个安心的科研环境很重要,如果整体的环境都追求短平快,那不管是实验本身的压力,还是研究人员之间的竞争压力都会过大。如果真的碰到特别有价值的课题,这个时间还可以延长,'十年磨一剑'也不是不可能。"北京脑中心联合主任罗敏敏说,做基础研究就是要有耐心,只要找到人,有经费支持,成果就会慢慢显现。而作为新型研发机构的管理人员,更多是为科研人员提供帮助,进行协调。

当然,考核机制还是要有。如何评价一个科研人员的水平?怎样判断一项科研成果是否具有价值?罗敏敏介绍,早期国内科研评估是由各科研单位内部制定规则,甚至是由领导来主导评价,但这样容易陷入主观。于是论文就成了重要的评价标准,后续大家都有了论文,标准又不断细化,看论文篇数、影响因子、引用数量……最终大家发现，还是很难有一个完全量化的指标。因此，脑中心在设立考核机制的时候，确定了国际同行评议的形式，建立起国际评估委员会，汇聚了脑科学领域的诺贝尔奖获得者以及世界各国脑科学顶尖专家。虽然没有了"硬标准"，但要得到国际同行的认可，对研究人员的要求更高。

"北京力量，是勇于争先、深化改革、大胆创新、表率全国的力量。"清华大学公共管理学院教授、北京市组织学习与城市治理创新研究中心主任蓝志勇说，近年来，北京在科技攻坚、前沿探索和体制机制改革三方面同时发力，彰显了首善之区的科技活力、争先的勇气和敢啃硬骨头、引领科技创新的气度卓识和行动能力。

三、科学家"创业天团"

北京生命科学研究所所长，千亿级创新药企——百济神州共同创始人，这是中国科学院外籍院士王晓东身份的AB两面。

在他的手上，有两支指挥棒，一支在北生所这方"改革试验田"赋予科学家更多自由，展开生命科学领域的原始创新探索；另一支则将原始创新成果带到"实战场"，撬动创新药研发。

"很多基础科研的终点可能只是一篇静静躺在库里的论文，如果能捕获原始创新的社会价值，是更有成就感的。"在王晓东眼中，创业的魅力难以抗拒。从他开始，10余年间，北生所共有7名科学家先后创业，渐渐形成一支科学家"创业天团"。

深耕科技体制改革试验田

2019年11月15日凌晨，当很多人仍在睡梦之中，一封来自大洋彼岸的邮件带来一个重磅消息。

美国食品药品监督管理局（FDA）批准了第一个中国本土自主研发的抗癌新药在美上市，改写了中国抗癌药"只进不出"的历史。当日清晨5时20分，百济神州对外宣布了这一喜讯，泽布替尼这一新药，让世界对中国的新药研发能力刮目相看。

掩映在百济神州的高光之下，有一个名字既显赫又低调，那就是这家企业的共同创始人、中国科学院外籍院士、美国科学院院士王晓东。因为他不直接参与百济神州的企业管理，鲜少在企业活动中露面，常让很多人忽略了他其实是一位科学家中的企业家。

2016年，百济神州在美国纳斯达克成功上市（百济神州供图）

这位双料院士的创业传奇，从21世纪初就写下了序章。

彼时，全球生命科学产业欣欣向荣，我国在这一领域"跨越式发展"的改革试验也悄然启动。2001年5月，国务院正式批准组建"北京生命科学研究所"，将其作为推进科技体制改革、探索"基础科研与国际接轨的管理和运行模式"的试验田。

2003年的一天，王晓东接到了一个电话。电话的另一端，时任耶鲁大学分子细胞与发育生物学系终身正教授的邓兴旺兴奋地跟他分享了北生所全球招聘所长、科研人员的消息。作为改革开放后出海留学、学有所成的游子，这一次祖国和时代的共同召唤，让王晓东心潮涌动。

当时，王晓东已是生命科学领域极负盛名的人才，在美国得克萨斯大学西南医学中心获终身教授职务。他创造性揭示了细胞程序性死亡的凋亡通路，首次发现了线粒体作为凋亡控制中心的分子机理，这一发现对于治疗癌症有着重要意义。

正为北生所所长一职物色人选的国际著名分子生物学家、遗传学家吴瑞，将王晓东、邓兴旺等名字写进了推荐名单。"你们是有历史责任的。"吴瑞的这句话让王晓东至今印象深刻。2003年4月，王晓东回国参与了北生所首任所长竞聘。由于一时不能全身心回国，他与邓兴旺成为北生所第一任联合所长。直至2010年，王晓东将工作重心全部转向国内，独立执掌北生所。

让科研人员能心无旁骛地探索真正的科学问题，是王晓东的办所理念之一。在这里，对科研人员的评价不重论文、奖项，而是进行5年一次的国际同行匿名书面评审。

"5年内不需要每年做考核汇报，科学家们能够有充分的时间和自由去攻坚克难。"北生所行政副所长黄嵩说。

"我只参与与科研有关的事"

随着全身心归国,王晓东创业的"冲动"又起。一方面,海外癌症治疗的新方法不断涌现;另一方面,中国每年400万以上新发癌症病人对创新药有着迫切需求,身边亲友每每咨询"你有没有更好的癌症治疗方法",都让王晓东无法平静。

2011年春天,"百济神州"注册成立,最初的实验室与北生所一样落户于中关村生命科学园内。王晓东与共同创始人、"中国通"欧雷强(John V.Oyler)早有约定,"我不参与企业管理,只参与与科研有关的事。"对他而言,自己的角色定位始终是"科学家"。

这家从名字里透露出"百创新药,济世救民"远大愿景的新生公司,起初并不被市场看好。当时国内新药研发环境不理想,化学仿制药占据主导地位,要做动辄可能投入超过10亿美元、平均研发周期长达10年的创新药,被认为是疯狂之举。

不太宽裕的启动资金主要花在了组建高水平团队上。最初的资金很快"烧完",欧雷强飞回美国开始了漫长的筹钱之旅。百济的科学家们则埋头实验室,在北京没日没夜地加码研发。由于经费紧张,当时百济的研发人员在进行大规模药物合成时,甚至把自家做饭的锅都拿过来,用各种方法尽快推进项目。

熬过最艰难的那段时间,中国生物医药行业迎来转折点,2012年至2016年年复合增长率高达24.9%。作为这一领域的先发者,百济神州赢得资本青睐,几年间先后完成了在美股、港股和A股的三地上市,如今总市值已超过2000亿元。

为了跑出新药研发的加速度,王晓东为科研团队划定方向:"如果我们还不具备找到原创靶点和原创新药的能力,那我们至少要在临床前、临床疗效上,做到效果更好。"在这一思路下,百济神州先后在RAF(治疗实体瘤)、PARP(治疗卵巢癌)、BTK(治疗淋巴瘤)、PD-1(可治疗多种肿瘤)等多靶点药物上布局。其中一鸣惊人的科研成果泽布替尼,正是一款BTK抑制剂。

在泽布替尼的研发过程中,王晓东也曾在重要的"分岔路口"上拍板定案。最先从BTK抑制剂中嗅到机会的百济神州高级副总裁、全球研发负责人汪来发现,全球首个上市、用于治疗淋巴瘤的BTK抑制剂伊布替尼,其实是一个偶然开发的成果,对靶点的抑制并不完全。由此,团队认为应该找到一个更专一的BTK抑制剂。但一些重量级研究者则认为,伊布替尼药效给力,恰恰是因为多靶点抑制。

面对这两条路径,最终王晓东作出选择:"要相信科学!做更专一的BTK抑制剂。"这个方向选对了,泽布替尼得以诞生。此后,泽布替尼向全球重量级药物——强生公司上市多年的伊布替尼发起挑战,并最终在"头对头"全球3期临床试验中显示出更高的疗效与安全性。

原始创新成果加快转化

如今,百济神州已经站上全球舞台,与世界级药企同场竞技。而在北生所里,王晓东的下场创业,还有着特殊意义。

所长带头创业,最直接的效果是打消了很多人的顾虑。这意味着,走出实验室创业,不会被认为是"不务正业"。"百济神州的成功,为其他创业者跑通了模式。"王晓东说。这种把企业交给更懂得管理和经营的人,科学家在企业里指导研发的创业模式,在北生所被不断复制。

2007年,在病毒受体研究领域颇有建树的李文辉回国加入北生所,潜心研究乙肝病毒受体。5年后,这项研究取得突破性进展,发现了乙肝病毒的受体NTCP,一种牛磺胆酸共转运蛋白。

李文辉的成果得到了学术界的高度认可。恰逢2015年《中华人民共和国促进科技成果转化法》出台,李文辉也踏上创业之路,与黄嵩等同事一同创办了聚焦抗病毒药物的华辉安健。

"原始创新成果迈向转化的下一步，涉及产业的多个方面，要求和基础科研不同，需要转换到一个新的'战场'。"李文辉说。在这个新"战场"上，华辉安健初战告捷，用于治疗慢性丁型肝炎病毒（HDV）感染的中和抗体HH-003注射液已获中国国家药监局药品审评中心突破性治疗品种认定。

北生所科学家在做实验（北京生命科学研究所供图）

主攻炎症领域，2015年当选中国科学院院士的北生所研究员邵峰，也在2020年踏出实验室，创办了炎明生物。

"北生所里创业的科学家已经有7位，而且创业全部是基于自己的原始创新成果。"王晓东语气里透着骄傲。在他看来，科学家从实验室迈向企业的这一步，角色没有变，变的是对科研的理解。

科学家迎创业"黄金时代"

以科学家为创始人或创始团队成员的"硬科技"创业，正成为模式创新和平台经济之后的创投界新宠。10余年间，从北京放眼全国，科学家创业正走向"黄金时代"。

截至2022年底，已上市的科创板公司中，超六成公司的创始团队为科学家、工程师等科研人才或行业专家。在北京，生物医药、人工智能、新材料、新能源、高端装备制造、节能环保……越来越多的领域，吸引着科学家成为双创翻涌浪潮里的一朵朵浪花。

北生所所在的未来科学城"生命谷"，已吸引68位著名科学家来此一展创业拳脚。科学家创业渐成风潮的背后，还有着越来越多的专业孵化平台在助其腾飞。

2022年底，市科委、中关村管委会等五部门印发《标杆孵化器培育行动方案（2022—2025年）》。方案鼓励标杆孵化器挖掘具备实力、热衷创造、勇于实践的顶尖青年科学家、产业服务专家、投资人和产品经理，针对重大现实问题和场景需求，组建"超前孵化"合伙人团队。

翻开北京首批标杆孵化器及其创始团队的名单，从高校教师转型、历任多家跨国科技企业高管的陆奇，机器人领域知名专家、北京航空航天大学机器人研究所教授及名誉所长王田苗，在美国波士顿从事多年原创新药项目孵化的朱鹏程……一个个在各自专业领域里极为响亮的名字跃然眼前，而他们，都在躬身为科学家创业服务，也进一步助推北京原创成果产业化落地。

VC"抢"科学家成风潮

当经济发展提档升级呼唤新动力，当"低垂的果实"不再触手可及，创投圈不再对模式创新和平台经济趋之若鹜时，十年磨一剑的科技密集型、知识密集型创业成为时下的"流行"。科学家创业、教授创业，已经从多年前的小众甚至"离经叛道",转而成为推动源头创新产业落地的重要力量。

"VC都在抢科学家""学而优则创""科学家创业潮来了",近一年来,这样的标题在关注投资与创业的媒体上频频出现。

作为控制机器人运动的核心部件,中国的RV减速器常年要靠进口。多年前,北京工业大学教授张跃明带领团队开始攻关。如今,这项从源头创新的工业机器人RV减速器技术已经实现了关键突破,科技成果转化合作方面,已成功在北京亦庄开发区和河北石家庄建厂,每年可以生产世界上最顶尖的工业机器人RV减速器8万套,产品供不应求。

如果测量磁场的精度能"细"到地球磁场的十亿分之一,就能够"看到"自己心脏和大脑产生的磁场。2020年,世界500强高管与掌握量子精密传感底层技术的青年科学家联合成立未磁科技团队,如今已经率先研制成功完全自主知识产权的心磁图仪、脑磁图仪等高端医疗影像器械。基于这项"国内唯一,世界唯二"获得医疗器械注册证的心磁图仪技术,国人未来只需要花费数百元,就能在不做造影、不做CT的情况下实现对心血管疾病、脑疾病的诊断。

峰和科技、智同科技、未磁科技……越来越多的科学家和教授或主动或被动地走出象牙塔创业。

"像清华生命科技领域的教授,基本上每人都参与了一家公司。"英诺天使基金创始人李竹说。红杉中国合伙人杨云霞也对此感受明显,这段时间她接触到的科学家和教授创业者相比前几年增加了好几倍。

伴随北交所开板,深耕专业领域的专精特新企业如今广受认可。"从国家政策引导层面来讲,科学家创业的时代的确到来了。"雅瑞资本创始合伙人张瑞君说。

专精特新离不开技术创新的源头供给,而科学家群体无疑是原创技术的重要源泉。如今,一批科学家涌入硬科技、专精特新赛道,是否意味着一击即中的成功率?深耕科技投资的多位投资人发出了理性的声音。

明势资本创始合伙人黄明明表示，在"坚决不能投科学家"和"这个时代就要投科学家"这两种极端态度之间，他和投资团队的最终结论是——"投懂科学、懂技术的企业家"。"他可能是科学家出身，但最终一定要是个企业家。"黄明明说。

"即便是某国内一流学府，每年几百项科技成果转化，其中也只有20%能拿到投资，大部分并不具备投资价值。"李竹认为，绝大部分科学家不适合作为企业"一把手"创业，更适合作为小股东，或者通过师生共创等方式来实现科学家的创新成果转化。

北京智源人工智能研究院院长、北京大学人工智能研究院副院长黄铁军教授则提出，原始创新转化至产业的形态多种多样，不能简单将学校教授团队挖出来让它去创业，这样太看重短期效应了，而是应当允许各种各样形态的成果转化形式出现，营造科技创新和产业发展互动的合作生态。

"软平台"为源头创新铺路

科学研究与商业运营隔行如隔山，从科研工作者到企业家的角色转换也因此挑战巨大。张瑞君说，科学家在创业中需要与商业等方面的优秀人才合作，补上"水桶"的短板。

"希望对科学家创业中遇到的人才引进、团队管理、科学家角色转化与迭代等问题进行场景化梳理，帮助科学家们更好地解决创业之初最突出的人才问题。"中关村创业大街相关负责人说。

过去，在创业大街，一杯咖啡就能帮一个普通人连接到各种创新创业所需的资源。而今天，创业大街也不断在科学家创业、源头创新方面布局。据悉，创业大街搭建的源头创新平台，已与北京智源人工智能研究院等新型研发机构、创新研发平台开展深度合作，在硬科技成果转化阶段发挥作用，帮助项目尽早实现商业化。

有丰富的科技成果转化与硬科技孵化经验的西湖大学遗传学首席教授、

副校长许田在公开场合提议,应搭建一个"软平台",让科学家、工程师做他们擅长的东西,商务上的事情交给专业人士来做,这样能大大提高创业成功率。

作为北京原始创新策源地,在中关村科学城,服务源头创新与科技成果转化,为科学家创业搭建"软平台"的机构和平台还在不断涌现。"我们需要做的是去发现具有企业家精神的科学家,营造良好的环境让他们充分发展。"中关村科学城公司副总经理戴廉说。

做科学家创业背后的推手

创业难,生物医药领域的创业更难。

这样的痛点,被博士毕业于复旦大学生命科学院,而后又到哈佛医学院做博士后研究的ATLATL创新研发中心创始人朱鹏程看在眼里:"在大学宿舍里,就能诞生互联网巨头Facebook(脸书)。但生物医药领域的创业,前期组建实验室、购买器材、招聘人员的启动资金动辄千万元。"

正因有着相关学术背景,朱鹏程的创业更加切中要害。"为什么不把建好的实验室跟大家共享呢?"萌生这样的设想后,2014年,他尝试在美国波士顿创立大众创新实验室,服务CRISPR、Editas等一批生物医药领域的独角兽公司。

按照国际标准建设实验室和公共研发平台,并为入驻团队提供专业化的运营和管理服务,这一商业模式在美国被验证后,朱鹏程将其带到中国,先后在上海、北京、江苏、浙江等地创立专业孵化平台——ATLATL创新研发中心,成为助推生物医药初创企业腾飞的背后力量。

2021年,北京ATLATL创新研发中心——北京飞镖国际创新平台一期落地北京中关村生命科学园。朱鹏程认为,北京的生物医药创新有其鲜明特点。"前期考察后,我们团队非常兴奋,因为北京的高校院所资源太丰富了,里面蕴含着大量的人才和原始创新成果。我们非常希望能够做科学家创业背后的推手。"抓住这笔"富矿",是ATLATL创新研发中心在北京发展的重点。目前,飞镖国际创新平台在京二期项目即将投入运营,三期项目正在积极推进,将打造生物医药创新产业集群。

在北京飞镖国际创新平台这一专业孵化器助力下,神济昌华等10余个新药研发团队正加速成长。

四、攥指成拳攻坚医疗机器人

聚焦高端芯片、基础工业软件、高端装备、基础原材料等重点领域突破关键核心技术,是北京高精尖产业发展和国际科技创新中心建设的重要内容。

高端医疗装备是我国重点发展的战略性新兴产业之一。北京市医疗机器人产业创新中心董事总经理王彬彬提到,虽然中国已成为全球第二大医疗设备市场,但医疗机器人等高端医疗装备中有80%依靠进口。而且,技术壁垒最高、成本占比达70%的核心零部件仍受制于海外。他建议相关部门采用专家、行业及主管部门联合评审的方式,适当加强政策支持力度,加快"卡脖子"高端医疗装备国产化,推动相关技术的创新发展和技术产品的规模化应用。

"产学研医"形成紧密创新链条

中国首台单孔腔镜手术机器人获批上市,国际首款骨折复位机器人完成全部临床试验,膝关节置换手术机器人注册申请获批……

2023年,位于中关村东升国际科学园的北京市医疗机器人产业创新中心频频收获喜讯。这些好消息,全部来自创新中心引进培育的医疗机器人企业。

在东升国际科学园的成果展示区,灵巧的手术机器人令参观者惊叹不

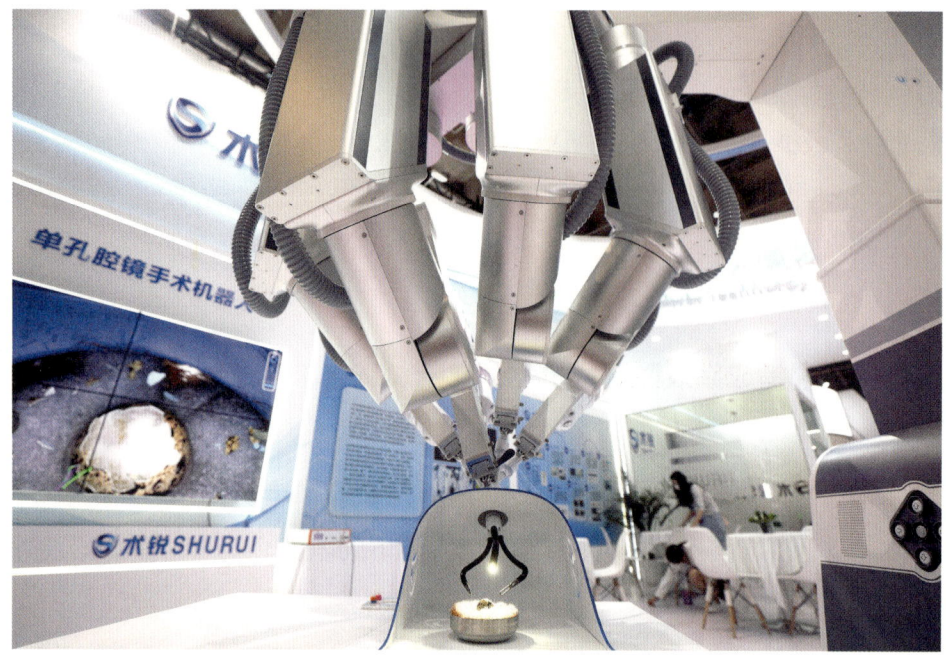

术锐单孔腔镜手术机器人（北京日报社供图　安旭东 摄）

已：智能力控机器人手臂末端的刀尖向人手的方向匀速运动，在刀尖碰到人手的瞬间，机械臂以毫秒级的反应时间迅速弹回、躲闪。

拥有同人类一样敏感而灵巧的"手"，是机器人"升格"成为人类助手的关键一步。如今，思灵机器人团队研发的七自由度智能力控机器人，已能为包括天智航在内的医疗机器人企业提供关键部件配套，适用于神经外科、骨科、腔镜等不同类型的手术机器人，而且传感器、关节、控制软件以及所有的AI算法均实现自主可控，解决了我国医疗机器人产业核心部件的共性难题。

日历翻回至5年前。

2018年初的一天，天智航董事长张送根与北京市医疗机器人产业创新中心董事总经理王彬彬赶到首都机场，苦等一位年轻人。

天智航是中国第一家、全球第五家获得医疗机器人注册许可证的企业。当时，天智航研制的骨科手术机器人已经进入全国上百家医院，成为国内手术机器人领域的"领头羊"。然而在张送根心里，始终悬着一把"达摩克利斯之剑"——公司用到的高自由度医疗机械臂100%海外采购，这项技术当时属于国外一家供应商的"独门绝技"，天智航随时可能面临断供风险。

张送根开始在全球范围内寻觅英才，希望找到能从底层技术上啃下机械臂"硬骨头"的人。正在德国慕尼黑创业的陈兆芃，成为他心目中最理想的人选。

创业前，陈兆芃曾在德国宇航中心攻读博士学位并留站工作多年，任实验室副主任，这也是华人在德国宇航中心担任的最高职位。

"高自由度的智能力控机械臂，没人能做得比你好。一旦把医疗臂做成了，做其他场景的机械臂就全是降维打击。"抓住陈兆芃在北京转机的间隙，张送根向他发出邀请——到北京研制高端智能医疗机械臂。

2018年9月，北京市医疗机器人产业创新中心在中关村东升国际科学园成立，由天智航、清华工研院、中关村科学城等单位共同创立。作为中国第一家在政府指导下成立的医疗机器人技术协同创新平台，这个创新中心的特殊之处就在于，它将国内外知名高校院所、科研机构、临床医院、行业协会联盟、产业基金等创新资源跨界聚合在一起，解决关键共性技术难题，打通从想法到科研到成果转化再到产品的全流程关键环节。同年12月，陈兆芃和团队注册成立了北京思灵机器人科技公司。

机器人的"手""眼""关节"等关键零部件，如同"九连环"般环环相扣，一个环节卡住，就会影响整个产业链的自主可控。在思灵团队攻坚机器"手"共性技术的同时，创新中心引育的另一家企业，则在机器人实时三维导航系统、骨折复位等技术上潜心攻坚。

"我们的核心产品已完成全部临床试验，预计2023年底将拿到注册证。"罗森博特创始人王豫说。王豫口中所说的产品可不简单，它是国际上唯一可开展骨盆骨折复位的手术机器人系统。

骨盆骨折复位是全球创伤骨科领域公认最难的手术操作。如果说四肢骨折像"筷子断了"，骨盆骨折则如同"碗碎了"。在不大面积切开人体组织的情况下，医生和手术机器人需要通过"三维透视眼"导航，看清患者体内随时可能移动的骨头碎片，再进行精准操作。

在与罗森博特的联合研发中，北京积水潭医院副院长吴新宝团队原创的弹性牵引技术，不仅解决了骨盆骨折复位过程中机器人负载过大的难题，未来还可适用于各种下肢手术。

滴水穿石，攥指成拳。多方参与的创新链条上，"产学研医"紧密协同：高校院所进行基础研究和方向性探索，医院提需求并提供临床与验证平台，企业进行技术产品的全流程研发。

北京东升科技企业加速器公司总经理施军波说，东升国际科学园还聚集了全球健康药物研发中心、全球健康产业创新中心等研发机构和创新中心，它们在前沿技术和共性关键技术供给中发挥了核心载体作用。多元创新主体深度参与的孵化格局下，园区已吸引天智航、腾盛博药、赛诺联合等高精尖企业118家。

打破产业瓶颈的协同创新平台正加速布局。在中关村海淀园、昌平园、石景山园和门头沟园，工业芯片核心软硬件共性技术平台、工业级核酸类药物设计研发和生产共性技术平台、光场共性技术平台、精密加工共性技术平台已经落地运行，以行业需求为牵引联合攻坚，希望实现更多"从0到1"的突破，助力高精尖产业升级发展。

机器人"手眼脚脑"批量产出

2023年伊始，一批具有自主知识产权的眼科手术机器人末端工具产品在北京市医疗机器人产业创新中心高端医疗器械CDMO平台完成生产下线。每天能够产出1000套这样的眼科机器人部件。相关部件搭载到整机上后，将加速眼科机器人进入产业化阶段，造福眼科疾病患者。

在海淀区金隅智造工场,北京市医疗机器人产业创新中心(以下简称"创新中心")高端医疗器械CDMO平台的高精加工车间里,机器轰鸣,乳白色的切削液随着机器的运转四处飞溅,五轴数控加工中心正在进行精密加工,工程师正在加工一个复杂的模块零部件。

"这个眼科机器人末端工具,通俗理解的话类似于比针尖还要精密的手指,它的所有生产过程需要在满足医疗器械生产条件的洁净环境下完成。"创新中心研发负责人孙德晖博士介绍。

在生产现场,所有原材料均需在自动化立体库房中由智能导航运输机器人运送出库,送至粗洗间内去除表面附着物后,再通过传递窗进入精洗间用注射用水清洗达到符合要求的无菌状态,才能进入下一步的生产环节。经过精洗的物料进入洁净组装车间,使用高精度设备完成各个零部件的组装,并经过检验符合0.05毫米内误差才能满足技术要求。

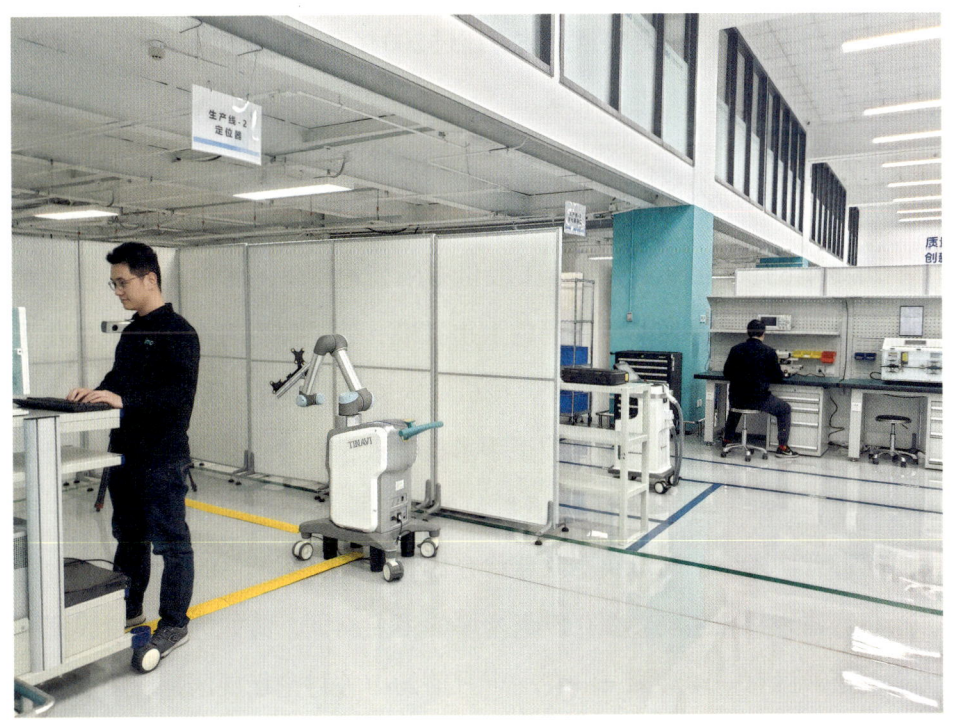

高端医疗器械CDMO平台车间现场(北京市医疗机器人产业创新中心供图)

对于初创企业来说，医疗器械产品的小批量试制，如果从头做起，既费时又费钱费力，借助专业平台，企业可以潜心投入相关产品的核心部件研发，缩短产品化、产业化周期，提高成果转化率与成功率。2021年7月，北京市医疗机器人产业创新中心高端医疗器械CDMO平台正式投产。这里配备了医疗机器人专用产线、体外诊断试剂和无菌产品产线、自动化立体库房、高精加工车间、一体化模拟手术室、产品可靠性测试间、质量检验中心等一系列专业空间和设备设施。有了这样的平台，高端医疗器械企业和医疗机构在家门口就能解决样件快速试制和小批量生产的难题，能够帮助企业降低创业门槛。

"产线上目前在加工的设备，就是一家北京初创企业委托我们研发生产的。"孙德晖介绍，该眼科机器人设备预计2023年进入临床试验阶段。在为全国医疗器械企业、医疗机构提供专业服务外，创新中心还引入了智能机械臂、骨折复位手术机器人、放疗机器人、软组织穿刺手术机器人等20余个医疗机器人项目，引育项目总估值超过200亿元，医疗机器人的"手眼脚脑"从这里孵育壮大，走向全球。

新型医疗机器人加快投入临床

2023年6月，北京术锐机器人股份有限公司旗下的术锐单孔腔镜手术机器人获得国家药品监督管理局的上市批准，这是国内首个内窥镜单孔手术系统，填补了国内空白。自此，该机器人成为全球除达芬奇SP机器人以外唯一获批推向商业化的单孔腔镜手术机器人，同时也是全球首个开启商业化进程、获准上市的蛇形臂单孔腔镜手术机器人。

蛇形臂伸入一个开口狭小的球状容器，展开三条黑色的"细长手指"，轻松将容器内一枚生鹌鹑蛋0.17毫米厚的蛋壳剥下，薄如蝉翼的蛋膜完好无损，蛋液没有一丝渗漏——在一个月前的中关村论坛展区，现场展示的术锐单孔腔镜手术机器人就凭借其灵活的蛇形臂收获了众多人驻足观看。

在现场大放异彩的蛇形臂，正是此次获批的术锐单孔腔镜手术机器人的核心部件之一。

在保证患者安全及手术效果的前提下，更小的创伤是外科手术中医生与患者共同的愿望。从开放手术到多孔腔镜手术再到单孔腔镜手术，能逐渐减小病人的创伤。然而，手术的操作却愈发困难，因为单孔腔镜手术操作空间狭小，器械之间相互交叉干扰，容易"打架"，产生所谓的"筷子效应"。

经过近20年打磨，公司潜心研发的单孔手术机器人拥有关键核心技术，依托"对偶连续体机构"这一革新性设计，搭载了镍钛合金蛇形手术臂。它不仅能够通过柔性的蛇形臂实现各个器械之间不"打架"，也能灵活避开人体中的其他器官，实现更精准、更小创伤的手术。

据了解，该机器人已经与北京协和医院、上海长海医院、上海交通大学附属瑞金医院、浙江大学附属第一医院等多家医院开展临床合作，先后成功完成亚洲首例纯单孔前列腺癌根治术和肾癌肾部分切除术、世界首例单孔机器人腹膜外肾上腺肿瘤切除术、国产单孔机器人首例乙状结肠癌根治术和直肠癌根治术、国内首例单孔机器人经脐胃间质瘤切除术等多种复杂手术。目前，术锐机器人已在全球范围内拥有超600项知识产权及申请。

越来越多的医疗机器人正投入临床使用。2021年以来，我国已有40多款医用机器人获批上市，涵盖了骨科、神经外科、腔镜、口腔、穿刺等多个领域，机器人临床应用范围也在持续扩大。医用机器人的精准有效应用，改变着很多学科的手术方式，也改变着医疗行为服务模式，促进医疗服务体系的优化，推动产业的持续创新。

【数说·新时代新北京】

近年来,北京市陆续支持建设了8家世界一流新型研发机构:北京生命科学研究所、北京量子信息科学研究院、北京脑科学与类脑研究中心、北京智源人工智能研究院、北京雁栖湖应用数学研究院、北京通用人工智能研究院、北京纳米能源与系统研究所、北京干细胞与再生医学研究院。

北京为科学家提供一流创业生态。2012年以来,北京先后实施中关村"人才8条""国际人才20条"等多轮人才政策创新,为外籍高层次人才申请在华永久居留证开通了"直通车";2018年6月,北京设立300亿元的科创母基金,80%投向原始创新和成果转化阶段;2020年1月,《北京市促进科技成果转化条例》施行,赋予科研人员职务科技成果的知识产权;2020年10月,总规模27.85亿元的5只科学家基金在中关村科学城成立;2022年底,《标杆孵化器培育行动方案(2022—2025年)》印发,到2025年力争建成20家标杆孵化器,引领100家现有孵化器升级发展。

第二节　创新赋能　产业升级

科技创新已成为北京高质量发展的重要支撑。10多年来，一系列科创改革政策释放创新活力，繁盛的创新生态催生硬科技创业热潮，重量级科研成果加快落地转化，创新型产业集群示范区协同联动，迸发出共推产业提质升级的巨大能量。

数据显示，北京已培育出包含软件和信息服务业在内的新一代信息技术、科技服务业两个万亿级产业集群。医药健康、信息技术两大产业在人工智能平台技术的交叉融合之下，正成为北京高精尖经济的"双引擎"。

一、AI少年闯关硬科技

2023年3月，美国行业研究机构Zeta Alpha发布的一项排名，令不少国内人工智能（AI）从业者倍感振奋——全球引用次数前100名的人工智能论文中，仅次于国际人工智能界"当红明星"OpenAI、力压谷歌位列榜眼的，是来自中国北京的旷视科技，一家由三位清华"姚班"学子创立的独角兽企业。

早在人工智能风起潮涌之前，他们就踏上了将人工智能技术从实验室送入现实生活的征程，一路披荆斩棘，终于让中国的人工智能产业站上了世界级赛道。

学霸少年"集结号"

中国在哪里能见到最多的奥赛金牌得主？答案或许是——海淀区金隅智造工场的旷视科技研究院。500名研究人员里，有30余位国际信息学奥林匹克竞赛、国际大学生程序设计竞赛和全国青少年信息学奥林匹克竞赛的金牌得主。

研究院的领头人叫印奇。2006年，18岁的少年印奇考入清华大学，入校后又被选拔进入"姚班"。

"半国英才聚清华，清华半英在姚班"——赢得外界如此赞誉的"姚班"，全名为清华学堂计算机科学实验班，由美国图灵奖得主、世界著名计算机科学家姚期智院士创办。

"世界一流的计算机专业人才，就要去探索全球科技最前沿的问题。"在"姚班"的课堂上，印奇埋下了孜孜追求前沿科技的人生志向，也遇到了志同道合的同学唐文斌和杨沐。

彼时，技术变革正在大洋彼岸以"星星之火"带动"燎原之势"。扎克伯格创建的Facebook改变了全球的传统社交模式，乔布斯带领的Apple（苹果）推出了划时代的电子产品iPhone。

变革即机遇。2011年，三位清华"学霸"联合创立了旷视科技，成为中国最早的人工智能创业公司。但AI无比诱人的技术愿景，却无法直接将未来拉至眼前。热血澎湃的青年极客们刚闯进社会，就被迎头泼了一盆冷水。"中国哪有技术创业公司？"一位投资人对印奇和唐文斌撂下一句话，语气不容置喙。

投资人的刻板印象，是10多年前中国科技创业者都曾面临过的。那时，资本对创业项目的热切目光，大都集中在能够一夜爆红的移动互联网应用和商业模式创新上。技术创业成功的先例寥寥无几，至于人工智能，更是鲜有人关注。

尽管如此,几位青年对自己的判断坚信不疑——掌握了底层技术,就抱上了迟早会发光的"金砖"。

印奇与团队夜以继日,通过"类神经元深度学习算法"让视觉识别云平台每天进行10亿级别的算法训练,加速平台的自我修复。如同题海战术一般,系统分析的数据越多,计算、识别结果就会越精确。

仅仅一年后,旷视的视觉服务平台Face++的误识率已降至万分之一,相当于在视觉识别方向上用3年时间就长成了一个18岁成年人的大脑。到2014年下半年,其识别率已达到97.27%,连续收获FDDB、300-W、LFW三项国际评测的冠军,超过了脸书97.25%的识别率。这是后发者的赶超。

耐心穿越"死亡谷"

2016年3月,谷歌人工智能围棋软件AlphaGo(阿尔法围棋)大胜前世界围棋冠军李世石,一夜之间人工智能家喻户晓。基于人工智能技术的创业公司也突然变得炙手可热。2017年,旷视科技就获得4.6亿美元的C轮融资。

然而,成长的烦恼也随之而来——玩家多了,研发贵了,技术落地却不多。

印奇意识到,经历了早期的蜜月期后,产业正步入深水区。人工智能技术的落地应用,会在企业级市场率先成熟,人工智能初创企业越过"死亡谷"的关键之役也将在这片"战场"上打响。攻坚企业级市场!

然而,相比于高爆发、高增长的消费级市场,企业级市场是一门"苦"生意。无论金融、安防还是供应链领域,每个行业都盘踞着深耕多年的巨头。对一群初出茅庐的青年极客来说,啃这样的"硬骨头"实在不易。

刚进入安防行业不久,作为公司首席技术官的唐文斌就发现,很多人脸识别系统是从前端普通摄像机拍摄的视频中获取信息后再进行识别,视频的存储和传输都比较困难。"何不直接做出一个可以即刻完成识别的智能摄像机呢?一定很有价值。"

说干就干。一款高端智能摄像机问世,不仅搭载了自研的智能识别系统,用上了性能领先的传感器、价格不菲的处理器,甚至还做出了7个颜色的外壳。

但到真正与用户沟通时,团队才发现这些无论技术指标还是外形都足够炫酷的产品,并不符合需求。某一行业客户要求功耗在3瓦以内,而他们的智能摄像头功耗近18瓦。一台设备上万元的成本,在当时的市场环境下更是难以被接受。

"揣着锤子找钉子。"这样的经历,是不少技术起家的公司都曾走过的弯路。在技术创业的长征途中,从来没有捷径,唯一的办法就是继续走下去。

到离需求最近的一线去——

站在-10℃、两万平方米的电商平台仓库里,唐文斌与印奇发现,任何空调、暖气在这里都发挥不了什么作用,在这种环境下来回折返的拣货团队,一天下来所有人加起来的步行总距离能到三四十公里。有没有办法提

旷视科技的物流机器人往来穿梭(北京日报社供图 王海欣 摄)

高仓储物流的效率？此后，在这间大型仓库，旷视与合作伙伴的500多台三种类型的机器人上岗，协同工作，提升了40%的人员效率。

到对技术需求最紧迫的"战场"去——

2020年初，新冠肺炎疫情暴发，印奇挂帅的应急项目组在大年初一紧急成立，100多人加入人工智能测温方案的研发。10天后，旷视明骥AI智能测温系统正式交付试运行，应用到北京各大地铁、超市、医院等场景。

如今，在百余座国内城市、十余个国家和地区，旷视城市物联网解决方案正时刻为城市运行发挥智慧力量；各大企业的智慧仓库里，车身小巧、标准载重可达到1500千克的旷视智能托盘四向车已上阵；全球数亿台智能手机用上了旷视的设备解锁和计算摄影解决方案……

12年前的青年极客们"用人工智能造福大众"的技术愿景，已在田间地头、工厂、矿山、学校、社区等落地开花。

拥抱硬科技创业浪潮

一个钢筋铁甲的机器人，在与人类长期接触的过程中逐渐习得了人类的动作、语言、创意甚至情感，最终被人类认可，融入人类社会——1999年上映的科幻片《机器管家》，向人们展示出机器人与人类共存的未来生活，片中智慧又温情的机器人，如今正加速走进现实。

印奇感慨："技术变革一定会滚滚向前，无论你加入还是不加入。如果在核心技术上无法引领，中国的AI企业就会在全球竞争中逐渐失去自己的位置。"

在技术探索的道路上，他与旷视并不孤独。

2014年，大学时曾在号称"计算机界奥林匹克大赛"的ACM国际大学生程序设计竞赛中获得世界冠军的戴文渊，与导师杨强教授成立第四范式。2016年，与印奇同样毕业于"姚班"、因超群编程能力而被清华学子称为"楼教主"的楼天城与彭军成立自动驾驶公司小马智行。同年，毕业于中国科学

科研人员在硬件实验室使用探针台对芯片进行性能测试（北京日报社供图　和冠欣　摄）

技术大学少年班的两兄弟陈天石、陈云霁创办人工智能芯片公司寒武纪。

印奇、陈天石、楼天城、戴文渊……在北京，新生代创业者和企业家崭露头角，以人工智能为代表的硬科技浪潮，也以北京为圆心向全国席卷。目前，聚集了全国近三成人工智能企业的北京，已成为名副其实的"AI第一城"。

硬科技的创新螺旋所触及的不止人工智能。市科委、中关村管委会相关负责人介绍，在新材料、虚拟现实、人工智能、精准医疗等高科技与前沿技术领域，技术创业者大量涌现，一批具有极高技术竞争力与广泛市场应用前景的创业企业强势崛起。在探寻科技前沿奥秘的道路上，新生代创业者将有越来越多的同行人。

在北京寻找"创造风口"

"时间轴向回拉，我们自己也大吃一惊。这些我们在八九年前投资的企业，不正属于当下最受关注的高精尖领域吗？"在北京国贸的办公室内，真格基金联合创始人王强言谈中透出一丝自豪。

对王强有所了解的人，很难不为他的一次次成功"跨界"而惊叹。北京大学艺术团第一任团长、北大英语系教师、纽约州立大学计算机硕士、贝尔传讯研究所工程师……经历这一连串身份转换后，1996年，王强回国与俞敏洪、徐小平共同创业，三人被称为新东方的"三驾马车"。

"保持你最初对世界的好奇感，这样的好奇感会让你在进入任何领域时，都拥有强大的激情与动力。"王强说。

2006年9月，新东方登陆纽交所，王强和徐小平也在几年后退出新东方，开始寻觅新的人生方向。考察了国际投资生态后，二人意识到，以硅谷为代表的科技产业的成功，很大一部分要归功于早期的天使投资人和机构，是他们将创意与科技的火苗变成熊熊大火，造就了一个个科技产业史上的奇迹。

"做给创业者送去第一笔钱的人！"2011年，王强与老搭档联合红杉资本，在北京创办真格基金。当时，天使投资在国内还远未形成气候，真格也成为中国最早的天使投资基金。

早年在海外留学及从事留学教育的经验，让王强和徐小平对于留学生群体十分熟悉。2012年，在两人的力邀之下，承担谷歌眼镜早期核心研发工作的赵勇回国，并在第二年带着真格的天使投资正式创业，创办了人工智能企业格灵深瞳。9年后，格灵深瞳一跃成为我国科创板首家人工智能上市企业。

不止一个赵勇。有连续创业经验的"老司机"、充满创造力的"小天才"、具有企业家精神的"科学家"、有大公司重要业务带队经验的"操盘手"……真格一直在寻觅优秀人才。

投企业，关键在投人。"在风口诞生之前，去寻找创造风口的人，这才是关键，而不是寻找、追逐风口和风口上的人。"王强说，寻找到足够优秀的人才，基于这些人才对市场、现实和未来的敏锐捕捉去开创风口，成为真格重要的投资理念。

寻找"创造风口"的人，真格的大本营无疑在北京。格灵深瞳、地平线、爱笔智能、驭势科技、Momenta、青藤云安全、出门问问……12年时间里，真格会见了10万多个创业团队，投资了800余家初创企业，其中400多家都在北京。特别值得一提的是，以"科技天使"为定位，真格投中了35家独角兽企业。

在北京这座全国创新创业的中心生活、工作了数十年后，王强对北京加快建设国际科技创新中心有着诚挚的期盼。他认为，北京高校荟萃、科研机构遍布，如果能利用国际化与文化中心等优势凝聚全世界最有创造力的人才，营造对企业家友善的环境，坚定不移地打造国际一流的营商环境，将会有越来越多的优秀人才集聚在北京创新创业，"我相信，北京科创中心的明天会无比灿烂"。

硬科技写入五年规划

硬科技是指需要长期研发投入，具有高知识产权壁垒、高资本投入、高信息密集度、高产品附加值、高产业控制力等特点，难以被复制和模仿，对经济社会发展具有重大支撑作用的关键核心技术。目前硬科技的代表性领域包括光电芯片、人工智能、航空航天、生物技术、信息技术、新材料、新能源、智能制造等。

2021年3月12日，《中华人民共和国国民经济和社会发展第十四个五年规划和2035年远景目标纲要》正式发布，其中特别提到，要增强科创板"硬科技"特色，提升创业板服务成长型创新创业企业功能。

2021年11月，《北京市"十四五"时期国际科技创新中心建设规划》也提出，深入开展股权投资和创业投资份额转让试点，引导早期投资、硬科技投资和长期投资；支持市场化、专业化硬科技孵化器发展，推动科技成果开展验证、熟化，快速实现转化和产业化。

未来，中国和北京硬科技将取得长足发展，市场空间巨大。

二、科研成果飞出象牙塔

几年前，北京理工大学校园里，学生们经常能看到一位老人骑着二八自行车穿梭于校园内，春夏秋冬从未间断。骑车的白发老人，是新中国雷达研究领域的泰斗——中国工程院院士毛二可。

除了在实验室潜心研发，数十年来，毛二可跋山涉水，致力于将科研成果推向为国为民服务的大市场。而今，年近90岁的"自行车院士"仍然活跃在科研一线。从青丝到白发，从翩翩少年到耄耋老者，他与弟子们的三代传承与接力，书写了高校科研成果飞出象牙塔的动人故事。

北理工75岁院士"下海"

2009年，75岁的毛二可带着10多位北京理工大学雷达所的教师创业，成立理工雷科公司。这在当时的北京高校掀起了一股波澜，即将出任公司总经理的刘峰，内心振奋不已。

刘峰师从毛二可院士的弟子、北京理工大学校长龙腾院士。2004年，刘峰博士毕业时，摩托罗拉、北电网络、爱立信等外企发展如日中天，华为、中兴等中国本土企业方兴未艾，高薪进入通信企业，成为不少电子信息领域高才生的选择。

然而，他不甘心就这样离开校园。在导师的躬身指导与示范下，刘峰与师兄弟们研发出了专门用于雷达信号处理的嵌入式高性能计算机，但这项成果很可能与大部分高校研究课题一样结题即封存，再无人问津。"几代人花了这么多心血的结晶，不能只是锁在柜子里啊！谁不希望自己的成果能走出实验室变成产品呢？"刘峰决定留校，并把主要精力从单纯的科研转至工程实践上，推动成果推广应用。

刘峰内心的困顿，也一直是毛二可的心结："知识分子的责任不仅是创造知识、传播知识，还应让知识为国家经济社会发展服务。""科技成果只有完成从科学研究、实验开发到推广应用的三级跳，才能真正实现其价值。"

然而，"三级跳"之间，沟壑众多。

随着研究项目的增多，雷达所的规模越来越大。物资采购、机电设备加工、质量管理等一系列职能需要投入更多的人力和物力。"大量的科研任务让团队人手日渐紧张，大家像'救火队员'一样，一个项目还没验收，另一个项目又立项了。"毛二可回忆。而在当时的机制下，校内并无专门从事工程化、产业化的职能人员。

毛二可想到了创立公司，用挣来的钱去招聘急需的工程和运营人才，与科研人员搭伙把科研成果推向市场。让做学问的人开公司——毛二可这个念头在当时不可谓不超前。

实际上，一些高校老师并非不想创业，而是不敢，顾虑很多："教师就

毛二可院士（中）在北京理工大学校园内与同事和学生交流（北京日报社供图　武亦彬 摄）

该兢兢业业搞研究,办公司搞产业,这不是不务正业吗?""自己搞的研究属于职务成果,额外花精力搞产业化,收益算谁的?"

2009年3月,中关村国家自主创新示范区获批,体制机制改革先行先试的"春风"吹暖了北理工,在学校党委的支持下,毛二可的大胆想法也逐渐酝酿成形——成立产权清晰、权责分明的学科性公司,以市场化机制和规范化企业管理加快雷达所科研成果落地。

同年底,以毛二可院士创新团队为主导,北理工科技成果作价600万元入股,理工雷科注册成立,成为依据《中关村国家自主创新示范区企业股权和分红激励实施办法》等新政策成立的第一个学科性公司。此后,根据北京市促进科技成果转化相关政策,高校科技成果转化收益给予科技人员奖励比例的下限,已由过去20%提高至70%。

科研成果下"书架"上"货架"

"最近两个月接到的订单,比过去一年还要多。"刘峰这些天电话与客户拜访约见十分密集。

然而,在刘峰和同事们创业之初,科研成果下"书架"上"货架"的路,走得并不平坦。

2010年前后,我国高速铁路已进入快速发展期。铁路安全牵动人心。面对交通业迅速发展之下的安全运输挑战,理工雷科团队冒出一个灵感:研制一款列车头防撞雷达。

意识到这个大方向有市场需求,团队说干就干。为了做出好产品,技术团队将毫米波技术、相控阵技术等国内雷达领域的多项前沿技术都应用其中。可是,花了一年多时间研制出样机后,团队却被从头到脚泼了一盆冷水。

刘峰和同事们被告知,由于列车车头设计专业度极高,任何细微的变动都会对列车风阻、行车速度等方面产生重大影响。而他们设计的产品,恰恰需架设在车头部位。列车头防撞雷达装上列车的故事还没开始，就被彻底否决了。

"任何一个细节与市场需求对不上，那这'货架'上就没你的位置。"刘峰回忆。

好在，一年多的技术探索并没有浪费。与多个行业的潜在客户频繁交流后，刘峰与团队在露天矿区灾害预警的新方向上找到了需求。

2016年，理工雷科的边坡形变监测雷达正式面市。这个采用了北理工雷达所自主研发技术的设备，能对周边5公里范围内的矿山边坡形变实现0.1毫米精度的测量，价格仅为百万元。

如今，这项基于北理工雷达所科技成果转化的产品，已经布设到了全国各地的煤矿、铁矿，甚至出口到俄罗斯等海外市场。

在"科研—市场需求—产品—新市场需求—科研"的思路下，刘峰和同事们摸索出了一条从实验室到市场的路子。

成立14年后，理工雷科累计实现销售收入近40亿元，投入研发经费数亿元，转化形成了边坡雷达、鸟情探驱管一体化系统、汽车毫米波雷达等数十款新产品，人员从一开始的10多人增加到近600人。

成果转化收益反哺科研

作为理工雷科的创始人，心系成果落地的毛二可多年来一直担任理工雷科的高级技术顾问。

毛二可这"顾问"，绝非虚名。

2016年，为了给下一代新技术研发寻找切入点，在内蒙古的露天煤矿，82岁的毛二可亲自去技术应用的一线实地考察。他们发现，在矿山塌方、地震等抢险救灾领域，工作人员时常需要对不同地点的形变情况进行实时预警。但上一代设备重达80千克，很难满足临时、快速架设监测设备的需求。

在深入需求一线获得灵感后，此后3年间，毛二可团队又在理论与底层技术创新上取得新突破。之后，公司以购买专利的形式将科研团队的相关科技成果转化到公司，"接力"开始了新一代产品的攻关。

2020年，基于相控阵技术的新一代边坡形变监测雷达面市。曾经重80千克、长3米的大块头，变成了重20千克、长1.5米的小家伙，单人就能背起，在山坡等特殊地形可以快速完成架设。

科研与产业并非一味地单向转化。

承担重大科研项目数、专利数翻番，SCI、EI论文数平均增长40%以上，并在2017年为学校申请获批了总经费8220万元、当时北理工历史上最大的国家自然科学基金重大项目……这是北京理工雷科近年来为学校在学术科研方面带来的直接"收益"。更深层次的收益是，学校教师专心钻研前沿科技，学科性公司完成工程性、产品化，从而为学校科研提供支撑与延伸，实现了技术创新和基础研究两条腿走路。

从雷达所10多名教师开始的创业故事，不断上演着"续集"。

除了将雷达所的科研成果转化落地，毛二可创新团队已陆续孵化出苏州雷科、雷科智途、理工睿行等多家公司，并通过知识产权付费、联合研发等方式，帮助北理工计算机学院、车辆学院、宇航学院等其他院系的成果飞出象牙塔，走向广阔的市场。

眼科专家陶勇踏上创业路

眼科专家陶勇，重新拿起了手术刀——听闻这个消息，陶勇身边的同行、亲友无不感到欣慰。实际上，陶勇还有另一个尚未被公众熟知的身份——创业者。

陶勇此前的人生，是医学博士的成长范本：27岁从北京大学医学部以眼科学博士毕业，31岁在葡萄膜炎专科门诊开诊；37岁成为教授、博士生导师。对不少眼科疑难杂症患者来说，找陶勇治病成了他们"最后的尝试"。

2020年1月20日,一起伤医事件让陶勇走了一趟鬼门关,左手受伤彻底打乱了他作为眼科临床医生的工作节奏。不过,他在不久后就走出阴影,将精力更多地放在科研和成果转化上。

曾经一天十几二十场手术不在话下,伤愈后陶勇重返手术台,但一天只安排一到两台手术,其他时间都用来指导和培养年轻医生。"目前,我们朝阳医院眼科33名医生,整体手术量比过去提升了3倍,团队作战效率明显提升。"陶勇说。

那场伤医事件之后,陶勇更加感觉到一股紧迫感:要做的事,就要趁早去做,比如拿起"科技的手术刀"。

2022年8月,陶勇出现在HICOOL全球创业者大赛的舞台上。他带来的眼科疾病快速诊断项目,只需要用几滴眼药水和一片试纸形态的体外试剂盒,15分钟就能检测出患者是否患上了过敏性结膜炎。

创业对陶勇来说并非一时兴起。2011年,陶勇利用眼内液分子检测技

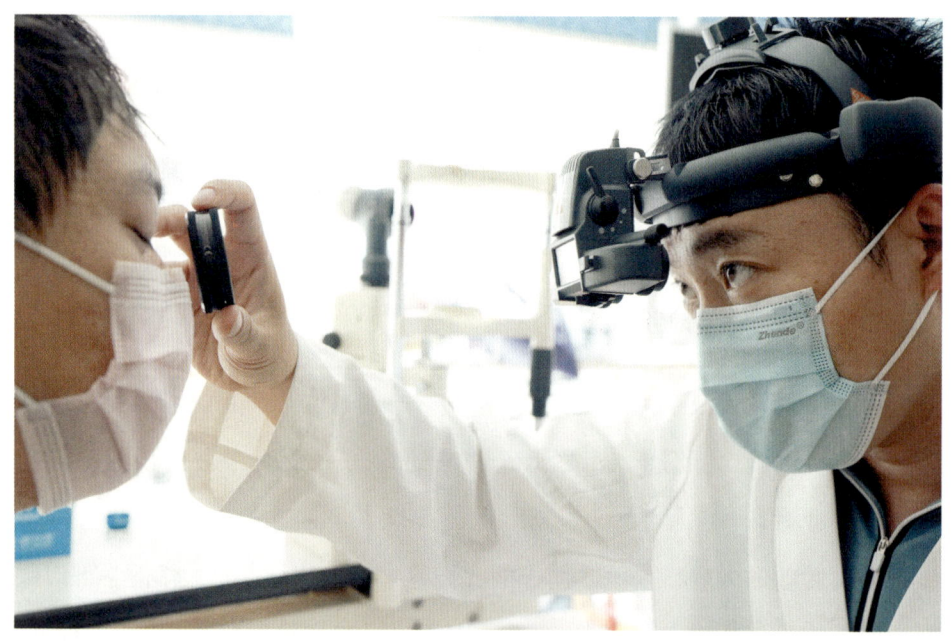

陶勇研发的眼科疾病快速诊断试剂盒,15分钟就能检测出患者是否患上了过敏性结膜炎(北京日报社供图　方非　摄)

术，成功帮助一位患上白血病的小伙子提前诊断出眼部巨细胞病毒感染并及时治疗，帮助他重获光明。这是陶勇第一次真正将眼内液分子检测技术应用于临床。此后10多年，他和科研团队一直不断打磨和升级这项检测技术。

2016年，陶勇在北京成立智德医学检验所公司。从2020年那场伤害中恢复意识后，他单手在病床上敲完《眼内液检测临床应用》一书的后记。这本超过13万字的著作，是他对日常一手诊治病例的总结梳理。

眼内液检测，正是他创业的切入点。从眼球内仅0.1毫升的眼内液里抽取出少量液体，便可以同时检测上万种病原微生物指标，帮助医生迅速判断病因，及时把病变扼杀在摇篮里——有多年一线临床经验的陶勇，对精准检测的未来坚信不疑。

然而，创业的艰辛不会因任何人而改变。身为眼科专家的陶勇称自己为创业"小白"："创业的坑，我一个都没躲过，摔得鼻青脸肿。"

"领先半步是先进，领先三步是先烈。"这句玩笑话让陶勇感触良多。在创业初期的融资过程中，陶勇被质疑的原因曾令他匪夷所思："投资人问，你们在国外有对标吗？"得到否定的回答后，对方往往就会怀疑市场的可行性而拒绝投资。

一次，陶勇在西藏向当地人传授做白内障手术的经验，当他克服高原反应坚持工作时，却收到了一位意向投资人撤走的消息。无人同行的孤独感与挫败感让他深受打击。

不过，来自医生同行的积极反馈让他看到了希望。创业不久，一位河南医生告诉陶勇，自己从业多年从未在临床中诊断出过眼弓蛔虫病，甚至以为在中国就没有这种病例，直到有了眼内液分子检测技术。

2019年11月，《北京市促进科技成果转化条例》发布，明确研发机构、高等院校的科技成果转化规定同样适用于政府设立的医疗卫生机构。当年12月，北京朝阳医院成立科创中心，陶勇的眼内液分子检测技术成为这个中心第一个科技成果转化项目。在政策的激励下,陶勇前期蓄能已久的创业项目驶入加速发展的快车道。截至2023年,陶勇团队的眼内液分子检测技术已经覆盖全国22个省区市的三甲大医院,帮助700多家医院的6万多名眼病患者找到了病因。

最近一段时间,公司开始源源不断接到国际订单,"未来5年,希望世界排名前100的医院里,能有50家用上我们的产品,借着北京打造国际科创中心的东风,我们将把中国原创的精准诊疗技术推向全球。"陶勇给自己定下了这样的目标。

体制创新打通成果转化堵点

在北京众多高校、科研院所、医疗机构,像毛二可、陶勇这样的创业者越来越多。为科研人员松绑,完善成果评价机制等一系列改革创新举措,不断打通科研成果转化环节的堵点,持续释放创新活力。

——2014年1月,《加快推进高等学校科技成果转化和科技协同创新若干意见(试行)》发布,简称"京校十条",将高校实施科技成果转化给予科技人员奖励比例下限由20%提高至70%。

——2014年6月,《加快推进科研机构科技成果转化和产业化的若干意见(试行)》发布,简称"京科九条",明确除涉及国家安全、国家利益和重大社会公共利益外,科技成果的知识产权将由项目承担单位依法取得,并赋予科研机构自主处置权。

——2020年1月,《北京市促进科技成果转化条例》正式实施,明确规定政府设立的高校院所可以自主决定实施成果转化,并细化科技成果转化奖励和报酬等收益分配制度。

——2022年9月,《北京市关于落实完善科技成果评价机制的实施意见》发布,着力解决科技成果评价中重数量指标、轻质量贡献等问题,破除"唯论文、唯职称、唯学历、唯奖项"的弊端。

……

市科委、中关村管委会相关负责人介绍，在一系列政策、法规、服务等保障下，北京科技成果转化迈向"量质齐升"新阶段，为首都高质量发展提供了有力科技支撑。2022年全市PCT国际专利年申请量增至11463件，10年翻了近两番，位居全球创新城市前列；每万人发明专利拥有量218.3件，稳居全国第一。目前，北京80%科创企业是硬科技企业，创新质量大幅提升。

值得一提的是，2021年全市技术合同成交额突破7000亿元，其中74%的技术成果向外埠输出，有力带动了全国其他省市的科技创新和产业发展，突出体现了北京的创新溢出效应。

三、无人车加速出海

日本千叶县，一辆无人配送车停在了偏远的院落前。配送车屏幕上提示：您的包裹已经送达，请开箱取货。

这与北京街头的无人驾驶配送车是同款。北京科技公司研发的新石器无人配送车，正"驶"出国门，在海外13个国家落地，堪称全球规模最大的无人车队。

物流"老将"转战"无人"赛道

从首钢园到朝阳公园，再到亦庄产业园区和地铁站，萌萌的新石器无人车5年来频繁在北京亮相，送快递、送外卖，甚至在炎炎夏日能"递"出一支支冰激凌。

日历翻回到10多年前，"新石器"这个名字还属于另一家叫作"新石器龙码"的公司。创业梦想无限绽放的年代，这家籍籍无名的初创公司凭借技术上的突破，相继研发出手持快递扫码枪、快递柜等新装备，改变了物流行业。

2016年，同一支团队转战自动驾驶领域，并在2018年创立新石器慧通公司，将研发目标锁定为载物型无人配送车。"过去一位快递员每天能派送100单，有了快递柜后提升了3倍，当快递员搭配无人车实现人机协同，能否再将派送量提升3倍？"新石器慧通公司市场副总裁刘明敏坦言，转换至"无人"赛道，就是为了实现更大的改变。

这的确是一条"无人"赛道，当时全球还没有载物型无人配送车真正应用，自动驾驶技术在低水平徘徊，特别是完全无人操控的L4级别自动驾驶尚处于探索阶段。要改变行业，就必须实现L4级别无人车的量产。

北京酒仙桥，新石器的大本营吸引着越来越多年轻人，每个人的电脑几乎都挨在一起，大家没有嫌弃空间有多窄，反而促成了更直接的交流。"当时无人车连基本的产品尺寸都完全不同，大家都是摸着石头过河，打磨标准化的产品。"刘明敏说。

新石器无人配送车行驶在亦庄街头（北京日报社供图　和冠欣 摄）

2018年7月，新石器发布全球首款可量产的L4级别无人车，其具备自主可控的车规级线控底盘、自研的三重自动驾驶安全系统和智能车联网AI平台。

但无人车要想出海、驶向更多地方，势必要破除"成本"这一最大路障。此后4年，新石器无人车在迭代中实现技术升级、成本下降。"第一代车的成本是30多万元，现在投入运营的已经降到了10万元出头，2023年最新一代还会降到10万元以内。"刘明敏对无人车大规模落地信心满满。

叩开传统汽车强国大门

近期，一拨接一拨来自不同国家的技术人员到访新石器公司，大家的目标只有一个——考察无人驾驶车落地。

人工智能时代，中国自动驾驶政策、技术和场景跑在了前列，更有抢占全球第一的机会。北京拥有全球首个高级别自动驾驶示范区，政策创新叠加技术创新，给了无人驾驶车更广阔的舞台。

2020年，新石器无人车获得德国权威检测机构的豁免认证，获准在德国杜伊斯堡投入运营，这是全球L4级别无人车首次通过这项认证。为了这一步，海外团队在德国煎熬了一年半的时间。

作为传统汽车大国，德国有严格的标准体系和法律法规，准入门槛非常高，全新模式的无人配送车须经历严格的考验。当地企业从新石器定制了一台无人车，但落地须经过认证。彼时，认证载物型的无人配送车还没有先例。于是，海外团队从头开始学习当地的法律文件，收集标准、提交文件，并与检测机构摸索和讨论检测方法。

新石器无人车最终获得莱茵认证，叩开了德国这个传统汽车强国的大门，更为无人车进入认可该认证标准的意大利、澳大利亚、新加坡等国铺平了道路。

几乎同时，新石器也拿到了北京高级别自动驾驶示范区首批无人配送车测试编码，开始在真实交通环境里运营。这是国内首次给予无人配送车相应路权。位于北京亦庄的多个产业园区里，上班族已经能吃上这款无人车送来的一日三餐。

在北京"持证上路"成为新石器无人车出海的最大底气。"国内的交通场景明显比国外丰富，这样就能以更大强度训练模型，让无人车很快变得更'聪明'，随时应对路上各种突发情况。"刘明敏说。

从北京驶向更多国家

在日本的公开道路上，多台新石器无人车已经连续测试了两年多的时间，这里的市场潜力被寄予厚望。

日本人口老龄化问题严重，当地将一定范围内受现实条件制约而无法正常购物的老年人称为"购物难民"，这一群体随着老龄化的加剧而日益扩大。刘明敏预测，日本对无人配送车的需求将达10万辆。

但经受重重考验和训练的无人车也容易"水土不服"。

两年前，无人车第一次"驶"入日本。初来乍到，无人车有些"蒙"——与很多到访日本的中国司机一样，无人车要做的第一件事就是得熟悉左舵行驶。左舵行驶不是简单改几行代码就行，在真实的行驶环境中意味着很多规则都与国内不尽相同：红灯时不能随意右转，遇到环岛车流会车逻辑也更复杂……

为了克服"水土不服"的症状，技术团队在当地完成了几万个样本训练。有些路线每天遇到的场景不同，就得反复走，甚至一个路口都得花费一个月的时间去熟悉。经过长期迭代、不断学习，无人车上路已经从容不迫。

无人车逐渐"长"成，也让新石器盘算着下一步的计划：到2025年将在日本落地几百台至上千台无人车。"未来5年，海外市场收入会超过国内。"刘明敏说，公司海外布局着重拓展日本、新加坡、泰国、沙特等市场，将加大力度发展和培养当地的合作伙伴，实现规模化推广应用。

截至2023年，新石器无人车已经在德国、瑞士、新加坡等全球13个国家成功落地，加上北京、上海、广州等城市的应用，累计上路1000多台无人车，安全行驶里程超过620万公里，为30多万用户交付了超过200万单的服务……全球规模最大的无人车车队正从北京出发，驶向更多国家。

探索无人驾驶付费出行

除了物流配送无人车，炫酷的无人驾驶乘用车也走进了市民的现实生活。

手机约来的车里没有司机，行驶中车辆自己能认路、避障、辨灯，最终将乘客安全送达目的地——真正的无人驾驶"出租车"经历了测试、示范应用的多环节考验后，终于将在北京驶入商业化试点阶段，为乘客提供付费服务。

与几年前产业兴起之际创业潮涌、资本热捧不同，格外烧钱的自动驾驶公司此时正经历着新一轮的洗牌。除了通过测试验证自动驾驶技术安全性，"如何赚'第一块钱'"成为这些公司急需回答的问题。

东南五环外的亦庄是北京高级别自动驾驶示范区。在这里，人们经常能看到挂着特殊牌照的多款自动驾驶汽车，有的车上空无一人，既没有司机，也没有安全员。

商业化试点政策发布时，北京无人测试车辆数量已经达到116台，测试总里程近200万公里，"跑"在了全国前列。

"我们正在申请北京全无人商业化的资质，这是自动驾驶牌照体系的'最后一块拼图'。"首批无人化测试企业之一的小马智行副总裁张宁介绍，拿到"车内无人"的商业牌照，意味着可以提供常态化的自动驾驶付费出行服务。

国内对自动驾驶的探索还处于"多点开花"阶段，不同城市有不同试

小马智行Robotaxi服务车队将在高级别自动驾驶示范区（亦庄新城）150平方公里核心服务区内为公众提供全天候、全场景、全时段的自动驾驶出行服务（北京日报社供图 和冠欣 摄）

点政策。2019年，总部设在广州的文远知行与当地的白云出租推出全国首个全对外开放的自动驾驶运营服务，但车队还处在主驾有安全员的阶段，按出租车的标准收费。

转战北京后，文远知行则按照北京自动驾驶示范区的"小步快跑"模式，分阶段加速推进无人化测试、示范应用，距离可收费的商业化试点"一步之遥"。

虽然各地政策节奏不一，但殊途同归，均朝着"无人化""商业化"迈进：前者证明L4级别无人驾驶技术落地的可行性；后者则验证商业模式可以跑通，未来实现盈利。

"现阶段主要是为了跑通商业化，无人车乘客付费买单意味着实现了从0到1的商业化，下一阶段要做的是从1到100。"张宁解释，出行需求要达到一定体量后才能支撑进一步商业化。

从1到100的路上，自动驾驶绕不开成本问题。

相比普通的网约车，L4级别的自动驾驶汽车想要看得见四面八方，需要配备激光雷达、高清摄像头、毫米波雷达等大量传感器进行组合式感知。"相比传统出租车，打造自动驾驶汽车成本相对较高。"文远知行副总裁罗琳介绍，自动驾驶出租车成本与多个因素相关，其中在技术层面，随着提高算法的复用性，研发成本在下降，激光雷达等硬件部分的造价也在不断降低。

多家企业都已启动或准备前装量产和规模化部署。百度已经与广汽等车企合作前装量产无人车，并不断研发迭代；小马智行近日也与丰田中国和广汽丰田签约共同设立合资公司，投资10亿元支持未来自动驾驶出租车前装量产和规模化部署；文远知行将目光投向了更多场景，先后推出全国首款前装量产的自动驾驶小巴和自动驾驶环卫车。

技术迭代和降成本需要时间，巧合的是，不同企业都对无人驾驶出租车的前景给出了几乎相同的预测。"自动驾驶的春天还需要等3到5年，届时成本随着前装量产的加快而大幅下降。"罗琳说。张宁也预计，未来的两三年将努力实现数千台车的规模，让每台车的营收和成本在2025年持平，然后逐步迈向盈利。百度方面也预测，2025年左右全球会出现大范围商业运营的企业。

最近两年，《道路交通安全法（修订建议稿）》《关于开展智能网联汽车准入和上路通行试点工作的通知（征求意见稿）》等政策法规"在路上"，将为探索无人驾驶汽车上路通行的合法性提供依据。

大规模商业化推进过程中，大家都在寻找着平衡点。"如果想看到行业春天，既要在技术可靠性和安全性上取得社会和监管层面的信任，还要在政策开放上获得更大的支持。目前在准入许可、运营范围方面，各地都有不同的政策，需要相关部门和企业共同推动。"罗琳说。

无人驾驶之城正崛起

无人驾驶出租车、无人配送车、无人零售车、无人接驳车……位于京城东南的北京市高级别自动驾驶示范区虽然设立不到3年,却已把城市变成了创新场,最新、最潮、最前沿的无人驾驶场景纷纷落地。

无人驾驶之城正崛起。市自驾办发布的《2022年北京市高级别自动驾驶示范区建设发展报告》披露,在一系列政策创新、技术创新的推动下,示范区连续两年在全国城市智能网联汽车竞争力排名中位列第一。截至2023年3月,示范区内测试企业达19家,入网车辆数量达578辆,累计自动驾驶里程达到1449万公里。

车内无方向盘、无油门、无刹车踏板——2023年初,"三无"接驳车首度在北京上路,因为它是一台实现了L4级别无人驾驶的接驳车。无人接驳车的"大脑"可以对自动驾驶状态、信息检查等实现云控调度。

研发这款无人接驳车的文远知行公司诞生在美国硅谷,总部设在广州,2022年底正式"北上"进京,连获两项北京自动驾驶路测许可。

全新场景落地得益于北京在政策上先人一步。2022年11月,市自驾办发布了全国首个针对不配备驾驶位和方向盘的短途载客类智能网联新产品的规范性文件,在国内率先以编码形式给予无人接驳车相应路权。

在行内人眼中,示范区每隔一两个月就有大动作。2020年9月,北京市正式启动全球首个网联云控式高级别自动驾驶示范区建设;几个月后依托示范区设立北京市智能网联汽车政策先行区,支持新技术、新产品、新模式应用推广。"在政策体系方面,聚焦全无人、高速公路、无人接驳等场景,累计出台10项行业代表性管理政策。"市自驾办相关负责人说。

这吸引了越来越多像文远知行这样的企业落地。截至2023年3月,示范区内测试企业达19家,入网车辆数量达578辆,累计自动驾驶里程达到1449万公里。

一套名为"智路"的操作系统正式发布1.0版本。看名字便可知,这是智能网联路侧操作系统,可安装在道路灯杆等设施上,源源不断为自动驾驶汽车提供各类信息。

操作系统是智能网联汽车产业的"魂",也是产业发展的技术难点。"智路"依托示范区联合实验室,在开源代码框架基础上,汇集百度、小马智行、觉非、商汤等8家单位参与适配工作,贡献代码超过2万行。2023年,已完成实验室测试环境搭建,系统初步调通。"作为自动驾驶'单车智能+网联赋能'技术路线的重要基石与加速推动网联汽车走向规模商业化落地的关键环节,'智路'实现软硬件分层解耦,减少重复开发,大幅度降低系统成本。"北京经开区管委会主任、市自驾办主任孔磊说。

发展环境有了,技术创新自然紧跟而上。近年来,北京自动驾驶示范区聚焦关键环节自主创新,引领产业生态集聚。面向行业关键技术攻关,利用"揭榜挂帅"机制研发生产国产化MEC设备,降低设备成本;联合企业共同研发分布式算力平台,逐步实现路侧算力有机整合;聚焦加强产业服务能力,打造专业化、便利化产业创新园和孵化器。

一座无人驾驶之城正随着创新而加速崛起:自动驾驶乘用车无人化和商业化落地,服务超134万人次;作为末端配送新模式,无人配送服务超130万单;为市民带来零售服务新体验的无人零售车累计服务250万余次;示范区还推动教育专线、机场接驳场景等创新应用落地,与公交车、公务车、快递车、环卫车、社会车辆等实现小规模场景示范应用;在智慧交通提质增效方面,完成300多个信控路口升级改造,道路信息日均服务用户超过2万,平均速度提升12.3%。

北京是全国最早推出自动驾驶发展政策的城市,目前更是以两三个月为周期在不断往前推进政策,是当之无愧的"自动驾驶友好城市"。政策突破极大地推进了企业的研发进度,也提振了行业信心。以往各家企业需要一年才能完成的工作,如今几个月就能完成。

随着高级别自动驾驶示范区设立,产业发展有了真正"土壤"。过去几年间,车内设置"安全员"的测试形式发生质变,标志自动驾驶行业加速进入无人化阶段。

小马智行副总裁、北京研发中心负责人张宁，见证了北京自动驾驶产业从无到有、从初步发展到产业升级的全过程。在他看来，北京的自动驾驶技术、相关政策始终走在前沿。连续公布业内领先的自动驾驶政策和细则，为技术研发创造了优质的政策环境，将为今后在北京更大范围内乃至全国推广自动驾驶出行商业模式形成优良范本。

四、"北京码农" 14秒飞跃

1秒，2秒，3秒……几家北京信创企业的"码农"围坐在一台笔记本电脑前，屏住呼吸，全神贯注，心脏仿佛都随秒针同频跳动。到了第14秒，电脑桌面顺利"点亮"，实验室里顿时一片欢腾。

2022年3月，搭载着龙芯3A5000四核处理器、统信UOS操作系统、昆仑BIOS固件的同方笔记本电脑实现14秒开机时长的飞跃性突破，代表着搭载"中国芯""中国魂"的计算机正从"可用"迈向"好用"，在英特尔、微软占据多年的信息技术产业江湖里，拓展着中国人的一席之地。

向"14秒"飞跃的每一行代码里，暗藏着几代北京"码农"的创意与雄心。代表北京"软实力"的他们，有的已是奋战几十年的白发先生，有的还是刚刚入行的翩翩少年，信息技术应用创新链条上的一道道难关，正在他们的并肩奋战中取得关键性突破。

龙芯CPU走出"至暗时刻"

开机速度是计算机性能给使用者留下的第一印象。10年前，打开一台搭载着国产硬件、软件的计算机，需要10分钟甚至更长时间才能开机。

CPU（中央处理器）是计算机的心脏，想要给计算机提速，势必先过这一关。中国人有自己的CPU吗？

有。2002年8月10日凌晨，安装着"龙芯1号"CPU的计算机成功启动，终结了中国人完全依靠进口CPU制造计算机的历史。2010年，中国科学院与北京市携手出资成立龙芯中科公司，期望研发成果加速产业化落地。

但是，仅过了两年多，龙芯中科便陷入"至暗时刻"。

学术味很浓的龙芯团队一直将目光聚焦在提升CPU性能上，迟迟没有拿出符合市场主流需求的通用CPU。研发的高投入，让公司资金吃紧，甚至一度开不出工资，导致人才流失。

"这次危机逼着我们认清了现实。"创始人胡伟武意识到，"下海"创业的龙芯研发人员放弃了中国科学院的编制，却忘了关注市场的真正需求。也就是说，组织上虽然转型了，但观念还没有跟上。

当时，市场主流CPU是多核设计，英特尔主打双核、四核，龙芯为了技高一筹，做起了八核。胡伟武坦言，"人多力量大"的前提是每个人都得强，龙芯虽然是八核，但每核的性能都不如人。龙芯的CPU在当时之所以不被市场接受，原因很简单——不好用。

走了几年的弯路，龙芯终于放下"身段"，将目光投向工业控制领域CPU，之后又在信息化领域成功应用。在不断试错和迭代中，龙芯在2015年收入破亿元，首次实现盈亏平衡。

2015年到2020年，龙芯性能提高了10倍，这才有了支撑14秒开机的可能。开机时长缩短至14秒的同方电脑，所搭载的CPU正是龙芯3A5000系列，其性能已经逼近开放市场CPU的主流水平。

国产操作系统初长成

对于广大计算机用户来说，Windows操作系统的经典图标深深标刻于记忆中。CPU是电脑的心脏，操作系统则是灵魂。如果说龙芯对标的是英特尔，那么谁能对标微软？

2011年，当胡伟武正在为更高水平的CPU奋力一搏时，统信软件公司总经理刘闻欢决定从头创业，打造国产操作系统。

"如果把攻克芯片技术比作攀登喜马拉雅山,解决国产操作系统就是探索马里亚纳海沟。"在此之前,他在一家信息安全企业工作了十几年,愈发感觉到倘若解决不了操作系统瓶颈,信息安全只能是纸上谈兵。

同一时期,中国诞生了一批抱着同样理想的软件公司。理想丰满,但现实骨感,第一波尝鲜的人发现,搭载国产操作系统的计算机不仅速度慢,更无法如Windows一样正常聊天、办公、打游戏。虽然不断有国产新系统上线,但面对技术的差距和市场的残酷选择,这些软件企业接二连三地倒下。

攻克难关无法靠一己之力解决。要解决开机慢、续航短这些用户痛点,必须靠CPU、操作系统等行业联合攻关。

2019年,国内多个操作系统厂家联合组建的统信软件技术有限公司成立,总部就设在北京经开区信创园,并在武汉、上海、广州等多地设立技术支持机构、研发中心和通用软硬件适配中心。

从各自为战,到攥指成拳,统信联合产业上下游企业,协同推进国产操作系统研发。技术快速迭代中,国产操作系统开机时长一步步缩短,终于在2022年实现14秒飞跃。

"国产操作系统与国际顶尖厂商产品之间的差距,已经从曾经的10年甚至更长缩减到了3到5年。"刘闻欢表示。

如今,统信操作系统已经在银行、电信运营商等多个重点行业落地,最新的家庭版也在2023年初亮相。但新生的国产操作系统,仍面临上游开源社区"断供"风险,进而波及产业的可持续发展。

"究其原因,是国内基于Linux开源系统的根社区在国外。"刘闻欢说,根社区能助力操作系统厂商摆脱上游开源社区的掣肘,在信息安全层面获得更好的保障。形象地说,就是"供应链"也要安全。

实现14秒开机后的两个月,在立足全球三大自主开源社区基础之上,统信发布了中国首个桌面操作系统根社区"深度(deepin)社区",从"根"

出发，掌握开源操作系统的发展权、上游社区主导权，吸引全球爱好者为国产操作系统贡献代码和创意。

"养"出自主化产业链

2014年，受国人追捧的Windows XP系统停止服务，一时间，大量企业和个人用户乱了阵脚。虽然停服后多数功能仍然可以正常使用，但无法获得微软漏洞补丁和系统升级支持，很容易受到病毒和黑客攻击。

6年后，Windows 10停服，上演了一模一样的情形。这更加激发了北京打造自主信创产业体系的动力。

日历翻回到30年前，还在中国科学院攻读博士学位的胡伟武因为实验需要使用刚刚从国外引进的高性能计算机，但这台计算机的密码掌握在外国人手中，使用时需要在一个玻璃房子里被监视操作。

这个画面深深刻在了他的心里。所以，在龙芯刚刚起步的时候，凡是能想到的知名公司，都来找胡伟武谈技术授权合作。"我把这些行为理解为'缴枪不杀'！"他看到技术授权背后，是让龙芯放弃创新研发的能力，因此果断拒绝。

30年后，当年的红衣少年变成了白发先生，胡伟武启动了又一次更彻底、更艰难的"创业"。

全球信息产业主要构建在Wintel（微软-英特尔联盟）和AA（安卓-ARM）两大基于指令集及芯片设计的生态体系上，想要生产与其相匹配的CPU，先得拿下指令集"授权"。

"要想做完全自主创新的CPU，必须在指令集这个底层技术层面也实现自主。"2021年，龙芯中科正式发布龙芯自主指令系统架构LoongArch，实现其生态建设的重大技术突破，这标志着龙芯中科在自主信息技术体系和产业生态建设方面从跟随式发展走向完全自主发展。

支持14秒开机时长的龙芯3A5000，正是采用LoongArch自主指令系统架构，不再需要国外授权。

一个接一个的创新突破，淬炼着北京信创产业链：中兴数据库、国科天迅航电总线协议芯片、青藤云安全等一批全球对标产品诞生，国产信息技术体系初步成型，北京经开区通明湖畔的国家信创园，已集聚全国90%以上的信息技术头部企业，形成覆盖高性能芯片、操作系统、数据库、整机终端、系统集成、网络安全服务等全产业链的信创产业生态。

北京经开区国家信创园统信软件技术有限公司"生态适配调度中心"（北京日报社供图 和冠欣 摄）

"有些产品像养猪，一年就能出栏吃肉；有些产品像养牛，三年就能犁地干活了；我们的产品像养孩子，得养二十年才能成才。"胡伟武把技术攻关比作"养孩子"，生动浓缩了信息技术突破的艰难过程，也预示了信创产业自主化依然任重道远。奋战多年的北京"码农"们，仍需要以更大力度的创新突破，才能对标国际一流，为中国经济数字化转型和产业链升级筑就坚实"底座"。

信创头部企业聚集亦庄

全国市场占有率第一的操作系统软件、全国领先的高性能芯片、全国第一的金融级分布式数据库……京城东南的亦庄，已集聚全国多家信创领域头部企业，成为全国重要信创产业基地之一。目前亦庄已经形成覆盖高性能芯片、操作系统、数据库、整机终端、系统集成、网络安全服务等全产业链的信创产业生态，预计到2025年产业规模将突破1000亿元。

位于亦庄的统信软件总部，程序员们敲出来一行行代码，针对国产操作系统进行常用软硬件适配。追赶Windows的国产操作系统就诞生在这里，并已经在教育、金融等领域落地，技术水平上的差距正在逐渐缩小。

作为数字经济发展基石的关键组成部分之一，操作系统是连接计算机硬件、数据库、中间件和应用软件的纽带，也是整个信息产业体系的基础和灵魂。"有了稳健的底层支撑，才能确保数字中国技术底座自立自强、可信可控，从而赋能千行百业快速向数字化迈进。"统信软件相关负责人说。

国产系统想要更好用，也需要足够强大的"朋友圈"，适用于国产系统的办公、聊天、游戏等软件和打印机等硬件必不可少。借助亦庄的企业聚集优势，统信已实现软硬件生态适配数量超100万，打造了基于国产操作系统的新生态。

算力是数字经济的生产力和创新底座，也是激活数据要素潜能、驱动数字社会建设的重要引擎。亦庄企业北京算能科技有限公司继斩获第六届数字中国建设峰会"十大硬核科技"奖后，又发布新一代边缘高密度大算力服务器，为人工智能装上高速"大脑"；推出支持大模型的云端大算力推理卡，打造大模型时代的"超级引擎"。

"培育自主计算体系，构建自主算力生态已成为企业发展的必然要求。"算能公司相关负责人说，在亦庄信创产业环境与"管家式"服务的加持下，算能已和区内外多个上下游企业实现了前后端产业链生态及技术平台统一，加速信创产业生态构建。

有着类似快速成长轨迹的金篆信科公司，2021年11月刚刚落户亦庄，如今已位居中国金融级分布式数据库市场综合竞争表现第一的位置，也是目前业界唯一一家拥有全面覆盖国有大行、股份制行、运营商等核心业务交易系统数据库产品的国产品牌。

数据库是新一代信息技术自主创新的三大核心能力之一，在应用系统架构中起着关键作用，也是关键行业应用实现供应链安全的重点。目前，金篆信科数据库产品已与超百家上下游主流软硬件产品完成适配认证，拉动信创产业发展。

操作系统、算力、数据库……一个个领域的突破，一项项技术的创新，"拼"出蓬勃的信创产业生态版图。截至2023年，位于亦庄的国家信创园已落地240余家信创领域企业，集聚起全国多家信创产业头部企业，形成覆盖高性能芯片、操作系统、数据库、整机终端、系统集成、网络安全服务等全产业链的信创产业生态。

"我们将继续在科技创新、行业应用、人才培养、环境提升等方面精耕细作，扶持信创企业做大做强。"亦庄经开区相关负责人表示，以后将进一步提升信创产业承载力，持续推动信创产业创新融合发展。

补齐开源芯片生态"拼图"

随着全球经济迅速走向数字化，需求猛增的芯片成为大国竞争焦点。手机、电脑等智能设备广泛应用的CPU芯片如何突破x86、ARM两大主流架构的"围城"？开放、免费的RISC-V架构被寄予厚望。

业界认为，RISC-V架构快速崛起，"中国芯"迎来掌握主动权的重大机遇，但对于刚刚起步的开源芯片生态也不可盲目乐观。

2022年8月24日，在京举行的第二届RISC-V中国峰会"首届北京开源芯片生态产业论坛"上，中国科学院计算所、北京开源芯片研究院、腾讯、阿里、中兴通讯、中科创达、奕斯伟、算能等研究院所及企业宣布形成联合研发团队，开展第三代香山RISC-V开源处理器核的联合开发。

"香山联合团队的形成，标志着香山及其开源模式得到了产业界的初步认可，为跨越'从原型到产品'这个死亡之谷迈出了关键一步。这也是香山发展历程中的一个重要里程碑。"中国科学院计算所副所长、研究员包云岗表示。

我国RISC-V开源芯片领域近两年进展迅猛。2021年6月，中国科学院计算技术研究所公开了开源的香山高性能RISC-V处理器核；2021年10月，阿里平头哥开源了四款RISC-V量产处理器，并开放系列工具及系统软件；2022年6月，睿思芯科发布高性能RISC-V向量处理器；希姆计算发布面向神经网络领域的专用计算核心，也是基于RISC-V指令集架构自主研发。

芯片指令集，是由软件程序发出，指挥芯片内部电路协同工作的各种命令集合。一位国产芯片总工程师比喻道，如果把设计芯片比作写文章，

第三代香山RISC-V开源处理器核联合研发启动（北京开源芯片研究院供图）

指令集就好比语言和语法规则。

在RISC-V出现之前，CPU芯片架构领域一直是x86、ARM的天下，前者主要用于电脑及服务器芯片，后者成为手机芯片的主流。这两大架构分别由美国英特尔公司和英国ARM公司掌控，前者基本不对外授权，后者IP授权动辄几百万元起步。

2010年，加州大学伯克利分校推出的RISC-V指令集，首次提出"指令集应免费"的理念，任何公司、研究机构都可以在RISC-V架构上进行研发，这促进了开源芯片的蓬勃发展。与专利壁垒森严的x86、ARM架构相比，RISC-V开放、免费的商业模式大大降低了芯片开发门槛，吸引大批初创企业、大公司、科研机构等争相布局。

"未来RISC-V很可能发展成为世界主流CPU架构之一，从而在CPU领域形成英特尔、ARM、RISC-V三分天下的格局。"中国工程院院士倪光南此前公开表示。

"一个企业、一名工程师的力量是有限的，而开源可以汇聚很多企业、机构、工程师的力量，共同推进芯片研发。"包云岗说。

开源即开放源代码，且软件的使用、修改和发行不受许可证的限制。开源技术不仅可以将更多开发者吸引到开发过程中来，还可以免去对一些基础程序的重复开发，降低了科研人员"平地起高楼"的难度，成为推动开放创新、技术进步的重要力量。

尽管被寄予形成普惠生态的厚望，当前开源芯片领域仍存在生态碎片化严重、公共服务平台缺位、尚未在国际上形成有利于我国的技术生态标准等问题。

"缺少技术主线和主导力量，尚不能真正有效汇聚全球研发力量，这不利于技术的持续迭代和应用拓展。"北京市经济和信息化局党组成员、副局长顾瑾栩说。

2021年12月，由北京市和中国科学院联合一批行业龙头企业共同发起成立的创新联合体北京开源芯片研究院成立。作为北京市和中国科学院促进开源芯片产业发展的主体平台，该研究院采用产学研融合的新模式，即N个企业共同攻克1个生态，研究院与企业通过"共同投入、成果共享、收益共享"，形成竞争前合作机制。

顾瑾栩表示，北京将打造开源项目、开源社区、代码托管平台等高水平开源生态，建设RISC-V创新中心，营造RISC-V产业创新发展环境，努力建设成为具有全球影响力的开源芯片产业高地。

【数说·新时代新北京】

截至2022年底，北京疏解退出一般制造业企业和污染企业达3200余家，通过疏解非首都功能的"减法"，换取经济结构优化的"加法"。

北京已培育出新一代信息技术（含软件和信息服务业）、科技服务业2个万亿级产业集群以及医药健康、智能装备、人工智能、节能环保、集成电路5个千亿级产业集群。2022年，北京高技术产业增加值占GDP比重达28.4%。

2021年8月，《北京市"十四五"时期高精尖产业发展规划》发布，提出力争到2025年，北京高精尖产业增加值占GDP比重达到30%以上，培育形成4到5个万亿级产业集群，基本形成以智能制造、产业互联网、医药健康等为新支柱的现代产业体系。

2023年5月10日，北京市经信局发布《北京市关于加快打造信息技术应用创新产业高地的若干政策措施》，提出支持信创企业上市、支持信创标准落地应用等十大政策措施。

第三节　科创高地　辐射全球

"北京的发展要着眼于可持续，在转变动力、创新模式、提升水平上下功夫，发挥科技和人才优势，努力打造发展新高地。"习近平总书记视察北京时，高瞻远瞩地为北京打造科技创新中心谋篇布局。

放眼全球，新一轮科技变革和产业变革浪潮奔涌，科学技术从来没有像今天这样深刻影响着国家前途命运。突破前沿，时不我待。10多年来，北京不断谋求体制机制创新，推动"三城一区"科技创新主平台建设，链接全球创新资源提升发展能级，实现了从全国科技创新中心到全球科创关键枢纽的飞跃。

一、电子一条街升级创新一条街

高低错落的玻璃幕墙，阳光透过中庭的玻璃屋顶洒落，人工智能科研人员穿梭其间——走进未来科技大厦，很难让人将这里与昔日人声鼎沸、推车满场跑的电子大卖场联系起来。

北起清华大学西门，南至白石新桥，长达7.2公里的北京中关村大街闻名遐迩。二十年前，在这条孕育中国科技产业雏形的"电子一条街"上，以硅谷电脑城为代表的电子卖场次第落成。十年前，随着中关村"黄金三角"衰落，"电子一条街"谋划转型，向创新要动力。

如今，众多前沿科技企业和创业服务机构已经在中关村大街扎下了根，

第二章 创新之都 活力之城

中关村创业大街创业服务机构云集，成为海内外创新创业者的热土（北京日报社供图 武亦彬 摄）

成为北京迈向国际科技创新中心的重要见证者和参与者。

中关村"黄金三角"的兴衰

路边翠茂的枝叶散发着浓浓春意，推着婴儿车的母亲缓缓前行，学生和白领背着包步履轻快，电动平衡车偶尔穿行而过。在中关村大街一角稍作停留，科技与时尚的气息扑面而来。

24年前，这条街还是另一番模样。

1999年5月，红黄绿相间的条幅迎风飘扬，中关村最早的专业IT卖场之一——硅谷电脑城开业了。

"一铺难求，租金不愁。"曾在硅谷电脑城工作了近20年的杨兴国至今还清晰地记得昔日盛况：柜台紧挨着柜台，商户和买家摩肩接踵，"巴不得越挤生意越旺。"由于抢占了电子卖场的先机，这里集中了大批从事IT产业的中关村"老江湖"。

爱国者品牌创始人冯军，就曾是"老江湖"之一。1992年从清华大学毕业后，冯军跑到中关村大街蹬起了三轮车。插在电脑上是U盘、拔出来就是能随时随地听音乐的播放器——十年后，爱国者的"月光宝盒"MP3一上市，迅速风靡全国。而爱国者前身——华旗公司的总部，就设在硅谷电脑城的15层。

那是市场"弄潮儿"的时代。

2000年前后，中关村"黄金三角"渐次登场，鼎好电子商城、海龙电子城、中关村e世界三足鼎立，撑起了中关村"电子大卖场"时期的半壁江山。数据显示，到2009年，中关村电子卖场的面积已达32万多平方米，成为中国当时最大的电子卖场群。

"那是最鼎盛的时候。"中关村e世界副总经理刘海川回忆，自己2008年7月来到位于中关村大街11号的e世界上班，炎炎夏日里，卖场中叫卖声不绝于耳，推着小车的商贩随处可见，人头攒动的场面让人看着激动，"电脑、手机、相机，东西太全了，只有你想不到的，没有买不到的！"海龙集团创始人鲁瑞清将这些活跃在市场中的商户称为"蚂蚁雄兵"，他们前赴后继，为激发中关村的市场活力作出过巨大贡献。

繁荣背后，也有隐忧。刘海川谈起，当年大大小小的摊位鱼龙混杂，个别黑商家恶意欺诈，市场接到的投诉居高不下，"口碑做烂了"。

中国电商的崛起，成为"压死骆驼的最后一根稻草"，用刘海川的话说，"铺位里的店员比顾客都多。"定位调整已是箭在弦上。

2009年3月，国务院批复同意中关村建设国家自主创新示范区。同年7月，"电子一条街"所在的中关村西区公布其"创新要素聚集功能区"的新定位，不再鼓励电子卖场的发展。

自此，一场轰轰烈烈的转型大幕拉开，海龙、e世界、鼎好、四通等卖场，短短数年累计腾退的商业面积就有60万平方米。

"腾笼换鸟"为创新主体筑巢

海淀桥西北角,"AI Bay智慧港湾"的标志矗立在路口,在绿植掩映下泛着金属光泽,颇具未来感。几年前,这里由外部停车场改造为服务大众的公共绿地,中关村人工智能科技高地的绿色现代门户广场,是它的新角色。

来到相距几十米的未来科技大厦,智慧门禁、共享办公区、立体绿植墙、挑高中庭,现代化办公楼的要素一应俱全,曾经的硅谷电脑城已改天换地。站在顶楼,整片中关村西区尽收眼底,以未来科技大厦为圆心,3公里半径内,北京大学、清华大学、中国科学院、中国人民大学等国内顶尖高校与院所林立。

"前几天这一整层都被预订了,楼里的人工智能企业刚确定要扩租。"海淀区国有资产投资集团有限公司党委书记张国斌介绍,4年前,作为中关村西区最后一家电子城,硅谷电脑城启动改造。

"敢为天下先"是中关村与生俱来的气质。腾笼换鸟,考量的也是自我革命的魄力。

如今的未来科技大厦,已蜕变为北京人工智能原创科技高地,吸引了北京通用人工智能研究院、万里红、暗物质、神州医疗等众多人工智能机构与企业。

鼎好电子商城也已升级改造,以"鼎好DH3"的新身份亮相,捕捉创新的孵化机构取代了卖电脑光盘的"小摊位"。创投公司盛景网联,就在这里打造了一个全球科创路演中心,自2023年1月起,几乎每周有项目路演、企业家沙龙、企业经营者闭门论坛等活动在这里开展。投资人、科技创新成果、专精特新企业汇聚一堂,创新火花"一触即发"。

"创新生态就是要有交流与互动的土壤,有了环境与服务的滋养,更多创新思想与成果才能够应运而生。"鼎好DH3总经理王剑峰说。

源源不断的创新主体与资源汇入中关村大街。市科委、中关村管委会相关负责人观察到，从20世纪80年代的科研人员下海，到20世纪90年代中期海归人才创业，再到2010年以后移动互联网时代的"大众创业、万众创新"，中关村大街活跃的群体最能展现中国创新创业的特点。而自2018年以来，硬科技创业与高校院所成果转化已成为中关村创新创业的新主流。

从一条街成长为一座城

全景染色试剂盒、仿真月球车教学用具、高级别智能驾驶场景异构嵌入式车载计算平台……离未来科技大厦不远的中关村创业大街创新展示中心里，全是各行业最具创新性和领先性的产品。

2014年6月，海淀图书城成为过去，中关村创业大街崭新开街，曾经的前沿知识"供给地"变成了创新创业的"热土"。车库咖啡、3W咖啡……人群熙攘的创业咖啡馆，见证了从这里源起的创业浪潮。"连上厕所的工夫，推门出来都会有人塞几份商业计划书给你。"一位投资人回忆。

中关村创业大街从早期的创新创业服务机构聚集地，逐渐搭建起适合科创企业成长的服务生态，为科创企业提供成长所需的人才、资本、产业对接、政策等服务资源，最大化地助力企业成长，自开街以来累计孵化和服务创新企业超过5000家。中关村创业大街将不断开拓新领域新赛道，激发产业创新动能，链接全球创新资源，联合创新平台、大企业、资本共同构建创新生态，助力北京国际科技创新中心建设。

佳格天地的创始人张弓，就是2015年走进创业大街的。北京孩子张弓，小时候总爱到海淀图书城淘买科学书籍，尤其喜欢天文学。在美国国家航空航天局（NASA）工作多年后，张弓回国创业，立志整合不同卫星和气象数据源的数据，服务于农业生产，这里成为他获取创业资源与服务的"第一站"。"从企业注册到敲定办公室开始办公，一周不到，几天就完成了。"张弓的创业伙伴张文鹏回忆。

第二章 创新之都 活力之城

中关村创业大街上行人如织（北京日报社供图 武亦彬 摄）

如今，走进大街运营方搭建的创业会客厅，"咖啡桌"变成了一站式服务"中岛"，相比于在其他地方点一杯咖啡等待与投资人、创业伙伴偶遇，在这里，政策咨询、投融资对接、人才引进、办公空间对接、企业管理咨询、产业链上下游对接等一系列创业者所需的资源，都能"一站式"获取。

与张弓的脚步同频，高精尖创业者已经成了大街目前孵化与服务的主要对象。据统计，创业人街目前重点服务的700多家生态企业中，专精特新企业占21%，创业领域覆盖集成电路、人工智能、新材料、生物医药、智能制造等高科技领域。

一条街的变化，见证着中关村科技产业的变迁。如今，"一区十六园"的中关村早已突破北四环的地理范畴，成为中国科技创新的代名词和金名片。

从创业大街开启创业梦后，佳格成长迅猛，几度变更办公空间，但它从未离开中关村大街。谈及原因，张弓说，这是他梦想开始的地方。

在中关村西区，矗立着一座金光闪闪的现代雕塑。这座名为《生命》的双螺旋雕塑，象征着中关村人生生不息、探索未知的开拓精神，也见证着发生在这片热土上的创新故事。

受《硅谷之火》一书感召，青年雷军投身创业洪流。金山上市后功成名就的他并未退隐，一人一碗小米粥，他带领团队在中关村开启了"小米加步枪"式的再创业。2021年3月30日，小米集团正式宣布造车，智能电动汽车制造成为雷军人生中又一次重大创业项目。

带着"为中国造芯"的梦想，胡伟武开启创业路。在市场大潮中搏击12年后，他带领龙芯成为国产CPU第一股。

本科毕业于清华大学"姚班"，赴美留学并在麻省理工学院完成博士答辩后，"90后"海归胡渊鸣步履不停地回到中关村创业，他的目标，是打造世界级开源图形基础设施。

清晨7时，百度首席技术官、深度学习技术及应用国家工程研究中心主任王海峰来到海淀区百度科技园的总部办公室。他要在半小时后的技术晨会开始前，用一天精力最旺盛、思路最敏捷的时段先处理部分工作。

王海峰是全球自然语言处理领域最具影响力的国际学术组织ACL的首位华人主席，也是首位吴文俊人工智能杰出贡献奖获得者。

大语言模型热度空前。2023年3月16日，他带领的技术团队率先发布了中国自主研发的人工智能大模型"文心一言"。"我们看到，大语言模型开始出现一些人们过去认为人工智能不会具有的能力，例如更强的创作能力、逻辑能力、推理能力甚至情感理解和情感生成能力等等。"王海峰说。

大语言模型到底是如何习得这些近乎人类的智慧的？王海峰对背后的技术原理进行了解密。他介绍，支撑公司知识增强大语言模型研发的关键技术包括有监督精调、人类反馈的强化学习、提示、知识增强、检索增强和对话增强等。其中，"预训练大模型"像博览群书的学生，记住了很多知识，但需要老师来指导如何运用；而"有监督精调"就是老师在教学生，将提炼出来的知识要点、典型范例等教给模型，让它知道该如何符合人类规范、习惯和价值观，去执行相应动作，生成相应内容。

"当然，国内大模型应用相比国际最先进水平仍有差距，但这个差距正在加速缩小，我们的进步很快。"王海峰直言。

搜索引擎、自动驾驶、人工智能……技术创新点燃的爆发性增长，自百度创立起就不断上演。

作为近年来的人工智能技术团队领头人，王海峰也亲身经历着一个个新技术从积蓄力量到奋力起飞的时刻。2011年，百度翻译上线，这项基于机器翻译的智能服务很快便拥有了海量用户。当时，一向沉稳内敛的王海峰难掩激动地告诉同事："从事这个领域18年，过去一周收获的用户量比过去18年的总和还多。"

从那时起，人工智能技术已经初步显现出令人遐想无限的未来。12年后，看到人工智能不断模拟、延伸和拓展人类的智能，王海峰感慨："一个更让人兴奋的技术时代到来了！"

联想、新浪、百度、小米、字节跳动相继孕育而生，抗癌新药、无人驾驶车、骨科手术机器人等成果不断涌现，人工智能、生命健康、航空航天等战略性新兴产业不断酝酿。

一项项引领全国的科技成果，一家家叱咤业界的科技企业，缘何在中关村不断诞生？

"产业报国、敢为人先、包容失败、勇于创新，过去人们总结出的这些中关村企业家精神今天仍旧适用，成为推动中关村发展的精神动力。"市科委、中关村管委会相关负责人解读。

一代又一代中关村人，赓续着创新之火，让一个个梦想最终照进现实，也不断改变着中国科技产业的面貌。"中关村指数"显示，中关村每平方公里的投资额，已然超越硅谷。

做强创新主体激发活力

2011年6月,太平洋数码大厦关停;2015年2月,中关村e世界关停,变身e世界财富中心,陆续引入字节跳动、东方甄选等科技企业;2015年10月,《中关村大街发展规划》发布,提出未来3至5年内彻底告别电子卖场,转型升级为"创新创业一条街";2016年7月,"数码圣地"海龙电子城停业,转型"中关村智能硬件创新中心",引进华灿工场等创业孵化机构;2017年11月,中海电子市场撤市,拆除后变身街心花园;2019年,硅谷电脑城停业转型;2020年10月,鼎好大厦电子商城关停,转型"国际技术转移聚集区",陆续引入创新工场、盛景网联等创投机构;2022年下半年,硅谷电脑城以未来科技大厦的形象全新亮相,重点吸引从事人工智能关键技术研发的高新科技企业进驻。

中关村电子卖场转型升级的历程标志着中关村已不再是一个物理意义上的地点,而是鼓励创新创业的标志和方向。

2021年9月,习近平总书记在2021中关村论坛开幕式的视频致辞中强调,"中国支持中关村开展新一轮先行先试改革"。如今,北京围绕做强创新主体、集聚创新要素、优化创新机制等方面开展了一系列先行先试改革,并取得了积极成效。

"我们获得了中关村重大科技成果转化和产业化扶持政策相关资金支持的数百万元,用于公司生产工艺改进及生产能力建设,推动国产神经外科手术机器人的成果转化并推向市场。"华科精准(北京)医疗科技有限公司联合创始人、联席CEO刘文博说。

华科精准拥有4款国家创新医疗器械产品,经专家认定为国内首创,技术国际领先,拥有显著的临床价值。

2023年6月,市科委、中关村管委会发布新一轮中关村示范区"1+5"系列资金支持政策。刘文博欣喜地发现,新政策中有一系列鼓励企业与高校、院所及上下游企业联合创新，鼓励企业建设技术创新中心，鼓励首创产品应用和新技术、新产品应用场景建设的政策。

创新型医疗器械在进入市场前，不少潜在客户会抱有"首吃螃蟹"的忌惮。"我们获得了中关村国家自主创新示范区首台（套）重大技术装备试验、示范项目认定，认定后可申报首创产品首次进入市场项目相关补贴。"刘文博表示，这将极大鼓励企业开展"补短板""填补空白"等产品研发，为创新产品进入市场提供更多机会，加速创新技术成果转化。

据了解，在支持企业创新方面，北京推出了揭榜挂帅、报备即批准、先使用后付费等多项政策支持企业创业，华科精准、白奥赛图等一批企业受惠。

在北京亦庄，小米智能工厂里，闪烁的灯带提示着生产正在火热进行。200个高清摄像头、8000多个传感器实时收集着生产数据，机器通过分析数据自主感知、传递和诊断问题，完成全自动生产。在这个全自动的"黑灯工厂"里，能够年产100万台超高端旗舰手机。与此同时，它还是一个技术预研和高端装备研发的大型"实验室"。

2023年7月，小米集团牵头试点组建全国首家国家级创新联合体，"3C智能制造创新联合体"启动运行。该创新联合体由小米集团联合12家上下游企业、8家高校院所等20家创新主体共同组建，集聚智能制造领域科研、产业、应用优势资源，基础研究环节参与成员包括清华大学、中国科学院软件研究等高校院所，技术协同攻关环节参与成员包括珞石、思灵等企业，应用场景验证等环节参与成员包括中国电信、朗电等企业。小米集团技术委主席王斌介绍，在小米的智能工厂里，创新联合体中企业、高校院所所研发的关键技术，都将获得在产线上验证的机会。

北京一批领军企业联合攻关，打造了自主可控、安全高效的产业链供应链。在中关村"1+5"支持政策中，明确提出支持企业实施"强链工程"和技术创新中心建设。"强链工程"围绕重点产业链关键环节，按照"谁被卡谁出题""谁出题谁出资""谁能干谁来干""谁牵头谁采购"的思路,通过"揭榜挂帅"方式,形成需求牵引创新,市场反哺创新的闭环。

2022年,北京已率先支持小米、兆易创新、旷视、天智航、谊安医疗、赛诺威盛、利亚德7家领军企业牵头实施"强链工程",分布在新一代信息技术、生物医药等领域,未来将通过创新联合体建设,打造具有更强创新力、更高附加值的产业链供应链。

二、新老创客逐梦独角兽之城

欧洲东部国家摩尔多瓦,一批人工智能(AI)诊疗设备和软件几个月前抵达,正通过精准筛查为当地居民降低肺结核传染率和死亡率。这些设备和软件,来自一家北京独角兽企业——推想医疗。

不光会跑,还会飞,神奇的独角兽,是高科技、高成长、高估值企业的代名词。这个被风险投资家创造出来的概念,如今不仅是公众耳熟能详的热词,更成为衡量一个国家和区域创新能力与创新生态的风向标。

诺奖大师门徒休学追梦

15岁离开父母到新加坡上高中,26岁放弃美国芝加哥大学博士学位回国创业,推想创始人兼董事长陈宽,有着一颗不安分的心。

"悬壶济世"的种子,在他年幼时就已经埋下。头发花白的舅公骑着白马,带着简陋的医疗仪器,奔走于粤西乡间泥泞小路为村民问诊的身影,是他童年的深刻记忆,无形中影响着他未来的人生抉择。

2014年底的一天,在美求学多年的陈宽从公寓28层望向窗外的密歇根湖,脑海中一个念头挥之不去——"我已经在学校里写了20年的作业,是时候做点儿对社会真正有价值的事了。"

那一年,AlphaGo还未在围棋人机大战中上演碾压性的胜利,但人工智能的暗流涌动已经让很多创业者跃跃欲试。师从诺贝尔经济学奖得主詹姆斯·赫克曼，陈宽对计算机科学并不陌生，攻读经济和金融双博士期间，很大一部分精力放在从海量的数据中挖掘规律，建立数学模型来预测金融现象。

不想错过机会的紧迫感，希望用AI改变传统医疗行业的渴望，最终让陈宽决定回国追梦。自此，美国华尔街少了一位金融精英，而中国则多了一家立志用AI打破医疗资源不平衡、造福更多患者的科技公司。

"如果有心里非常想做的事情，你就应该去追逐它。"带着导师的祝福，陈宽踏上了归国之路。

创业多舛从启程时就已显露冰山一角。当陈宽在芝加哥奥黑尔机场准备登机时，起初约定一起回国创业的朋友们纷纷临时变卦，一个都没有出现。

即便如此，孤身上路的陈宽，挑战不确定未来的决心也没有丝毫动摇。2015年，在北京浓厚创业氛围的吸引下，陈宽选择将公司"安家"在北京，在中关村留创园开始了推想的奔跑之路。

背包创客敲开智能诊疗大门

在中国，肺癌是恶性肿瘤第一杀手，发病率和死亡率占全世界肺癌病例的三分之一以上。由于肺癌早期症状的隐匿性，多数患者在确诊时已经错过最佳治疗时机。如何帮助更多医生练就"火眼金睛"？这是推想在AI医疗赛道的重要切入点。

一个人、一只背包，陈宽在2015年初开启了"背包创客"的疯狂节奏。他一连数月在全国各地奔波，寻找对智能诊断技术有兴趣的医院。"你的产品真能帮医生做诊断吗？那还要我们这些医生做什么？"一开始，不少人都把他当成了骗子。

一次，跑了一整天的业务，陈宽独自一人拖着疲惫的身躯去吃火锅。

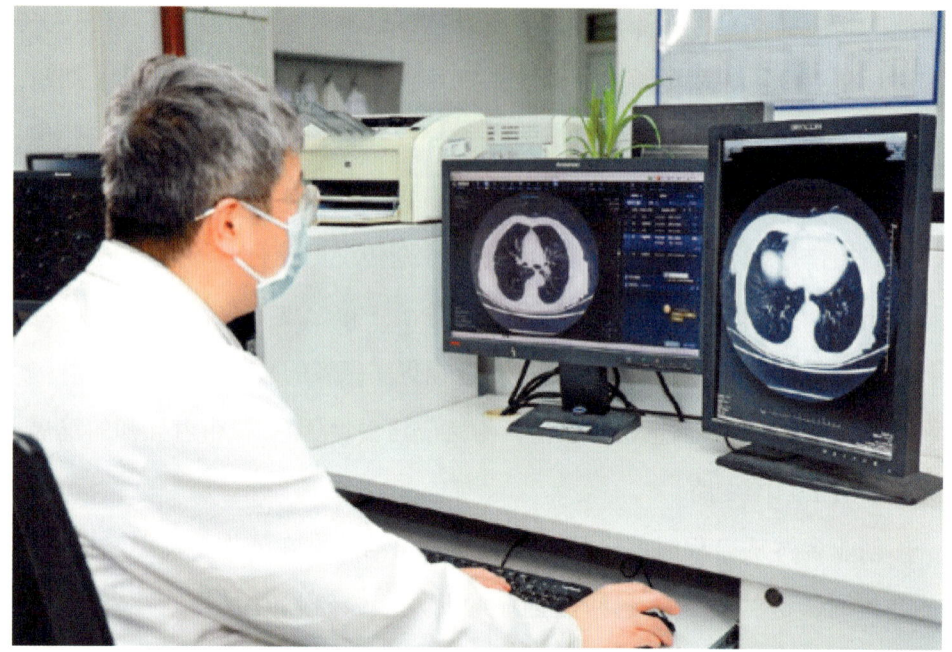

在北京市海淀医院，放射科医师正在使用推想医疗肺结节辅助筛查软件（推想医疗供图）

他一边吃，一边时不时盯着旁边板凳上的背包，"那里面的电脑是我当时的全部家当，如果它丢了，推想也就丢了"。

连跑40多家医院后，陈宽终于说服了第一家合作伙伴——某省级人民医院。他索性带着团队直接租住在医院外的破旧居民楼里，潜心训练出了推想第一个可用于CT影像精准识别的AI模型。

资金窘迫，几乎是所有独角兽创业之初的生存考验。推想医疗创业团队的早期运转，仅靠陈宽创业前的个人积蓄支撑。2016年，崭露头角的推想医疗终于迎来天使轮融资。截至2023年，公司已完成7轮融资，投资方包括红杉中国、启明创投、中关村并购母基金等知名投资机构。

疫情考验中加速奔跑

充足的资本供给为创业者助力续航，而梦想最终要想照进现实，关键还要能自我"造血"。2020年，新冠肺炎疫情蔓延，智能诊疗等人工智能技术，成为人类应对这场空前挑战的重要助力。

疫情之前，推想和武汉同济医院正在进行针对肺结节、肺结核的相关科研。新冠肺炎患者大批涌入，发热门诊超负荷运转，患者交叉感染风险巨大，医生需要在短时间内处理大量患者的数据、信息。

"利用AI产品快速找到潜在的新冠肺炎患者、降低医生工作压力、缩短报告解读周期成为大型医院的紧迫需求，AI的价值在疫情期间得到了放大。"陈宽回忆。

从2020年除夕夜开始，推想团队一刻不停地展开针对新冠肺炎的AI产品研发，短短一周就成功应用到武汉战疫一线，将医生对患者CT影像的诊断时间由10到15分钟，缩减至2到3分钟。随后，国家卫健委发布《新型冠状病毒感染的肺炎诊疗方案（试行第五版）》，CT影像结果成为"临床诊断病例"的判定依据，推想的肺炎智能辅助筛查和疫情监测系统随后陆续进入多家医院。

借助AI技术，陈宽年少时种下的"悬壶济世"梦想，照进了基层医院——仅在福建三明市，通过移动CT加人工智能的方式完成的基层肺癌筛查，就实现了200多例肺癌患者的早期发现。

"想不到，像我们这样小小的企业，也能获得北京市级重要科研项目的支持。"推想医疗副总裁陈炳澍回忆。2018年，这家当时成立仅2年多的年轻公司，就获得了市科委支持的"慢阻肺及肺结节"科研项目，项目规模达400万元。眼下，在市科委、中关村管委会支持下，公司已与北京胸科医院等多家医疗机构"结对子"，技术产品加速在医疗场景中落地。

近8年磨砺，推想已经成长为一只业务遍布中国、美国、欧洲、日本全球四大医疗市场的AI医疗独角兽，为近20个国家的1000多家医疗机构提供重大疾病的AI辅助诊断服务。

"推想很幸运，恰好处于北京市新一代信息技术产业和医疗健康产业'双发动机'的方向上，踩上了与未来产业方向一致的东风。在这样的赛道上，会有更多踏实做事、勇于创新的企业起飞。"陈炳澍感慨。

知名投资人再"创业"

知名投资人李开复，又开始筹办新公司了。

"这是一家由技术愿景驱动，拥有卓越中国工程底蕴的创新企业，在全球范围号召世界级的人才，加入我们一起打造这个世界级的公司！"2023年3月19日，创新工场董事长兼首席执行官李开复通过社交媒体发出一条热情澎湃的"英雄帖"，他正在亲自筹办新公司，一个打造"AI 2.0"新平台和AI驱动生产力应用的全球化公司。

"如果说AI 1.0是发明了电，AI 2.0就是电网。"李开复认为，AI 2.0时代的来临，将带来巨大的平台型机会，比移动互联网时代的机会还要大10倍，这也是中国第一次迎来平台竞逐的机会。

2005年，李开复出任谷歌全球副总裁兼大中华区总裁。在当时，不少人都以能进入被视为"硅谷传奇"的谷歌工作为荣。但几年后李开复发现，谷歌中国的许多顶尖人才陆续离职创业。"他们一个个眼睛发光地对我讲，中国创新创业的时代已经到来。"李开复回忆。

2009年，李开复从谷歌辞任，在北京成立风险投资机构创新工场。"我感到自己必须要投身这股浪潮中，与中国创新创业时代一同蓬勃生长。"李开复说。

在移动互联网如火如荼的年代，创新工场一早就有了"科技投资人"的底色，投资了多家科技企业。2016年，这家投资机构锚定了新方向——全面投入Tech VC（硬科技投资）。最近几年，李开复的座上宾，几乎一半都是科学家。他就像一位老猎手，敏锐地捕捉微小而影响深远的技术趋势与投资风向变化。如今，创新工场已经孵化、投资了11家人工智能独角兽企业，并将投资领域扩展到了专精特新等更多硬科技领域。

当前，生成式人工智能与大模型热浪席卷全球。李开复判断，在互联网时代,雅虎、新浪、网易等代表性平台崛起;移动互联网时代,美团、滴滴、快手、字节跳动等巨头公司又引领了新的时代;当下,人们正进入AI 2.0时代,一批新的平台级企业将诞生,而这样的公司大概率会在北京诞生。

2000年,李开复曾在《北京日报》上发表题为《中关村能成为下一个硅谷吗?》的署名文章,文中提到,当时的中关村与硅谷相比,在文化、人才、创新方式、投资机制、高校参与度方面还存在巨大差距。20多年后再回看这篇文章,他感慨,北京的创业氛围、创业文化、风险投资环境、政府支持力度等方面都有了巨大的进步。

李开复观察到,二十年前,中国在创新创业方面很大程度上还是效仿硅谷,"但现在,我们逐渐看到微创新迭代后,大量更适合中国人、比美国公司用户体验更好的移动互联网应用脱颖而出"。最近几年,中国一批"专精特新"企业开始崭露头角,从人工智能到生物医疗,一批国内领先甚至全球领先的北京科技企业逐渐成长壮大,科技创业正当时。

孕育创新活力的中关村(北京日报社供图 饶强 摄)

"从全球范围来看,硅谷和中关村无疑是世界上两大科技创业最成功的地区。"李开复认为。

独角兽之城的创新密码

同时具备成立时间不到10年、估值超过10亿美元、未上市这三大特点,身处朝阳产业并以惊人之势增长的创新企业,被冠以"独角兽"之名。

过去10多年,是北京创新潮涌、独角兽层出不穷的时期。截至2021年,北京拥有独角兽企业102家,比2015年增长150%,数量和估值均在全球城市中名列前茅。高速奔跑的独角兽,正向世界诠释北京迈向国际科技创新中心的创新密码。

与陈宽类似,逐梦北京的创业者纷至沓来,并瞄准前沿领域大显身手。在天使投资人徐小平的力邀下,谷歌眼镜核心研发人员赵勇回国创立格灵深瞳;曾任德国宇航中心实验室副主任的陈兆芃,回国创立了思灵机器人;卸任猎豹移动总裁后,在互联网行业厮杀了10余年的徐鸣跨界创立银河航天,要用上千颗卫星织起一张覆盖全球的太空互联网……

"新生代独角兽快速崛起,硬科技独角兽占比近五成。"市科委、中关村管委会高科技产业促进中心主任徐剑介绍,近几年,在AI辅助药物研发、人工智能芯片、产业互联网、商业航天等领域,北京快速涌现出一批成立不超过5年的年轻独角兽。

独角兽的成长之路注定不是一帆风顺的坦途,往往要经历穿越"死亡谷"的考验。一轮又一轮高强度研发投入、产业化落地道阻且长的煎熬中,接续陪跑的耐心资本为独角兽们撑起抗击风险的坚固屏障。

在北京,平均每天就有6.5家企业获得投资——2022年,投向北京企业的早期投资、VC/PE投资额1616亿元,在全国占比17.8%,连续多年领跑各大城市。多年来,北京102家独角兽累计获得845只基金超4000亿元投资。通过设立科创母基金等政府引导基金,北京带动社会资本投早投小投硬,强化耐心资本供给，做好独角兽企业源头培育。

独角兽企业，是市场用真金白银投票作出的选择，未来的世界顶尖级企业，大多会经历独角兽企业这一阶段。市科委、中关村管委会党组成员、副主任张宇蕾表示，中关村一系列先行先试改革政策，"敢为人先、鼓励创新、宽容失败"的精神，充分激发科技成果转化、创新创业的活力，促进涌现出一批脱胎于高校院所的独角兽、龙头企业孵化的独角兽、资深连续创业者牵头创办的独角兽。本市将积聚力量支持独角兽企业开展关键核心技术攻关，同时发挥好"政府+联盟"双管家机制的优势，提供更为精准优质高效的"一对一"服务，促进独角兽企业做强做优做大。

2022年，北京新增上市公司61家，累计达780家。小米、京东、美团等36家北京独角兽近年来陆续上市"毕业"，总市值达3万亿元。

北京新生代独角兽快速崛起，硬科技独角兽占比已近五成。在AI辅助药物研发、人工智能芯片、产业互联网、商业航天等领域，北京快速涌现出一批成立不超过5年的年轻独角兽。

2023年7月，北京市科委、中关村管委会发布《关于进一步培育和服务独角兽企业的若干措施（征求意见稿）》，对在原始创新和关键核心技术攻关等方面承担重大任务的企业，以及在京新增布局项目的独角兽企业，市区两级拟给予最高不超过1亿元的资金支持。此外，还要将独角兽企业纳入"算力伙伴计划"，为企业提供多元化优质普惠算力支持。

三、潮白河两岸创新"候鸟"聚集

一大早，任睿杰驾车从京通快速路拐入通燕高速，一路向东跨过潮白河，只用40分钟就抵达燕郊。相反方向的路上车流如织，大批住在燕郊的上班族正奔向北京。

任睿杰住在北京，工作在燕郊。他是京津冀国家技术创新中心燕郊中

随着京津冀协同发展不断深入，北京与廊坊北三县之间交通一体化加速，燕郊小镇也加速融入北京创新网络（北京日报社供图　潘之望　摄）

心的产业规划经理。作为我国第一个综合类国家技术创新中心，京津冀国家技术创新中心2022年将唯一的产业联动平台落在了这里。他的工作就是将北京培育的创新企业"送"到燕郊。

"北京科技企业舍得去河北？上班要往燕郊跑？"很多人对此充满疑惑。实际上，随着京津冀协同走向深入，燕郊正加速融入北京的创新链条，越来越多的创新"候鸟"被水草渐丰、百鸟啁鸣的潮白河彼岸所吸引。

北京创新力量奔赴燕郊

2023年3月，燕郊高新区，来自北京的"专精特新"企业——联泰集群公司的首台算力设备在此下线。几个月前，任睿杰刚刚把这家公司"送"

到燕郊。

联泰集群是京津冀国家技术创新中心自主培育的企业，在海淀成立，是一家为气象预测、石油勘探、视频处理等领域提供超级算力技术支持和设备的公司。

北京好不容易培育起来的创新力量、手里握着多项算力技术的企业，为什么要"送"到燕郊去？这得从京津冀国家技术创新中心的设立说起。

2014年，京津冀协同发展上升为国家战略，北京协同创新研究院也在当年成立。6年后，在研究院的基础上，我国第一个综合类国家技术创新中心——京津冀国家技术创新中心获批成立。前后二者，都瞄准了协同创新。

"京津冀大地蕴藏着丰富科技创新成果，有的攥在科研院所手里苦于无法转化，有的停留在企业的研发实验室里缺乏资金支持难以落地。"任睿杰说，京津冀国家技术创新中心正是为了攻克制约我国产业发展的关键核心技术，通过知识产权基金投资等方式，推动重大基础研究成果产业化。

但创新成果的产业化需要土地，需要空间。相较于土地资源有限的北京来说，一水之隔的燕郊特别适合初创团队。

北京创新网络里有了燕郊的一席之地。作为综合性协同创新平台，燕郊中心重点布局先进制造、电子信息、生物医药、新能源、医疗器械与科学仪器、环境保护六大产业，承接京津冀国家技术创新中心成果的试验、放大和试产。

在平台的助推下，很快就有创新成果跨过潮白河到了燕郊。

2022年，当联泰集群正为扩增产能的厂房选址问题而发愁时，创新中心送来的一份位于燕郊的项目图纸，为企业在北京和燕郊之间的联动布局打开了一扇门。没多久，联泰集群的新厂房在燕郊正式开建，成为京津冀国家技术创新中心第一家落地燕郊的企业。

放眼看，京津冀国家技术创新中心的协同发展网络以北京海淀总部为原点，同心圆覆盖清华大学、北京理工大学、天津大学、南开大学、河北大学等三地名校，而燕郊中心作为唯一的产业联动平台，正不断吸引创新成果落地转化。

2023年，燕郊中心200亩的产业园区将拔地而起，2025年建成后可以承载80家左右的初创企业。"这里既是中试平台，也是产业加速基地。"任睿杰说，燕郊中心将打造京津冀产学研协同创新的标杆。

潮白河对岸水草渐丰

燕郊与北京城一水之隔，在河北廊坊北三县里名气最响，不少北京上班族在此安家。但是，要吸引对创新生态有着刚性需求的初创企业来"筑巢"，能行吗？

创新中心落地燕郊、建设园区的过程，就是打消顾虑的过程。"去燕郊以前，企业都会算账。"任睿杰明白，这要算的第一笔账就是平时的通勤成本。

这几年潮白河两岸交通大动脉接连打通，同城效应让企业解除了后顾

潮白河畔纸鸢飞（北京日报社供图　武亦彬　摄）

之忧。

目前,通州区与北三县区域内已经建成10条对接道路、5座跨潮白河桥梁,备受关注的厂通路公路部分总体工程进度过半,北京地铁22号线进入全面建设阶段,被上班族点赞的北三县至北京国贸的通勤定制快巴也跑了起来。

听说创新中心"带"着联泰集群来,燕郊所在的三河市也是做足了准备,展现了筑巢引凤的诚意。三河市属国有企业金创产业投资有限公司迅速完成对联泰集群的战略投资,5000万元资金将用于建设和生产运营ARM架构算力产品智能化产线项目。

这折射出潮白河对岸的创新生态之变:为了方便科技型小微企业资金周转,燕郊启动了科技型企业贷款授信,2023年一期信贷规模预计达到1.2亿元;公共技术创新服务平台已完成入驻准备工作,将持续引入高端科技服务机构和专业检验检测平台,为企业提供一站式科技服务;燕郊高新区各级孵化器、众创空间达15家,各类科研机构达到93个,国家级重点实验室6个,院士工作站9个……

协同创新的大格局下,燕郊的创新浓度稳步提升。近十年,燕郊高新区高新技术企业从7家增长到135家,科技型中小企业从0增加到1272家,研发平台从25家增长到105家。

从隔水相望到携手同行

今天任睿杰上班走过的路,有研稀土高技术公司的400多位员工已经走了3年。

有研稀土是地道的北京企业,在新材料产业"风口"上快速扩张,但北京的厂房明显不够用了。2020年,公司位于燕郊的生产基地建成投产。当时,企业里还有职工对这次"出走"很不理解:为什么要去燕郊?

3年后,订单和收入足以回答这些质疑。2020年营业收入1个亿,2021年2个亿,2022年4个多亿……过去3年的成绩单令人振奋,有研稀土公司负责人已将2024年的营收目标定在8亿元。

支撑营收增长的，是这几年发光材料等各种产品产能倍增，订单好似长了翅膀一样"飞"过来。有了更宽敞的厂房，从这里下线的稀土新材料被发往各地，用于家电、手机等消费电子领域。

在产线落地燕郊后不久，研发板块也搬过来了，400多位员工中有300多位是研发人员，大部分都是硕士、博士，还搞起了院士工作站、工程实验室。产学研一体化让燕郊的创新资源与总部互动配合，技术创新推动着产品创新不断加速。

从隔水相望到携手同行，前赴后继的创新"候鸟"正飞向燕郊小镇。两地产业链创新链融合发展，既拓展了在京企业发展空间，又带动了北三县产业升级和软实力提升。

不只是京冀，京津携手也正在加速产业协同。

"我们就算'强强联合'了！"在多次接洽后，北京希贝德科技公司与天津爱思达航天科技公司签约了，敲定在天津东丽区合作建设自动化生产设备项目。让爱思达副总经理金一期待的是，双方能在航空航天产业与复合材料领域技术互补增强，重点研发生产热压罐、固化炉、热隔膜机等核心成型设备。

这是在京津产业握手链接洽谈会暨联合招商推介会上签约的项目之一。此次京津两市企业共签约合作41个项目，意向投资额约271.81亿元，加速形成"北京研发、天津制造"产业协同模式。

2023年10月，在两地政府部门的牵线下，北京希贝德科技公司与天津爱思达航天科技公司走在了一起。前者是研发设计制造复合材料生产装备的企业，后者则多年来专注于航空航天复合材料轻质化结构件产品研制与生产。"现在复合材料是高潜力市场，持续爆发增长，合作可实现设备产品不断更新迭代的同时，提高最终产品的生产效能。"金一说。

如同这次洽谈会的名字一样，不少京津两地企业在会上握手、链接。

其中，产业合作领域是重点。据介绍，北京科博力工贸有限公司也与天津宝坻区京津中关村科技城签订协议，将建设高端装备风力发电产业项目，产品将用于风力发电叶片、航空航天、船舶、轨道交通、复合材料、建筑等领域。

还有一批项目正在走向合作。在洽谈对接环节，两市企业以"重点推介+自由交流"方式，围绕新能源和智能网联汽车、生物医药、商贸物流文旅、工业互联网、清洁能源及环保设备等领域开展了分组交流和推介洽谈。天津市武清区、东丽区、蓟州区、京津合作示范区及北京经济技术开发区、昌平区、平谷区和房山区分别进行招商引资推介。

北京市协同办相关负责人说，洽谈会将为京津企业搭建交流对接和联合招商平台，促进产业链延链、补链、强链、优链，提升区域产业链供应链能力和韧性水平，推动京津冀协同发展不断迈上新台阶。

本次洽谈推介会上，京津两市有关单位签署了战略合作协议。北京经济技术开发区分别与武清区、东丽区签署战略合作协议，平谷区与蓟州区签署战略合作协议，平谷、蓟州、三河、兴隆签署战略框架协议，将重点围绕产业、生态、交通、公共服务等方面开展务实合作，加快推进毗邻地区高质量发展。

市协同办相关负责人说，下一步，京津两地将落实好新一轮战略合作协议和专项合作协议，围绕产业创新、园区合作、城市更新、港产联动等领域拓展合作广度和深度，共同唱好新时代京津"双城记"，携手打造中国式现代化建设的先行区、示范区。

雄安成创新创业热土

6年来，北京积极支持符合雄安新区功能定位的创新资源在雄安新区布局发展，数千家北京来源企业在雄安注册，京雄两地协同创新产业协作不断深入。

眼神科技是首批北京中关村服务新区建设签约落地的高科技企业，也是总部落户雄安新区的第一家人工智能企业，见证着协同联动的变化。

2017年4月1日，雄安新区设立。两个月后，眼神科技公司就开始筹备投身雄安建设；当年底，该公司就作为首批北京中关村服务新区建设的高科技企业，签约雄安；2018年11月28日，该公司正式将总部落户雄安，成为首家总部落户雄安的人工智能企业。

谈及北京企业为何选择落户雄安，眼神科技公司副总裁王厚金说，京津冀协同发展的战略给三地企业都带来了新的机会。特别是雄安新区的设立，他认为这对未来中国城市升级具有导向性的作用，智慧城市的规划建设也给人工智能企业带来了很多机会，每一步都可能是创新引领。"公司落户雄安，一方面是我们的技术高度符合雄安建设需要，另一方面我们有更多机会参与一座数字智能城市建设，落地更多创新场景。"王厚金说。

为了在协同发展的大背景下实现创新联动，眼神科技公司在雄安专门建立了人工智能研究院，创新技术可以第一时间在雄安得以研发、探索应用；在北京的业务可以对创新技术和场景形成有力支撑，两方面相互补充，相得益彰。

如同改革开放初期的深圳蛇口，雄安充满着创业的空气、阳光、水分。王厚金说，对于人工智能企业来说，雄安的确是一片创新和创业的热土，他们的团队感受着雄安的速度、质量和创业热情。

6年来，眼神科技公司通过人工智能技术，为城市不断注入"安全"和"便捷"的元素，先后参与了雄安新区首个人工智能示范应用、智能征迁信息化平台建设、一体化智慧大脑AI计算平台等重点项目，实现智慧校园、智慧安防、智慧办公、智能支付等30余个智慧场景落地。

京津冀协同创新亮点丰

21万平方公里的京畿大地上，京津研发、河北转化的故事每一天都在上演。

天津滨海新区也有个"中关村"。"生"在北京、"长"在天津的卡雷尔机器人占尽两地优势，降本增效。

每天与大兴国际机场的航班腾空而起的，还有京冀两地企业对临空经济的期待。仅北京片区就注册企业4392家，全国首个也是目前唯一一个跨省级的大兴机场综合保税区，享有两省市自贸区政策，成为服务和带动京冀及周边地区外向型经济发展的新引擎。

向东看，京冀曹妃甸协同发展示范区已签约北京项目470余个，2023年2月一次推介会就签约了22个总投资超过400亿元的项目，重点聚焦高端装备制造、数字经济、现代金融、新能源产业、节能环保产业及现代服务业。

"北京流向津冀技术合同成交额累计已超2100亿元。"北京市发改委相关负责人说，三地正在深化京津冀全面创新改革试验，发挥北京创新资源优势，加快打造协同创新共同体。中关村企业已在天津、河北设立分支机构累计9500余家，北京流向津冀技术合同成交额由2014年的83.1亿元增至2022年的356.9亿元。

与此同时，区域营商环境进一步优化，京津冀三地签订营商环境一体化发展合作框架协议及商事制度、政务服务等5个重点领域子协议，京津冀自贸试验区内179个政务服务事项实现"同事同标"，231个事项实现京津冀线上通办。

携手创新的故事共同孕育了京津冀新业态、新模式、新活力：2022年，京津冀地区生产总值突破10万亿元，是2013年的1.8倍；2013年到2020年，京津冀协同创新指数从100增长到417.27，年均增速达到22.64%。

协同是针，创新是线，一个更加紧密的协同创新共同体正在京津冀加速成型。

三地联合设立基础研究合作平台，在"京津冀一体化交通""智能制造""精准医学"等领域资助基础研究项目；发放京津冀科技创新券，引导753家创新机构服务京津冀科技型中小企业；2021年，京津冀共投入研究与试验发展经费3949.1亿元，是2013年的2.1倍。

四、从中国硅谷到世界的中关村

科研产出连续6年居全球科研城市首位；102家独角兽企业聚集，数量仅次于美国旧金山；"天机芯"、量子直接通信样机等一批世界级重大原创成果加速涌现……

翻开世界地图，上百个国际化科技创新城市中，英才汇聚、独角兽云集的北京，已经成为不容忽视的存在。十年来，北京加速融入世界创新体系，日渐成为国际前沿科技的重要策源地和全球产业变革的重要驱动地，实现了从全国科技创新中心到全球科创关键枢纽的飞跃。

位于怀柔的金隅兴发科技园、正在建设中的北京雁栖湖应用数学研究院（北京日报社供图　武亦彬　摄）

第二章 创新之都 活力之城

使命在肩 打造原始创新策源地

2022年底，北京科学技术最高奖桂冠揭晓，北京昌平实验室主任谢晓亮因单细胞基因组学研究方面的多项成果获突出贡献中关村奖。谢晓亮是美国生命医学大奖阿尔伯尼生物医学奖首位华人获奖者，在哈佛任教20年后，他几年前全职回国，回到最初种下科学梦的地方。

"在这里，我的团队比在哈佛做得更好、做得更多！"谢晓亮感慨。

纷至沓来的顶尖科学家不胜枚举：菲尔兹奖首位华人得主、曾被《纽约时报》称作"当之无愧的数学皇帝"的丘成桐，中国高校引进的非华裔菲尔兹奖得主考切尔·比尔卡尔，纳米能源研究领域奠基人、能源界最高奖——埃尼奖得主王中林……

北京仿佛有一种魔力，不仅能聚集顶尖人才，还有嗅觉敏锐的创投资金和层出不穷的创新企业。施普林格·自然集团、清华大学产业发展与环境治理研究中心联合发布的2022国际科技创新中心指数显示，北京首次超越伦敦，在全球科创中心城市中位居第三。

时间回到2014年初春，习近平总书记视察北京，明确了北京作为全国政治中心、文化中心、国际交往中心、科技创新中心的城市战略定位。引人注目的是，科技创新中心成为中央赋予北京这座千年古都的新定位、新使命。

科技是国家强盛之基，创新是民族进步之魂。2016年9月，国务院印发《北京加强全国科技创新中心建设总体方案》；2020年10月，党的十九届五中全会进一步吹响建设科技强国的号角，明确支持北京等地形成国际科技创新中心。

向着具有全球影响力的科技创新中心这一目标进发，这是总书记对北京的期盼，也是超大城市实现高质量发展的必然选择。

"北京作为全国首个减量发展的城市，创新发展是唯一出路。"2021年

11月印发的《北京市"十四五"时期国际科技创新中心建设规划》开门见山指出。随着规划出炉,北京建设国际科技创新中心有了明确的时间表:到2025年,北京国际科技创新中心基本形成;到2035年,北京国际科技创新中心创新力、竞争力、辐射力全球领先,切实支撑中国建设科技强国。

从"全国科技创新中心"到"国际科技创新中心",意味着更高标准和更高要求。使命在肩,北京从"国之大者"的高度,开启了加快建设国际科技创新中心的新征程。

——在北京脑科学与类脑研究中心、北京生命科学研究所、北京雁栖湖应用数学研究院等新型研发机构,新的运行机制、新的财政支持、新的绩效评价体系,调动起"最强大脑"的创新创造潜能,一支支科学家团队不断挺进科技前沿"无人区"。

——综合极端条件实验装置、地球系统数值模拟装置等一批"大国重器"破土而出,北京怀柔科学城已成为全国重大科技基础设施集聚度最高的区域之一。

——市科委、中关村管委会合署办公,统筹整合科技资源,凝聚起北京国际科技创新中心建设的强大合力。

——深化新三板改革,设立北京证券交易所,加快打造服务创新型中小企业主阵地。

……

繁盛的创新生态,孕育出丰硕的果实。马约拉纳任意子、新型基因编辑技术、"天机芯"、量子直接通信样机、长寿命超导量子比特芯片、"悟道"、"长安链"等世界级重大创新成果喷涌而出。

"从科学中心和创新高地两个维度看,北京已经进入全球创新型城市前列,为率先建成国际科技创新中心打下了很好的基础。"市科委、中关村管委会党组书记、主任张继红说。

突破藩篱　向改革要创新活力

顶尖创新成果的诞生，离不开科研体制机制的创新。如果说科技创新是高质量发展的新引擎，改革则是这个新引擎的点火系统。

用一套如同普通蓝牙耳机盒大小的设备，取出传感贴片覆于大腿、小腿，骨科病人就可以开始康复训练，并将训练情况实时传递给医生。2015年，在刚刚尝试将这项科研成果进行转化时，北京积水潭医院矫形骨科副主任医师张昊华还因各种担忧而有些瞻前顾后。

2020年1月1日，《北京市促进科技成果转化条例》实施，打破职务成果所有权和收益只能归研发单位所有的僵化制度。自此，张昊华对康复仪后续转化享有70%的权益，对科技成果"不敢转"的疑虑彻底打消。

"科技成果转化赋权科研人员后，我们有底气吸引更多专业人才加入，一起加速推动科技成果走向更大的市场，造福更多患者。"张昊华说。

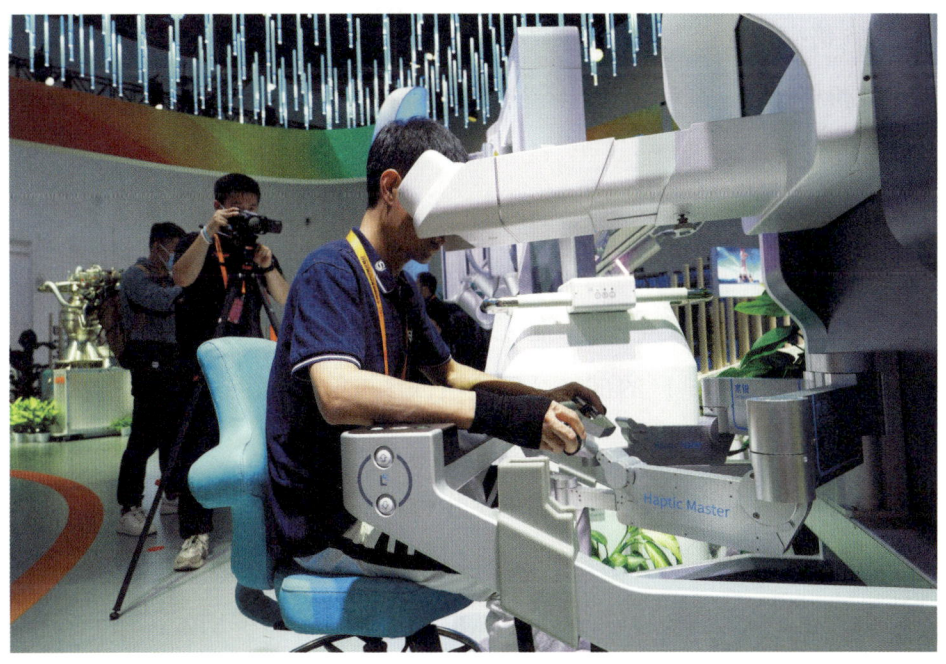

2023年服贸会上，观众体验最新医疗科研成果（北京日报社供图　程功 摄）

不等待、不观望、不懈怠，面对新一轮科技革命和产业变革，北京加速奔跑。

成立不到3年，北京微芯区块链与边缘计算研究院就成功研发出了目前全球支持量级最大的区块链开源存储引擎"泓"。在这里，一批来自世界顶尖院校的科研人员掀起头脑风暴，首个自主可控区块链软硬件技术体系"长安链"快速实现10个版本的技术迭代，并在超过300个重大应用场景落地。

唯改革者进、唯创新者强、唯改革创新者胜。随着中关村新一轮先行先试配套政策陆续落地，科技专利"先使用后付费"等一批改革举措正成为助推科创企业成长的强劲动力。

类脑智能、量子信息、空天科技、未来网络……一批未来产业在北京已初具规模，科创优势正不断转化为产业领跑的势能，也带动北京不断开辟高质量发展的路径。

数据显示，2021年，北京高技术产业实现增加值1.1万亿元，是2013年的2.5倍；全社会劳动生产率接近35万元/人的水平，是2012年的2倍；按可比价格计算，全市万元地区生产总值能耗为0.182吨标准煤，比2012年下降37.8%。

辐射全球　创新影响力持续提升

2022年8月，总奖金高达1亿元的2022年度HICOOL创业大赛落幕，来自全球91个国家和地区的5016个创业项目参与角逐，让这场全球创业者嘉年华名副其实。

"我们不光在做填补国内空白的工作，还要在一些细分领域实现全球引领。"摘得大赛一等奖的墨奇科技联合创始人及CEO邰骋信心满满。

英才汇聚的北京，一大批瞄准"世界级"目标的科创公司拔节成长，小米、字节跳动、京东方、利亚德等本土优质企业纷纷出海，在国际舞台展示硬核实力。

从引领全国到辐射全球，从"中国的硅谷"到"世界的中关村"，北京率先建成国际科技创新中心迎来重要窗口期。

"世界级成果将在中国成群结队出现！"阿斯利康全球执行副总裁王磊在2021年中关村论坛期间预言。为了参与中国的"创新红利"，这家跨国药企给自己定下了一个"小目标"：未来5年投资100家中国的创新企业，并与本土药企合作开发50款新药。

尝到了本土化发展的甜头，美国"放疗巨头"瓦里安也在北京经开区设立了全球创新中心。

如今，像阿斯利康、瓦里安这样在京布局研发功能的外资企业已达189家。

走出去，引进来，全球创新资源向北京加速聚集。顶尖"大脑"云集的中关村论坛已成为国际科技盛会，《自然》《科学》《细胞》三大国际顶级学术期刊举办北京国际学术交流季，拥有《柳叶刀》等顶尖国际学术期刊的英国励讯集团与北京开展战略合作……

党的十八大以来，北京加速融入全球创新体系，辐射力、影响力持续增强，延揽优质创新种子的触角，逐步深入硅谷、特拉维夫、伦敦、东京、多伦多等全球各主要创新地。

"北京在全球创新网络中发挥着越来越重要的作用，期待有更多的中国城市成为国际科技创新中心。"施普林格·自然集团大中华区总裁汤恩平博士表示。

伴随着创新实力的提升，国际标准组织里的"中国声音"愈发响亮。

2023年1月1日，是袁昱正式上任IEEE标准协会主席的日子。近几个月，身处美国的他已密集组织了多场标准制定相关的国际化会议。

653票，全场最高！2021年，在IEEE年度选举中，袁昱成功当选2023至2024年度IEEE标准协会主席，成为IEEE标准协会历史上第一位非美国籍的主席。IEEE是全球电子、电气、计算机、通信、自动化工程技术研究领域最著名的、规模最大的非营利性跨国学术组织和标准组织。

从2012年加入IEEE标准协会标准理事会，到担任IEEE多个技术领域的标准委员会主席，再到IEEE标准协会主席，10余年间袁昱见证了中国企业国际影响力与话语权的跃升。

他清楚地记得，2015年上任IEEE消费技术标准委员会主席时，该标准委员会在IEEE体系标准项目排名中垫底。令人欣慰的是，彼时越来越多的中国科技企业开始在海外市场开疆拓土，成为行业中举足轻重的参与者，在国际标准制定方面赢得了话语权。在袁昱的推动下，海尔、小米、腾讯、阿里、趣链科技等多个中国企业成功在IEEE牵头成立标准工作组，多项标准开花结果。

此后数年，袁昱领导的消费技术标准委员会在相关排名中蝉联榜首。袁昱还在2018年和2019年分别发起成立了IEEE区块链标准委员会和IEEE虚拟现实与增强现实标准委员会，并推动后者在2022年更名为IEEE元宇宙标准委员会。

更多创新企业在国际标准中发出响亮的"中国声音"。截至2022年底，中关村示范区企业参与制定的各类标准累计发布19101项，其中国际标准720项。

在全球化浪潮和日趋激烈的国际竞争下，大国博弈中的"科技制高点"之争愈演愈烈。站在新的历史起点上，北京将坚持首善标准，瞄准国际一流，加快打造世界主要科学中心和创新高地，率先建成国际科技创新中心，为实现高水平科技自立自强和建设科技强国提供战略支撑。

【数说·新时代新北京】

施普林格·自然集团、清华大学产业发展与环境治理研究中心联合发布的2022国际科技创新中心指数显示,北京首次超越伦敦,在全球科创中心城市中位居第三。

2022年,北京市研发经费投入强度保持在6%以上,研发支出占地区生产总值比重稳居全国第一,其中基础研究经费约占全国1/4。着力打造国家战略科技力量,北京高标准建设中关村、昌平、怀柔等国家实验室,怀柔综合国家科学中心展现雏形,持续支持8家世界一流新型研发机构。北京已形成国际一流创新生态,独角兽企业数量从2015年的40家增至2022年的138家,持续领跑全国。截至2022年10月,北京拥有人工智能核心企业1048家,占我国人工智能企业总量的29%,位列全国第一,已诞生30余家人工智能独角兽企业。

近年来,北京"三城一区"创新主平台崛起,以不足6%的土地面积贡献全市三分之一的地区生产总值,集中了全市31.8%的企业和全市六成左右的研发人员、研发费用。

第三章
擦亮古都历史文化金名片

历史文化是城市的灵魂,要像爱惜自己的生命一样保护好城市历史文化遗产。

北京是世界著名古都,丰富的历史文化遗产是一张金名片,传承保护好这份宝贵的历史文化遗产是首都的职责,要本着对历史负责、对人民负责的精神,传承历史文脉,处理好城市改造开发和历史文化遗产保护利用的关系,切实做到在保护中发展、在发展中保护。

——2014年2月25日,习近平总书记在北京考察工作时的重要讲话习近平总书记在考察北京时曾指出，历史文化是城市的灵魂，要像爱惜自己的生命一样保护好城市历史文化遗产。

揆诸北京过去十年的历史文化保护利用实践，真正贯彻了这一精神。十年来，北京在历史文化保护方面所做的努力，无论是从认识层面还是投入力度，都达到了前所未有的高度。

"走小步，不停步"，北京用愚公移山的精神，实现了历史文化保护利用的十年蜕变。

历史就是时间穿越空间。一国有一国的文明源头，一座城市也自有它的"城之源"。

位于房山区琉璃河镇的琉璃河遗址，就是北京的"城之源"。这处发现于20世纪40年代的遗址，把北京的建城史从八百年一下子上推到了三千多年。

北京文明之源，植于黄土，山水相连。北京三大文化带——大运河文化带、长城文化带、西山永定河文化带，以及许许多多的物质与非物质文化遗产，同样代表了这座城市的源流。

事实上，7处世界文化遗产、3840处不可移动文物、501万件国有可移动文物……都见证着北京这座古老城市的文明与发展。

2021年共建"博物馆之城"正式启动，并写入北京市"十四五"规划。瑰丽的博物馆，不再"坐以待观"，而是主动与游客"互动"；"沉默"的瑰宝，也活了起来，通过各种渠道，为市民所熟知。

第三章 擦亮古都历史文化金名片

传统博物馆的"馆舍天地",开始走向丰富多彩的"大千世界",民营博物馆里的"私家珍藏",开始走向"社会共享",于是在街头、在商圈,人们有机会和文物不期而遇,"开门办馆"也让人们随时可开启探险寻秘之旅。文明的源头,文化的内涵,就在人们的亲身参与中悄然传承。

驻足紫禁之巅——景山万春亭,南可俯瞰金碧如海的故宫,北可远眺巍峨耸立的钟鼓楼,沧桑掩不住惊艳。

作为北京古老中轴线上的最高点,在明清时期,这般景色只有皇帝一人可享。如今,中轴线不再是为封建王朝服务的封闭空间,它被彻底打通,形成一项贯穿南北、规模宏大、具有强大生命力的活态遗产。

如果说,中轴线象征着北京13世纪至今的城市文明,那老北京的胡同,则暗藏着深厚的历史底蕴和人文故事。

胡同里有乡愁,会馆则在旧时为人们消遣提供了场所。会馆承载多样地域文化,是历史留给北京独特的文化遗产,也是首都文化开放融合、生生不息的重要见证。

中轴线重新登场,胡同不再拓宽,会馆有了声色,近千年的历史文化得以保存,人们留住了乡愁,一个"有情有义、有声有色、有趣有味"的北京再现眼前。

如果说"三千年"文明之源与"八百七十年"都城记忆代表了北京古朴厚重的一面,那北大红楼与香山革命纪念地,则指向了共产主义在北京的薪火相传。

2020年,北大红楼进行全面修缮、重新布展。在建党百年之际,修缮一新的北大红楼全新推出,成为重要的爱国主义教育场所。

1949年3月23日,毛泽东等中央领导同志率领中共中央机关和中国人民解放军总部从西柏坡赶赴北平(今北京),25日进驻香山。毛泽东同志指点江山,挥斥方遒,由此让香山这座拥有近900年历史的古老园林,在新中国成立的历史上留下了浓墨重彩的一笔。

"赶考"之路挟时代风雷而来,留下永恒的历史印记。党的十八大以来,北京对双清别墅、来青轩等8处旧址进行保护修缮,建成香山革命旧址;清华园车站即将对外开放,年内将投入使用,"进京赶考"路在保护中重现。

过去十年,是一段珍贵的历史,也是一段北京历史文化保护实践的美妙旅程。

十年来,北京通过科学的规划部署,"解决了许多长期想解决而没有解决的难题,办成了许多过去想办而没有办成的大事",相当不易,殊为可贵。

每一处遗址,每一条线路,每一个物件,每一样展品,既是北京历史文化保护十年的见证,也是历史文物鲜活生命的解答,如历历晴川,激活我们的记忆,擦亮共同的未来,值得我们一再回首品味,彰显弘扬。

第一节　京畿红迹　熠熠生辉

习近平总书记指出，"红色是中国共产党、中华人民共和国最鲜亮的底色"，要用好红色资源，赓续红色血脉。2023年3月，"进京赶考"路（北京段）清华园车站、颐和园益寿堂、香山革命纪念地等革命旧址，以及修缮后的蒙藏学校旧址，先后对公众开放。

在北京众多红色旧址中，蒙藏学校是相对独特的存在，它是中国共产党早期组织少数民族青年开展革命活动的重要基地，诞生了中国共产党历史上第一个由少数民族党员组成的党支部。

如果说蒙藏学校是北京早期红色文化的独特构成，而清华园车站、颐和园益寿堂、香山革命纪念地等则是"新中国成立主题片区"的重要组成部分。

经过北京文物工作者辛勤的修缮和布展等工作，这些红色文化遗址，也迎来了新的历史使命。

一、重温"进京赶考"路

2023年的春天，清华大学南门600米外东南侧，具有百年历史的清华园车站成功复原。车站墙体和车站里程碑呈灰色，在春色衬托下更显肃穆。

同样是在春天。1949年3月23日，毛泽东率领中共中央机关，离开中国革命的最后一个农村指挥所——西柏坡，向北平进发。出发时，毛泽东对周恩来说："今天是进京的日子，进京赶考去。"

3月25日清晨，毛泽东和中共中央抵达北平清华园车站，换乘汽车到颐和园休息。当晚毛泽东在颐和园益寿堂，宴请各民主党派负责人和无党派民主人士代表。宴请结束后，毛泽东一行分乘多辆汽车，驶往中共中央新的驻地——香山。

2020年4月，北京市发布的《北京市推进全国文化中心建设中长期规划（2019年—2035年）》指出，以香山革命纪念地和香山革命纪念馆为重点，形成"新中国成立主题片区"。2021年11月，北京市文物局印发了《北京市"十四五"时期文物博物馆事业发展规划》，明确实施"进京赶考"建立新中国等主题片区的整体保护利用。

2023年3月25日，中共中央"进京赶考"74年后，"进京赶考"路（北京段）以清华园车站、颐和园益寿堂、香山革命纪念地等革命旧址为重点，举行开放仪式。

又是一个春天，"赶考"仍在路上，历史也依旧在诉说春天的故事。

"进京赶考去"

"赶考"出发前18天，中国共产党在西柏坡召开党的七届二中全会。

会议决定党的工作重心由乡村转移到城市，实行由城市领导乡村的工作方式。毛泽东指出："我们希望四月或五月占领南京，然后在北平召集政治协商会议，成立联合政府，并定都北平。"

党中央和毛泽东在西柏坡指挥了改变中国命运的三大战役，胜利的喜悦之下，即将诞生的新中国下一步的路如何走，成为摆在全党面前的重大课题。对此，毛泽东在全会上说："夺取全国胜利，这只是万里长征走完了第一步。如果这一步也值得骄傲，那是比较渺小的，更值得骄傲的还在后头。在过了几十年之后来看中国人民民主革命的胜利，就会使人们感觉那好像只是一出长剧的一个短小的序幕。"

正是在党的七届二中全会上，毛泽东向全党发出"两个务必"的号召：

第三章　擦亮古都历史文化金名片

中共中央机关和中国人民解放军总部迁平路线图（新京报社供图　郑新洽 摄）

"务必使同志们继续地保持谦虚、谨慎、不骄、不躁的作风，务必使同志们继续地保持艰苦奋斗的作风。"

党的七届二中全会结束后的第10天，中共中央从西柏坡启程。到北平的路只走了两天两夜，却是中国共产党从农村包围城市走向城市领导全国的伟大转折，从领导革命走向领导建设的伟大转折。

"进京赶考"当天，中共中央机关车队一路北上，经灵寿、行唐、曲阳，当晚夜宿唐县城东淑闾村。村民葛贵多回忆，在淑闾村的一个晚上，

223

毛泽东几乎没有睡觉。前半夜同村干部座谈，后半夜伏在用门板支起的床上，点着一盏油灯，工作到天亮。

杨志新曾是中央警卫团战士，2004年他曾发表文章《随毛泽东进京赶考的日子》。他回忆说，当时担负警卫工作的战士并不十分理解毛泽东的话。在进驻香山后，学习的重点之一就是党的七届二中全会文件，领会毛泽东关于"进京赶考"的指示精神。

首个落脚点

1949年3月25日凌晨，毛泽东等中央领导人从河北涿县（今涿州）换乘进京专列，于清晨抵达北平清华园车站。清华园车站成为"进京赶考"路在北平的首个落脚点。

刊发在《北京观察》上的《百年清华园车站》记载称，为便于京张铁路会车，提高运输效率，同时方便清华学堂的师生，1910年设立清华园车站。这是京张线上的一个标准化三等站房，以中央拱门为中心，左右对称，坐西朝东，是典型的五开间三拱门形式，建筑面积290余平方米。

清华园车站旧址展览（新京报社供图　郑新洽　摄）

20世纪50年代，由于清华大学东扩，京张铁路东移800米并修建了新的清华园车站。1960年老站改为货运站，1980年货运业务终止，老站改为市场和铁路职工宿舍，因修建宿舍楼拆除站房北半部分。

北京市古代建筑研究所原所长、研究员侯兆年表示，清华园车站有着双重历史意义：京张铁路是首条由中国人自行设计、修建的干线铁路，清华园车站是保留不多的关于京张铁路的历史证据；1949年毛泽东率领中共中央机关和中国人民解放军总部抵达清华园车站，正式进入北平。侯兆年说："清华园车站是党中央的工作重心从农村转向城市，接受新考验的一个重要标志。"

2021年，车站被列为北京市首批不可移动革命文物。在北京市文物局指导下，海淀区按照"现状整修、修旧如旧"的修缮原则，采用三开间现存文物修缮为主的设计方案，以民国建筑特色工艺进行修复。

据海淀区文物保护中心工作人员郑昊然介绍，2022年8月下旬前后，启动了车站内住户腾退工作，9月中旬进行了内部清理，10月设计方案得到批复后，开始施工及布展。

"走向新中国的步伐——中共中央'进京赶考'之路清华园车站专题展览"分为"步伐坚定的'赶考'之路：中共中央赴北平"和"坚持党的领导：永葆'赶考'的清醒和坚定"两个部分。通过涿县转车、体察民情，保定暂驻、谆谆教导，唐县夜宿、夙夜奉公等历史文献和资料照片，突出了"进京赶考"历史全貌，讲述了"赶考"细节。

香山革命纪念馆副馆长都斌表示，把"进京赶考"的这段历史研究好、阐释好、展示好，对在新时代新征程上继续保持"赶考"的清醒和坚定，保持历史的自信，具有重要的现实意义。

深夜共商国是

1949年3月25日，毛泽东等中共中央领导同志从清华园车站换乘汽车到达颐和园休息，下午前往西苑机场阅兵，当晚在颐和园益寿堂宴请李济深、沈钧儒、章伯钧等各民主党派负责人和无党派民主人士代表20人，共商国是。

益寿堂是一处始建于清朝光绪年间的三合院，坐落于万寿山东麓半山坡，主体建筑包括正殿"松春斋"、东西配殿、抄手游廊及垂花门。

受邀参加晚宴的柳亚子在《自传·年谱·日记》中写道："三月二十五日夜，毛主席派车来迓，赴颐和园饭局，共两席……共二十人。饭罢，冯夫人来，座谈至一时半，始乘车归，抵寓已二时许矣。"黄炎培在《黄炎培日记》中回忆："餐毕，谈和战问题。毛表示，和谈是有利于大局的，但决不轻易渡江，亦决不停战。"

74年后的又一个春天，益寿堂前的小山坡上，盛开了梅花和迎春花。暖阳斜照，枝条的影子映在古墙上。在正殿松春斋，东西两侧各摆放一张圆桌，桌上有驴打滚、豌豆黄等北京特色小吃，还原当年晚宴场景。

"古都春晓——中共中央'进京赶考'之路颐和园专题展览"由"古园新生""宴集群贤""肝胆相照"三部分组成。分别展现了颐和园从最初兴建，到被英法联军焚毁，再到光绪时期重建，直到北平军管会正式接管颐和园的历史过程；抵达北平当晚，毛泽东等中共中央领导同志会见并宴请各民主党派负责人、无党派民主人士代表的历史细节；中国共产党团结带领各民主党派、无党派民主人士、人民团体和各族各界人士召开中国人民政治协商会议第一届全体会议，成立人民政协的历史创造。

2015年益寿堂完成修缮，并设有专题展览。2021年被授予北京市爱国主义教育基地，列入北京市第二批不可移动革命文物名录。

公开资料显示，2021年颐和园益寿堂全年接待预约参观团体493个，服务散客、团体超过4.1万人次。

继续把"考试"考好

1949年3月26日凌晨，在颐和园益寿堂宴请结束后，毛泽东一行分乘多辆汽车，驶往香山。这里地处北平西郊，山高偏僻，是中共中央迁入中南海之前的临时办公地点，对外称"劳动大学"。

"进京赶考"路只走了两天，但又已经走了74年，并且还将继续走下去。

华东师范大学终身教授、博士生导师齐卫平在《全面从严治党：续写"进京赶考"的新答案》一文中说，"进京赶考"是一个过程性考试，它既不是一次性完成，也不是用一个答案就可以交卷的。

齐卫平说："在同一个考场里做如何维系和巩固执政党地位的同一道题，一代人交出的答案画上的只是分号，下一代人还要继续交出新的答案。"

2013年7月11日，习近平总书记重回"进京赶考"路的起点西柏坡。他指出："继续把人民对我们党的'考试'、把我们党正在经受和将要经受各种考验的'考试'考好，使我们的党永远不变质、我们的红色江山永远不变色。"

历史记得黄炎培与毛泽东的对话。

1945年7月，黄炎培等6位国民参政员访问延安。将要返回重庆时，毛泽东问黄炎培有什么感想，黄炎培说："我生六十多年，耳闻的不说，所亲眼看到的，真所谓'其兴也浡焉'，'其亡也忽焉'，一人，一家，一团体，一地方，乃至一国，不少单位都没有能跳出这周期率的支配力……一部历史，'政怠宦成'的也有，'人亡政息'的也有，'求荣取辱'的也有。总之没有能跳出这周期率。中共诸君从过去到现在，我略略了解的了。就是希望找出一条新路，来跳出这周期率的支配。"

毛泽东回答说："我们已经找到新路，我们能跳出这周期率。这条新路，就是民主。只有让人民来监督政府，政府才不敢松懈。只有人人起来负责，才不会人亡政息。"

历史也将记住习近平总书记发表在2023年第3期《求是》杂志的重要文章。

"如何跳出历史周期率？党始终在思索、一直在探索。毛泽东同志在延安的窑洞里给出了第一个答案，这就是'让人民来监督政府'；经过百年奋斗特别是党的十八大以来新的实践，党又给出了第二个答案，这就是自我革命。"

北京的春天到了，清华园车站、颐和园益寿堂和香山附近，都盛开了花。

春花见证了历史，它似乎也在提醒人们，"赶考"永远在路上，不休不止。

二、清华园车站：老车站的新使命

2023年3月25日清晨，海淀区清华科技园对面，灰砖墙、红屋顶的清华园车站旧址沐浴在阳光里。当天，这座百年车站以红色革命打卡地的崭新面貌向公众开放。

1949年3月25日，中共中央领导人毛泽东、刘少奇、周恩来、朱德、任弼时等同志从西柏坡迁往北平，乘坐铁路专列进京，在清华园车站下车，这里也成为中共中央"进京赶考"的第一站。

74年后，这座百年车站迎来了新的历史使命。

百年车站"重生"

清华大学校园南门往南走，穿过繁华的成府路，拐进一条只能容纳车辆单向行驶的小路，再绕过居民楼，一座青灰色的百年车站映入眼帘。这就是已建成113年的清华园车站。

车站正门上方有一块白色的"清华园车站"中央站匾，由京张铁路总工程师詹天佑题写。车站原本的墙面呈现出质感的深灰，而新修补的墙面显示出干净的亮灰。车站用斑驳的墙体，讲述着历经百年的故事。

第三章　擦亮古都历史文化金名片

清华园车站旧址开放（新京报社供图　郑新洽 摄）

公开资料显示，20世纪初，我国第一条自主设计并运营的铁路干线京张铁路建成。清华园车站在1910年落成，是京张铁路上的一座小站。

北京市古代建筑研究所原所长侯兆年，担任清华园车站修缮项目的专家顾问。说起京张铁路，侯兆年用伟大来形容，"是中国人完全靠自己的力量，设计、施工的铁路"。

侯兆年提到，建设京张铁路时，中国的城市化程度非常低，铁路沿线都是农村。清华园车站属于三级车站，配套设施比较简陋，周围只有一个站台和一个售票房。乘客买了票在车站门口等待上车，车站周围就是农民田地。

1949年3月25日，毛泽东乘坐的火车徐徐停靠在北平清华园车站。没有欢迎仪式，没有夹道迎接的人群。据毛泽东秘书叶子龙回忆，有关人员曾经准备在党中央入城时组织一个气派的欢迎仪式和盛大的庆祝大会，被毛泽东否定了。

车站像往常一样，熙熙攘攘，人来人往。谁也没有注意到，中共中央领导人一行，从这里悄然进京。

住在附近的老街坊说，曾经这座车站每逢"五一""十一"假期，清华的学生都来这里坐车，人群熙熙攘攘特别热闹。如今，清华大学的学生依然络绎不绝，而高铁、地铁等新型交通逐渐取代了这条铁路，车站由迎来送往旅客变为货运站、职工宿舍。

2012年，清华园车站被海淀区文化委认定为文物普查登记项目，2021年被列为"北京市首批不可移动革命文物"。2023年2月，车站升级为北京市文物保护单位。

2022年，为保护、传承、利用好清华园车站这一珍贵的历史文化遗产，海淀区与国铁北京局合作，开展了清华园车站保护利用工作。

修复后的车站外墙卸去了黑灰色涂料和随意悬挂的空调外机，露出原本青灰色的砖块。

车站前的一段火车轨道也被复原。海淀区园林局将一段遗存的老京张铁路铺在清华园车站门前，交叉的铁轨和轨道枕木搭成的小路十分具有铁路特色。车站门前的平房也被拆除，新建为面积4000多平方米的公园，供周围居民活动。

百年老车站的回归

资料显示，20世纪80年代，因修建铁路职工宿舍楼，将车站旧址北侧部分拆除。

侯兆年说，文物保护有一个原则，以建筑被确定为文物保护单位时的状态为现状。车站被确定为不可移动文物时已经拆除了北侧两间房，所以不需要恢复。"文物保护修缮的原则，不是把它修得完美，而是让它保留真实的历史信息。"

侯兆年回忆，1991年，他曾作为工作人员参与优秀近现代建筑调查工程项目，清华园车站也被列入调查范围之内。当时，车站就已经住满了铁路职工。周围大都是平房，住宿环境比较拥挤。

2022年启动修缮工程时，车站还居住着7户居民，车站里的露天廊厅、周围都盖了自建房，自建房前面还有一栋违章建筑。加起来前后共有10户居民。

海淀区文物保护中心主任李志说，复原车站的第一步是对居民进行腾退和拆违。腾退后，2022年9月中旬开始，海淀区文物保护中心把所有居民后建的、不是文物本体的部分都进行了拆除。

侯兆年说，复原车站工作最吃力的并不是修缮，而是拆除和剥离。

在成为文物保护单位之前，车站只是北京铁路局的普通房子。为了住宅所需，居民在墙面上糊水泥、贴瓷砖。相比建火车站所用的材料，水泥这类建筑材料的贴合度特别高。而且剥离时不能破坏建筑本体，因此，仅剥离墙面的工作就花费了三四个月的时间。

清华园车站旧址（新京报社供图　郑新洽 摄）

罩棚里的修缮

拆除违建后，还需要鉴定车站本体的损害程度，然后制订修缮方案。制订方案后，修缮的第一个任务，是要把车站的木结构进行拨正和修补。

居民在搭建二层的过程中，对车站原来的木结构进行了改造。而且由于车站是百年建筑，木头在榫卯结构交接的地方，容易出现糟朽，有三分之二已经无法受力。

为此，修缮时加了好多金属结构进行加固，损害不严重的木头做拼补，糟朽严重的就替换。"能通过加固解决的，就不换新的。"李志说。

侯兆年提到，文物建筑修缮的三原则为原工艺、原材料、原结构，车站修缮完完全全是按照1910年的材料、结构和工艺修缮的，达到修旧如旧的效果。

车站距离左边的清华园铁路宿舍1号楼只有2.4米，距右边清华园铁路宿舍2号楼3.5米左右。两栋居民楼都是6层建筑，一层住5户到6户，两栋共有60户左右居民。

李志说："我们修过紧挨着居民的（建筑），但是没修过紧挨着这么多户居民的（建筑）。"在修缮过程中，要克服扰民的工作是最难的。为了减少噪音和扬尘，修缮人员在车站外围搭了一个灰色的金属罩棚，把整个车站包裹起来，所有的修缮都在罩棚里进行。

修缮只能在每天固定时段进行，早上8点到中午11点，下午2点到6点，周末要停工。

反季节施工受气温过低的影响也成为一大难点。郑昊然说，一般情况下，文物修缮从3月开始启动，8月左右完工，"这段时间气温适宜，水能干即可"。而车站的修缮工作刚开始，马上就要进入冬天，其间气温达到-17℃，给施工进程带来影响。

为了减少低气温带来的影响，郑昊然在旁边水暖井内拉出一条取暖管道，伸进施工现场，再配备一个空调，维持车站室内温度15℃左右，避免水结冰。

李志说，车站复原后，排除了建筑所有隐患，"如今可以对公众开放，这就是我们最大的目标"。

新的使命

2023年3月21日，车站的修缮、布展工作已经接近尾声，施工人员给门框和墙面刷漆，还有工人打磨车站后院的浮雕。

经过修缮后，车站作为红色革命纪念地旧址和"走向新中国的步伐——中共中央'进京赶考'之路清华园车站专题展览"，一起向公众开放。

展览以"进京赶考"路为内容，展现1949年中共中央和中国人民解放军总部从西柏坡迁往北平的历史征程。

展陈面积210平方米，展线长度102米，按照车站旧址空间布局及历史脉络设置为"第一部分 步伐坚定的'赶考'之路：中共中央赴北平""第二部分 坚持党的领导：永葆'赶考'的清醒和坚定"，以及"'进京赶考'之路多媒体影音体验区""'进京赶考'之路报纸书籍体验区"等，包括历史图片20余张、珍贵文物文献20余件（套）、文字版20余个、多媒体10个、景观2个。

车站北侧被拆除的地方，摆放了一组户外复原展陈文物，包括铁轨、枕木、里程碑，都是根据中国铁道博物馆专家提供的材料复原仿制而来的。

李志说，之后车站会接待团体和个人预约参观，文保中心配备讲解员，给观众讲解"进京赶考"中清华园车站的故事。

三、香山革命纪念地：红叶之外，更有红色历史

香山脚下，有一座背靠香炉峰、面向北京城的二层建筑，这就是香山革命纪念馆。

1949年3月25日，中共中央、中央军委机关进驻香山。在香山革命纪念馆中，一张张照片、一件件珍贵文物、一段段文字史料，都被精细地收集、整理、修复、展览，向人们讲述着那段红色历史。

香山革命纪念馆文物征集研究部副主任桂星星认为，香山是一个革命圣地，"党中央虽然在香山只有短短181天。但这181天，在党史和新中国史上占有十分重要的地位"。

2018年4月，香山革命纪念地建设项目正式启动。北京市对双清别墅、来青轩等8处旧址进行保护修缮，并建成香山革命纪念馆。

就像《百年征程中的香山华章——香山革命纪念馆文物文献故事选编》一书中提到的，香山，不仅有闻名于世的红叶，更有立国兴邦的红色历史。

香山革命纪念馆（新京报社供图　薛珺　摄）

"核对每一处细节"

2023年1月中旬，天气晴朗，双清别墅静静矗立着，树影投在白色的墙面上，质朴而庄重。阳光透过屋顶照进屋内，别墅内的家具保持着74年前的原样。

从1949年3月25日到9月21日，毛泽东在双清别墅住了6个月，在别墅池塘边的六角红亭，留下了一张广为人知的珍贵照片：他坐在藤椅上阅读《进步日报》，报纸上的大标题是"南京解放"。

在香山期间，毛泽东发表了《论人民民主专政》，为新中国的建立奠定理论基础和政策基础。

2018年，香山公园管理处按历史原貌开始香山革命纪念地旧址的修缮工作。时任香山公园副园长林毅负责修缮工作。据他介绍，1993年，双清别墅按照原状进行恢复后展出，但来青轩、思亲舍、小白楼、丽瞩楼、镇芳楼等处一直没有对外开放。有的建筑年久失修，有的建筑已经不是历史原貌，需要进行较大规模的修复工作。

2018年的这次修缮，主要是建筑加固，配套基础设施。

由于历史久远，修缮的最大难度源于缺少建筑的详细图纸。林毅说，在动工半年前，工作人员就开始搜集资料，查阅了大量的历史照片，收集100多张1949年香山老照片，再加上香山公园曾经收集过的史籍档案，同时还邀请当年的工作人员或后代实地回忆。"我们从老照片中还原窗户的形状、大门的朝向，从访谈中核对每一处细节。"

经过一年的修缮，2019年9月13日，香山革命纪念地旧址正式面向公众开放。香山公园宣传科科长绪银平说，本着修旧如旧的原则，将文物建筑的保护修缮和周边环境综合改造相结合，最大限度"保持和恢复1949年的历史原貌"。

大海捞针样的文物征集

桂星星从事文物保护工作已经11年了。2012年，从中央民族大学硕士毕业后，他先进入抗战馆文物保管部工作。2018年，香山革命纪念馆筹备开馆时，桂星星被转调过来。

据桂星星介绍，筹备建馆时，共征集到了2400件文物。

香山革命纪念馆内有两枚中国人民解放军军徽样徽，一枚是未使用的式样，一枚是正式使用的式样。文物来源于赵光琛，他曾任西柏坡中央军委作战部参谋，参加了中国人民解放军军旗、军徽的设计以及帽徽式样的制造等工作。

筹备建馆时，香山革命纪念馆联系到赵光琛，赵光琛将两枚军徽借展给纪念馆。

在开展和举办大型活动时，纪念馆邀请赵光琛前来参观。在展厅看到文物有很多人观看，赵光琛深受触动，"我整个人都是党的，还有什么不能给的？"之后，他将两枚军徽捐给了纪念馆。

2019年开馆后，新征集的文物数量共3058件，无偿捐赠占了近一半。桂星星说，很多文物捐赠者希望把亲历新中国成立的见证物捐赠给国家，"想让更多人感受当时那段历史"。

桂星星提到，文物征集后需要加强研究和利用，包括第一时间展示出来，是给捐赠者很好的交代。捐赠者看到文物的影响力和受重视程度，会非常欣慰。后期如果还有文物，也会更愿意捐赠。

在文物征集工作中，桂星星体会到，革命文物征集是十分紧迫的。革命文物散存在民间，需要积极去寻找契合纪念馆收藏范围的文物。

在桂星星看来，这项工作好像大海捞针，从各纪念馆的官网、发行的书目上搜集线索，要不停地出去跑、看，跟捐赠者交流沟通，有时去一趟不一定就有结果，需要有一段很长时间相互了解的过程。

未雨绸缪的文物保护

在香山革命纪念馆内，还保存着开国大典时装饰在天安门城楼上的两盏红灯笼，这是由天安门地区管委会调拨的。

大红灯笼是用生长3年左右、高3米多的毛竹，以及不褪色的红土林布和松木制成，上下部贴有金黄色的云朵。原本底部配有黄色流苏，含流苏灯笼高3.3米、重约80公斤，3个人手拉手才能环抱。

桂星星说，纪念馆为灯笼配备了专门的文物保存柜，里面有恒温恒湿设备。

尽管用心保护，但历经74年后，大红灯笼不可避免地留下了岁月的痕迹。桂星星说，灯笼表面出现了糟朽和破洞，内部的竹制龙骨也存在断裂，已经把丝绸撑破，裸露在外了。"如果龙骨断裂的情况越来越多，会造成红布大面积崩裂，灯笼就会坍塌。"

为了延长灯笼的寿命，目前，纪念馆正在申请国家文物保护专项基金，对灯笼进行修复。

桂星星提到，馆内对于文物的保护措施也很专业。文物征集到馆后，会对文物进行灭虫消杀和消毒灭菌，做预防性保护，避免文物进入库房时出现病虫害。

为了更好地保护文物，纪念馆的有些文物展示一段时间后，会用复制件代替，比如中国人民政治协商会议第一届全体会议的会场席次图。相比展厅内空气流动、灯光照射和灰尘等因素，库房的保存条件更稳定。

在文物保护方面，纪念馆未雨绸缪，安排工作人员外出学习。目前，文物征集研究部有两名工作人员正在故宫进行纸质文物修复的培训。

桂星星说，纪念馆也在逐步往外走出去，向大馆取经、学习，希望把先进经验带回来。桂星星希望馆内文物修复的能力尽快提高，多做一些前瞻性工作。"文物现在没有问题，但是不知道哪天会有问题，希望馆里有人能把文物修复好、保护好。"

"推动红色资源活起来"

党的十八大以来，北京市推进全国文化中心建设，重点挖掘建党、抗战、新中国成立等三方面红色文化资源,做好首都红色文化这篇大文章。

2019年,"为新中国奠基——中共中央在香山基本陈列"在北京香山革命纪念馆向公众开放。为了做好展览的文物征集工作,展览筹备组专门抽调工作人员,组成跨部门的展览小组,分赴15个省、自治区、直辖市的40多家革命类纪念馆和档案馆搜集展览素材,先后从全国各地征集到大量珍贵历史文物、文献、实物等各类别文物,从中甄选出1200件(套)。

香山革命纪念馆专题展览迎来参观热潮(北京日报社供图　王海欣　摄)

从展览大纲框架起草到展览细目撰写,纪念馆先后邀请中共中央党史和文献研究院、中央档案馆、国家博物馆、军事博物馆、军事科学院、北京市委党史研究室等有关单位组织召开30多次专家会研讨,参与审展专家120余人次。

香山革命纪念馆副馆长都斌认为,每一处红色资源都蕴含着独特的精神内涵,传承着独有的红色基因。今后,香山革命纪念馆将继续与解放战争老战士、文物捐赠者、红色收藏家以及各界有识之士保持密切联系和沟通，充分利用好纪念馆革命文物文献捐赠展示区的宣传展示和引领功能，"让红色资源活起来"。

桂星星还提到，纪念馆希望联合全国的纪念场馆，举办更高质量、更高水平的专题展览来呈现给公众，这也是"让文物活起来"非常好的方式。

据统计，截至2023年3月，香山纪念馆开馆以来已累计接待近1.4万批次主题教育团队、超107万名观众，成为开展爱国主义教育的主阵地，为新中国成立主题片区的建设工作奠定了坚实基础。

四、草原火种，从蒙藏学校走向斗争前沿

1923年秋，一列从归绥（今呼和浩特市）开出的列车，载着旅客，长鸣汽笛，向着东方进发了。其中一节车厢里是41名从土默特高等小学、归绥中学毕业的学生，此时的他们内心充满着欢喜和期待。

就在2个月前，他们对毕业后未来的生活还各有憧憬。但在这片军阀控制和争夺的土地上，这群贫苦的学生大多会继续着父辈那种被多重压迫、多重剥削的生活，即便心中满是怒火。

走出去！找寻另一种生活，是他们共同的愿望。

去北平寻正路

改变，从一位北平回来的蒙古族青年开始。

1911年，辛亥革命爆发，荣耀先正在土默特高等学堂（土默特高等小学前身）就读。这场旨在推翻封建王朝的民主革命，深深触动了少年荣耀先。1918年，有一个招生机会，荣耀先毫不犹豫地选择继续读书，探求真理，他与几名同学一起被土默特旗总管署保送到北平蒙藏学校读书。

蒙藏学校是北洋军阀政府于1913年开办的一所专门民族学校，标榜"五族共和"。据多名蒙藏学校的毕业学生回忆，学校实则是给北洋军阀政

府培养"统治少数民族的人才"的。

荣耀先的转变正是在这个尴尬的环境中发生的。在这里，他成了内蒙古少数民族革命的先驱。

亲身经历过北洋军阀、封建牧主、汉族大地商多重压迫的荣耀先，在归绥时便已积累了心中的愤懑。到蒙藏学校的第二年，轰轰烈烈的五四爱国运动爆发了，荣耀先成了"暴风眼"中的人。

5月4日下午，在荣耀先等人带领下，北大、高师、工专、农专、法政及朝阳大学等13所大专学校学生共3000余人在天安门集会，抗议帝国主义在巴黎和会上对中国问题的决定。学生们手持各种各样的小旗，旗上写着"废除二十一条""还我青岛""拒绝和约签字"等口号。

5日，一封来自蒙藏学校学生的公开信《蒙藏学界之愤激》被投送到了《晨报》。"天下兴亡，匹夫有责。吾蒙藏学生，亦国家之分子。"在这封信中，荣耀先同爱国学生一起发出了属于自己的声音。次日，公开信在《晨报》显著位置发表，引发社会反响。

同时，北京中等以上学校学生联合会在斗争中宣告成立，邓中夏被推为学联总务干事，荣耀先成为学联委员。北大学生邓中夏与荣耀先产生了联系。是时，在北大图书馆主任李大钊的引导下，邓中夏已经在学习研究马克思主义了。

五四运动在归绥

五四运动爆发后，荣耀先便安排蒙古族同学连夜奔赴家乡，在土默特高等小学、归绥中学、归绥高等小学的师生中进行爱国主义宣传。消息传来后，学生们立即行动。在土默特高等小学就读的李裕智成为归绥地区学生爱国运动的发起人之一。

1921年9月中旬，已经考入归绥中学的李裕智来到土默特高等小学，联络乌兰夫，准备发起反对利用日资开办电灯公司的联合斗争。乌兰夫又串联了奎璧、多松年、吉雅泰等20多人，最终实施了这次行动。

这批人追随荣耀先、李裕智的脚步，开始登上历史舞台。

因此，当1923年暑假荣耀先受蒙藏学校委派回到家乡招生时，他们选择"去北平"。

经历五四运动的洗礼，荣耀先开始与李大钊等中国共产党创始人走近、熟络。1921年，他报名参加了李大钊发起的马克思学说研究会。1923年1月，荣耀先加入中国社会主义青年团（中国共产主义青年团的前身），并向中共北方区委提出加入中国共产党的请求。经过党组织审查，同年4月，韩麟符、李渤海介绍荣耀先加入中国共产党。至此，中国共产党历史上第一位蒙古族党员出现了。

入党后的荣耀先，积极为共产党物色思想进步的少数民族革命人选。在返乡招生前，他接到了中共北方区委委派的这项秘密任务。

李大钊来了

东行的列车正是要驶向北平，41名蒙古族学生的最终目的地是位于北平小石虎胡同的蒙藏学校。

在两次事件中，他们展露出的抗争劲头，受到中共领导人的格外关注。

1923年秋，北洋政府用清丈土地的办法，在归绥等地大肆掠夺蒙古族农民的土地，激起了土默特旗蒙古族各阶层人们的不满。他们推选代表到北平向北洋军阀政府请愿，要求当局停止清丈土地，归还掠夺的土地。请愿的代表找到了蒙藏学校的学生。在荣耀先、李裕智、多松年、乌兰夫等人的带动下，蒙藏学校同学组织起来，到北洋政府请愿游行、散发传单。

斗争持续了一个多月，虽最终没有实际结果，却引起了中共北方区委的重视。

受到声援停止清丈土地的影响，加之经费紧张，1923年冬，北洋政府下令取消官费制，对学生进行报复。时任蒙藏学校校长张武是个开明人士，

蒙藏学校宿舍旧址（资料图片）

他同情学生，并为他们募捐，帮助学生解决生活问题。不久，北洋政府听闻张武未依令行事，遂下令撤销其校长职务。此举激怒了学生，他们结队前往北洋政府蒙藏院请愿示威，高呼"抗议政府取消官费""恢复张武校长职务"。

两天后，蒙藏学校学生等来的是校长王维翰，此人正是"反动官僚政客""北洋政府忠实走狗"。甫一上任，他便大施淫威，张贴告示禁止学生参加任何社会活动。在全校师生大会上，试图给学生一个下马威的王维翰，却被"王维翰滚出学校"的呼声吓得慌忙跳下台，匆匆离开。他的任期仅仅维持了7天，成为蒙藏学校"最短命"的校长。如此一来，中共北方区委真正看到了蒙古族学生的斗争热情。1923年冬，李大钊来到了蒙藏学校。

乌兰夫在回忆录里称，一天晚饭后，同学们在大宿舍里围着火炉子正在兴高采烈地议论王维翰被赶走的狼狈相时，邓中夏和一位浓眉浓发、戴着无边眼镜、身穿灰色粗布棉袍的先生走了进来。

"这位就是李大钊同志。"邓中夏介绍。李大钊和同学们一一握手问好，而后随意地坐在床边,与大家聊天。他态度诚恳,同学们很快便打消顾虑,将蒙古族人受压迫的事一桩桩、一件件地说给他听。

"蒙古民族受压迫的根本原因何在呢?"听完倾诉,李大钊抛出了这个问题。然而同学们并不能回答上来。

同一届的蒙藏学校学生奎璧同样回忆道,李大钊对蒙藏学校的少数民族学生十分关注,委派当时在北方区委担任主要职务的邓中夏、赵世炎、韩麟符等到学校传播马列主义。他还亲自到学校来讲演、做指示。他们从马列主义的基本原理讲起,分析国内外形势,指出民族压迫和阶级压迫的一致性。

"深夜,我们才恋恋不舍地送走大钊同志。他与我们这次长谈,使我们这些在茫茫长夜中徘徊的蒙古族青年,看到了希望之光。"乌兰夫回忆录里这样写道。这以后,李大钊经常派邓中夏、赵世炎、刘伯庄、李渤海来蒙藏学校讲学。

一股崭新的思潮在蒙藏学校蔓延,影响着更多的蒙古族青年。

成立党支部

"应当在蒙藏学校发展党团组织,培养民族干部。"李大钊开始深入思考。随着同学们的思想逐渐稳定,中共北方区委开始着手组织革命活动。

这批蒙古族青年学生在北平的革命斗争中经受了锻炼和考验。他们参加了悼念列宁的遥祭大会、纪念"二七"大罢工一周年大会、欢迎孙中山北上支援国民会议活动,聆听了李大钊赴苏联回国后的专场报告。

这时,蒙藏学校已经有了自己的团组织。紧接着,1924年至1925年,李裕智、多松年、乌兰夫、奎璧、吉雅泰等人相继转为共产党员。1925年初,蒙藏学校党支部成立,成为中国共产党历史上第一个由少数民族党员组成的党支部。当时,一共才120名学生的蒙藏学校,党团员的人数已达到90多名。

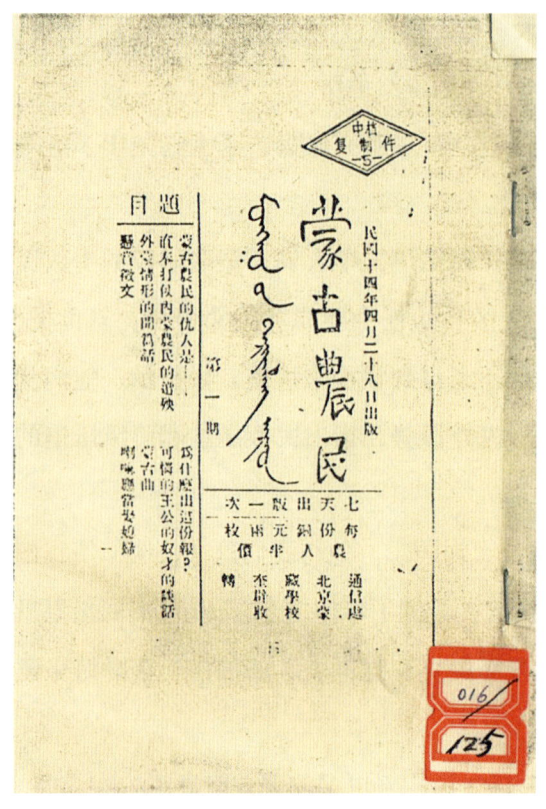

《蒙古农民》（新京报社供图　王嘉宁 摄）

有了自己的党支部，建立属于蒙古族人民宣传阵地的工作被提上日程。1925年春的一天，赵世炎找到多松年："组织上交给你一个新任务。"

根据李大钊的指示，蒙藏学校党支部要办一份小报，向广大蒙古族群众宣传马列主义真理。

多松年找到了乌兰夫、奎璧，三个年轻人在宿舍里开始琢磨这份小报应该是怎么样的。他们决定要办第一份蒙古族革命宣传刊物——《蒙古农民》。

1925年4月28日，第一期《蒙古农民》问世。考虑到大多数读者文化水平低，《蒙古农民》大量采用了讲故事的写作手法。

这本刊物没有能够长期出版，目前仅存前两期，但不可否认它在部分蒙古族群众中产生了涟漪，也助推了共产党的组织建设。就在《蒙古农民》创刊后不久，中共北方区委便在内蒙古地区建立了热河、察哈尔、绥远、包头工作委员会，使内蒙古地区逐步形成了较为健全的党组织。

蒙藏学校这批青年共产党人便是点燃内蒙古草原革命斗争的火种。

开枝散叶起斗争

1923年秋入校后的合影，成为这批蒙古族青年人数最全的一张照片。伴随着革命理论和实践的丰富、思想的成熟稳定，他们开始延伸触角，成长为共产党推进少数民族地区组织建设和革命进程的生力军。

依旧是荣耀先。1924年，遵照党的指示，他进入黄埔军校(第一期)学习，成为第一批走出蒙藏学校的蒙古族革命青年。尔后，乌兰夫、多松年远赴莫斯科中山大学学习，李裕智、吉雅泰则回到内蒙古领导革命斗争。

至1926年3月中旬，蒙藏学校的大批团员陆续转为中共党员，成为坚定的革命者，不惧奉系军阀的白色恐怖，坚持进行党小组的活动，成为当时北京地区中共组织活动的一个亮点。

国民革命失败后，尽管有国民党政权的白色恐怖和日占北平时期的高压政策，蒙藏学校表面上没有了轰轰烈烈的革命活动，但革命火种不灭。在北平地下党担任领导工作的刘仁、崔月犁，仍暗中关心学校的青年学生，指导他们参与革命活动。

抗战结束后，蒋介石发动全面内战。北平城内的爱国学生发起了反内战、反饥饿活动，延续着心中的那份爱国情。1949年1月，北平和平解放。蒙藏学校学生迎来了新政权，一个有他们的学长参与建立的新政权。

那些中国共产党培养出的最早一批党员，在分赴不同地方后又画出了怎样的生命轨迹？

在党的指示下，荣耀先多次返回北方代黄埔军校招生、参加革命活动。1928年，在第二次北伐战争中，壮烈牺牲。

1929年，乌兰夫回国后从事秘密革命工作，一路追随共产党革命和建设的脚步。在第六届全国人民代表大会上，乌兰夫当选为中华人民共和国副主席。多松年1926年回国，在张家口任中共察哈尔工作委员会（绥察特别区）负责人，1927年8月初被奉系军阀逮捕，英勇就义。

李裕智回到了绥远地区开展革命工作，先后任中共包头工委书记、内蒙古农工兵大同盟中央执行委员、内蒙古人民革命军副总指挥，1927年10月被队伍中的反动分子杀害。吉雅泰回到了归绥，领导成立绥远地区中国共产党的第一个组织——中共绥远特别区工作委员会。1950年4月，他成为新中国第一位少数民族驻外大使。

1984年3月6日,年迈的乌兰夫再次回到西单小石虎胡同,彼时这里已是中央民族学院附属中学。在那棵数百年的枣树下追忆往昔,他说:"共产主义在少数民族中的传播,就是从这个学校开始的。"

而李大钊说,蒙藏学校的蒙古民族青年是"最靠得住的力量"。

五、植槐栽藤,都要从诗人的词句里找线索

蒙藏学校是中国现代民族教育史上最早面向全国招生的民族学校,是李大钊、邓中夏亲自开展革命活动的场所,中国共产党历史上第一个由少数民族党员组成的党支部就在此诞生。

多年风雨,饱经沧桑,这座全国重点文保建筑虽主体仍在,但毕竟"垂垂老矣"。在中央部门及地方政府支持下,蒙藏学校旧址保护修缮与环境整治工程得以启动并顺利完工。

位于西单北大街东侧的蒙藏学校旧址(北京日报社供图 武亦彬 摄)

如今，这个曾经的清代贝子府邸，革命时期的热血高校，不仅重新开放，还担负起了新的历史使命，成为中华民族共同体体验馆。当然，还原历史现场并不容易，梁上彩画反复勾摹，屋上灰瓦精心安置，地面砖石费力复原，甚至一草一木的植栽，都要从文献甚至徐志摩的诗歌中考据。

"最小干预"，保留地基遗址和旧彩画

蒙藏学校旧址由东、西两路院子构成，西路院子的房屋较为高大，大门就占了一间屋。

今年60岁的彩绘工匠何方铎，已从事古建筑绘画行业近40年，他负责修缮工程的彩绘工作。他介绍，西路院子的大门称为"府门"，过了府门可到正厅，再后面是过厅、后厅、东西跺殿、东西配殿等建筑。

府门里的梁和枋上，有彩色的旋花图案，被业内人士称为"旋子彩画"。在现场可以看到，有的图案色彩暗淡，甚至颜料已与木头色融为一体，像是木头浅浅的纹理；而和其纹路相连接的图案，却色彩鲜艳，很明显是新画上去的。"我们遵循的是'最小干预'原则，只要原先的绘画还能被肉眼所看见，我们就不再新添了。"何方铎说。

彩绘时需要人踩在架子上耐心勾画，精神高度集中，新图案必须与原来的图案纹路相协调。何方铎介绍，不仅绘画过程非常艰辛，其实在进行彩绘前，也要做很多准备工作。比如，邀请专家论证，敲定绘画颜料、图案细节形状等方案。

何方铎回忆，府门里彩画的修缮，前前后后约用了5个月时间。"外人一进宅子，先经过府门。府门的活儿，得做到特别精细。"他说。

相比于绚丽的梁上彩画，青砖灰瓦就朴实多了。从事瓦作行业55年时间的刘新明，最关注建筑的砖瓦结构。在西路院子里，有片裸露在外的地基，上面地基石块尚存，而墙壁和房顶已经不见踪影。刘新明说，这里原本是一处东厢房，历史上因为一些原因被拆除，只留下地基，为了保存更

蒙藏学校修复后的彩画（新京报社供图　王嘉宁 摄）

多历史信息，这座地基遗址不再有任何修缮，而是被完整保存下来。

　　在环境整治工程中，基于对历史环境与格局的分析研究，整理文物周边建筑，恢复历史上蒙藏学校的主要格局。对建筑的位置、规模、体量、尺度、整体风貌等进行规划与设计，着重体现民族大团结及早期红色文化旧址属性，突出早期革命旧址的严肃性，以重现当年的历史环境为目标。

　　蒙藏学校的特别之处在于，它是一组明清官式古建筑，而价值高峰集中于近现代历史时期，这决定了文物修缮中对历史原貌的认定、修缮细节与工艺措施的制定，都不同于常规的古建筑修缮；此外，在环境整治工程中，附属非文物建筑的设计也遵循了文物特征，以简约低调的姿态烘托文物主体。

请回"槐翁"与"藤娘"

　　"1923年初，徐志摩到西单石虎胡同7号院居住，并创建了新月社。当年的7号院,就是现在的33号院,也就是如今蒙藏学校旧址的东路院子。"负责组织修缮工程的北京华融基础设施投资有限责任公司相关负责人说。

该负责人表示,此次修缮工程是要尽可能恢复蒙藏学校旧址在20世纪20年代的风貌,为此,项目团队搜寻了大量历史资料,包括名人回忆录、博物馆历史照片、当时报纸报道等。

相比于曾是贝子府的西路院,长期作为民居的东路院空间比较紧凑,历史上这个院子还曾是会馆、府邸、图书馆,传承悠久,后来才被蒙藏学校拓展为校园的一部分。徐志摩恰好在1923年有过一段居住在蒙藏学校旧址东路院子一隅的日子。他当时写下了一首《石虎胡同七号》。诗里写道:"我们的小园庭,有时荡漾着无限温柔,善笑的藤娘,祖酥怀任团团的柿掌绸缪;百尺的槐翁,在微风中俯身将棠姑抱搂。"

东路院子里如今特意新种了挺拔的槐树,并在旁边植栽了藤萝、柿树。当然,如今的槐树太年轻,没"百尺"那么高,藤与柿更是少年。院子里也有老槐,但究竟是不是诗人当年吟诵的那棵,已不可考。可能徐志摩自己都不会想到,他的诗,还成了我们修缮古建筑物的一条重要历史线索。

粗略统计,仅一个东路院子所用的瓦,就有十几万片,每片瓦都要经过瓦匠十来个工序才能安装好;每一片瓦件和脊件在运至屋面以前,必须被瓦匠集中逐块"审瓦",有裂缝、砂眼、残损、变形严重的瓦件和脊件绝对不得使用。千百年来老工匠们就是这么做的。要准确复原历史建筑,我们今天也得跟着这么做,一点都不能含糊。

让文物"活"起来

排排房檐下,根根红柱直立在青砖灰瓦间,两根红柱之间是一道门或一扇窗棂。新修缮的檐柱,一律采用的是黄花松,而不再是古人当年建院子时用的杉木,这是为了保护珍稀树种资源。

黄花松材质坚硬,含油性大,耐腐蚀性也强。我们用黄花松替代原先的檐柱，用红松做修饰性木材，也是基于建筑需求、社会政策等多种因素的考量。但在木材上所做的地仗或绘画，仍采用传统技法。

文物建筑的保护维修除了需要应用传统工艺，也需要借助新的科学技术。

在修缮工程中，综合运用了三维影像记录、激光定位技术、放射性碳测年技术、木材切片材种鉴定、微观显微分析等科学技术，从宏观尺度到微观材料，更加科学、精准地掌握文物历史信息；尤其在砖瓦作、木作、彩画作上，从材料、形制、工艺等方面，为传统修复工艺提供了更为精准的科学支撑。

据组织修缮蒙藏学校旧址的相关负责人表示，保护文物与社会进步并不是脱节的，人们在修缮保护古建筑中，除了尽可能保留其历史信息外，还应让古建筑的保护融入社会发展的进程当中，让文物"活"起来，给现代人以优良的文化体验。

20世纪90年代以来，蒙藏学校旧址长期作为"民族大世界商场"使用，自2013年逐步腾退后，一直处于较封闭的状态，未能展现并发挥其特有的文化与社会效益，也未与城市公共空间形成良性互动。

在国家文物局的支持下，近些年先后启动了蒙藏学校的文物保护规划、文物保护修缮和三防工程。

与此同时，在中央关于蒙藏学校旧址环境整治工程项目文物保护利用重要指示精神的指导下，蒙藏学校旧址环境整治工程项目旨在打造展现中华历史文化、革命史迹、民族融合的中华民族共同体教育体验基地和文物活化利用标杆。

中华民族共同体体验馆开放首日就迎来大量游客。

张光玮介绍，沿西单北大街的西侧院落边界，是静谧庄重的文物院落与外部繁华热闹的城市商圈之间的过渡空间。通过立面虚实结合的长廊设计，使文物院落围而不阂，既保障安全，又兼顾开放。

【数说·新时代新北京】

　　清华园车站2022年起进行了修缮,新建了面积4000多平方米的公园。2023年3月25日推出的专题展览,面积达200余平方米,展线长度78米,展览包括历史图片60余张,珍贵文物文献60余件(套),文字版30余个,多媒体5个,景观3个。

　　据统计,自2019年香山革命纪念馆开馆后,新征集的文物数量共3058件。截至2023年3月,香山纪念馆开馆以来已累计接待近1.4万批次主题教育团队,超107万名观众。

　　蒙藏学校总占地面积11800平方米,其中建筑部分有3200平方米,共有房间50余间。

第二节　三大文化带　缀珠成链

故宫、长城、大运河、明十三陵、周口店……丰富而多元的历史文化资源，是北京文化之城建设的根基。2015年，北京市作出战略部署，建设北京三条文化带——大运河文化带、长城文化带、西山永定河文化带。三条文化带凝练北京诸多文化遗产，每一条都整合了大量的文化资源，同时，三条文化带之间又互相打通、互相联系。通过三大文化带的建设，北京市把散点分布的文化遗存进行统合，形成了文化建设和发展的顶层设计和实施细则，擦亮北京历史文化的金名片，助力北京全国文化中心建设。

一、千年号子　再响百里运河

2014年，中国大运河申遗成功。遗产河道全长1000多公里，北京段82公里，沿线文物等级高、分布密集、时代跨度长、类型丰富。2017年2月，习近平总书记在北京考察时强调，要深入挖掘以大运河为核心的历史文化资源。同年8月，北京成立由市委书记任组长的推进全国文化中心建设领导小组，下设大运河文化带建设组，大运河保护利用掀开了新的篇章。

近年来，从遗址公园、湿地公园、森林公园，到古建筑、古村镇、古技艺，再到博物馆、图书馆、歌剧院，不管是曾经散落在大运河沿线的文化遗产，还是城市发展中新建的文化设施，都随着北京大运河文化带的建设，或越发明亮，或即将闪耀，串起一条河，滋润一城人。

第三章 擦亮古都历史文化金名片

北京通州大运河沿岸风光(视觉中国供图)

人文的运河：沉寂的非遗活起来

"远看通州城啊，好大一条船啊，高高燃灯塔啊……嗨呀哟呀！"2023年3月3日，北京市通州区文化馆的排练厅内，一支10人组成的表演队，正上演着豪迈的运河号子。

这次表演只有一个目的，帮助北京城市学院的学生拍作业。虽然是一次简单的拍摄，这个平均年龄近70岁的表演队却专程赶来，一遍又一遍地配合演出。队员们的想法是一致的，"能让多一个人关注运河号子，我们就乐意"。

运河号子与漕运船工的劳作相伴相随。自元代京杭大运河全线贯通以后，漕运物资大量供应北京。到明代，明成祖朱棣迁都北京，除了粮食等日常物资，营建紫禁城需要的木材、石头、城砖等一系列的建筑材料，也通过大运河运抵北京。

因此，曾经的北运河上，千帆相接。"漕运昼夜不停，运河号子连天"，船工喊唱着运河号子，指引着漕船起锚、立桅、摇橹，一派繁盛景象。而随着北运河漕运功能的消失，运河号子也逐渐退出历史舞台。

现如今，运河号子还能被听到，离不开一个人的坚守。79岁的常富尧在运河号子表演队中担任领号人的角色，一身红色的演出服显得热烈又出众。36年前，正在文化馆工作的他骑着自行车，一支钢笔、一个暖水壶、一台老式录音机，从东南向西北沿着北运河，几乎走遍两岸村庄。最终，10个种类22首运河号子的曲谱流传下来。

随着2006年被列为北京市非物质文化遗产，尤其是2017年大运河文化带建设深入推进，运河号子的命运发生了变化。如今，除了演出、交流机会增多，曾经唯一的传承人赵义强已经在北京的数十所中小学教授运河号子。

与此同时，"燕京八绝"、北京建筑彩绘、古字画装裱修复等宫廷技艺，"兔儿爷"、"面人郎"、运河龙灯等市井娱乐项目，这些运河沿线共同构成北京人文气息的非物质文化遗产，也正乘着大运河文化带建设的东风，或融合创新，或化身文创产品，以新潮的面貌向公众传达运河文化。

历史的运河：文物的保护样态更多元

大运河文化带的独特之处在于它的文化多样性。流动的运河带动南北、中外的经贸、人员往来，在这年年月月的交流中，沉淀出多元的京味儿文化。除了丰富的非遗，运河的千年存在，本身就是一部水利工程史。

提到京杭大运河的源头，很多人认为是通惠河。事实上，位于昌平区的白浮泉可以被追溯为京杭大运河最北端的起点。由此，水源被引至什刹海，经通惠河，与北运河连通。

2018年10月，什刹海西海湿地公园建成开放，这是首都核心区唯一一处城市湿地。同年底，公园北侧的郭守敬纪念馆在经过近两年的闭馆提升之后重新开放。正是郭守敬受命主持修建了通惠河，自昌平白浮村神山泉引水，弥合了运河与都城的断点。

白浮村神山泉就是如今的白浮泉遗址。2018年，白浮泉遗址迎来新生机遇。根据《北京市大运河文化带保护建设规划》，经过腾退、搬迁，昌平在此规划建设了大运河源头遗址公园。

视线从白浮泉移开，跟随大运河北京段，沿线50余处闸、桥梁、古遗址、古建筑等遗产点位，随着北京市的摸底、修缮，逐渐成为"文化明珠"，被大众看见。

大运河北京段最知名的古桥——永通桥完成主体修复，数字化保护工作正在加紧推进，"长桥映月"的美景将在2023年再现。"永通桥多年来历经数次修缮，出现桥面条石材质、大小不一的情况，现存条石有约600年历史，共2000多块。我们对条石进行测量，记录条石位置，施工过程中再将它们全部还原到位，以保持古桥原貌。"永通桥修缮项目经理李善求介绍。

在2016年北京城市副中心开始建设之前，相关部门组织了勘测活动。得益于此，路县故城遗址被发现，并入选"2016年度全国十大考古新发现"，通州的建城史也因此向前推进了2000多年。

如今，一座包含博物馆、复原遗址在内的路县故城遗址公园正在建设之中。很快，这颗融展览展示、文物保护、科学研究、社会教育于一体的"文化明珠"也将闪耀在大运河畔，成为文化遗产保护利用的新样本。

活力的运河：文旅融合激活发展动能

大运河文化遗产的保护传承利用，在大运河文史专家任德永看来，如何活化利用是最难的，"保护传承需要专业的规划和修缮，硬件完善后怎么挖掘文物背后的故事，从而活化利用，这都需要下足功夫"。如何让大运河不仅仅是人文之河、历史之河，还是一条缤纷的活力之河，北京作出了探索实践。

在北京城市副中心控制性详细规划中，以北运河为依托的生态文明带是北京城市副中心建设、发展的核心带，与大运河文化带交织。文化旅游，是大运河文化带活化利用的有力抓手，也是北京城市副中心的三大功能定位之一。

在这里，向着北京东部首个5A级景区迈进的大运河文化旅游景区正迎来越来越多市民和游客的体验。在大运河国家公园建设的背景下，通州将北运河沿线的4座公园串联起来，形成有历史、有文化、有生态、有活力的10余公里景观带。

景区北部的"三庙一塔"2022年9月完成文物修缮及旅游配套升级改造，向公众开放。

逛完燃灯塔景区，沿河至二号码头，乘坐仿古游船顺流而下，河西岸的运河商务区正承载着全球财富管理中心的建设使命，依照规划渐次推进。几年间拔地而起的一座座高楼倒映在大运河宽阔的河面上，成为运河文化发展史上崭新的一笔。

在景区南部，规划面积超11平方公里的城市绿心森林公园于2020年9月与公众见面。这是一座运用近自然的生态修复方式，在充分挖掘原址工业遗产价值的基础上演变而来的公园，开园第一年就已实现碳中和。这其

第三章　擦亮古都历史文化金名片

2023年3月26日，游客乘船徜徉在运河之上（新京报社供图　王子诚 摄）

中，最值得期待的当数坐落于绿心公园西北侧的"三大文化设施"——博物馆、歌剧院、图书馆。

缤纷的运河不只在城市副中心。如今，北京市文旅局已在沿线7区打造了"运河慢游，回望历史话千年""古韵新风，运河之滨品文化"等10余条运河主题精品旅游线路，通过大运河文化带统筹各区文化旅游资源，激发文旅消费活力。

生态的运河：是运河文化的基础，也是百姓生活本身

不管是人文的、历史的运河，还是活力的运河，都离不开良好的生态环境。

20世纪80年代，随着城市扩张，作为城区排水河道的北运河，水质逐渐恶化。通州区水务局副局长刘振锋介绍，从1998年到2022年，北运河经历了4次大规模的河道治理。如今，北运河已发现水生动物60余种，其中不乏一些高氧鱼类。"高氧鱼一般存活在Ⅲ类水中，这说明北运河局部的水质已经非常好了。"

在西海子公园遛弯儿的崔女士提起这几年的变化,异常高兴。"天气一暖和,你到北关闸那块儿水面看看,各种水鸟飞得那叫一个欢啊,不少人扛着专业相机拍照。"

同样高兴的还有租住在朝阳区亮马河附近的魏欣。亮马河是大运河文化带的一部分,自2019年亮马河国际风情水岸治理实施以来,她见证着这里一点点变美、变时尚。2022年9月,亮马河实现从三环路到红领巾湖6公里旅游通航。2023年7月,全面实现亮马河18公里滨水绿道贯通。

大运河文化带建设的基础是生态,群众感知最明显的也是生态。近年来,北京从河道治理、生态修复两大方面发力,持续推进生态之河建设。北京市发改委相关负责人介绍,已对大运河北京段涉及的断面实施全面监测,主要河段水质基本达到水环境功能区要求。

共有的运河:不只是流动的水,是中国大运河文化

2022年4月28日,京杭大运河实现百年来首次全线通水。大运河文化带建设第一次有了真正的物理连接。2023年,京杭大运河全线贯通补水工作已经启动,并且将延长全线通水时间。

2022年6月24日,载着市民、建设者的通州、香河船只相向而行,缓缓驶过北运河杨洼船闸,大运河京冀段62公里实现通航。这意味着北京首次出现了省际航道和省际水上旅游运输。

千年大运河,纵贯京津冀,保护大运河是沿线地区的共同责任。通过融入京津冀协同发展战略,大运河文化带建设在协同增效方面亦作出示范。

2017年,京津冀联合推出"京津冀运河文化展""通武廊"文化旅游交流季。此后,京津冀在大运河文化带建设中的合作日益深入。2023年1月1日施行的《关于京津冀协同推进大运河文化保护传承利用的决定》提出,北京、天津、河北建立大运河文化保护传承利用工作协调机制,探索以大

运河文化带建设促进区域协同发展的新模式。通过协同立法，三地将大运河文化带建设的地区协同提升到新的高度。

地区协同直接影响着像赵义强这样参与运河文化建设的人。历史上，流动的运河带来了"北曲含南腔"的运河号子。如今随着沿线地区交流融通，赵义强说，他们还组建了"通武廊""京津冀"这样的跨地区运河号子表演队，"如果出京表演，就会叫上外地的队员"。

除了京津冀，作为京杭大运河两端的城市，北京、杭州两地因河相通。自2019年起，两地建立了中国大运河文化带京杭对话机制。立足京杭、辐射流域，京杭对话集政产学研成果发布、文化交融、文旅推介等于一体，集中展示"运河复兴"。

然而，北京的使命不止于此。北京的大运河可以向世界之河的方向迈进。北京作为国际交往中心的地位，是运河沿线其他城市所不具备的。

2023年底，与北京大运河博物馆一同亮相的，还有"文化粮仓"歌剧院、"森林书苑"图书馆。我们有理由期待，以运河号子为蓝本创作的舞台剧在歌剧院上演，孩子们在图书馆品味悠远的运河故事。它们同躺在博物馆中的文物一起，各自讲述着大运河的点滴。

二、七百岁窑火　重燃永定河畔

"一河永定，一门广开。高山仰止，西望东来。"茫茫西山雄踞华北平原西北端，滔滔永定河穿越太行山群山万壑，山河襟带中，这里是北京。

从七十万年前的周口店出发，沿着时间的痕迹，走进岁月的风霜：一万多年前，东胡林人定居于西山；三千年前，周封燕国于房山琉璃河；两千多年前，燕迁都于蓟；一千三百年前，陈子昂登蓟丘与燕都故地，慨叹世事变迁……而后辽称南京、金建中都、元立大都，千百年文明传承不息……

时至今日，这片傍着西山、倚着永定河的热土，再一次开启了创新与

2022年4月19日,房山线地铁列车行驶过永定河(新京报社供图　王贵彬 摄)

发展的新时代。2015年,北京市作出战略部署,在"十三五"期间建设北京三条文化带,2016年正式写入北京市"十三五"规划纲要。2017年发布的《北京城市总体规划(2016年—2035年)》将西山永定河文化带列为北京历史文化名城保护体系的重要内容,西山永定河文化带的保护、建设与开发利用进入了新阶段,存在了千万年的文化遗产,正在为这座城市的文化建设增添新的内容。

开启北京的历史

探访山水之间的西山永定河文化带,仿佛在经历一场时空之旅。

时间的最远处,是古人类留下的遗迹。第一个遗迹,位于北京周口店的龙骨山猿人洞,距今七十多万年至二十万年。"中国猿人北京种",也就是人们常说的"北京人"就生活在这里,中学历史教材中生火的猿人,正是他们。就在同一座山上,猿人洞的上方,距今约三万年,体质特征上无限接近现代人的山顶洞人就生活在这里。

2015年，一项保护工程正式开始，来自国内外诸多领域的学者和设计师，为猿人洞设计了一个特殊的保护装置。周口店北京人遗址博物馆的工作人员说，保护罩由825个玻璃钢材质的叶片组成，共有3400多平方米，这些叶片，像穿山甲鳞片一样，随着山势的坡度起伏，仅仅高出地面2米，这样的设计，既可以保护猿人洞不受风雨侵蚀，也将人工造物对地形结构的影响降到最低。2018年，保护罩正式完工。2019年，这一工程获得亚洲建筑师协会保护类建筑唯一金奖，2020年，再次获得联合国教科文组织亚太地区文化遗产保护奖创新奖。

更多的保护工作还在进行。2020年，周口店北京人遗址管理处还编制了《周口店国家考古遗址公园规划（2020年—2035年）》，这一规划也被列入了《北京市西山永定河文化带保护发展规划（2018年—2035年）》。

在周口店远古人类遗迹不断得到保护的同时，永定河的支流清水河岸边，门头沟区斋堂镇的深山中，北京境内已知最早的农耕文明东胡林人留下的遗迹，也在不断发掘和保护。

2021年，东胡林遗址成为北京市文物保护单位。2023年的北京市"两会"上，多位代表委员建言，加强东胡林遗址的保护和利用。

时间继续往前，3000多年前，武王灭纣后，周王朝封召公于燕，召公姬奭派长子姬克于北京房山琉璃河筑城为燕都。这一故事，被记载在《史记》中，古老的文字，留下了北京城最早的记载。

史书中走出的故事，在此得到了实物的佐证。而在这里，也即将建起一座国家考古遗址公园，将遥远的历史，展现在现代人的面前。

2022年12月29日，北京市房山区琉璃河国家考古遗址公园建设专家指导委员会召开第二次会议，琉璃河国家考古遗址公园的建设将全面推进。

"周口店、东胡林、琉璃河、三山五园地区成为北京文明起源发展的最佳区位；从'无定河'到永定河，冲出北京大西山山峡地区的河水形成北京小平原，成就了中国都城的最佳区位，镌刻了人与自然和谐共生的历史画卷。"北京联合大学的教授张景秋说。

最大的文化带

"西山是北京的父亲山，永定河是北京的母亲河。"北京联合大学应用文理学院院长、北京学研究所所长张宝秀说，"西山永定河文化带，严格来说是宽带状的，它面积广阔，覆盖了大兴、房山、门头沟、石景山、丰台、海淀、昌平、延庆8个区的全部或局部，一山一河，为北京平原提供了文明和城市诞生、发展的舞台。可以说，西山永定河孕育了北京城、培育了北京文化、养育了北京人。这里具有首都文化所有的特征，包括古都文化、红色文化、京味文化、创新文化要素，都可以找到痕迹。"

丰富的文化资源，散布在广袤的土地上，细腻的文化观念，也曾经渗透在人们的日常生活中。

然而，随着时间的推移，社会的变迁，许多文化传统，渐渐变得小众了，如何重新复活这些文化传统，让北京的特色在现代化的大潮中，再一次鲜明起来，许多人、许多地方都在尝试。

在门头沟城区，一个新成立不久的艺术文创园中，会集了许多来自民间的艺人们，如京西太平鼓的传承人，他也在这里建立了自己的传习基地。

京西太平鼓是门头沟最早的非遗项目之一，原本流传于民间，每到春节前后，京西山里的许多村庄，都会组织冬闲的年轻人们，拉起太平鼓队伍，从正月初一开始，为村民们表演，一直延续到二月二。2022年9月，服贸会期间，门头沟的非遗传承人，还把京西太平鼓带到了服贸会上，展示给全世界的人们。

三山五园是北京历史文化名城保护体系的两大重点区域之一，也是西山永定河文化带中的重点区域。

2020年，海淀区启动三山五园艺术中心建设项目。2021年4月，北京市海淀区发布《三山五园国家文物保护利用示范区建设实施方案》，方案内容包括恢复颐和园西侧的京西稻景观、建设三山五园艺术中心、实施东西红门片区绿化建设和西水磨片区历史景观提升工程、建设京张铁路遗址公园等。

方案中特别提出，保护山水形胜的整体格局、保护三山五园与北京老城的联系。

天人相合的生态

和长城、大运河文化带不同，西山永定河文化带最大的特质之一，是自然与人文的交融。长城和大运河，都是人工造物中的奇观。但西山永定河文化带不同，先有良好的自然本底，再累加自石器时代以来，人类长期活动留下的文明和文化财富，这是一个山水相依、刚柔交融、人文荟萃之地，拥有丰富的自然文化资源和支撑城市发展的记忆。

"以太行山为骨，以永定河为脉"，是北京城的特点，山水之间，育成了北京数十万年的人类史，诞生了北京上万年的农耕史，更孕育了北京3000多年的城市发展史。

但这山、这水，并不是永恒不变的，茫茫西山，曾经枯槁；滔滔大河，一度断流。

生活在永定河边的付宏春，经历了永定河从有水到断流，再到恢复的全过程。

三十年前，付宏春嫁到妙峰山脚下、永定河畔的水峪嘴村，这里是永定河冲出群山、进入平原之前的最后一段，山间的激流在这里变得平缓而宽阔，水流中裹挟的营养，在这里开始沉积，把沿途的河滩变成了沃土。村后的山上，则是京西古道的重要段落，古道的青石路上，蹄窝密布，高山之巅，还有一座关城矗立。

但是，随着村里以采石开矿为主要经济来源之一，山上的植被逐渐消失，门前的河水也渐渐变小，直到断流。

2016年12月，国家发改委会同水利部和原国家林业局联合印发《永定河综合治理与生态修复总体方案》。提出集中利用5至10年时间，逐步恢复永定河生态系统，将永定河打造为贯穿京津冀晋的绿色生态廊道。北京市、门头沟区也相继启动多项永定河流域生态修复和治理的措施。

2019年，生态补水和生态治理的效果开始显现，2021年，永定河747公里河道实现26年来首次全线通水，保持全线通水两个多月。到2022年，永定河全线通水的时间达到了123天。

付宏春家门前的河道中，再次泛起了波光，傍晚纳凉的人们，也开始重新会聚到河边。

山河永定文化改变北京人

文化离不开历史，同时也离不开创新，因为文化总是要融入人们的日常生活中。

越来越多的人开始重视文化资源向文创资源的转化。如今北京不少高校开始关注这方面的人才培养，已经有了相关的课程。张宝秀牵头开设一门"北京历史文化与创新发展"的课程，联合历史、地理、文化、设计等多个学科的专业教师，共同培育跨学科文创人才。

2023年新年前夕，门头沟区京师实验中学的学生姜玥，领到了一份特别的期末考试题"古村不古 焕发新颜——探究琉璃渠村的古貌新颜"。

这是当地探索"探究型学习"的一次尝试，让学生们走进身边的自然与人文世界中，探寻亿万年时光和千百年历史留给人们的遗产。

门头沟区琉璃渠村，曾是皇家琉璃官窑厂，始建于1263年。村庄兼具北京农耕文明、皇家文化、民俗传统、文化创新等多重特征。姜玥漫步村中，徘徊在琉璃壁下，寻找一个个琉璃的故事和传说，恍若穿行在千年的历史长河中。

而在琉璃渠的窑厂中，60岁的琉璃烧制非遗传承人郭立生，在这个春天刚刚回到窑厂。郭立生祖上三代都从事琉璃烧制，但他的下一代并没有

第三章 擦亮古都历史文化金名片

琉璃渠村，老手艺人点燃了一度熄灭的皇家琉璃窑火（新京报社供图 王巍 摄）

继承这一传统，他自己也曾经长时间离开村里的皇家琉璃窑厂，他一度觉得，这门技艺可能再也没人喜欢了。但如今，一切都在改变，2023年春天的窑火重燃仪式上，有一个特别的环节，一簇放在玻璃灯罩中的火苗，从几个孩子的手里，传递到老手艺人手中，然后由老手艺人重新点燃窑火。

类似的工作不仅在学校展开，也在文化带辐射的所有区域展开。在海淀上庄，重新恢复和扩大的京西稻田中，无人驾驶的收割机，为人们展示了古老传统和现代智能设备的有机结合。在石景山首钢园，"西山永定河文化节"在这里再一次开幕，原本的工业园区，如今兼具工业遗迹、冬奥遗产、文化创意园区多种功能，正成为京西文化的集中展示地。在房山，琉璃河国家考古遗址公园正在加快建设。在门头沟区，一场延续两个多月，涵盖全境的"京西嘉年华"在2022年的夏天开启，这场盛会中，古村古道、红色遗迹、人类历史、民间非遗、山水人文一一展示在人们面前。

谁说年轻人不喜欢老传统？无论是故宫的文创产品，还是京西的百年小院，都凝聚了许多年轻人的奇思妙想，都充满了青春的气息。他们都是这个城市中的年轻人，也是这座文化之城未来的模样。

三、"活态"长城　重现千年烟火气

"保护和利用"是长城文化的主题。习近平总书记在视察嘉峪关时强调:"长城凝聚了中华民族自强不息的奋斗精神和众志成城、坚韧不屈的爱国情怀,已经成为中华民族的代表性符号和中华文明的重要象征。要做好长城文化价值发掘和文物遗产传承保护工作,弘扬民族精神,为实现中华民族伟大复兴的中国梦凝聚起磅礴力量。"

《北京城市总体规划(2016年—2035年)》的出台,长城文化带被列为三条文化带之一,成为北京文化中心建设和历史文化名城保护体系构成的重要内容。2019年,《北京市长城文化带保护发展规划(2018年至2035年)》公布,针对北京段长城的保护修缮力度进一步加大。在北京崇山峻岭间绵延520.77公里的长城,跨越千年时光蜿蜒而来,在循序渐进的保护中,重现磅礴沧桑之美。同时,它也在敞开怀抱,走进人们的生活。

长城文旅亮点纷呈

2023年1月1日,迎着新年的第一缕阳光,300名市民代表登上八达岭长城,祈求新的一年平安顺利。

现存北京段长城主要包括北齐和明两个历史时期的遗存,是万里长城的精华所在,不仅拥有中外闻名的八达岭长城,还有"天下第一雄关"居庸关、"万里长城独秀"慕田峪长城等。北京的长城紧靠这样一个特大型城市,人们方便到达,生活在周边的人也很多。

近年来,北京也在积极创造条件,让长城离人们再近一些。2022年11月,北京市发改委批复南山环线三期道路工程项目建议书(代可行性研究报告)。这条路不仅将进一步完善区域公路网,还将串联多个景点,打造一条适合自驾、骑行的魅力公路。

2023年3月24日，落日下的"天下第一雄关"——居庸关（新京报社供图　王子诚 摄）

"道路前期精心设计论证，丰富服务功能，让未来市民出行舒适安心。"市发改委相关负责人说，特别是在融合旅游公路功能方面，公路借鉴密云水库南线"最美公路"经验，在机动车道外侧设置2米宽硬路肩，创造良好的骑行条件；在地势平缓、景色适宜的位置增设8处停车港湾，提升旅游交通服务水平，优化出行体验。

2023年，北京市文化和旅游局推出10条"京畿长城"国家风景道文化探访线路，涉及门头沟、昌平、延庆、怀柔、密云、平谷六区，探访内容涵盖城墙敌楼、军堡军寨、抗战遗址等丰富多彩的长城文化资源，沿途更有乡村民宿、登山步道、非遗体验、网红打卡地等，展现了长城沿线丰厚的文旅资源。

给长城"治病"

视线定格在怀柔区西北八道河乡境内的箭扣长城上，这里有著名的"牛犄角边""鹰飞倒仰""北京结""天梯"。这段未向公众开放的长城，因地势险峻、风景优美，被很多长城爱好者奉为心中最美长城。然而，长期的自然风化侵蚀，加上人为破坏，使得箭扣长城健康状况堪忧，很多点段墙体、城砖松动，濒临垮塌。

"长城的空间非常狭小，防御武器以短柄的武器和火器为主，不太可能使用大刀、长矛等长柄武器。"2022年8月，北京市考古研究院副研究员尚珩站在箭扣长城研究性修缮项目现场，指着桌子上摆放的出土文物，兴冲冲地说。

此次考古还首次在敌台顶部的铺房内发现明代火炕和灶台这类生活设施遗迹，不仅与传世文献记载相吻合，而且复原了明代戍边将士的日常生活，还原了长城的"烟火气"。

"施工前先考古"，成为该项目不同于以往的显著亮点。"长城作为古遗址而存在，很多部分都深埋在地下，很难制订针对性的保护方案。通过考古发掘，可以把长城整体揭露出来，为后期保护方案的制订提供理论支撑。"尚珩说，"就像我们去医院看病，需要先进行体检，找到'病根'，才能对症下药。"

2016年以来，北京在箭扣长城连续开展了四期修缮项目。"选择箭扣，是因为这段长城病害种类比较集中，涉及点段、敌楼、砖石等多方面，是最难修的地方，可以作为砖石长城修缮的样本。"北京市文物局遗产处相关负责人表示。

"原汁原味、保持长城的沧桑之美"是箭扣长城修缮遵循的理念。"以前是按照工程标准把每一段修好，现在要想着怎么恢复风貌，得多琢磨琢磨。"箭扣长城修缮工程技术的总负责人程永茂说。

他介绍，修缮过程中，基本遵循"能使用老砖就不添新砖"的原则，有的墙体倒塌，老料散落山间，工人们将石料搬上山，重新加以利用。"补的新砖，尽可能放在背面，修完了看上去像没修一样。每一块城砖坚持用手工修整，使用桐油掺和白灰勾缝。城墙修好后，还得用阴坡的老土掺上水，一遍遍涂抹，以此达到城墙残败破旧的样子。"

第三章 擦亮古都历史文化金名片

2019年4月21日，在箭扣长城，工人在用旧城砖铺设地面（新京报社供图　浦峰　摄）

"古建筑和古遗址的保护理念完全不同，不能把一个古遗址恢复成原来的建筑形制。比如，圆明园是建筑，但它属于古遗址，在保护的时候就要坚持'最小干预'，不能再把它修成之前最辉煌、最亮丽的样子。"尚珩表示。

开展近百项长城保护工程

箭扣长城的修缮只是近年来北京长城保护工作的一个缩影。自2000年以来，北京市平均每年投资近千万元，开展了近百项长城保护工程，如密云鹿皮关、古北口、延庆岔道城、九眼楼、平谷将军关、怀柔黄花城等。

为进一步摸清长城家底和保存情况，2006年至2012年，国家文物局组织长城沿线各地开展了最为全面、系统的长城资源调查和认定工作。北京是全国最早开始长城调查的地方，而延庆则是北京最早进行长城调查工作的地区。

2007年开始，于海宽带领延庆长城踏查小组的二组队员开展了两年的长城野外调查。一行人跋山涉水，徒步走遍了延庆境内长达179.2公里的明长城，穿越境内形制多样、地形复杂的南山路边垣、东路边垣、多处隘口和烽火台，拍摄长城视频资料近20小时，为延庆长城踏查工作的圆满完成并取得"全国文物先进县"称号立下了汗马功劳。

长城资源调查情况显示，北京长城保存程度好、较好和一般的各类型遗存约占总量的33%，保存程度较差和差的各类型遗存约占总量的41%，已消失的遗存约占总量的25%，未经调查的遗存不足1%。"其中，北齐长城整体以遗址状态保存，明长城整体保存相对较好，保存状态仍不容乐观。"北京市文物局遗产管理处相关负责人表示。

随着《北京城市总体规划（2016年—2035年）》的出台，长城文化带成为与西山永定河文化带、大运河文化带并称的三条文化带之一，成为北京文化中心建设和历史文化名城保护体系构成的重要内容。

2019年，《北京市长城文化带保护发展规划（2018年至2035年）》公布，针对北京长城的保护修缮力度进一步加大。该规划提出，到2035年，通过抢险、日常维护等手段，北京市将实现长城本体和载体全线无险情。为达到这一目标，北京市从2019年开始，每年固定推进10个长城抢险加固项目。

"不同于以往实施的抢险修缮工程，抢险加固工程对北京市长城濒危点（段）以抢险为主，加强勘查，明确是否存在结构稳定性、冻融、排水等险情，有针对性地进行排险、抢险工作，是全面推进长城保护工作的一大创举。"北京市文物局遗产管理处相关负责人说。

2020年，全国首个长城保护修复实践基地在怀柔区箭扣长城脚下挂牌成立，成为全国砖石长城修缮示范点段。以长城保护修复实践基地挂牌成立为契机，北京把工作重心由长城一般性保护工程向研究性修缮项目转变。"相较以往的修缮项目，研究性修缮将重点加强施工前的科学研究，通过科技手段，加入考古力量，收集更多科学数据，利用数字化推演病害。"怀柔区文管所所长张彤说。

在修缮现场，古建、材料、植物学等多领域专家组成的团队一同走入长城，从各自的专业角度提出建议，尚珩感觉到，这也体现出社会对长城的保护越来越重视了。"这种工作模式、理念的确立非常重要，北京其他区县可以借鉴，全国其他有长城的14个省份也可以借鉴。"

全覆盖、无盲区的长城保护网络

如果说抢险修缮是保护长城的一道屏障，那么长城保护员则是进一步将保护关口前移。

北京长城呈线状分布，空间广阔，烽火台、城堡、窑址等遗存丰富，很多城堡处在村民生产生活地带，甚至部分坍塌长城城墙就在村民的房屋边。在长城预防性保护中，沿线村落及其村民是不可忽视的力量。

陈青春是昌平区流村镇一名长城专职保护员，每周5天，他都要带着望远镜、食品和水，从长峪城高楼出发巡查到一楼，一天要走六七个小时，基本两个月穿坏一双鞋。

像陈青春这样的保护员，截至2022年6月，北京有488人。张彤介绍，目前怀柔全区131名长城保护员均为专职保护员。"我们还给保护员配备了统一的编号、巡查服装、执法记录仪等，定期进行长城保护、游客劝阻等知识的培训，逐步实现了长城保护员队伍的'职业化'、'专业化'和'科技化'。"

"长城保护员在巡查过程中，发现坍塌险情，可以第一时间通过巡检仪拍照上报，我们会派专家去现场，制订抢险方案。发现文物，我们也会第一时间派人去处理。"她说。

因为拥有"最美野长城"，怀柔区成为北京6个长城区里管护压力最大的一个区。"自2016年国家文物局发布《长城保护员管理办法》后，区里高度重视，2018年专门下发了相关文件，明确了属地及相关部门的五方责任，2019年下发了《怀柔区长城专职保护员管理办法》，率先在北京地区建立起专职保护员队伍。"张彤表示。

目前，北京市已建立三级长城遗产保护管理体系，逐步实现了长城重点点段全天巡查、一般点段定期巡查、出险点段快速处置、未开放长城科

蓝天白云下的八达岭长城（新京报社供图　陶冉　摄）

学管控的全覆盖、无盲区的长城保护网络。

2021年12月，《长城国家文化公园（北京段）建设保护规划》公布，明确了北京长城"一线、五片、多点"的总体布局，其中"一线"即长城墙体遗存线，"五片"则包括马兰路组团、古北口路组团、黄花路组团、居庸路组团、沿河城组团5个核心组团片区。

按照规划，到2035年，这座没有围墙的公园将全面建成，届时，长城管理开放的长度有望达到北京长城总长度的10%左右。

规划公布以来，头号工程有序推进。"目前，中国长城博物馆改造提升项目已完成国际招标。大致计划是将既有的中国长城博物馆以及周边几处建筑，如已经闲置的金源隆酒店建筑，进行整合利用，形成一处新的中国长城博物馆。"

"未来，长城国家文化公园里还将举办一系列品牌活动，比如长城骑行、长城设计周等，将有更丰富的长城游览形式供游客选择。"北京市文物局党组书记、局长陈名杰表示。

【数说·新时代新北京】

按照《北京市长城文化带保护发展规划（2018年至2035年）》，北京市长城文化带总面积4929.29平方公里，分为核心区与辐射区，其中核心区为长城的保护范围和一类建设控制地带，面积2228.02平方公里；辐射区为除核心区以外的其他区域，面积2701.27平方公里。

近年来，北京持续向永定河生态补水。2021年，永定河865公里河道实现1996年以来首次全线通水。常态化生态补水打破永定河多年断流局面。2022年，三家店断面年径流量为3.69亿立方米，河道年径流量恢复至20世纪80年代平均水平。

自2013年起，北京市连续实施3个"三年治污行动"，开展"北运河流域水系综合治理"。如今，北运河水质全年平均达到地表Ⅳ类水标准。生物多样性逐步恢复，水生植物已多达26种，鱼、虾以及贝类等水生动物60余种，还吸引了200多种鸟类。

第三节　百年会馆　重开大戏

一座会馆就是一部生动的社会变迁史，随着社会经济发展和历史文化遗产保护意识的提高，会馆建筑及其蕴含的价值越来越受到重视，发掘和发挥其价值成为当下北京义不容辞的责任。有着3000多年建城史和近900年建都史的历史文化名城北京，至今依然留存的会馆有两三百个，仍在默默地向世人展现历史、人文、社会等多重价值，而推行的"大戏看北京""会馆有戏"等举措，激活了老会馆的新生命。

一、融同乡"情"，聚百行"艺"

会馆是北京城市发展的亲历者，也是古都文化开放融合、生生不息的重要见证。这些肇始于明代初期，由当时同籍贯、同行业之人在京城设立的为同乡、同行提供集会、寄寓的房舍，让商贾文化、饮食文化、梨园文化等各类地域文化交织融合。

北京市2021年起推进全国文化中心建设领导小组专门研究制订关于推动文艺院团演出进会馆旧址的工作方案，着眼加强全国文化中心建设，聚焦打造会馆演艺新空间，让更多文艺精品走进群众生活，形成市民喜闻乐见的文化新消费形式，繁荣兴盛首都文化，发挥会馆旧址在保留城市文化记忆、推动老城整体保护中的积极作用。

第三章　擦亮古都历史文化金名片

外乡文化相互渗透，沉淀北京包容品格

会馆的缘起，概括来说与明清以来官僚制度的发展、科举制度的兴盛、商品经济的活跃、人口流动的加速等有着密切的关系。会馆的出现，大体可追溯到明永乐年间，其主要萌生于1415年，明政府决定将3年举行一次的科举考试地点，由南京正式迁往新都北京。有资料记载，当年各省举人赴京参加"会试"，达五六千人之多，政府虽提供一定的车马费，即"公车"，但来京人员的食宿，却是一大难题。于是，为举人赴京应试"公车谒选"提供食宿之便的会馆应运而生。首先是安徽芜湖人在北京设置了第一座县馆——芜湖会馆，在此之后陆续出现的有江西浮梁会馆、南昌会馆，以及一座省馆——粤东会馆。

清初，由于满汉分城居住制度，使内城会馆尽废。此后会馆全部集中建于外城，在北京"前三门"（正阳门、宣武门、崇文门的合称）以南的中轴线两侧，成为会馆分布最为集中的地区。"大量汉族官员、士商、艺人杂居于此，构成了以中轴线为中心，对称分布于外城的居住格局。与内城的帝王文化相区别，这里形成了独特的士人文化和商人文化，是北京古都文化的重要内容。"北京师范大学文化创新与传播研究院副教授张佰明表示，许多官绅不惜重金将本地的石材、木材运到京城，按照家乡的建筑风格构造宅院，会馆建筑成为古都器物文化的重要组成部分。各地精英以会馆为据点，广泛与外方人士交往，民间文化相互渗透、彼此吸收、广泛杂糅，逐渐沉淀出了友善、包容、厚重的城市精神品格。

会馆诞生的数百年历史与戏曲有着多方面的联系，对中国戏曲的发展产生过重要影响。会馆的戏楼不仅为戏曲的发展与革新创造了条件，也为观众观戏娱乐提供了场地，正是由于各地人士对地方戏的需要，促进了多剧种进京，在繁荣了这些剧种的同时，催生出了京剧这一新艺术。据《北京会馆档案资料》序言称，北京会馆中建有17所大小不等的戏楼，其中正乙祠、湖广会馆、安徽会馆、阳平会馆的戏楼尤为有名，被称为"四大戏楼"，蜚声京城，这使会馆中人看戏有了得天独厚的条件。外地人士来京，想看家乡戏，会馆便成为大演地方戏的舞台。于是，湖广会馆唱汉剧，河南会馆唱豫剧，江西会馆唱赣剧，山西会馆唱蒲剧，广东会馆唱粤剧，安徽会馆唱黄梅戏，扬州会馆唱昆曲，河北会馆唱梆子戏，各种地方戏纷纷在同乡会馆中上演。正是会馆让各地的戏曲在京城百花齐放，给各剧种提供了彼此交流、融合的空间，促成了乾隆末年的四大徽班进京，形成了融合多剧种的皮黄戏，一个新的剧种京剧由此诞生。

"会馆也是红色文化蕴蓄之地。"张佰明表示，集中于外城区域的会馆有较为宽松的活动空间，早期的革命先驱、共产党人将会馆作为从事革命活动的重要区域，如李大钊、毛泽东、贺龙等人。1918年12月22日，李大钊与陈独秀在安徽泾县新馆创办了五四时期的进步政治刊物《每周评论》，以"反帝、反军阀、反封建思想，支持群众革命运动"为创刊宗旨，泾县新馆成为新文化运动的喉舌之地。同时，以浙江绍兴会馆为代表，这里也是近代许多名人经常活动的场所，蔡元培、钱玄同、鲁迅等都曾住过浙江绍兴会馆。其中，鲁迅在该馆的"朴树书屋"里写下了《狂人日记》《孔乙己》《药》等著名小说。

见证北京城市发展，活化利用再焕新颜

20世纪初，随着科举制度废除和清朝统治的结束，会馆逐渐退出历史舞台。中华人民共和国成立后，当年由各地自建的会馆按规定全部收归国有，成为一部分人的落脚之地。原本这些建在天子脚下不事张扬的民居式建筑，绝大多数成为百姓庭院，进而变成了大杂院。不断加盖甚至改装的屋舍逐渐湮灭了会馆原来的格局。"会馆见证了明清以来北京城市的发展，是重要的历史遗存。"张佰明说。出于保护历史遗存和活化利用的需要，北京市推进老会馆的改造，下述会馆在新世纪迎来了新的面貌。

湖广会馆，演出超过1000场。出于保护和活化利用的考虑，腾退和再利用工程自20世纪90年代就开始零星启动，第一个受益的就是位于虎坊桥附近的湖广会馆。革命先行者孙中山曾5次来到北京湖广会馆，梁启超、马寅初等均在馆内进行过相关主题演讲；许多梨园界名家，如谭鑫培、陈德霖、梅兰芳都曾在此登台献艺。1996年湖广会馆在保留原有格局的前提下，由国有企业接手对其进行修缮，恢复了戏楼演出功能，并增设了酒楼、茶楼，建起了北京戏曲博物馆。"三楼一馆"的格局对传统会馆功能既有传承又有创新，成为会馆活化利用的范例。2019年10月，湖广会馆被列入第八批全国重点文物保护单位名单。如今，湖广会馆已形成集公益功能和商业功能于一体的综合性空间，相继推出了京、津两地鼓曲名家演出专场与相声演出专场，特别是每周一次的"赓扬集"百年老票房活动，至今已演出1000多场，成为国内最大的京剧票房。此外，会馆里的北京戏曲博物馆，周末还为青少年提供戏曲研学课程。张佰明认为，湖广会馆在保持公益性的同时采取了商业化运作方式，被认为是充分展示文物历史价值、审美价值和时代价值的活化利用方式。

安徽会馆，会馆体量最大。安徽会馆作为北京现存体量最大的会馆建筑，前身是著名的孙公园，是明末清初学者孙承泽的别业。后由直隶总督兼北洋大臣李鸿章和湖广总督李瀚章主持兴修安徽会馆。1871年安徽会馆落成，耗银28000两，占地面积9000多平方米，为京师之冠。随着李鸿章的去世，加之八国联军的破坏，安徽会馆逐渐陷入困境，当时会馆与前孙公园皆被德军占用为司令部。据会馆研究专家白继增、白杰共同编著的《北京会馆基础信息研究》记载，在中华人民共和国成立后，安徽会馆中路的戏楼和后楼，曾先后做过"万人食堂"、食品厂、五金厂以及整流器厂库房，当该厂正准备改库房建托儿所时，市政协委员王灿炽得知此讯后，即提案请予以保护文物。2006年5月，安徽会馆被国务院批准列入第六批全国重点文物保护单位名单，从此之后"京城第一会馆"的腾退、保护、修缮、开放、利用等一系列工作也被正式提上日程。

正乙祠，中国戏楼活化石。据《北京会馆基础信息研究》记载，正乙祠原为明代古寺庙。清初，北京出现了银号、钱庄等金融机构，银号行业会馆应运而生。1667年由浙江绍兴钱号商人集资，利用明代古寺遗址在前门西河沿建立祠堂官舍，供奉正乙玄坛老祖，即财神赵公明。从外观看，正乙祠广梁式的大门，尺寸与一般住宅相似，但里面却藏着一座中国最古老、保存基本完好的纯木结构戏楼，它是中国历史上第一座室内剧场，被称作"中国戏楼活化石"，有着不可复制的独特文化地位。作为一座历史悠久的老戏楼，百戏之祖的昆曲曾在此作场，也见证了京剧的兴起与发展，众多昆曲、京剧大师都曾在这里演出，命运不济时也曾沦为仓库、兵营、煤铺。中华人民共和国成立后，正乙祠被改为北京市教育局招待所，20世纪90年代，一位来自浙江的企业家偶然路过，看到破败不堪、岌岌可危的正乙祠，决定独立出资修缮经营，再续老戏楼与浙商的缘分，才重新恢复戏楼本貌。2019年，北京市文化和旅游局经过深入调研后决定，将正乙祠戏楼交由北方昆曲剧院修缮、运营及使用。

台湾会馆，修缮扩建面貌新。作为在京台胞交流聚会的活动场所，由于会馆原有面积狭小、交通不便、设施陈旧，已经无法满足日益扩大的两岸经济、文化交流的需要，随着整个前门地区修缮整治工程的全面推进，2009年6月24日台湾会馆的修缮扩建工程正式开工，总建筑面积由原来的400平方米增加到3800多平方米。在原址扩建后，台湾会馆成为北京市台湾同胞联谊会直接管理的对台交流中心，于2010年开幕，成为大陆与台湾友好往来的重要文化空间。

临汾会馆，对外展陈已6年。在三里河周边的26处文物中有18处会馆。为保护这些古都文化的精髓，北京近年来对前门东区包括老会馆在内的文物进行腾退、修缮利用，不仅使这些会馆、历史遗迹在新时期有了新功能，也大大改善了前门地区的历史风貌。距离颜料会馆不远处的临汾会

第三章 擦亮古都历史文化金名片

北京多个会馆在修缮后恢复演艺功能,图为颜料会馆修缮前及修缮后外景对比(张佰明供图)

馆,位于西打磨厂街105号。据记载,此地原是山西临汾县纸张、颜料、干果、烟行、杂货五行商人的会馆。据中国第一历史档案馆1906年民政部档案全宗和1947年北平市政府社会局调查登记表记录,该馆系明初建造。该院落原为居民院落,于2015年完成了腾退修缮。2017年8月1日,临汾会馆作为北京首家会馆文化陈列馆对外开放。

颜料会馆,历经风雨四百年。与前几座京城著名的会馆相比,位于寸土寸金的北京前门大街与草厂胡同之间的颜料会馆,似乎有些鲜为人知。这座历经四百年历史的古建筑,很长时间以来,仿佛被"冻龄"一般,在安静恬淡的青云胡同里静静地注视着首都功能核心区的人来人往。颜料会馆由山西省平遥县颜料、桐油行在京商人集资创建于明代中叶，是京城创立最早的晋商会馆之一。修缮前戏楼曾为青云旅馆，四周及二层均为旅客住房，部分房舍为民居。2009年，天街集团按照历史风貌对颜料会馆进行了恢复性修建，为最大限度恢复会馆戏楼传统风貌、保存历史信息，在修缮前拆除私搭乱建，并对文物本体进行详细勘察，逐一确定原始木构件的使用状态，于2010年完成修缮并验收。从2022年开始，一群喜爱相声的北京孩子组成的新兴相声团体"大逗相声"经常在颜料会馆进行专场演出。在此后，戏曲、曲艺等众多类型的演出在这里上演。

二、三大计划"唤醒"会馆

党的十八大以来，习近平总书记多次就保护好北京历史文化遗产这张金名片作出重要指示："北京历史文化是中华文明源远流长的伟大见证，要更加精心保护好，凸显北京历史文化的整体价值，强化'首都风范、古都风韵、时代风貌'的城市特色。"文艺院团演出进会馆旧址不仅是首都文化建设的创新之举，也是会馆核心功能被废止近百年之后，在新时代会馆被活化利用、重焕文化活力的第一步。2021年7月以来，北京市确定了7个会馆旧址作为"演出进会馆"的承载地。众多会馆以这种方式集体亮相，这在会馆核心功能废止后的近百年尚属首次。那些对会馆怀有深厚情感的人有理由相信，会馆重生的时机已经到来。

"活化利用计划"：腾退不合理使用建筑

2020年初，国家文物局发布《文物建筑开放导则》，明确提出"鼓励所有文物建筑采取不同形式对公众开放"，"鼓励开展公众参与、体验、互动式活动"。2020年4月，北京市发布的《北京市推进全国文化中心建设中长期规划（2019年—2035年）》明确规定："利用中轴线文物腾退空间，优先用于补充公共功能，因地制宜建设博物馆、纪念馆、文化馆、艺术馆、图书馆等文化设施，使中轴线历史文物和文化资源焕发时代活力。"规划明确提出北京要重点建设"五都一城两中心"。其中，"五都"即为设计之都、影视之都、演艺之都、音乐之都、网络游戏之都。3年后，"着力打造'演艺之都'"首次写入北京市人民政府工作报告。

北京师范大学文化创新与传播研究院副教授张佰明介绍，早在2019年，北京市西城区便在全市率先出台《北京市西城区人民政府关于促进文物建筑合理利用和开放管理的若干意见（试行）》（以下简称《若干意见》），明确了文物建筑社会化利用基本方向、基本原则和管理机制，明确了谁利用谁负责，展示文物建筑的文化和历史的责任。以《若干意见》为依据，2020年1月，西城区首批歙县会馆等7处腾退文物建筑活化利用计划向社会发布。经综合预审及专家评审，共有6个文物建筑确定了利用单位及利用方向。歙县会馆用于建设中英金融与文化交流中心；晋江会馆用于建设林海音文学展示中心；梨园公会用于建设京剧艺术交流传播及孵化中心；西单饭店旧址用于建设多功能复合型文化艺术空间；聚顺和栈南货老店用于建设糖果主题阅读+糖果体验空间；新市区泰安里用于建设泰安里文化艺术中心；等等，并实现落地签约。在此基础上，2021年，西城区继续开展文物建筑活化利用工作，针对京报馆、梅兰芳祖居、杨椒山祠等10处文物建筑空间，再度发布了西城区第二批文物建筑活化利用计划。

据统计，"十三五"时期，西城区实施文物保护"三解工程"（解危、解放、解读），开展了"五个一批"工作（腾退一批、修缮一批、合理利用一批、新增认定一批及筹建开放一批），启动了中华人民共和国成立后规模最大的直管公房类文物腾退工作，涉及52处、总投入45.27亿元。截至2021年1月，总体腾退比例达92%，其中完全腾退项目33个，一批长期以来不合理使用的文物建筑被解放出来。

"会馆有戏":会馆演剧功能复归

会馆承载多样的地域文化,是历史留给北京独特的文化遗产。2020年,东城区编制出台《贯彻落实"崇文争先"理念 进一步加强"文化东城"建设的实施意见(2020年—2025年)》,为推动老城保护与复兴建设所提出的"一轴、两区、五带、五城"文化布局中,"五城"即包括重点打造"戏剧之城",联动全区各类剧场、文艺演出团体,构建演艺全产业链生态,同时对文物保护利用、焕发新时代价值提出明确要求,努力实现让文物保护成果惠及更多人民群众,以会馆为代表的文化空间对于东城走出一条以文化为底色的创新发展之路具有重要意义。

2021年7月,时任北京市委书记蔡奇调研北京文艺设施建设时提出,要深化市属文艺院团改革发展,积极推进文艺设施建设,努力创作更多精品力作,打造"大戏看北京"文化名片,为建设全国文化中心作出新的更大贡献。

戏楼版《牡丹亭》令人耳目一新(新京报社供图 王嘉宁 摄)

同年8月，他调研前门地区时指出："要保护好历史文化，加强文物史迹、胡同、四合院、会馆等保护利用，盘活历史建筑，让文物'活起来'。"

为此，北京市推进全国文化中心建设领导小组研究编制了《关于推动文艺院团演出进会馆旧址的工作方案》，提出打造会馆演艺新空间。湖广会馆、颜料会馆、临汾会馆、台湾会馆、福州新馆、正乙祠等一批会馆先行先试，希望通过推动文艺院团演出进会馆旧址，进一步拓展会馆旧址活化利用途径，更好发挥中轴线文化功能。在持续打造"会馆有戏"文化品牌的同时，形成"大戏看北京"、好戏在会馆的生动局面，大力推动"会馆有戏"演艺新空间业态发展。也就是在这一年的9月，由北京市委宣传部主办，东城区委宣传部、西城区委宣传部、北京演艺集团承办的"会馆有戏"系列演出之"遇见湖广"拉开帷幕。自此"会馆有戏"全面开启，一批量身定制的"小而美""小而精""小而雅"演出节目在不同会馆上演，让百年戏台再现光影，沉睡文物焕发新生。

会馆天然具备"有戏"的功能和基因，如今的"会馆有戏"活动是对会馆演剧功能的现代复归，有助于激活北京演出团体的存量演艺资源。会馆作为庞杂多元戏剧演艺空间的有益补充，是繁荣北京戏剧产业的又一创新尝试，"会馆有戏"文化品牌是擦亮"大戏看北京"特色文化名片的自然延伸。

《若干措施》：突破会馆活化边界

2022年2月，东城区编制出台《东城区推进"会馆有戏"建设工作实施方案》，在盘活资源的同时，继续开展试点探索，梳理全区会馆旧址总体情况，选取颜料会馆、临汾会馆、台湾会馆、汀州会馆为首批试点，完善常态化演出条件，联动推出主题演出。对会馆建设进行了整体规划设计，引导优质演艺资源注入，让"会馆"更"有戏"。

在前期会馆文化资源转化与利用的基础上，东城区发布《关于进一步焕发东城区会馆文化活力的若干措施》(以下简称《若干措施》),坚持四个原则、提出五大发展愿景、明晰18条落地举措,提出将对前门东区37处会馆旧址"一馆一策"活化利用,吸引各地驻京办、商会及其他社会力量进驻,将其打造成各地文化交流互鉴的"会客厅",集萃中华文化的"百花园"。在18条落地举措中,东城区提出将分类研究37处会馆旧址修缮利用情况,对已腾退修缮的会馆旧址加强资源整合与注入,对未开发利用的会馆旧址整体制订修缮计划与利用方案。具体来说,对于运行成熟的临汾会馆、颜料会馆,深化其"有戏"内核,打造前门东区会馆演艺生态圈。而对于韶州会馆、汀州会馆等尚未开发利用的会馆旧址,通过省市联动,引导支持各地文化单位、商业机构、社会组织等参与会馆旧址的资源开发与运营,打造汇聚优秀文化资源的平台。

作为全市首个聚焦会馆片区建设的创新政策,《若干措施》在前期"会馆有戏"的试点探索基础上,进一步突破会馆活化的边界,探索连接更多文化资源与要素,推动"文物真正活起来,火起来",促进传统文化街区更新,努力让会馆更出戏。"《若干措施》的出台是更进一步地发展全民参与活化利用,而且将全民从北京市域的范围推向了全国各个行业,让他们来参与北京的文化建设和全国的文化联动,这是非常大的创新。"北京清华同衡规划设计研究院遗产四所所长阎照说,在《若干措施》里,突出了要面向全国各个行业,包括驻京办、商会、演艺行业和文化事业单位等,全面邀请他们参与到活化利用中间来,这是一个非常好的举措:"整个措施还出台了包括强调要有准入门槛、行业细则等,为我们未来会馆活化利用的方向,提出了非常明确的指引,也为后续愿意参与文物活化利用的人提出了非常明确的指引。最后《若干措施》里还强调了非常多的保障措施,包括资金的保障,制度的保障。"

《若干措施》明确提出将与各地联动,把当地特色原创文化产品、戏剧、经典剧目等引入会馆旧址展演展示,同时打造文化衍生品创新孵化平台，加强会馆历史文化的艺术转化，推出融合多元文化内涵的系列经典文艺作品。这些举措将会吸引会馆原发地人群和关联人群，助力区域打造成具有独特品质和调性的新消费场所，以自己家乡地名命名的历史建筑寄托着游子的乡愁、乡情，到这些会馆打卡将会成为新时尚。

三、会馆文化复归，助力经济发展

自2022年修缮一新的正乙祠重新开张以来，这里时隔数年再度恢复了往日的喧嚣。从正乙祠版《天官赐福》到《墙头马上》《怜香伴》，以及梅兰芳纪念馆、报国寺、正乙祠联动创排的"会馆有戏"系列剧目：《遇见梅兰芳》之《游园寻梅》、沉浸式曲剧《茶馆》，"会馆有戏"让这座拥有300多年历史的戏楼重焕风采。

北枕国家大剧院，东望前门大街，西邻宣武门天主教堂，南接琉璃厂文化街，正乙祠戏楼所处的前门西河沿街算得上是占尽了地利。北方昆曲剧院自1957年成立以来，60多年里始终没有一座属于剧院的演出剧场，随着正乙祠重新开张，终于有了一个可以自己使用的演出平台，这是一种相互成就的结果。

从2019年正乙祠戏楼正式交由北方昆曲剧院修缮、运营及使用开始，北方昆曲剧院对正乙祠戏楼的工作高度重视，多次协调推进对正乙祠的加固、重装工作，组织多方力量研讨探索如何用好、用活这座殿堂级的文化"活化石"。北方昆曲剧院党总支书记孙明磊介绍，正乙祠自启动修缮以来，根据文物专家前期的勘验所提出的问题，分别对戏楼因舞台灯光设备所造成的承重、戏楼的安全用电等问题进行了大规模的加固与改造，解除了相关隐患，让戏楼整体得到了更为安全的保护。同时按照古建筑"修旧如旧"保持原貌的要求，正乙祠也进行了彩画补彩和重新粉饰，从会馆修缮的角度，孙明磊一直秉承着一个坚定的态度："正乙祠的修缮与加固没有终点。

正乙祠戏楼在2022年修缮后重张（新京报社供图　郭延冰 摄）

最好的文物保护是边使用边修缮，正乙祠未来也要走向这样一条路，只有让更多的观众走进来，才能让正乙祠产生实际的社会价值，自主产生造血功能，将来再去不断地完善。"

一说起正乙祠，北方昆曲剧院导演、正乙祠戏楼总经理张鹏眼里便闪现着光彩，"小而美、小而精是正乙祠戏楼在北京众多会馆中的优势"。张鹏希望，未来人们来到这里不仅仅是看一座存在了300多年的戏楼，还应从中体验到更多中西结合多元文化与新潮流的碰撞，甚至成为古戏楼界的"国家大剧院"。张鹏表示，众所周知在国家大剧院演出的所有作品，首先是具有一定的艺术性，这个标准也可以看作并不是任何一类作品都可以在那里进行演出。那么既然要推动"会馆有戏"，究竟什么样的"戏"才配得上正乙祠300多年的底蕴？张鹏认为，必然要选择与优秀的艺术家合作，去创造出更多的艺术精品。让观众从走进正乙祠的那一刻起，就能感受到这里独有的文化气息，最终成为一种不可或缺的生活状态。"虽然正乙祠叫戏楼，但我们对于它的定位不只有戏，其实任何一种艺术表现形式，当它融入正乙祠的气场里，完全可以改变原有艺术气质。既然戏曲可以走进西方的剧场，为什么西方的艺术形式就不能走进我们传统的戏楼，互相产生出一些新的化学反应。"

提起"会馆有戏"，"会馆人"心中有自己的蓝图："依托正乙祠戏楼，将传承600多年的昆曲艺术与300多年的古戏楼完美结合，展示中华优秀传统文化魅力，发挥好中轴线文化功能，进而带动整个前门地区的经济发展。"孙明磊坦言，"会馆有戏"的高明之处在于，持续让各个院团出人、出戏、出精品，这无论对打造"大戏看北京"名片，还是与刚刚提出的建设"演艺之都"来说，都是一个强有力的助攻。

湖广、安徽会馆：建立"展演一体会馆文化中心"

在北京"四大会馆戏楼"中，湖广会馆和安徽会馆均为全国重点文物保护单位，由天桥盛世集团负责管理和运营。据会馆研究专家白继增、白杰所著的《北京会馆基础信息研究》统计，西城区在历史上曾有672座会馆，现存会馆建筑达189座，为北京市现存会馆最多的城区，其中湖广会馆作为北京乃至全国会馆的代表，依托自身优势条件，逐步塑造为全国会馆文化运营的品牌。2022年3月湖广会馆开始全面修缮，2023年9月重新开业。天桥盛世集团党委副书记、董事、总经理徐晓辉讲述了未来会馆活化利用与"会馆有戏"的规划与发展情况。

徐晓辉认为，"会馆有戏"文化惠民品牌的打造，为文物空间的使用开创了新路径。会馆的主要资源为传统建筑环境与其无可替代的历史文化内涵。安徽会馆、湖广会馆分布在中心城区，拥有优质的文化、人物、行业

IP的塑造价值，拥有相应的人群基础，便于形成品牌形象。"会馆有戏"文化品牌有助于安徽会馆、湖广会馆挖掘会馆区域文化，突出各自特色内容，打造区域不同会馆载体功能的联动。结合区域其他空间，打造会馆文化及旅游路线，未来安徽会馆、湖广会馆等会馆一定会成为文旅项目的重要载体。

湖广会馆未来定位为"中国优秀文化传承创新典范"，将被打造成为"中华优秀传统文化传承发展"的金名片。以充分保护、合理利用、文化典范为原则，树立文物活化利用和院团合一的新样板，建立传统文化传承基地、复兴文化展示基地、文化艺术交流基地。打造北京"展演一体会馆文化中心"，形成北京文旅产业地标项目。湖广会馆未来演出以弘扬国粹京剧为主要内容，结合沉浸式演出形式，打造戏楼版经典剧目，成为世界各地观众来到北京后体验戏楼版京剧的最佳选择。安徽会馆定位则是"文化运营重要的延展空间"。在未来运营中，合理利用其自身条件优势的同时弥补不足，将安徽会馆与湖广会馆形成功能和业务上互补与整合。集文化体验、教学培训、文化交流三个板块于一体，并联合湖广会馆形成文化产业运营

2021年10月10日，安徽会馆将古戏楼作为表演空间，与北方昆曲剧院合作，在自然光线的条件下，演出观其复版昆曲《怜香伴》（梁钢　摄）

中展、演、体验、教学、研究交流五个重要功能的实现，从而实现运营体系的建立。未来将把安徽会馆打造成为西城区、北京市、最终成为国家级的戏曲文化艺术展示、教育、体验中心，成为戏曲文化城市名片，实现社会效益和经济效益双赢。

要真正达成"会馆有戏"这个标准，还有许多方面需要进行完善与拓展。首先要提高社会各界的会馆保护意识，加强对会馆研究、宣传推广等方面的工作，让更多的人认识会馆、了解会馆，促进大家共同把会馆研究好、保护好、利用好、传承好。在打造文化精品内容的同时，还要加大"会馆有戏"文化品牌的影响力和渗透力，让"会馆有戏"成为市民文化休闲生活中重要的组成部分，让更多的人喜爱会馆，让"会馆"更"有戏"。为了项目内容能够落地实施，还需要政府协调相关部门，完善大部分会馆的演出、培训等相关运营资质。同时，需要加强对会馆硬件设施建设和完善周边环境规划设计。目前在文物空间运营等方面尚缺乏专业人才，在使用过程中，不能开展专业化的文物保护和利用，会严重影响文物的使用价值，需加强专业人才队伍的建设。从目前来看，文物保护与利用发展不协调，需要找到保护与利用二者的平衡点，关键把握好"度"，既不能过度开发使文物难以存续，也不能过度保护使其丧失活力。保护与利用并举，才能实现文物可持续传承。

随着湖广会馆完成全部修缮工作，中山会馆2024年收回自主运营、安徽会馆清退完成后，集团将明确各处会馆的运行需求、定位，统筹规划资源与内容，研究如何形成北京古都文化中一段富有特色的会馆文化线路，让研究成果为企业宣传、社会责任、会馆运营工作服务。

四、地方戏曲北京续缘，演出资源汇聚戏楼

"会馆有戏"系列演出以一两百年甚至更古老的会馆为载体，汇聚北

京优质戏剧戏曲演出资源，着力探索传统戏曲的时尚表达，一场场"小而精""小而美"的精彩演出让古老会馆再现勃勃生机。随着北京市、区两级政府部门陆续出台相关政策，"会馆有戏"品牌活动在更多会馆中陆续开展。同时，多个会馆初步探索出相对成型的运营模式，为更多会馆加入"会馆有戏"活动提供有益参照。

一是湖广会馆"经典大戏"模式。湖广会馆于1996年重新开放至今，经过二三十年的探索已形成高度商业化的成熟运营模式，高大宽敞的戏楼辅以就餐、品茶、展览等配套服务，空间完整且功能完备，有整本演出经典戏曲的丰富经验。在2023年完成国保大修重新投入使用后，题材宏大、观众上座率高的传世经典剧目会在此重张上演。未来将会与相隔约600米且同为"四大会馆戏楼"的安徽会馆联动，共同为京城百姓奉献精品"大戏"。

二是颜料会馆的新京味、多形态演出模式。颜料会馆作为具有三个半

2022年4月10日，梅兰芳纪念馆，海棠树下，观众观看专业京剧演员现场演绎的梅派经典《天女散花》选段，感受京剧的魅力（新京报社供图　王嘉宁　摄）

世纪的商业会馆旧址，活化利用空间和激发市场活力的潜力更大，多元文化体验辅以新京菜的特色餐饮，让颜料会馆成为前门以东三里河地区的新网红打卡地。颜料会馆的演出内容除传统曲艺、折子戏之外，还引入了相声、脱口秀等为年轻观众喜闻乐见的演出形式。沉浸式话剧《城南旧事之评书传奇》作为首部驻场演出戏剧在此试演，力图将古建历史文化与地方记忆有机融合。未来还将引入更多的新型演艺形式，如小型音乐剧、名著金曲演唱会等，进一步强化颜料会馆"年轻态"的文化消费调性。

三是正乙祠的驻场演出模式，由专业院团北方昆曲剧院驻场运营，基于特色剧种、经典剧目打造戏曲产业链条，举办诸如戏曲名家讲座、沉浸式剧目创排等活动，同时涵盖特色的文创产品设计和销售等，增强正乙祠对昆曲爱好者圈层的黏性。

四是福州新馆定制会馆版剧目模式，通过对舞台版同名经典剧目《林则徐在北京》的适应性改编，将历史事件与文物建筑完美融合，在全国禁毒教育基地上演禁烟历史大戏，形成了独特的场景化定制模式，成为"会馆有戏"真正落地的典范。

会馆在漫长的变迁中沉淀了丰富多样的历史文化内容，东城、西城多个会馆各具特色，如现存最大的会馆戏楼阳平会馆，"公车上书"核心策源地杨椒山祠，作为康有为故居的南海会馆、谭嗣同旧居的浏阳会馆、鲁迅旧居的绍兴会馆，具有鲜明闽南特色建筑样式的福建汀州会馆北馆等。会馆积淀了丰富多样的文化养分，未来如能结合历史人物和事件创排特色剧目，主打原生内容的戏剧戏曲演出将为首都文化增添别样光彩，如在杨椒山祠重现清末各地举人"公车上书"的历史光影，在绍兴会馆展示鲁迅为新文化运动摇旗呐喊的求索历程，在阳平会馆再现山西梆子精品演出盛景等。未来可进一步规划"前门东—大栅栏—琉璃厂—宣西—法源寺"一线多点串联而成的"会馆文化带"，将有助于汇聚更多文化精品演出，带动老城文化消费升级。

丰富多元的地方文化基因构成了会馆独具特色的文化标签，让会馆原发地再度参与到北京会馆的运营中,将地方戏曲元素植入其中,用乡情吸引在京游子亲近会馆,将为"会馆有戏"拓展新的发展空间。北京市如能在未来出台统一政策,推动更多会馆原发地省市积极参与会馆文化空间的原生态利用,合力建设集萃中华优秀文化的"百花园",无疑会在京地深层互动中迸发出更为璀璨的文化之光。

【数说·新时代新北京】

从明朝初年创建,到清朝中期进入鼎盛时期,北京的各类会馆有1000个左右,房屋多达几万间。不但建立了省馆,各州府郡县也纷纷将本地的名字书写在都城的各色建筑上,鼎盛时期会馆覆盖地域涉及清代23个省1700多个县。其中,西城区在历史上曾有672座会馆,现存会馆建筑达189座,为北京市现存会馆最多的城区。

党的十八大以来,习近平总书记多次就保护好北京历史文化遗产这张金名片作出重要指示。北京市积极响应,在中长期规划中明确提出北京要重点建设"五都一城两中心",随后北京各城区开启解放长期以来不合理使用的文物建筑工作,如西城区总体腾退比例达92%,东城区提出分类研究37处会馆旧址修缮利用情况,对已腾退修缮的会馆旧址加强资源整合与注入。

2022年,包括正乙祠、湖广会馆、颜料会馆等在内的多个会馆修缮后重新开张,在文化名片"会馆有戏"的激活下,北京居民愿意推荐会馆的人数比例高达87.5%,超64%的观众对会馆历史抱有浓厚兴趣,97%的观众愿意在会馆中消费,会馆焕新,老城文化消费得以升级。

第四节　历史坐标　古都脊梁

作为历史文化名城，北京不仅拥有世界上规模最大、保存最完好的古代皇家建筑群，还拥有数量巨大的各类古建。据第三次全国文物普查成果，全国共登记不可移动文物766722处（不包括港澳台地区），其中北京有3840处。近年来，北京完成了多处文物古建的修缮和活化利用："白塔寺再生计划"稳步推进，"京西小故宫"万寿寺迎来百年大修，书店和图书馆进驻部分文物建筑，有"古都脊梁"之称的北京中轴线也得到了精细治理和科学保护，实地测绘、规划设计、文物腾退、街区整修。力求还中轴线历史原貌，让更多人感受古都的魅力和文化内涵。

一、妙应白塔：穿越千年的风铃声依旧悠扬

阜成门桥两侧，北京城古今交织。高楼大厦鳞次栉比，是人流、车流密集奔往的地方，而另一边，平房胡同建筑密布，妙应寺白塔巍然屹立。

这座建成于1279年的元代白塔，是国内现存年代最早、规模最大的藏传佛教佛塔，因塔体皆白，俗称"白塔"。1961年，它被列为第一批全国重点文物保护单位。

历经地震、战乱和岁月的磨砺，白塔仍然相对完整地保留了下来。2015年11月，白塔修缮工程完工；2020年12月，白塔中路文物建筑修缮工程完工。近十年的这两次修缮工程，均是改革开放之后规模最大、最细致

2023年3月27日，白塔寺东夹道，市民们在一家咖啡店的屋顶平台享受午后阳光（新京报社供图　薛珺 摄）

的文物保护实践。

如今，白塔成了北京城最古老的建筑地标，也是老北京城市记忆的重要部分。

历经沧桑的白塔寺

北京人朱宝兰家里放着一排照片，画面里，她的儿子和伙伴们转呼啦圈，骑着摩托沿红墙穿行。年岁增长，图像从黑白变为彩色，但都有白塔的影子。

1983年结婚后，朱宝兰便和丈夫住进了这个紧挨着白塔的胡同。每天在胡同里进出，历史就这样自然而然地落到了他们的心中。

1271年，元朝在金中都城东北营建大都城，开启了北京作为首都的历史。元世祖忽必烈亲自勘查选址，敕令在辽塔遗址的基础上建造白塔，由尼泊尔工艺家阿尼哥主持设计建造。建成后，这座当时北京城的最高建筑，成了神权与政权的象征。

到明朝"景泰八年,宛民郭福请于朝,修寺",并由明英宗赐名"妙应寺"。到了清朝,康熙和乾隆两位皇帝都曾斥巨资修缮该寺院。因塔身通体皆白,现以"白塔寺"闻名世间。

岁月曾让白塔寺饱受磨砺。1900年,八国联军入侵,白塔寺毁坏严重,后各界人士多方捐资重修。民国时,军阀连年混战,白塔寺越发凋敝。迫于生计,寺内僧人出租了庙产,每月农历逢五逢六举办庙会。

新中国成立后,白塔寺庙会依然定期举办,深受老百姓的喜爱,当时流行的儿歌唱道:"你拍四,我拍四,老太太爱逛白塔寺。"

为白塔"疗伤"

白塔并不是一直像现在这样通体雪白。

2003年,刚大学毕业的赵煦进入白塔寺管理处,主要负责文保修缮。在他的记忆里,那时的白塔塔身布满了裂痕,表皮还有些斑驳,遇到大风天,皮会掉到地上。

2010年底开始,白塔寺管理处开始筹备修缮白塔。北京建工建筑设计研究院的修缮工程师熊炜以总设计师的身份加入其中,带领北京北建大建筑设计研究院有限公司的团队,开始介入白塔保存状况的勘查工作。

2013年5月,白塔修缮工程被列入北京市文物局中长期修缮项目并正式动工。这距离白塔上一次大修,已经过去了35年。

熊炜和同事们发现,白塔经年累月地裸露在外,塔身砖块含水量很大,这让表皮破损格外严重。他们决定先给白塔"除湿",即降低塔覆钵砌体表面含水率,从而在修补时增加抹灰的附着力。光是塔身的晾晒,就持续了一年左右的时间。为了填补缺损,添配的砖都是用传统工艺烧制出来的,与旧砖的物理性能相近,而抹灰的材料,也是传统工艺制成的白麻刀灰,能有效缓解墙面因收缩或灰浆失效产生的裂缝程度。

经历了三年的晾晒、补砖、抹灰等过程，修缮团队修补了近80%覆钵表面积的砌砖，添配新砖1万余块。2015年11月，妙应寺白塔修缮工程正式完工。在此次修缮过程中，除了塔身表面残损的问题，须弥座和覆钵体外层塔砖酥松的问题也被解决。此外，修缮团队对覆钵表面7道铁箍进行了除锈、紧固，解决了柏木筋支撑不够的问题。而实测白塔通高为51.38米，也纠正了以往不准确的记载。

据妙应寺白塔管理处介绍，这次修缮，是继1753年和1978年两次大修之后规模最大的一次。

老照片还原白塔寺原貌

白塔修完了，寺内大殿却又出现了状况。

2016年夏季，北京地区持续强降雨。白塔寺"二殿"大觉宝殿、"三殿"七佛宝殿、"四殿"具六神通殿都发生了渗漏，严重影响屋内的文物展品和用电安全。

白塔寺管理处立刻找来专业技术团队。经过数字技术的"问诊"，他们发现大殿大木结构已经发生变形，而中路其他文物建筑的屋面也陆续出现了漏雨的情况。2019年6月，白塔寺再度启动文物修缮工程，并对外暂停开放。这次大规模修缮主要针对白塔寺中路文物古建筑修缮和彩画保护，包括大白塔前的4处佛殿。

本次修缮继续遵循不改变文物原状、最低限度干预及最大程度保护的原则。熊炜记得，在修缮时，他们会尽力保留原有的构件，比如当时为了修缮屋顶，需要揭下上万片瓦，再修整内部的木结构。为了精准复原，工作人员会将重要瓦件编号记录，等到重新铺瓦时，再按照原来的记录，将原瓦件安装回去。对于变形的建筑构件，也尽可能不去替换，而是尽力恢复原样，阻止变形进一步发展。

针对妙应寺中路4座主要建筑上残损严重的外檐彩画，熊炜查了很多

第三章 擦亮古都历史文化金名片

宫门口西岔，老街坊在胡同聊天、晒太阳（新京报社供图　薛珺 摄）

历史资料，也跑了很多拍卖会和小摊，收集到上百张散落在民间的老照片，在专家的指导下进行重绘、修缮。

"救治"工作持续了两年，2021年6月10日，742岁的白塔重新迎客。开放首日，白塔寺便迎来了上千位游客。

白塔寺再生计划：保留老北京市井气息

十年两次大修，"白塔确实更白了"。作为住在白塔附近的一名普通市民，这是贾小帆感受最明显的变化。

此外，她住了一辈子的胡同也有了天翻地覆的变化。白塔寺街区总占地面积约37公顷，是北京老城25片历史文化保护区之一。过去，由于私搭乱建，导致白塔寺街区内22%的胡同宽度不足3米，20%的路口断头，70%的居住建筑质量堪忧，68%的住户忍受着没有户厕的不便。

如何让白塔寺地区的古院落群在保留市井气息的同时，进行现代化的改造升级，成了一个难题。西城区政府立足区域特点，于2015年与北京华融金盈投资发展有限公司合作，启动"白塔寺再生计划"改造方案。人口疏解、房屋腾退、院落更新、胡同整治，一系列工作扎实推进。

这些落在贾小帆的眼里，就是土夯的墙变成了水泥砌成的红墙，坑洼不平的路面变成了规整的水泥地，夜里的路灯亮得更多了，就连胡同里的公共厕所也变多了，"里面甚至还有空调，冬暖夏凉"。朱宝兰在二楼天台摆放了几张桌椅，家人常坐在那里品茶赏塔。这在过去是无法想象的——电线杂乱搭建，把天空和白塔遮挡得只能隐约可见。

这些年，北京市政府始终高度重视老城保护与复兴。2020年8月4日，时任北京市委书记蔡奇察看白塔寺修缮工程进展时指出，保护好老城是我们的历史责任，要统筹抓好风貌保护、街区更新和民生改善工作，动员社会广泛参与。

如今，白塔寺开始在社交媒体上出圈。这里被称为"最具市井气息的京味儿胡同"，大家分享着拍摄白塔寺的机位：正门、东夹道、宫门口东岔、咖啡馆露台……

来白塔寺的人越来越多。2023年3月15日下午，游客朱文文手里拿着一个"香泥白塔"，这是以白塔为原型等比例缩微的香薰产品。白塔寺管理处公众服务组组长康蕾说，好几款文创产品长期处于脱销状态。她相信，白塔寺的历史文化正通过这些途径被人们记住。

一阵风吹过，"叮叮当当"的响声传来。"什么声音？"南方口音的游客四处张望。

贾小帆再熟悉不过了。20世纪刚搬来时，她就听到了这样的声音。当时，她抬头望天，36只铜铃悬于50米高空，从740多年前开始，它们就悬挂于塔顶，日夜迎风摇摆。声音穿过胡同里土夯的墙，越过横七竖八的电线和建筑，抵达她的耳朵。

她停下了和邻居的聊天，指指红墙上方的白塔，"那儿呢！穿越千年的铃声儿"。

二、万寿寺百年大修，"京西小故宫"重获新生

拥有双重身份的百年古刹正重焕光彩。

长河边上，立着"北京艺术博物馆"的牌子，红墙灰瓦山门上挂着"万寿寺"匾额。走进山门，红墙琉璃瓦下，白玉兰正在盛放。左侧的鼓楼内，墙面装饰着大运河元素的古画，重现"水上御道"历史风貌。

万寿寺始建于1577年，占地3万多平方米，是集皇家寺院、园林、行宫于一体，中、东、西三路建筑相毗邻的大型古代建筑群。1987年，北京艺术博物馆（以下简称"艺博"）在此正式成立，隶属于北京市文物局。

这里曾是皇家礼佛祝寿的场所，也曾作为慈禧太后的行宫，历经4次大修。2017年，北京市政府加大文物保护的力度，万寿寺迎来了第五次大修。万寿寺之前的4次修缮都是为了服务皇家，而这次修缮是为了加强文化遗产的保护。

历经5年的修缮，万寿寺80%的古建重获新生，修缮面积接近1万平方米。重新开放的展厅和院落面积增加近一倍，馆藏的12万余件文物也有了更多的展示空间。

百年大修的契机

2022年9月16日，时隔5年，万寿寺再次与新老朋友们相见。

山门是进入万寿寺的第一站。红墙灰瓦，上面悬挂着蓝底金字"敕建护国万寿寺"匾额，这是1645年顺治皇帝御赐的。以前这里是乱哄哄的售票处，经过拆除和修缮，上方被遮挡的壁画重现：蓝天流云间，近百只描金红色蝙蝠自由飞翔，寓意"洪福齐天"。

"这次修缮凸显了国家对文化遗产的保护和重视，不仅要将古建筑所蕴含的历史信息和价值完整地保留给后代，更希望这些文化遗产能更好地为

万寿寺山门，悬挂着"敕建护国万寿寺"匾额（新京报社供图　王贵彬　摄）

公众服务。"艺博馆长陈静介绍。

百年大修的契机是各项政策支持。党的十八大以来，北京市财政拨付文物保护资金逐年加大。2015年5月，北京市文物局下发《关于开展古建筑类全国重点文物保护单位重大险情排查工作的通知》，艺博对馆内所有古建筑进行了检查，随后制订保护方案上报。

"检查发现古建主要存在屋面漏雨、木构件糟朽、油饰和彩画褪色、地面破损严重等问题。"艺博工程部主任段海师当时负责古建检查，后又担任修缮项目部主任。

2017年7月，时任北京市委书记蔡奇就推动大运河文化带保护利用工作调查研究。第一站便来到了"运河第一闸"广源闸和"京西小故宫"万寿寺。蔡奇强调，要深刻学习领会习近平总书记重要指示，以高度的历史使命感推进大运河文化带建设，进一步擦亮世界认可的国家文化符号。

段海师回忆，正式修缮前的工作大概准备了两年，"刚开始，我们只打算修中路，后来北京市文物局给予了大力支持，才开始准备全面的大修"。

2018年3月，万寿寺修缮正式开启。这座百年古刹的上一次修缮，还是在1894年清代光绪年间。

"不改变原状"

古建修缮并不容易，"不改变原状"的原则体现在每一处细节中。

修缮的点滴也被记录并展出。大禅堂后檐墙是"大修实录"展览，玻璃柜里摆放着老旧的构件和修缮工具，墙上挂着相应的介绍。这些展品都是本次修缮中更换下来的木构件、脊饰构件和砖瓦构件，一旁还有修缮前后对比、古建修缮传统工艺的视频等。

在一根糟朽的大梁旁，写着"偷梁换柱"的建筑典故。一位游客观看后感慨："原来'偷梁换柱'还是一种施工方法。"

"'偷梁换柱'，是指古代工匠对建筑进行大修时，在不触动整体结构的情况下，更换大梁或柱子。"段海师讲解，展出的大梁是在修缮万寿阁时换下来的，用的是"打牮拨正"的传统技艺。

如果柱子根部的糟朽程度较轻，工作人员则考虑"墩接"，即截掉糟朽部分，再换上新的木料，并用铁箍加固。段海师介绍，如果墩接的高度超过原柱子的1/3或1/4，或者超过柱子半径，才会考虑换掉整个柱子。

"尽量保留老构件，即便是更换的新料，我们用的也是同种规格同种木材。"段海师等一线工作人员希望最大限度保留古建的历史信息。北京市文物建筑保护设计所的古建筑修缮工程师周颖介绍，这次万寿寺的修缮几乎使用的都是传统工艺。古建专家王世仁也曾表示，修古建筑并不仅仅是修缮古建筑本身，而是修文化，而且要带着对历史的敬畏。

王丹是前任艺博馆长，深度参与了万寿寺的修缮，她还主持过北京五塔寺和智化寺的大修。"把握审美的度也很重要，例如佛像要修到什么程度，是金光闪闪的美，还是古朴斑驳的美？"至于那些毁坏较严重的构件，要恢复"原貌"并不容易，还需要查找老照片和古籍上的文字记录等，或者参考其他建筑群中的同类建筑。

"大修实录"展览前，游客在了解万寿寺第五次大修（新京报社供图　王贵彬　摄）

古建里的新科技

一些新科技和新技艺也在帮助万寿寺重获新生。

万寿寺的大雄宝殿，又名"大延寿殿"，殿内供奉着三世佛：明代的古朴泥塑，清代重绘的佛身彩画，背光上的小兽形态各异。在这次大修前，佛像背光上的部分小兽缺失，工作人员通过资料收集找到了老照片，才对其进行修复。

"佛像背光上小兽的补配，使用了三维扫描和激光打印技术，这样制作出的小兽更逼真。"段海师说，泥塑工匠会先熟悉3D打印的小兽，再用传统工艺去制作相应的小兽。

在这次大修中，工程量最大的是木构件的修缮。为了保证木材用料与原貌一致，在修缮过程中还使用了木材检测技术，可以更快地找到相应的木料。此外，新科技还用在了对佛像、彩绘颜料层的检测分析、对观音造像内部结构的超声内窥镜检测等。

这些新技术也运用到了古建的保护与利用中。

古建筑的木构件特别容易糟朽变形，他们会使用微钻阻力仪对木构件进行检测。将一根针大小的阻力仪刺进古建本体，最后通过仪器呈现的图谱判断糟朽面积，进而判断古建是否存在安全隐患。

近十年来，北京市的古建保护重心正逐渐从"抢救性保护"向"预防性保护"转变。这也是张涛团队目前的工作重心，他们会定期对古建进行体检，及时发现问题并处理，尽量减少古建大修的情况。

保护与利用并重

万寿寺保护的不仅是古建，还有院内的一草一木。

目前万寿寺有一级古树11棵，二级古树36棵，这些古树是珍贵的历史见证，也是不可或缺的环境因素。历史文化遗产的保护不仅仅关乎过去，还要将古建筑所蕴含的历史信息和价值完整地保留、记录和展示出来，传承给当代及后代子孙。

修缮结束后，2022年9月16日，万寿寺重新对公众开放。截至2023年3月15日，有超过11万人来到这里，感受"京西小故宫"的魅力。

再次走进万寿寺，觉得环境非常优美，视野也更开阔了。修缮前的万寿寺只开放了中路的院落，空间比较狭小，院内的设施也有点儿老旧。如今，万寿寺中路前六进院及东路方丈院已恢复开放，开放的展厅和院落面积由7819平方米增至15233平方米，增加了将近一倍。本次修缮工程完善了万寿寺水、暖、电的地下管网铺设，优化了灯光、绿化和服务内容等，馆内还设置了许多观众互动体验区域。

从中路院落走向东路方丈院时，会经过万寿寺文创空间，游客可以在这里购买文创产品。文创产品是博物馆文化传播功能的重要组成部分，是博物馆文化展示、展览的延伸，同时还能满足观众个性化文化需求，把博物馆文化带回家。

"万寿寺作为北京艺术博物馆的馆址，也是艺博最大的一件藏品。我们希望不仅能保护好它，也能够更好地利用它，让它发挥更大的价值和意义。"陈静说，万寿寺的修缮只是事业的开始，以后肩上的任务会更重，"我们想把艺博打造成一个集历史、文化展览展示的平台，国际交流的公共文化空间，让它成为长河北岸的一颗璀璨明珠。"

三、古建+书店，最绝妙的组合

北京，全国书店最多的城市，拥有超过2100家实体书店，还有6000多家大大小小的公共图书馆。你可以在很多地方找到书的痕迹，街侧、商场、校园、社区，以及得以活化利用的文物建筑。

这些承载着深厚历史底蕴的古老空间，曾经由于种种原因，或沉寂，或消失。而如今，在北京市委、市政府的努力下，它们带着城市的风韵和时间的烙印，重新向公众敞开。其中一部分与"书香京城"建设相结合，由书店和图书馆进驻，提供专业的公共文化服务，同时探索文物建筑合理利用和开放管理的可能。

于是，人们有机会在近800年历史的古塔下品读北京风貌，在名人故居中阅读休憩。而书香的浸润，也令文物建筑再度焕发生机。

古建里的新客

走过北京西四南大街，人们很难忽视那座挺拔庄严的万松老人塔和环绕它的小院。这处始建于元代的古建，如今是全国重点文物保护单位。

第三章 擦亮古都历史文化金名片

"北京是世界著名古都,丰富的历史文化遗产是一张金名片,传承保护好这份宝贵的历史文化遗产是首都的职责。"2014年2月,习近平总书记在北京考察时,对北京历史文化遗产保护提出了殷切希望。

引入社会力量参与运营,是北京市近年来在推进文物保护利用工作中的创新。北京拥有3000多年建城史、800多年建都史,留下了大量文物古迹。2017年,北京市人民政府发布《关于进一步加强文物工作的实施意见》,提出鼓励社会参与。

2022年,国家文物局印发《关于鼓励和支持社会力量参与文物建筑保护利用的意见》,明确了参与内容、方式和程序等。这是近年来国家文物局首次专门就社会力量参与文物建筑保护利用出台的政策性文件。

事实上,北京早就开始了探索,特别是文化底蕴深厚、文物资源丰富的西城区,2016年起便启动规模最大的直管公房类文物腾退,总投入45亿多元,腾退文物34处。

北京历史地理研究专家朱祖希认为,文物保护应该遵循历史的原真性和完整性的原则,想要在保护的同时利用文物,开书店是一个很好的选择,它不仅可以对外开放,还可以保护原有格局。

2014年,"阅读空间"概念在"书香中国·北京阅读季"被提出,西城区人民政府工作报告也在同年提出推进"书香西城"建设,为打造公共文化服务体系示范区奠定扎实基础。

阅读空间参与文物活化利用成了水到渠成的事,将文物保护与实体书店结合起来的初次尝试,就这样开始了。

2014年4月23日是"世界读书日"。这一天,在有着近800年历史的万松老人塔下,北京砖读空间作为西城区第一个公共阅读空间正式向公众开放。

这里陈列着50多万册与北京有关的藏书,从历史影像到地图、从档案到古籍,回溯过往3000多年,从不同时期、视野,更加深入系统地介绍北

正阳书局进驻万松老人塔院落后,以城市公共阅读空间的形式免费对市民开放(北京日报社供图 孙戉 摄)

京,如同一个窗口,呈现这座历史文化名城滋养的灿烂文化,以实业之名参与文物保护事业。

砖读空间的运营方正阳书局的创始人崔勇,长期致力于北京历史文献保护开发及利用,他创办书局的初衷,就是让更多的人了解继而热爱并保护这座城市,保护好北京历史文化遗产这张金名片。

由于古建大多是砖木结构,消防安全是文物利用的工作重点,西城区在砖读空间全院安装了无死角的监控系统,24小时监控值守,配备了最高标准的消防设施,制订了详尽的日常管理办法。周围加装了围栏和缓冲绿化带,既不影响访客参观,又能更好保护文物。

砖读空间设立9年来,吸引了大批读者,书局被赞为"老北京的精神奢侈品店",这里也获评"北京最美阅读空间"。

北京各级政府在统筹社会力量与区域资源建立公共阅读空间方面,持续作出大量工作和尝试。以西城区为例，2020年，西城区专门成立了阅读推广中心，引入社会力量，创新深入推进"书香西城"的建设。2021年8月，社会力量参与公共阅读空间运营模式获评第四批国家公共文化服务体系示范项目。2022年，西城区的公共阅读空间服务读者110万余人次，开展阅读活动763场次，参与活动人数近50万人次。

林白水故居变身百姓书苑

在北京，通过引入书香让古建重焕生机的案例还有很多。

复建的林白水故居，是西城区文物保护单位，椿树书苑就开在这里。墨绿色的丝绒桌布和绿色玻璃灯罩装饰着阅读室中央两张大长桌，旁边的书架摆满文学、历史等书籍，读者步入其中，仿佛置身于小院主人林白水曾生活过的民国时期，总会不自觉地放轻脚步、压低声音，投入到专注的阅读中。

为了让人们对林白水有更多了解，阅读空间的运营方在搜集整理图片及烈士遗书等重要文献资料300余份，挖掘整理文字资料3万余字的基础上，经过研究梳理和提炼，设计了林白水故居的展陈。

细心的读者会发现，对着纪念馆的林白水雕像有些精巧的小设计，整体高度为1.926米，1926正是林白水牺牲的年份；宽度为52厘米，52正是林白水牺牲时的年龄。

椿树书苑设立以来，广受市民喜爱。这里不仅开放了全市首个"党建书房"，又陆续设立了椿树街道人大代表之家、政协委员工作站和椿树街道新时代文明实践基地，还会定期举办观影、讲座、阅读推广等公益活动。

最重要的是，它为附近居民提供了一隅安静阅读的角落。这里最晚营业到晚上9点，直到闭馆，仍有不少人落座阅读，日均客流量达三四十人，真正实现了让"书香飘入寻常百姓家"。

在椿树书苑，读者们在安静休闲的环境中感受阅读乐趣（北京日报社供图　饶强　摄）

建设书香京城

这些开在古建里的书店，正在探索一条更为艰难却颇有意义的路。

2022年10月，北京市推进全国文化中心建设领导小组印发《北京市关于深入推进新时代书香京城建设的实施意见》的通知提出，北京市要构建以公共图书馆、综合书城、主题（专业）书店、社区书店等为支撑的15分钟现代公共阅读服务体系，打通公共文化服务"最后一公里"，不断满足人们丰富多样的阅读需求。

书店本不属于公共文化设施，但北京市尤其是西城区，通过政府主导、社会力量参与的方式，创新推进公共阅读空间的建设，打造了公共阅读空间的品牌"悦读湾"。它是由社会力量参与运营，为广大读者提供公益阅读服务的新型文化空间，内设可供免费阅读的固定座席，开展公益阅读活动。

由于政府对书店的支持，书店可以投入更多力量在升级转型上——并非仅仅向"书店+咖啡""书店+轻餐饮"等"书店+"模式转型，而是不断考虑如何在北京历史文化内容上进行深耕和升级转型，比如砖读空间和椿树书苑。

2018年，崔勇开始涉足出版业，至今已发行十几种图书，有的书获得了北京市文化精品工程重点项目，有的书在各大电商平台销量领先。这些书的作者中，有海内外的学者，有关注北京历史文化的爱好者，还有相当一部分是书局的读者。他们的主题无一例外，都是关于北京城市文化的研究和记忆。

"把优质出版物奉献给社会，这是对社会的反哺。"崔勇表示，可能这些书市场价值、经济价值相对薄弱，很多老前辈无法出版，但书局要承担起责任，"政府为我们免去了房租，我们希望把原本用于房租的经营预算成立出版基金，用于鼓励优秀选题的出版工作。"

在政府的大力支持下，更多的文物活化利用的运营者不仅将北京的历史文化以主题阅读空间的形式呈现出来，还会利用展览等方式和各种科技手段，突破文物空间的内容承载壁垒，让人们在有限的空间内体验更丰富、更有价值的内容。

深入打造新型文化空间也成为下一步的工作重点。2022年，北京市政府工作报告中提出，支持建设新型公共文化空间，打造更具吸引力的一刻钟公共文化服务圈。2023年，北京市政府工作报告中也提到，要深化全民阅读活动，建设书香京城。

书香将浸润古建，浸润城市的每一处角落。

四、中轴线保护的"北京经验"

北京中轴线南起永定门，北至钟鼓楼，全长约7.8公里，是由一系列古代皇家建筑、城市管理设施和居中历史道路、现代公共建筑和公共空间共同构成的城市历史建筑群。它诞生于元代，完善于明清两代。750余年来，它统摄着整座城市的空间秩序，被称为"古都脊梁"。新中国成立后，随着城市发展，中轴线也在不断生长，并重塑着北京城。

为了保护中轴线这一重要文化遗产，北京市采取了一系列措施，进行规划设计、文物腾退、街区整修等工作，还中轴线历史原貌，也专门出台了多项法律法规，让中轴线保护有法可依。

未来，北京中轴线还将继续严格遵循相关法律法规要求，坚持长期维护北京中轴线的完整性和真实性，使古都之脊绽放时代新韵，使北京老城焕发勃勃生机。

骑行、写生丈量中轴线

现在，中轴线线路在骑行圈中已经是"网红打卡线路"。"因为这条线路整体平坦，路修得好，路过的景点也很集中，传统文化气息浓厚，拍照也很好看，吃东西也方便。"黎夏解释，"我每次都会完整地骑完整个线路，一个闭环才能直观地感受到中轴线的存在。"

黎夏十年前就曾沿着中轴线骑行，他很喜欢景山公园到鼓楼之间的一段路：安静，树影映在路面，也掠过头顶。

喜好写生的老伍，初识中轴线也是在景山公园。

老伍名叫伍佩衔，今年82岁，爱拿着画板和签字笔游走在京城街巷和皇家园林，将老城风物留存在画作中。他曾在79岁时爬上地安门大街上两米多高的脚手架，登高远眺，为立在北京中轴线上的钟鼓楼写生。

北京中轴线，是老伍最钟爱的题材。万宁桥的镇水兽、故宫太和殿顶部的脊兽、天桥附近的北京八大怪雕塑等，都曾出现在他的作品中。"我觉得中轴线和上面的这些风物特别美，是先辈规划设计的杰作和经典，我想留住它们，给亲友和后人留个念想。"

老伍还记得他小时候第一次登上景山万春亭的情景，"当时感觉北京城的房屋、街道怎么那么规整"。

第三章　擦亮古都历史文化金名片

2013年，老伍借故宫太和殿维修工程脚手架，攀上殿顶，为殿脊构件琉璃十瑞兽写生（黎夏供图）

在今天，景山万春亭观景平台也是观赏北京城的好去处。从这里眺望，能清晰地感知到北京中轴线的存在，它纵贯老城南北，紫禁城的核心建筑沿着中轴线依次位列，两边的建筑按中轴线对称。

不断生长的城市轴线

这条统摄京城空间秩序的中轴线，至今已有750余年历史。中国著名建筑学家梁思成曾盛赞这条轴线"伟大"：全世界最长、也最伟大的南北中轴线穿过全城。北京独有的壮美秩序就由这条中轴线的建立而产生；前后起伏、左右对称的体形或空间的分配都是以中轴线为依据的；气魄之雄伟就在这个南北延伸、一贯到底的规模。

曾任国家文物局局长、故宫博物院院长的单霁翔介绍，中国的古代建筑是在城市总体规划下发展建设的，中轴线是城市建设的最重要依据。"北京中轴线是世界上最壮美的一条城市轴线。它不但壮美，而且对城市的生长、建设影响巨大。"

从大约3000年前周代的城市理想秩序，到750多年前元大都的选址规划，再到明代的扩展与清代的完善，北京中轴线一路继承发展，不断生长，也在当下重塑着古都北京。

新中国成立后，北京南北中轴线的文化空间与功能进行了重构，天安门广场上新建了人民英雄纪念碑和毛主席纪念堂，两侧新建了人民大会堂和国家博物馆，故宫、天坛、太庙等皇家建筑也归于人民。

新中国成立后的前30余年，以天安门为中心的长安街不断向东西拓展，横向轴线愈发凸显，传统的纵向中轴线概念则隐而不彰。从20世纪80年代起，以北京举办1990年亚运会和2008年奥运会为契机，南北中轴线概念逐渐回归公众视野。20世纪80年代末，北京将亚运会场馆建在中轴线的北延长线上，这是传统中轴线第一次向北延伸，带来了北部地区的巨变，亚运村附近现代建筑拔地而起。

2001年，北京取得奥运会举办权，中轴线再次向北延伸。2019年建成的北京大兴机场，正处在北京中轴线南向延长线上，成为中轴线的重要节点。

一张蓝图绘到底

中轴线一路生长，对中轴线的保护和修缮也没有落下脚步。

位于地安门外大街的万宁桥，是北京中轴线与大运河玉河段的交汇点，迄今已经有着738岁"高龄"，并在今天仍承担着城市干路的繁重任务。

2000年，北京市对万宁桥进行了整治修缮。2006年，老伍画下了整治后的万宁桥，"原来有一段时间万宁桥下没有通水，桥周围被建筑材料之类的占了'座'，我觉得疏通清理后的万宁桥变化挺大，必须画一个"。

骑行过程中，黎夏也发现了中轴线上让人眼前一亮的变化。"从天坛到前门附近的自行车道现在拓宽了,自行车道与机动车道的距离也分得更开。以前午门的墙因为风吹雨淋,墙面斑驳,现在每年都会重刷,古建形象的维护让前来骑行、健身或者跑步遛弯的人也变多了。"

这些变化源于持续开展的中轴线和老城保护工作。2018年10月13日,时任北京市委书记蔡奇在座谈会上强调,中轴线是北京老城的灵魂和脊梁,是中国传统文化活的载体,孕育了北京独有的壮美空间秩序,是独一无二的历史文化遗产。把这份宝贵的历史文化遗产保护好、传承好,是我们的重大政治责任。

近年来,为了保护与传承这条中轴线的精髓,北京付出了巨大努力。在文物腾退、街区整修上进行统一的风貌规划、业态调整,一张蓝图绘到底。

整体来看,北京市已经亮出一组中轴线保护"成绩单":完成了对太庙、社稷坛、天坛、景山等一些中轴线沿线上的重点文物的腾退工作,修缮开放了景山寿皇殿建筑群,先农坛和景山内一批文物建筑得到整体保护修缮,

游客在鼓楼西大街"网红打卡地"拍照留念(新京报社供图 王飞 摄)

贯通了北京中轴线南段景观……

天坛是中轴线上的一个重要节点。按计划，天坛要在2030年恢复其完整性，这一世界最大、保存最完好的皇家祭天建筑群将恢复盛时风貌。

中轴线保护纳入法律轨道

2022年5月下旬，《北京中轴线文化遗产保护条例》（以下简称《条例》）经市人大常委会审议通过，于当年10月1日施行。

《条例》为北京中轴线发了"身份卡"，明确了中轴线的定义与保护对象，突出整体保护，物质和非物质环境被纳入保护范围，还指出任何单位和个人都有保护中轴线的责任和义务。

像老伍一样默默关注中轴线，或者投身到中轴线保护工作中的人，都在用自己的行动书写着中轴线和老城保护的新故事。

生于1985年、家住石景山的侯雪，是北京市工艺美术大师、清宫造办处第七代传人、金漆镶嵌髹饰技艺代表性传承人。2014年至2016年，侯雪曾参与故宫金漆镶嵌文物的修复。他对这段经历倍感自豪："我们祖师爷做的物件，现在经过我的手来修，这是一辈子的荣耀。"

33岁的高喜顺2011年来到北京从事文学影视方面工作。高喜顺爱逛中轴线上的景点，萌生了以北京中轴线为主题进行文学创作的想法。他希望通过自己写作的故事展现平凡人为中轴线遗产保护作出的努力。创作过程中，高喜顺查阅了很多资料，还进行了实地考察。2023年3月24日，他的作品《京脊人家》入选第六届中国"网络文学+"大会优秀网络文学作品，文中讲述了生活在北京的赵、潘、谢三家为中轴线保护作出的点滴贡献。

2022年12月27日，《北京中轴线保护管理规划（2022年—2035年）》（以下简称《规划》）经北京市人民政府常务会议审议通过，2023年1月28日正式公布实施。《规划》首次明确遗产区、缓冲区具体范围边界，还重点提出要高标准建立遗产监测系统，对遗产保存状况、自然和社会环境状况等方面进行监测，提升预防性保护管理水平；建设遗产档案信息系统，开展重点问题研究，深化对北京中轴线、北京老城的理解与认识。

现代科技也应用到中轴线文化的保护和传播中。2023年初，首条数字中轴线文化探访线路上线，共设计7个打卡体验点，包括钟鼓楼前、万宁古桥、澄清上闸、什刹前海、火神灵阁、皇城北门和紫禁之巅。市民、游客们只需用手机打开免费下载的专用App，就可以感受"活"起来的中轴线文化。

五、用数字"复刻"北京中轴线

2023年2月19日，太庙享殿，来自北京市测绘设计研究院（以下简称北京市测绘院）的周伫、王明洋，按设计好的站点，固定了站式三维激光扫描仪。随着仪器360度旋转发出的突突声，这座由68根金丝楠木撑起的恢宏大殿内的立体化三维空间数据，都将被采集，并在电脑里真实再现。

这是太庙历史上第一次使用三维激光扫描技术进行测绘。

与紫禁城同时建成的太庙是明清两代皇帝祭祖的宗庙，是北京中轴线的构成要素之一。受北京市文物局、北京文化遗产研究院等委托，2020年9月开始，北京市测绘院组织一支200多人的技术团队，开展了中轴线遗产点的实地测绘，希望能提供高精度的中轴线空间数据底板，助力中轴线精细治理和科学保护。

截至2023年上半年，他们已经完成了第一阶段的北京中轴线居中道路、公共空间等系列遗产空间的实景三维建设；第二阶段的太庙、中山公园、景山公园、天坛公园这4个节点，已全部完成信息采集、内业整合与三维模型搭建。

激光技术代替手工测量

2023年2月19日，在太庙测绘现场，工作人员利用站式三维激光扫描

北京市测绘设计研究院工作人员，采用站式三维激光扫描仪，在太庙享殿内采集三维激光点云（新京报社供图　陈杰　摄）

仪、带有飞盘状 GNSS 定位系统的背包式三维激光扫描仪和一台手持式三维激光扫描仪，来采集太庙范围内所有古建筑、地面、台阶、附属文物设施、古树等现场全景影像和三维点云（数据集，将物体用点表示出来，所形成的一团一团的点，像云一样，所以被称为点云）。

北京市测绘院党委书记刘虹告诉记者，太庙作为古代皇家建筑中的礼仪祭祀建筑，建筑独特、规模宏大，数据采集颗粒度、建设精度都是相对精细的级别。在过去，要先搭建脚手架，边爬上爬下，边用各种尺子手工测量。这样会对建筑遗产本体有一定的破坏，而且测绘速度慢、人力消耗大、测绘精度也低。而现在，现代化的测绘技术给建筑遗产的保护工作带来了极大的便利。

"除了不能拐弯和透视，我们眼睛能看到的建筑表层都能扫到，还可以保存更多特征信息，比如颜色、反射率等，这样全面的信息能给人一种建筑在电脑里真实再现的感觉。"北京市测绘院首都功能核心区部副部长安智明说。

现场测绘人员陈曦表示:"现在测绘技术先进了,整个太庙建筑群布设了近400个站点,扫描下来只用了4天,而更多的时间会投入到大量数据的后期处理、分析、建设上。"

一场史无前例的测绘工作

其实,北京中轴线不是由实体街道组成,只有通过一系列遗址点参照或空中俯视,人们才能感受到它"前后起伏、左右对称"的壮美秩序。实地探访时,在任何一个遗产点都无法一览全局。而数字产品则可以突破时空界限,让大家体会到中轴线的独特神韵。

长期以来,中轴线影响和引导着北京的空间发展布局和城市规划设计。如今,传统的中轴线得到了继承和发展,由原来的7.8公里向南延伸至北京大兴国际机场、向北延伸至燕山脚下。那么,构成中轴线的一系列遗址点在空间上究竟是什么关系?这不仅是中轴线保护需要明确的问题,也是未来北京城市功能布局沿中轴线延伸规划的科学依据。

历史上,北京中轴线曾经排列着42座古建筑,有10座已经消失,3座被重建,故现存35座。对消失古建筑遗址进行原址定位、复原与重建,也是恢复中轴线历史景观、保护历史文化风貌、丰富中轴线文化内涵的必要举措。

2020年9月开始,北京市测绘院组织了一支200多人的技术团队,率先对天安门地区各要素进行了超精细化的测绘和三维建模;2021年8月开始,测绘院又组建"橙色工匠实战队",负责搭建"实景三维中轴线"。最终形成的数字孪生中轴线成果,将为中轴线遗产要素的监测与管理、保护与利用提供一套完整的空间数据底板。

一次大考和天桥原址定位

对天安门广场测绘,可以看作是中轴线实景三维建设的一次大考。

"天安门广场游客多，周边道路车流量大，要在不影响交通运行的情况下，快速采集高精度数据，挑战巨大。"北京市测绘院大数据中心主任陶迎春介绍，其团队与中国工程院院士刘先林团队共同研发了车载超高分辨率影像采集系统，将相机曝光速度从1秒/张提高到0.3秒/张，扫描车车速从20公里/小时提高到55公里/小时，解决了这一难题。

而天安门广场上20多万块花岗岩地砖的数据采集更难。"没有两块完全相同的地砖，纹路、形状、磨损程度都有差异。"陶迎春说，他们最终改装了车载对地扫描系统，镜头才得以清晰获取垂直地面的地砖数据。

而对天桥原址的定位，是测绘团队遇到的另一难题。

天桥始建于元代，是北京中轴线的重要节点。但经过历代多次改造，老天桥地上、地下的痕迹都已消失。

2021年，北京市测绘院启动天桥原址定位工作。一开始想到的是利用地质雷达推扫的方式，但是，天桥处于4条主干道的交叉路口，复杂的地面条件给推扫带来很大麻烦。

在查阅了大量资料后，测绘院发现，天桥位于龙须沟之上，在1929年的整治疏通工程中，龙须沟改为暗沟，1953年第二季度，卫生工程局下水道维修队在天桥以北东侧施工时，将新建下水道的南端接入龙须沟暗沟。

测绘院决定另辟蹊径，通过调查地下排水管线的方法，聚焦中轴线与龙须沟暗沟交汇位置，辅助解决天桥原址定位问题。最终，他们确认，天桥原址在现天桥景观以北32米处。对这一结果，北京市文物局组织了多轮专家论证，给予肯定。

实景三维技术

北京市测绘院里，冯冲负责对太庙享殿的点云进行监测和建模。他解释说："我们可以根据点云实际情况直接在点云上三维建模，比如拉出建筑物框架，再在上面贴图附纹理，建成实景三维的太庙。"

第三章　擦亮古都历史文化金名片

北京市测绘设计研究院技术人员利用采集的数据进行实景三维建设（新京报社供图 陈杰 摄）

"橙色工匠实战队"队长、北京市测绘院研发中心副主任闫宁介绍，实景三维中轴线建设严格按照内业—外业—内业的流程进行。首先，是内业基础资料整理、技术方案制订，其次，是外业信息扫描、图像信息采集，最后，是内业数据经过简化、整合的建设。

在外业扫描阶段和后期数据处理阶段，他们遇到了不少挑战。

先农坛是测绘的第一站。"我们遇到的第一个问题就是中轴线道路上车辆和行人密集，很多要素无法采集。后来，我们采用了半夜补充扫描采集的方案，通过对数据的融合整理，才最终获取到了中轴线完整的外业数据成果。"闫宁说。

而在内业数据处理阶段，由于数据是采用了不同的技术路线采集完成，在三维场景整合时这些数据之间存在偏差，无法有效融合成一个整体。工作人员首先得对各类数据精度进行单独评测，之后通过数据纠偏、配准和融合，才能解决这一棘手问题。

之后,"我们采用了先进的游戏引擎,也就是通过一系列数学计算步骤给我们展示出五彩斑斓的类似游戏观感的世界,用专业用词来描述这个过程就是'渲染',具体到中轴线,渲染突出的是真实、古朴、庄重。打个比方,太庙的古柏,我们用测绘去表达一棵树很容易,但要表达遒劲挺拔的古柏就不太容易了。实景三维中轴线的场景不仅要形似,还要神似,而且随着季节变化,雨天、雪天,自然景观会不断发生变化。"闫宁说。

目前,实景三维太庙还在建设中。北京市文物局党组书记、局长陈名杰表示,数字技术的运用,一方面,能帮助人们在文物还没有发生病害或者发生轻微病害的时候,及时采取干预措施;另一方面,也留下了更全面、立体、系统的资料,"这对我们做管理、做传播,都非常有意义"。

【数说·新时代新北京】

据北京市文物局介绍,最近5年,北京市累计投入文物保护资金近百亿元,相继实施几百项文物修缮和环境整治工程,对近百处文物进行保护性腾退,文物保护状况得到明显改善。文物保护质量监督管理系统上线运行,大运河、长城、故宫、颐和园、明十三陵、天坛、周口店北京人遗址7处世界文化遗产保护管理和展示水平不断提升,全市拥有全国重点文物保护单位数量增加至135处。北京市圆满完成了第一次全国可移动文物普查,登记国有可移动文物501万件(套),新发现、新认定文物藏品总数160万件(套),均位居全国第一。

北京新跨越

百名记者讲述新时代北京故事

中共北京市委宣传部 组织编写

北京日报出版社
北京人民出版社

目　录

第四章　超大城市治理"北京样板" ········· 321

第一节　一条热线撬动的治理革命 ········· 325
一、12345——办！ ········· 325
二、街道"二人转"有了新唱法 ········· 333
三、"每月一题"解最难的题 ········· 342
四、外卖小哥一通电话装上新号牌 ········· 352
五、一部"为民服务法"的诞生 ········· 363

第二节　像绣花一样"绣北京" ········· 371
一、十里钢城蝶变，银锭观山重现 ········· 371
二、动批腾笼换鸟，绿心璀璨绽放 ········· 385
三、"草厂"留乡愁，"回天"逛活力 ········· 399
四、家门口有"微公园"，老胡同里"潮生活" ········· 410

第五章　再造青山碧水北京蓝 ········· 427

第一节　"一微克"行动，抠出"北京奇迹" ········· 431
一、煤烟谢幕，蓝天登场 ········· 431
二、从"油"到"电"，环保还省钱 ········· 438
三、从"漫天撒网"到"精准定向" ········· 445
四、从"拍空气"到讲述中国故事 ········· 451
五、京津冀联防联控，携手擦亮蓝天 ········· 459

第二节　从1.3%到44.8%，京华大地的绿色变革 ········· 467
一、有一种幸福叫"推窗见绿，出门逛园" ············· 467
二、留白增绿　铺就高质量发展亮丽底色 ············· 475
三、"黑色煤村"蝶变"清水花谷" ··················· 483
四、"臭水河""断流河"变身"亲水河" ··············· 489
五、江水润京华，首都水环境"底"气更足 ············· 498

第三节　3200公里，慢行道上的绿色生活 ············· 506
一、我和6000多家"邻居"的同城生活 ··············· 506
二、标记绿色生活，碳账本、碳交易中的"北京模式" ··· 514
三、"慢行系统"助力北京交通节能降碳、快慢相宜 ····· 522
四、城市副中心："绿色、低碳、高效"的未来之城 ····· 528
五、让绿色低碳的种子在青少年心中开花结果 ········· 536

第六章　新时代北京的"精气神" ····················· 545
第一节　榜样力量激发立德向善风气 ················· 549
一、科研创新模范：心系祖国彰大义 ················· 550
二、爱岗敬业模范：恪尽职守敢担当 ················· 556
三、优秀道德楷模：善行义举暖人心 ················· 562

第二节　志愿精神涵养文明城市风尚 ················· 573
一、汇聚青春的志愿力量 ··························· 573
二、志愿服务，以关爱守护银龄伙伴 ················· 580
三、基层群众，以担当共促文明之风 ················· 586

第三节　文明乡风塑造首都农村风貌 ················· 594
一、顶层设计开拓乡风善治新局面 ··················· 594
二、怀柔北沟村：以"村规民约"培育文明乡风 ········· 595
三、通州仇庄：用"德"聚人心　以"孝"敦民风 ········· 601

第四节　共建共享用文明守护文明 …………………………604
　　一、开门立法　护文明新风 …………………………………604
　　二、守法规知礼让　塑文明风景 ……………………………609
　　三、从群众中来到群众中去　养精神之源 …………………616

后　记 …………………………………………………………625

第四章
超大城市治理"北京样板"

坚持人民城市为人民,以北京市民最关心的问题为导向,提出解决问题的综合方略。

——2017年2月,习近平总书记
视察北京时的重要讲话

腾笼换鸟，从"火"到"冰"，百年首钢"梦工厂"持续打造城市复兴地标；细处着眼，向美而行，背街小巷生活环境越来越宜居；腾退还绿、见缝插绿，绿水青山成为首都亮丽底色……经过全市上下共同努力，"疏解整治促提升"专项行动持续取得新成果，助力着城市面貌的焕新和百姓获得感的增强。

"要坚持和强化首都核心功能，调整和弱化不适宜首都的功能。"党的十八大以来，沿着习近平总书记指引的方向，北京紧紧围绕"四个中心"城市战略定位，坚定不移从聚集资源求增长转向疏解非首都功能谋发展。风雨无阻，笃行日新。作为全国第一个进入减量发展的城市，北京以"疏解整治促提升"专项行动为落实京津冀协同发展战略和新版城市总体规划、推动城市高质量发展的重要抓手，针对一系列深层次矛盾问题展开攻坚治理。目前，首都功能核心区人口、建筑、商业、旅游"四个密度"明显降低，生产、生活、生态空间更加协调有序，首都的政治功能、国际交往功能、文化功能、科技创新功能四个功能得到显著提升，人居环境、城市品质、区域发展水平走向更优，展现了大国首都形象。

大城之治，机杼万端。尤其是对北京这样的超大型城市来说，精细化治理注定是一个动态推进的过程。既要高瞻远瞩，"疏整促"一体化谋划实施，带动城市与区域发展全面提升,也要下绣花功夫,精准补短板、强弱项,解决百姓身边问题;既要猛药去疴,迅速治理城市环境的痼疾顽症,实现立竿见影,也要源头施治,创新完善体制机制,防反弹控新生……"舍"中求"得",以"舍"促"得",把握好"舍"与"得"的关系,"疏整促"就有了清晰的行动坐标。眼下,专项行动已压茬推进至第二轮,疏解腾退有序推进与高端产业持续引进同行,背街小巷整治与人居环境改善共进,完善接诉即办与加强共享共治衔接,一系列疏堵结合的治理举措,持续丰富着城市精细化治理的"北京经验",也为市民生活带去了实实在在的改变。

"疏解整治促提升"是坚持问题导向、系统治理、精准发力,不断提升城市发展品质的"组合拳"。疏解非首都功能,是为了更好地优化提升首都功能;同时首都功能中蕴含着巨大的发展能量,加强首都功能建设会推动新时代首都高质量发展。新起点上再出发,要在疏解上持续用力,紧紧抓住疏解非首都功能这个"牛鼻子",坚定推进一般制造业疏解提质,巩固区域性专业市场疏解成果,稳步推进高校、医院等疏解项目。在整治上保持定力,保持违建治理力度不减,抓好"基本无违建区"创建,维护规范有序的街面秩序,对城乡接合部重点村开展综合整治。在提升上集中发力,加快推进一刻钟便民生活圈建设，继续扩大老年餐桌覆盖面，扎实推进治理类街乡镇整治提升，努力破解更多群众急难愁盼问题。发展合力正在凝聚，大国之都步履坚定，全市上下一定要迎难而上、真抓实干，以扎实的治理实践推进首都发展的深刻转型。

  道虽迩，不行不至；事虽小，不为不成。坚持一张蓝图绘到底，落实工作一竿子插到底，看准了的事一抓到底，一项项任务去完成，一个个细节去抠，我们必将把充满民生温度的"北京故事"，刻进新的奋斗时序。

第一节　一条热线撬动的治理革命

接诉即办改革是北京市委、市政府践行以人民为中心的发展思想，统一领导、整体谋划、统筹推进的一整套改革创新举措。北京市依托市民服务热线及其网络平台，从解决一件件民生诉求做起，建立起较为完备的接诉即办改革领导体系和工作机制，人民群众的获得感、幸福感、安全感显著增强。

源于实践，在实践中发展，从2017年至今，接诉即办经历了"吹哨报到""接诉即办""主动治理"三个阶段。这三个阶段一脉相承、有机融合，共同构成了接诉即办改革的整体格局。鲜活的治理实践背后，是一条热线所撬动的城市治理革命，呈现出一幅党建引领、人民至上、依法推进的中国式治理现代化的北京画卷。

一、12345——办！

市民的诉求就是哨声。12345市民服务热线，一号响应、全面接诉、快速直派、一单到底、四级响应、协同办理。群众诉求单单有回应、件件有反馈，生动阐释了"民有所呼、我有所应"。

"坚持人民城市为人民，以北京市民最关心的问题为导向，提出解决问题的综合方略。"党的十八大以来，沿着习近平总书记指引的方向，北京积极适应新时代首都发展要求，从城市管理转向超大城市治理。特别是针对快速城市化进程中沉淀下来的一系列现实问题，坚持党建引领，坚持改革创新，用12345市民服务热线这根"绣花针"，穿起千家万户、千头万绪，建立起对市民诉求快速响应、高效办理、及时反馈、主动治理的为民服务机制。

"有事就打12345"已成为很多北京市民的新习惯，也成为首都城市治理的一张金名片。

"12345真神了！"

2021年初，一场寒流之后，西城区西长安街街道北安里三号院突然停水了。难不成是因为降温，水管冻住了？街坊们七手八脚，有拿开水烫的，有拿电暖气烘的，但都无济于事。"得，打12345试试吧！"1月23日，居民袁家滨代表全院拨出了求助电话。

"正赶上周六，本来没抱太大希望。"袁家滨说。没承想，当晚他就接到了西长安街街道办事处主任陈华勇的电话。次日一早，街道办带着自来水公司、西长安街房管所、街道应急抢险分队等部门到现场刨沟探查，从白天一直忙活到半夜，"突突突"刨了30多米，终于找到了问题管段。

水通了。北安里三号院街坊们个个挑大拇指："12345真神了！"

一个电话，就让相关部门迅速且主动地上门为居民服务，这正是"接诉即办"工作机制所牵引的超大城市治理变革。而让市民交口称赞的12345市民服务热线，正是此次变革的总牵引。

2019年初，北京市以12345热线为主要载体实施"接诉即办"工作机制，一个重要的变革就是"一号响应"。4年来，全市共整合64条政务便民热线，实现一条热线听诉求，全年365天、7×24小时快速受理群众来电。

其实，12345市民服务热线早在1987年就存在，不过那时候叫非紧急救助热线，处理问题的流程也是不急不忙——从市派到区，再从区派到街乡镇，最后再派到所属的社区（村）。市民等一个回复，常常需要等上7～15个工作日。而且当时不少行业和领域也设有自己的热线，市民有了问题，如果对政府部门专业分工不太清楚，还真是一头雾水，不知道该找谁；要是再赶上多个部门互相"踢皮球"，那就更是没脾气。

而如今，在位于亦庄的12345话务大厅内，每天热线铃声此起彼伏。750个座席、1700余位工作人员把从四面八方汇集而来的民意诉求，直接派到相关的街乡镇、委办局和公共服务企业，并对派单情况进行回访。2019年10月，12345还增设了企业服务热线，设立接听和处理企业诉求的专席，接收来自企业的"呼声"，实现企有所呼、我有所应。全市统一的个人和企业诉求受理平台就此形成。

大兴区接诉即办调度指挥中心（北京日报社供图 武亦彬 摄）

"万分感谢你们及时雨般的暖心服务。"2021年3月14日，市民张女士给12345市民服务热线寄了一封手写的感谢信。

原来，2021年3月12日上午10点半，张女士租的两辆搬家公司车辆在雨中到达东丽温泉家园。因小区内部道路设置了隔离设施，车辆不能直达目的地，搬家公司的师傅只能在5号楼60米外的地方卸货。眼看着家电、衣服等物品被雨淋湿，张女士急得团团转。在邻居的提醒下，张女士试着给12345打了电话。

接线人员迅速受理，第一时间直派街道。很快，丰台区马家堡东里居委会的周师傅冒雨赶到现场协调，搬家难题迎刃而解。"我查了一下通话记录，从11点05分打电话，到11点20分问题解决，减去通话占用的5分9秒，整个过程只用了10分钟。"张女士在信中说道。

这短短10分钟，归功于12345的精准派单，以及基层单位的闻风而动、快速处置。

派单，无疑是接诉即办整个流程的关键一环。能否靶向锁定承办单位，直接决定着诉求办理的效率。接诉即办改革施行以来，全市343个街乡镇、16个区、65个市级部门、46个国有企业和60个绿通企业全部接入12345市民服务热线平台系统。对于点位清晰、职责明确的诉求，由市民热线服务中心直接派单至街乡镇，在区一级"过站不停车"，在缩短群众诉求流转周期的同时，便于区委、区政府加强统筹调度，缩短"条""块"衔接周期，形成工作合力。完善派单会商和争议审核机制，对复杂疑难诉求在派单前进行会商研究，优化退单流程和标准，避免程序空转影响群众诉求办理时效。

老百姓满意，才算"解决"

群众利益无小事，事事都关键。"小区门前的马路两侧没有路灯，晚上漆黑一片，居民出行很不方便，还存在交通安全隐患。"顺义区双丰街道华中园社区居民多次拨打12345市民热线反映，希望给这条进出小区的必经之路增设路灯。

增设路灯看似容易,其实没那么简单。这条路原本归属仁和镇复兴村,复兴村整村拆迁后,此处已无村民居住,村委会不愿花"冤枉钱"安装路灯。而华中园社区的开发商表示这条路不在规划图纸建设范围内,也不负责安装。

怎么办?在区里的统筹协调下,双丰街道与仁和镇坐在了一起。双方决定"求同存异",向前一步,最终由双丰街道出资,仁和镇协助施工和维护,尽快将问题解决。此项目的资金不在当年预算中,双丰街道工委决定急事急办,启用街道获得顺义区"接诉即办"工作的奖励资金,加装该路段照明设施。很快,30盏太阳能路灯安装调试完毕。

路灯一安上,门前这条路宽敞又亮堂,居民进出也不害怕了。他们给街道送来锦旗,表达谢意,几百户居民的心声浓缩成一句话——"点亮回家路,温暖百姓心"。

12345为何这么高效?"接诉即办"工作开展以来,还是这条热线,工作机制却变了:办理时效大大缩短,要求也由过去注重程序上"办结"转变为注重实质上"解决"。

针对每一条来电,热线中心区分咨询、需求、表扬、投诉、建议等诉求类型,实行差异化管理。根据轻重缓急和行业标准,按照2小时、24小时、7天和15天分级处置模式,针对不同诉求类型实施四级响应。各区、各部门在四级处置模式基础上,进一步创新分级响应机制,提高群众诉求办理效率。

"办结"和"解决",有何区别?

"居民投诉,有树挡住窗户了。过去,主责人员一看树挡住窗户了,那就砍吧!就会向园林绿化局申请砍伐,这事就算'办结'了。但审批需要很长时间,老百姓的问题还是没解决。"时任东城区网格化服务管理中心副主任的彭恩强说。

"接诉即办"考核"响应率、解决率、满意率",以对居民的回访结果作为评价标准，政府部门认为解决了不行，还得问居民满意不满意。诉求办理时限期满后，12345市民服务热线通过电话、短信、网络等方式进行回访，由诉求反映人对诉求响应情况、解决情况、办理效果及工作人员态度作出评价，真正做到"城市工作好不好，市民说了算"。再碰上有树挡窗户的投诉，接诉即办要求主责人员实地走访，到现场一看，也许根本没有必要砍树，修剪一下就行了。树一修剪，老百姓满意，才算"解决"。

热线还是这条热线，但因为工作机制的转变，真正做到了"民有所呼、我有所应"，热线越打越热。

针对跨行业、跨区域的诉求，12345还建立了分级协调办理机制，对本级难以解决的重点、难点诉求，提请上级党委政府和行业主管部门协调解决。

2021年9月18日，沙阳路北侧两条进出京新高速收费站的匝道开通。"上班不用再绕行京藏辅路和沿线村庄了，能节省将近一刻钟。"在附近上班的市民刘先生表示，自己和同事近几年一直在盼望匝道开通。

京新高速沙阳路出入口曾是昌平区沙河镇居民投诉的焦点问题，拖延7年没能建成通车，直接影响周边4万多居民和企业员工出行。但出入口所占土地属于海淀区上庄镇，公路施工涉及多方主体，是典型的跨区、跨层级问题，仅靠沙河镇难以解决。

情况在2019年有了转机。针对需要跨部门解决的复杂问题，由街乡吹哨，召集相关部门现场办公、集体会诊、联合行动。

2019年5月，市发展改革委疏整促专项办全面梳理市民诉求集中的事项清单，以及补齐基础设施和公共服务设施短板的项目清单。沙阳路出入口打通问题列入市级事项清单后，市、区两级多次实地调研、协调调度，召开专题工作会研究，分步骤、分阶段推动腾退拆迁、建筑垃圾运输、工程排水、管线迁移等问题解决，终于实现沙阳路出入口建成通车。

北京还推动接诉即办向互联网延伸,开通首都之窗网站"12345网上接诉即办"平台,搭建起以"北京12345"微信公众号为主,涵盖微信、微博、"北京通"App、"人民网"领导留言板等20个渠道的互联网接诉即办诉求响应矩阵。从"耳畔"到"指尖",诉求渠道都很畅通。

朝阳区劲松北社区新改建的"美好会客厅"是居民提出诉求的地方,更是矛盾化解中心,帮助居民解决了很多烦心事。社区居民与街道、物业相处融洽,让这个成立40年的老小区幸福感获得感大大提升。图为物业安保和绿化负责人王涛(左一)记录居民提出的冬季植物养护和停车建议(北京日报社供图 戴冰 摄)

"赛马效应"鞭策政府部门

在任朝阳区将台乡副书记时,每到月底,戴鸿飞总会感到半是忐忑,半是期待——"接诉即办"月榜单即将揭晓。过去一个月里,全乡老百姓的满意率、响应率、解决率是多少?将台的排名是跃升了,还是被甩下了?这些都会在榜单上一览无余。

这种复杂的心情,戴鸿飞已经持续了许久。在全市300多个街乡镇,主抓"接诉即办"的负责人大多感同身受。

按照规则，市里每月都要对各街乡镇的接诉即办工作大排名，并在区委书记月度点评会上通报。长长的榜单上，街乡镇被划分为4类：排名靠前的先进类、环比进步幅度大的进步类、排名靠后的整改类和市民诉求最集中的治理类。

2019年春末，戴鸿飞拿到4月份的成绩单时，心里不禁"咯噔"一下：由于投诉量居高不下、居民满意度不高，将台在全市排名倒数，被划归整改类。这个并不光彩的排名，旋即以文件的形式下发给全乡所有科室以及11个社区、村，为的是让大家"红红脸，出出汗"。

知耻后勇，将台乡迅速打出了整改组合拳。

每天下午4点，网格员、乡政府各科室负责人、居民代表，以及社会单位都会准时来到乡政府，召开共商共治会议。会上，过去24小时里接到了多少投诉件、解决情况如何、有什么疑难问题，都会一一盘点，多方出谋划策，化解矛盾争端。

治病要去根儿。将台乡还开展了社情民意大走访行动，通过召开议事协商会、入户征求民意等方式，全面掌握居民需求，力争做到件件有回音、事事有着落。

"就说我们小区吧，政府一口气儿办了五六件实事。"梵谷水郡小区居民王红霞一一道来：小区东侧的"断头路"打通了，居民出门可直奔公园；邀园林专家为小区树木量身定制修剪方案，既安全好看，又满足乘凉需求……

埋头苦干时，惊喜悄然而至。2019年5月，将台乡排名大幅跃升，被评为进步类。7月，更是跻身全市综合考核并列第一名。

短短百天，将台逆袭。全乡党员干部深受鼓励，却不敢有丝毫的放松懈怠。"排名是动态的，这个月干得好，下个月也有可能不及格。绝不敢躺在功劳簿上睡大觉。"戴鸿飞说。

城市工作好不好，市民说了算。习近平总书记深刻指出："要发挥考核指挥棒作用,把求真务实的导向立起来,把真抓实干的规矩严起来。"接诉即办改革不断完善考核评价机制,既注重责任主体全覆盖又突出重点难点,既整治不作为又鼓励主动作为。对于全市街乡镇来说,市民诉求件的办理质量,也在很大程度上体现了基层治理的能力和水平。"赛马效应""不进则退"的机制,时时鞭策着各级政府部门。

二、街道"二人转"有了新唱法

接诉即办是首都落实"以人民为中心"发展思想的生动实践,是撬动基层治理的一场深刻变革。

北京作为超大型城市,在传统"条块分割"之下,"看得见的管不了,管得了的看不见"的现象客观存在。针对现实痛点和治理盲区,接诉即办不断在"办"中改、"办"中推、"办"中完善。各级党委政府和党员干部坚持眼睛向下、脚步向前,坚持问需于民、问计于民,实现了市、区各部门围着街乡镇转、街乡镇围着社区村转、党员干部围着群众转。

"接诉",完善了广大市民直接联系政府、快速表达诉求的渠道;"即办",明确了不同治理主体即刻响应、向前一步的责任。在12345热线这根"绣花针"的串联下,基层治理迅速找到抓手,大大提高了发现问题、解决问题的效率,治理经验愈发充实,治理姿态也更加主动。

专心致志围着居民转

2019年,时任西城区德胜街道党工委书记的孙广俊干了件挺大胆的事儿——试点"全域停车自治",破解困扰居民已久的停车难题,即统筹街道范围内的路侧停车空间,实行付费停车的自治管理模式。到年底,符合条件的46条街巷将全部完成车位施划,提供共享车位2250个,地区居民办证后享受停车优惠。

把碎片化的公共资源统筹起来，由街道自主施划居民共享车位，这事儿在全国都没有先例。"我敢干，是因为市里在给街道赋权松绑。"孙广俊说。

2019年2月，北京市召开街道工作会后出台了《关于加强新时代街道工作的意见》，明确提出推动区级职能部门向街道下放职权，重点下放给街道"六权"，即辖区设施规划编制、建设和验收参与权，全市性、全区性涉及本街道辖区范围内重大事项和重大决策的建议权，职能部门综合执法指挥调度权，职能部门派出机构工作情况考核评价和人事任免建议权，多部门协同解决的综合性事项统筹协调和考核督办权，下沉资金、人员的统筹管理和自主支配权。此前实施的党建引领"街乡吹哨、部门报到"机制和更进一步的"接诉即办"机制，为街道调动相关委办局力量提供了制度保障。

2019年5月，德胜街道"吹哨"，召集区交通委、城管委、公安等部门共同筹划"全域停车"试点事宜。"大家听了都很兴奋，觉得这是破解老城区停车难的一个新路子，纷纷从各自角度出主意，提建议，帮助街道把这件事儿促成。"孙广俊说，加上当年7月市交通委出台的关于道路居住停车管理的工作意见，进一步明确街道可以协调开展停车自治管理，"这些赋权赋能的措施，让我们街道干部干事创新更有底气了"。

街道创新活力的激发，不仅来自外在的赋权，还来自内在的革新。

曾经有人戏称街道工作是"二人转"：社区围着街道转，街道围着部门转。如今，在北京市一系列改革措施之下，这出"二人转"有了新唱法：部门围着街道转，街道围绕社区转，归根结底都是专心致志围着居民转。看似简单的秩序重建，却开创了首都基层治理的新格局。

作为最基层的政府派出机构，街道在社会治理体系中起着承上启下的作用。然而长期以来，街道内设机构都是"向上对口"，上面布置了什么活儿，街道就有相应科室来承接。"街道围着部门转"，根源也在这里。

西城区德胜街道聚焦老百姓反映最强烈的问题，从创新社会治理入手，推出"全域停车自治"管理模式，缓解地区居民停车难（北京日报社供图　方非　摄）

2021年，全市152个街道全部完成"大部门制"改革，内设机构从平均19个精简到5～7个，事业单位统一规范设置3个，机构职能从"向上对口"转为"向下对应"，社区建设、民生保障、社区平安等部门设置，全部是围绕着居民的日常生活诉求。"街道围着社区转"的逆转由此实现。

制定完善街乡职责规定，明确街道98项、乡镇118项职责，明晰权责边界、划分条块事权，明确未列入职责规定的事项，不得擅自向街道委托、授权、下放。将城管执法、卫生健康、生态环境等5个部门的433项行政执法职权下放至街道办事处和乡镇人民政府，以其名义相对集中行使。

一系列的"赋权松绑"，大大增强了基层政府统筹力量开展社会治理的底气和能力。在市民诉求日益多元、城市管理和社会治理问题日益繁杂的今天，基本治理单元动力和活力的激发，为构建北京超大城市基层治理体系创造了有利的条件。

一声哨响，八方支援

党建引领"街乡吹哨、部门报到"的工作机制，已经成为接诉即办的重要支撑。群众的事儿，整合资源合力办、认真办，不因事小而不为，不因事难而推诿。

望京街道南湖西园社区的河荫西路，南侧是世安家园小区，北侧是望和公园，平时往来居民不少。长期以来，由于路面破损严重，坑洼不平，雨季积水，泥泞难行，居民出行十分不便。这条路还是一条尚未打通的"断头路"，路中间停满了车，打12345投诉的居民不少。

2021年，结合"我为群众办实事"，望京街道决定对这条路做应急维修。一声哨响，区交通委、区交通支队、道路养护中心、首开集团、朝阳停车公司、绿基公司等单位都来了，河荫西路紧急修复协调会召开。首开集团履行企业社会责任，出资200万元，在多方共同努力下，将经费来源、施工过程中临时通行和安全保障、后续维护等问题一一破解，迅速拟订了抢修方案。

前期，社区做好清障准备，张贴路面维修告知书，确保路面车辆全部挪移。7月25日，维修正式启动，施工单位拆除便道进行先期铺设，便于居民出行，随后破除道路主路原有路面，做好路基，铺设沥青。8月12日，通过勘测、审批、施工等系列工作，道路维修顺利完成。如今的河荫西路焕然一新，整洁平顺，"糟心路"变成了"舒心路"，赢得居民点赞。

以往，街乡镇是一线部门，发现问题后往往没有执法权，难以形成有效管理，而执法部门虽然有权，但是管理重心偏高，与基层配合不紧密。如今，"哨子"交给了街乡社区，街道、乡镇可以通过党建引领"街乡吹哨、部门报到"的工作机制，整合辖区资源、统筹协调、指挥调度各方研究解决相关诉求。区政府部门及有关单位也会及时响应、履职，按照街道办事处、乡镇人民政府协调调度共同办理相关诉求。

"人多眼杂,什么人都可以随便进出小区,几乎每个单元的门禁都是坏的,好几年了也没人来修,真是一点安全感都没有!"田村路40号院是北京橡胶工业研究设计院的产权房,建于20世纪,属于典型的老旧小区,单元门的电子锁损坏现象比较普遍,防盗门年久失修,形同虚设,一直困扰着居民。

属地街道、产权单位及居民代表曾会商研究后拿出解决方案,由三方共同承担单元门的维修维护费用,然而,在实际推进过程中,因为有超过75%的居民不同意出资,改造项目暂时搁置。

群众有需求,不能绕着走。田村路街道启动议事厅机制,"吹哨"相关部门,与产权单位反复沟通协商,最终决定由街道和橡胶工业研究设计院共同出资为该院更换防盗门。议事会议一结束,街道"为民办事"机动资金和产权单位专项资金迅速到位,一周内就完成了51个单元新防盗门的安装。

新门装好了,百姓的心门也打开了,居民们为基层干部和各单位竖起了大拇指。

2018年7月,北京迎来强降雨,丰台区南苑街道的街道干部和社区工作者、小巷管家迅速行动,清扫积水、疏通排水管道,全力做好汛期工作(北京日报社供图 吴镝 摄)

"圆桌"上的接诉即办

2021年1月16日,一场"圆桌会议"正在大栅栏街道前门西河沿社区进行。来参会的有区交通支队的,有街道执法小分队的,还有社区党委、居委会的,平房区准物业的……八九个人坐定后,迅速进入正题:解决12345热线反映的前门西河沿胡同超时停车的问题。

召集这次"圆桌会议"的是时任前门西河沿社区党委书记的张晨茜。前一天晚上,她接到12345的诉求派单后,立刻行使"吹哨"权,通知相关部门负责人到社区开"圆桌会议"。反映这一问题的居民也被邀请参会,但因为身体原因,居民当天没有出席。

"胡同超时停车问题确实存在,咱们西河沿街2017年被划定为单行禁停街巷,车辆停驻时间最长不超过10分钟。但是吧,总有超时停车的,怕被拍,还有遮挡车牌的。本来整治得挺亮堂的街巷,几辆车往那儿一停,又显得堵了,出门这叫个不痛快!"张晨茜事先和居民进行了沟通,把想反映的问题一五一十地摆出来,供大家讨论。

"圆桌会议"在前门西河沿社区不是新鲜事儿,仅2020年一年就开了40多次。这是西城区大栅栏街道工委、办事处在"接诉即办"中摸索出来的新工作机制,目的是让居民诉求牵涉的各利益方、各相关部门面对面充分展开讨论,共同拿出解决方案,从而更高质量地促进问题解决。

会上,各方都可以充分表达意见,这次也不例外。"胡同超时停车,是该治,但都是街里街坊的,一上来就执法伤感情。而且,有的是子女来接老人看病,有的是搬家或者搬运大件东西,确实快不了,所以还得具体情况具体分析。"一位社区工作人员表示。

"超时停车被拍一次就扣3分,罚200元,要不是真有事,一般人也不会在那儿停那么长时间,我觉得还是以加强提醒和巡查为主。"街道执法小分队相关负责人的建议,获得了大家的认同。当即,会上就分了工:物业保安负责在街巷东头的机动车入口处把守,做到"一车一提醒";街道执法小分队和保安队伍加强胡同的街面巡查,发现久停不走的车辆,及时打听车主,劝其尽早驶离……

"圆桌会议"没到一个钟头就结束了。街道执法小分队带着物业保安,出了会议室的院儿就奔街面上巡查滞停车辆去了。张晨茜则来到反映问题的居民家中,将"圆桌会议"的讨论过程和大伙儿商量出来的解决方案详细地向老人"汇报"了一番。"没想到你们这么重视!"这位年近80岁的老人连连称谢。

在前门西河沿社区,通过"圆桌会议"高效解决的民生问题数不胜数。"说是圆桌会议,'圆桌'其实是个虚拟,有时候在社区会议室开,有时候在社区小广场的石桌旁开,有时候就在居民楼下的空地上开。大家围成一圈,有什么说什么。"张晨茜介绍。

2020年夏天,前门西大街2号楼、4号楼、6号楼和8号楼要围铁栅栏、装门禁设备,实行封闭管理。消息传出,老街坊们有各种疑虑,毕竟是开放了41年的老小区,封闭后人员进出、停车都不能像从前那么方便了。为把好事办好,社区召集4栋楼的居民代表,和相关部门一起在楼前开了8次"圆桌会议",未诉先办,讨论了20多个具体问题。围栏怎么围,出入口设在哪儿,楼前废弃的花架要不要拆除,拆除后怎么利用……逐一和居民商量,最终4栋老楼顺利完成封闭管理。

和部门间的会商不同,"圆桌会议"通常情况下会邀请相关居民到场,有什么想法敞开来说。能不能解决,能解决到什么程度,用什么方式解决,各部门坦诚相告,不推诿不敷衍,"大家平等协商,这种形式也是对居民的一种尊重"。

40多次"圆桌会议"开下来,居民打12345热线的少了,直接找社区干部吐露心声的多了。用社区干部的话来说,"圆桌工作法"已逐渐从一种机制内化为社区工作者的思维方式,"一年多的'圆桌会议'实践告诉我们,充分尊重广大居民的意愿,把居民的'小事'当大事办,赢得居民的信任,是提高社区治理效能、共建共治共享美好家园的关键一环"。

"群众的事同群众多商量,大家的事人人参与。"接诉即办改革既强调政府做好普惠性、兜底性工作,又坚持多元共治,注重调动各方主体参与城市治理的积极性、主动性、创造性,激发全社会活力。

"治理书记"社区解难题

把有经验、有能力的干部派到社区,全职参与社区(村)治理工作,到一线解决问题,建立长效机制,从最困难的问题抓起,从长期存在的共性问题抓起……接诉即办正在帮助、促进社区干部、村干部人人会办件、人人能办件,增强基层治理的"原动力",更好地为地区居民服务。

12345热线诉求月均144件,在全街道15个社区的接诉即办工作排名中长期处于后三名……丰台区石榴庄街道宋家庄社区过去是个老大难社区,自从来了"治理书记",短短3个月,居民的热线诉求量下降了67%,接诉即办排名也上升至街道第9名。

2021年11月底,丰台区启动"治理书记"工作机制。针对部分群众诉求多、问题解决率低的社区(村),从区属相关单位择优选派26名干部,带着资源、带着专业下社区(村)蹲点攻坚、集中破题,协助社区(村)党组织书记建立起长效机制,以"接诉即办"为主抓手,提升基层治理水平。

时任石榴庄街道城管办副主任的洪峰是一名"80后",先后在南苑街道、石榴庄街道工作,从文教科、居民科到城管科,工作经验丰富。作为"治理书记"中的一员,他蹲点的是宋家庄社区。

刚到社区"上任",洪峰就遇到了一件棘手的事:一位居民一天就给他打了3个电话。和社区干部一打听,这位居民反映给物业方面的不合理诉求没能解决,所以一直打电话。

洪峰联系到这位居民上门面谈。原来她因为入住的时候与物业发生矛盾，10多年没交物业费了。最近物业说要起诉，她有点儿急，认为物业收费高，公共收益分配也不符合《民法典》。

公共收益分配到底有没有问题？不能"我觉得"，得用法规说话！洪峰回到社区，翻出《民法典》，再次来到这位居民家。两个人对着法规一条条分析，这位居民承认自己不交物业费的做法不对。之后，洪峰在物业公司和居民间做调解，最终这位居民和物业公司达成和解，交纳了拖欠的物业费。

清理欠账的同时，洪峰也在"建机制"。此前，宋家庄社区"接诉即办"一直是"专人办件"，可一个人的力量毕竟有限，有些事需要发挥团队的力量。洪峰在街道城管科工作时经常被"吹哨"，对街道各社区的"接诉即办"模式很熟悉。他借鉴宋家庄社区邻近的红狮家园社区"团队办件"经验，在社区成立了"接诉即办"调度群。

调度群成立后，办事人员遇到复杂问题就放到群里，由社区书记负责把握方向，熟悉居民情况的包楼干部入户和居民面对面了解情况，熟悉相关问题涉及领域的干部负责沟通办理。

有了团队合作，社区工作人员发现，"接诉即办"的解决速度越来越快：

——高空抛物屡禁不止，楼前全是空场不具备安装监控摄像头的条件？向外协调，把摄像头装在了小区外一家单位的楼上。

——门前坑洼不平出行不便？向上协调，请街道下拨"接诉即办"专项经费铺平道路。

——有人晚间打篮球扰民？和物业协调，每天安排专人晚上9点清场锁门……

实打实的数据证明了宋家庄社区接诉即办工作效果的提升："治理书记"到社区后，月均诉求量下降到48件，比之前的月均144件下降了67%。数量下降的同时，解决率、满意率不断攀升，短短3个月就双双上升了10个百分点。

2021年11月底,丰台区创新建立"治理书记"工作机制,首批选派26名机关干部,到问题最突出的社区蹲点攻坚、集中破题。时任丰台教委基教二科科长的唐汝育(右)蹲点云岗街道珠光逸景社区(北京日报社供图 刘平 摄)

这样可喜的变化,也在丰台其他有"治理书记"的社区上演。

在三环新城第二社区,"治理书记"主动协调,解决了居民购车半年多仍无法安装充电桩的难题,打通了社区安装充电桩的路径;在明春苑社区,"治理书记"协调环卫工人与社区干部、物业保洁一起开展"搓澡式"大扫除,解决了居民投诉热点问题;在万源南里社区,"治理书记"带动社区工作人员敲门入户询问居民诉求,采取多种办法主动治理,解决了高空抛物、电动车充电等问题……

三、"每月一题"解最难的题

梳理采暖季突出问题,制订"冬病夏治"方案;针对新业态新领域问题,主动出台政策措施及制度标准……4年来,从"闻风而动、接诉即办",

一个个诉求的解决，到"向前一步、未诉先办"，主动发现并打包解决一类问题，再到"每月一题、标本兼治"，聚焦民生痛点难点集中解决一批高频问题，首都各界的治理姿态更加主动，治理资源充分下沉，治理手段愈发丰富。

习近平总书记强调，"要坚持问题导向，把专项治理和系统治理、综合治理、依法治理、源头治理结合起来"。北京接诉即办改革就是坚持系统思维和问题导向，用"治理"解决普遍性问题，用"整治"解决突出问题，用"改革"破解民生难题，以点带面、标本兼治。

市民诉求的"呼叫哨"日益成为城市运行的"晴雨表"，公共服务从政府"端菜"走向群众"点菜"，进一步实现了"见之于未萌，治之于未乱"。

一个"大红本"的背后

2022年2月10日，大年初十，徐振忠起了个大早，前往周庄嘉园A区20号院"房产证办理中心"，领到了崭新的不动产权证书。这个"大红本"，全家足足盼了8年。当天，徐振忠带着孙子跑了趟派出所，终于把拖了多年的户口迁了回来。

办下这个"大红本"，"每月一题"功不可没。

64岁的徐振忠曾是朝阳区十八里店村的村民。2011年，村里拆迁腾退，3年后，全家搬回原址。住上了楼房，本是件高兴的事，但烦恼随之而来——拿不到不动产权证书。问题，卡在了房屋核验上。

徐振忠住的9号院属于周庄嘉园三期项目。三期一共36栋住宅楼，涉及回迁房屋7899套，2014年、2015年居民陆续入住。但项目建设时期，部分楼栋底商的使用者自行加盖隔层，或改变了配套的实际使用功能，影响项目办理规划核验，从而耽误住宅楼后续各项手续的办理。

居民领不到房产证，落户、上学、房屋买卖都成问题。之前，为了孩子上学，徐振忠的儿子带小孙子和儿媳在外面租房子。2016年，房东收回房子后，儿子一家便决定搬回周庄嘉园。"我们就想着顺便把户口迁回来。可去派出所一问，居然办不了。"徐振忠回忆，必须要有房产证，才能转成城镇户口。

为了"大红本"，徐振忠没少费劲儿。他找过开发公司，咨询过乡政府，打过市长热线，但得到的答复一直是"办不了""再等等"。能证明房子所有权的就是回迁时给的一张"代用证"，每当这时，徐振忠只能一次次拿出"代用证"反复抚摸，那张纸都快被他攥烂了。

徐振忠的困扰，在周庄嘉园并非个例。"有的家庭是碰到了子女上学的问题，还有的因为想置换房子，但苦于没有房产证，现在的房子卖不了。"大家的无奈通过一个个投诉反馈到朝阳区不动产登记中心副主任艾金涛的桌上。"在2019年，十八里店乡一个月接了上百件12345热线派单。"

2019年8月，一个文件的出台，让一筹莫展的艾金涛看到了希望——市规自委、市住房城乡建设委、市税务局共同印发了《关于切实解决历史遗留房地产开发项目不动产登记有关问题的意见》，"尊重历史、无错优先、违法必究"原则得以明确。无错优先，就是将完善不动产登记前置审批手续与为履行合法购房手续的购房人办理登记分开，"开发公司的过错不应该影响合法安置居民的房产证办理"。那就将底商问题与住宅部分的登记区分开，优先为居民办理住宅部分的规划核验等手续。

艾金涛和同事们在梳理底账的同时，办证的"老大难"开始破冰。2020年，朝阳区成立历史遗留"办证难"工作专班，牵头拟订处理方案。2021年，市委、市政府聚焦百姓诉求集中的12类主题27个高频共性难点开展专项整治，房产证办证难被纳入接诉即办"每月一题"首个具体问题。

"每月一题"的每个问题都明确市级主责部门，推动深挖问题背后的根源，出台改革创新举措，实现标本兼治。高位推动，让艾金涛和同事们的工作不仅有了底气，更有了抓手。2021年，光是议事协调会，艾金涛参加了十几次。与以往不同的是，现场来了一串儿管理部门，朝阳规自分局"首接负责",一管到底。

"卡"住的手续怎么办?"绝不让无过错的老百姓吃亏。"工作专班创新思路,按照"无错优先"原则,让群众先行办证,政府承诺背书,企业后续补办。很快,十八里店乡政府为底商部分存在的隔层和配套部分改变使用用途等问题出具了承诺意见,确保底商恢复空间结构及其使用用途。

一子落,满盘活。有了政府背书,后续环节也能顺利进行。近20家专班成员单位迅速行动,凝聚起了最大合力。2021年7月,周庄嘉园终于开启"大红本"办理模式。

年底的一天,徐振忠终于等来了电话,通知他去交材料。2022年元旦过后,徐振忠带上早已准备好的4份材料来到办理中心。一个月后,崭新的"大红本"到手了。摩挲着自家的房产证,徐振忠久久舍不得放手:"住着宽敞的回迁楼,现在再拿上这个'大红本',心里的石头总算落地了。"

周庄嘉园回迁业主陆续领到了期盼已久的不动产权证书(北京日报社供图 邓伟 摄)

"后进"街乡镇的"摘帽"法宝

学院路街道,常住人口超22万,是海淀区第一人口大户。人多,意味着事儿多,诉求也多。12345热线数据也能印证——2019年至2022年,街道诉求受理量从5000余件增长至近2万件。

诉求量持续攀升,成绩却在稳步提升。近3年,学院路街道在全市接诉即办排名分别位居第52名、第20名、第10名,这让街道干部既感慨又振奋。要知道,2019年6月,学院路街道曾被纳入"治理类街乡镇"。

从接受市级督导到跃升进位,再到退出"治理类街乡镇",学院路街道仅用14个月就完成了"逆袭"。这背后,有什么秘诀?

2023年刚开春,海淀区逸成体育公园里就迎来一拨又一拨锻炼的居民。有的静静跑步,享受独处的慢时光;有的家长带孩子打球,感受挥洒汗水的痛快淋漓。"这儿开放前,我们附近的大公园只有东升八家郊野公园,还要坐两站地,现在下楼就能散步。"天气好的时候,62岁的李梅都会在公园里走上几圈。

时间拨回到3年前。因为拆迁甩项遗留,这片地闲置了10余年,私搭乱建、无照经营、黄土裸露等问题突出,"大风天一吹,隔壁楼上居民家里的窗户没法开,全是沙土"。逸成社区党委书记、居委会主任张秀清回忆,那时候,没少接到居民的投诉。想整治,涉及多个部门,别说社区,就连街道也调动不了这些部门。

2019年,学院路街道启动"吹哨报到"机制。一声哨响,区市场监管局、区城管委、区规自分局等部门应声联动。取缔无照经营、拆除违法建设、封堵开墙打洞、清理垃圾渣土,为后期优化提升腾出了空间。

随后,学院路街道对空地进行改造,1.2万平方米的逸成体育公园建成,而且划分了网球场、篮球场、足球场、乒乓球场等活动场地,同时还建了社区文化舞台,安装了健身器材等设施,开辟了儿童活动区域。

闲置土地资源被激活,补齐了社区服务功能短板,极大地服务了周边居民。

2023年开年以来,逸成体育公园又有了两个新变化:一是公园新开了西门,旁边的居民刷卡就能进园遛弯儿;二是公园加装了声屏障,楼上不再担心噪声。这背后,社区没少下功夫。以往,逸成小区虽然和体育公园只有一道墙的距离,居民想来健身却只能绕路走到东门。随着疫情防控进入"乙类乙管","多开一个门"被纳入待办事项。

不仅要开门,安全管理也要跟上。"外人不能随便通过这个通道进小区。"张秀清说,最后进出西门的规矩定下来了,居民从小区进公园可以刷门禁卡,但从公园回小区必须人脸识别。

"学院路街道高校云集、资源丰富、人才荟萃,也正因为如此,大院大所一定程度上造成'围墙壁垒',有的闲置资源得不到充分挖掘和利用,还

在位于海淀区学院路街道的逸成体育公园里,周边居民前来活动健身。据介绍,这片曾是私搭乱建的区域,经整治后建成体育公园。公园内建有社区文化广场、塑胶跑道、舞台、儿童乐园等设施,更有足球场、网球场、篮球场,面积达1.2万平方米(北京日报社供图 饶强 摄)

有的不能及时转化为满足需求的服务供给。"学院路街道党工委书记郑鹏说。利用"吹哨报到"机制，街道充分挖掘地区单位各自优势，按照可开放、可集约、可共享的标准，将辖区内场所阵地、活动设施、文体基地、硬件软件等资源汇总联动起来。针对群众需求期盼，利用"治理类街乡镇"市级补助资金，推动建成了逸成体育公园、石油共生大院、二里庄环巷、京张铁路遗址公园启动区等城市空间。补齐短板弱项，有助于从源头解决引发群众诉求的重难点问题。

治理类街乡镇是推进区域主动治理的有益探索。从2019年开始，北京选取群众诉求集中、基层治理基础薄弱的街乡镇，坚持提升硬件设施和增强治理能力一起抓，坚持治理与管理服务并重，进行专项治理。通过市疏整促工作专班的督导，一批居民诉求多、治理难度大的街乡镇实现了诉求量降低、诉求解决率和群众满意度提高，成功"摘帽"。

社区服务卡直接联系办事人

接诉即办改革4年来，未诉先办、主动治理，已经成为基层新气象。各诉求承办单位将诉求工单转变为主动治理任务，采取"冬病夏治""未雨绸缪""周期防治""春风化雨"等措施，主动加强隐患排查、梳理薄弱环节、补齐突出短板。

从2021年开始，房山区太平庄东里社区每户居民手里都有了一张社区服务卡，居民在社区生活中遇到难题时，可直接致电社区接诉即办负责人。这同致电12345热线相比，减少了派单程序等中间环节，为群众办实事的效率更高了。

这是太平庄东里社区进行"未诉先办"的创新尝试：通过入户走访、数据研判等方式，接诉即办端口得以前移，方便社区有针对性地采取措施，提前预防。

这张社区服务卡看起来就像一张名片，在一排"太平庄东里社区服务卡"红色字体下面,一面印着该社区居委会书记杨玉山、副书记赵连杰的姓名、职务、手机号及微信二维码,另一面则印着张静涛、王玉兰两名副主任的姓名、职务、手机号及微信二维码。赵连杰介绍,居民拿到这张卡,一旦遇到问题,可以第一时间找到接诉即办负责人,"这张卡将幕后接诉即办负责人直接推至台前,和居民面对面,减少了中间派单环节,也更利于居民监督。假如问题较为复杂重大,社区层面难以解决,便会向上反映至街道办,由街道办启动'吹哨报到'机制,联系相关部门进行解决"。

"我拿到社区服务卡时,赵连杰就告诉我,遇到烦心事,直接给她打电话,24小时接听。"69岁的居民李宝成说。2001年自西城区天桥区域迁至通尚苑至今,李宝成夫妇已在小区居住了20年。此前,两位老人深受暖气不暖、水管漏水、楼道内堆满杂物等烦心事困扰。

2023年,刚拿到社区服务卡,李宝成就拨通了赵连杰的电话,把多年的烦心事一股脑儿地反映给了赵连杰。赵连杰立即带领维修人员入户,拆掉老人家里5组暖气片,一根管一根管地进行清洗、检查维修……暖气不热的问题解决后,工作人员又一一更换了老人家中漏水的水管。

因曾遭遇过火灾,李宝成对消防隐患问题格外上心。当看到楼道内、地下室门口到处堆放着杂物时,他十分担心失火,立即打通了赵连杰的电话。"她在电话里就向我承诺,3天内解决问题。没想到第二天,小区就开展了楼道清理工作,后来还有货车开进小区,把大家丢弃的废旧物品装车拉走,一共拉了10多车。"

社区服务卡还帮忙成功避免了一场火灾。那天,李宝成在楼道里闻到一股煳味,怀疑邻居家失火,他报警后,又打了赵连杰的电话。很快,被赵连杰找来的房主打开了房门,消防员也赶到了。原来是楼上的邻居出门遛弯儿,忘了炉子上还烧着水。"幸亏有这张卡,否则哪能这么快开门灭火。"老人说。

发现社区服务卡管用后,李宝成不仅解决了家里的烦心事,还将目光转到了公共区域:草坪内有了杂草,墙壁上贴了小广告,小区缺少充电桩……一件件大事小事逐一得到解决,他越来越感到社区是一个大家庭,自己就是家里的一个成员,"社区服务卡成了亲情卡,社区工作人员就像亲人一样,今后再遇到问题,大家一起想办法解决,我再也不用烦心了"。

民生大数据为超大城市体检

接诉即办,正在成为超大城市治理的重要支撑力量。12345热线会把监测、感知的结果反馈至相关部门,为强化协同治理提供科学依据和重要参考,从而更好地服务城市中心工作,辅助政府决策施政。

近3年来,大兴区接诉即办"万人诉求比"始终保持全市最低。将平均每万人的来电量降至全市最低,地域广、人口多的大兴区是如何做到的?

"降量提质"的背后,该区接诉即办综合调度指挥中心即调即用的大数据平台发挥了重要作用。

走进大兴区接诉即办综合调度指挥中心,一面80平方米的超大屏幕十分抢眼:最中间,是一幅群众诉求行政区划分布示意图,20个镇街诉求量从少到多依次用绿色、蓝色、浅黄、橙黄、红色区分;左边,大兴区承办总量、分转和直派数据量、诉求来源,一个个变化的数据实时呈现热线进展;右侧,从当日来电数量到案件办理进度,从诉求前10类问题到各街镇诉求量排名,饼状图和柱状图让所有成绩一目了然。大兴区城市管理指挥中心市民服务热线管理科科长张景怡和近50名同事正对着智能平台,进行数据梳理。

"一个热线电话是一张工单,众多工单汇集起来就成了民生大数据。我们既要有一办一,办结每张工单,更要加强数据分析,彻底解决一类问题。"张景怡说着,打开了平台右上角的"多次来电"选项。在大兴,许多难题的解决、实事的办成,就是通过集中诉求发现并推动的。

2022年底，瀛海镇金隅学府小区结束了近一年没有公交车停靠站的历史。"最后一公里"难题的突破，始于20多个12345来电。"8月的时候，我们梳理来电发现，金隅学府有居民多次反映出行难，有的是打12345，有的是网络留言。"张景怡回忆说。接单后，瀛海镇"吹哨"，公交集团"报到"。经过实地调研、路线规划、站点设置，最终，专231路公交增加了金隅学府小区、兴海一街西站等站点。路线优化后，周边小区3000余户居民的公交出行问题解决了。

智能平台上的各类数据为基层治理提供了有力支撑。张景怡又演示了一张饼状图，这是由后台数据生成的大兴区诉求量前10类问题。住房、市场监管、农村管理、物业管理……她和同事们就是靠着数据量的占比、分布等大数据，为政府瞄准高频事项开展源头治理提供参考。

物业管理诉求曾一度居高不下，"最多的时候一个月达到1582件"。城指中心和区住房城乡建设委建立了联动对接机制，张景怡和同事们每月汇总并梳理物业管理类诉求发送给对方。区住房城乡建设委还建立了物业"红黑榜"排名机制，对物业公司进行排名通报。行业督办带来了显著的治理成效，大兴物业管理类诉求占比逐年下降，已由2019年的8.14%降至2022年的4.22%。

民生大数据为超大城市体检，也正在助力全市治理水平的提升。

北京接诉即办改革进行的4年多时间里，积累了上亿个民生来电，直观地展现出城市治理在哪些方面还存在不足，在哪些方面还需要加强和改进。全市上下也正在创新工作方式用好"数据富矿"，建设以诉求量分析、类别分析、地域分析、考核排名、城市问题台账为主要内容的大数据分析决策平台，诉求热力图、分布类型、高频事项一目了然。

2021年，接诉即办"每月一题"机制建立，经过大数据层层"筛查"，"算"出了城市治理的高频难点问题，以及群众反映靠前的主题中"吐槽"最集中的具体问题。最终，房产证办证难、预付式消费退费难等12类主题

胜古北里10号楼加装的电梯投入使用，老住户们得以享受便捷上下楼方式（北京日报社供图　武亦彬 摄）

27个问题被精准锁定。2022年，北京又自我加压，聚焦职责交叉、基层难以破解、亟须深化改革的17个高频民生问题进行集中攻坚。

老楼加装电梯问题作为2022年"每月一题"的开年第一题，就是基于上一年度的大数据分析——通过对2021年诉求中有关老楼加装电梯的来电分析，发现70%都是期望加装电梯的。这既是群众的急难愁盼，也契合当前适老化改造的要求。

四、外卖小哥一通电话装上新号牌

接诉即办，人民群众既是"诉"的发起者，也是"办"的参与者，基层创新与共治传统相得益彰，推动形成了"小事不出社区，大事不出街乡，难事条块一起办"的新治理格局。有诉求敞开来说，坐在一起议一议，这样的共治姿态，已成为接诉即办能够持续激发治理效能的关键所在。

对各级党委政府来说，接就要接到底，干就要干到位。广大市民则要进一步强化参与城市治理的主人翁意识，有分歧商量着办，各自向前一步，携起手来，推动接诉即办走向纵深。这是法律赋予的责任与义务，也是对"共建共治"的生动践行。

老旧小区的"重生"

接诉即办作为党和政府与人民群众之间的桥梁纽带，正充分调动各方主体主动参与，激发全社会活力，推动实现"群众的事同群众多商量，大家的事人人参与"，助力打造共建共治共享的社会治理新格局。

这两年，大兴区天堂河小区发生了件"奇事儿"：过去一年接三四百件12345派单，不是反映停水停电，就是顶层漏雨、下水道堵了；可现如今，处理不完的热线投诉消停了，取而代之的，是居民陆续送到社区的60多面锦旗！

曾经斑驳的外墙加固翻新，穿上保温"棉服"；楼顶重做1.7万平方米防水；上下水管道改造更新；具备条件的单元楼加装电梯……

不知情的，光说这个老旧小区改造得好。只有居民自个儿，还有参与改造的各方人员，能把其中的艰难坎坷、酸甜苦辣道明，能把齐心"闯关"的故事讲清。

天堂河小区，位于大兴区天宫院街道，曾因天堂河从附近流过而得名。为了大兴机场建设，天堂河改道，更名为永兴河。四十载饱经风霜，天堂河小区一度"疾病"缠身。

"红砖墙面，斑驳脱皮，有的人家木窗都掉渣儿。"天堂河社区书记、居委会主任刘凤玲拿着老照片感叹。当时，居民三天两头打12345投诉，"今天下水道堵了、停电跳闸了，明天屋顶漏雨、路面积水了。冬天冷，想把暖气烧热点吧，管道又撑不住，爆裂了……"

回应民众诉求,是让人民生活幸福的关键。为了改善居住条件,治病去根儿,天堂河小区被北京市列为老旧小区改造项目。小区老年居民多,60岁以上老人占比66.7%,一些老人不想折腾。但按规定,只有2/3以上的居民同意,才能启动改造。

为了打消居民顾虑,街道城市管理办公室、社区、施工单位"组团",爬楼入户给老人们汇报、征求意见。担心平面效果图不生动,工作人员还制作了视频动画。

5号楼一位独居阿姨,担心自家楼层高,施工期间打水不便。"您放心,咱们会把水管引到楼上,不用下楼接。"社工徐静连着一礼拜为阿姨送菜送水。

北区一位大爷,楼上楼下放了十几口腌咸菜的大缸,还有破旧椅子。听说要清理,大爷急了,跑到居委会抗议。"别急别急,要不这样,我给您拿两把好椅子,旧的不结实,别把您摔了。"刘凤玲跟大爷拉起家常,从东北老家到腌制酸菜,从苦日子到这次改造。老人渐渐想通了:"都不容易,就冲你,这咸菜缸我砸了!"

2022年4月,天堂河小区改造正式动工。改造专班各方未诉先办,把居民可能遇到的麻烦想在前头,提前想出对策。社区吹哨,各部门报到。

"我家老头儿得了癌症,我腿脚又不好,社区知道情况后,连着八九天给我们送饭,直到厨房改造完。特别感动。"年过八旬的王阿姨说。

"有委屈不怕,就怕大家没地儿说。"刘凤玲打开居民微信群,"有人反映窗户花了,我们马上在群里弄了个'接龙',谁有同样担忧,咱给他一起解决。"

涉及28栋楼1266户的改造,没有一点不和谐声音是不可能的。"有事大家议,治理省力气。"刘凤玲感慨道。有了矛盾,大家就到居民议事厅里议一议,商量商量,总能想出解决办法。

老旧小区改造,不仅要改外露的"面子",更要做好惠民的"里子"。

楼顶漏雨、管道破裂，根治顽疾，免不了"伤筋动骨"。为了安慰居民，施工单位也做了变通——居民买了新橱柜，帮着安装上；新买了瓷砖、防水、贴砖免费做。街道社区也帮着做工作，给大伙儿讲清政策。

改造期间，大车进出频繁，考虑到旧井盖存在安全隐患，企业给免费换了70多个井盖。小区监控探头增加、主机需要扩容；居民抱怨没地儿晾衣服，希望加建公共晾晒区……不在旧改"菜单"上的项目，企业没"打磕巴"，能力范围内的都承担了下来。"不计成本，先干了再说。我们公司前身是国企，履行社会责任，义不容辞。"北京天恒建设集团有限公司该项目负责人李鹏说。

将心比心，再轮到自个儿花钱时，居民们都积极配合。"过去下雨，满地摆盆，滴滴答答没完没了。顶层冬天冷，屋里返潮，转圈都是霜。苦日子过去了。这回防水做了，保温层也加了，你看我这屋，大冬天还要开窗户。"

2021年，石景山区鲁谷街道六合园南社区改造积极引入社会资本参与，改造社区环境（北京日报社供图　戴冰　摄）

王阿姨说。现在她也能带着小孙子，在整洁的小区里玩玩健身器材了。

在北京，不少老旧小区正是通过"居民出一点、企业投一点、产权单位筹一点、补建设施收益一点、政府支持一点"资金分担机制，实现了改造更新，改善了居民的生活环境。

接诉即办"顾问团"专办难事

大家有难事，大家一起办。在接诉即办机制的推动下，区、街乡镇、社区村三级力量整合起来，集思广益，协力共办，为民解忧。

2021年，通州区北苑街道进行了一个新尝试：由街道党群办、监察组、市民诉求处置中心牵头，吸纳有经验的社区书记，组成接诉即办"顾问团"，哪个社区有难题，大家一起支着儿、办理，快速解决市民身边的烦心事。

4月19日9点刚过，住在帅府园社区42号楼的几位老人走出单元门，沿着平坦的甬路往西溜达10多米，到花坛边晒太阳……一个多月前，这些老人想走到花坛，可挺费劲儿的。甬路因冬天抢修水管，打了个水泥补丁，随着气温升高和车辆碾轧，"补丁"不仅裂了，还形成了几个深约10厘米的坑。"老人腿脚不好，万一踩上，很容易摔倒，请尽快维修！"几位居民拨打了12345市民热线。没几天，施工开始了。

居民不知道，能够顺利施工，接诉即办"顾问团"功不可没。

"就像凫水的鸭子，表面上从容淡定，水底下却得拼命忙活。"帅府园社区书记李洪峰说。原来，居民反映水泥路的问题时，与小区物业对接的施工队恰巧在外地，无法立刻返京，如果更换队伍，物业需要和总公司打报告，大约一周后才能协调来新队伍；社区如果自己找施工队，资金来源又是问题……

"小区老人多，出行是大问题，可不能耽误。"李洪峰赶紧找到北苑街道接诉即办"顾问团"求助。

刚成立不久的接诉即办"顾问团"有3名固定成员：街道党群办主任赵宁、监察组组长袁琳、市民诉求处置中心负责人何志华。袁琳负责监督社区是否有不作为等现象；何志华负责帮社区"吹哨"，找来职能部门一起解决问题；赵宁则请来了中山街社区书记李亚义和西关社区书记、接诉即办工作先进个人马杰加入"顾问团"，大家一起帮帅府园社区支着儿。

市民诉求处置中心联系上了物业总公司，通过"特事特办"协调临时施工队，加快工程进度；两位社区书记则根据自己多年的基层工作经验，带着社工一起在小区里张贴施工温馨提示、设置警示牌，提醒居民注意安全；在施工过程中，"顾问团"成员也常在现场驻守，防范安全事故……

甬道很快修好了，居民挺满意。"还有两位居民拨打12345市民热线表扬街道、社区呢。"李洪峰开心地说。北苑街道工委副书记李佳佳说，接诉即办"顾问团"的成立，就是要求基层干部共享好的治理经验，真正扑下身子为居民解难题。

加入"顾问团"，帮别的社区出主意，会不会耽误自己所在社区的工作？中山街社区书记李亚义摇了摇头："各社区都是一家人，互帮互助，我这儿有了集中诉求，其他社区书记也来帮忙想办法。"他说，新华西街44号院的垃圾投放点曾因为时常有异味，引起了居民不满。"顾问团"介入后，不仅重新确定了垃圾箱的摆放位置，还加装了密封性能出色的铁皮箱，其他社区还带来了广受好评的"破袋神器"。

诉求解决了，还不是终点。"顾问团"每次帮社区解决难题后，都要形成办事报告。北苑街道会将这些好经验制作成册，与各社区分享，共同提高，为居民办好实事。

九元共治变"独角戏"为"大合唱"

短短4年多，"老街坊议事厅""楼管会""为老服务队"等居民自治组织应运而生，在环境整治、矛盾调解中发挥了不小作用。事实证明，共建共治方能共享共荣，人人参与、优化治理，大家都是受益者。

哑叭河与佃起河交汇处，坐落着房山最大的居民区——嘉州水郡北区。这里有54栋居民楼，生活着2万居民，商街、学校、药店一应俱全。人多，就意味着诉求多、麻烦多。"管着这么大的一个社区，你们怕不怕？"每当有人这样问的时候，社区党支部书记李雪东总是脱口而出："不怕！"

她的底气来自"党建统筹，九元共治"的工作法宝。社区党组织统领，物管会、物业、辖区单位、居民等9类力量参与社区治理。2020年以来，嘉州水郡北区的12345热线响应率100%，解决率95%，满意率92.5%，均位于房山区前列。2021年以来，12345诉求量同比下降13%。

走进嘉州水郡北区，第一感觉是干净。人行步道、健身广场、楼前绿地里，基本看不见杂物。居委会门前，绿色的厨余垃圾桶、灰色的其他垃圾桶一字排开，每个桶盖上都有方便开合的拉手。掀开其中一只厨余垃圾桶，只见菜叶、果皮等堆了小半桶，未掺入垃圾袋等杂物。

"我们小区垃圾分类有'绿聚人'管着呢，您什么时候来，都这么规范。"迎上前来的社区党支部书记李雪东，颇为自豪地介绍起小区"绿聚人"志愿服务队。服务队成立于2022年5月，20多名志愿者全是小区居民，一年365天每天雷打不动在桶前值守2小时，指导居民垃圾分类，劝导乱扔垃圾等不文明行为，成效相当显著。

像这样的社区组织，嘉州水郡北区有59个。除了"绿聚人"，还有嘉州十姐妹为老服务队、治安360社区治安联防队等。这些社区组织是"党建统筹，九元共治"工作法中"九元"的重要组成部分。

"所谓'九元'，就是社区建设的九种力量。"李雪东掰着手指细数，有社区党组织、社区居委会、社区工作站、物管会、物业企业、辖区单位、社区组织、社区民警，还有社区居民。这9种原本彼此独立的力量，靠党建统筹凝聚到了一起。

社区居委会的墙上贴着社区党支部制定的3张清单，分别是责任清单、任务清单、项目清单。各方力量"按图索骥",确定自己的责任、任务和年度项目,共同解决居民诉求,为社区服务。

辖区单位则各尽所能,理发店定期为老人义务理发,银行给社区开金融理财课。疫情期间,社区有200多户居民需要居家观察,社工忙不过来。链家地产党支部派出由40多名中介小哥组成的"帮帮团",志愿为居家观察的居民送快递,并积极参与小区疫情防控岗值守。

九元共治,让社区治理从以前的"独角戏"变成了"大合唱"。截至2021年8月中旬,嘉州水郡北区社区12345热线投诉306件,同比下降13%,解决率、满意率都有提升,实现了接诉即办的"降量提率"。同时,通过设立"我来办"工作站、"有事您说话"意见箱,解决未诉先办民生事项1659件,居民满意率100%。

外卖小哥一通电话,154个单元楼装号牌

还有越来越多的普通市民群众,通过接诉即办参与城市治理。

"你看!这些楼门、楼身上的新号牌,就是听了我的意见挂的!"站在昌平龙泽苑西区20号楼前,外卖小哥张惠鹏自豪地说道。事情起因于他2022年8月给12345打的一通电话,"社区太大,楼号不清,送餐时找起来太费劲"。本没抱太大希望的张惠鹏,最近几天再来龙泽苑送餐时发现,新号牌装上了,连样式都是他推荐的!"真没想到,我这个外卖小哥的建议,这么受重视。"

"号牌不清严重影响送餐速度。"提起打12345的原因,张惠鹏坦言,在几十万平方米的大型社区,找楼号有时甚至能耽误5分钟。别看这5分钟不长,但引起的是连锁反应,后面顾客的餐都会被拖延,有的等不及取消了订单,有的接到的饭菜都凉了。顾客吃不好,外卖小哥被投诉,大家心里都不痛快。

打12345,张惠鹏并不是只为自己,"我粗略统计,回龙观这片儿得有

五六百名骑手，我遇到的问题，也困扰着其他人"。

12345打完没两天，张惠鹏就接到了一个电话，来电人是龙泽苑社区党委书记伊然。张惠鹏把自己的诉求详细道出：社区太大了，又有单行线，不清楚的楼号应标清。伊然多次跟张惠鹏电话联系，又把他请到社区当面聊。伊然认为这个问题很有代表性，需要抓紧解决。

当时受疫情影响，业主大会只能线上召开。大家都很认可小哥的建议，有1000多人参加的业主大会上，没有一张反对票。大家一致决定，安装新号牌，并优化、增加指路牌。

讨论结果有了，装号牌的钱谁出？"当时快到年底，社区可调配的资金也不多了，我们先用一部分党组织服务群众经费，给小区里大小50多个路口加装了指路牌。"伊然说。走完"第一步"，社区紧接着请施工方测算成本、打报告、走流程，在街道资金支持下，于2023年2月底完成了"第二

2023年，在外卖员张惠鹏的建议下，龙泽苑西区楼宇均已加装了清晰的楼门牌（北京日报社供图　邓伟　摄）

步"——给154个单元楼装号牌。

更让张惠鹏惊喜的是，新的单元楼号牌蓝白相间，正是他当时推荐给社区的样式。"我们天天各个小区跑，知道什么样的号牌最醒目。社区书记很细心，问我有没有什么样式推荐，我就给他发了照片。"张惠鹏说，这种配色的号牌，即使在夜晚也很好辨认。

事情过后，伊然又接到了12345的派单，这次是外卖小哥的表扬电话："为民办实事儿，给基层干部点赞！"

向前一步，巧解"老白家"噪声争端

"为民的事没有小事。"习近平总书记曾在调研中强调，"要多到群众最需要的地方去解决问题。"接诉即办改革以来，《向前一步》等节目应运而生，每一个录制现场，都是一次部门报到。管理者与居民同台，直面诉求、沟通协商。

当所有人都愿意迈出一小步，就是城市发展的一大步。通过搭建更为公平的沟通桥梁，即使再微小的个体也能参与到公共领域治理，真正发挥好了媒体参与城市治理的功能，触达了社会治理的"最后一公里"。

右安门内大街辛10号楼与万和世家小区，同在西城区白纸坊街道，这对"老白家"的"近邻"只有一个栅栏之隔。然而相伴20余年，一直有个心结让双方关系不太融洽。矛盾症结，就出在建于两个小区间的儿童活动设施上。

"孩子尖叫，上蹿下跳，篮球咣当当""噪音听得抑郁了，整宿睡不着"……辛10号楼渴望宁静的老人抱怨。"游乐设施建在小区红线内，并不违法，孩子玩闹声不是噪音……"万和世家小区的业主说得理直气壮。一边是老人，一边是孩子，各自都有理。这可难坏了街道、社区、物业各方管理单位。

新年伊始，北京卫视《向前一步》节目将录制现场搬进两个小区附近

公园，双方居民代表、律师、噪声专家、规划专家等组成的"城市沟通团"围坐对话，尝试解开居民心结。

对话开始，"火药味儿"极浓。辛10号楼的老人们坚持要求拆掉儿童活动设施："这些噪音已经威胁到我们寿命的延续！"万和世家小区的业主也不示弱："如果从头到尾就是拆，那没什么可谈的了。"

关键时刻，沟通团及时救场，对双方争执焦点一一剖析。

孩子们的玩闹声是不是噪声？"即使是悦耳的钢琴曲，超过一定分贝数也算噪声。"专家拿出数据，生活噪声超过80分贝，就会对人造成影响。根据声环境质量标准，住宅区生活噪声限值为白天55分贝、夜间45分贝。一段取证视频中，孩子玩耍中的尖叫声让现场一位老人下意识捂住胸口。

游乐设施能不能拆除？"目前新小区建设，要求必须配建儿童活动、居民健身等设施。"对规划专家的介绍，很多老人显然是第一次听说。而拆除设施，需要万和世家小区业主表决通过才行，辛10号楼的老人们没有主张拆除的权利。

虽然设施建得不违法，但沟通团也公正地提出——通过实地测量，活动设施距离深受其扰的辛10号楼更近，且两个小区间四面"围合"产生回声效应，放大了玩闹声。

"人人都会变老，老了睡眠轻、怕打扰。谁都曾是孩子，童年的快乐非常重要。既然问题出在声音上，我们能否通过管理的办法，把噪声降下来？"心理学专家的话，让所有在场者动容。5个小时的沟通努力，让双方有了新认识，开始理性思考。

"我的意思是，各自后退一步，把问题解决。老人能很好休息，我们的孩子也能快乐成长。"万和世家小区业主提议。"我们也不是要给政府找麻烦，确实想解决问题，共享和谐安宁的生活。"辛10号楼的宣阿姨情绪也平和下来。

眼看协商氛围形成，沟通团带头支着儿。"从加强自身防护角度看，加装通风型隔音窗可以有效降低噪音。""我们可以架设一个分贝监测仪，提醒大家注意音量。""对产生噪音的项目进行限制,建议禁止球类运动。"……

一条条切实可行的措施,让双方居民频频点头。物业经理当场表态:"落实管理,增加巡视频次,规范活动时间。"同时,听取宣阿姨的建议,给铁板材质的设施平台加装软垫减震。

"今天所有建议,我们都一一记录下来。街道牵头,跟社区一起搭建平台,商量一次不行两次,两次不行三次。咱们都是'老白家'居民的一分子,有什么事都是能商量解决的,探讨出一个最大公约数的解决方案。"白纸坊街道城市管理办公室副主任赵旭也有了信心。

"一件事情的解决,不是说谁的理更重,而是能不能兼顾最弱势的人,因为那是一座城市的良心。"经济学者张春蔚的一番话,让所有人做出点赞的手势。

夜幕降临,在摄像镜头的见证下,两个小区的居民不约而同地选择向前一步,跨过了地上那条红线,也跨过了心中的"分歧线"。

五、一部"为民服务法"的诞生

2021年9月24日,北京市人大常委会审议通过《北京市接诉即办工作条例》(以下简称《条例》)。至此,接诉即办这一首都基层治理创新经验,正式通过法律形式固化下来。

始终坚持"开门立法",线下、网上广征民意,下沉调研汇集基层建议;邀请相关领域专家分析研判,对主要制度设计进行法律审核……正是在"每条意见建议都会被认真考虑"的不懈努力中,一份集民智、守民心的法规最终"立"了起来。诉求人信息受法律保护、诉求工单注明办理时限、首接单位负责办理不得推诿、督促与激励结合分级分类考评……《条例》不仅观照到既有改革经验的固化,而且有效回应了民众意见集中点、基层处置困难点,对接诉即办工作持续推进具有显著的现实针对性和指导性。

于政府职能部门而言，自此接诉即办已不是"向前一步"，而是一种必须履行的法定义务。全市上下也需要对接诉即办进行认真总结、深入思考，让制度力量充分化作治理效能。

拨打12345需要实名吗？

自《条例》施行以来，成千上万居民通过12345这条热线，充分享有了知情权、参与权、表达权、监督权，人人都迫切地参与社会治理。

这部"首都原创法""为民服务法"，为何能披荆斩棘、深得民心？解谜，或许可以从一场激烈的讨论开始。

"做梦都在接12345，有的社区书记都喘不过气了。"提起《条例》出台前基层工作者的状态，上届市人大代表、通州区玉桥街道办事处原一级调研员张梅菊很心疼，"有的诉求人，不仅匿名，连电话都是假的。这如何提高见面率、解决率？基层压力太大了！"一次区人代会上，张梅菊的发言引发基层代表强烈共鸣，掌声热烈。

那段时间，通过立法巩固接诉即办改革成效，让基层工作者"直起腰板儿"接诉的呼声越来越高。

2021年1月，市十五届人大四次会议，张梅菊等26名代表提出了"关于制定北京市接诉即办工作条例"的议案。此前，市人大常委会法制办、市人大社会建设委员会工作机构、市司法局、市政务服务局等单位已经组建立法工作专班。"接诉即办"立法按下"快进键"。

立法专班征求意见时，昌平一位社区书记举例说，一天晚上，她接到同一个人打来的18个电话，说的却是一件事儿，社区小卖部里的矿泉水卖一块五，而其他地方卖一块二，要求对社区小卖部罚款、关门。

是否要为"全面接诉"设置准入门槛？是否应该要求诉求人实名？"开门立法，就是要听到各方不同的声音。只有践行全过程人民民主的理念，这部法才能立好。"市人大社会委工作机构一位负责人说。

当年4月,立法专班随机邀请拨打过12345的40余名市民座谈。有市民提出,实名制可增加虚假举报、报案的成本,但保护隐私也很有必要。"实名拨打12345,会不会遭到相关责任人的报复?应该让市民在拨打时,觉得有安全感。"一位市民代表说。

虽然有很多争论,但大家有一个共识:接诉即办立法首先必须是一部"为民服务法",必须站稳人民立场。

"把提出诉求规范得太死,就不方便为群众办事了。"立法专班认为,只要群众提出诉求,就一定有难办的事。也许别人看来"不合理",但对当事人来说,就是棘手的麻烦。这是送上门的群众工作,不能将其与基层本职工作视为"两张皮"。

最终,条例没有用"不合理""恶意"来区分市民诉求,而是要求以12345市民服务热线为主渠道,提供全时段的诉求接收、查询和反馈服务,对诉求人主体不设限制,对诉求实行分类处理。

站稳人民立场,是形成共识的第一步。作为一部"首都原创法",没有直接的上位法依据,没有经验可鉴,改革尚处在攻坚阶段……经验丰富的专业立法工作者也坦言难度极大。

"人大立法有个金句:问题引导立法,立法解决问题。"市人大常委会社会建设综合办公室主任李放说。立法调研、征集民意的过程,就是找到并解决这些"真问题"的过程。立法专班成员到热线干起"接线员",全流程蹲点调研各相关主体在派单、回访、考核等环节的职责任务。

草案二审前,全市万名代表下基层,在340个代表之家、2938个代表联络站,与6.7万名市民群众"面对面",收集建议1.5万条。市民参与热情高涨。

一本薄薄的白色小册子,只有16页38个条款。接诉即办这部法,看似不复杂,但每一条款都闪烁着"人民至上"的光芒,几乎每句话背后,都是一个接诉即办的故事。不到一年时间,法规起草者改了几十稿。人民群众的"金点子",成为立法为民的"金钥匙"。

"这两年,许多市民打12345不是说个人诉求,而是迫切地想让城市更美好,从过去事不关己到现在事事关心。"12345热线的一位接线员打开电脑上一个个工单:张先生建议,丰台区郭庄子桥洞小屯路道口适时增加坡道,方便附近老年人上下坡;程女士建议,对房山线大学城北站的十字路口交通信号灯进行优化;还有不少市民建议,增加针对老年人和小孩的健身设施……

全面接诉、首接负责、限时办理、分类考评……立法固化改革经验的同时,也呼应了改革背后的深层逻辑——推动全员参与社会治理,从源头化解矛盾,真正实现超大城市治理全过程中的"以人民为中心"。

检查组奔基层督促法规落地

《条例》实施一年半来,法规执行效果怎么样?北京市人大执法检查组马不停蹄,持续问效于民。按照执法检查的工作安排,2022年3月至7月,市、区人大常委会围绕执法检查重点,坚持问题导向,采取多种方式,组织开展执法检查,全面、深入了解实施情况。

实地检查、会议座谈、明察暗访、蹲点调研、问卷调查,执法检查形式多样。西城、朝阳、昌平、大兴、平谷,执法检查组频繁"出动"。检查哪些内容?既有《条例》中规定的分类处理、首接负责、异议会商等机制建立运行情况,也有街道乡镇通过"吹哨报到"机制统筹协调、指挥调度相关单位办理诉求的情况,以及社区(村)发挥居民议事会议、业委会、物管会等的作用组织居(村)民参与社会治理等情况。

对市住房城乡建设委、市经济和信息化局、市教委等政府部门,执法检查组重点围绕《条例》宣传培训、共性问题分析、疑难复杂诉求协调解决等方面进行检查。对水、电、气、热、交通等公共服务企业,执法检查组重点针对周期性、季节性问题的预判和工作预案制定,公共服务保障和应急处置等工作机制的建立完善等问题开展了检查。

实地检查只是一方面，执法检查组还利用市人大代表履职平台征求三级人大代表意见建议，多角度了解《条例》实施情况。此外，还选取了部分诉求人和承办单位发放《条例》实施情况的调查问卷。

执法检查组深入市、区政府部门，街道、乡镇、社区（村）以及公共服务企业等45家单位检查《条例》实施情况，列出问题清单47项；各区执法检查组检查点位100余处，查找具体问题200余个，提出整改建议100余条。

针对2022年执法检查意见，市政务服务局立即会同各区相关部门，逐项明确办理措施。46项改进内容包括：加快完善热线接诉支持系统，完善网络受理渠道功能，完善派单目录，优化回访程序、简化回访内容……每项都有主责单位，且规定了完成时限。从立法、实施到执法检查，这部颇具北京地方特色的法规形成完整闭环。

2022年9月22日，在《条例》实施一周年之际，北京市人大常委会审议执法检查组关于检查《条例》实施情况的报告，并开展专题询问。市政务服务局、市经济和信息化局、市民政局、市规自委、市住房城乡建设委、市城市管理委、市交通委、市卫生健康委、市市场监管局到会接受询问。

在现场，委员们的提问一个比一个尖锐：部门报到"人到权未到""人来事未了"；对主动治理和解决疑难问题的激励不足；基层面临重复上报、多头对接……面对提问，相关单位负责人不搪塞、不回避，谈当前难点，谈改革创新。改革只有进行时，没有完成时。

基层干部表示，随着时间的推移，接诉即办中"诉"的数量或将慢慢下降，但"办"的难度反而与日俱增，未来的治理课题将普遍带有综合性特点，往往不能"一办就成"，基层压力也会凸显，求解的过程就是啃"硬骨头"的过程。"接诉即办改革要行稳致远，需要不断凝聚各方共识，吸引更多社会力量参与，明确政府和市场、社会责任边界，形成共建共治共享格局。"

公检法司协同联动接诉即办

通过诉讼服务热线为全市基层诉求承办主体提供司法服务，法院系统已经深度参与"每月一题"涉法涉诉问题研究调度，融入诉源治理。接诉即办与公检法司协同联动，为改革深化提供了强大的法治保障。

老人去世了，子女如何继承房产？非机动车交通事故，肇事人拒不赔偿怎么办？……朝阳区酒仙桥街道南路社区居委会通过北京法院12368热线提出法律咨询"求助"后，2023年2月22日，社区居民迎来了"法律智囊团"——来自酒仙桥法庭的法官白星晖和孟妍，对社区潜在的涉法涉诉纠纷、解不开的"疑难杂症"，现场普法、面对面作答，将矛盾纠纷化解在源头。

"我这事儿，挺让人头疼。"坐到法官身边，年过六旬的李阿姨拿出房产证和户口本，还有收集整理的已故二老档案。李阿姨是独生子女，本来想着父母过世后，房产过户给她没什么麻烦。真到办手续时，李阿姨才发现，公证处还需要她提供爷爷奶奶、姥姥姥爷的死亡证明。"爷爷奶奶的倒是有，姥姥姥爷当年在河北生活的村子，都不知道叫啥了，上哪儿去开死亡证明呢？"

两位法官一边安慰她，一边从档案中找线索。在一份泛黄的小学毕业证书上，依稀能看见姥爷小学所在的村名。孟妍赶紧打开手机，上网搜索，最终锁定了河北省辛集市孟家庄村。"您别着急，可以先联系当地公安机关，询问一下可否查询档案，当年是否宣告过老人死亡。"白星晖耐心解释，如果通过公证真解决不了，也可考虑走诉讼渠道……

李阿姨这边情绪缓和了，年轻的杨女士接着咨询一起交通事故纠纷。不久前，杨女士的朋友骑车上班途中，被逆行的三轮车撞伤。起初聊得挺好，对方同意赔偿。但当真把医疗费用、财务损失证明发过去，对方又不认账了，接着玩起了"消失"。白星晖解释说："这个事故，事实清楚，交警也认定对方全责，您可以按流程走诉讼。所有票据都留好，损失多少就

第四章 超大城市治理"北京样板"

按多少赔偿来主张,一个原则就是实事求是。"杨女士一边记录一边点头:"过去感觉法律咨询有门槛,如今家门口就能跟法官对话,真的很贴心。"

普法现场,法官发现,涉及财产继承的居民咨询较多,于是当场和南路社区党委书记李婷"敲定",日后安排几次法律讲堂,把问题给大家讲清讲透。

"对于居民涉法涉诉等专业性问题,社区层面解决不了。法庭+社区双联动,搭建了居民与法庭之间沟通的桥梁。"李婷举了个例子,2022年底,一个单元门4楼失火,火情殃及了几户无辜家庭,所幸没有人员伤亡。在酒仙桥法庭提供指导,调解委员会出了协议书的情况下,顺利解决了财产赔偿纠纷,没有闹到法院去。

"法官进社区,是法院职能的延伸,提升了社区服务居民解难题的水平,拓宽了群众诉求解决的路径,从源头上减少了案件的形成。"白星

2023年2月22日,酒仙桥法庭的法官为南路社区居民现场普法(北京日报社供图 孙宏阳 摄)

晖说。

接诉即办改革以来,朝阳区法院依托12368"一号响应"诉源治理协同联动工作机制,精准对接12345工单诉求,与辖区社区联手共建,把矛盾纠纷化解在基层、化解在萌芽状态。

【数说·新时代新北京】

2019年1月1日至2022年12月18日,北京12345市民服务热线共受理群众反映10499.6万件,群众诉求解决率从53%提升到94%,满意率从65%提升到95%。其中,网络端诉求受理占比从10.8%提升到55.0%。对突发事件、公共卫生事件以及其他可能造成生命财产损失的诉求在1小时内派单;基本民生保障(水、电、气、热)和极端天气等诉求在2小时内派单;一般诉求在24小时内派单,话务量大量集中时,在48小时内派单。

2021年以来,北京市每月围绕一个主题,选取1~2个具体问题,明确责任单位,研究改革措施,推动主动治理未诉先办。2021年,聚焦房产证难办问题、拖欠工资问题、预付式消费退费难问题等27个民生问题,完成600余项任务,出台110余项政策;2022年,围绕老楼加装电梯、电动自行车集中充电设施接口等17个民生问题,完成450项工作任务,出台105项政策。

第二节　像绣花一样"绣北京"

"要坚持和强化首都核心功能，调整和弱化不适宜首都的功能。"党的十八大以来，沿着习近平总书记指引的方向，北京紧紧围绕"四个中心"城市战略定位，坚定不移从聚集资源求增长转向疏解非首都功能谋发展。

近年来，北京坚持以疏解非首都功能为核心，扎实开展"疏解整治促提升"专项行动，推动非首都功能疏解、"大城市病"治理，实现首都更高质量更可持续发展。如今，"疏解整治促提升"工作持续加力，系统推进，打出一套组合拳，啃下一批硬骨头，形成一种新模式，推动"大城市病"治理取得标志性成果，为新时代超大城市治理提供了北京"药方"。

一、十里钢城蝶变，银锭观山重现

腾笼换鸟，从"火"到"冰"，百年首钢"梦工厂"持续打造城市复兴地标；核心区实施最严格的建筑高度管控，重现舒朗壮美的空间秩序，让城市留住记忆，让人们记住乡愁；市属高校、大医院向城六区外布局，改善教学、医疗条件，让核心区静下来……经过全市上下共同努力，"疏解整治促提升"专项行动持续取得新成果，助力着城市面貌的焕新和百姓获得感的增强。

作为全国第一座进入减量发展的城市，北京以"疏解整治促提升"专项行动为落实京津冀协同发展战略和新版城市总体规划、推动城市高质量发展的重要抓手，针对一系列深层次矛盾问题展开攻坚治理。

目前，首都功能核心区人口、建筑、商业、旅游"四个密度"明显降低，生产、生活、生态空间更加协调有序，首都的政治功能、国际交往功能、文化功能、科技创新功能四个功能得到显著提升，人居环境、城市品质、区域发展水平走向更优，展现了大国首都形象。

首钢三变

每当路过曾经熟悉的工业遗迹，老首钢人都会有万千感慨。

10余年来，镌刻在几代人记忆里的工业奇迹已成为新时代首都城市复兴新地标。在调整产业结构、疏解非首都功能的过程中，首钢完成了从"山"到"海"、从"火"到"冰"、从"厂"到"园"的三次蝶变，绘就了一幅城市更新与复兴的精彩画卷。

时间拨回至2010年。是年12月19日，首钢老厂区产出最后一炉铁水，次日产出最后一炉钢。昔日"十里钢城"钢花四溅、铁水奔流的场景，定格在了首钢人的记忆中。

时间轴再向前拨动。由于地理位置的限制，首钢在北京只能维持800多万吨的生产能力，水资源和土地短缺制约着企业发展，工业企业的性质也不再符合首都定位。首钢把眼光投向了河北曹妃甸。2005年2月，首钢搬迁调整方案获得国务院批复，同意首钢逐步关停石景山厂区钢铁产能。

一场从"山"到"海"的搬迁后，曾经机器轰鸣的首钢老厂区日渐沉寂。这片8.63平方公里的区域何去何从，摆在了首钢人面前。

2011年，段若非从意大利米兰理工大学毕业归国，成为首钢园一名规划设计师。他的工作主要是梳理工业遗产，后来参与改造三高炉、精煤车间、香格里拉酒店等多个项目。

"拆除还是保留，这是当时工作中遇到的最大难题。"他回忆道，还有人甚至说"拆掉盖房子就完了"。首钢工业设施大多为钢结构，容易发生锈蚀，存在安全隐患，但工业遗存同样是城市遗产的一部分，如果一刀切全

上图为1973年的老首钢厂区烟囱林立,浓烟滚滚;下图为2021年6月10日,从新首钢大桥俯瞰,永定河畔绿树成荫,首钢滑雪大跳台为河岸景观增添风采(北京日报社供图 王振民 邓伟 摄)

拆了,园区就会变成一个没有血肉的空壳,整体风貌就失去了灵魂。

规划设计团队决定尊重历史和文化,新旧织补,保护好、建设好首钢人的精神家园。

建筑设计师周婷见证了首钢园的改造进程。"北京的城市更新,赋予首钢新的功能和定位。"周婷在图纸上圈点,细数着工业遗存的前世今生。首钢园在保留工业区原有肌理脉络的同时,融合新元素、新功能,既能延续"素颜"工业之美,也让工业遗存有了新的使用功能。

"传统工业绿色转型升级示范区、京西高端产业创新高地、后工业文化体育创意基地。"这是新版北京城市总体规划对新首钢地区的定位。在规划引领下,首钢园重新焕发活力。

当北京获得2022年冬奥会举办权后,北京冬奥组委选择了首钢园。从"火"到"冰",沉寂多年的首钢园区自此悄然苏醒。

园区的第一个改造项目便是西十筒仓,这里原本用来存放炼铁原料的筒仓和料仓有巨大而独特的空间,成为北京冬奥组委的办公区域。

李红继成了这片办公区的安保主管。他曾经当过炉前工,从手拿铁锹大锤到手握对讲机,从只盯着高炉铁水的"出铁一招鲜"到眼观六路耳听八方的"安保多面手"。现如今,李红继的职务变成首钢园区服务公司文旅事业部品质主管,经常向参观游客讲述首钢服务冬奥的故事。讲到激动处,他还会唱起《炼铁人之歌》。

在园区服务公司,百余名首钢职工成功转型冬奥保障服务人员,在制冰扫冰、场地维护、安保物业等新岗位上再出发。一线首钢人的职业转换,正是首钢从"火"到"冰"产业转型的缩影。

在北京冬奥会期间,首钢滑雪大跳台见证了各国运动员逐梦的场景。蓝天白云下的"大烟囱"前,运动员起跳腾飞,给世人留下深刻印象。"大烟囱"就是老厂区已停用的巨大冷却塔,这是冬奥历史上第一座与工业遗产再利用直接结合的竞赛场馆。"疯狂的烟囱很酷!"各方的积极评价既出于赛事现场的视觉震撼,也是对独特城市复兴模式的由衷赞叹。

北京冬奥会后的首个雪季,大跳台人气"沸腾"了,这里举办的"冰雪汇"活动吸引冰雪运动爱好者纷至沓来。

如何利用好冬奥遗产,延续新的首钢故事?按照计划,首钢滑雪大跳台、冬训中心、极限公园等场馆设施将开展体育消费季等活动,拓展体育培训项目,推动体育服务场所向文商旅体展综合体转变,大众参与冰雪运动的火热场景持续在首钢园上演。

习近平总书记一再嘱咐"实现冬奥遗产利用效益最大化"。冬奥会后的首钢园,除了冰雪运动,还有服贸会、科幻、网红打卡地等新标签。在新版城市总体规划的引领下,首钢园已成为集商业、科技、体育、文旅等多种业态于一体的高端产业综合服务区,处处焕发着勃勃生机。

2023年2月,首钢园交出了后冬奥时代一周年的答卷:服贸会、科幻大会落户首钢园,中国电视剧"飞天奖""星光奖"等40余项大型活动在这里举办,200多家科技、体育等企业和商户入驻园区,当年春节假期总入园人流量达20.6万人次……

曾经的"十里钢城",如今已转型为一座"望得见山,看得见水,记得住首钢情结"的大型工业遗址生态文化园,成为北京城市深度转型的重要标志。

2022年2月14日下午,北京冬奥会单板滑雪大跳台男子资格赛在首钢滑雪大跳台举行,中国小将苏翊鸣在比赛中。首钢滑雪大跳台位于首钢工业园中,旁边就是冷却塔,实现了竞赛场馆与工业遗产再利用、城市更新的完整结合,广受国际好评(北京日报社供图 方非 摄)

10多年来，首钢坚持战略留白、减量发展，统筹土地开发、场馆建设、产业升级、空间演进、生态环境修复、历史文化传承等各方面，打造工业遗存保护利用的典范，为城市更新、城市复兴的实践提供了可借鉴参考的成功样本。

"如果你对城市更新感兴趣，请看看这个堪称典范的首钢园区。"国际奥委会主席巴赫如此推介首钢园。

住院楼拆除，"银锭观山"再现

天气晴好时，站在衔接前海和后海的银锭桥上向西北眺望，近处水波粼粼，翠柳扶风，远处天高云淡，西山朦胧，碧水青山的美景尽收眼底。"银锭观山"因此得名。但随着城市快速发展，北京一些高层建筑也陆续出现在了以平房四合院为主的历史文化街区，显得十分突兀。位于西海南侧的积水潭医院新北楼就是其中之一。

地上11层、建筑最高点约52米，新北楼正处在"银锭观山"的景观视廊里，把连绵起伏的西山山脊线硬生生"截"成了两段。

视线转回积水潭医院老院区。从外观上看，在"自家"院子里，新北楼也显得很不协调。在棍贝子府原址基础上建设而成的积水潭医院，拥有一座名副其实的王府花园，水池、假山、古树和部分老建筑尚存，亭榭清雅，景致独特。1989年，棍贝子府花园被评为区级文物保护单位。巧合的是，就在同年，新北楼建成投用。30多年来，新北楼的高层建筑风貌对于文物周边历史环境的保护也造成了不利影响。

直面历史遗留问题，首都城市规划部门决心再现"银锭观山"历史景观。

《北京城市总体规划（2016年—2035年）》明确提出，应"保护重要景观视廊和街道对景""恢复银锭观山景观视廊"。《首都功能核心区控制性详细规划（街区层面）（2018年—2035年）》也将"银锭观山"列为核心区36

条战略视廊之一,并为其进一步划定管控范围、明确管控要求。

"银锭观山"视廊管控范围是以银锭桥为视点,沿后海水岸线走势向西北眺望西山的扇形区域。视廊范围内,建筑物、构筑物高度不得过多遮挡西山山体,应完整展现连续起伏的山脊线景观,塑造水面、树木、山体由近至远层次清晰的传统景观风貌。从"银锭观山"的视角看,新北楼的高度已经越过了西山山脊线,改造势在必行。

2021年"五一"假期前夜,一场大搬迁开始。由于前期安排得当,绝大多数住院病人已陆续出院。设备拆除、打包运输的同时,少量重病患者由医护人员分组接力转运,确保万无一失。5月3日晚,有着380张床位的新北楼全部腾空。两天以后,施工队伍进场,开始搭设脚手架和防护网,而后一层一层拆除,基本没有影响医院其他楼宇的正常运营。

新北楼的拆除再现了山水相融的城市美景,这是一条明线;作为暗线,积水潭医院的"减量"已酝酿多年。

2014年2月习近平总书记视察北京以来,"疏解非首都功能"成为北京发展的关键词,北京成为全国第一座减量发展的城市。

需要疏解的非首都功能中,就包括部分医疗功能。扎根北京老城几十年的大医院,空间十分有限,每天面对来自全国各地的患者不堪重负,医院周边的环境整治成为大难题。在骨科排名全国第一的积水潭医院新街口院区,住院床位也是格外紧张。随之而来的,是周边拥堵不堪的交通。

"不到一公里的路,能堵40分钟。"一位家住积水潭医院老院区附近的居民说。为了避开医院的车流高峰,他经常早上6点多就出门上班。积水潭医院负责人也介绍,由于前来就诊的主要是骨科患者,大部分由亲友开车送过来,但老院区停车设施有限,经常得花大把时间找车位。

疏解迫在眉睫。2019年,积水潭医院在现有回龙观院区的基础上开建二期工程。与此同时,积水潭老院区启动"减容"——新北楼的拆除计划被摆上了台面。

2021年8月2日，黄昏时分，在京城什刹海，立在银锭桥西望，碧波倒映着绿柳、霞光，归航的作业扁舟点缀其间，远处的群山依稀掩映，构成一幅诗情画意的宁静画卷（北京日报社供图　方非　摄）

"我刚来医院的时候，新北楼正在盖，后来很多年轻骨干都在这楼里成长起来，大家情感上依依不舍。但为了古都风貌保护，我们坚决服从大局。"一位医院领导说。

新北楼拆了，医院减下去的空间如何补充？从2019年开始，市发展改革委、市卫健委、市医管中心已经为积水潭医院谋划此事。经过多次论证，积水潭医院疏解方案正式敲定，利用位于昌平的西城区定向安置房配套医院项目建设新龙泽院区。

这次拆除，恰恰实现了医疗卫生资源疏解的"增减挂钩"：适当调节新街口院区的规模，缩减床位400余张，改善院区环境，缓解交通拥堵和就诊服务压力；新龙泽院区启用，设置床位800张。

与"减量"相呼应，北京将把承载着深厚文化底蕴的老城整体保护好，重塑老城独有的壮美空间秩序，进一步强化首都核心功能。

"鼓楼西接后湖湾，银锭桥横夕照间。不尽沧波连太液，依然晴翠送遥山。"这是"银锭观山"美景的动人写照。以老城整体保护为目标，统筹考虑风貌保护、城市安全与减量发展，北京核心区实施最严格的建筑高度管控，重现舒朗壮美的空间秩序，让城市留住记忆，让人们记住乡愁。

"文化底蕴毁掉了，城市建得再新再好，也是缺乏生命力的。要把老城区改造提升同保护历史遗迹、保存历史文脉统一起来……"习近平总书记在视察北京时多次为老城保护指明方向。一边恢复历史景观，一边谋划功能疏解，积水潭医院的改造提升作为减量发展与老城保护的双重样本，为落实北京城市总体规划积累了宝贵经验。

高校"下乡"，纾办学之困

近十年来，在京津冀协同发展及疏解非首都功能背景下，北京市持续优化高校在京内的布局，加快推进中心城区高校向郊区疏解，北京电影学院、北京信息科技大学、北京工商大学等多所高校陆续在怀柔区、昌平区、房山区等地开辟全新的办学空间。随着新校区的建设和完善，一批又一批"新鲜血液"搬迁入驻，不仅为京郊大地增添了生机活力，也为师生的教学和生活带来了天翻地覆的变化。

疏解前的北京工商大学阜成路老校区，"挤"字一直压在师生心头。改善办学条件、提升校园环境，成了师生们最为迫切的愿望。

"每天早起半小时，就为了在自习室占个位置。"学生周震在阜成路老校区生活一年，最令他头疼的就是自习空间紧缺问题。宿舍拥挤、吃饭洗澡排队……种种空间不足问题，成了师生的"心头病"。不仅如此，人多地少，办学资源不足，招生受限，也严重阻碍了学校的高质量发展。

转机始于2001年。为创新驱动城南发展，打造首都校城融合的示范区，良乡高教园区在房山区开工建设。北京工商大学抓紧机遇，将新校区选址于此。这里也就是现在大家所熟知的良乡大学城。20多年前,这座"城"给人的第一印象是又远又荒凉。"搬过去怎么住?怎么学?衣食住行这些事儿怎么解决?别说学生,就是我们这帮老师心里都打鼓。"北京工商大学校园建设处处长吉涛道出了最初的顾虑。因此,必须让学生住得舒服、学得安心。

跟随吉涛登上良乡校区行政楼向北远眺,10栋排列整齐的高大建筑映入眼帘,它们两两一组"抱团",形成了社区式的建筑群。"这就是第一批入驻新校区的学生宿舍,每间都是上床下桌,每个单元门口还有门卫值守,让孩子们回到这里就像回到家。"吉涛介绍,良乡校区一期工程分为教学科研区和学生生活区,由16栋教学楼、10栋学生公寓和3栋综合楼组成,可轻松满足近万名师生的生活和教学需求。2004年,随着良乡校区一期工程竣工并投入使用,首批7000余名学生入住,北京工商大学"下乡"寻求发展空间迈出第一步。

良乡新校区启用以来,北京工商大学就一直保持着两地办学的格局:各个学院的不同年级,分处于两个校区生活。

"对于老师们来说,通勤是最棘手的问题。"学生处处长吕良是良乡校区建设发展的见证者。他回忆,搬迁初期,地铁房山线尚未开通,尽管学校在两校区间设有班车,但一去一回仍需近两个小时,遇上高峰期堵车,时间就更没法保证了。不少老师抱怨,上课就像"赶场",频繁在两个校区间奔波,让老师们疲惫不堪。

如此下去,教学质量还怎么保证?种种不便,为学校敲响警钟:改革迫在眉睫。

2017年,北京市实施"疏解整治促提升"专项行动。北京工商大学作为第一批教育疏解的市属高校,向良乡大学城的疏解工作持续深入推进。该校明确将良乡校区定位为主校区,主要承担人才培养任务。同年,良乡校区二期新建工程开工筹建,疏解版图再次扩张。

一场以整建制搬迁为主题的"大迁徙"悄然展开。该校有序将各个学院师生整体搬迁到良乡校区，让师生扎根一地，开展教学工作。

随着越来越多的学院加入整建制搬迁的行列，曾经最令师生们头疼的空间不足问题得到了解决：教学楼中心的自习室，成了学生课后答疑、交流的"学习岛"；免于两地奔波的教师有了自己的办公室，也有了更多的时间和精力，与学生一起塌下心来做研究。

而这些变化有赖于良乡校区"一院一楼"的建设。在校园的东北角，4栋教学楼围绕着求知广场形成一个扇形，该校经济学院、数学与统计学院等4个学院就坐落于此。每栋教学楼专属于一个学院，内含实验室、办公室、自习室等多种办学空间。目前，7个整体搬迁的学院都拥有了自己的"一院一楼"。到2024年，该校AB座教学科研楼竣工启用，还将有4个工科

2023年2月，北京工商大学良乡校区AB座教学科研楼项目全面复工。这是良乡大学城目前最大的单体建筑，计划于2023年12月竣工，2024年正式启用（北京日报社供图　和冠欣 摄）

学院整体入驻良乡校区，拥有专属的办学空间。

最让教师岳鹏鹏感到惊喜的是，启动整建制搬迁的同时，学校还把教师的住房问题也解决了。良乡校区北部的一片红色高层建筑，就是岳鹏鹏和很多青年教师的新家。2017年起，学校面向在房山区没有住房的教师开通了公租房申请。经过资格审查、摇号、选房等步骤后，岳鹏鹏如愿以偿地入住新家，和学校做了邻居。

师生们如今又发现了新变化——在良乡校区中区西侧的大片土地上，一座庞大建筑破土而出。这是良乡大学城目前最大的单体建筑——AB座教学科研楼。根据规划，这座体量庞大的楼宇总建筑面积约7.1万平方米。建成后，该校还将有4个学院入驻。

"该工程是落实'疏整促'的实践，也是优化'两校区'功能布局的一大举措，对于拓展办学空间、提升办学条件、加快建设高水平研究型大学具有重要意义。"该校负责人表示，北京工商大学将举全校之力，加快推进良乡主校区建设，为创建"双一流"学科，建成具有商科、轻工和食品特色的高水平研究型大学积攒能量，为全面优化首都教育资源布局贡献力量。

医院南迁，解求医之渴

傍晚7点，来自河北省的王女士刚下火车，就风尘仆仆地来到北京天坛医院"踩点儿"，为第二天的"抢号"提前做好准备。走进医院大门，她一眼就看到门诊服务中心西侧的玻璃门上张贴着醒目的"24小时自助服务区"字样。不用排队、不用长时间等待，王女士用自助终端设备顺利地预约上了专家号。

天坛医院的神经内科、外科享誉已久，每天都有众多像王女士一样从全国各地慕名而来的患者。而如今天坛医院的门诊大厅，没有了老院区的拥挤、嘈杂，绝大多数时候都是敞亮、有序的。这不得不归功于四五年前从南二环到南四环的搬迁，天坛医院建筑面积从9万多平方米增加到35万多平方米，编制病床数从950张增加到1650张，还完成了智慧化、创新型的"华丽转身"。

追忆起彼时还在天坛公园西南角的天坛医院老院区，许多人至今仍记忆犹新。

"天坛医院名声大，就诊患者络绎不绝，但也没少给周边的交通'添堵'。"家住天坛医院老院区附近的赵女士回忆。老院区大门正好对着天坛南里、木料巷、天坛西胡同三条路的交叉口，常被各路车辆堵得水泄不通，"要是遇到运送急危重症患者的救护车，半天走不动道，看得人干着急"。

路上"排队"，进了医院还得排大队。南迁前，医院每天早晨7点开始放当天的号，往往午夜刚过，就有患者来排队。"到了凌晨四五点，等候挂号的长队从门诊大厅排到院子里还得拐个弯儿。"一位医务人员回忆。

同时，每天人山人海的天坛医院，还影响着老邻居天坛公园历史原貌的恢复。

"老天坛之痛"是城区医疗资源过度集中的一个缩影。而优质医疗资源向外疏解，则为破局提供了行之有效的解题思路。天坛医院外迁"势在必行"。

2013年12月26日，坐落在南四环花乡桥的"新天坛"正式奠基；2018年9月1日，医院正式启动整体搬迁；2019年1月30日，北京天坛医院新院区正式开诊。医院搬迁后，天坛医院旧址内部分楼体拆除，通过留白增绿等方式，提升周边环境品质，助力天坛恢复历史风貌。

"现在可不用提前出门了，医院地面、地库停车位比老院区多了不少，即使是就诊高峰，稍微排一会儿就能进门。"2023年初，孟先生陪同爱人来到新院区看病，走进宽敞豁亮的门诊大厅，不见拥挤的人流和等候的长队。患者可以在自助机上取出提前在手机上约好的号，根据精确到30分钟的预约提醒，从容不迫地候诊……

除了不拥挤，新院区还给患者带来了更多的便利。

家住怡海花园小区的陆先生如期来到天坛医院风湿免疫科主任周炜的诊室复查。陆先生患有类风湿关节炎，需要定期复诊、长期吃药。风湿免疫科是天坛医院整体搬迁以后新开设的科室，科主任周炜也是专门引进的专家。

"我是周大夫的老病人了，过去附近没有大医院、名专家，看病需要'跋山涉水'到市区。天坛医院搬过来以后，不仅家门口有了大医院，给我看病多年的专家也被引进了。"陆先生开心地说。

天坛医院整体搬迁是疏解非首都功能、优化医疗资源配置的重要举措，用更优质的医疗服务留住患者，减少中心城区压力，是医院承担的重要任务。

为了满足城南地区百姓的就医需求，整体搬迁前天坛医院确定了"强专科、大综合"的功能定位，系统规划了医院的学科发展和临床科室设置：在确保神经学科领先地位的同时，通过增设新学科、引进学科带头人、内

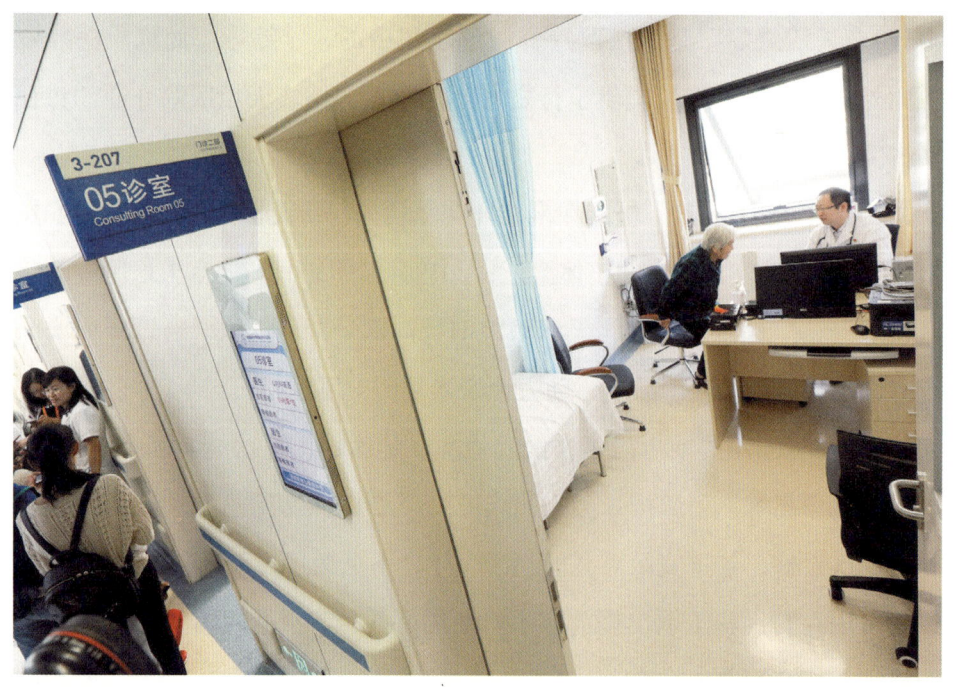

2018年10月6日，北京天坛医院新院区试开诊，在丰台区南四环西路119号（南四环花乡桥东北）接待各科患者就医，图为患者正在门诊就医（北京日报社供图 方非 摄）

部挖潜等措施补短板，推进内外妇儿等综合学科快速发展。

"过去，城南地区的百姓看病，都要往中心城区扎堆。天坛医院搬迁过来以后，我们按照'强专科、大综合'的功能定位，完善科室设置和服务内容，目前医院共有50多个临床和医技科室，基本能够满足城南地区居民的就医需求。"北京天坛医院院长王拥军说。

在搬迁之前，天坛医院就对临床科室设置进行了重新规划和设计，按照以疾病为中心的诊疗模式统筹医疗资源、进行科室设置。例如，设置脑心共患病诊疗中心，统筹心内、心外、神经内科、神经外科、神经介入、放射等10余个学科，针对心脑血管疾病患者，由多个学科的医生共同给患者出具综合治疗方案，患者不用再在各个科室间奔波，而是坐等医生"围着患者转"。

数据显示，医院整体搬迁以来，年均门急诊服务量超过200万人次，其中来自北京城南地区（丰台区、房山区、大兴区）的患者占北京市患者总人数的36.93%，占全部患者的26.20%；每年服务患者（含门诊和住院患者）中，来自北京地区患者占71.13%，外地患者占24.41%，医院门急诊量、疑难手术数量和急危重症抢救数量大幅提升，有效缓解了中心城区的就医压力，实现了非首都功能疏解的目标。

从打造大型医院整体搬迁的"天坛样本"出发，一个更贴近患者的区域医疗中心，精细化管理的大型公立综合医院，不断锐意进取的研究型、创新型医院正在茁壮成长。

二、动批腾笼换鸟，绿心璀璨绽放

党的十八大以来，北京这座伟大城市发生了深刻变革，牢牢牵住疏解非首都功能这个"牛鼻子"，瘦身健体，坚持减量发展，用"减法"换来高质量发展的"加法"。

"高质量发展是全面建设社会主义现代化国家的首要任务。""牢牢把握高质量发展这个首要任务。"围绕中国式现代化和高质量发展，习近平总书记多次作部署、提要求。

循着总书记的指引，北京加强疏解整治腾退空间管理和利用，促进城市存量空间资源提质增效，推动城市建设发展由依靠增量开发向存量更新转变。

利用疏解腾退的大体量空间集聚高精尖产业。一批老厂房腾退空间转型为设计园区、疫苗基地、研究院所等，北方地区最大的服装批发集散地"动批"疏解转型为北京金融科技与专业服务创新示范区核心区。转型后的宝蓝·金融创新中心用原"动批"3%的面积创造了原"动批"的经济效益总和。

利用小规模疏解腾退空间完善公共服务功能。作为全市首个多元复合的既有桥下空间提升利用试点项目，天宁寺桥通过对桥下空间的更新和功能优化，织补老城区城市功能，重塑城市空间肌理，提升空间品质和利用效率。近两年来，北京共治理565处桥下空间，打造城市的"金角银边"。

"动批"走出去，"金科"引凤来

西直门外，北京动物园对面，有一座恢宏气派的大楼，名曰新动力金融科技中心。这里除了白领进出的脚步声和电动门开合的声音，再无一丝嘈杂。七八年前，这里可是另一个模样。每天人头攒动，少则六七万，多则十万。讨价还价、卸货装货的声音吵得周围百姓不得安生。大小车辆载着大包小裹的服装，把这巴掌大的地方堵得水泄不通。那时候，这座大楼名叫四达大厦，和周边其他11个市场合称"动批"，即动物园地区服装批发市场。

李秀生，是一位前"动批"摊主。1995年初到"动批"时，他还是个20岁出头的小伙。一个3平方米的摊位，让他收获了第一桶金。荷包鼓了，可李秀生的日子却过得憋屈,从早到晚,深"埋"摊位中,喘不过气来。"商场小道1米多宽全是人,空气混浊不说,最担心发生踩踏和火灾。"比屋里空气更糟的,是市场周边环境。周边居民给"动批"区域做了个六字总结:"脏乱差吵闹堵"。

西城区也给"动批"算过一笔账,年均带来经济效益约6000万元,但为了解决周边的交通、群租房、扰民等问题,政府需要付出的管理费用年均超1亿元。

如烈火烹油般兴旺的"动批",却成了"大城市病"表现最明显地区,急需一剂"良药"。

2013年12月,北展地区建设指挥部成立,并提出"八字"方针,即转型、撤并、调整、升级。"当时,还没勇气直接叫'动批疏解指挥部',八字方针未提及'疏解',也没有特别具体的时间表。"时任北展地区建设指挥部总指挥的孙硕回忆。

犹豫踌躇之际,一针"强心剂"让大家有了信心。

2014年习近平总书记视察北京,要求北京坚持和强化全国政治中心、文化中心、国际交往中心、科技创新中心的核心功能,调整疏解非首都功能。地处北京核心区的西城区,是首都四个核心功能的重要载体。疏解"动批",对于西城区而言势在必行。

有了疏解的决心,可想要实现疏解,并非易事。"动批"12个市场中,有央企产权,有市属国企产权,有民营企业产权。产权方把大楼出租给市场方,市场把摊位租给商户,商户又层层转租,最多的倒了六七手,利益关系极其复杂。

"无论是产权单位,还是市场经营方,疏解就意味着利益的损失。"孙硕说。特别是市场经营方,"一百个不愿意,谈都不跟你谈"。面对不解,孙硕和工作人员并没有畏难,而是一次又一次讲政策、想办法,打通思想的"堵点"。几个市场方松了口,商户也渐渐理解。可疏解所需资金难题,成了又一只"拦路虎"。

对此,指挥部、产权单位和区政府探索出了"产权换疏解""税收推动""减量平移""股权收购"等多种方式,一楼一策解决难题。"拿'产权换疏解'为例,就是将市场的产权卖给其他有经济实力的企业,再由该企业筹措平衡疏解资金。"孙硕说。

在不断沟通、协商中,"动批"的市场一个个完成疏解。2017年11月30日,随着东鼎服装商品批发市场闭市,"动批"12个市场全部闭市,这个北京疏解非首都功能标志性工程宣告收官。

早在"动批"疏解初期,西城区就开始有计划地为商户解决发展后顾之忧。2015年9月15日,指挥部组织12辆大巴车,拉着近600人的商户队伍到天津卓尔电商城"探营"。对于北京疏解来的商户,可享受租金、物业费等一系列减免优惠。参观当天,就有商户与这家电商城签下了10年合约。指挥部先后与沧州、石家庄、廊坊、保定市白沟等地政府和企业签署协议,用来承接搬迁商户。

"很多跟我们'对峙'过的商户,都是带着笑容搬走的。"孙硕说。

商户走向了更广阔的天地,"腾笼"后的"动批"也引来了"金凤凰"。

在2018年5月底的金融街论坛年会上,中关村管委会和西城区政府签订了共建金融科技示范区(以下简称"金科新区")的协议并接受市政府的授牌。之后,海淀区也参与其中。2019年1月,经国务院批复,金科新区升级为国家级金融科技示范区。

一手牵着金融街,一手牵着中关村。2021年2月下旬,金科新区核心区正式亮相。这里,吸引了中央结算公司、中债清华金融科技研究院、国家金融标准化研究院、北京国家金融科技认证中心、奇安信集团、神州信息、现代财险等企业入驻。2022年,新动力金融科技中心入驻企业三级税收达16亿元。

金科新区已创造了国内金融科技领域三个"第一":第一个提出并建设以

2020年，老"动批"变身为金科新区核心区。图为新动力金融科技中心内景（北京日报社供图 方非 摄）

金融科技产业为主要产业示范区，截至目前唯一一个被国务院确定的国家级金融科技示范区，第一个探索金融科技创新试点机制园区。金科新区也成为中国版"监管沙箱"的核心承载区，入驻企业承担全市65%的金融科技创新监管试点项目。

老"动批"的市场大楼还在，入驻其中的却是一个个在业界响当当的头部企业；老"动批"的街区肌理还在，但在绿化、景观、交通环境等提升后，已从人车混杂、秩序混乱的著名堵点变身为可漫步、休闲的高品质林荫街区。

这，正是北京减量发展的时代缩影。

老牌化工厂落幕，万亩绿心葱茏绽放

如果把京城比作一方花圃，那么上千个公园就是次第绽放的花儿。大运河畔的绿心公园，是其中最大最别致的一朵。

绿心公园的面积达11.2平方公里。这里曾坐落着东方化工厂、散乱污企业和村庄。短短数年，翻天覆地的变迁在这片土地上发生了。

2023年，程广森已是67岁的老人。他是土生土长的通州潞城人，40多年前东方化工厂筹办时，他就是最早一批职工。如今，程广森住的小区距绿心仅一街之隔，他几乎每个早上都要进园晨跑，5.5公里的星形园路要跑两圈才过瘾。

走进这座没有围栏的大公园，横穿小山坡，再走过一座小桥，东方化工厂的工业遗址豁然展现眼前。红色大门、升旗台静静矗立，两座石麒麟守在门口，似乎从未感受到背后已发生的巨大变化。

1978年，东方化工厂落成后，曾经历了一段相当辉煌的时期。厂里塔林屹立、管廊交错，我国第一套丙烯酸及其酯类装置建成投产后，产品更是供不应求，结束了该类产品依靠进口的局面。

不可忽视的是，污染问题始终存在。程广森说，厂里有根大烟囱，平时被职工们称作"火炬"，主要用来燃烧工业废气。一旦设备故障或检修，"火炬"就会冒出滚滚浓烟。为了补偿附近村民，每年东方化工厂都会给他们付一笔"闻味儿费"。

东方化工厂外围分布着小圣庙、张辛庄、上马头等行政村，张红丰就住在张辛庄，也对这根"火炬"印象深刻。"不光是废气刺鼻，河水也受到污染。"他回忆说。东方厂周边还有其他工厂，污水都是直接往河里排放，"运河是臭的，鱼差不多死光了"。

进入21世纪后，国内其他城市陆续建起了同类化工厂，规模更大，设备更先进，东方厂的产品渐渐失去竞争力，荣光不再。更重要的是，随着首都功能定位的调整，重工业时代正式落幕。

2012年，在老职工们五味杂陈的告别中，东方化工厂正式停产。2017年，厂子连同周边的村子启动拆除和腾退，更大的变化即将在这里发生。

作为首都的重要"一翼"，北京城市副中心要建设一座千年之城。城市框架尚未拉开,最先锚定的就是"两带、一环、一心"的绿色空间格局。其中,"一心"指的就是城市绿心森林公园。

千年之城自然需要顶级的生态枢纽。在绿心设计方案的国际征集中,来自中、美、法、德、澳等6个国家和地区的16支团队报名应征,由园林、规划、水利等方面的专家重重把关,对设计稿各取所长。

方案磨了又磨,绿心芳容初绽。

党胤锴是北投绿心园林公司工程部负责人。时隔近5年,他仍然记得初次看到绿心设计图时的心情:"浓墨重彩的大手笔,让人震撼!"

——面积大。它处于城市副中心创新发展轴和生态文明带的交会处,面积达11.2平方公里,相当于3.8个颐和园或1.6个奥森公园的面积。

——理念新。绿心采用"海绵城市"理念,塑造了精细的地形,开挖一汪小湖,汹涌的雨水可在此歇脚,做到50年一遇洪水不外排。园区建筑还运用"地源热泵+光伏发电"的技术,支持空调系统的运行,成为全市首座"近零碳公园"。

——功能多。在通州新城的中央,拿出如此大尺度的宝贵土地建森林公园,追求的自然不仅仅是休闲游憩。绿心集生态修复、市民休闲、文化传承于一体,西北角的博物馆、图书馆、剧院"三大建筑"将成为市民中心。

2020年秋,绿心公园正式开园。林木葱郁,碧野连绵,一方方花田高低错落。溪流和湖泊静谧灵动,鸢尾、美人蕉俏立盈盈水间。"开园那天,我们很多老邻居都来了,还能凭几棵保留下的老树认出自家院子的旧址。"张红丰说。回迁房毗邻绿心,很多人都爱来这里遛弯儿。

四季轮转,绿心展现着不同的美,这里也成为京城东部最火打卡地。数据显示,公园每年迎客约260万人次。

"一个及格的公园,应该住着至少一只雀鹰。"环保组织猫盟的创始人宋大昭说。对于刚开园时的绿心,他的印象是:面积很大、干净漂亮。但能否"及格",尚需时间来验证。很快,宋大昭就在绿心的"生态保育核"找到了答案。

生态保育核是绿心中央一片78公顷的荒地,本是化工厂核心区,土壤和地下水都存在一定污染。公园建设时,保育核内混合播种了适应性强的树种、灌木草种以及蔓生植物,渐次形成荒草、灌草、疏林、密林的风貌,食源、蜜源植物占到了38%。公园落成后,一道围栏圈住了生态保育核,游客无法进入,任其草长莺飞,开展自然修复。

时隔一年,再次踏访绿心的宋大昭感到惊讶:生态保育核中的草木疯狂生长,蒿草比人高,"完全不像是传统意义上的城市公园"。根据开园首年监测,约50种鸟兽出现在生态保育核,包括国家二级保护动物雀鹰、灰脸鹰、纵纹腹小鸮、短耳鸮等。随着公园的成长,这些数字必将越来越好看。

2019年,北京城市副中心呈现蓝绿交织美景(北京日报社供图 潘之望 摄)

在这座生机盎然的公园里，小姐姐们在花田里直播打卡，跑步者在星形园路健身，孩子们在游戏和研学，更有数不清的鸟兽自由栖息，一起构成了人与自然和谐共生的绿心新景。

大红门关张，南中轴启航

站在凉水河桥上，人流如过江之鲫从桥北涌来，大大小小的手拉车上，是鼓鼓的塑料袋，时不时的就是一场小碰撞，但人们已经习以为常，依旧各自奔赴……

2018年前，每天上午10点左右，这样的场景都会在凉水河桥上上演。人流的源头，是凉水河桥西北角大红门服装商贸城——北京乃至华北曾经最大的服装批发交易中心。高峰时，这里的经营商户有7000多家，日客流量10万人，日货物吞吐量上千吨。

如今，从凉水河桥上北望，大红门服装商贸城是寂静的，而曾经赫赫有名的"大红门早市"所在地——西楼，已经换了容颜。曾满是巨幅服装广告的外墙，如今是现代感十足的玻璃幕墙和古铜色的格栅，庄重典雅又不失现代活力。

变的不仅仅是外形，更是内核。如今这里已经成为大红门地区首个实现更新改造的产业载体——南中轴国际文化科技园。

2022年12月30日，南中轴国际文化科技园一期正式开园，首都商务新区建设再落重要一子。52家高精尖企业同步入驻，按下高精尖产业向南中轴地区集聚发展的"加速键"。

国家级专精特新"小巨人"企业——北京前景无忧电子科技股份有限公司"抢"下了近1万平方米的办公空间。

"我们是一家生在丰台、长在丰台的高新技术企业，受到空间限制，总部和分公司一直分散经营，极大地增加了管理和研发成本。"前景无忧副总经理李焱说，他们将以新办公空间为依托，加大投入，整合资源，建设适

2022年12月30日,曾经是北京乃至华北最大服装批发交易中心的大红门服装商贸城实现华丽转身,南中轴国际文化科技园一期正式开园,首都商务新区建设再落重要一子,按下高精尖产业向南中轴地区集聚发展的"加速键"(北京日报社供图 刘平 摄)

应公司业务需求的技术中心、实验中心。

在西楼一层1300平方米的数智创新中心,数字人、元宇宙等前沿技术全景式展现着大红门和南中轴的变迁和未来规划。

立足北京国际科技创新中心建设,南中轴国际文化科技园将打造集"空间+投资+服务"于一体的园区,引领大红门地区"华丽转身":天雅女装拟转型成科技类商务办公和商业综合体,福海大厦拟转型成文化类商务办公和商业综合体,新世纪大厦北侧拟转型成一家星级花园酒店……南中轴,正在深入探索疏解腾退空间的再利用模式,不断培育产业生态,实现区域品牌重塑和价值提升,在推动丰台倍增发展的同时,助力首都南城高质量发展。

依旧从凉水河桥出发,向东南顺着凉水河前行,一片热火朝天的工地,是首个落户南中轴地区的国家级文化设施——中央芭蕾舞团业务用房。

2022年9月8日，中央芭蕾舞团业务用房扩建项目正式开工。这座大型综合性文化建筑，外观庄重典雅，呈长方形对称展开，宛若"芭蕾之翼"。

"预计年底完成主体结构封顶，2024年开展装饰装修工程施工，2025年竣工。"丰台区相关负责人表示，中芭业务用房落地南中轴，将为北京南部地区文化事业发展提供更有力的支撑，是落实"四个中心"战略定位的具体举措，将成为展示国家和首都文化气象的亮丽风景。

正在面向社会公开征求意见的北京博物馆之城建设发展规划中，南中轴博物馆群也有着浓墨重彩的一笔。

国家自然博物馆、北京规划展览馆等一批文博项目将陆续落地大红门，南中轴博物馆群未来可期。而南城市民已经开始享受"疏整促"带来的公共服务改善红利：2021年4月，福成服装大厦"腾笼换鸟"，丰台区政务服务中心入驻，1600多个政务服务事项在这里可以"一门办理"。

丰台区政务服务中心是南中轴地区首个利用"疏整促"腾退空间进行整体功能转换的项目，"定制改造＋政府租用"使得升级改造得以顺利成行，而改造过程中互融、共享、绿色、科技、开放的设计理念也为其他批发市场楼宇改造提供了借鉴。

"快是一方面，主要还是省心，我都做好了跑三趟的准备，结果一次就办齐了！"春节假期过后头一天，市民崔先生在政务服务中心意外获得惊喜："重点联办事项管家服务"一次性就帮他完成了营业执照变更和食品许可证事项的办理。

运行一年多，丰台区政务服务中心聚合了全区47个部门、23个专业分中心的1600余个区级事项，"一门"进驻率100%，接待办事群众247万余人次，办理量107万件，群众服务好评率99.99%。这里不仅提升了丰台区城市面貌，还极大地改善了丰台区营商环境，成为丰台区展示新形象的"金名片"。

2023年元宵节，家住珠江骏景小区的林薇是在家门口度过的——与小区隔着一条海户东路的合生广场举办了元宵游园会。趣味投壶、套圈夺宝、元宵大挪移、做花灯……4岁的女儿玩得不亦乐乎，一家三口还美美地吃了顿"元宵节限定"优惠烤肉大餐。用林薇的话说，以前是住在大红门，现在是生活在南中轴。

疏解前，出小区上三环特不容易，路上都是乱停的车，还有装货的、卸货的、拉着货走的，七拐八扭十来分钟能开到三环都算快的。现在出了小区门左拐，一两分钟就到了三环辅路。林薇住了十几年后才感受到，家离三环这么近！

随着首都商务新区的打造，南中轴与居民生活越来越密切。

蝶变的大红门，依托南苑路和大红门路构建"礼乐双轴"，高质量建设新时代彰显中华文化自信、承载首都功能、示范城市更新治理的首都商务新区。

桥下空间华丽变身，"金角银边"焕发生机

北京的桥下空间，正悄悄地变美变亮。

曾经封闭昏暗的场地被激活，长期存放的"僵尸车"被清走，毫无生趣的台阶成了木座椅……过去功能单一的桥下空间，摇身一变，成为服务居民的停车场和观景休憩、遮阳避雨之所，就连篮球场也进驻桥区，让桥下变身为"公共活力空间"，让市民在家门口又多了一处休闲运动之所。

沿北二环辅路自西向东行驶至雍和宫桥时，市民陈先生提前打开转向灯，熟门熟路地转进新装亮相的桥下停车场。对于常来雍和宫、五道营胡同的他来说，改造提升后的桥下空间更大了，"视野通透、整洁，车位更好找了！"

建于1992年的雍和宫桥，桥下可利用空间达3411平方米。然而，过去由于承担着过街通行、社会停车和执法站办公等多重功能，不仅空间"拥挤"，环境也有待提升。2022年8月，东城区全面启动桥下空间提升。

如今，走近雍和宫桥，沿街色彩艳丽的花箱，装扮着大方沉稳的灰色桥体。东西两侧桥下，重新规划、铺装的停车场启用，可向市民提供百余个停车位。

桥下宝贵的边角空间，是多方努力"挤"出来的。在提升工程中，搬走了运行20余年的交通执法站，拆除了相关建筑，释放桥下空间面积600平方米。同时，缩减桥下西侧箱式变压器设施，基座高台长度从7米缩短到4.6米。车辆停放布局也进行了优化，停车位从60个增加至103个，在满足社会车辆停放的同时，进一步缓解了周边居民停车供需矛盾。

桥下建停车场，改造中还出现了个小状况，就是净高出了难题。最东侧横梁下高度不足，导致小型SUV开不进去。为了服务不同车型停放，在此位置采用地面下凹设计，形成了南北宽8.3米、东西长10.3米、深12厘米的下沉路段，将上方净高增加到1.8米，确保东侧10个车位也能正常进出小型SUV等车辆，提高了空间利用率。

通过桥下"小手术"，拥堵问题也得到了缓解。改造后，停车场出入口从桥区正下方，调整至桥体东西两端、邻近桥区左转掉头通道位置，进场车辆沿标线单向行驶，避免了车辆冲突。同时，把原出入口改为人行进出口，直接与人行过街安全岛衔接，实现了人车分离。

夜间，固定于桥墩上的LED节能灯具有效提高照明，保障安全停车。桥区还增加了4个微型消防站，新建了具有独立蹲位的小型卫生间。

现在，崭新的桥下空间充满了文化符号：桥柱上，以"四季雍和"为主题，彩绘了银杏、海棠等具有代表性的北京乡土植物纹饰；重新铺装的人行安全通道地面颜色，采用雍和宫内的唐卡色彩，搭配了崇雍大街代表性建筑剪影图案；箱式变压器周围，使用城墙青砖样式以及饰有和平鸽图案的格栅进行围挡。

越来越多以往被忽略的角落、低效空间，在精细化治理后，变身为城市的"金角银边"。

天宁寺桥，位于西城区二环路西便门与广安门之间，桥区周边历史文化、工业文化丰富，西南侧为北京千年古刹天宁寺。相比于一般桥梁，这里桥下面积宽阔，却缺乏有效利用。家住附近的居民鲍女士说，这里曾经是周边单位的停车场、公交场站和市政养护站点"聚集地"，挺大的地方挤得满满当当。"小汽车、公交车停停走走，不仅影响大伙儿通行，还把这里弄成了堵点，封闭、昏暗，是这一片的'灰色'地带。"

为了唤醒这片"灰色"地带，西城区城管委联合施工单位走访了相关街道、部门及60个社区，并对周边15分钟生活圈内的35个社区的居民开展问卷、访谈调研，充分汇集民意后，有了具体的改造思路。

"我们在融合周边文化元素的基础上，打通桥下空间与滨水绿道的交通断点，补充公共服务设施，增加桥区交通安全性，一步步将分割城市生活

2023年1月5日，天宁寺桥下"城市活力空间"亮相。为满足周边居民需求和城市更新趋势，西城区通过疏解整治和优化提升，将天宁寺桥下原本鲜有人问津的灰色空间改造成了色彩斑斓、舒适有趣的城市活力空间，工业美感和现代活力完美融合，为城市增添了一丝人间烟火气（北京日报社供图　方非　摄）

的'桥下灰色空间'打造成'城市活力空间'。"蓟城山水集团负责人说。

2023年初，随着项目完工，曾经的"灰色"悄然变成了"彩色"。星球造型的钢筋滑梯延伸至沙坑，蓝灰色系的篮球场缀以明黄色的秋千，整体以北京城市色彩主旋律"丹韵银律"为基础，蓝灰色系与暖黄色系相间，提升空间色彩明度及趣味性。

桥下活动场地划分为儿童游乐区、综合运动区、配套服务区。其中，儿童游乐区免费对外开放，综合运动区根据市场价收取一定费用。

"如果开放后，运动和亲子活动声音较大怎么办？"面对周边居民的提问，王道康指了指球场墙壁上的隔音板，"整个一面墙都是隔音的，不会影响正常生活，而且我们的篮架都是可移动的，未来也可以根据大家需求调整设施"。

作为全市首个多元复合的既有桥下空间提升利用试点项目，天宁寺桥通过对桥下空间的更新和功能优化，织补老城区城市功能，重塑城市空间肌理，提升空间品质和利用效率。

2021年、2022年，北京完成二环、三环、四环、五环、六环及公路国道桥下空间专项治理工作，让565处桥下空间实现安全、整洁、有序。

三、"草厂"留乡愁，"回天"进活力

北京这座城，底蕴深厚，端庄大气，她的风貌，可与全球最美城市比肩。同样，和全球所有城市一样，仔细端详，这座城市的街巷之陌、细微之处，并非完美无瑕。首都形象无小事。城市管理，最是于细微处见功夫、见态度、见精神。再往大了说，精细化管理城市，是国家的要求，也是人民的期盼。

习近平总书记强调，一流城市要有一流治理，要注重在科学化、精细化、智能化上下功夫。既要善于运用现代科技手段实现智能化，又要通过

绣花般的细心、耐心、巧心提高精细化水平，绣出城市的品质品牌。

以总书记讲话精神为指引，北京开展系统治理、源头治理、综合治理，持续强化制度化法治化保障，积极吸引社会力量参与，构建政府与社会协同治理新格局。

自2017年起，北京先后开展两个轮次的背街小巷环境整治提升三年行动，曾经脏乱差的老胡同成为和谐宜居新社区；老旧小区改造中，街道社区党建引领，业委会（物管会）、改造施工方、物业企业、社会资本等先后"报到"，成为老旧小区的社区"合伙人"，多方共建共治；启动"回天行动计划"，探索超大社区治理新模式，将回天地区居民急难愁盼问题一一解决。一座与首都城市发展相匹配的宜居之城、活力之城、幸福之城正在京城北部崛起。

百年老胡同融入现代新生活

前门草厂，古时因积草而得名，是北京保存最好的老胡同片区之一。穿梭其间，历史感扑面而来。

但长久以来，与老城中许多地区一样，草厂也面临着街巷脏乱、雨污合流、民生设施缺乏等诸多问题。在草厂附近生活了40多年的焦淑琴还记得过去烧煤取暖、靠大水缸存水做饭的日子。胡同里到处是居民私搭乱建的煤棚子，饭还没熟，自己先呛了一嗓子烟。不管冬天多冷，想方便就得顶风冒雪往胡同里的公共厕所奔。厕所里没暖气，屋里屋外一个温度。

自2017年起，北京先后开展两个轮次的背街小巷环境整治提升三年行动。草厂地区也以打造国际一流和谐宜居社区为目标，启动整治提升。拆除违建、雨污分流、架空线入地、地面铺装、墙面粉刷、公厕提升等多项改造分步实施，街面环境日益改善，曾经基础设施薄弱的老胡同"缺什么补什么"。

整治后的草厂四条焕然一新。胡同路面铺上了花岗岩；老样式的木质灯杆立在了路边；一座座青砖灰瓦、木槛朱门的老院落亮出了真容；百姓家家用上了电采暖和全电厨房，一举解决了平房区用火安全问题。

昔日"冬冷夏臭"的公厕，也成了居民们口中赞叹的"五星级公厕"。草厂四条胡同路边改造一新的公厕分出了独立的隔间。走进其中一间，地面墙面干净整洁，闻不到一丝异味，隔间墙壁上安装着壁挂式的暖气。"公共厕所有专人打扫，装上了新风系统，不光冬天有暖气，夏天还有空调呢。"老居民开起玩笑，"循味寻厕所"早成老皇历了。

2019年2月1日，习近平总书记视察北京草厂四条胡同，留下"让城市留住记忆，让人们记住乡愁"的殷殷嘱托，至今仍时常被街坊们提起。

让城市留住记忆，让胡同留住乡愁，不是方案制订、施工进场、改造改建那么简单。胡同的格局肌理保留后，老城的生活方式和历史文脉，终究要靠留在城中的居民、老街坊来延续。

"我2023年65岁啦，在草厂附近住了35年。"家住草厂四条的老居民丁淑凤"刷"指纹锁打开房门，40平方米的平房让人眼前一亮。

想看电视，遥控器一按，天花板上降下巨大的投影仪；做饭的工夫，扫地机器人已经溜达着把家里的地板清洁了几遍；吃完饭，锅碗瓢盆往洗碗机里一塞，连手都没沾湿；就连卫生间的洗衣机都分成人款和儿童款两个不同版本。"脚底下铺的是纯电地暖，冬天屋里20℃还往上呢，穿不住棉衣服。"丁阿姨笑着说。

一幕幕烟火气十足的场景，是百年老胡同融入现代新生活的缩影。

2019年，草厂四条胡同被评为"北京十大最美街巷"。胡同美了，老街坊们乐了。但从整治提升后古韵深长的胡同往自家院里一拐，丁淑凤觉得有点儿不对味。小院本就不宽的过道堆满了杂物，两人迎面走过，想错个身都难。光胡同看着漂亮了还不算完，整治提升能不能延伸进院，一直美到百姓家门口？丁淑凤的愿望很快成真。2020年起，随着保护更新的深入，东城区率先将街巷整治"从面到里"深化，胡同整治开始向院落内部延伸拓展。

"我就羡慕人家胡同院里那天棚、鱼缸、石榴树。"丁淑凤对院落的改造需求得到责任规划师、设计师们的响应。很快,房檐前搭起了花木廊架,廊下设起了石桌石凳,过道里堆放的杂物全部"上墙"收纳进了置物柜。借着院落改造的契机,她还对自家房屋进行了再升级。经过几个月的"微整治",2020年,丁淑凤所居住的院落成功入选东城区首批"美丽院落"。

不仅丁阿姨家的小院悄悄变美,"天棚、鱼缸、石榴树"的景致,也成为越来越多老北京美丽院落的"标配"。胡同院内采用"堆灰抹浆"工艺的老门廊被完整保留;居民房前屋后的老树有了专用的树池;修公共水池,搭便民晾衣竿,装太阳能夜灯、地灯……通过"一院一策"改造,已有109个"美丽院落"和"最美院落"在东西城两区涌现。

胡同里的狗粪谁来管管?院里的小夜灯该装在哪儿?没地儿晾衣服怎么办?这些看似鸡毛蒜皮的事,却是与老百姓生活有着密切关系的"头等

前门草厂地区成立的"小院议事厅",如今已经成为解决居民身边事的重要议事机构,发挥着重要的作用(北京日报社供图 刘平 摄)

大事"。

在前门草厂社区，这些居民的身边事，平时都在"小院议事厅"由大家伙一起商量着办。2012年在前门草厂地区成立的"小院议事厅"，如今已成为解决居民身边事的重要议事机构，发挥着重要作用。

问计于民，问需于民。像草厂社区"小院议事厅"这样的基层协商民主形式，已在全市多社区全面覆盖。2021年，北京市民政局发布的《北京市"十四五"时期民政事业发展规划》中提到，"十三五"时期，共建共治共享基层治理全面提速，在加强基层协商民主方面，城市社区议事厅已实现100%覆盖。

改造老胡同，乐享新生活，既是民生工程，也是民心工程。"十四五"时期，北京将继续创新社区治理方式，推进社区议事协商，完善社区议事厅协商指引，到2025年，城乡社区全部建立社区议事厅，推广"五民协商""拉家常""老街坊"等议事方式。

留下老街坊，引入新活力。老胡同不仅有了新生活，而且正在焕发新的生机。

"睡城"焕发出新生机

2017年夏天，昌平区鑫地批发市场清拆完成，在规划里"躺"了18年的回龙观体育文化公园南区终于"复活"。彼时，偌大的回龙观住着几十万人，连个像样的体育馆都没有。市场疏解后，更多居民才知晓，所占的8万平方米土地，本应是一座配套回龙观居住区的公园。

几个月后，探索超大城市超大社区治理的"回天行动计划"正式出炉。计划中，政府给出了当年开工建设回龙观体育文化公园的承诺。也是从这时起，人们记忆中的"睡城"开始苏醒。

鑫地批发市场正对面，就是戴淑静的家。曾经，市场连带着门前的文华路，都是出了名的"脏乱差"。

1998年10月，回龙观、天通苑等19个项目在北京房地产交易中心集中展示，从此拉开了北京市经济适用住房大规模开发的序幕。

20多年后，回龙观与天通苑皆成为超大社区，连起来占地面积达60平方公里，常住人口超过80万。但因为规划滞后、配套缺少、人口膨胀等现实难题，回天地区成了百姓口中的"睡城"——一个只能睡觉的地方。

这并不夸张。大批住在回龙观的上班族，每天早高峰要奔赴中关村、望京等地上班；孩子上学，也要早起一个小时到区外上学；就连年轻人周末逛街，也得奔西单等几十公里外的商圈。戴淑静刚搬到回龙观时，孩子就在中关村上学。结果，上学第一天就迟到了！她没想到，清晨从回龙观进城的路能如此拥堵。

归根到底，是这里的公共服务配套不足也不够优质，与数十万居民的需求形成巨大的缺口。

超大社区治理难题已经到了不得不解决的时候。2018年，经过市、区多部门几番研拟，第一份为期三年的"回天行动计划"出炉；2021年，新一轮"回天五年行动计划"又接续实施。针对两个超大社区，以市政府名义出台如此高规格的文件，格外罕见。

行动计划列出了170个项目，其中不少是像回龙观体育文化公园这种老百姓盼了多年都没有眉目的"老大难"。

1999年启动建设回龙观时，就已经有了体育文化公园的规划。但随着小区居民的不断入住，这座占地19.14公顷的公园被"一分为二"：北区10公顷建成了公园，但占据近一半土地的南区却成了鑫地市场。北区缺乏维护，设施陈旧，后来也关闭了。

鑫地市场疏解后，回龙观体育文化公园被列入"回天行动计划"重点建设项目，由市、区两级回天专班重点"督办"。市场清拆完成、土地平整的同时，规划部门已经开始牵头对项目设计方案进行调整修改，完善项目整体设计，分期实施，从而实现"回天行动计划"推出当年就开工建设的目标。

2006年开工建设的林萃路也是如此。这条全长7.6公里的道路大部分路段早已通车，唯独西三旗北路至黄平路的930米"断"了10多年，东边的"观里人"进城不得不绕行西边的京藏高速。因此，当地居民甚至喊出："回天计划行不行，就看林萃路通不通！"

930米的断点有400米都在五星啤酒厂厂区，涉及复杂的征拆。在市级部门的推动下，也是在2018年取得突破性进展：厂区拆除，彻底为林萃路2019年打通创造条件。

翻开"回天行动计划"，重点民生项目还有一大串，都是瞄准多年顽疾精准下"药方"，更倒逼着各级政府加速解决：西二旗大街、北郊农场桥曾一堵就是半小时，伴随着陈家营东桥等重要堵点疏通，通勤速度提高50%；通过新建地下停车场、利用道路两侧空间和闲置小微地块等方式，回天地区新增停车位6400余个，停车难有所缓解；64处自备井完成改造，12万居民喝上了市政水；服务22万人的回龙观地区配网设施建成，电网接入负荷能力增强25%……

戴淑静很快看到了家门口的变化。

2019年8月，定位为"城市森林公园"的回龙观体育文化公园北区"焕新"投用。北区开园首日就有近万人次到公园进行健身休闲和娱乐活动。监测数据显示，公园平时每天有2000～3000人次，周末假期最高可达万余人次。

按照规划，公园南区还将新建体育馆、文化馆及地下停车库。里面的游泳馆、滑冰馆、羽毛球馆、乒乓球馆、篮球馆、网球场、图书馆、文化馆、剧场正在火热施工。每天，戴淑静都会站在自家阳台看一看场馆的建设进展。建成后，可辐射周边55家社区、6个村共40余万人。

这不是个例。在"回天行动计划"中，居民最关心、需求最紧迫的学位、床位、车位等问题也已转化成170个重大项目。

2019年5月,北京首条自行车专用路从昌平回龙观到海淀上地软件园,骑行只需20多分钟,缓解了两地间的交通拥堵状况(北京日报社供图 潘之望 摄)

2023年上半年,近万名"回天"居民参与的专项满意度调查出炉:2022年,87.7%的受访居民为"回天地区"生活环境改善点赞,并认为在交通治理、医疗服务和公园绿地几方面改善最为明显。

满意度背后还有一组数据:2022年,回天居民们通过回龙观、天通苑社区网提出意见1896条,通过12345市民服务热线提出诉求近14.9万条。之所以满意,是因为诉求得到了有效回应。

"回天有我",目的就是要画好城市治理人人有责、全民参与的"最大同心圆",促使政府有形之手、市场无形之手、大众热忱之手同向发力。

唤醒"睡城",百姓每年都看到新变化。一座与首都城市发展相匹配的宜居之城、活力之城、幸福之城正在京城北部崛起。

城市更新,老旧小区引来"合伙人"

社区是城市治理的基本单元,社区精细化管理能力直接影响着城市基层治理的水平。老旧小区改造,是北京城市更新的一件大事,也是改善民生的惠民工程，但"改造"并不简单。资金统筹、硬件提升、软件跟进、邻里分歧……每一件都是"麻烦事儿"。

如何理顺、解决这些"麻烦事儿"，真正让惠民工程落到实处？在北京老旧小区改造的实践中，街道社区党建引领，业委会（物管会）、改造施工方、物业企业、社会资本等先后"报到"，成为老旧小区的社区"合伙人"，多方共建共治。

房老、院老、设施老，住在6层，甚至洗澡都得避开晚间用水高峰，否则澡洗到一半，水就没了……两年前，东城区西革新里110号院的居民告别了这些生活烦恼。

西革新里110号院，建成于20世纪80年代初，由8栋小楼组成，占地面积不大，人口密度不小。"用水难"困扰着小院居民，上水管漏下水管堵，堵了疏，疏了又堵。街坊四邻常有摩擦，甚至一言不合就动起手来。

"只有解决居民生活的难处，才能化解矛盾。"经居委会申请，2020年西革新里110号院启动老旧小区改造，重点之一就是楼内上下水管线改造。听说要改造，不同意见就来了。有居民只同意改上水管不同意改下水管，也有居民表示："不承诺恢复装修，就不签字。"

小院的难处，居民的矛盾，就好像凹凸不平的泥面，刚成立不久的物管会则成了"泥抹子"。寒冬腊月，几位物管会委员爬上爬下，挨家了解居民意见，再将这些意见反馈给社区、街道、施工方等相关各方。

90岁的老住户担心改造要停水，自己腿脚不好冬季不便下楼，物管会成员就和施工方商量，将他所在的单元延后到2021年春季再改造；有老人住院家里没人，物管会成员就记录在册，承诺等老人出院回家后，再实施改造；也有住户提出改造效率有点儿慢，物管会成员就督促施工方改进方法，提高改造效率。

有人将西革新里110号院的改造经验总结为"三要"和"三每"。"三要"指居民诉求必须要问、必须要回复、合理诉求必须要办；"三每"指相关方每天一碰头、每周一例会、每月一调度。无论是"三要"还是"三每",都离不开物管会这把"泥抹子"。

老旧小区三分建、七分管,改造提升硬件,软件也要跟上。

石景山区八角街道的古城南路社区,建成于20世纪70年代初,是一片紧邻长安街的红砖楼。当年能住进这片职工宿舍楼,曾是很骄傲的事。40多年过去了,建筑老化、生活不便,骄傲没了,烦恼来了。

2018年,首开集团首华物业按非经营性资产项目接管古城南路社区。非经营性资产,特指北京一批建成于20世纪、属于市管企业的职工宿舍楼。由于产权单位灭失,或者缺乏物业管理,它们中的多数都呈现出破旧失序的状态。

"管网破旧、上下水堵漏、车辆乱停乱放、杂物随意堆放,这些问题已困扰社区居民多年。"项目经理汪杨说。第一次垃圾清运,社区边边角角清理出的垃圾就装满了20车。

如何改变失序的社区面貌?北京市在2020年的老旧小区改造方案中提出,对这类老旧小区实施改造时,要坚持改造与管理同步实施,完善物业管理制度,健全老旧小区长效管理机制。

引入物业管家,便是第一步。作为管家的物业服务人,除了按协议提供物业服务外,在老旧小区的具体改造事宜中,也要当好居民倾听者的角色。

古城南路社区改造,物业管家发挥了很大作用。2020年5月,一场面向全院1788户居民的"地毯式"入户调查开始。汪杨和同事冲在第一线,"想让居民打心眼儿里接受物业,我们得先拿出行动,从被动的接诉即办转为主动的未诉先办"。

通过调查研究,物业总结出居民"四难":上下水堵塞难、停车难、绿地维护难、道路排水难。解决这"四难",成为确定小区改造方案的依据。最终,古城南路社区确定了楼内上下水管线改造、室外弱电飞线入地、清除私装地锁、补建绿化、完善公共照明、增建养老服务、补建停车位等12项改造内容，每一项都是围绕居民所需。

古城南路社区完成改造后，年近半百的老楼，呈现出窗前能见绿、楼前有花园、停车讲规范的"新派头"。

老旧小区改造，单靠市、区财政投入，周期长不说，居民的需求也难以全方位满足。能否"借力"破题？2020年，住建部表示，在城镇老旧小区改造中，要建立政府与居民、社会力量合理共担改造资金的机制，鼓励社会资本和社会力量参与改造运营。

反复研究后，2020年大兴区决定以枣园小区和三合南里社区为试点，突破传统的物理空间边界，将这两个不相邻的社区"打包"，跨区域统筹，引入社会资本愿景集团，由其先行投资，对老旧小区的公共区域进行提升

2021年9月，位于石景山区的古城南路社区，在改造之余，通过引入社会资本，探索将低效闲置的自行车棚改造为社区食堂、生鲜超市、养老驿站等服务业态，用于满足社区居民的生活所需。16日，社区食堂和生鲜超市正式投入运营，闲置多年的自行车棚第一次有了烟火气（北京日报社供图 潘之望 摄）

改造，补齐配套短板。

"我们和老旧小区是同一个整体。"愿景集团大兴区域负责人贾凡说。他们先后收集了2000余份居民意见，比如口袋公园里绿树绕着跑道走的想法，就是居民提出的。

口袋公园、主食厨房、社区便利店、厨余垃圾处理站、共享菜园……2020年6月，枣园小区已是旧貌换新颜。原本闲置的锅炉房和堆煤场，也挂出"三合·美邻坊"的新招牌，将成为集便民菜店、社区食堂、便利店、图书阅读、体育运动等于一体的综合服务体，实现15分钟便民生活圈。

社区环境提升后，社会资本方在居民中建立了良好的民意基础，为后续在老旧小区改造中充分承担物业服务责任、建立起物业长效运营机制打下了坚实的基础。

四、家门口有"微公园"，老胡同里"潮生活"

以人民为中心的发展思想是习近平新时代中国特色社会主义思想的重要内容。北京贯彻以人民为中心的发展思想，围绕市民消费、出行、居住等实际生活需要，进一步加大优化提升工作力度，努力创造宜业、宜居、宜乐、宜游的良好环境，实实在在增加群众获得感、幸福感。

便民服务与高品质消费服务并重，截至2022年，北京已采用多种形式发展老年餐桌1167个，精准补建便民商业网点6000余个，实现基本便民商业服务功能城市社区全覆盖；一批传统商圈商场升级改造全面完成，王府井全国示范步行街揭牌，三里屯太古里西区等消费新地标亮相。

聚焦重点道路提升通行体验，东城区珠市口东大街等38条林荫路建成投用，对旧鼓楼大街、西安门大街等一批道路实施环境整治和景观绿化提升，完成825条代征代建道路移交，切实提高道路管养水平。

第四章 超大城市治理"北京样板"

上图为1999年7月的王府井大街；下图为2019年7月，夜晚的王府井步行街上，市民游客摩肩接踵，融入京城繁华夜色（北京日报社供图 李继辉 邓伟 摄）

切实改善居住条件，完成棚改签约11余万户，钟鼓楼周边、三眼井片区等平房院落申请式退租4000余户，以需定项推动老旧小区列入疏整促专项行动实施综合改造，结合"清管行动"整改老旧小区排水设施错接混接点位1305处，完成一批历史遗留的教育、医疗卫生、社区综合管理服务等商品住宅小区开发配建设施移交投用。

打造更多休憩休闲空间，利用拆违腾退土地实施增绿近9000公顷，相当于13个奥林匹克森林公园，实施"揭网见绿"1.64亿平方米，广阳谷、衙门口城市森林、温榆河公园等大尺度绿地成为城市新地标，让森林走进城市，市民得以开窗见绿、出门见园。

大公共卖菜，场站开了便民驿栈

两辆蓝白相间的"公交车"首尾相接，侧面打开6个窗口，蔬菜、水果、肉类铺满档口，实惠的价格吸引着居民排队采购……

2023年5月31日，丰台六里桥附近的莲宝路上，位于公交场站一角的公交便民驿栈正式开业，这也是北京公交运营的第二处果蔬便民车。将公交场站空闲资源拿来"共享"，提高土地利用率，为市民提供公共服务，"公交菜车模式"正在延伸至越来越多的社区。

"香蕉三块九，红灯樱桃十五块八，排骨也不错，会员价十三块八，价格真挺实惠的。"下午1点，市民陈阿姨两只手各提一个大口袋，里面装满了水果蔬菜，心满意足地离开了新开业的公交便民驿栈。

这处公交便民驿栈，位于六里桥附近的莲宝路与莲怡园东路交叉口，背靠着公交集团马官营场站，周边分布着多个居民小区。"过去买菜，我会坐两站公交，去附近的大超市。但现在天热了，一次买太多不方便保存。这下好了，这个驿栈跟我家就隔一条马路，想吃什么随时就来买，价格比大超市都便宜。"家住吴家场铁路小区的陈阿姨很开心。

从外形上看，两辆首尾相接的果蔬车同样是公交车造型。由于造型新颖，这里吸引了不少居民拍照打卡。公交便民驿栈相关负责人介绍，这两辆"公交车"车长10.5米，由采购的大巴车改装而成。根据合作运营商需求，车辆改装时对货架、底盘和车内布局等都进行了专门设计，让顾客感觉更亲切，伸手选购更方便。

与年初开的柳芳地铁站首家便民驿栈相比，"新店"可以说是2.0升级版，果蔬车档口更多了，商品除了水果、蔬菜之外，还加入了肉类、冷饮、便利店商品等，货品种类达到400种左右。目前，这处便民驿栈运营时间为早晨7点至晚上10点。

虽然已是午后，但各个档口前依然人头攒动，不到下午2点，价格便宜的红灯樱桃就已经卖光了，工作人员补充了其他品种樱桃。"便民驿栈属于公益性质，租金成本上压力小，合作运营商有自己的直采基地，中间环节少，所以价格优势比较明显。"公交便民驿栈相关负责人介绍。

公交便民驿栈在六里桥地区火速开"新店"，正是应了周边居民的需求。5月15日，北京公交集团启动"万人真情大调研"活动。在六里桥北里社区调研现场，不少居民提出，周边购买果蔬不是很方便，大伙儿都很期盼家门口能买到便宜菜。

了解到居民需求后，公交集团迅速开展实地踏勘，确定依托马官营场站开设便民驿栈的方案。卖"公交菜"此前已有经验，难度主要还在场地上。为了挤出果蔬车运营空间，公交集团选择马官营场站边沿三角地作为场地，同时迅速对场地进行硬化铺装、水电改造。从调研到把果蔬车开到居民家门口，仅用了半个月时间。

从柳芳地铁站首家便民驿栈看，"公交菜"大受欢迎，每天客流量在1500人次以上，每天销售果蔬5000斤。按照项目规划，3年内，公交集团将建设至少300个便民服务栈点，覆盖北京五环内各个城区，形成网状布局，辐射北京90%以上的社区人口。

除了方便买菜，北京还利用公交场站边角空间、临街场地，开辟拥有大功率充电桩的"超充港湾"。

木樨园公交场站旁，隆瑞三优超级充电站内，4个充电车位全部停放着新能源汽车，其中两辆是出租车。一辆车充满电离开，很快就有车辆驶入，人气颇高。这里也是公交集团依托公交场站建设的首批"超充港湾"之一。

"这里不仅充电速度较快，地理位置也很方便，吃饭、上厕所都方便。"

2023年9月8日,北京公交集团推出的"公交便民驿栈"44路总站网点正式开业。网点位于广内街道宣武门西大街社区,是利用改造后的退役公交车为货架,主营蔬菜、水果和冷饮等食品,为附近群众提供了便捷多样的购物选择(北京日报社供图 方非 摄)

一位刚刚充好电的的哥说。与这座超级充电站一条马路之隔,就是百荣世贸商城,一些司机会趁着充电工夫,到商圈吃口饭。

超级充电站,为何充电快?北京公交集团下属隆瑞三优公司科技信息部负责人介绍,目前家用安装的充电桩常见的是7千瓦功率,而超级充电站的充电桩是240千瓦的大功率超充设备,输出功率是家用充电桩的30余倍。如果车辆输电能力可以满足,最快可在3～6分钟内补充续航200多公里。目前大多数私家车,可以在二三十分钟充满电,至于耗光电的出租车,一小时内也能完成充电。"由于每辆车生产年份、配置不同,接收供电能力不同,充满电的时长也有所不同。"安振佳说,随着新能源汽车技术不断升级,超级充电站的能量会得到更大释放,充电速度会越来越快。

按照计划，2023年底前，北京将建设100座超级充电站，至2026年，在北京打造形成500座的超级充电网络，为市民绿色出行保驾护航。

"小宾馆"转型变身为超市、幼儿园

老城坐拥珍贵的文旅资源，胡同里、四合院中有不少旅店藏身，但其中一些旅店面积小、品质低、环境差，游客体验不佳。为提升首都功能区城市品质，提高百姓获得感，核心区住宿业整治被纳入"疏解整治促提升"专项行动。如今，越来越多的小旅店旧貌换新颜，"织补"着百姓生活。

2021年初，位于西城区南横西街平原里小区2号楼的北京美好金巢宾馆转型为鲜蔬超市，获得社区居民的称赞。平原里北区社区有居民2000多户，人口密度大，老龄化严重，但小区附近缺少超市。"鲜蔬超市的开业，正好补齐了这一短板，超市一开，老年人买菜方便多了。"平原里北区社区工作人员说。

西城区还利用原来低效宾馆酒店改建成幼儿园及公立学校附属设施，以缓解学位紧张。

大栅栏地区小旅馆密度较高，一条街上竟超过10家。大栅栏街道陕西巷一家名叫安馨源的宾馆，由于同质化竞争激烈，入住率持续下滑，最终产权单位决定将其关闭。随后，该宾馆动工改造，建设石头社区卫生服务站，为周边居民提供医疗服务。

根据《西城区住宿业转型升级三年行动计划（2021—2023）》，该区要通过"关停一批、转型一批、提升一批"，打造安全、绿色环保、服务质量一流，符合首都核心区定位的住宿业态，降低旅游密度，让核心区静下来。依据行动计划，低效住宿业转型业态要民生优先，首选便民超市、幼儿园等。

"我们制定了多个政策工具包，邀请第三方评估机构对全区宾馆开展综

合评估，一店一策，精准施策。"西城住宿业工作专班相关负责人介绍。为帮助住宿业经营者顺利转型升级，西城区为有转型意愿的住宿企业积极对接区低效楼宇提升改造扶持政策；为有提升意愿的住宿企业对接旅游产业发展资金政策。工作专班还统筹全区资源，做好企业服务和政企平台搭建，形成政策导向、资金服务、监管指导等一体化的工作体系。

游廊花架环绕着方方正正的院落，配上老北京传统的花树和江南的假山盆景……位于烂缦胡同131号的花韵丁香酒店经过整治提升，开门迎客。酒店改造前，只是一栋破旧的5层小楼，内部设施老旧，院中多处违建。改造后，70间客房每间面积达到20平方米。走进房间，智能服务管家早已就位，用语音就可以完成拉开窗帘、打开电视等操作。

酒店所在的烂缦胡同南口，是法源寺街区的重要节点位置。改造后的酒店，灰砖、坡顶、门楼，传递着北京南城会馆文化的历史信息。酒店负

2022年10月，街头一隅，引入的"网红"小店，飘出缕缕咖啡香。如今的烂缦胡同，处处透着温馨惬意（北京日报社供图　方非　摄）

责人说，法源寺历史文化街区属于北京市历史文化保护区，对住宿业品质要求较高。在改造过程中，西城住宿业工作专班派专人指导，帮助该酒店升级为文化主题酒店。升级完成后第一个月试营业期间，平均每天入住率就达到了65%，第二个月开始，平均每天入住率达85%以上。

门外的抱鼓石萃取北京传统建筑经典元素，将传统精髓嵌入现代美学；前台壁画以摄影手法记录北京传统四合院，呈现古建百年风华……在东城区安德路甲10号，过去的张家口饭店已变为北京N31酒店。不仅名字变了，客房软硬件也同步升级，引入大量智能家居设备。

"很多小旅店位置好，但是过去不太注重住宿品质，游客体验感差，这次改造提升也推动了很多商家对硬件设施进行提升。"市疏整促专项办相关负责人举例说，东棉花胡同22号胡同印象酒店突出共享功能，通过对酒店大堂、公共空间的全新设计，融合北京传统文化与现代元素，打造南锣鼓巷"会客厅"；北新桥头条22号花间驻酒店主打"智慧+"理念，通过升级智能设备、增设社交服务设施，转型为科技与传统建筑相交融、居住与休闲娱乐相融合的网红打卡地。

在核心区住宿业整治提升中，市、区部门进一步完善核心区住宿业关停、转型、提升的相关标准，推动核心区住宿业符合核心区发展功能定位。整治提升强化安全理念，根治和整改违建，对不符合安全条件的坚决进行清退。

在内外提升之外，也有一批旅店走出了新路。南河沿华龙街东方都季酒店和西晓市34号桔子酒店积极对接转型产业人才公寓用房；崇内大街8号原奥之峰招待所如今是同仁医院医疗保障用房；美术馆后街69号原景美宾馆等3处房产已成为企业办公用房；台基厂二条3号原北京日新旅馆等3处房产，分别用于开设社区卫生服务中心、社区活动站等公共服务设施，补齐了基层公共服务用房的短板。

共生院诞生，老居民过上"潮生活"

培育胡同16号院，原本居住着10户居民。2019年，院落所在的菜市口西片区成为北京首例申请式退租、申请式改善的城市更新项目，9户居民选择退租，仅剩1户还留在原处。

菜市口西片区有16个院落里都仅剩1户居民未退租。能否将院落空间"化零为整"，既改善居民居住条件，又提升院落资产价值？2021年6月，建设银行旗下子公司建信住房与金恒丰公司签约，银企合作，共同探索提出"促整院"改造模式，通过建信住房存房业务，将原住户平移到同片区居住条件更好的新房中。

"这就是我换的房子，比以前的面积更大，条件也好了。"居民杜生乐呵呵地展示着自己的Loft式小套房。通过建信住房提供的租金支持，杜生搬到改造完毕的培育胡同3号院，居住面积从之前的15.6平方米扩大到18平方米，厨卫浴进屋，过上了胡同里的现代新生活。腾出来的16号院经过整体改造后变成了精致的二进院。

2019年1月18日，北京市住房和城乡建设委员会、北京市东城区人民政府、北京市西城区人民政府《关于做好核心区历史文化街区平房直管公房申请式退租、恢复性修建和经营管理有关工作的通知》公布实施，"申请式退租"登上历史舞台。

与此前拆迁、征收等政策最大的不同是，申请式退租，政府不再提供有完全产权的安置房，申请人获得货币补偿后，可以选择共有产权房或公租房。申请式退租的实施主体也不再是政府，而是有资质、有实力的企业，企业垫付资金完成腾退后，通过对腾退空间的运营来平衡资金。

申请式退租政策下，会出现大量部分退租的院落，这些院落如何实现更新？

在前门外杨梅竹斜街北侧的茶儿胡同里，有几个特别的院子，这些院子都经过整理，最大限度地恢复了原始格局。而且部分房屋经过现代化改造，室内卫生间、厨房一个不少，大部分都有地暖，功能和楼房住宅一样。房子里住的，大多是年轻人。陈跃天就是其中的一位。

"95后"陈跃天是陈氏太极拳第十三代传人，大学毕业后留在北京创业，从事太极拳的培训和文化传播。从小在老家庄园里长大的他，习惯了推开门一脚踩在大地上的感觉，租住在楼房里让他睡觉都不踏实。一个偶然的机会，听说胡同里有改造得特别好的人才公寓出租，他马上去看。

"我看的房子是一个四合院里一套单独的小院，门就对着院里的小花园。屋里也不是原来的格局，原始的两间房被改造成上下两层的Loft。开放式厨房、大客厅、独立卫生间、地暖、新风系统，室内和精品酒店没差别。"陈跃天说。

既能住平房，又有现代生活设施，简直完美。2021年3月下旬，陈跃天搬进了四合院，搬家当天就结识了好几位阿姨、奶奶。"胡同里邻居关系特别近，跟她们聊天非常亲切，好像时间都慢了下来。"陈跃天说。第二天睡醒了特别放松、神清气爽，在小院里打上一套拳。他过上了理想生活。

陈跃天住的院子有一个响亮的名字——共生院。

老城不能再拆了，但没有完全腾空，还住着原住民的院落如何更新？

2016年，清华同衡规划设计研究院在白塔寺片区做了一个课题，对四合院里的腾退房屋进行改造，使其具备现代居住功能。后来，这一研究得到深化并在老城更新中推广：在同一个院落空间里，既有老建筑，又有新建筑；既有老居民，又吸引从事文化创意等产业的新居民入住；既有老北京文化，又有年轻人带来的潮流文化。新老建筑、新老居民、新老文化共生，推动老城复兴，这就是"共生院"。

2019年，西城区在对杨梅竹斜街片区进行城市更新的过程中，在茶儿胡同选择了三个腾退了部分房屋的院子开展"共生院"试点。

"对于平房区，有序推进平房区申请式改善，推进'共生院'模式，留

共生院的公共空间靠新老居民共同维护（北京日报社供图 潘之望 摄）

住老街坊，延续街区历史记忆，可适度引入文化关联业态，实现历史文化街区民生改善和活力复兴。"2020年8月发布的《首都功能核心区控制性详细规划（街区层面）(2018年—2035年)》，将"共生院"作为老城平房区院落更新的重要形式。

越来越多的居民，迎来更好的居住条件。到2022年底，北京市共完成棚改签约11余万户，钟鼓楼周边、三眼井片区等平房院落申请式退租4000余户，以需定项推动老旧小区列入疏整促专项行动实施综合改造。

开窗见绿，京城5年添了13个"奥森"

2022年，住在海淀区厢黄旗村的居民发现，农大南路南侧、七彩华园西侧一片拆迁许久的地块彻底变了。2万多平方米的土地悄然变绿，成为厢黄旗公园。

"这里原本是一处拆迁腾退区域，通过前期调研发现，周边老百姓对儿童活动场地、建设步道等有需求,因此项目总体设计定位为空间多样丰富、花草种类繁多、生态绿色环保的社区公园。"市发展改革委疏整促专项办相关负责人介绍,公园中心特别设置儿童活动区,为孩子提供富有趣味的活动场所。

留白增绿是一种思路的转变。违法建设拆除,工厂、出租大院清退之后,北京市坚定地把土地留给绿色,城市绿心、张家湾公园等皆由此而来。数据显示,自2017年专项行动开展以来,全市留白增绿9000公顷,总面积相当于13个奥林匹克森林公园。

这一处处公园,只是绿色北京的其中一"环"。

近年来,北京市不断健全市域绿色空间体系,促进大尺度绿化、城市绿道、口袋公园、绿地等各类型、各区域生态空间集中连片,打造互联互通的休闲游憩体系。

"现在能赏花的公园太多了。我家附近的温榆河、榆悦湾、朝来这几家,都是近几年建起来的。"朝阳孙河乡的居民马联合说。

前些年,马联合所在的沙子营村清退了砂石厂、出租大院,在2020年建起了温榆河公园示范区。华丽精致的牡丹、芍药和绣球,数不胜数的"荒野风"细碎野花……据统计,这里生长着400种植物,其中超300种都能开花。

马联合年轻时,去公园看花可是全家的大事,孩子们能提前兴奋好几天。那时的"公园"特指玉渊潭、天坛、中山公园这几家名园,地处古都核心区,携家带口去一趟,少说也要大半天儿。如今,开窗见绿,出门见园。

通过绿道、绿带,将历史名园、综合公园、社区公园、共享游园、口袋公园、小微绿地有机连通衔接,形成大园小园串联、步行骑行舒适有序、游憩健身随时随地的生活化公园街区。

目前,一道绿隔地区已经建成公园百余个,"一环百园"的城市公园环

北京新跨越

2022年8月1日，东城区永定门内大街北的中轴线上郁郁葱葱、绿意盎然，新建设的绿化带成为市民休闲乘凉的新场地（北京日报社供图　邓伟　摄）

初具规模，为首都戴上了一条美丽的"绿色项链"；二道绿隔地区建成郊野公园数十处，初步形成了环绕城市的绿色生态景观带。

与此同时，北京市还建设城市健康绿道1405公里。其中，2022年，朝阳区建设完成绿道35公里，打通与沿途道路的多个断点，串联多个公园绿地、网红打卡地。

中轴线上，绿色空间景观全面提升。

北端，钟鼓楼广场恢复整治、故宫周边筒子河精品街区绿化提升，封闭绿地变身为开放式公共空间；南端，永定门公园消除隐患及基础设施改造竣工，进一步强化了中轴线对称特征和绿荫掩映的景观效果。

2022年，北京中轴线绿色空间景观提升工程全面建成，通过行道树补植、历史景观恢复、新建绿地等逐步构建完整的中轴线景观空间。尤其是东城区完成永定门地区公园北侧67米御道铺设，除交通路口外，实现了南中轴御道全线贯通。

"中轴线御道的恢复和周边绿色空间景观建设，对助力中轴线申遗和提升中轴线周边环境品质起到了积极的作用，也为市民提供了领略古都风貌、感受中轴线魅力的好去处。"市园林绿化局相关负责人说。

不简单满足于见绿见水，还要让绿色发展更有活力，北京正让绿色"活"起来。市发展改革委疏整促专项办相关负责人解释，所谓"活起来"，就是注重生态修复、生活功能有机融合，着力打造以绿为体、林水相依的绿色景观系统，增强游憩及生态服务功能，让市民生活在公园城市。

与此同时，老百姓身边，出现了一批小而精、小而特的城市"口袋公园"和社区"微公园"，实现公园绿地500米服务半径全覆盖。市园林绿化局城镇绿化处负责人介绍，2016年以来，全市已建成口袋公园及小微绿地560余处，各类公园达1050个，为用地紧张的城区增加了较大尺度的生态空间和游憩活动空间，有效释放绿色空间活力。

传统商圈改造升级，高品质消费升级

2023年国庆假期，刚开业不久的五棵松万达迎来众多顾客，成了京西商圈热门打卡地。乘坐64米长的"飞天梯"欣赏数字山水，在各类艺术装置前拍美照，市民不需要去艺术馆就能有这些新奇体验。能吃能逛、能玩能赏，曾经的老商场更新后焕发生机，成为集看展、购物、微度假等于一体的商业综合体。

刚走进商场，一只4米高的巨型松鼠玩偶艺术装置颇为亮眼。它浑身

毛茸茸的，时不时向游客俏皮地眨着眼睛。在它身后，就是长达64米的"飞天梯"，从一楼直达顶层6楼。下午6点，"飞天梯"载着一批又一批顾客去6层觅食就餐，扶梯两侧屏幕里正播放着数字山水画面。沉浸于夕阳下海浪拍打礁石的美景中，顾客不知不觉就到了顶楼。

临近饭点，多家餐厅门口已经排起长队。"现在前面有20桌，预计要等上1小时。"一家水煮鱼门店前已经坐了20余位等餐的食客，店员快速打好排号单递给其中一位食客。日式烤肉、越南菜、广东菜、杭帮菜、茶艺文化餐厅……商场里共有80家餐饮店，吸引周边居民携家带口来聚餐。

不仅餐饮区人声鼎沸，商场丰富的体验业态也吸引着人们顺着扶梯一层层闲逛。一阵清脆悦耳的钢琴声从柏斯音乐店里传出，一对父母带着学琴两年的女儿正在试钢琴。钢琴、小提琴、吉他、架子鼓……多种乐器在店里展示，各类音乐课程也在招生中。

不远处的宠物店人气火爆，透明玻璃柜里一群小猫小狗正在嬉戏玩耍，吸引众多顾客驻足欣赏；穿上传感设备、戴上VR眼镜，元宇宙体验店的对战游戏区里年轻人扎堆儿；在商场负一层，行运士多店里热闹非凡，薯片、饮料、水果、饼干……透明橱窗里摆放着琳琅满目的零食，一对年轻夫妻兴致勃勃地在抓零食机前挑战着。"抓两个榴莲模型就能换个真榴莲，咱就差一个了！"妻子瞅准时机，果断拍下按键，当摇摇晃晃的机械爪抓起榴莲时，一圈围观者都激动地欢呼起来。

五棵松万达广场的前身是卓展购物中心。在过去十几年间，这个体量庞大的老商场多次易主，2022年4月由万达广场接手运营。更新改造后，商场引入了超300个品牌，包括主题娱乐体验店13家、北京首店15家、品牌旗舰店12家、必吃榜及米其林餐厅22家。

此前，新业态聚集的华熙LIVE·五棵松店吸引了大批年轻消费群体，焕新亮相的五棵松万达丰富了商圈业态，进一步释放京西消费活力。

时尚总在不断追逐变化。作为京城的"时尚风向标"，三里屯商圈近年

双节假日,刚开业的五棵松万达广场热闹非凡,商场内的一处室内游乐园吸引不少家庭前来体验(北京日报社供图 邓伟 摄)

来也在持续开展城市更新。就拿太古里来说,它于2008年投入运营,至今已有10多年时间。2021年底,在太古里南区、北区的基础上,由雅秀转型而来的西区正式亮相,成为北京市城市更新的标志性项目。2023年,太古里的多个楼座升级重建,西区连桥建设完成,消费者可从南区三楼沿连桥直接步行进入西区。未来,三里屯商圈将按照"十四五"规划,持续提升区域消费能级和国际影响力。

2023年4月,北京市商务局发布《加快恢复和扩大消费持续发力北京国际消费中心城市建设2023年行动方案》,明确了22项年度重点任务,聚焦"便民""提质",推动北京国际消费中心城市培育建设再提升。

【数说·新时代新北京】

截至2022年底,北京完成总规实施第一阶段减量发展任务,实现城六区常住人口比2014年下降15%的目标,城乡建设用地减量120平方公里,严格管控132平方公里战略留白用地,生产、生活、生态空间更加协调有序。

持续开展两轮"疏解整治促提升"专项行动,拆除违法建设2.4亿平方米,8个区及北京经济技术开发区率先实现基本无违法建设区创建目标。

城市副中心发展生机勃发,153项市级管理权限赋权到位,首批市级机关顺利迁入,学校、医院等一批优质公共服务资源投入使用,交通、文化等重大项目加快建设,环球主题公园开园,商务服务、文化旅游、科技创新等产业功能持续增强,与北三县一体化高质量发展稳步推进。

全市经济总量先后跨越3万亿元、4万亿元两个大台阶,人均地区生产总值超过18万元,居各省区市首位,达到发达经济体中等水平。

全市累计建成运营社区养老服务驿站1424家,发展养老助餐点1168个。健全残疾人福利保障制度,无障碍环境建设取得新成效。促进房地产市场健康发展,建设筹集各类政策性住房54万套,完成核心区平房院落申请式退租签约5100余户、修缮5900余户,更新改造老旧小区981个,惠及居民约50万户。

第五章
再造青山碧水北京蓝

像北京这样的特大城市,环境治理是一个系统工程,必须作为重大民生实事紧紧抓在手上。

——2014年2月25日,习近平总书记
在北京考察工作时的重要讲话

毫无疑问，今天生活在北京的人，正在从持续改善的生态中享受生活的美好。区域协同，持续攻坚，"一微克"行动抠出一整片蓝天；造林绿化，湿地保护，"消失"将近80年的濒危鸟类栗斑腹鹀重现密云山地；还河于城，还水于民，北京五大河流再现河畅景美，再度连山通海；地铁延展，骑道连通，绿色出行便捷舒适，蔚然成风……环境污染得到全方位治理，"生态优先、绿色发展"不仅成为全社会的普遍共识和行动自觉，更是"以人民为中心"发展思想的生动表达。

回望十年前，"大城市病"还是普遍困扰。沙尘侵袭、雾霾围城、道路拥堵、河水断流、地面沉降……这些是城市之痛、市民之忧，更是政府之急。"像北京这样的特大城市，环境治理是一个系统工程，必须作为重大民生实事紧紧抓在手上。"党的十八大以来，沿着习近平总书记指引的方向，北京将大气污染防治作为建设和管理好首都的五项重点工作之一，以前所未有的力度推进生态环境治理，朝着"努力建设国际一流和谐宜居之都"的目标迈进。北京的天空也以肉眼可见的变化持续改善——从"APEC蓝""阅兵蓝"到"冬奥蓝""北京蓝"，PM2.5年均浓度从89.5微克/立方米下降到30微克/立方米。新时代十年完成了发达国家三十年的治污历程，被联合国环境规划署誉为"北京奇迹"，北京的大气环境治理也成为全球环境治理的中国样本。人们看到的,是蓝天越来越多;看不到的,是环保人夜以继日的努力,是多地多部门的联动配合,是市民生活习惯的改变,是从政府到百姓环保理念的升级。

蓝天的增多,只是北京生态治理成效的一个方面。十年间,北京消除了劣Ⅴ类水质断面,密云水库蓄水量创下历史新高;新一轮百万亩造林绿化工程超额完成,大尺度绿化空间在城市铺陈,绿色成为大国首都的鲜明底色。如今的北京,水清岸绿,繁星闪烁,雨燕翔空,生机盎然,"大城市病"治理成果日渐丰厚,和谐宜居水平显著提升。

绿水青山也是金山银山。十年间,生态的改善带来了源源不断的经济财富和社会财富。生态农业、绿色产业、特色旅游、户外运动,凡此种种,在京郊各区蓬勃生长,村民得到了实惠,北京也迎来了成色更足的高质量发展。

站在建设中国式现代化的路口,北京生态治理的任务越发艰巨,治理的目标也在提高。要看到,北京的污染治理依然处于攻坚阶段,重污染天气还没有根除,区域性传输影响仍然较大。如何进一步提升城市治理的现代化水平和精细化程度,如何进一步优化京津冀及周边地区的能源结构和产业结构,既考验政府的智慧,也需要民众的担当。

生态治理是一条漫漫长路。然而,路虽远,行则将至;事虽难，做则必成。新起点上再出发，北京将沿着生产发展、生活富裕、生态良好的文明发展之路走下去，致力于建设人与自然和谐共生的中国式现代化。正如习近平总书记视察北京时要求的那样，久久为功、标本兼治。未来的北京，要继续拥抱繁荣与活力，也要坚定平衡发展与环保，走出一条通向未来的双赢之路，让人民在绿水青山中共享自然之美、生命之美、生活之美。

第一节 "一微克"行动，抠出"北京奇迹"

"良好生态环境是最普惠的民生福祉。"党的十八大以来，北京市深入贯彻习近平生态文明思想和习近平总书记对北京系列重要讲话精神，持续以超常规措施和力度治理大气污染，全市对生态环境保护重视程度之高前所未有，生态环境质量改善速度之快前所未有，污染防治攻坚力度之大前所未有，科技助力治污效果之好前所未有，区域协同治污合力之强前所未有，全社会支持参与之广前所未有。

一、煤烟谢幕，蓝天登场

2022年，北京市大气环境中细颗粒物（PM2.5）年均浓度降至30微克/立方米，连续两年达标。2013年到2021年，PM2.5年均浓度在不到10年的时间里下降了63.1%，被联合国环境规划署誉为"北京奇迹"。

时间回到2013年。这一年，北京开始执行新修订的国家《环境空气质量标准》，聚焦PM2.5的大气污染防治战全面打响。在这场大气治理攻坚战中，压减燃煤率先开展：煤改清洁能源工程全面提速，四大燃煤电厂陆续关停，京西煤矿全部退出……10年来，全市压减燃煤超过2000万吨。据最新一次PM2.5源解析结果显示，本地污染来源中，燃煤对北京大气污染的贡献率由原来的22.4%骤降至3%。预计到2025年，全市将基本实现供热"无煤化"，为市民赢得更多纯净蓝天。

"特别暖和!"逢人便说"真的好!"

"我今年72岁,我多大岁数,在这屋就住了多少年。煤改电之前,我们都是用煤球,每天早上起来生火,那真是家家户户冒烟呀,附近胡同里烟雾缭绕,屋里都得开窗户,可得放半天味儿了。"

初春清晨,西城区大栅栏街道三井社区,张大妈40多平方米的小平房里暖意融融。作为全市较早享受"煤改电"政策优惠的市民,回望近十年来平房区取暖条件的巨变,她深有感触:"当时听说要改造,挺有顾虑的,心想用电怎么取暖呢?我们用煤也用习惯了。很多人就说他们家不改。"除了生活习惯外,张大妈和邻居们心里还有一本经济账:"我们当时每年采暖季买煤要买四五车,花2000多块钱,要是用电取暖,电费也花不起啊。"

"当时区里、街道、社区耐心细致地和我们沟通,一一记录和解决。我

72岁的张履端在家中准备吃早饭,左下为煤改电后日常采暖的电暖气(北京广播电视台供图 杨帆 摄)

们晚上用波谷电取暖，1度电3毛钱，政府补贴2毛，我们只用掏1毛钱，一个采暖季甚至花不到2000块钱。"张大妈回忆。

北京市生态环境局大气处处长李翔说："这样的政府补贴方式一直持续到现在。为了还首都市民一方蓝天，也为了大家安全清洁取暖，十年来北京都是这么做的。"

经济账迎刃而解，施工难题接踵而至。核心区的平房区人口密度大，街巷胡同狭窄，房屋老旧密集，改造情况复杂，现场施工条件较差。"煤改电"工程涉及面广，参与单位较多，还涉及外电网增容、户线改造、蓄能式电采暖设备安装等多个环节，千头万绪的工作对于负责牵头实施改造的西城区生态环境局而言是不小的挑战。

西城区生态环境局煤改电管理中心工作人员王超说，"煤改电"工程涉及居民的切身利益，不少居民担心设置在家门口的变电箱影响日常通行，还可能有辐射等安全隐患。得知大家的顾虑后，他们请专家多方勘测设计，最大限度地保证安装美观、整齐利落，辐射数值也都在国家相关标准范围内。经过多番宣传动员，"煤改电"工作逐渐取得了老百姓的支持和理解。正是有了深厚的群众基础，工程才得以稳步有序推进。

"当时时间紧、任务重，我们决定分批推进，每年完成1万~2万户，当年立项施工，当年供暖季前完工，这相当于把两三年的工期压缩到半年多内完成。"西城区生态环境局煤改电管理中心工作人员王超说。

煤改电工程完成后的第一年采暖季，张大妈乐得合不拢嘴："特别暖和！越到晚上越暖和！以前我特羡慕我住楼房的同学，改完之后我逢人便说，我们现在也特棒！"

平房的"煤改电"，感觉是一家一户的小工程，但对大气环境的改善不可低估。2015年底，东西城核心区在北京市率先实现了基本"无煤化"。以张大妈居住的西城区为例，"十三五"期间，西城区二氧化硫浓度5年平均值为7微克/立方米，比"十二五"期间下降了72%。

"刺鼻的烟味儿没了"

2014年7月23日晚11点，北京高井热电厂3号机组正式与电网解列，标志着全厂6台燃煤机组在运行55年之久后全部关停。单元长张存国看着渐渐安静下来的厂房十分不舍："在这儿工作这么多年，没想到关这么早，一开始估计怎么着也到2015年、2016年再停，我们这些老人，能做的就是站好最后一班岗。"同时，大唐国际高井燃气热电厂项目正式投产运营，替代关停的燃煤热电厂。清洁能源天然气逐渐取代燃煤，成为发电供热的主力能源。

高井热电厂的关停，拉开了北京五环内四大燃煤电厂关停的大幕。此后，国华、石热燃煤电厂相继关停。2017年3月18日上午，华能北京热电厂所有燃煤机组停机备用。至此，北京四大燃煤电厂全部关停。

与此同时，清洁能源紧跟而上。2017年底，四大燃气热电中心全部建成投产，比原计划提前两年，北京成为全国首个实现清洁能源发电的超大城市。

家住热电厂相邻小区的居民们感受最为真切。居民李大爷说："以前每到刮北风的时候，粉尘都会顺着窗户飞到屋里，但现在，这种困扰全都没有了，刺鼻的烟味儿没了。"

按照规划，北京未来将不再新建大型电厂，转而加快建设外受电通道，优化网架结构，提高安全供电水平。截至2023年4月，北京全市外受电通道共13条28回路，输送能力3400万千瓦，输送能力比2012年增长54.5%。全市16个区全部连通管道天然气，北京优质能源占比超九成，稳居全国最高。

"三合·美邻坊"：燃煤锅炉旁的"幸福之花"

在大兴区兴丰街道，有一处砖红色的便民综合商业体——"三合·美邻坊"。走进这里，一层是便民菜站；二层有裁缝铺、洗衣店、理发店，几位社区居民在旁边的画室里挥毫泼墨;三层的社区书店和咖啡屋也吸引了不少居民光顾。很难想象,这样令人惬意舒适的地方,过去曾是冒着滚滚浓烟的燃煤锅炉房,为周边3个小区提供冬季采暖热源。

北京在关停大型燃煤发电厂的同时,也对城区里的燃煤小锅炉启动了改造。原有锅炉房完成"煤改气"后,不少小区的锅炉设备房、堆煤场成了闲置空间,于是就开启了华丽转型。

"三合·美邻坊"改造前后对比(市生态环境局供图)

"2020年初，我们参与大兴区老旧小区提升改造项目，尝试盘活闲置废弃锅炉房、堆煤场等资源，建成了使用面积3000多平方米的便民服务综合体'三合·美邻坊'，并于2021年8月底正式开业。""三合·美邻坊"项目负责人贾凡介绍，这是全市首个利用闲置废弃锅炉房，通过政府引入资本打造出的便民综合商业体，可以辐射周边20多个小区的近10万居民，极大方便了群众日常生活。

"买菜也方便了，过去得走15分钟，现在出门口就是，菜也比较新鲜。"附近居民说，这里成了一朵开在燃煤锅炉旁的"幸福之花"。

北京的燃煤锅炉清洁能源改造在2018年收官，6年间共淘汰燃煤锅炉0.83万台4.09万蒸吨，全市燃煤锅炉基本"清零"，平原区基本实现无煤化。

"黑风"变"蓝天"，城市换新颜

"恋恋不舍，不想走，关停肯定是大势所趋……"

吴锁柱在大台煤矿干了24年。2016年起，京西门头沟、房山一带，一大批煤矿进入关闭退出期。作为北京建成最早、规模最大、工业化程度最高的一座煤矿，大台煤矿于2020年9月正式关停。随着这最后一座煤矿退出历史舞台，北京近千年采煤史宣告结束。

虽有很多留恋，不过在吴锁柱看来，这样做是对的。1981年，21岁的他刚刚从技校毕业来到大台煤矿工作，此后大半生与这里结缘，工作、结婚、生子……如今退休后他依然住在这里。山间随处一指，他就能说出哪间房子住过什么人，年轻的时候登过哪座山，在哪条河里游过泳。

"我师傅和我说，20世纪50年代这里煤矿没开采的时候，山是透彻的绿，水是山泉水，春天山桃花一开，漂亮极了！但我来的时候这儿已经开采了30多年，当时刮的风全是黑风，我们下井作业坐罐车进去，出来的时候只有牙是白的，其余哪儿都是黑的。运煤的皮带哐哐响，噪声特大，东西放在窗台上隔一天你再看，肯定落一层煤灰。"

"现在退休了,回头想想觉得关停煤矿还是应该的。这儿环境变得相当好,每天安安静静,偶尔还有鸟鸣声,如果是晴天,天上飞机也能看见,恢复自然环境了,真好啊!"吴锁柱感叹。

随着京西最后一座煤矿关闭,深山里轰鸣了半个多世纪的机械采掘声慢慢消失,在此工作生活的近万人相继举家搬迁、各奔东西,热闹的深山变得静寂。一个大国首都的千年采煤时代就此落幕,留下的是汩汩泉水和清澈蓝天。

压减燃煤的"北京经验"

北京曾是世界上燃煤消费最多的首都,燃煤消费一度占全市能源消费的75%。煤炭燃烧排放大量烟尘、二氧化硫、氮氧化物,是大气严重污染的重要原因。2014年北京市首次PM2.5源解析结果显示,本地燃煤对PM2.5的贡献率仅次于机动车,高居第二位。

十年来,北京的这场削减燃煤攻坚战,打得卓有成效。北京的燃煤消费总量从2012年的2270万吨降至2021年的131万吨,压减幅度超过94%。最新一次PM2.5源解析结果显示,本地污染来源中,燃煤对北京大气污染的贡献率已由原来的22.4%骤降至3%。

回望过去十年的工作,北京市生态环境局大气处处长李翔说,全市上下真拧成了一股绳:"市政府统一指挥,按照压煤的指标分解到各个部门,比如说发展改革委是承担电厂的'煤改气',经济和信息化局负责工业类的'煤改气',我们负责供暖锅炉的'煤改气'和城镇居民'煤改电',农业农村局负责农村的'煤改电',大家共同努力,通过不懈努力收获了非常好的成效。实际上我们的环境质量改善了,也促进了经济社会的发展,原来规划花很长时间才能实现的,通过燃煤污染治理的进程,都同步快速解决了。"

根据《北京市"十四五"时期能源发展规划》,到2025年,北京还将推动剩余山区和浅山区农村清洁能源替代,基本实现全市供热"无煤化"。相信那时的北京,天一定会更蓝,星光一定会更璀璨。

二、从"油"到"电",环保还省钱

进入21世纪,随着北京机动车保有量的快速增长,车辆尾气成为大气污染的一大源头。分析显示,机动车尾气排放是二氧化氮等一次污染物和PM2.5、臭氧等二次污染物的主要来源。如何削减这些"移动源"导致的污染,成为北京大气治理的重要一环。

党的十八大以来,习近平总书记高度重视大气污染防治工作。2014年2月25、26日他视察北京时指出,"大气污染防治是北京发展面临的一个最突出的问题""应对雾霾污染、改善空气质量的首要任务是控制PM2.5"。

十年来,北京在机动车尾气治理上持续发力:提高机动车燃油标准,加速老旧车辆淘汰,鼓励支持新能源车发展……经过不懈努力,尾气产生的主要污染物——二氧化氮的年均浓度从2013年的56微克/立方米降至2022年的23微克/立方米,累计降幅近六成,标志着移动源污染治理成效明显,北京攻克了超大城市二氧化氮治理的难题。

开环保车,看"北京蓝"

"80后"赵宇从读大学到工作一直都在北京,一晃10多年过去了。2022年,他的女儿出生了。也是在这一年,他把自己开了多年的燃油车置换成了新能源车。"孩子的出生让我考虑更多,换车的时候就想着得买个噪声小、更环保舒适的车。"

赵宇原来开的是一辆国五排放标准的银灰色小轿车,当年买车的时候还不流行新能源车。

2022年，北京市商务局等7个部门共同制定了《北京市关于鼓励汽车更新换代消费的方案》，鼓励置换新能源小客车。按照该方案，报废或转出北京市注册登记在本人名下1年以上的乘用车，并在北京市汽车销售企业新购新能源小客车的车主可获得8000元或10000元的补贴。赵宇最终拿到了8000元的补贴，新车到手不到30万元。

起初，赵宇的爱人还担心充电、续航等问题，但开了一段时间后发现，"现在充电站到处都是，方便得很，在外面用快充充一次电只要几十块钱，而且只需半小时左右，买杯咖啡的时间就能充满，确实划算！"2023年初，在物业经过申请审批后，他们还顺利地在小区车位上安装了一个家用充电桩，能享受到更优惠的电费，每度电只要几毛钱。

电车起步和行驶中基本无噪声，也没有油车的刺鼻味道，大人孩子的体验感都很好，用赵宇的话说就是："我闺女在车上睡一路都不带醒的！"

赵宇的女儿很幸运，因为不但车内环境好了，车外的大气环境也在一天天改善。"我买新能源车，也是为北京空气质量的好转尽一点力，我希望我的孩子能在更好的城市环境中成长。"

为了有效治理"移动源"污染，20多年来，北京市持续不断地升级机动车排放标准，并加快车辆更新换代步伐。

北京市分别于1999年、2002年、2005年、2008年和2013年，率先在全国实施机动车国一、国二、国三、国四和国五排放标准，每次执行新标准均提前全国2～3年。2020年1月1日起，北京市又率先实施更为严格的国六B排放标准。每加严一个档位，单车的排放量也随之降低30%～50%。

随着排放标准的提高，政府通过补贴方式鼓励市民以旧换新，加快淘汰老旧机动车。2009年至今，北京持续实施多轮政府补贴，累计淘汰约306万辆老旧机动车，发放补贴115亿余元。截至2022年底，累计新能源汽车保有量达58万辆。正因如此，虽然北京机动车的保有量以年平均10%的速度增长，到2022年底已达622.4万辆，但尾气污染程度却逐年递减。

2023年，油车置换新能源车的补贴政策依然在继续。北京市"十四五"规划纲要提出：到2025年，全市新能源汽车累计保有量力争达到200万辆。

城市车辆的"含绿量"越来越高，首都天空的"含蓝量"也随之提高。赵宇回忆起读大学时北京的天气，感慨万千："过去，蓝天是一种奢侈，现在，蓝天成了一种常态。"

从"消失的西山"到"放眼一望几十公里"

敬清波是一名的哥，从业已经16年了。说起北京空气的变化，他举了这样一个例子："十年前，我开汽油车，那时候从东二环建国门桥上向西看，天儿老是雾蒙蒙的一片。最近这几年，经常是放眼一望几十公里，都能看到西山了。"

2016年，敬清波所在的北汽出租集团迈出了里程碑式的"一大步"。北汽出租汽车有限公司资产管理部庞波说："2016年我们陆续购置了100辆北汽新能源的EU200和比亚迪的E5，2017年购置了一批吉利EV300，到了2019年我们开始全面推行电动车的更新，到现在为止电动车占我们出租汽车体量的近80%。我们的目标是到2025年将我们公司的所有出租车全都更换成新能源车。"

2020年的一天，公司领导找敬清波谈话，说要把他手头的现代伊兰特汽油车置换成一辆新能源出租车。一开始，敬清波挺犹豫的，"心里边还有顾虑，是不是充电不方便"。

不过，换车没多久，敬师傅就觉得"真香"！他还专门算了一笔经济账："以前汽油车每5000公里保养一次，费用大概是150元，现在新能源电动车1万公里保养一次，大概花100元左右。按照每年跑10万公里计算，一年能节省2000元。以前开汽油车的时候，每天加油在140～150元，现在充电的费用每天在70～80元，等于节省了1/2的成本。这不仅能为司机和企业节省很多成本，而且新能源车零排放，还能给首都环保做点贡献，一

敬清波开着他的新能源电动出租车（北京广播电视台供图　川梓 摄）

举两得，太划算了！"

2016年之后，越来越多的出租公司"上新"了新能源车。在北京的大街小巷，像敬师傅一样开着新能源出租车的的哥越来越多，绿牌出租车也成为首都的士一张亮丽的"新名片"。

"绿色低碳风"吹进公交车

近十年来，北京的公交车行业，也吹起了"绿色低碳风"。

午后，在通州区宋庄镇平家疃公交场站，一排崭新的新能源电动公交车整齐停放着，绿色牌照在阳光下格外鲜亮。北京城市副中心现在共有71条公交线路，运营车辆565辆，全都是新能源车。

从燃油车到燃气车，从气电混合动力车到纯电动车，从业25年的"老公交人"曹岩石见证了首都公交车型多次升级换代。

曹岩石如今是北京公交集团城市副中心客运有限公司生产副总经理。

入行之初,他是一名公交车司机,驾驶的是柴油车。他说,生态环境部门的执法人员曾经是公交场站的"常客"。现如今,已经很少看到他们的身影。"以前由于油质问题或发动机问题,年检的时候会有个别车辆尾气超标。现在电车是零排放,年检验车就不存在这个项目,环保部门也很少来场站抽检了。"

"现在这电公交好啊,车厢里没有原来那种刺鼻的味儿了,在后边追公交的时候,也没有黑烟辣眼睛了!"坐了大半辈子公交的陈大妈这样说道。

说到公交行业的革新,还得将时间拨回到2013年。那一年,为落实《北京市2013—2017年清洁空气行动计划》,北京公交集团开始推动清洁能源和新能源电驱动车发展。

北京公共交通控股集团有限公司科技信息部副经理刘宝来回忆:2013年以前公司的运营车辆以柴油车为主;逐步发展到2017年,形成柴油、天

场站里停放的新能源电动公交车(北京公交集团供图)

1路公交18米长的"中国红"纯电动公交车行驶在长安街上(北京公交集团供图)

然气、新能源三足鼎立的车型结构;2017年之后,北京公交集团快速发展纯电动车、增程式、混合动力、氢能源等不同形式的新能源车辆,形成当前以新能源车为主的新型能源车辆结构。"2012年末的时候,北京公交集团的柴油车辆占到总车数的81.5%,只有3.3%的车辆是新能源电驱动车。现如今,新能源电动车比重已经达到65%。"

优化车辆结构,淘汰老旧车和推广应用新能源车,是交通行业治理污染防控最关键且最有效的举措之一。2022年,《北京市人民政府关于印发〈北京市"十四五"时期交通发展建设规划〉的通知》中明确要求推广低碳新能源运输工具,推进公交、出租(含巡游、网约)等交通行业车辆"油换电"。

北京市交通委员会绿色交通发展处副处长周园说,到2023年2月,北京市的新能源公交车和新能源巡游出租车在总车辆中占比已经超过50%。截至2022年底,运营车辆累计推广新能源车6.5万辆,国五排放标准以上的营运车在总车辆中占比已经超过70%。

"青山不墨千秋画,绿水无弦万古琴。"党的十八大以来,以习近平生态文明思想为根本遵循和行动指南,一系列根本性、开创性、长远性的生态治理行动在首都先后展开……

从曾经的"灰雾蒙蒙"到如今的"碧空如洗",大气治理的"北京奇迹"绝非一蹴而就。北京市生态环境局机动车排放管理处副处长连爱萍坦言,成效来自:

——自下而上"一条心"。如今的成绩绝非一个委办局、一个处室、一个人的努力,而是自下而上、多部门配合联动的结果。每一个进京路口的执法检查,都由交管部门协助共同完成;控制机动车总量,增加新能源车占比,离不开市交通委的宏观调控;为新能源车主发放补贴也少不了市商务局的统筹……而这背后,更少不了的是每一个生活在北京的普通人的努力与付出。

——管得严,盯得紧。2014年北京市出台《北京市大气污染防治条例》,2020年出台《北京市机动车和非道路移动机械排放污染防治条例》,这两部地方法规互为补充,共同构成了移动源污染防治法规体系。无论是从提高新车标准、加快老旧车淘汰、加强在用车监管,还是从改善油品质量、强化油气污染监管和开展非道路移动机械污染控制等方面,每一个环节都有法律法规和地方标准保驾护航,也让执法者在每次执法过程中更有底气。

——疏堵结合,标本兼治。按照控制机动车排放污染的相关要求和指导原则,以改善空气质量为目的,北京市始终坚持疏堵结合、标本兼治。在强化本市重型柴油车以及外埠进京重型车排放监管的同时,北京市不断优化交通出行方式,推动新能源和清洁能源车辆发展,培养公众"绿色低碳、生态环保"的意识,进一步促进污染减排,加速空气质量显著改善,推动经济社会可持续发展。

三、从"漫天撒网"到"精准定向"

2022年,北京市空气质量的优良天数达到286天,占比接近八成,较2013年增加了110天。其中,一级优天数138天,较2013年增加了97天。"冬奥蓝""一微克蓝"成为首都的亮丽底色。

十年来,首都蓝天"含金量"节节攀升,背后是各项科技治污手段的鼎力加持。PM2.5源解析、国际一流的"天空地"三维立体监测体系、国际首个重型柴油车监测平台……对大气污染物的精准追击,逐渐由点到面、由浅入深。凭借这些"千里眼"和"顺风耳",首都大气治污从"漫天撒网"转为"精准定向",打了一场漂亮的"翻身仗"。

党的十八大以来,国务院发布实施《大气污染防治行动计划》,消除人民群众"心肺之患"的蓝天保卫战全面打响;"坚持全民共治、源头防治,持续实施大气污染防治行动,打赢蓝天保卫战"被写入党的十九大报告……一系列顶层设计和制度安排,为人民群众呼吸新鲜空气保驾护航。而首都北京发挥科技优势打出一整套治污"组合拳",赶走"雾霾重重",迎来"蓝天常驻"。首都空气质量取得显著改善,也在参与全球气候治理过程中贡献着"中国智慧"。

PM2.5源解析,给大气"把脉问诊"

"人生病了,要去医院化验体检,找出病根儿。城市生病了,也是如此。"时间回到2013年。这一年,北京PM2.5年均浓度高达89.5微克/立方米,超过国家标准(35微克/立方米)约1.5倍。当时的北京一度"谈霾色变",科学精准治污已迫在眉睫。时任北京市生态环境监测中心主任刘保献说,他们要带北京的大气去"看病"。而PM2.5源解析,就是给大气"把脉问诊"。

PM2.5，是形成雾霾天气的重要因素。北京的PM2.5来源十分广泛，源解析，就是从组分上对PM2.5的来源做精准判定，而这项技术的研究方法当时在国内尚属空白。

在刘保献的带领下，北京市生态环境监测中心用一年时间，组织研发出PM2.5中200多种化合物的监测方法，迈出了历史性的一步。

2014年，北京率先在全国发布第一轮PM2.5源解析结果。

刘保献回忆当时解析的结果，在北京的污染物来源中，区域传输占1/3；在本地来源中，移动源占31.1%，燃煤源占22.4%，还有扬尘源、工业源分别占14.3%和18.1%。

参照这四大来源，针对性的治理方法被融入《北京市2013—2017年清洁空气行动计划》中，围绕机动车、燃煤、工业、扬尘等污染源共制定84项重点细化措施，并压实到全市相关部门。同时，还结合污染物的区域传输特征，把相应策略融入京津冀区域联防联控中。

3年后，北京市PM2.5年均浓度下降到58微克/立方米，和2013年相比，降幅达35.6%。北京的PM2.5源解析技术也为全国其他地区源解析技术体系的建立打下坚实基础。

锁定污染物来源后，如何对这些"敌兵"进行精密监测、精准打击呢？一张"天罗地网"正在等待着它们……

"天空地"三维立体监测体系，为精准治污布下"天罗地网"

"从遥感监测数据上，我们能把污染物几点过境、什么时候过境、大概覆盖什么范围、从什么角度过来等信息都了解清楚，然后再进行后续处理。"在北京市生态环境监测中心，遥感监测室副主任姜磊站在一组大型处理器前，一边看着卫星刚刚传输回来的区域污染物组分数据，一边做着介绍。

他以污染物VOCs（挥发性有机物）为例做了监测演示：几分钟后，旁边的中控屏上就形成了一张清晰的彩色热点网格图，颜色深浅不一，北京各个区域中大气的VOCs浓度清晰可见。

"制作这张热点网格图时,我们把北京各地的自然地理特征、社会经济发展要素(商场、酒店、居民楼等)都输入进去,按3.5公里×3.5公里一个格子平铺开来,就能精准分析那个区域的具体污染情况。"监测中心工程师王新辉解释道。

VOCs是产生PM2.5和臭氧的共同重要前体物。近年来,北京大气治污进入PM2.5和臭氧协同控制的阶段,VOCs治理就成了目前大气治污的重中之重。

遥感显示,海淀区西北部的一处汽修集群VOCs数值较高。走航监测车马上启动,驶入高数值地域,进行更细致的分辨。

监测中心工程师张博韬坐在走航监测车里,紧盯着笔记本电脑屏幕,所到之处的VOCs浓度会以彩色柱状图的形式呈现在屏幕上。"这个柱越高,颜色越红,就代表这个地方的污染物浓度越高,柱状图每5秒就会刷新一次。"张博韬解释道,"执法人员现在就可以根据锁定的位置直奔目标了。"

市生态环境局屋顶用于监测空气质量的采样器(北京广播电视台供图 杨帆 摄)

如果想对污染物成分进行准确定量，还可以继续借助更为精准的实验室手工分析手段。监测人员拿着一个玻璃球瓶的采样罐，回到北京市生态环境监测中心的分析实验室。高级工程师丁萌萌接到这罐空气样品，将其连接到大气预浓缩/气相色谱—质谱上。1个小时后，100余种的VOCs检测结果就显示在电脑屏幕上。

丁萌萌说："我们目前在北京已经布设了VOCs手工组分监测网，把采样设备放在采样点位，通过远端遥控，可以采集到具有代表性的样品。这种采样方式，既可以采集环境当中的，还可以采集污染源的全气样品，污染源和环境兼顾，既灵活又准确。"

依托便捷的传感器监测技术，北京建立起覆盖全市街乡镇的高密度热点网格监测体系，对PM2.5浓度实时监测，压实污染监管主体责任，给政策制定提供依据。

北京市生态环境局大气环境处的庄子威解释说："经过热点网格的监测

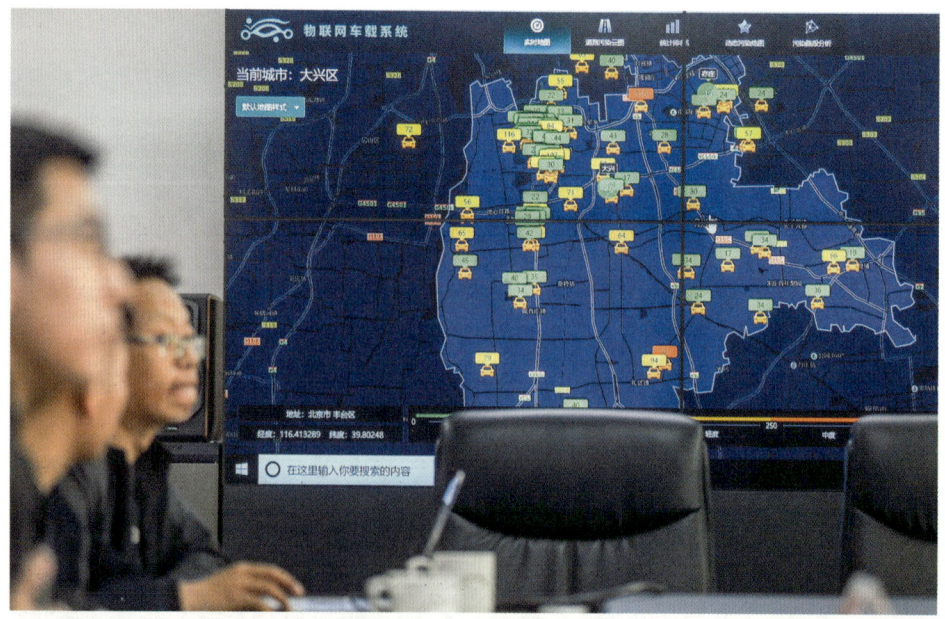

通过车载颗粒物监测系统，工作人员在实时查看公交车及出租车监测到的PM2.5数值（北京日报社供图　武亦彬 摄）

结果,我们指导帮扶PM2.5排名靠后的街道乡镇和各区,每年制订年度大气污染防治行动计划,大概有三四十项,其中就涉及各部门、各领域的减排措施,年底还会对各项任务完成情况进行考核。"

通过卫星遥感、车载走航、手工监测和热点网格这一整套由面到点的监测方式,北京在全国率先建成了国际一流的"天空地"三维立体监测体系,能实时监测空气中的各种主要污染物变化情况,为治理和消灭污染物布下"天罗地网"。

全球首个监测平台上线,管住了"重型柴油车"

除了日常熟知的工业源、燃煤源、扬尘源等排放源外,影响空气质量的还有重型柴油车、非道路移动机械等容易被人们忽略的污染源。针对这些污染源,北京也不遗余力地通过开发和使用高科技手段,进行精确监控,避免有"漏网之鱼"。

"踩油门!对,松油门10秒,然后再踩……"

在通州区台湖镇的一家混凝土企业院内,检测人员董立兴正对多辆重型柴油混凝土搅拌车进行尾气检测。随后,他仔细把各项参数录入手机执法软件:"国标检测限值是1.32 m^{-1},它现在是0.08 m^{-1},达标了。"

2020年1月1日起,北京所有重型柴油新车实施国六B排放标准。北京市生态环境保护综合执法总队执法八支队三级主办李彬介绍说:"重型柴油车是氮氧化物的主要排放源,2022年全年,北京共检查重型柴油车268万辆次,检查超标率在2.4%左右。而在2012年,咱们尾气的抽测超标率高达15%。"

稳步向好的执法数据,离不开技术的加持。2018年,北京市正式投用了全球首个重型柴油车排放远程在线监测平台,它利用物联网、大数据技术手段,突破了海量高并发数据接收与解译的瓶颈,实时追踪所有联网车辆的排放状态。

近年来,这个平台有效支撑了北京的重型柴油车监管。截至2023年4

月,平台监测车辆超过14万辆,占全市重型车保有量的一半以上。

北京市生态环境监测中心污染源室主任杨妍妍介绍说:"每一台车上都安装了远程监控终端,它的车速、在哪行驶、后处理装置运行是否正常都可以进行实时监测。如果存在超标排放,通过平台预警,就可以进行针对性的执法和监管。"

"十年如一日,我们很自豪"

再先进的科技手段,也得由兢兢业业、一丝不苟的人操控,才能将科技的力量发挥到极致。

在北京市环境监测中心,就有这么一批始终迎难而上、攻坚克难的监测人。

北京市生态环境监测中心副主任沈秀娥站在监测中心大厅里,看着一张PM2.5组分监测图无限感慨:"我们从2013年1月1日开始,在车公庄站点做组分监测,每天100多个组分的数据构成了这张图,10年10行。"

在沈秀娥看来,再精密的监测,最后都要落在纸端,形成精确的数据。北京科技治污到底有没有成效,只有数据说了算。

"起初那几年,一到重污染天,无论寒暑,无论身处何处,是不是周末,大家都会赶回来值班,做大量的监测分析,总有种坐立不安的感觉。"随着北京空气质量的历史性改善,近几年,让沈秀娥坐立不安的感觉越来越少了。不过,未来各项科技监测手段更须细化、科学化、完善化,大家的职责和干劲儿分毫未减。沈秀娥自豪地说:"我们会把每年中重污染这一天的污染物构成饼图放在上面,你看,越往下,饼图越来越少,代表北京的重污染天数越来越少,成效很显著。十年如一日,我们真的很自豪。"

从PM2.5源解析到国际一流的"天空地"三维立体监测体系,再到国际首个重型柴油车监测平台,北京的科技治污手段由点到面、由浅入深,形成了一套完整科学的体系,对污染物锁定从"漫天撒网"到"精准定向"。由此形成的卫星遥感、环境DNA技术等多种创新监测手段，还被运用到水和土壤的监测保护中。

进入"十四五"时期，北京还将进一步推进大数据、区块链、人工智能等新技术在监测领域的深度应用，打造国际领先的生态环境监测"智能感知"创新示范基地，借助科技力量，全力为首都率先建设人与自然和谐共生的宜居城市而努力！

四、从"拍空气"到讲述中国故事

2018年5月，习近平总书记在全国生态环境保护大会上强调："坚决打赢蓝天保卫战是重中之重，要以空气质量明显改善为刚性要求，强化联防联控，基本消除重污染天气，还老百姓蓝天白云、繁星闪烁。"

此前一年，《北京市2013—2017年清洁空气行动计划》圆满收官，蓝天保卫战取得阶段性成绩：2017年，北京市PM2.5年平均浓度为58微克/立方米，较2013年下降32微克/立方米，降幅达到35.6%，完成了国家"大气十条"的任务目标。二氧化硫年均浓度更是首次降到个位数。

然而，成绩的取得，也将新的问题摆在首都北京面前：大面上容易治理的都治理了，PM2.5大幅下降后，空气质量还要继续改善，空间从哪里来？

时任北京市委书记蔡奇明确提出："PM2.5治理要一个微克、一个微克地去抠。"由此，以"一微克"行动为主线，一场综合运用"科技+执法+管理"等手段，对大气污染展开精准治理的攻坚战拉开大幕。

北京"一目了然"

"毕竟，立竿见影的活儿干得差不多了，剩下的就需要'绣花针'的功夫，一点一点往下'抠'啦！"

2017年，对于北京的大气治理，长期参与北京市大气治理的清华大学环境学院院长贺克斌曾说过这样一番话。

如果把镜头回转，再次回望2017年北京的上空，你会看到：这一年，北京收获了226个优良天，其中，有66天空气质量达到一级。和几年前相比，蓝天越来越多，也带给市民更多的好心情。

蓝天常在，与北京"铁腕重拳"推行工程性减排分不开。煤改清洁能源、产业结构转型、老旧机动车报废转出、"散乱污"企业分类清理……2013—2017年的5年里，北京的减排总量约为过去10年总和。天帮忙，更得人努力。硬措施完成硬任务，5年的蓝天保卫战，是一场艰难的"硬仗"。

然而，不可否认，PM2.5造成的困扰依然存在。事实上，2017年元旦，一场跨年重度雾霾曾经横扫京津冀三地。在北京市民邹毅的镜头记录中，这段经历令人沉重。

邹毅从2013年起开始了一项记录：每天相同的时间，他会站在自家窗

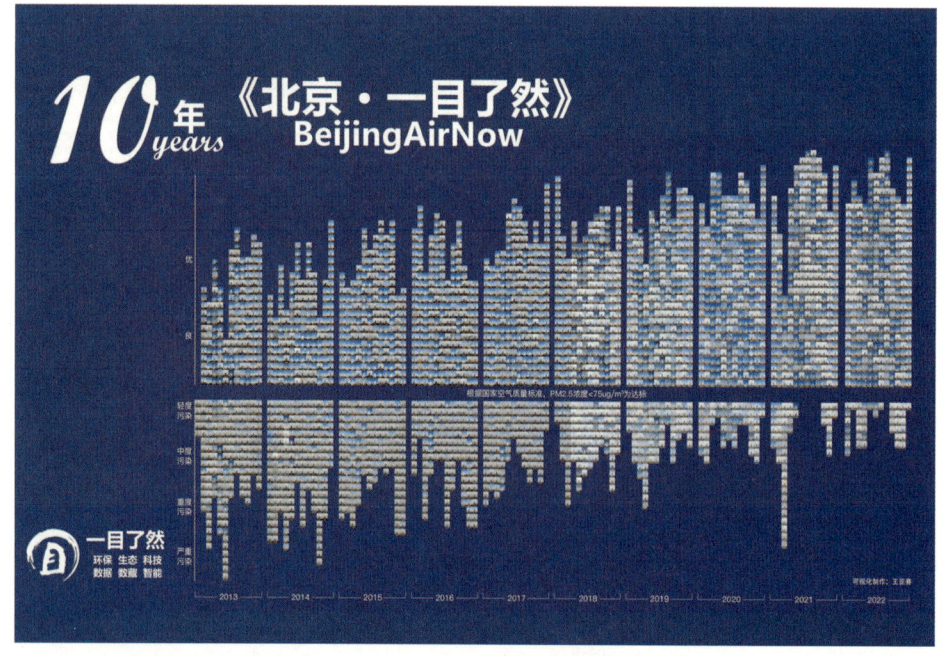

3852张照片的可视化处理，反映北京蓝天变化（邹毅供图）

前,拍摄一张窗外北京电视台的照片,"一目了然"地反映北京空气的变化。2017年跨年那几天,他拍摄的照片,一直是灰蒙蒙的底色:"从2013年到2017年,我拍了1826张照片,可以明显看到灰色在一点点减少,深深浅浅的蓝色开始逐渐增多。但你不能否认说灰色就不存在了。我希望,我的镜头下,蓝色能更多。"

更多的蓝色从哪里来?

"不以事艰而不为,不以任重而畏缩。"时任北京市委书记蔡奇给出的答案是,要"一个微克、一个微克地去抠"。

2018年,北京发布《北京市打赢蓝天保卫战三年行动计划》(以下简称《计划》),治理大气有了最新的路线图。

《计划》中提出,到2020年,北京市环境空气质量改善目标在"十三五"规划目标基础上进一步提高,氮氧化物、挥发性有机物比2015年减排30%以上,重污染天数比率比2015年下降25%以上。同时,按照"同步改善、功能区趋同"的原则,确定了各区细颗粒物(PM2.5)年均浓度等目标。

同样是在这一年,北京市发布PM2.5第二轮源解析,为精准治污提供了科学参考。

源解析显示,本地排放中,移动源占比45%,扬尘源占比16%,工业源占比12%,生活面源占比12%,燃煤源占比3%。可以看出燃煤治理成效显著,已经退出主要污染源序列,但汽车尾气、扬尘等污染源仍需下大力气治理。

针对这些污染,北京的大气治理开始下更多的"笨功夫",做"精细活"。

多措并举"抠"减排——"车、油、路"综合施策

"您好,请您挂空挡,拉手刹,听我口令踩油门!"

"1、2、3,踩!"

这个指令,不少大货车司机在进入进京检查站时都会听到。曾任北京

市机动车排放管理中心监察科副科长的苏学田几乎每天都得重复数十遍。

北京是全国机动车保有量最高的城市，截至2022年底，机动车保有量超700万辆。2014年和2018年两次PM2.5源解析显示，在本地污染贡献中，移动源污染一直位列首位。其中，重型柴油车是污染物排放的大户。研究显示，一辆国三柴油货车的污染物排放量相当于200多辆国四小轿车排放总量。

为此，2018年，北京市交通、生态环境、公安3个部门联合发布规定，对本市和外埠高排放货车通行进一步加大管控力度。

"北京市界有38个执法点位，高峰期我差不多每个月走一遍。"2019年采访苏学田时，他的这句话让记者印象深刻。为了提高监管效率，苏学田组织开发了"机动车执法"App，利用大数据支持全市机动车执法工作。

"以前机动车执法，都靠人工记录和录入。不仅用时长，检测结果也不能形成大数据库，进行有效利用。"苏学田介绍，2018年6月App上线后，一线执法队员只要打开App对着车牌号扫描，车辆的基本信息就出来了，同时还能看到该车的历史检查记录，效率比之前提高至少10倍。

有了大数据库，有超标排放"黑历史"的车辆再也无处遁形。苏学田介绍，执法中曾遇到一辆车，一年中被查出超标64次，相当于不到一个星期就被记录一次。这类"屡教不改"的超标车辆，App都会记录在案，列为重点监管对象，执法队员则会入户复检，直到车辆排放达标为止。截至2020年5月份，北京市生态环境局公布的数据显示，已有超21万辆柴油车被列入超标黑名单。

加强车辆管理的同时，对于油品的质量以及销售环节的管控也逐步细化。比如，大家习以为常的加油环节，其实就凸显了"绣花功夫"。

"油气是挥发性有机物，不仅能够直接对人的呼吸系统产生危害，还能在大气中经过一系列反应，生成PM2.5和光化学烟雾等污染物质。"北京市机动车排放管理中心油气油品科原科长刘明宇曾告诉记者，到2019年初，全市加油站的油枪都改造为双重管线，一层出油、一层吸气。加油时，会同步将挥发出的油气回收到油罐里，再用专门的设备将油气转化成液体油。

刘明宇说，全市1100多座加油站，30多座油库，600多辆油罐车组成了整个油气销售系统，每年销售汽油400多万吨。如果不加以治理，每年将会有3万多吨的油气挥发到大气当中。

在2021年的采访中，记者还发现，不少加油站会在夏季推出夜间加油优惠让利活动，就是为了减少白天高温环境下汽油的挥发。看似不起眼的细节，背后蕴含的却是"精治、共治"的理念。

多措并举"抠"减排——扬尘管理，以克论净

2023年初，西城区车公庄大街3号的项目工地，7000平方米的基坑覆盖着防尘网，上方还加了一道8000平方米的天幕，防止施工产生的沙尘向外界扩散。天幕钢丝绳上，众多喷淋设备喷洒着水雾，犹如给工地"淋浴"，这是减少扬尘的第二道保险。

"与传统的施工作业相比，防尘天幕能够减少50%以上的扬尘，加上喷淋系统、立体围挡、雾炮车等，基本可以实现所有扬尘不出工地。"工地负责人告诉记者。

工地天幕的防尘效果，受到附近居民称赞："你别说，工地就在我们小区附近，每天从这儿路过，还真没觉出有什么灰尘扬出来。"

北京市城区面积大，在施工程多，建筑工地扬尘一直是大气治理中的难点。为破解这一难点，北京对施工工地设定"六个百分百"的要求——工地周边100%围挡、物料存放100%覆盖、出入车辆100%冲洗、现场地面100%硬化、土方开挖100%湿法作业、渣土车辆100%密闭运输。全市还搭建了统一的施工扬尘视频监管平台，对施工工地进行视频实时监控。监管与治理并重，越来越多的工地实现全流程绿色施工。

除了对工地实施精细管理，北京对城市道路上的扬尘也进行严格监测。

TSP，也就是总悬浮颗粒物，来源于道路扬尘、施工扬尘、裸地扬尘等。TSP高密度监测网络覆盖了全市300余个街道乡镇。2019年起，每半月通报各街乡镇大气粗颗粒物排名。排名靠后的地区会被约谈，督促整改。

有压力就会有动力，谁也不愿意担最"土"街道的名声，为此，各区在清扫街道、抑制扬尘上也下足了功夫。

2019年10月，两台全自动吸尘车在东城区东四街道和天坛街道投入使用，吸尘车宽度只有1米左右，可以边喷水、边吸扫。遇到小车开不到的角角落落，环卫人员一把摘下车顶上放置的手持吸尘筒，像在家中用吸尘器吸地一样，对着角落细心清理。小车驶过的路面，微微有些潮湿，几乎可用一尘不染来形容。

"这种全自动吸尘车，体积小，吸力大，特别适合清扫胡同里的犄角旮旯。"东城区环卫中心监督检查科科长张志刚告诉记者，"原来人工清扫时，大扫帚一挥，反而容易扬灰。现在就不用担心了，垃圾和灰尘统统吸走，杂物、树叶吸进来隔离到后边的垃圾箱，另一部分细小的颗粒尘土会进入尘土箱，进行有效分离。"

以克论净，纤尘不放过。正是靠这些细微之处的努力，北京有效管住了到处飞扬的尘土。市生态环境局大气环境处处长李翔介绍，2019年北京市月降尘量均值为5.8吨/平方公里，2022年降至3.6吨/平方公里，在京津冀及周边地区"2+26"城市中保持前列。

多措并举"抠"减排——水泥厂"华丽转身"

沿京加路一路往北，接近怀柔区河防口镇时，会看到几座烟囱耸立的工业厂房。这里原本是金隅集团兴发水泥厂的生产车间，如今已经转型成为金隅兴发科技园，北京雁栖湖应用数学研究院、德勤大学等明星项目先后入驻。

在厂里工作了大半辈子的总工程师常显新，带领记者参观园区，每栋建筑的"前世今生",他都了如指掌。

"这边是6个筒仓,原来是装水泥的,将来计划改成高级酒店。那边是原来生产水泥的3台水泥磨,现在改成孵化器区……"

兴发水泥厂于1991年正式投产,高峰时年产水泥100多万吨。厂区的矿山是整个华北地区较大的低碱矿,生产出的低碱水泥多用于大型建筑、桥梁和地下工程。1989年,常显新入厂工作,见证了工厂的辉煌时期。"像鸟巢、水立方都用咱们这儿的水泥。"老常颇为自豪地说。

但是水泥厂属于高污染、高耗能企业,又地处怀柔城区北部,长城河防口段保护区周边。根据《北京市2013—2017年清洁空气行动计划》,兴发水泥厂按照京津冀一体化产业疏解和协同发展要求,被列入2015年重点疏解整治项目。上级单位金隅集团决定主动关停兴发水泥厂。2015年2月,厂区停止开采矿石;6月16日停窑。同时对接怀柔科学城整体规划,原厂区启动转型改造。

水泥厂关停后,每年可减少燃煤5.5万吨、节水6.2万立方米,减排氮氧化物260吨、工业粉尘40吨。特别是对占地1300亩的矿区逐步实施生态

金隅兴发科技园远景图(金隅兴发科技园供图)

修复，有助于进一步改善区域生态环境。

转型后，园区更名为"金隅兴发科技园"。园区的提升改造以绿色、环保、低碳为标准，整体达到国家绿色建筑及低碳园区标准，园区的整体碳排放量较北京市最低标准降低至少10%。水泥厂身后的1600多亩矿区也将全部还绿，依托山势进行恢复，打造立体式绿色空间，厂区工业遗存和矿石等则结合地景，建成供科研工作者和市民假日休憩的矿山公园。

对于常显新来说，这是一段别样的经历：到2025年退休时，他见证了水泥厂的筹建、发展、辉煌、关停，还将见证它的"华丽转身"。

根据《北京市新增产业的禁止和限制目录》，结合"疏解整治促提升"专项行动，北京市累计退出了3212家一般制造业和污染企业、分类整治1.2万余家"散乱污"企业，第三产业增加值占比稳居全国前列。

多措并举"抠"减排——功不唐捐，玉汝于成

"'北京蓝'已经成为大国首都的亮丽底色。"

2023年1月，在北京市生态环境局举行的新闻发布会上，时任北京市生态环境监测中心主任刘保献颇有底气地说。他的底气，来自于客观数据支撑：2021年，北京市空气质量首次全面达标，PM2.5年均浓度降至33微克/立方米，比2017年下降43.1%；北京市空气质量优良天数也增加到288天，优良天数比率提高到78.9%。北京大气污染治理成效被联合国环境署评价为"北京奇迹"。

2022年，北京市PM2.5年均浓度进一步降低至30微克/立方米，创有监测以来历史新低，连续两年达到国家空气质量二级标准，其他主要污染物呈现持续改善的趋势。全年优良天数达到286天，其中，一级优的天数达到138天，蓝天的"含金量"进一步增加。

"北京奇迹"在邹毅的镜头下也"一目了然"。他将十年来拍摄的3852张照片聚合在一起，拼成了一张巨幅照片。"你看这张照片里，从左往右，

上边是北京的优良天逐渐增多,下边是污染天气逐年减少的态势,多么明显的变化。"邹毅笑着说,现在要拍一张特别像样的污染照片,都不太容易了。"北京的空气质量好,已经是常态。"

"天下大事,必作于细。"

10年的时间,北京从一些看似不起眼的细节着手,于细微之处努力,"一个微克、一个微克"地"抠"出了北京的蓝天,大气环境发生了一场堪称"革命性"的变革。从"APEC蓝"到"阅兵蓝",再到"冬奥蓝",如今"北京蓝"已是常态。

"驽马十驾,功在不舍。"

未来,北京还将深入打好污染防治攻坚战,坚持PM2.5和臭氧污染治理相协同、温室气体和大气污染物排放控制相协同、本地治污和区域共治相协同,更加突出精准治污、科学治污、依法治污,深入推进"一微克"行动和区域联防联控联治,促使空气质量持续改善。

五、京津冀联防联控,携手擦亮蓝天

2014年2月26日,习近平总书记视察北京,提出京津冀协同发展战略,并强调"要着力扩大环境容量生态空间,加强生态环境保护合作"。彼时,京津冀区域正面临着严重的空气污染问题。

环境保护部公布的2014年京津冀、长三角、珠三角74个城市空气质量状况显示,2014年中国空气最差10城中,京津冀区域内8个城市赫然在列。

大气治理,北京难以独善其身。向天空要蓝色,必须本地治污和区域共治相协同。联防联控,携手行动,京津冀三地在协作机制、统一立法、统一标准、联合执法等多方面展开深入合作,下大力气压减燃煤、调整产业结构、治理机动车排放,京津冀凝聚起"1+1+1>3"的协同合力,共护一片蓝天。

"APEC蓝",首次见证区域协作威力

2014年11月,APEC会议在北京举行。在欢迎宴会上,国家主席习近平曾对与会嘉宾说:"这几天我每天早晨起来以后的第一件事,就是看看北京空气质量如何,希望雾霾小一些,以便让各位远方的客人到北京时感觉舒适一点。"

蓝天白云是党和国家最高领导人惦念的事情,也成为北京市和周边省市环保工作的头等大事。

2013年,北京市牵头会同周边省区市成立京津冀及周边地区大气污染防治协作小组,在APEC会议期间,首次尝试区域空气质量会商。李云婷现任北京市生态环境监测中心大气室主任,已经在生态环境领域深耕24年。她回忆说:"在连续半个月的时间里,都会以视频会的形式通报京津冀区域的空气质量,并且布置三地需要协同处理的工作。"

当时,环保部还派出16个督导小组督导治理,北京、河北、天津联合

APEC期间的"蓝天"成为网络热点(北京日报社供图 邓伟 摄)

行动，三地多个城市采取了一系列超常规的举措，让空气质量改善取得立竿见影的效果。

2014年11月1日至12日，北京空气质量指数均为优良级别，雾霾尽去，蓝天亮眼。市民不约而同地在微信朋友圈中"晒"出蓝天的照片。网民把这个时期的蓝天，称为"APEC蓝"。诞生于微信朋友圈的"APEC蓝"，一经面世，便成为热词，它让大家看到了通过区域协同改善空气质量的可能性。

2014年12月，在中央经济工作会上，习近平总书记指出："北京亚太经合组织领导人非正式会议期间，出现了'APEC蓝'。这次压力测试证明，只要有关方面携手努力、下大决心，生态环境是可以治理好的，不是什么绝症。"

一场三地协同，治理大气污染的蓝天保卫战就此打响。

区域协同联动，减排控污形成合力

2017年，在位于天津环境监测中心的天津市"京津冀大气污染防治联防联控会商中心"，工作台前3位工作人员正在通过大屏幕，与北京市环境监测中心、河北省环境监测中心以及国家环境监测总站的工作人员展开会商，预测未来几天京津冀三地环境空气质量趋势。大屏幕占据整个一面墙，屏幕上出现5个切块画面：除了京津冀三地的环境监测中心，还有国家环境监测总站，以及各方共享的技术数据。这个大屏幕，将京津冀三地连在一起，几方环境监测部门相互会商研判，交流沟通，共同守护同一片天空。

负责会商中心现场协调工作的工作人员告诉记者："2016年京津冀三地统一了空气重污染应急预警分级标准，修订了重污染天气应急预案。在生态环境部统一部署下，建立起这个区域空气重污染预警会商平台，我们可以充分利用这个平台，在重大活动空气质量保障和遇极端不利气象条件期间，实现统一监测，每天会商应急方案，同步采取应急减排措施，减缓区域空气污染积累程度。"

在北京市生态环境局大气处工作的刘爂，2013年以来一直从事空气重污染应急工作,他告诉记者,区域联防联控、协同应急,对做好重污染天气应急应对工作至关重要。他还记得2019年2月的一次超长污染过程。

根据预报当年2月19号到24号,京津冀及周边地区会出现一次持续时间长、范围大、污染重的区域污染过程。生态环境部统筹安排北京、天津、河北、河南四省市共40多个城市启动空气重污染橙色或红色预警。

"那时候每天都开调度会,通报各地的空气质量数据,协调减排措施。措施确定后,各省市立即分头执行。"河北多个城市的钢铁厂、焦化厂等涉气工业企业按照橙色预警Ⅱ级要求执行减排措施,关停部分燃煤锅炉;天津市部分机动车限行;山西、山东、河南的多个城市也采取限行、限产等减排措施。通过提前采取应急减排措施,污染物的积累速度明显减缓,最终监测结果显示:北京没有出现空气重污染日。这让刘欷深刻感受到了区域联防联控的力量。

标准协同,一把尺子量到底

"轰油门,再轰油门!"在大兴区凤河营进京检查站,检测人员正在对一辆14米长的重型卡车做尾气检测。

"1.42",连续4次检测后,不透光烟度计报出检测结果,而其法定限值为1.32,这意味着,这辆重型卡车尾气排放超标。

以前,车辆检出尾气超标,北京环境执法人员一般会罚款和劝返。2020年5月1日起,京津冀三地同步实施"机动车和非道路移动机械排放污染防治条例"。根据条例,生态环境部门会出具维修复检催告单,10个工作日内维修复检合格才能"销号",否则就会被录入超标排放黑名单。如果一辆天津的超标大货车在北京被查,京津冀三地生态环境部门都能通过机动车超标数据平台查询到这辆车的超标信息。以后,这辆车无论行驶到北京、天津还是河北,都将被重点检测。

2020年1月,北京市第十五届人民代表大会第三次会议审议通过《北京市机动车和非道路移动机械排放污染防治条例》。河北、天津也相继通过本地的机动车和非道路移动机械排放污染防治条例，并于2020年5月1日起同步施行。在强化机动车排放执法上，三地真正做到了统一标准，联防联控。

在京津冀三地携手共创蓝天的征途上，标准协同意义重大。区域统一标准的出台跳出了行政区划限制，"一把尺子量到底"，解决了管理尺度不一的问题，也提升了协同治污的效果。

徐昊，北京市通州区生态环境综合执法大队队员，作为通州区与河北廊坊市大厂县互派轮岗的干部，2022年1月曾到河北大厂县交流1年。参照北京标准，徐昊积极帮助大厂县企业改变原有高能耗生产模式，推动绿色低碳生产，还把加油站监管的"通州经验"推广到大厂。大厂县22家加油站已全部安装油气回收在线监控设施，并利用油气回收在线监控实施分类监管，省去了之前频繁的现场检查环节。

现在，通州和大厂两地已建立重污染预警联动、重大活动保障、超标车辆信息通报、水环境信息共享等机制，环境治理应急联动水平逐步提升。

多年以来，京津冀三地认真落实京津冀协同发展战略，积极推进立法、规划、标准、执法"四个协同"。

除了同步实施的"机动车和非道路移动机械排放污染防治条例"、《建筑类涂料与胶粘剂挥发性有机化合物含量限值标准》等政策外，京津冀三地在编制《"十四五"生态环境保护规划》时，设置"深入推进京津冀协同发展"专章，进一步明确了京津冀生态环境联建联防联治的重点任务、重大举措。

协同执法，让违法行为无处遁形

北京市生态环境保护综合执法总队五支队支队长蔡金娜是环保战线上的一名"巾帼英雄"，已在环保执法战线上工作近20个年头。她告诉记者，有些污染企业会选择在行政交界地带生产，给执法带来一定的难度，这时候区域协同就成了非常重要的手段。蔡金娜回忆，2019年10月，北京市环境监察人员在日常执法中发现，在北京市房山区大石窝镇与河北省保定市涞水县石亭镇交界处，有一家非法石料加工厂，现场有破碎、筛分等生产设施，设备电源处于接通状态，且存有大量砂石料。"当时场地里的砂石料堆积如山，没有任何遮盖，那场景真是触目惊心。"根据现场留存的账本，执法人员发现企业应该还存在砂石料销售行为，但是，京冀两地乡镇政府均称这个石料加工厂在对方辖区内。

针对这个石料厂所属辖区不清导致监管责任不明的问题，当时的北京市环境监察总队要求房山区主动与河北省涞水县对接，启动环境执法联动机制，共同查处该石料厂的违法问题。

"两地经共同调查，确认这个石料厂位于河北省行政辖区内，但土地权属大部分归北京市。"最终，房山区和涞水县政府组织相关部门和两地乡镇政府召开联席会议，确定由大石窝镇政府和石亭镇政府牵头，相关部门配

蓝天不断增多的背后，有着无数一线环保工作者的默默付出。在一处PM2.5监测站点，北京市环境监察总队执法人员在讨论监测数据（北京日报社供图　武亦彬 摄）

合，以土地权属划分监管责任，依据《中华人民共和国土地管理法》按违建拆除厂房设备。随后，属地对石料厂厂房和主要设备进行了拆除，并对堆存的砂石料进行了有效苫盖。如今，房山区大石窝镇政府已经在原来的场地种了树，现场环境彻底改观。

自2015年京津冀环境联动执法工作机制正式建立以来，三地生态环境部门每年轮值召开联动执法工作会议，从定期会商、联动执法、联合检查、联合督查和信息共享等方面，推进联合执法。

现在，京津冀生态环境执法联动工作机制，由省（市）级，进一步下沉到区（市）县级，北京市通州区、延庆区等与河北省廊坊市、张家口市，天津市武清区、滨海新区与河北省廊坊市、唐山市等都开展了联动或联合执法，一地吹哨、三地响应，共同打击交界地区生态环境违法行为。

三地携手，行稳致远

十年来，京津冀区域生态环境改善有目共睹。和2014年相比，2023年公布的1月份空气质量显示，中国空气最差十城，京津冀区域无一城市上榜，而且河北张家口还入列全国空气质量最佳前十名单，北京市入列最佳前二十名单。

2022年12月15日，在"京津冀生态环境联建联防联治新闻发布会"上，北京市生态环境局综合处处长梁文玥介绍了京津冀生态环境联建联防联治工作的最新成果。

十年来，京津冀三地分类整治"散乱污"企业16.3万余家、三地农村及城镇地区散煤清洁能源改造近1580万户。北京市实现平原地区基本无煤化，天津市燃煤锅炉和工业窑炉基本完成清洁能源替代，河北省基本淘汰35蒸吨以下燃煤锅炉。

京津冀三地通过区域合作，相互配合也相互成就，实现生态环境根本性的转变。2022年，京津冀三地PM2.5平均浓度为37微克/立方米，较2013

年107微克/立方米下降了65.4%。PM2.5平均浓度10年下降超六成，京津冀交上了一份大气治理的蓝天答卷。

同呼吸、共命运，蓝天白云逐渐成为京津冀最亮丽的风景。

【数说·新时代新北京】

与2013年相比，2022年，北京的PM2.5、PM10、二氧化氮、二氧化硫分别下降66.5%、50.0%、58.9%、88.7%。其中，PM2.5治理成果尤其显著，2021年为33微克/立方米，首次达到国家二级标准；2022年，进一步降至30微克/立方米，与2013年相比，累计下降60微克/立方米，被联合国环境署评价为"北京奇迹"。

燃煤、扬尘污染治理成绩斐然，PM10降幅达五成。移动源污染治理成效明显，二氧化氮浓度持续下降。2013年到2022年，北京市二氧化氮从56微克/立方米降至23微克/立方米，累计降幅近六成，连续4年达到国家二级标准，标志着北京攻克了超大城市二氧化氮治理的难题。

2013年到2022年，北京市空气质量优良天数显著增加。2022年，优良天数为286天，较2013年增加110天，多了近4个月。其中，一级优天数明显增加，从2013年的41天增加到2022年的138天，增加了97天，蓝天含金量也大幅提升。同时，重污染天数大幅减少，发生频率、持续时间均明显下降，"北京蓝"成为常态。

第二节　从1.3%到44.8%，京华大地的绿色变革

十年来，北京实施山水林田湖草沙一体化保护，坚持治山、治水、治城一体推进，推出了林长制、河湖长制、自然保护地、新型集体林场等一批重要改革措施，出台生态产品总值核算地方标准，确保不让保护生态环境的人吃亏，形成了具有首都特点的生态文明建设新模式。首都北京正在向着建成天蓝水清、森林环绕的生态城市迈出坚实步伐，并为城市生态管理贡献着北京智慧。

一、有一种幸福叫"推窗见绿，出门逛园"

党的十八大以来，习近平总书记已经连续11年参加首都义务植树活动。他曾说："植树造林是实现大蓝、地绿、水净的重要途径，是最普惠的民生工程。"

十年树木，聚木成林。绿色是美丽中国的底色，也是高质量发展的成色。

新中国成立之初的北京，林木覆盖率仅有1.3%。"风沙漫天，裹着纱巾才能出门。"在很多北京市民的脑海里，都留存有风沙紧逼北京城的记忆。

从2000年起，京津风沙源治理工程启动实施，20多年来，共造林营林约922万亩，为北京抵御风沙构建起了绿色防线。

为了补齐北京平原地区的生态短板，党的十八大以来，北京实施了以两轮百万亩造林为代表的一系列绿化工程，让北京市增加了219万亩的森林，相当于486个颐和园的面积。

现在的北京，林木覆盖率已经达到44.8%。开窗见绿，出门进园，在京华大地，一场绿色变革正在上演……

全民参与共建绿色之城

2023年4月4日，京郊大地，春雨飘飘，春意盎然。习近平总书记冒雨来到位于北京市朝阳区东坝中心公园的植树点，同首都群众一起参加义务植树活动。

植树点位于北小河和坝河交汇处。这个地块原来是东坝乡东风村所在地，经过搬迁腾退和环境整治，正在规划构建以生物多样性为特色的生态空间。

习近平总书记披上雨衣，拿起铁锹走向植树地点，铲土造坑、培土围堰、提水浇灌……接连种下油松、西府海棠、国槐、柿树、红瑞木等树苗。

党的十八大以来，习近平总书记已经连续11年参加首都义务植树活动。而从1982年3月12日近80岁高龄的邓小平在北京玉泉山种下"全民义务植树运动"的第一棵树开始，首都义务植树活动已经开展了41年。

2013年4月2日，党的十八大后习近平总书记首次参加义务植树时，在北京丰台区永定河畔亲手种下了一棵白皮松。在那次活动中，习近平总书记指出："我国总体上仍然是一个缺林少绿、生态脆弱的国家，植树造林，改善生态，任重而道远。"在2017年参加首都义务植树活动时，他进一步指出："造林绿化是功在当代、利在千秋的事业，要一年接着一年干，一代接着一代干，撸起袖子加油干。"

在中央领导的率先垂范下，植树造林、绿化家园的理念深入人心，市民们也走上街头，踊跃参与植树绿化，用行动共建绿色家园。

市民陆女士和家人从2012年起每年春天都会参加义务植树活动。每年全家总动员，在不同的地方种树，对陆女士而言是一种特别的仪式。"感觉种下一棵树特别开心，真的有为北京作贡献的自豪感。"

首都绿化委员会办公室义务植树处四级调研员杨振威介绍，全民义务植树运动开展40多年来，首都地区已有1亿多人次参加植树活动，共植树2.2亿株。北京的环境面貌得到了很大的转变。

40多年来，为了让市民植树尽责更加便利，北京还不断细化形成了造林绿化、抚育管护、认种认养、捐资捐物、志愿服务等8大类50多种尽责形式。同时，通过"互联网+全民义务植树"基地体系建设，实现了首都义务植树"线上"和"线下"的有机融合。市民可以选择捐资60元折抵1年植树3株的任务，也可以选择现场尽责，查询身边最近的基地正在开展的活动。

20多年种植922万亩林海拒风沙

上午9点的西山国家森林公园，东大门前人潮涌动了。不少游人趁着风和日丽的好天气前来游园。

沿着小西山往上爬，目光所及，是山间成片的山桃、山杏林。漫山粉白，令人目不暇接。

西山国家森林公园地跨海淀、石景山、门头沟3区，以北京西山试验林场为基础。小西山属太行山余脉，山体被砂石覆盖。从2000年开始，西山国家森林公园就开展了爆破造林的试点工作，后期又陆续开展了封山育林和低效林改造。经过20多年的营造，森林逐渐成形：在蓝天白云的背景下，古松挺拔苍劲，犹如篷盖巨伞；幼树郁郁葱葱，昂然向上；古松幼林浑然一体。

"像野猪、豹猫，都已经在咱们森林那边出现了。"

西山国家森林公园（市园林绿化局供图　何建勇　摄）

任云卯是公园森林经营科科长。据他介绍，西山国家森林公园有植物共计250多种，还生活着多种野生动物。其中8万亩左右的森林，每年释放氧气约17.8万吨。它不仅是京郊风景区的重要组成部分，也是北京的大氧吧。

西山国家森林公园的变身是京津风沙源治理工程的一个缩影。新中国成立之初，北京的林木覆盖率只有1.3%。延庆康庄、昌平南口以及潮白河、永定河、大沙河流域五大风沙危害区总面积247.5万亩，没有森林植被的护佑，风、沙等自然灾害频发。当地群众回忆，那时的情形是"无风一片沙，有风地搬家，每当风沙起，处处毁庄稼"。

北京市林业工作总站高级工程师杨建东介绍，京津风沙源治理工程，主要通过植树种草、退耕还林、小流域及草地治理、生态移民等措施，恢复植被，涵养保护饮用水源，从而达到防沙治沙的目的。

2000—2012年，京津风沙源治理一期工程建设实际完成造林营林708万亩，让沙区和荒山披上了绿装。2013年启动的京津风沙源治理二期工程，在一期基础上，向土壤贫瘠、水源缺乏、交通不便的地区拓展，更加注重改善森林植被质量，进一步巩固和提升山区生态功能。

2020年建成开放的门头沟区绿海运动公园，是集生态建设、生态修复和海绵城市于一体的集约型城市园林。多年前，这里是门头沟区有名的大沙坑。附近居民侯丽芹回忆说："每年一刮风都是扬沙，土满天飞。"

2007年，门头沟区开始治理这个沙坑。2019年，随着风沙源治理工程的推进，门头沟区又对原有生态景观进行了提升。如今，这里成了附近居民最爱的休闲场所之一。

近年来，门头沟区的2800多亩沙坑经过治理，变身为风景优美的公园，服务了门头沟区的30万居民。而放眼整个北京，由沙坑"变身"的热门景点还有很多——密云区太师屯镇的薰衣草花海原本也是一个大沙坑。位于西北部风口的延庆区，大片的林海将荒滩覆盖。曾经的风沙危害区，如今绿进沙退，老百姓也多了风景宜人的打卡地。

据统计，京津风沙源治理工程已完成营林造林922万亩，北京山区森林覆盖率达到67%，比2000年增加27个百分点；全市的沙化土地由当初的87万亩，降到现在的36万亩。

成片的林海不仅使北京的风沙源得到全面治理，还带动了乡村振兴和绿岗就业。北京市林业工作总站防沙治沙负责人刘霞介绍说："我们的京津风沙源工程让郊区5万多名农民实现了绿岗就业，像延庆、怀柔、密云这几个区的生态环境质量也在大幅提升，当地的老百姓也在发展民宿旅游产业，享受到绿色生态的红利。"

上图为治理前干涸的河道成为风沙的源头；下图为门头沟绿海运动公园（市园林绿化局供图 何建勇 摄）

百万亩造林补齐北京生态短板

如果说京津风沙源治理为北京织上了绿色的"裙角"，从2012年开始的两轮百万亩平原造林工程，则是为北京披上了绿色的衣裳，把森林搬到了市民身边。

一直以来，平原地区作为北京人口、产业的聚集区和首都功能主要承载区，与山区相比，森林总量偏低、生态功能不强。2012年，北京市作出实施平原地区百万亩造林工程的重大决策。2018年，又开展了新一轮百万亩平原造林工程。这是一项在全国甚至全世界都没有先例、规模巨大的造林工程。

北京市园林绿化局生态修复处处长王金增办公室的墙上有两张地图。一张是2011年的绿化资源地图，上面显示的绿色主要集中在北京西部和北部的山区地带，平原地区的绿色很少。另一张是2022年更新的绿化地图，作图的方式完全一样，但两相对比，北京平原地区的绿色增加了1倍多。"北京市绿化用地的来源，包括非首都功能疏解腾退空间和部分的砂石坑、煤场，浅山区的荒山荒地和撂荒地，城市建成区的规划绿地等。2018年开始新一轮的百万亩造林时，我们依据2017年新版《北京城市总体规划》也着手做了《绿地系统规划》《绿道体系规划》。我们不再盲目地在一个点位上说要建个什么了，不再是今天弄这个，明天弄那个，而是用规划统筹，一张蓝图绘到底。"

朝阳区园林绿化局副局长王礼先全程参与了两次百万亩平原造林的建设。问到建设中的难点时，她说："难的不是栽树，而是找栽树的地方。"作为中心城区，朝阳区寸土寸金。每年落实年度造林任务时，王礼先都要一个乡、一个乡登门拜访，苦口婆心地和乡领导讲道理："不能看短期的经济效益，生态建设好了，经济效益也会有。"

平原大造林给市民带来了福祉，居于城市也能感受绿荫、鸟语、花香。

清明刚过，北京温榆河公园朝阳示范园区，草木返青、鲜花盛放，一派生机勃勃的景象。市民游客或观花赏景，或扎营野餐。很多市民正在春日暖阳下遛娃。

市民张女士说，她家就在公园旁边，"以前遛弯儿只能在马路上，闻尾气不说，还有危险。到大公园里去玩那还要准备准备、腾出时间才能成行。温榆河公园建成以后，抬脚就能带孩子、老人来遛个弯儿。天气好的时候甚至上午一趟、下午一趟"。

温榆河公园朝阳示范园区的前身是朝阳区孙河地区沙子营村拆迁后的区域。沙子营村以盛产优质砂而得名，很多砂石经营者在此租地挖砂，非法砂石场越聚越多。温榆河畔的这片土地被砂石场、搅拌站、废品回收站等低级次产业围堵得喘不过气，漫天沙尘、遍地垃圾、机器轰鸣。围绕疏解非首都功能和低端产业，2015年春天，朝阳区将孙河乡35家砂石场和上百家出租大院拆除清退。在疏解腾退过程中，一些嗅觉灵敏的投资客看好这块黄金地段，纷纷上门，有的想建国际学校，有的想建科技公司，但这些都被政府婉拒了。朝阳区将腾退收回的上千亩土地全部用于绿化，以沙子营村为中心，在方圆2.4平方公里范围内建成了温榆河公园示范工程，腾退地块渐次铺上"绿毯"。

北京温榆河公园副经理栾鸣说，如今的温榆河公园已经成了网红打卡地："截至2022年示范区已建成的区域是200公顷，有40公顷的水面，种植了芦苇，吸引了很多鸟类。周末高峰时，能有近3万游人到这里观光游览。"未来的温榆河公园规划面积约30平方公里，横跨朝阳、昌平、顺义3区，全部建成后比奥林匹克森林公园还要大三倍，将成为北京市最大的湿地公园、京城最大的"绿肺"。

在国家林草局城市森林研究中心副主任王成看来，北京市政府能够下决心保障生态空间用地非常难得："第一轮百万亩造林把量提升了，新一轮造林则更加注重了对人的服务和与其他景观的融合，是生态理念的不断调整提高。"

经过两轮百万亩造林工程的建设，截至2022年北京市的平原地区已经有万亩以上的绿色板块40处，千亩以上的498处，在北京市区，绿地500米服务半径的覆盖率已经达到了88%。全市基本构建了以大面积森林为基底、大型生态廊道为骨架、九大楔形绿地为支撑、健康绿道为网络的城市森林生态格局，有力推动落实了城市总体规划，首都生态空间布局明显优化。

在政府的推动和全民参与下，现在的北京城越来越接近人们心目中美好的模样。截至2022年底，全市森林覆盖率达到44.8%，城市绿化覆盖率达到49.3%，林地绿地系统年碳汇能力达到880万吨。北京绿色生态系统的基础建设已经完成。

——截至2022年底，北京市的人均公园绿地面积16.63平方米。2022年底，北京的公园已经达到了1050个，逛公园市民超过4亿人次。

——森林绿地防风固沙效果显著，北京的空气污染治理赢得了国际社会"北京奇迹"的赞誉。

——气象部门监测，与造林还没见成效的时候相比，五环路内的平均气温降低了0.8℃，五环到六环地区降低了1.4℃。

——生物多样性更为丰富。2020年以来，北京市持续开展生物多样性本底调查工作，2020—2022年累计记录6408种。北京已经是世界上生物多样性最丰富的大都市之一。

随着林木的生长，生态功能和效益还会有更好的呈现，我们有理由相信：未来的北京一定会更加美好。

二、留白增绿　铺就高质量发展亮丽底色

腾退还绿、疏解建绿、留白增绿、见缝插绿……自实施"疏解整治促提升"专项行动以来，北京拓展多元增绿途径，截至2022年，通过"留白增绿"完成绿化5344.3公顷。推窗见绿、出门进园，让市民受益匪浅。北京通过拓展多元"增绿路径"，不断扩大城区绿色空间，铺就了首都高质量发展的亮丽底色，大大提升了城市宜居水平。

昔日健身沿街走，如今打卡"小口袋"

"老张，今天天气不错，跳操去！"像往常一样，74岁的李素荣大妈身着运动服，约上邻居张大妈一起去平安里地铁站西北口的口袋公园健身。

李素荣说:"自从有了口袋公园,几乎每天都来打卡,跳健身操、散步,每天在这里走步超过1万步,心情特别舒畅!"

李素荣在西城区宝产胡同居住40多年了,以前一直苦恼周边没个遛弯儿的地方,每天最多只能沿着胡同溜达一圈。

2021年平安大街环境整治提升项目完工,新增一个口袋公园,这让居民们喜出望外!公园虽然面积不大,但花木葱茏,座椅与健身器材错落有致,还配备了半场篮球场,孩子们玩个球也方便。李素荣回忆说,原先可不是这个样子:"地铁口周边被围挡围起来,里面的工地堆物堆料,还有很多垃圾。赶上大风天,暴土扬尘,路过都是一身土。胡同里,两侧停满了机动车,加上有个医院,拥挤不堪,别说遛弯儿了,大家走路都很费劲。"

从脏乱差的边角地到百姓的"后花园"、"健身房"和"会客厅",小小

平安大街口袋公园(西城区园林绿化局供图)

的口袋公园的"蜕变"过程并不轻松。

这个地块属于地铁6号线和4号线的织补用地,闲置之后,环境脏乱,对于城市空间利用并不友好。西城区广泛征求居民意见,根据平安里地铁口周边功能复合、人群多元、轨道站点集中的特点,做了统筹设计,将两个站口连成一体,又把街角空地整合打通,改造成了开放的树阵广场和健身活动区,其中街心公园绿地4000多平方米、健身活动场地500多平方米。

现在,口袋公园成了周边居民们休闲健身的幸福宝地。李素荣大妈说,别看公园地方不大,对于周边居民可是个宝:"四季都有景,尤其是春天和夏天,好多花开了,五颜六色的。松树和竹子常年都绿着,让人赏心悦目。有时有亲戚朋友来串门,会特意带他们到这里转转,留个纪念照。"

口袋公园是具有游憩功能的公园绿化活动场地,面积一般在400~10000平方米,分为小游园、小微绿地等类型。它不仅能为市民提供休闲健身的地方,还能融入城市有机更新。平安里地铁站街角的口袋公园就是生动的典型。

近年来,西城区紧抓"疏解整治促提升"契机,结合背街小巷整治和街区整理,高效利用拆违腾退空间和边角地,积极打造公共绿色休闲空间。西城区园林绿化局二级调研员、新闻发言人王军说:"从2016年到2022年,西城区建成口袋公园74处,面积有12.26公顷。尽管面积不大,但照顾到了百姓的生活圈,公园绿地500米服务半径覆盖率达到97.73%,位列全市第二位。2023年,西城区还将扎实推进'留白增绿',计划新增安康口袋公园等绿地5000平方米,将公园绿地500米服务半径覆盖率提升至98%。"

转过街角遇到美　边角地也能变风景

顺着南三环方庄桥向南,成寿寺街道方庄南路两侧楼宇商铺密集,最南端与石榴庄路交叉路口西侧,一个绿树掩映着凉亭的口袋公园跃然而出,古色古香的庭院屋顶和白色的廊架搭建出富有老北京味道的休息空间,周围绿树环绕,廊架上"成寿寺"三个字印刻着曾经的城市记忆。张大爷正在公园的空场上打太极拳。说起这个新建的口袋公园,他非常喜欢:"就在我家小区院墙外,出小区一转弯就进公园了。原来这个空地拿挡板围着,堆了好多的废弃线杆,也没个绿色,你看现在焕然一新,我也有地儿打拳了。"

丰台区城管委相关负责人说:"这里是修建石榴庄路后留下的边角地,原来地面是房屋拆除后的水泥等硬质路面,坑洼不平,四周一直围着围挡。在改造提升过程中,我们就把这块边角地重新进行植物修葺、场景打造,增加绿地面积,虽然不大,只有2000多平方米,但很受周边居民的喜爱,现在变成了市民家门口的社区型乐活中心。"

原来脏乱差的边角地,经过绿化和改造,成了居民区周边的"金角银边",让居民们转过街角就能看到别样风景,走出小区就能进到公园休憩健身。像方庄南路南口这样从"边角地"到"金角银边"的变化,在丰台区越来越多,让市民可以真正慢下脚步、享受生活。

针对街旁、河边等不同类型空间,丰台区开展了"金角银边"工程,截至2023年4月,已完成90多处示范点位建设。有效利用城市"边角料",进行环境整体规划建设,见缝插绿,打造设施齐全、整洁美观、安全便利的高品质公共空间,越来越多"小而美"的公园正成为城市中的亮丽风景。

森林"住"进城市,绿色"氧吧"进二环

家住喜鹊巷胡同的魏大爷最近经常去一处森林里遛鸟。

"出胡同口就到了,春暖花开,空气清新。在里边走走,别有一番情趣。"魏大爷边说边把手中的鸟笼挂起来,打开遮布,一只欢蹦乱跳的小鸟

叽叽喳喳地叫了起来。

魏大爷点赞的"森林",是位于西城区菜市口附近的广阳谷城市森林公园,前身是块拆迁闲置地块,一直用围墙挡着,私搭乱建,垃圾成堆。2017年9月27日公园建成开放后,这里很快就成了周边居民的网红打卡地。

"看到孩子们在公园里开心地追逐嬉戏,还有老年人悠闲的身影,我就觉得特有成就感。"西城区蓟城山水集团副总经理徐建说。

徐建干了27年绿化,参与了西城区近百个绿化项目的建设。无论是口袋公园、滨河绿道还是城市森林、平安大街整治提升工程等,他都如数家珍。从绿化项目前期协调拆除腾退到规划设计,再到精心施工,他都参与其中,并见证了每个项目的阶段性变化。

常年奔波于施工现场,徐建皮肤被晒得黝黑,人很精瘦。"我们团队尽心竭力做好每个绿化项目,其中,最骄傲的项目就是广阳谷城市森林公园,因为这是西城区在全市率先建设的'城市森林'项目。"

广阳谷是北京二环内最大的"城市森林"公园,面积有5个足球场大,相比普通的街边绿地,这里物种多样性更丰富,更加贴近自然。负责景观设计的高级工程师李战修说:"据测算,这里每年吸收的二氧化碳是34吨,释放的氧气25吨,还可以抑尘、减少PM2.5,极大改善周边生态环境。"

徐建说:"刚接到广阳谷城市森林建设项目时,最大的挑战就是理念的转变。从过去注重观赏性绿地建设到注重以人为本的绿化复合功能建设,怎样才能让百姓能进、能观赏、能运动、能休闲成为设计的难题。"当时,徐建和他的团队加班加点,除了跑现场、召开研讨会,还考察了北京市很多绿化优秀案例,审查的图纸不计其数,最终优中选优。

建成后,广阳谷城市森林共种植了油松、红皮云杉等79个树种、32种乔灌木、2万多平方米草地,其中北京乡土植物占到80%以上。通过营造贴近自然的森林生态系统,每年养护的成本比普通绿地节省1/3。另外,园内

西城区广阳谷城市森林景观（西城区园林绿化局供图）

石子路和绿地都采用了雨水下渗回灌的技术，树木落叶也是直接收集，积肥原地使用，让土壤更肥沃。

广阳谷城市森林在调节气候、净化空气、涵养水源、消减噪声、减少污染等方面的功效突出，成为增强城市"绿肺"功能、开展生态修复的有益尝试，为城市核心区绿化建设提供了新样板。

西城区在全市率先启动核心区"城市森林"建设，利用菜市口、新街口、新街口北大街、金融街地区的4块闲置土地，为周边百姓打造了总面积5.7公顷的城市森林绿色公共休闲空间。

在寸土寸金的城市核心区打造以"城市森林"为特色的示范型绿地，是北京在"疏解整治促提升"工作中出现的新经验。这样一来，既实现了对闲散用地的高效利用，也促进了城市绿色空间的修补，让城市生活回归自然的同时，也打造出首都绿色环保新名片。

人与自然和谐共生，北京探索现代化大都市新样板

截至2022年底，北京已有城市休闲公园、城市森林、口袋公园和小微绿地等各类公园1050个。2023年，北京市提出建设公园城市新目标：北京市民身边将再添22处城市休闲公园和城市森林、50处口袋公园及小微绿地，全市公园绿地500米半径覆盖率年内将达到89%。

"十年前，从空中俯瞰北京，看见城市建筑空间多，只有少数的林带，防护林也是林带水平的。经过十年的建设，北京已经有了大片的森林，是一座林荫掩映的现代化城市。"中国林业科学研究院林业研究所首席专家、国家林业和草原局城市森林研究中心常务副主任王成肯定了北京的绿化工作。

王成的观点也得到了北京林业大学教授许福的认同。他说，北京正在不断探索丰富城市园林绿化的空间结构层次和城市立体景观艺术效果的有效方式，打造留白增绿、街区更新的"绿色样板"。"留白是一种创新的规划理念，要为北京留出更多的宝贵的空间，为未来的城市发展留出更多的弹性，增绿主要就是通过把留白的地块进行绿化，增加百姓的绿色空间。"

许福认为，当前，我国生态文明建设进入了生态环境改善由量变到质变的关键时期。"留白增绿"是落实新版《北京城市总体规划》、实现一流和谐宜居之都的重要措施，重点是将北京的城市关系和8000多个社区的关系处理好，做到人与自然和谐共生。除了大尺度扩大绿色生态空间以外，还要更加注重精细化治理，充分运用包括大数据、云计算、物联网在内的新一代信息技术等科学手段，综合统筹开展"留白增绿"。

王成说，十年来，北京围绕生态短板的问题持续发力，实现了3个"新"。一是造林绿化规模和成效实现了新突破，创造了北京造林绿化和城市生态建设的新历史。二是创造了国际大都市生态空间实现再优化的新范

潮白河湿地景观（市园林绿化局供图　何建勇 摄）

式。通过留白增绿、拆违增拆违补绿、见缝插绿等措施，把绿色空间重新融入生态空间里边，使绿色空间更好地融入城市，这种做法在城市建设中并不多见。三是北京正在成为创造现代化大都市人与自然和谐共生的新样板。

新版《北京城市总体规划》对北京生态建设提出了更高的要求，强化了"一屏、三环、五河、九楔、多廊"的首都生态空间结构，强调建设蓝绿交织、翠山环抱、百鸟争鸣的生态空间，全面提升城市发展的生态品质，将首都建设成为天蓝水清、森林环绕的生态城市。

城市发展要做加量规划，不仅仅是外延扩张，更多的是内涵挖潜，而

"留白增绿"是实现集约利用的重要手段。

2023年，北京计划完成生态修复12万亩，新增造林绿化1.5万亩、城市绿地200公顷，以期实现林地绿地年碳汇量920万吨。

锲而不舍，久久为功。北京用十年不懈的实践和探索，让城市绿化规模越来越大，生物多样性越来越丰富，民生福祉越来越多，打造了美丽中国建设的"北京样板"，开辟出一条"人与自然和谐共生"的中国式现代化的生态保护的新路径，铺就了首都高质量发展的亮丽底色。

三、"黑色煤村"蝶变"清水花谷"

早晨天刚亮，65岁的王进军就起了床。洗漱完毕，走出屋外，他伸了一个懒腰，深深地吸了一口气，顿时感觉肺部被一股甜丝丝的空气包裹住了。新的一天又开始了。

此时，这个地处门头沟城区70公里外、位于京西大山深处的清水镇下清水村，也从一夜的沉睡中苏醒，三五响开合院门的吱扭声，衬出一片悠然的静。

吃完早饭，王进军像往日一样，穿过街道干净整洁、房屋错落有致的村子，来到了村西头外的清水花谷，开始了一天的工作。这是一片面积300多亩的山谷，种满了花。初春季节乍暖还寒，此时的花谷已开始披上了星星点点的嫩绿色。1个月后，芍药会首先开出花来，随后陆续花开成片，百合花、油菜花、巴西菊、红藜麦……

王进军这会儿张罗着和村民一起修整山坡上的石头护坡、平整土地。近日的雨水不大，但仍有可能造成山坡土壤松动，给即将到来的花谷观赏季带来隐患。

作为清水花谷的管理人员，王进军主要负责景区管理、养护花卉、清扫环境，而在2009年之前，这种生活和清爽的工作环境，他连想都不敢想。

在门头沟下清水村,经过修复的矿山荒沟变为一年三季可赏花的秀美山谷(北京日报社供图 王海欣 摄)

黑煤灰中挣生计

下清水村位于门头沟区清水镇,距离北京市区约100公里,是一个深山中的村落。过去,煤炭是村民们最主要的收入来源。王进军20岁时就开始下矿挖煤。当时的工作条件异常艰苦,煤矿都是人工开采,矿工们每天在地下数百米深、黑洞洞的矿井里,以最原始的手把钢钎、抡大锤的方式一筐一筐挖煤,再运到地上。

"采煤量越大污染越大,每天下班走出矿井后都认不出谁是谁了,脸黑得跟黑包公似的,只露出两只眼睛和一排牙齿,浑身上下沾满了黑煤灰,就连嘴里和耳朵、鼻子里也都是煤渣子。"

当年,像王进军这样的矿工收入很高,每月甚至能挣到一两万元。但长期的井下生活,也让他的双肺沾满煤尘。他说,村里像他这个年纪的人,不少都患上了硅肺病。这种辛苦的采煤工作,王进军一干就是20多年。

地处西部山区的门头沟，以煤炭、矿石储量丰富而著称，是北京重要的能源产地。下清水村所在的清水镇毗邻河北省涞水、涿鹿、怀来三县，这里曾是煤炭重镇，煤业文化历史悠久，古时就有"京师炊爨均赖西山之煤"的说法。鼎盛时期，全镇有煤矿100多座。

下清水村现有村民635户1089人。多年来，村民的生活来源就靠着村里的4座煤矿，几乎家家户户都以采煤为生。长年累月的开采，严重污染并破坏了当地的生态环境。如今的村党支部书记、村委会主任王进生每当回想起那时的情形，都心有余悸："那会儿收入挺高，可是破坏得相当严重。整个山谷都被拉煤的大车轧出了一条条深深的车辙印，谷底早已经翻了浆。一到冬天，弄得乌烟瘴气，那环境太次了。刮起来的风都裹着煤灰，遮天蔽日。衣服、鞋子都是黑的，四周空气弥漫着刺鼻的煤粉尘味儿。"

摔碎饭碗养生态

随着区域产业转型和生态环境保护的需要，2009年，下清水村的煤矿被关停。一夜之间，村民们的"饭碗"碎了，收入锐减，很多人家转瞬间成了低收入户。

当时，王进军已经40多岁了，突然之间就失了业。"都没的干了，也没收入。大家都抓耳挠腮的，年轻点的人还能到外边找活干，像我们这岁数的人也没人要。"

陷入窘境的远不止王进军一家人。煤矿关停后，下清水村有142户共262人戴上了低收入的帽子，成了门头沟区出了名的穷村。

类似下清水村这样的煤矿，在清水镇还有上百座。2010年，按照生态涵养区功能定位，清水镇陆续关闭了镇内所有煤矿，煤矿开采彻底退出历史舞台。这使得镇政府和村民的收入也出现了断崖式下降。

在清水镇党委副书记陈广萍看来，长年的煤炭开采生活习惯、思维模式,以及之前高收入的生活水平,恰恰成了制约这个地区转型发展的短板。"在发展农业、发展民宿旅游产业的时候,他们的思想是跟不上生态产业发展的思维模式的。一旦转型项目落了地,绿色环境很快就能恢复回来,但当地人们思维的转化,却需要一代人又一代人逐渐来完成。"

面对关停煤矿所带来的困境,王进生与村民几经谋划,最终下决心闯出一条绿色生态发展之路。他们从不远处百花山色彩斑斓的植被中受到了启发,决定利用煤矿关停后的废弃荒地,打造一个清水花谷。

荒山淘金出花谷

王进生第一次到后巷沟考察时,眼前是一片荒芜景象:矿区的道路坑洼不平,四周荒草没膝。长年开采几乎挖空了整座山谷,用脚踩一下,地面上便会出现一个小坑。

随后,村里请来了专家,搞测绘、看地势、平土地、查土壤、定花种,种上了格桑花、巴西菊、芍药花等观赏花卉20多种。经过1年的改造,清水花谷初具规模。王进军也和几十位村民成了花谷的管理者和养花人。

王进生回忆:"从2016年开始种花,那一年就有5000多人来游玩、照相。到2017年,山谷里面建了瀑布,我们就把它运营起来了。"

2018年,这个曾经狼藉不堪的山谷被取了一个清亮的名字——"清水花谷",并且开始向游客收取门票。当年景区就收入10万多元。

生态环境的改变,提升了花谷的开发潜力,下清水村又有了发展的新目标——打造生态田园花卉综合体。2019年,花谷特意开辟出几十亩地,种上了谷子、小米、红藜麦、高粱、油葵,农作物与花海层层交织,争奇斗艳。

4月中旬开花的是芍药;五一前后开花的是油菜、百合;而秋天的清水花谷则是另一番景象,藜麦的绯红、油葵的黄澄澄、谷子的金灿灿,色彩斑斓。10月中旬秋收时,景区还开设了沉浸式旅游项目,游客可以亲身体

下清水村打造的生态园(北京广播电视台供图　郑建明 摄)

验收割、打场。还有高高的向日葵,村里买来了榨油机,将榨出来的葵花子油卖给游客。1年里,有3个季节清水花谷都是草长莺飞,蝶隐花舞,让人如痴如醉。

清水花谷还特地保留了一处煤矿遗址,在被封闭的矿口处,红色的"清水公社煤矿"6个大字格外醒目。

"这个就是当时最早的煤矿,一九六几年就开采了,煤质相当好。原来琉璃渠那儿烧琉璃,用的就是咱们这儿的煤。"面对曾经的辉煌,王进生仍怀着一种莫名的自豪感。

如今,下清水村的空气、环境好了,村集体和村民收入增加了,王进军也和不少村民一样有了一份稳定的工作。"我负责种花、管理。有活干了,有收入了。都60多岁了,干劲还挺足,身体还挺好。"

每月都有3000多元工资,再加上千把块钱的养老金,王进军感觉很知足。

修复矿山待后生

这些年，清水镇先后引入、发展了多种业态，随着收入水平的逐渐增加，村民的思想观念也悄然发生着变化。

"虽然说遇到了重重困难，但是老百姓还是支持地区的产业转型和提档升级。经过几年的摸爬滚打，实现了收入稳步提升，从最初的600多万元增长到去年的3800多万元。"清水镇党委副书记陈广萍说。

围绕"红色文化"和"绿色产业"两大核心要素，清水镇探索文化兴镇的有效路径，举办"紫气东来·山水京西"清水镇旅游文化节，推出"观灵山""阅百花""探幽涧"3条精品旅游线路，此外还打造了一场融于山水之间、感于风土人情的高品质、沉浸式、原生态文艺演出，发布了单曲《清水谣》，设计了"百灵豹"文创形象，进一步提升文旅品牌影响力。

截至2020年底，门头沟区已累计关闭固体矿山444个，包括西部斋堂镇、清水镇的274座煤矿和东部妙峰山镇、潭柘寺镇的170座非煤矿山。

门头沟区自然资源和规划分局副局长张凯介绍，"门头沟区煤矿和非煤矿山的开采面积大，工矿用地达18.63平方公里。开采时间久，形成大量废弃矿山。地形、地貌、景观破坏较大。植被退化，土地资源损毁，还有次生地质灾害隐患。对首都西部生态屏障功能产生了一定的威胁"。

近年来，根据国家和北京市的相关政策法规，门头沟区按照自然恢复、人工修复和综合利用3种类型，陆续启动矿山生态修复治理工程。

北京中地华安科技股份有限公司教授级高级工程师颜宇森就是参与修复工作的一员，他认为，"门头沟区矿山修复的理念不是简单的地质灾害治理和植树种草、绿化美化范畴，而是从国土空间整体规划的尺度布局，融入了山水林田湖草沙整体治理的理念，让各种生态要素得到一体化修复，实现生态功能的多元化。在气候、土壤、降水适宜的地区，选择海棠、桃树、杏树等经济作物，一方面美化了环境，另一方面也增加了老百姓的收入，形成了一系列新的生态和人文景观，走出了一条实现高质量发展的长久之路"。

昔日废弃的矿山，裸露的岩壁上如今已长出了绿色植被，山下的边坡上绿树成荫，果树成行。门头沟区因地制宜开展矿山生态修复工程，并与当地特色产业有机融合，走出了一条崭新的乡村振兴发展之路。

未来几年，根据《北京市矿山生态修复"十四五"规划（2021年—2025年）》，全市废弃矿山剩余的已关闭而未治理的，将分门别类予以自然恢复或工程治理。到那时，矿山"销账归零"，更多的"清水花谷"将会在青山绿水间破茧而出！

四、"臭水河""断流河"变身"亲水河"

"上枕幽燕，下卧千川"，古人这样描绘北京的山形水势与丰沛水源。然而，20世纪以来，流域径流减少，水资源开采过度，河道生态破坏，致使北京逐渐陷于水资源短缺与水污染并存的困境。其中，永定河作为北京的母亲河，一度断流25年；凉水河作为穿城而过的主要水景河道，成了百姓眼里排污的"臭水河"。

进入新时代，北京积极践行习近平总书记提出的"节水优先、空间均衡、系统治理、两手发力"的"十六字"治水方针，善作善成，持续以群众的获得感为指标，生态治水一抓到底，"共建共享"初见成效：

——北京连续完成三轮三年治污行动，健康水体从60%升到87.2%，治理142条黑臭水体；再生水利用量上升到12亿立方米/年，成为稳定的第二水源，持续回补城市河湖。

——凉水河完成68公里全流域生态治理，水质从劣Ⅴ类改善为Ⅳ至Ⅱ类，经开区段成为北京首个国家级河湖"样板段"。

——永定河多源补水超14亿立方米，干涸25年后，2020年北京段全线通水；永定河北京段的干涸河床从风沙之源重新变回水景湿地。

——近年累计建设滨水步道200余公里，修建河湖垂钓平台600余处，开辟了25处河湖、公园滑冰场，大运河京冀段通航，永定河中堤建成骑行区，亲水便民空间大面积开放。

十年间，"臭水河"变成了"生态河"，如今成了市民的"亲水河""幸福河"，大国首都水清岸绿的底色不断擦亮。

当班河长眼里的新变化："臭水河"变为"亲水河"

早晨7点，右安门凉水河岸边，垂地的柳枝吐出新芽儿，跟着微风摆动，白灯笼似的玉兰花沾着河边的水汽，一点点放开。

"今天巡河平安无事，没有垃圾，又看到了两种鸟儿，有四五只绿头鸭。有大人小孩在河边玩，我会提示他们注意安全……"67岁的周英阿姨是凉水河岸边的老住户，从2016年开始，社区里的10多位退休居民响应生态治河，每天早上7点到9点，打起绿色小旗，以健身巡河的方式，轮班参加志愿护河行动，被大家亲切地称为"当班河长"。

说起凉水河的变化，周阿姨深有感触。历史上的凉水河，曾是北京西南的一条重要风景水系，文献记载称，凉水河在元代"亭馆多于水滨囿中"，在明清依然是"野亭穿径窄，溪柳夹川长"。近代形成的凉水河干流全长68公里，自西五环外首钢退水口开始，流经石景山、海淀、西城、丰台、朝阳、大兴、通州7个区，在榆林庄闸上游汇入北运河。20世纪90年代后期，生活污水和工业污水直排河道内，一度成为周边居民眼里的臭水河。周阿姨说："我是90年代开始到凉水河右安门住的，那时候的凉水河是条排污河，河水都是乳白色的，臭得岸边居民都不敢开窗户。从2014年开始治理，如今治理好了，咱们就好好保护，也算老年作贡献。"

说起全流域生态治理，凉水河管理处副主任黎小红介绍，2012年前后，凉水河每天约有30万吨污水直排入河，"我们治理思路从最开始就确定了，

第五章　再造青山碧水北京蓝

凉水河今昔对比（市水务局供图）

要以生态办法解决生态问题，恢复自然河道，沿河绿化，全面截污治污。现在水质从劣Ⅴ类改善为Ⅲ类，还在持续优化；河道内与护坡衬砌以科技手段实现绿化，吸引更多水鸟，改善生物多样性"。

2013—2021年，凉水河实施了3个三年治污行动，全线治理了86处排污口，沿线陆续建设城镇污水处理厂18座，小型污水处理站28座，干流污水处理能力从112万吨/日提升到229万吨/日，10年翻了一番，实现了流域内污水全收集全处理，不仅杜绝了污水入河，再生水还成为河道的主要水源。

十年来，水衙沟、马草河、小龙河、新凤河、萧太后河等18条凉水河支流一一得到治理。从污水入河到清水入河，凉水河的水质逐年提升，由臭水河变为清水河。从2017年起，沿河亲水群众突然多了起来，周阿姨说："凉水河干净了，我们开始沿河岸健步走，右安门段一个圈来回2589米，每天早晨得1个多小时。后来，我们就组建了巡河队，好不容易干净了的水，不能再弄脏了。我们还带着小学生暑假巡河，医学院的研究生也都参与进来。"

一起参与巡河的小杨说："我上小学时，每天放学回家经过凉水河，特别脏，捂着鼻子才能过。现在完全变样了，还飞来了黑天鹅。"如今，仅右安门一段，"当班河长"就发展到了200多位志愿者。他们参与河道卫生巡护、生态宣讲、污染预警、水鸟保护、栈道护栏安全监督等工作，成为参与生态治河的一支群众共建力量。

2022年凉水河亲水空间建设（市水务局供图）

第五章 再造青山碧水北京蓝

"把群众的获得感放在第一位,很多工作就立即有了抓手和灵感。"凉水河管理处副主任黎小红说,"河边变美了,发现群众想靠近河边,有亲水需求。我们就在沿线建设亲水通道,协同属地单位,想尽办法打开工程水利设施区,截至2023年上半年已经实现从京开高速双营桥到东五环桥的沿线22.4公里便民亲水服务通道(包含栈道)一通到底,垂钓平台近100处。尤其是亦庄经开区段,成为水利部全国示范河湖。我们转变思路,从排洪排污改为排洪及景观河道,共治共管共享,这是我们重要的生态治水经验。"

在亦庄经开区段,亲水空间已经全面开放。凉水河小红门管理所刘畅介绍,河道里的再生水温度高一些,冬季都不结冰,芦苇茂盛,野鸭成群,河道内的鱼虾成活率高。这里市民亲水空间建设还突出环保主题,周边10多公里亲水步道的建设都使用了建筑垃圾粉碎再利用的新材料,"主要以建筑垃圾透水材料为主,方便市民且便捷实用,内外几层步道,一个是用于人行的,一个是骑行道,下边的叫服务通道,也方便咱们市民在河边亲水行走,河面大概80米至120米,观景平台用来给市民提供休憩"。

"生态治理,共建共享,一是要行洪通畅、环境优美,二是要便民亲水。"凉水河小红门管理所所长常松介绍了创建"示范河湖"与水利部"水管单位"国家级标准的经验,"治河不单是河道这点事,需要系统合力、配套健全,大家一起参与,治理效果才能发挥到最好。"

老支书印象里的母亲河:一湾碧水又绕北京湾

"人在桥上走,有水了,咱河道也就有灵气了,现在永定河一补水之后,水鸟都过来了,幸福感提升,咱们村民特别满意。"站在跨越房山和大兴两区的永定河新建桥上,61岁的刘京堂说,"十年前怎么都想不到这条河里会再次有水,竟然还能把路给淹了,需要再新架桥。"

大兴区北章客村与房山区窑上琉璃河镇,两地隔永定河相望。这里地处永定河平原段,北章客村老支书刘京堂回忆说:"我在小的时候,咱永定河就叫浑河，水是浑的，泄洪的时候，种的庄稼都淹过，我们都上里边捞白薯去。后来1995年前后没水了，每逢冬天刮大风，沙尘就起来，我们这儿四五级风，几步外就看不见人了。"

"永定河，出西山，碧水环绕北京湾"，这首熟悉的童谣道出了永定河与北京的关系。为了让干涸的母亲河重新奔流，一场跨越永定河全流域的治理工程开启。

2019年，京津冀晋4省市实施流域生态水量统一调度，对永定河进行跨流域生态补水，黄河万家寨、册田、友谊等水库向官厅水库调水2.7亿立方米。2019年春季，官厅水库向下游京津河道集中补水2.3亿立方米，永定河山峡段108公里全线流动，官厅水库以下形成140公里连续水路。

2021年永定河全流域生态补水治理（市水务局供图）

2020年春季，官厅水库生态补水出库总量1.66亿立方米，水头最终到达天津市武清区，官厅水库以下形成248公里连续水路，断流25年的永定河北京段全线贯通。北京市水务部门在卢沟桥拦河闸4次脉冲泄水开路、用水引路，萎缩的河道打通了。

原来黄沙漫天的干河道，如今水面涨起来，变成水鸟聚集的湿地。永定河管理处、永定河流域投资公司联合属地为两岸村民架起了过河的新桥。永定河平原南段一期治理工程启动，疏浚河道，平整河槽，两侧河岸进行衬砌与绿化，形成10公里滨水休闲公园。

望着春风吹绿的滨水园林，永定河流域投资有限公司平原南段一期工程负责人陈建华说："流域治理兼顾民生，平原段6个标段，面向河岸群众，建设亲水空间，共享生态效益。有人行木桥、瞭望平台、生态停车场，还有步行道、骑行道。绿化工程建设会进一步改善区域整体环境，发挥生态工程的经济效应，带动永定河两岸发展。伴随着母亲河永定河北京段丰水，上游'五湖一线'还会进一步开放文旅、体育、休闲等亲水公共服务区域。"

长辛店老张的赏心乐事，骑行中堤听鸟鸣

"这路修得好，真地道，10公里大堤，两侧一个来回整20公里，多痛快。"每天下午，70岁的张建国都会骑着他那一辆宽胎公路自行车，在永定河中堤崭新的骑行道上兜上几圈。

"我是长辛店本地人，老话说永定河，出西山，下了首钢，就是到我们宛平这一带。过去治河清淤，堆成了这条防洪中堤，分洪用的。这些年在堤上面建了骑行道，开放了骑行，特别好。"老张指着骑行道上的路线牌介绍，"靠西山一侧是大宁水库、稻田水库、马厂水库；靠城里是永定河河道，所以叫中堤……"

永定河从西六环阜石路附近开始进入了18.4公里的宽阔河道，门城湖、莲石湖、园博湖、晓月湖以及宛平湖，五湖连一线，再向下就是丰台卢沟

桥与中堤。老张回忆:"这稻田、长辛店一带是咱们北京西边有名的水乡,20世纪发展工业,后来生态破坏了,河道里都是首钢、电厂那边漂来的白淤泥。最早那时候乱,这大坑都是挖砂石料挖的老沙坑,后来给停了不让挖,开始治理,环境好多了。"

在中堤两侧,近年来永定河生态补水形成了优美的湿地,水草连片。暮春时节,南来的候鸟在草丛里筑巢觅食。狭长的中堤骑行道两侧,每隔

上图为2010年,建设中的石景山永定河莲石湖工程;下图为如今的石景山永定河绿色发展带(北京日报社供图 李文明 贾同军 摄)

不远就是新建的观鸟平台。黑鹳、白鹭、天鹅、大鸨,这些鸟类名称在标牌图片上一一列出,供游人了解。银杏、国槐、法桐、桧柏、油松……不少苗木正在织密中堤的次生林。老张说:"这五六年,放水下来,鸟儿也来了,叫唤得好听着呢。中堤原来荒凉不开放,后来树木也种上了,整成骑行道、观鸟平台了,周边的、市里的年轻人组队来骑车,上游五湖里还开设了水面运动。"

永定河管理处调度运行科科长吕红霞介绍,全流域十年的生态治理,为中堤同类区域的生态价值提升打下了好底子。"20世纪80年代以后,永定河三家店以下的河段基本上是常年断流的干涸状态。2010年启动永定河绿色生态发展带建设,建成'五湖一线'。2019年永定河生态补水,2020年生态补水拉河槽、定河型、复生态,北京段实现通水;2021年首次实现全线贯通入海。现在水质明显改善,环境好了之后,冰场、中堤开放等一些亲水活动就比较多了。"

"以'五湖一线'和中堤为例,不少水面治理后,最早体现的是泄洪用的水利价值,后来是生态价值涵养湿地,现在逐渐显现亲水便民的公共服务价值。"永定河公共服务中心主任王欣介绍,"夏季在卢沟桥、晓月湖开设龙舟皮划艇活动基地,在适宜水域设置了104处垂钓平台,2022年市民参与永定河冰雪活动8万多人次,在增加亲水活动空间的同时还活化了冬奥遗产。"

突出"开放共享、亲水便民",永定河管理处还专门组建了青年志愿服务队,侯梦然就是其中一位志愿者:"我2012年就是水务志愿者的一员了,宣传节水护水与生态共治共享,我们和市民一同参加骑行,带动市民一起加入公益宣传的行动中。"

2023年3月22日"世界水日"当天,永定河865公里再次全线流动。"水质和水生态的变化,正在印证北京的变化。"永定河管理处党委书记、主任陶海军说,"全市河道生态治理,永定河先行先试,控规先行。以分区分线精细化治理为契机,我们将继续探索水务标准化高质量发展,转变理念亲水为民,打造幸福永定河。"

五、江水润京华,首都水环境"底"气更足

以水定城,城以水兴。历史上的北京依托丰富的水脉,孕育出灿烂的古都文化。随着城市体量的扩展和用水量的大幅增加,北京一度被迫超采地下水,导致地面下沉、河道断流、水生态恶化。为了让首都不再受"干渴"困扰,党的十八大以来,北京深刻领悟习近平总书记对首都生态文明建设的殷殷嘱托,优化调水、蓄水、治水、保水,全流域一盘棋,久久为功,交出了一份亮眼的成绩单:

——南水进京超86亿立方米,形成107公里地下供水闭环;

——密云水库蓄水量创历史最高纪录35.79亿立方米,并保持高水位运行;

——时隔26年,北京五大河流重现全线贯通入海;

——平原区地下水位连续7年累计回升10.1米,增加储量51.8亿立方米。

如今,北京水更清、岸更绿、泉眼复涌、河道复苏,水润京华,首都水生态"底"气更足。

从"河断井枯"到"百泉复涌"

暮春的午后,门头沟区妙峰山向阳坡上的山杏花打着骨朵儿,山谷外不远处,蜿蜒的永定河,水流滚滚而下。陈家庄村的老支书陈小年深一脚浅一脚地来到了一处山窝,雾气缭绕,翠竹环抱。"听,这哗啦啦的泉水声……"走近看,距离地面仅1米深的井水池里,泉水汩汩上涌,泉眼直径半米,周边水藻摇曳。

老陈弯腰掬了一捧水喝:"真甜!我今年61岁了,我们小时候就是这味儿,小伙伴们夏天在这里用泉水冰西瓜、黄瓜吃。嘿!水也甜,瓜也甜,又甜又凉!"老陈清楚地记得,"1982年,这附近的永定河第一次干,之后没过多久,这泉就没水了"。当时,在陈家庄村的不远处,建起了石灰矿,开采矿山做水泥,"那会儿空气里、鼻子里全是灰,车停一晚上,第二天全盖满了灰,车牌子都认不出来"。

2019年,永定河北京段启动实施生态补水。时隔近40年,老陈眼前的这眼泉水终于又复活了,"我们老辈儿人从明朝就来到陈家庄,祖祖辈辈都依山傍水务农。村里从水变少到水变脏,再到水枯,我全经历了"。如今,陈家庄周边污染产业全部关停,村里走上了产业转型和绿色发展的道路,老人们也把水环境的变迁讲给孩子们听。老陈感慨道:"永定河断流期间,河道里只剩卵石和泥,现在就几年时间,这生态补水后的水量,恢复了40年前的样子,这条河原来野生的鱼,有白条子、花点、鲤鱼、鲇鱼4种,我小时候经常抓,现在又有了。两种特别漂亮的水鸟,一种黄花燕,一种虎鹎鸪,几十年了,又回来了。"

河道里有了水,岸上也有了树。村里积极落实北京两轮百万亩造林工程部署,永定河两岸绿树成林。村里同时还组建起了公益巡河队伍,开展日常巡护,保护河道环境,老陈说:"村里现在对水的保护是自觉,大家记得没水的日子什么样,所以现在更加珍视这来之不易的优美环境。"

门头沟区水务局水资源科陈天晓说:"陈家庄这流泉水的地质构造走向与永定河河槽方向一致,论证确实属于永定河流域生态补水成果,泉水复涌是持续补水后,地下水位触底回升的证明。"

北京市水务局2022年5月统计数据显示,近年来,北京共有81处泉眼复涌。2023年,门头沟区开始推动"百泉复涌"工作。门头沟区水务局水资源科陈天晓说:"2022年普查数据显示,门头沟在账234眼泉水,在流泉是106个,泉水复涌与矿山关停修复、流域水生态修复密不可分。接下来我们将启动泉脉补给区的地质水文工作,确保'无水复涌,水少提量,有水长流'。"

守护密云水库"无价之宝",大库水满小河溢

"看,那边是苍鹭飞起来了!"3月的密云水库白河主坝内,沿着151米的高水位线,水面刚刚破冰,成群的野鸭低飞,戏水觅食,翅膀扑棱棱响着。密云水库水生态所李明妹放下手中的望远镜,拿着护林时常戴的布斗笠遮一下光线,指着主坝不远处,"下面就是连通南水北调中线工程的第9级进水泵站,外面是给下游泄洪补水的闸口。看现在这水面多高,以前这里有两个小岛,水位上来,盖过了"。

讲起密云水库的水位变化,李明妹回忆道:"我是1989年出生的,记得90年代后期开始,库区给城区供生活用水,那会儿干旱,水位下降得比较多。奥运会前后经过十年枯水期,老人们聊起库容,都很心急。"

2013年,李明妹正式加入密云水库周边水源涵养林的管护工作,正好赶上密云水库库区十年休养生息过程。当时,水库水位较低,内湖地区东、西岛和金钩尾堰,车辆都是可以进去的。"从2015年开始,眼见着水一圈一圈地开始涨起来,好几个大岛,现在只剩尖尖儿了。尤其到夏天,那儿云层特别低,极其漂亮。"回想起十年间密云水库的巨大变化,李明妹不禁感慨。

库区水量饱满,水质常年保持在地表Ⅱ类标准水质,带来的是整体生态种群的丰富。"2019年我们开始转型,组里60多个人,从单一林业管理向水生态保护转变,水上水下都要保护。"李明妹介绍,到2020年底,密云水库库区林木覆盖率达到90%,建成河湖鸟类AI观测站,持续检测到大鳂、长额象鼻溞、黑鹳等环境指标性生物。"我们统计到的鸟类有228种,国家一级14种,二级37种。2022年4月,消失70年的濒危物种栗斑腹鹀再次出现。"

王泽勇担任密云水库调度运行工作,对水量记录如数家珍:"2013年

密云水库美景（市水务局供图）

到2022年，密云水库向北京城区供水22.1亿立方米，其中2013年到2015年10.5亿立方米，后7年仅有11.6亿立方米，原因之一就是2014年南水进京。"2014年12月12日，南水北调中线一期工程通水。同年12月27日，历经1276公里跋涉的丹江口水库来水奔涌入京。2015年7月，南水实现利用京密引水渠反向输送至密云水库，让水库在休养生息的同时还得到了南水的补充。

密云水库是首都重要的饮用水源地，是首都供水的"稳定器"、"调节器"和"压舱石"。近5年来，密云水库向下游生态补水超16亿立方米，持续为密云、怀柔、顺义水源地补水。2021年，潮白河时隔22年全线通水，唐指山水库结束了23年来空库运行的历史，水量到达通州后还助力了京杭大运河百年来首次全线通水。

2020年，在密云水库建成60周年之际，习近平总书记给建设和守护密云水库的乡亲们回信，勉励要继续守护好密云水库这个"无价之宝"。十年来，密云水库累计来水65.2亿立方米，2021年10月1日水位线刷新1994年以来的纪录，达到历史最高水位155.30米。截至2023年底，密云水库库容常年持续30亿立方米左右，高水位运行常态化，继续发挥首都供水"压舱石"的作用。

藏水于地，看不见的"地下超采漏斗"补水得到回升

"70后"的白国营出生在顺义区北小营镇西府村。潮白河的支流箭杆河流经于此，西府村属于泉水溢出带，泉眼不计其数。在水的滋润下，这里曾是一片鱼米之乡。白国营对当时的景象记忆犹新："我们村里那时候有人养鱼鹰来捕鱼，孩子们下课就去河边抓鱼，河里马口鱼、鲫鱼、黄骨鱼都有；还去芦苇荡里掏鸟蛋，经常能见到翠鸟；河里营养多，养的鸭子肥，全聚德的烤鸭最早都用我们这边村子养殖的。"

可等到20世纪90年代，西府村的箭杆河慢慢就干了，1998年后潮白河出现部分断流情况。白国营回忆说："当时乡亲们不懂河水断流的危害，后来编炕席、打房顶的芦苇都没了，这才知道自然环境变坏了。"后来，白国营学了水利专业，毕业后来到北京市水文总站地下水科工作。对于家乡的变化，他给出了更专业的分析："1980年到2008年这一段时间，北京降水少，城市扩张，上游水库把水截了，流域缺乏补给，超采导致京东潮白河地下形成巨大的漏斗。"2014年后，随着南水进京，供水紧张的矛盾大大缓解，密云水库也开始向下游水源地补水。

2018年至今，密云水库累计向下游补水超16亿立方米，大大小小干涸的河道重新湿润了，生态水系恢复走出了第一步。潮白河岸边原有的不少砂石坑，逐渐被渗出的水灌满了，形成了600多亩的小湖面，丰水期不断连成片，白鹭、天鹅等鸟类也都回来了。白国营又拿出一组数据来说话："隔壁的木林镇王泮庄村，原本在一个地势高坎上面。我们监测到，2020年初，它的地下水埋深是地表以下41.85米，到2023年2月末已经攀升到

22.41米，连这样的高地村，水位都变高了，生态补水功不可没。"

白国营的话在木林镇王泮庄村的高丽娟那里得到了印证。她回忆说："90年代水位下降，要打更深的井，这几年好不容易有所回升，不让再浪费了。"补水带动潮白河流域地下水回升，让流域周边农民喜在心上。高丽娟作为志愿者加入了村里的农业井水管网巡逻队伍，成为一名管水志愿者。对于村里的农业用水情况，她如数家珍："我们村现在一共61眼农业井。每眼井都有一块表，都是有数的，我们巡逻维修宣传节水，采用地埋式的喷灌技术，2021年我们一亩地不超过200立方米，比以前的漫灌少了一半。"数据显示，2016年到2021年，顺义区年用水总量减少35%，年农业用水量减少70%，农业节水贡献了总节水量的大头。

对北京全市的水位变化，白国营也给出了数据："从全市看，21世纪初期，北京超采多，回补少，平原地区地下水平均埋深最低时跌到地表下25.75米。"截至2022年底，北京市地下水平均埋深为15.64米，连续7年累计回升10.1米，地下水储量增加51.8亿立方米。北京藏水于地，极大促进了水源涵养和修复。

十年来，南水进京、大力压采地下水以及节水等工作的开展，极大缓解了流域内水资源短缺现状。北京坚持"以生态的办法，解决生态的问题"，地表地下协同推进，修复超采历史欠账。2014年南水北调中线水进京，滚滚而来的南水成了城市主要供水水源。截至2023年11月，南水北调入京水量达92亿立方米，直接受益人口超过1500万。在南水的"加持"下，北京全市五大河流时隔26年全部重现"流动的河"并贯通入海。泉眼复涌、河床苏醒，全市健康水体比例也从不足60%提升到87.2%，很多河流、湖库成为鸟类迁徙驿站和栖息乐园。北京市南水北调环线管理处运行管理科工程师王艳欣喜地说："我们去年在亦庄调节池监测到'水中大熊猫'桃花水母，在怀柔水库、黄松峪水库也同时监测到。桃花水母对水质要求极高，证明北京水质改善和水生态健康状况持续向好。"

南水北调北京配套工程亦庄调节池（市水务局供图）

　　首都水环境"底气"更足，主要得益于流域综合治理、调蓄存补结合、多源共济的首都水资源保障体系基本建立起来，这也成为北京水生态建设先行先试的宝贵经验。十年来，北京认真学习贯彻落实习近平总书记历次视察北京的重要指示精神，经过坚持不懈的努力，首都超大型城市水安全保障能力得到大幅提升，连续实施3个城乡水环境治理三年行动，使城乡河湖面貌焕然一新。北京从水环境补偿向水生态补偿转变、跨流域跨地区保水机制与水资源调度等方面实现制度创新，推动流域系统性责任落实。着眼未来，北京将紧紧围绕首都城市战略定位，统筹水资源、水环境、水生态、水灾害系统治理，实现更高水平更高质量发展。

【数说·新时代新北京】

2022年北京全市生态环境质量指数（EI）为71.1，实现多年持续改善，生态环境状况优良，生态系统质量和稳定性持续提高。全市森林覆盖率由2013年的38.6%增加到2022年的44.8%；累计增绿219万亩，相当于219个奥林匹克森林公园。全市建设城市森林53处，新建休闲公园154处，建成口袋公园及小微绿地334处。全市完成40处全龄友好公园改造，到2022年底，已有各类公园1050个，公园绿地500米服务半径覆盖率达到88%。

水生态环境方面，优良水体比例显著增加，2022年监测五大水系河流共计105条段、长2551.6公里，其中优良水质河长占比77.9%，与2013年相比，增加了28.1个百分点。劣Ⅴ类水体动态消除，全市一半以上河流水生态达到优良水平。

常用于指示清洁水体的蜉蝣、石蝇、石蛾等水生昆虫不仅多见于山区河流中，还出现在凉水河、大石河、亮马河等平原区河流。市域内五大河流重现"流动的河"并贯通入海；密云水库水量创下历史新高，被生态环境部评为全国首批"美丽河湖"优秀案例……

第三节　3200公里，慢行道上的绿色生活

生态环境问题，本质上是高碳能源结构的问题。十年来，北京积极履行碳减排，探索建立了较为完善的碳交易法规和市场规则，提出"慢行优先、公交优先、绿色优先"的城市交通发展理念，持续扩大绿色生态空间，不断加强生物多样性保护力度，生态环境改善从量变到质变，全社会建立起生态文明新风尚。

一、我和6000多家"邻居"的同城生活

北京是世界上生物多样性最丰富的大都市之一，也是世界上鸟类最丰富的首都之一。随着生态环境的不断改善，越来越多的新物种出现在北京。以往无记录的震旦鸦雀在房山、大兴、丰台等地频频被发现，鸳鸯、褐马鸡、大天鹅、北京雨燕等物种在北京的分布区不断扩大，消失近70年的栗斑腹鹀重现密云，轮叶贝母、铁木、百花山葡萄等珍稀植物将来也都有可能返回野外实现种群复壮……它们为京华大地带来勃勃生机，更是对北京生态环境建设的充分肯定。2020年北京市启动生物多样性调查，截至2022年，北京生物多样性阶段性调查实地记录各类物种6408种。和6000多种动植物的同城生活是怎样的？我们一起来感受一下吧。

丹顶鹤一家"三年三访"

又是一年候鸟迁徙季。2023年3月12日午时,北京市延庆区西北部,北京野鸭湖湿地自然保护区内,阳光明媚,春风和煦,水波荡漾。

在一处观测点附近,延庆区自然保护地管理处科研人员刘均平和几名摄影爱好者缩着肩膀,举着相机,专注地盯着镜头内的"目的地"——灰鹤越冬地。

过不多时,3个优雅身影进入镜头,落在远处的那片浅水沼泽上,悠然戏水,翩翩起舞。刘均平和同伴们相视一笑,"丹砂作顶耀朝日,白玉为羽明衣裳",那就是丹顶鹤。

透过高倍望远镜头,其中一只成年鹤所戴的环志标记逐渐清晰。"L283。"刘均平心中的猜想得到验证,他满脸兴奋,说道,"这'一家三口'3个'老朋友'又来了!"

2023年初丹顶鹤一家在野鸭湖(延庆区供图)

说起刘均平和这3只丹顶鹤的缘分，要追溯到两年前。刘均平记得清清楚楚：2021年12月4日，延庆区自然保护地管理处巡护队员在野鸭湖湿地自然保护区例行巡护时，发现两只疑似灰鹤的鹤鸟。巡护人员立即上报自然保护地管理处科研监测科，刘均平和同事们赶赴现场后确认，这两只鹤鸟就是国家一级重点保护野生动物丹顶鹤。

经初步确认，两只丹顶鹤一雄一雌，是2017年以后出生的鹤鸟，来自黑龙江省齐齐哈尔市扎龙国家级自然保护区，其中一只被环志标记，是扎龙野化丹顶鹤，另外一只为野生丹顶鹤。丹顶鹤通常雌雄相随，据推测，扎龙野化丹顶鹤是追随另外一只野生鹤一起迁徙到野鸭湖的。

这也是延庆区范围内首次发现丹顶鹤。正巧在它们到来的前一天，《北京市延庆区陆生野生脊椎动物名录（2021版）》正式发布。它们的光临成功为名录再添了1种。

让刘均平感到惊喜的是，1年后的2022年12月29日，这对丹顶鹤南迁时再次来到了野鸭湖保护区停留栖息，而这次，它们还带来了自己的宝宝——"神仙眷侣"变身为"三口之家"。

丹顶鹤被列入《世界自然保护联盟濒危物种红色名录》，为濒危物种，对环境有很高的要求，需要洁净而开阔的湿地环境作为栖息地，是对湿地环境变化最为敏感的指示生物。

刘均平介绍说："它要求水质，需要能从水面看到水底，水里面需要有小鱼、小虾等丰富的食物。同时它的警觉性很强，对人类侵扰非常敏感。丹顶鹤三年三访野鸭湖保护区，意味着延庆区生态环境越来越好，野鸭湖保护区的生物多样性越来越丰富，有可能成为它们探索的一条新的迁徙路线。"

据了解，除了丹顶鹤外，2023年还有8只国家一级重点保护野生动物大鸨也组团"打卡"野鸭湖湿地自然保护区，数量为野鸭湖自首次监测到大鸨以来的历年之最。工作人员还观测到了极度濒危珍稀鸟类青头潜鸭在野鸭湖湖水中追逐觅食的温馨画面。此外，5只国家一级重点保护野生动物白鹤及1只东方白鹳近期也到访了密云，在密云水库北岸落脚歇息……野生动植物栖息地不断拓展优化，是北京获得野生动植物们青睐的重要原因，也是北京为它们精心准备的一份"礼物"。

刘均平2013年毕业后就一直在北京延庆野鸭湖湿地自然保护区就职。参加工作的10年，他参与并见证了野鸭湖地区从荒地到"动物乐园""候鸟食堂"的巨大转变。

刘均平回忆，湿地修复前，野鸭湖地区周边种植苜蓿草，植物单一，大片荒地由湿地旱化形成，随着从马营河取水，通过地形改造，水系连通，浅水区、深水区、生境岛等满足不同种类动植物需求的生境逐渐形成。

2020年，野鸭湖湿地自然保护区创新性地在鸟类集中停留觅食区建立鸟类食源地——鸟粮田。刘均平讲述，他们在野鸭湖湿地内试验种植玉米、

来野鸭湖做客的候鸟（延庆区供图）

大豆等专门供鸟类、兽类等动物取食的农作物。至今，鸟粮田规模已从最初约310亩扩大到了现在的516亩，种植食源植物包括玉米、高粱、黄豆、谷子、向日葵、油葵6种，呈多块分布在湖区周围。

经监测发现，2020年以来，每年冬季来野鸭湖越冬的鸟类数量和种类明显增加，越冬迁徙高峰期单日监测各种鸟类数量更是达上万只，充足的食物为野生鸟类越冬提供了有效的保障。

十几年前，北京城区人口密集、产业集聚，绿意难觅。北京市园林绿化局野生动植物和湿地保护处副处长纪建伟介绍，2012年至今，北京连续开展两轮百万亩造林绿化工程。到2021年底，全市森林覆盖率达到44.6%，平原地区森林覆盖率达31%。平原地区的大片森林汇成林海，连通了碎片化的"生态孤岛"。而且先后建成森林公园、湿地公园、地质公园、风景名胜区等各级各类自然保护地79处，使全市90%以上的国家和地方重点野生动植物得到有效保护，为首都生态安全发挥了重要屏障作用。

首都园林绿化事业在"绿起来""美起来"的基础上，也进一步追求"活起来"的跨越式发展。北京在城市公园、绿地、郊野公园、平原生态林、湿地等区域，积极推动自然带建设，适度保留荒野状态，促进自然演替，提升首都生态系统的完整性，这也成为实现城市生物多样性保护的一种重要途径。

共享家园，和谐共生

"你看！在这大树上卧着的灰褐色的鸟是斑鸠，旁边那个看着简陋点的就是它的窝……那边是一对白头鹎，还有灰喜鹊、乌鸦……"

阳春三月，朝阳区东三环一社区，在被住宅楼环绕着的一片树林绿地中，清晨的阳光穿过树丫洒落在鸟儿身边，鸟儿此起彼伏开始为这春日演唱起奏鸣曲。北京生物多样性保护研究中心研究员郭耕走在其间的石板路上，抬头看鸟、听声辨鸟，走了一圈，近10种留鸟、旅鸟被细细数来。

红隼(郭耕供图)

郭耕是一名专门从事自然保护教育的科普工作者,从工作了20多年的北京麋鹿生态实验中心(麋鹿苑)退休后,观鸟拍鸟成了他的一大乐趣。他用独特的"郭氏拍摄法",细腻生动地记录和展现着野生动物们的各种情态。

据郭耕回忆,他曾在社区里惊喜地拍摄到我国二级保护动物红隼的身影。

2021年6月的一个周末早晨,他被窗外一阵吱吱吱吱的鸟叫声吸引,出于专业敏感,他立即判断这是红隼的叫声。取来望远镜观察,镜头里,一只红隼稳稳地停在一栋社区楼楼顶,双眼有神,眼睛下面垂直向下的黑色口角髭纹清晰可见。它时不时左右观察,并连续发出叫声。

"红隼是隼科的小型猛禽之一,常栖息于山地和旷野中,多单个或成对活动,飞行较高,能捕捉地面上活动的啮齿类、小型鸟类及昆虫。当前红隼的价值和保护现状同猎隼差不多。"郭耕介绍说,"有鸟友判断是雌鸟邀配,因为红隼的繁殖期恰在5月到7月,正当其时。不管怎样,足不出户竟得到红隼飞来的慰问,三生有幸!那一天,我都过得美滋滋的。"

北京雨燕,年年春天来这里

"小燕子,穿花衣,年年春天来这里……"这首耳熟能详的儿歌,是很多人儿时对燕子的最初印象。说起和北京最有渊源的鸟类,就不得不提"北京雨燕"。它是目前世界上唯一以"北京"命名的野生候鸟,1870年在北京首次采集到这一亚种并为其命名。

从2008年北京奥运会的福娃"妮妮"原型到2022年北京中轴线申遗的首个数字形象,穿过数百年风雨阳光的"北京雨燕",可谓历史北京、文化北京、生态北京的代表之一。

每年4月中旬到7月中下旬是北京雨燕在"老家"停留的时段。在这3个多月里,雨燕要完成产卵、孵化、育雏的工作。7月中下旬以后,北京雨燕就会启程,开始它长达3.8万公里的旅程,一路南下,在10月底到11月初,抵达非洲大陆南端的南非、博茨瓦纳,在那里越冬。

北京人民欢迎和爱护雨燕,雨燕也年复一年从不失约地来到北京。然而,北京雨燕的生存也曾面临重大威胁。

2000年夏天,首都师范大学教授高武沿着故宫外围筒子河骑车慢行一圈,计得的雨燕从将近400只下降到了80只。调查发现,数量下降的主因是栖息地消失。雨燕主要在高大的古建、庙宇、古塔等建筑的缝隙里筑巢。但是20世纪50年代旧城改造以来,一些老建筑相继拆除。到80年代,仅剩的古建筑又被保护起来,加装防护网以防鸟类粪便污染,北京雨燕做窝筑巢的地方大量减少。此外,食物来源成为雨燕数量减少的另一大原因。原来北京有很多适合昆虫生长的绿地水塘,在20世纪八九十年代城市建设大发展时期快速消失。昆虫的减少,使雨燕失去了食物。

为了更好地开展雨燕保护,2017年起,北京市野生动物救护中心、北京野生动物保护协会、北京市宣武青少年科技馆对北京城区20多个有雨燕分布的地点展开调查,以便摸清巢址、数量等信息。根据调查记录,这些调查点雨燕的最大记录为9060只。

为宣传对雨燕的保护，相关部门设计了保护雨燕的校园课程和讲座，带领学生科学观测雨燕，还专门开通了镜头对准雨燕巢穴的5G慢直播。这些新鲜好玩的现代化手段，让"大眼萌"——北京雨燕迅速"圈粉"，为雨燕保护和城市生态保护开辟了新途径。

随着近年来生态环境的好转，北京的绿化面积、湿地面积不断增大，北京雨燕的食物——各种昆虫重新丰富起来，北京雨燕的数量不断增加，分布范围也不断扩大，密云、昌平、大兴等郊区也发现了它们的身影。这些都与社会各界的努力以及市民保护意识的提升分不开，良好的保护氛围和生态环境为雨燕的栖息营造了更好的条件。

立法保护，万物共荣

10多年来，北京生物多样性保护的"法网"在不断织牢。

2012年，北京有史以来最严格的湿地保护管理制度——《北京市湿地保护条例》颁布实施，对放生、排污、开垦、占用等湿地管理中的难点问题作出明确要求，全市6.21万公顷湿地实现了分级保护。

2022年，随着《中华人民共和国湿地保护法》开始实施，动植物的栖息环境得到了更好的保护。此外，新版《北京市野生动物保护管理条例》《北京市野生动物保护管理执法协调机制》等法律法规也先后实施，精准打击整治破坏野生动物资源违法犯罪行为，并推动多部门联合执法，形成保护协同工作局面。

通过严格的执法、实时的监测、及时的救护，北京为野生动物安全过境和栖息保驾护航的成果正在不断显现。

谈到北京未来对生物多样性的保护，北京市园林绿化局野生动植物和湿地保护处副处长纪建伟表示："十四五"时期，北京市野生动植物保护工作将坚定不移地坚持可持续发展，坚持节约优先、保护优先、自然恢复为主的方针,将像保护眼睛一样保护自然和生态环境,坚定不移走生产发展、生活富裕、生态良好的文明发展道路。

未来,北京市将开展全市野生动物及其栖息地状况普查,编制全市野生动物及其栖息地保护规划和野生动物重要栖息地名录;将在每年候鸟迁徙期,组织力量重点加强对候鸟繁殖地、迁飞停歇地、迁飞通道等集中分布区域开展执法专项行动,严厉打击非法猎捕、运输、售卖野生鸟类的违法行为。同时,建立和完善野生动物收容救护体系、疫源疫病监测体系。在野生植物保护方面,将开展百花山葡萄等极小种群野生植物拯救保育。

在生物安全方面,也要深入贯彻落实《中华人民共和国生物安全法》和《外来入侵物种管理办法》,做好外来入侵物种的防控,努力使北京市95%以上的国家和地方重点野生动植物及栖息地得到有效保护,为建设国际一流和谐宜居之都、生物多样性之都和生态文明奠定坚实的生态基础。

二、标记绿色生活,碳账本、碳交易中的"北京模式"

随着大量矿物燃料在生产、生活中的使用,温室气体加剧排放造成全球气候变暖、冰川和冻土消融、海平面上升……既危害了自然生态平衡,更威胁了人类生存环境。

别让地球再"碳"气,已转化为全世界的共识与行动。

这是一场生态文明建设的大考。近些年,作为超大城市的北京,已经率先从末端执法前移为源头管控:

——十年间,煤炭占全市能源消费的比重由25.2%下降到1.4%;

——新建民用建筑在国内率先全面执行绿色建筑标准;

——企业通过节能技术改造可新增"碳收入",个人骑行共享单车可获得绿碳积分……

走进"双碳时代",每个企业和个人,甚至整个社会都被赋予了一个

"碳账本"。作为全国首批试点碳排放权交易市场的北京，目前还正在打造面向全球的国家级绿色交易所。它们为"绿水青山就是金山银山"写下了生动的实践注脚。

创新上线"个人碳账本" 北京让减碳"看得见""摸得着"

徐彬在北京经济技术开发区一家科创企业上班，从家到地铁站大约2公里，说近不近，说远不远。以前为了赶时间，这段路她都会选择开车。2022年夏天，她无意中在地铁站内看到"北京绿色生活季"的宣传海报。扫码、注册，简单几步，一个专属于她的"个人碳账本"就这样被开启了。

每个绿色行为的碳减排量，都被量化到克。骑行共享单车，可以获得每公里250克的减排量；点外卖选择"无需餐具"，每次可获得45.72克减排量；物流使用电子面单，可获得5克减排量……这些都会被记录在个人碳账本小程序中，并获得相应的绿色积分激励。

2022北京绿色生活季启动（北京节能环保中心供图）

从一开始的好奇有趣,到后来每天参与,慢慢地,徐彬养成了很多新习惯:平日里尽量电子化办公,减少纸张使用;自带杯子购买咖啡,自备袋子去商超购物;周末全家出行,垃圾也会分类投放……看似简单的小举动,却可以为绿色生活作出大贡献。

徐彬的个人碳账本显示:在上一年度北京绿色生活季活动中,她累计减排19.29千克,被授予"减排小生"称号。"这样的活动非常有意思和有意义,我肯定还会继续参加!"徐彬说。

从2022年8月10日到9月10日,短短1个月内,共有636万北京市民开通了个人碳账本,有5次及以上减排行为的市民达到269.7万人,推动实现减排行为8800次,减排二氧化碳总量约4万吨。

这些成就的达成,让节能环保的"老兵"——北京节能环保中心宣传培训部部长武德俊倍感振奋:"我觉得最大的变化就是老百姓的变化!"回想起当年下社区宣传时,他和同事们每次出门总要背上一个沉沉的大书包,里面不仅装着LED灯具、节水器具的样品,还得装上煤和石油的样本,"得跟大伙儿说清楚这能源是怎么回事儿,咱们为什么要做减排工作"。到了现在,再进社区推广节能家电,用不着他们多解释,邻里街坊们都知道要认准"一级能效":"人家说了,贵点也没事儿,咱不差这点儿钱,咱为的是以后的节约!"

从首批试点到国家级绿色交易所　北京碳市场交易火热

明见万里,鹊巢知风。

早在启动"个人碳账本"的十年前,北京就作为全国7个试点省市之一,率先开启了企业法人间的碳排放权交易。

这一新兴交易市场,简单来说就是把"二氧化碳的排放权"当作商品进行买卖。交易前,主管部门将规定时期内的碳排放配额分配给重点排放单位。如果A单位加大研发投入、开展技术创新,实际碳排放量低于配额,就可以把"富余"的配额在市场中出售；如果B单位的碳排放量超过配额，就要以市场价格从其他单位购买配额，以抵销超出的碳排放。

"在碳排放履约过程中，我们经历了配额不足到配额盈余的过程。"北京公交集团科技信息部副经理刘宝来介绍说，集团在2016年被正式纳入北京市碳排放交易试点范围。入市的前3年，集团每年都要额外购买配额，低碳转型迫在眉睫。

"我们最主要的措施就是推广使用新能源车辆。"通过逐步采用新能源车辆替换老旧车辆，2019年起，公交集团碳排放配额终于有了盈余。节省买碳成本是动力，出售多余配额也大大激发了企业潜力。"2021年和2022年碳排放履约期间，集团将盈余的配额在北京市碳交易市场进行了公开交易，先后完成挂牌80次，成交42笔，活跃了碳交易市场的同时，也为公司获得了收益。"刘宝来说。

数据显示，通过"油换电"低碳转型，与2016年相比，2022年北京公交集团能源消耗减少了30万吨标准煤，二氧化碳排放量减少50万吨，柴油消耗量由25万吨下降到10万吨以内。

十年时间，9个履约期，这双看不见的手正在发挥越来越重要的作用。"因为我们配额总量是紧平衡的，以前我们去调研的时候，企业会着重表达碳排放减排压力大、配额不足等诸多担心。"北京市生态环境局应对气候变化处三级调研员李春梅回忆说。而如今，她看到越来越多的企业已经有了从思维到行为的全方位转变，"现在一些大型新建厂会做充分的调研和成本分析，在可用的空间里都安排上太阳能发电、太阳能热水等节能设备。这样它进入碳市场不仅不是压力，还会获得很多收益"。

为环境权益定价，为低碳发展赋能

作为北京碳市场的建设运营方，在北京绿色交易所有限公司副董事长梅德文看来，一个稳定运行的碳市场，有3个最重要的要素——多元化的市场主体、金融化的市场产品以及包容性的市场监管,"我们觉得北京的碳市场应该说是完美符合了这些特点"。

——主体逐年扩大。目前,直接与间接排放二氧化碳5000吨(含)以上的单位都被纳入管控。不仅工业企业在控排之列,公交地铁、商场饭店,甚至高校、医院、政府机关等公共机构无一例外。截至2022年底,北京碳市场重点碳排放单位约1000家,为全国试点区域之首。

——产品日益丰富。北京碳市场已经形成了以碳排放配额、中国核证自愿减排量为基础,绿色出行减排量等多种产品共存的市场格局,包括回购融资、置换等在内的多种交易结构也日趋成熟。

——监管包容审慎。北京是最先出台公开市场操作管理办法的市场,线上公开交易价格每吨低于20元或者高于150元,将触发碳排放配额回购或拍卖等公开市场操作程序,为交易提供了稳定的预期。此外,北京碳市场罚则明确且执法严格也是重要原因。

2013年开市至今,北京各类碳排放权产品累计成交量约1亿吨,成交额超过35亿元,配额线上成交均价大约为每吨68元。"同期津、沪、渝、粤等试点区域,总交易量为5.8亿吨,交易金额152亿元,交易价格为26元。也就是说,北京接近全国碳配额价格的两倍还不止。"打开碳排放权历史交易行情,梅德文直言,"不是说价格越高越好,而是价格要反映稀缺性,反映碳排放的综合社会成本。核心的宗旨和目的还是通过市场机制来引导稀缺的资源配置,最终激励能源效率高的企业,约束能源效率低的企业,实现优化配置"。

根据北京市生态环境局的数据,以水泥行业为例,北京重点碳排放单位2021年碳排放量约200万吨,比2013年下降了69%。从碳排放强度看,以本地电力行业为例,供电碳排放强度从2014年的468克/千瓦时下降到2021年的341克/千万时,降幅达到27%。数据中心碳排放强度0.842千克/千瓦时(IT设备),相比2018年降低11.6%。

迈出"舒适圈" 率先实现碳中和的"北京担当"

"这儿的冰太好了,我滑起来觉得特别快!"2023年2月4日,在北京冬奥会开幕1周年之际,11岁的小姑娘张骞予刷新了自己的最好成绩,获得了"冰丝带"速度滑冰赛少年乙组500米女子组的第一名。

这场比赛所在的场馆就是北京冬奥会期间创造出10项奥运会纪录、1项世界纪录,有着"最快的冰"之称的国家速滑馆。作为北京冬奥会唯一新建的冰上竞赛场馆,从开始建设到正式比赛,国家速滑馆内这块1.2万平方米的亚洲最大冰面一直备受关注,因为在百年冬奥历史上,它第一次使用了二氧化碳作为制冷剂。

"正常符合奥运比赛标准的冰场,温差控制在1.5℃以内就可以了,但是二氧化碳跨临界直接制冰系统的应用,让我们能把温差做到0.5℃以内,

国庆长假,不少市民、游客来到"冰丝带"参观体验冰雪运动(北京日报社供图 潘之望 摄)

这样的冰面硬度均匀，就更有利于运动员的发挥。"马进是国家速滑馆制冰系统设计负责人，让他更为骄傲的是，新技术不仅保证了超一流的冰面质量，还让场馆碳排放量接近于零，"每年仅制冷部分就能省下200多万度电，相当于约120万棵树实现的碳减排量"。

通过使用大量光伏和风能发电、地方捐赠林业碳汇、企业赞助中国核证自愿碳减排量等方式，北京冬奥会圆满兑现实现碳中和的承诺，成为迄今为止第一个碳中和的冬奥会。

从2006年"碳中和"被《牛津词典》评为年度词汇到2021年第26届联合国气候变化大会上联合国秘书长古特雷斯呼吁各国立即采取行动，在2050年真正实现碳中和目标。碳中和的重要性不言而喻。

2020年9月22日，国家主席习近平在第75届联合国大会一般性辩论上宣布："中国将提高国家自主贡献力度，采取更加有力的政策和措施，二氧化碳排放力争于2030年前达到峰值，努力争取2060年前实现碳中和。"

作为世界最大的发展中国家，实现碳中和，中国需要付出比欧美发达国家更多的努力。"中国提出的从碳达峰到中和的时间，应该是世界上最短的。"北京市应对气候变化管理事务中心专家胡永峰说，美、英、德等发达国家在20世纪70年代左右就已经实现碳达峰，也就是说相当于有80年的时间来完成碳中和。而中国从2030年到2060年，其间只有30年的时间。"这就像是一个自我加压的过程，相当于脱离'舒适圈'进入另外一个赛道了，但在这个赛道里面做得好，说明我们的身体更强健。"

要减排还是要发展？过去这曾像"鱼与熊掌"一样不可兼得，但北京表现出了独特的前瞻与智慧。作为全国第一个提出减量发展的超大型城市，北京坚定不移疏解非首都功能，最近十年累计退出一般制造和污染企业近3000家，疏解提升区域性专业市场和物流中心近1000个，拆除违法建设超3亿平方米……与此同时，金融、信息、科技等现代服务业优势更加凸显，数字经济增加值占地区生产总值比重超四成。

北京能源结构已实现历史性调整，成为全国能源清洁低碳转型典范城市，煤炭消费量由2012年的2179.6万吨大幅压减到2021年的130.8万吨，占全市能源消费的比重由25.2%下降到1.4%；从2012年以来的十年间，北京市的地区生产总值从1.9万亿元增长到2021年超过4万亿元，但能源消费总量仅仅从6564万吨标煤增长到2021年的7104万吨标煤，以年均0.88%的较低能耗增速支撑了年均6.4%的经济增长。"北京是一座北方城市，冬天需要供暖，一般来讲比南方城市耗能更高。但我们北京每产生1万元地区生产总值所使用的能源在全国省级地区里是最少的，能效水平连续10多年都是最优的。"北京市发展改革委资源节约和环境保护处副处长林淦不禁感慨。

北京提出要努力在全国碳达峰、碳中和行动中发挥示范引领作用。城市治理者肩膀上的责任沉甸甸的。

北京已经成立了由市长担任组长的碳达峰碳中和工作领导小组，市政府印发实施了《北京市碳达峰实施方案》，系统部署了2030年前相关工作任务。同时还部署构建碳达峰碳中和"1+N"政策体系，安排了30项政策制定任务。

"我们提出了3个方面——效率引领、科技支撑和机制创新。北京要发挥自己的优势，比如说科技资源、人才资源比较丰富，服务业也比较发达，我们也有条件做一些机制创新，所以我们不仅仅是要巩固北京市自己的节能减碳成果，我们还要为国家的碳达峰作贡献。"林淦说。

实现"双碳"目标是一场广泛和深刻的变革，表面上是气候与环境问题，本质上是发展模式转型的问题。

路虽远，行则将至；事虽难，做则必成。

一个个遵循绿色低碳生活方式的人，一个个能源清洁转型的企业，一项项整体把握的顶层设计，就像一粒粒绿色的种子、一个个低碳的细胞，涓涓细流汇成江河，最终将一笔一画地勾勒出绿色发展的首善答卷。

三、"慢行系统"助力北京交通节能降碳、快慢相宜

截至2022年末,北京市机动车保有量达712.8万辆。随着机动车保有量的持续增加,城市道路超负荷运转、汽车尾气排放污染等问题也日益突出。如何让城市交通更加贴近不同人群的差异化出行需求,同时尽可能地做到节能降碳?近年来,北京加速推进"慢行系统"建设,为打造"快慢相宜"的城市交通系统,吸引更多的市民参与绿色出行,做了有益的尝试。过去五年,北京优化提升"慢行系统"超过3200公里,骑行已经成为首都市民新风尚。

骑行——用更环保的方式爱着这座城

北京的春天,天气总是在乍暖还寒之间任性切换。

2023年3月13日上午,北京城区的温度已经从清晨的个位数迅速跃升到十几摄氏度。原本穿了毛衣和羽绒外套出门的张女士,脱下外套,系在腰上,用手机扫码,打开一辆共享单车,进入回龙观至上地的自行车专用路。

在春日暖阳的陪伴下,张女士开启了这一天的"动感单车"之旅。张女士说,她家在回龙观地区,工作单位在离家几公里的上地软件园。几年前,她去公司上班,最快的选择只有地铁。"那时候出门稍微晚一会儿,地铁站里就会人山人海,等好几趟也挤不上去。"张女士这样描述自己当时的遭遇。而地面公交线路绕行、停靠站点较多,再加上"随机"出现的道路拥堵,对于需要按时打卡上班的张女士来说,"不管是耗费的时间,还是通勤的舒适度,都不划算"。

从地图上看,回龙观到西二旗的直线距离不到4公里,驾车5分钟左右就能到达。而实际上,在这两个区域之间,有早就建成通车的京藏高速、京新高速和京包铁路,机动车的行驶路线要复杂得多。

第五章 再造青山碧水北京蓝

自行车专用路与沿线地铁的接驳通道（北京广播电视台供图　王任卫　摄）

北京交通发展研究院的王书灵介绍，"比如说，住在回龙观的人开车去西二旗上班，他得绕到北边的北郊农场桥，开车差不多得半个小时到40分钟，而且高峰期还堵车"。

"上班本来就很累，谁能想到，比上班更累的环节是在去上班的路上。"张女士这样调侃自己当时的生活状态。

正是为了解决张女士这样的"通勤族"面临的困境，北京交通规划和管理部门联合调研、通力合作，从线路选定、方案设计到工程建设，一路紧锣密鼓地推进，终于在2019年5月31日，开通了北京市第一条自行车专用路——回龙观到上地的自行车专用路。

这条自行车专用路全长6.5公里，按照15公里/小时的限速要求，基本上20多分钟就能骑完全程。

自行车专用路开通后，北京交通发展研究院的研究团队进行了点对点对比测验：工作日从回龙观到软件园，分别选择地铁、公交、小汽车、出租车和自行车这5种出行方式，自行车用时最短、出行费用最低，是其中最便捷、性价比最高的出行选择。

目前，回天地区越来越多的居民已经加入了骑行上班的队伍。据了解，2023年1月至11月，这条"自行车高速路"的日均通行量，已经达到了4000～9000人次。

"这条自行车道沿线还有服务区，临时停车、休息都很方便。我以前去健身房就很喜欢动感单车，现在上下班的路上就可以健身，可以说是通勤、锻炼两不误。"张女士这样说。

选择自行车出行获益的，不只是张女士这样的"骑行通勤族"。研究数据显示，作为一种零碳交通方式，和驾驶小汽车出行相比，每位骑行人每公里大约可以减少0.17千克二氧化碳排放，每多一名小汽车使用者选择自行车出行，每年就可以减少1吨左右的碳排量。这意味着，每位骑行参与者，从个体角度实现了碳中和的目标，从群体角度则是为首都的环境保护作出了贡献。

这条自行车专用路的西延工程2022年完工，道路穿过百旺公园到达京密引水渠绿道；东拓工程向东延伸至天通苑地区；南展工程向南延伸至西直门交通枢纽，2022年12月底南展一期工程基本实现贯通，市民可以沿上地东路、上地东二路、上地南路、信息路、中关村北大街骑行至北四环。

根据相关报告，这条自行车专用路南延至西直门桥后，预计将吸引大约30.6万人使用，大约3.14万人骑行通勤，约有3000人将会从原有的汽车等高碳出行方式转向稳定的骑行通勤。

转变——从机动车优先到慢行优先

《北京市2022年国民经济和社会发展统计公报》显示，截至2022年末，全市机动车保有量712.8万辆，位居全国之首。随着交通需求的持续增长和日趋旺盛，车路矛盾、道路超负荷运转、汽车尾气污染等问题越来越突出。

近年来，如何优化交通出行结构、均衡配置交通流量，成为交通规划和管理部门面临的新课题，"慢行优先、公交优先、绿色优先"逐渐成为北京城市交通发展的探索方向。

对于生活在北京的普通市民来说，"慢行优先"可能只是个耳熟能详的交通概念，但对于北京市交管局秩序处优化科科长李磊和他的同事来说，却意味着工作思路的彻底转变。

"以前，我们规划一条道路首先想的是满足机动车的通行需求，满足了机动车以后，看看路面上的资源还剩下什么，再来规划非机动车的通行空间。但是现在，我们的规划方式完全变了，现在是首先满足非机动车的需求，把机动车排在后面。"李磊这样描述自己工作的变化。

2023年初，位于东二环的朝阳门桥，成为当年北京交管部门在市区启动的第一个慢行系统改造项目。

朝阳门地区是北京知名的老牌商圈，桥区周边有外交部、中石化、中海油等国家部委和中央企业，还有回民小学、史家小学、北京二中等学校，再加上附近的悠唐生活广场、银河SOHO等商业和办公综合体，日常交通流量一直维持在高位。

市民赵先生说："我上下班都会走朝阳路，路过朝阳门桥，在中石化大楼南门那部分路段，经常要等好几个红绿灯才能过环岛，着急也没办法，反正就是按照机动车道的标线指引，慢慢开吧。"

但是，相比清晰的机动车引导标线，在朝阳门桥环岛内并没有一条连续、完整的非机动车引导标线，再加上自行车道通行空间狭窄，这里经常会出现非机动车、行人和机动车交织混行的情况。为此，交管部门启动了朝阳门桥慢行系统改造项目，通过增加非机动车通行空间、优化车辆通行流线、增设信号灯等方式，实现"行人优先、慢行优先"的目标。

北京市交管局秩序处优化科科长李磊介绍说："从规划方案来说，就是对非机动车采取左转绕环岛、直行出环岛的分道设置，并在左转环岛位置设置停止线等待区，在环岛的东北角和西北角削减一条机动车道，来增加非机动车的宽度。"每天上下班骑行经过这里的李女士感受更加直观，"我印象里，原来的自行车道也就3米宽，现在目测怎么也有5米，而且骑自行车过环岛，不管是直行还是拐弯儿，都有地上的标线提示，基本不会走错"。

据了解，仅在2022年，北京交管部门就通过局部道路优化改造，推动拓宽道路31条，增设调整维护标志、标线、隔离护栏等交通设施2万余处，动态治理堵点乱点191处，全市100多处路口通行秩序得到明显改善。

过去几年，秉承"慢行优先"的发展原则，北京交管部门先后完成了二环路辅路、京藏辅路、马家堡南延等一批慢行系统精品工程，非机动车通行的连续性、安全性、舒适性得到全面提升。

优化——慢行交通串联绿荫与河湖

3月的北京，在东城区广渠门内大街，机动车和非机动车的隔离带上，一棵棵国槐比肩而立。在广渠门附近居住的孙女士说："这些国槐都是最近两年才有的，以前这条路上没有成形的树荫，特别是夏天，没有阴凉遮挡，走在路上只能暴晒。"

北京市园林绿化局的曹睿介绍，以前这条路上的机动车和非机动车隔离带比较窄，严重限制了绿化树种的选择，"隔离带太窄，没办法种植高大的乔木，它的树根扎不下去，再一个它没有足够的营养面积"。

2020年，北京市园林绿化局和北京市交通委员会经过协调，对广渠门内大街的路面结构进行了调整，压缩了部分机动车道，为绿化带腾出来了更多的使用空间。"隔离带上种了200多株国槐，还有一些紫叶李，增加景观的丰富度。我们计划用3～5年时间，使这条道路慢行系统的林荫覆盖达到90%以上。"曹睿说。

被慢行交通系统串联起来的，不仅有绿荫，还有蜿蜒的河流。3月18日晚上，朝阳区亮马河两岸，灯光璀璨，人声鼎沸，亮马河游船旅游项目开启2023年首航。游船缓缓驶出燕莎码头,一路经过蓝色港湾、红领巾公园等商圈和景点。在亮马河两边的滨河步道上,许多市民沿河散步,享受着周末的惬意时光。

"太像电影里的感觉了!"游船上的市民李女士说,"我最喜欢的电影是"日落三部曲",其中有一幕,男女主人公在巴黎邂逅,坐游船穿行塞纳河,我当时还感慨,这么浪漫的场景要是能发生在北京该多好,没想到这么快就有了。"

朝阳文旅集团亮马河商业经济带建设负责人谢强介绍说:"乘船可以游览二十四桥十八景,亮马河将形成休闲生活、活力商业、文旅消费和艺术生活4个相互关联又各具特色的水岸商业片区。"

3年前,朝阳区正式启动亮马河四环以上段景观廊道建设工程,西起香河园路,经三里屯、左家庄、麦子店街道及朝阳公园,终点到东四环北路。

改造后的亮马河步行道(北京广播电视台供图　王任卫 摄)

2020年8月，四环以上段景观廊道全线对外开放，滨河公园连通周边23个居民小区，居民"推窗见绿、推门见景、沿河有荫"。

2023年6月，随着最后一个断点燕莎桥下滨水通道的打通，亮马河18公里滨水慢行系统全线贯通，成为"全市最高品质、最具活力、最具商业氛围"的滨水绿道。从东直门到红领巾湖，市民可以沿着步道一走到底，沿途尽览"一河两湖二十四桥十八景"。

正是通过对一座一座桥区的优化、对一个一个路标的完善、对一组一组信号灯的调整、对一条一条非机动车道的拓宽，北京慢行交通系统的品质逐步提升，市民参与慢行交通的体验越来越好，热情也越来越高。骑行爱好者孙先生说："每个周末，基本上都会和朋友约着骑单车逛京城。最近打卡比较多的，像长安街、二环里的胡同儿、首钢园，还有亦庄的凉水河，骑行是越来越方便。"

过去5年，北京优化提升慢行系统超过3200公里，骑行已经成为首都市民的新风尚。来自北京市交通委员会的数据显示，截至2022年底，北京步行和自行车出行比例达到49%，和2019年相比，自行车出行比例从12.1%提升到17.3%；步行出行比例从30.2%提升到31.7%。全市主干路和快速路辅路的断面中，接近1/5断面的非机动车流量超过每小时3000辆次。

北京市交通委员会荆禄波介绍："'十四五'时期重点是提升慢行品质，我们现在很注重城市的慢行系统和滨水巡河路，还有城市绿道、三网之间的融合。对城市慢行系统的治理，更倾向于在保证通勤功能的基础上，兼顾健身和休闲功能，目的就是保证市民的多样化出行需求。"

四、城市副中心："绿色、低碳、高效"的未来之城

北京城市副中心的"绿"是什么样的？是清晨在绿树成荫的城市绿心森林公园跑出一个"星"，是午后在洒满阳光的副中心图书馆里抬头见蓝

天，是黄昏上班族骑着单车穿行而过的绿道，是夜晚在璀璨灯火装点下静静流淌的运河。这是北京城市副中心的底色，也是北京城市副中心的未来。

建设北京城市副中心是习近平总书记亲自谋划、亲自推动的京津冀协同发展战略重要组成部分，是千年大计、国家大事。2016年5月27日，习近平总书记主持中央政治局会议时强调，牢固树立并贯彻落实创新、协调、绿色、开放、共享的发展理念，坚持世界眼光、国际标准、中国特色、高点定位，以创造历史、追求艺术的精神进行北京城市副中心的规划设计建设，构建蓝绿交织、清新明亮、水城共融、多组团集约紧凑发展的生态城

北京城市副中心水城共融、蓝绿交织，令人心旷神怡（北京日报社供图　潘之望　摄）

市布局，着力打造国际一流和谐宜居之都示范区、新型城镇化示范区、京津冀区域协同发展示范区。要建成绿色城市、森林城市、海绵城市、智慧城市。至此奏响了城市副中心这座千年之城的绿色发展序章。清华同衡规划设计研究院党总支副书记、副院长恽爽长期参与副中心的规划设计，她多年总结的心得概括起来就是："在规划设计上强调绿色生态引领，最终还是百姓的需求和感受来打分。不仅要让老百姓看得见，还要用得上，最终实现用得好。"与此相对应，整个城市也将成为一个健康的生命体，实现可持续发展。

出门见绿：副中心获评北京平原地区首个国家森林城市

土生土长的通州人白志海退休后喜欢上了摄影，他的朋友圈里有个连载叫"这里是通州"。2023年，北京的春天来得格外早，他的朋友圈里一派春色。照片取景地有的是大运河森林公园，有的是城市绿心森林公园，有的干脆就是家门口的口袋公园，共同点就是绿草如茵、花团锦簇。这些年他感触最深的是，随着生态环境质量的改善，在城市副中心随手可以拍出"大片"。天蓝水清的城市副中心，成了越来越多摄影爱好者心中的"网红打卡地"。

王女士是副中心的新市民，5年前搬到这里，到城市绿心森林公园过周末是他们家亲子活动的"固定项目"。说起频繁来这个公园的理由，她可以数出一大堆：离家不到10公里，不用门票，空气特别清新，上幼儿园的女儿喜欢在公园玩沙子，跑步比奥森人少……

和王女士有同样选择的市民越来越多。城市绿心森林公园规划建设面积约11.2平方公里，其中总绿化面积约7.39平方公里。北京北投生态环境公司总经理魏国说，根据监测，在夏天，公园的负氧离子基本在每立方米6000个，远远超过国际上对清新空气的相关标准。2019年开园以来，绿心公园累计接待游客超过600万人次，2023年春节假期每天平均1万人次。这里已经成为副中心居民休闲游玩、亲近自然的高频目的地。

小动物也青睐这处乐园。来自北京生物多样性保护研究中心的"调查小队"通过3年的实地考察监测，摸清了绿心的生物多样性本底。截至2021年底，监测到野生鸟类67种、兽类3种，其中国家重点保护动物10种，还记录到220多种植物。

城市绿心森林公园只是北京城市副中心大尺度绿化的一个缩影。2022年11月3日，国家林业和草原局正式授予副中心"国家森林城市"称号，副中心成为北京市第一个荣获"国家森林城市"荣誉的平原区。截至2021年底，副中心森林总面积45.42万亩，比创建初期增长17.3%；森林覆盖率33.43%，提高4.96%。公园绿地面积3331.35公顷，人均公园绿地面积18.11平方米，人均增长5.36平方米；城区公园绿地500米服务半径覆盖率达到87.33%，超过指标要求7.33个百分点；副中心居民每万人拥有绿道长度2公里，超过指标要求1.5公里。这一串串数字，生动诠释了"绿色"已经成为

船行大运河（白志海供图）

城市副中心最亮丽的底色，副中心正在"蓝绿交织、水城共融"的林海之间加速崛起。

建筑用绿：绿色建筑执行"两个100%"

在绿心公园西北角，城市副中心三大建筑已经整体亮相。被称为"森林书苑"的城市副中心图书馆穿上"新装"，276块超高玻璃幕墙安装到位。华东建筑设计研究总院绿色建筑咨询与研发中心副总监陈珏又去了一趟施工现场，看看她用5年时间打磨出的作品。

2018年，陈珏接到了城市副中心图书馆这个项目。为了实现"森林书苑"和"文化赤印"的设计理念，图书馆内部设计了一个挑空20米的中庭，3层的阅览空间全用玻璃围合，读者一抬头就能看到窗外的树木，仿佛置身森林一般。这个充满创意的构想，也成了设计师陈珏面临的最大难题：图书馆的玻璃幕墙面积非常大，又在北方，如何尽可能降低能耗，这在全国范围内都很少见。他们和幕墙团队经过反复实验和测算，最终选用了一种超厚玻璃做幕墙。陈珏说："一般的公共建筑玻璃只用3～4层，中间加一个空腔。我们为图书馆选用的玻璃达到7层，中间两个空腔，还在最外面贴了一种膜，在不遮挡可见光的情况下还能阻隔热量，降低室内外的热交换，基本能够实现和普通结构图书馆的能耗相当。"数据显示，未来城市副中心图书馆投入运营后，相比同类型公共建筑，全年可降低能耗8%左右。

能耗数据只是"表"，读者感受才是"里"。为了让表里如一，图书馆的绿色节能更关注阅读体验。图书馆屋顶宛如钢铁森林般的树状结构，配上126个花瓣造型的天窗，阳光可以从这里直接照进图书馆，极大地降低了建筑物日间照明所需用电量。陈珏说，天窗上配的变色玻璃能感应日光，根据日光的强度自动逐渐调节亮度，使读者在阅读过程中始终有柔和的光线。"这种变色玻璃是近几年才使用到建筑上的，但是这种异形窗上大面积使用的情况，在国内也是首次尝试。"

陈珏感慨，10多年前她刚入行时，绿色节能技术只是给建筑锦上添花，如今技术越来越成熟，使用的范围越来越广。地源热泵、光伏发电、BIM建模等绿色节能技术已经成为副中心建筑的标配。2021年5月起，副中心范围内全面执行"两个100%"，即新建民用建筑100%执行绿建二星级以上标准，新建大型公共建筑100%执行绿建三星级标准，成为国内首个大型公共建筑全面执行绿建三星级标准的地区。

缝补织绿："一轴一带"更新范例激发城市活力

北京城市副中心的建设，要构建"一带、一轴、多组团"的城市空间结构。"一带"是以大运河为骨架的生态文明带，"一轴"是沿六环路形成的创新发展轴，两者都是在城市更新的范畴内织补城市功能，其中有关绿色生态的内容占比极高。

老通州人提起曾经的运河，都是又爱又恨，大部分人把过去的运河形容为"臭水沟"。如今的运河早已水清岸绿，游船通航可直达河北，滨水步道从五河交汇处一直延伸到绿心公园。在清华同衡规划设计研究院北京城市副中心分院副院长于润东看来，滨水空间不应只是步道修到河边就算完成，而是让人能够留在河边。因此，他们尝试在地铁北运河西站边的西滨河路上"还路于绿"："我们把原来的双向四车道改成双向两车道，把退出来的28米道路变成了一个五六千平方米的绿色空间，增加绿化的同时再植入一点小的驿站和服务设施，使得原来非常单一的线性空间变成一个人能待得住的面状空间，周边也就活起来了。"

紧邻的地铁站周边环境也纳入了改造范围，原来露天杂乱的非机动停车场将被藏起来，顶部变身为城市阳台，打造人性化的绿色活力空间。人们走出地铁站就能步行来到这里，近可赏花观绿，远可眺望运河。

如果说运河滨水空间是在小修小补，六环高线公园绝对是个大工程。

副中心区域内的六环路分割了老城和新区,高架上大货车呼啸而过,东西向交通被阻隔。2019年,东六环改造工程正式启动,9.2公里的六环路通过隧道形式入地,地上原有的六环路及两侧绿色空间成为高线公园,宽度300～500米,并且贯通南北,形成约5.6平方公里的世界级城市公共活力空间,拥有完善的慢行系统。恽爽全程参与了六环高线公园的全球方案征集工作,她眼中的公共活力空间可不是简单的景观好,"如果只是一片大绿地,只有两边的高楼在视觉上受益,冬天很冷,夏天很晒,没人愿意来。

城市副中心运河CBD,蓝天白云下,两岸高楼林立,蓝绿交织(北京日报社供图 潘之望 摄)

我们希望打造的是功能复合、多元化的公共空间，让周边的居民都愿意来，就都能受益，这才能叫用得好"。

根据规划，六环高线公园将根据不同区域的功能定位错位匹配服务设施，分段成环。恽爽一口气举出了很多例子，"北侧有宋庄，我们可以配套创意工坊，副中心综合交通枢纽周边是商务人流、绿心三大建筑是文化设施，我们就可以错位配套一些高端体育设施，做到查缺补漏"。更重要的是，六环高线公园将有效缝合东西两侧的老城和新区，建成后还将带动周边发展。

产业促绿：以业兴城构建城市健康循环

2022年底，北京建筑设计研究院总部大楼在张家湾设计小镇破土动工，在这里，北京建院联手英国零碳工场建立了"零碳工场中国研究院"，将不断开展前瞻性、实践性的碳中和研究、咨询、设计和低碳类科技产品的开发和应用，主要涵盖标准制定、技术研发、国际合作、项目实践等方面的内容。

从过去的工业厂区变身为设计产业聚集地，绿色产业在张家湾设计小镇更新之初就一以贯之，而更新的过程同样遵循绿色原则。于润东说，张家湾地区的老厂房权属复杂，推倒重来虽然最高效，但造价太高。于是，规划团队选择了渐进式有机更新的方式，"我们先编制好一个城市更新的整体城市设计方案，再根据条件逐步推进，成熟一个地块儿就实施一个，这就是绿色可持续的"。2022年，这个项目从100多个报名项目中脱颖而出，获得了首届北京城市更新"最佳实践"案例奖。

可持续是一种方式，更是一种理念。在五河交汇处有一个源头岛，大片连绵的草地从通燕高速上看过去秀美无比，然而这里却无路可通、常年闲置，于润东和他的团队最近在做一件事就是激活源头岛。通过在通燕高速上方建造廊道的方式，源头岛可以和南侧的滨水空间相连，像奥森公园的南园北园一样成为整体，在岛上植入小型商业设施，就成了人们休闲的活力空间。前期投入不大，后期可持续运营，收入可以平衡运营成本。于润东把它叫作开源节流："如果花了很多钱实现一个特别棒的绿色建筑，表面上看起来是绿色的，但我觉得骨子里并不绿色，绿色应该是经济的、自洽的、健康的一种模式。"

于润东说："绿色的本质是可持续发展，是以人为本，人随产业而来。城市副中心运河商务区把财富管理、绿色金融、金融科技确定为三大功能定位。绿色金融研究院、绿色交易所、自愿碳减排交易中心陆续入驻。我们的城市不仅要漂亮，还要健康，这就需要产业的注入和人口的集聚，把漂亮的城市用起来，增强自身的造血功能和引擎动力才是可持续发展的源泉。"

在这样的理念下，人的生活方式也会跟着绿色起来。按照计划，城市绿心三大建筑在2023年底开门迎客，地下共享空间同步投入使用。于润东描述了这样一个场景：周末，一家三口坐地铁来到三大建筑，上午家长带着孩子去图书馆看会儿书，看累了可以到城市绿心森林公园的绿色空间漫步放松，下午去博物馆看看书里介绍的真正的文物长什么样，地下商业空间里相关的文化衍生内容琳琅满目，餐饮配套一应俱全，晚上再去剧院看一场文艺演出，这样绿色出行、文化体验、亲近自然和休闲消费融为一体，这就是属于我们的绿色生活。

五、让绿色低碳的种子在青少年心中开花结果

建设生态文明，关系人民福祉、关乎民族未来。近年来，绿色低碳、保护环境已经成为全社会共识。作为科学与人文相交融的教育路径，生态环境教育水平已成为衡量社会进步和民族文明程度的重要标志。如何在孩子们的心田里播下绿色低碳的种子，让这颗种子生根、发芽、开花、结果，成为一个重要的时代课题。北京生态环境教育工作者经年求

索，用扎实的实践、崭新的成果走出了一条具有首都特色的生态环境教育之路。

播种：讲台一小步　绿色大不同

习近平总书记指出，要抓住青少年价值观形成和确定的关键时期，引导青少年扣好人生第一粒扣子。北京环境教育通过生态专家进课堂、开展环保主题演讲、环保儿童艺术节等多种形式，让童心和环保"零距离"，将绿色环保的种子播撒到孩子们的心田。

"现在大家再去黄土高原，看到的是满眼的绿色。"2023年2月13日是春季学期开学第一天，中国科学院院士傅伯杰来到中国科学院附属实验学校，为同学们带来了一堂生动的生态环境教育课程。傅院士"坚守黄土四十年，荒山秃岭变绿海"的故事让同学们备受感动和鼓舞。初一年级的李沁泽感慨地说："看到黄土高原经过生态环境治理后，我才明白，如果没有了良好的生态环境，我们人类将无法生存，生态环境保护和我们每个人都息息相关。"

"人类如何真正把握自然和谐相处的平衡？""作为中学生可以做些什么保护生态环境呢？"面对同学们的疑问，傅院士笑着勉励大家说："作为学生，你们可以从身边的小事做起，比如承担起家中的垃圾分类工作，做生态环境保护的践行者；也可以通过自己的宣传，做生态环境教育的传播者；还可以监督社会中随便丢弃白色垃圾、浪费水电的行为，做生态环境保护的小卫士。"临别前，傅伯杰院士为孩子们写下寄语："愿你们像一颗颗种子，扎根沃土，努力生长，将来成为茁壮的参天大树，滋养一方天地，守护祖国碧水青山。"

"生态环境教育需要持之以恒、久久为功，我们的儿童环保活动坚持年年举办。"北京市生态环境保护宣传中心副主任龙艳介绍，过去27年里，全市累计4000多所学校、超过20万名学生参加过北京市中小学环保主题演讲

同学们在认真聆听环保思政课（中国科学院附属实验学校供图）

比赛；2017年起，生态环境教育进课堂活动线上线下累计走进全市各区500余所中小学校，千万余名师生和社会公众参与学习互动；已经连续举办7届的北京环保儿童艺术节将环保理念融入艺术生活，开展少儿环保主题才艺大赛、少儿环保创意美术大赛、少儿戏剧选拔大赛、原创环保儿童剧展演等多类艺术活动。"引导少年儿童说环保、唱环保、跳环保、画环保、演环保，让孩子们在自己感兴趣的才艺展示中，潜移默化地上一堂生动的环保课。"龙艳说。

生长：一条小手帕　传递绿色梦想

禾苗滋长，离不开雨露的滋润，绿色低碳种子的生长需要老师的精心呵护。教育者从育人的多角度、全方位呵护孩子成长，让绿色低碳之根发芽生长、枝繁叶茂。

"丢啊，丢啊，丢手绢……"天坛公园里，数十位学生和家长围坐一圈,玩着"丢手绢"游戏。这正是北京市第五中学自然之子环保社组织的"帕系自然"活动。高一年级的李睿涵以"手帕"为主题发表了演讲:"使用手帕其实是一种文明的进步。生产1吨纸,需要砍伐17棵十年生大树,现在中国1年消耗的一次性纸张约为440万吨,相当于要砍伐7400多万棵大树……"

社团辅导老师董雁曾获得生态环境部、中央文明办"最美生态环境志愿者"荣誉。自社团成立以来,董雁老师从培养学生讲师到推动"零碳"校园,一路坚持不懈,并鼓励同学们积极在学校、公园、社区等场所开展丰富多彩的绿色环保宣讲活动。

2021年,董雁作为综合实践活动课程的学科带头人轮岗到北京市第六十五中学,将"帕系自然"的项目分享给初一学生。孩子们联想到自己学校午餐吃饭使用的是一次性筷子,将放弃使用一次性筷子的建议汇报给学校领导,学校很快听取并采纳了学生们的建议,给每个学生都购买了一

参与可持续发展活动的青少年志愿者走进联合国大楼(北京日报社供图　阎彤　摄)

套可反复使用的便携式餐具。这让董雁看到了课程的效果:"环境保护教育可以塑造学生的人生观、价值观。我希望孩子们在青春期自我探索的阶段,不仅关注考试和分数,也能关注周边的环境,培养一种家国情怀和责任担当。"

开花:清水"流入"心田　天鹅"飞进"课堂

让每一位孩子平等享受优质教育资源,获得更多的学习机会,看到更广阔的世界,这是许多教育行业从业者的初心。北京不断深化环境教育,让绿色之花绽放得更加艳丽,馨香散发到更远的地方。

"快看,天鹅来了,这一群有15只呢!"密云区太师屯镇中心小学四年级的崔嘉研压着嗓门和同学们分享在清水河畔看到天鹅的喜悦,她红色马甲上的"生态使者团"字样格外显眼。原来,崔嘉研是学校"生态使者团护水小队"的一员。临近秋末,小队员们的工作也忙碌起来。

"天鹅是一种候鸟,每年天气转冷时会迁徙到南方过冬,天气转暖时再飞回北方,空气清新、水质清澈的清水河就是它们迁徙途中的中转站。希望您能文明观鸟、不乱丢垃圾,大家一起携手保护白天鹅……"队员们一边向游人宣传科普,一边发放"保护天鹅倡议书",顺手捡拾着河岸上的垃圾。2023年,学校的"生态使者团"还被评为北京市优秀环保公益组织,孩子们更有动力、更有干劲了。

清水河边,另一组小学生正拿着瓶瓶罐罐对河水进行随机采样,然后借助多参数水质分析仪对水质进行监测。六年级的赵研烁认真地说:"从我们的监测数据来看,清水河的溶解氧、氨氮、金属含量等指标非常好,适合水中藻类、鱼类的生长,同样也很适合天鹅栖息。"学校生态环保类活动负责老师任海鑫解释说:"这是我们学校的保留项目,清水河是密云水库的上游河流,近几年,湿地保护恢复工程启动,清水河的水质和生态环境得到明显改善。2017年,几位同学在清水河中发现了天鹅、野鸭等水鸟,学校就以此为切入点，引导学生开启了测量清水河的征程，孩子们化身为清水河的'小医生'，每学期定期监测河流水质。"

除了往年例行开展的生态环境调查、水质检测和生态环保志愿服务活动以外，学校还着力将生态文明思想从河边带到校园。太师屯镇中心小学校长郭春梅介绍，清水河及天鹅让生态环保理念在学校师生心中生根发芽，学校也通过多项举措，让生态文明思想更加深入人心。

目前，在密云区，水库、长城、山川都成为各学校开展生态文明教育的实践舞台，生态文明课程成为中小学标配，生态文明教育融入育人全过程。密云区教工委书记张文亮感慨地说："对密云师生来说，绿水青山就是我们最宝贵的教育资源，是取之不尽用之不竭的'金山银山'。"

结果：开启"零碳生活" 梦想不再遥远

十年树木，百年树人。在春天为少年种下的绿色种子，在秋天就会收获累累硕果。昔日的孩童如今长大成人，那颗埋在心中的种子早已生根发芽、茁壮成长，成为一棵传播绿色梦想的参天大树。

"他的死因是一氧化碳中毒，凶手就是他！"中国人民大学校园里，一场别开生面的"剧本杀"吸引了30多名同学的参与。剧本主创高嘉是2023年首都高校环境文化季执委会主席，也是人大青年志愿者协会环保项目部负责人。他和同学们用一个多月的时间创作了《环保大侦"碳"》剧本杀，将环保元素融入剧本推理之中，结合趣味闯关游戏，寓教于乐，"我们设计了五大关卡，比如你画我猜、环保擂台，内容都是和'双碳'有关的，最后一关是让同学们画出自己心中的绿水青山，引发大家对于环保的思考"。

在社团活动中，高嘉尽量在每个环节都融入绿色低碳理念："在写策划时，会首先思考怎样的活动形式是低碳的；在买物资时，会思考哪些物资是低碳的；在活动执行时，会思考哪种操作模式是低碳的。比如，关卡标志尽量都用废纸盒手工制作，给参赛同学们提供的'剧本线索'使用电子版，减少纸张利用，必须用的纸和颜料也特别选择了再生纸和环保颜料。"高嘉说，低碳环保已经成为自己组织社团活动最优先考虑的关键词之一。

活动结束，意犹未尽的"学生侦探"们赋诗一首："咏月林尽染，明德汇群贤。七队宏图展，五人斗志燃。解谜城市定，环保地球安。青年皆献力，双碳有何难？"

与高嘉一样，清华大学建筑学院学生王苏嘉也是一位"双碳"达人。"师傅您好，请把饭盛在我这个碗里。"和往常一样，王苏嘉拿着折叠饭盒在食堂打饭，然后买了第二天的早餐——新鲜面包，再放进硅胶材质的购物袋中，"这种材质比较好清洗，如果还想买点喝的，就倒进我这个保温杯里。"在王苏嘉的书包里，总是放着一只保温杯、折叠饭盒、便携式餐具、手帕和几个购物袋，足够支撑她在校园里的"零碳生活"。

王苏嘉回忆说，自己的环保之路从看古装电视剧时冒出的想法开始，

在学校举办的环保沙龙上，王苏嘉做环保主题发言（王苏嘉供图）

"我发现,古装剧之所以让人感觉布景精美,是因为没有垃圾桶,他们的东西都不是用后即弃的一次性产品"。从那之后,王苏嘉从关注"美"的人变成关注"环保"的人,并开始尝试"零碳生活":"比如买菜,我会先列好清单,然后选择合适的容器,买鸡蛋我就带上之前留下的鸡蛋纸盒,买肉我就拿一个密封的塑料盒。我用一个App把自己所有的衣服都记录下,要买一件衣服前,先试试能搭配几套,如果能搭配出三四套再考虑购买。"如今,她作为清华大学绿色协会副会长,热衷于向同学们传播环保理念:"环保需要各行各业的人共同努力,比如我是个建筑设计师,如果大家在学生阶段就有这方面的思考,将来就可能在各个行业中设计出更环保的行业规范和工作方式。"

近年来,北京加大生态环境治理力度,空气质量持续改善,生态环境稳步向好,人民群众的幸福感显著提升。北京生态环境教育也润物无声,从一粒种子到一片森林,带动越来越多的人践行环保理念。北京市生态环境保护宣传中心副主任龙艳说:"青少年是未来,是希望,要通过各种活动,让孩子们认识到生态环境保护的重要意义,更重要的是以'小手'拉动'大手'、以'小行动'汇聚'大能量',带动更多的家庭,让更多的社会公众养成简约适度、绿色低碳、文明健康的生活习惯,让绿色果实结满环境保护之树,让新的种子生根发芽,逐步成长为建设生态文明和美丽中国的中坚力量。"

【数说·新时代新北京】

2012—2021年，北京市地区生产总值从1.9万亿元增长到超过4万亿元，但能源消费总量仅仅从6564万吨标煤增长到2021年的7104万吨标煤，以年均0.88%的较低能耗增速支撑了年均6.4%的经济增长。2022年，北京万元地区生产总值能耗降幅位列全国第一，万元GDP碳排放量保持在全国最优水平。

绿色出行方面，过去5年，北京优化提升"慢行系统"超过3200公里，骑行已经成为首都市民新风尚。截至2022年底，北京步行和自行车出行比例达到49%，与2019年相比，自行车出行比例从12.1%提升到17.3%；步行出行比例从30.2%提升到31.7%。

生物多样性保护方面，2013年以来，北京结合造林绿化工程在全市建设生物多样性保育小区295处、小微湿地491处，为野生动物营造了更广阔的栖息空间。截至2022年底，全市已经建成79处自然保护地，使全市90%以上重点保护野生动植物及栖息地得到有效保护。

2020—2022年，北京生物多样性阶段性调查实地记录各类物种6408种。2023年，全市已发现陆生野生脊椎动物608种，其中128种属于国家重点保护野生动物；发现高等植物2088种，其中15种属于国家重点保护野生植物。北京正在向"生物多样性之都"迈进。

第六章
新时代北京的"精气神"

中国式现代化是物质文明和精神文明相协调的现代化。物质富足、精神富有是社会主义现代化的根本要求。物质贫困不是社会主义，精神贫乏也不是社会主义。

——2022年10月16日，习近平总书记在中国共产党第二十次全国代表大会上的报告中国式现代化是物质文明和精神文明相协调的现代化，物质生活翻天覆地，精神文明也应"水涨船高"。今天的中国，正处于实现中华民族伟大复兴进程的关键阶段，全面建设社会主义现代化国家，比以往任何时候都更加需要价值的引领、文化的滋养、精神的支撑。北京作为首都，与党和国家的使命紧密相连，有责任有条件在全面建设社会主义现代化国家新征程上一马当先、走在前列。与此同时，北京作为全国政治中心、文化中心、国际交往中心、科技创新中心，对内寄托人民希望，对外代表国家形象，是展现当代中国精神风貌的重要窗口。光荣的历史传承，特殊的职责使命，无不要求北京引领风气之先，进一步推动精神文明建设工作提质升级增效，激发干部群众精气神，改善城乡环境面貌，形成文明和谐社会风气，提高人民群众生活质量，为推动现代化建设凝聚强大精神力量。

"实现民族复兴，既需要强大的物质力量，也需要强大的精神力量。"党的十八大以来，以习近平同志为核心的党中央高度重视精神文明建设工作，不断将精神文明建设推向更高水平。沿着习近平总书记指引的方向，北京全市上下团结一心、奋发进取，扎实推进精神文明建设，交出了一份"高分成绩单"：制定实施《北京市文明行为促进条例》，进一步夯实市民的法治与规则意识；不断拓展"光盘行动""文明观演""空调调高一度""垃圾分类""礼让斑马线"等系列公共文明建设活动，将文明理念深度融入市民生活；持续打造"北京榜样"金字品牌、擦亮志愿服务"金名片"，通过榜样示范、文明引导，不断提高城市文明程度和市民文明素养；以绣花功夫、烹小鲜态度提升人居环境，使文明创建积极融入城市治理……坚强的领导，扎实的行动，在北京，文明新风拂面来，幸福底色润人心。

从善如登。提升社会文明程度殊为不易、难以速成，尤须找准方法、久久为功。梳理近些年来首都文明实践，"党建引领、全员参与"是鲜明特色。新起点上再向前，北京市始终坚持用社会主义核心价值观铸魂育人，统筹推动文明培育、文明实践、文明创建，推进城乡精神文明建设融合发展；坚持不懈提升市民素质，巩固壮大首都志愿者队伍，倡导文明健康生活理念，以更广泛的文明实践引领风尚；坚持问题导向，抓好顽症治理，多办群众有感受度的实事，以全国文明城区创建实效利民惠民，展现首都现代化城市品质的崭新风貌。城市文明归根结底是人的文明，广大市民既是文明成果的受益者和共享者，也是文明城市的倡导者和践行者。上下协同、群策群力，不断刷新北京文明风气，定能为全国精神文明建设创造更多宝贵的"首都经验"。

　　树高千尺有根，水流万里有源。物质文明是基础，能够为精神文明提供物质条件；而精神文明也将为物质文明提供思想保证、精神动力和智力支持。树牢首善文明旗帜，汇聚共建共享合力，于点滴中提升城市"幸福指数""文明指数"，持续推进社会风气和道德风尚首善之城建设，新时代首都高质量发展就有源源不断的精神动能。

第一节　榜样力量激发立德向善风气

"伟大时代呼唤伟大精神，崇高事业需要榜样引领。"党的十八大以来，习近平总书记高度重视弘扬榜样力量，旨在在全社会范围内强化示范带头作用，形成共生效应。"一人兴善，万人可激。"榜样是看得见的哲理，也是中华优秀传统文化、传统美德赓续的代表。面对种种突发情况和自然灾害，榜样人物挺身而出，以平凡之躯行英雄之事，书写了可歌可颂的精神篇章，树立起可学可信的身边榜样。从一个人到一群人，从一群人到一座城，榜样的力量在大街小巷中薪火相传，生生不息，让北京这座千年古都焕发出

榜样人物集体亮相（北京日报社供图　方非　摄）

更加蓬勃的时代活力。

2014年,由北京市委宣传部、首都文明办主办的大型人物评选活动——"北京榜样"开启。以社会主义核心价值体系建设为根本,这场"全民选秀"选的不是明星,而是"榜样"。截至2023年初,"北京榜样"评选已经涉及46万人,层层遴选进入市级"榜样库"的榜样候选人接近1.6万人。"北京榜样"评选活动不仅为北京市树立起一大批先进典型,更带动了崇德向善、积极向上的社会之风。

一、科研创新模范:心系祖国彰大义

在科技兴国的路上,许多榜样人物正在以身践行着"强国有我"的铮铮誓言。他们之中,有攻坚克难,为制造业培育新人的"首钢工匠"徐厚军;有矢志创新,将钻探新技术应用于矿山救援的杜兵建;有用科

2019年"北京榜样"优秀群体获"时代楷模"称号(首都文明办供图)

技赋能冬奥,为国出征的北体战队……号角已经吹响,脚下是科技强国之路,被评为"北京榜样"的科技工作者们,在各自的专业领域奋发图强,完成了许多世界级的科研创新之举。

徐厚军:我有一个梦想

36岁的徐厚军,是首钢智新迁安电磁材料有限公司二作业区轧机主操。日常工作时,他身着工服、安全帽下戴着一副框架眼镜,朴实的外表让人很难看出,年纪轻轻的他就已经是首钢电工钢轧制领域的创新领军人物。工作13年来,他参与20多个电工钢品种的试制,其中两款全球首发填补了国内空白,年创效益2000万元以上。

首钢搬迁后,迈出了钢铁产品结构调整的历史性一步,开启了从生产传统钢材到生产高端板材的新阶段。首钢将目光瞄准了硅钢这种先进的软磁功能材料,力求实现首钢硅钢产品"零"的突破。2010年从北京科技大学毕业后,徐厚军进入首钢智新迁安电磁材料有限公司工作。刚刚走上工作岗位的徐厚军一进入硅钢项目筹备组,就遇到了难啃的硬骨头。

硅钢被业内人士誉为"工艺品",生产工艺复杂,工序控制精度严、成本高、难度大、成材率低。为了生产这种高端产品,首钢一次性从国外采购了3台专门用于制造硅钢的精密设备——二十辊森吉米尔轧机。轧机虽然进厂了,但设备该如何操作、机器该怎么运转却难住了所有人。原来,生产高端硅钢产品的技术被国外作为机密严格封锁,外方派来人员只进行简单的技术指导,没有人知道应该怎样运用设备生产高端品种钢,甚至轧机还经常出现"断带"的现象。"我们就像是连方向盘都没摸过的新手司机,拿到了一辆根本不知道该怎么开的新车。"尽管只是一名操作工,这些问题也都被徐厚军看在眼中、急在心中。

年轻的徐厚军凭借着一股不服输的劲头,开始了科技攻关的漫漫征程。一天深夜,徐厚军所在班组结束了当天的生产任务,尽管身体有些疲惫,但徐厚军的大脑却异常活跃：上一个方案经过试验失败了，我们要不要再从另一个角度尝试一下？徐厚军的建议得到了班组工友的响应。轧机再次运转起来，直到清晨的阳光洒满整个厂区。就这样夜以继日地不断试验，历经3年反复尝试，首钢的硅钢产品终于迈进了世界一流的行列。

徐厚军的工作岗位是轧机主操，通俗地说，就是通过操纵设备，把钢块擀压成薄片。二十辊轧机轧制的产品，原本的极限厚度是0.17毫米，而徐厚军则成功轧制出了厚度仅有0.15毫米的产品，这让他格外有成就感。"在看似平凡的岗位上做到极致，就能成为这个行业的专家。"作为新时代的技术工人，徐厚军对新设备、新技术的运用有着无限的热情。他把每一次试验的参数和结果都详细地记录下来，不断钻研分析，逐渐掌握了稳定轧制的秘诀。通过自主创新研发，徐厚军先后参与20多个新产品试制，掌握一套完整的硅钢产品试制方法，应用此方法实现多个高端品种一次试制成功。

徐厚军说，他有一个梦想，就是将自己的职业发展与中国钢铁绿色、低碳、智能的高质量发展紧密相连，为打造世界顶级电工钢产品、建设世界电工钢示范工厂贡献青春力量。他负责组建起"8020青年创新工作站"，将"80后"青年技术骨干聚集在一起，共同钻研行业前沿性、关键技术，不断壮大人才队伍。2023年初，工作站已形成12项攻关成果，并培养了20名轧机主操，5名成员晋升首席技师，6人晋升高级技师，9人晋升技师，12人晋升轧制工程师，他们都成为所在岗位的技术能手和技术骨干。

扎根基层，争当先锋。徐厚军将个人的职业发展融入企业的高质量发展，勤于思索，勇于创新，为中国高端电工钢的行业发展贡献了青春与热血。

杜兵建：托起生命的希望

2021年1月10日下午2点，山东五彩龙投资有限公司栖霞笏山金矿井下240米处发生爆炸事故，22人被困井下600多米处，生命危在旦夕，救援行动必须争分夺秒。

国家矿山（隧道）应急救援中煤特勘中心首席专家杜兵建，担任钻孔救援总指挥。然而救援现场情况十分复杂，已经7天7夜，生命通道仍未打通。

时间一分一秒地过去，井下人员的状况十分危险。当3号救生钻孔钻进至520米时，杜兵建根据钻杆钻进的加压力度和钻具提升所产生的摩阻力，判断出钻孔已经打偏，如果继续钻进，将会成为废孔。他当机立断，建议立即停钻测斜。经过和救援队大地特勘队定向技术团队商讨，最后采用螺旋形纠偏方法挽救了这口钻孔。又历经一个日夜，钻孔准确及时透巷，终于打通生命通道，提前了与井下被困人员取得联系的时间，成为第一个施工成功的生命保障孔，为11名矿工最终成功获救奠定了基础。

人民至上！生命至上！杜兵建从事应急救援18年来，先后参与大大小小矿难营救20余次，营救出百余名遇险矿工，用实际行动谱写了一曲曲生命赞歌。

2004年4月，在郑煤集团超化煤矿井下透水事故救援中，12名矿工在井下被困109小时后全部获救生还，创造了我国煤矿抢险救灾史上的奇迹。

2015年12月，在山东平邑石膏矿坍塌事故救援中，杜兵建指挥救援队员探查到井下4名被困矿工的信息。在投送食物的管口被不断上升的矿井水淹没时，他果断作出更换井位的决定，历时48小时打通新的生命保障孔。在距离透巷不到50米时突然出现井壁垮塌埋钻事故，杜兵建通过电话安抚惊恐的被困人员，并用手机把救援情况录制成视频传给他们，重燃他们的求生意志。他带领专家队伍分析井下灾情，大胆采用气举反循环工艺在大孔径救生钻孔中处理埋钻事故的实施方案，这是我国矿山救援史上的首例。历经36个昼夜，4名矿工被成功救出。

一次次救援成功，一回回托举起生命的希望。在这背后，是杜兵建对新知识、新技术始终如一的探索。十几年来，他发表专业论文16篇，参与和主持科研项目11项,将多项钻探新技术、新工艺应用于矿山抢险救援。

杜兵建指导和带出了10多名生产一线的技术骨干。他主持的"重大矿山事故钻孔救援关键技术及配套装备应用研究"项目,获原国家安全生产监督管理总局颁发的第六届安全生产科技成果二等奖。他带领技术团队研究出的"煤矿煤层底板加固"的矿区区域治理技术和"大孔径排水孔、投料孔"的工艺技术一直被应用于矿山应急救援的生命探查和生命救援孔的施工实践。

杜兵建说:"作为一名矿山救援的老兵,我觉得责任重大,我要为我们团队的年轻人做出榜样,为他们传授技术,带好每一个徒弟,让更多的年轻人快速成长,时刻听从祖国和人民的召唤,救援生命!强国有我!"

北体战队:科技战冬奥

2022年2月15日,北京冬奥会单板滑雪迎来男子大跳台决赛,苏翊鸣凭借总分182.50的高分获得金牌。这是中国首次夺得该项目的冬奥会金牌。苏翊鸣也成为中国冬奥会历史上最年轻的冠军。

苏翊鸣自幼喜爱滑雪,凭借出色的滑雪技能,年幼的他在电影《智取威虎山》中饰演了"小栓子"一角。2018年6月,14岁的苏翊鸣通过跨界跨项选材,进入国家单板滑雪集训队,正式成为一名职业运动员。

同样通过跨界跨项选拔活动参加北京冬奥会的还有中国钢架雪车队员殷正。殷正原本是北京体育大学的一名短跑专项生。2017年,殷正凭借出色的爆发力和短距离冲刺能力如愿入选钢架雪车国家队。在北京冬奥会男子钢架雪车比赛中,殷正以总用时4分12秒13的成绩获得第五名,并在第一轮创造了4秒60的赛道出发纪录。最后一轮中,他再次展现强大的出发速度,以4秒58刷新了一天前创下的出发纪录,体现了年轻的中国钢架雪车队员的出色能力。

北京2022年冬奥会,中国代表团金牌榜位列第三,不仅创造了我国冬奥会历史上的最佳战绩，也完成了7个大项15个分项的"全项目参赛"任务。中国代表团取得多项历史性突破的背后，国家体育总局跨界跨项选材方案功不可没。早在备战之初，北京体育大学就按照国家体育总局部署，作为排头兵开拓创新，全面推进深入开展跨界跨项人才选拔、培养、测试及科研保障等相关工作。

北京体育大学中国运动与健康研究院副院长张一民说，从1992年我国体育界开始建立青少年选材体系，他就接触了体育领域的选材工作。2008年北京奥运会时，他也参与了科技部组织的奥运优秀运动员科学选材。备战北京2022年冬奥会期间，张一民再次加入跨界跨项选材的工作中。在体教融合的趋势下，普通孩子中也可能出现高手，跨界跨项选材为我国的运动人才储备提供了巨大的空间。

冬奥会申办成功之后，北京体育大学牵头承担了"冬季项目运动员专项能力特征和科学选材关键技术的研究"任务，应用人工智能技术实现了运动员技术战术数据实时反馈与评价，以集成创新为依托，创建以体能为核心、以冠军模型为目标、以智能和大数据等技术为手段的冬季项目运动员选拔、培养和训练监控方法体系。

"科技助训"是北京冬奥备战周期的一大亮点。在短道速滑2000米混合团体接力决赛中，由北体大冠军班学生武大靖、任子威、曲春雨、范可新、张雨婷组成的"冠军之师"不负众望，以2分37秒348的成绩取得北京冬奥会中国体育代表团首枚金牌。在赛后接受采访时，范可新说，短道速滑是中国体育代表团的传统优势项目，但是受疫情延宕等客观因素影响，在冬奥备战的关键期，中国各项目国家队均未能参加2020—2021赛季的多数国际赛事。因此，高质量的训练与内部测试赛成为包括短道速滑队在内中国各支冬奥国家队的重中之重。范可新的一席话，道出了"科技助力奥运"的秘密。自2020年起，短道速滑国家集训队在北京体育大学二七国家冰雪运动训练科研基地展开长期驻训，基地提供了包含冰面场地、训练测试、科研、康复恢复、营养指导在内的全方面服务保障,为冰雪健儿保驾护航。

在北京2022年冬奥会上,中国冰雪健儿收获9金4银2铜,其中由北京体育大学师生、校友组成的北体战队收获5金2银1铜。他们以精彩的表现,交出了"使命在肩、奋斗有我"的优异答卷。

二、爱岗敬业模范:恪尽职守敢担当

"心心在一艺,其艺必工;心心在一职,其职必举。"一丝不苟、精益求精是爱岗敬业精神的内核,要当好新时代高质量发展之路的基石,就需要练就过硬的本领。不论是献身青少年戏剧教育的教师丛君敬,还是热爱本职岗位、坚持传播交通文明的交警敖翔,榜样人物爱岗敬业、兢兢业业,以脚步丈量责任,用实干诠释担当,以实际行动践行"俯首甘为孺子牛"的为人民服务精神,赢得了北京市民的一致认可。他们干一行、爱一行,钻一行、专一行,在平凡的岗位上默默奉献,把人民放在心尖儿上,全力以赴解决他们的急难愁盼之事。

丛君敬:以美育人

2021年,建党百年的献礼之作——舞台剧《少年曹火星》在房山区霞云岭党旗广场上演。当观众掌声响起的那一刻,戏剧教师丛君敬无比激动。作为房山区教育系统当时唯一的一名专业戏剧教师,丛君敬十几年来坚持在学校开展戏剧教育,用戏剧的方式在孩子们心中播撒下爱的种子。

丛君敬与房山的缘分还要从大学期间说起。那时她在房山区霞云岭支教,条件艰苦、交通不便,遇到极端恶劣天气,孩子们要花2个多小时才能走到学校。然而这些困难都没有影响孩子们来上丛老师的艺术课。支教结束后,孩子们围着她问:"老师,您还会再来吗?"看着孩子们渴望的眼神,丛君敬也恳切地回答:"会,老师要留下来陪你们一起成长。"大学毕业后，丛君敬放弃了很多不错的工作机会，来到艺术教育资源和专业教师匮乏的远郊区，成为一名戏剧教师。

戏剧教育不仅能培养孩子的自信，更能激发创作潜力，是一种润物细无声的教育方式。然而在十几年前的房山，开展戏剧教育就像是平地起高楼。山里的孩子们不要说表演戏剧，连当众介绍自己都非常羞怯。丛君敬试着通过编故事的方式让孩子们喜欢上表达，将一个个拗口的绕口令、略显晦涩的古诗词变成了孩子们口中动听的歌谣。生动有趣的授课模式，让丛君敬走进了孩子们的内心。她很快和孩子们成了朋友，这也给了她不断向前的力量。

2015年，丛君敬计划以校园文化理念创作舞台剧《友爱之泉》，但学校经费有限、学生基础不够，从专家团队组建、管理到舞台、剧场、舞美等各环节对接协调都只能由丛君敬一个人完成。那时的丛君敬已经怀孕，为了不影响上课和排练进度，她隐瞒了自己的身体状况。丛君敬白天给学生上课，晚上和团队老师商讨剧本常常到深夜，直到孩子出生前两天都依然坚持在排练场。产后刚出月子，她就开始积极对接演出事宜。最终，演出顺利举行，赢得行业专家的高度认可。

房山是革命老区，有着丰富的红色资源。在进行戏剧教育普及的过程中，丛君敬试图创新教学形式，把红色教育融入戏剧课堂。她带领学生收集材料、创编剧本，形成创、编、排、演一体化的新模式，把课堂搬到了红色基地。在《少年曹火星》的排练过程中，为了让扮演曹火星的赵旭泽同学找到人物角色的感觉，丛君敬先后10多次带领孩子们到歌曲的诞生地房山区堂上村去采访老支书，深入老乡家调研挖掘一手材料。多年来，丛君敬与同事创排原创红色作品40多部，并且把这些红色故事带到国家大剧院的舞台上，通过中央电视台带给了全国的小朋友。越来越多的山里娃加入义务志愿团队成为红色基地的讲解员，他们用稚嫩的声音生动地呈现了一个个革命英雄事迹。

看着孩子们天真灵动的眼神，丛君敬时常思考该为学生们做些什么。思来想去，她认为要想解决孩子的问题，还是应该从老师着手。十几年来，丛君敬在房山区开设戏剧教师培训班，成立了戏剧团、朗诵团等教师艺术团队，并辅助教师在各自学校组建起了200余个学生戏剧社、朗诵社，有效发挥了艺术教育在学生全面素质培养提升中的积极作用。如今，房山区教育系统内戏剧表演类艺术社团已达几百个。通过学习戏剧表演，孩子们开阔了视野、增长了见识，激发了学习兴趣，综合素养得到提升。

回首丛君敬在房山区任职戏剧教师的13年，是她青春洋溢的13年，也是她艰苦奋斗的13年。她把最美好的青春留在了房山，把深厚的爱给了孩子们，投身教育事业，创新教育方式，丛君敬一直在路上。

敖翔：守护城市的温度

在北京公安交管局有这样一位民警，他以丰富的执法经验和诙谐幽默的执法语言，让涉事司机知错而改、心服口服；他"因材施教、因地制宜"的执法风格，备受网友称赞；从斑马线到红绿灯，他用实际行动展现出了一名首都交警暖心为民的深深情怀。他就是公安交管局朝阳支队亚运村大队警长敖翔。

2008年7月从警以来，敖翔始终扎根公安交通管理第一线，圆满完成2008年北京奥运会、庆祝中华人民共和国成立70周年大会、庆祝中国共产党成立100周年大会、2022年北京冬奥会等历次重大活动服务保障任务。

2008年7月北京奥运会召开前夕，刚参加工作的敖翔被安排到任务较重的民族园路口执勤。面对流量巨大的24小时值守路口，他顶着炎炎烈日，熟练掌握了禁限车种和绕行路线。然而，奥运会开幕在即，他却因连日劳累生病住院，与北京奥运会擦肩而过。

像是为了弥补他缺席"奥运"的遗憾，北京冬奥会又给了他参与的机会。开幕在即，敖翔接到了冬奥警车带道队封闭工作的调令，负责残奥会主席团的带道工作。带道工作不仅要有丰富的路线储备以及处突能力,更要保持车辆行驶状态良好。为了确保万无一失,敖翔车组每次出行前都反复熟悉流程、细致沟通细节、认真检查车辆。特别是针对延庆和张家口赛区两条较远路线,他还提前联系属地民警沟通路线注意事项。在一次带道工作中,敖翔与另外两名民警和一名引导员必须要按照预定时间带领主席团车辆从机场前往酒店,早到或者晚到都是重大失误。在车队准备驶出机场高速路进入五环路时,敖翔需要从最左侧的奥运车道准备向右变更车道。此时由于前方有突发情况,机场高速右边车道的社会车辆突然行驶缓慢,原本一路畅通的路况在快到出口时变成了严重拥堵。敖翔一边降低车速继续前进,一边观察接应民警的位置。临近高速出口时,他终于看到身穿风雨衣的民警正在控制社会车辆,车队也顺利驶出机场高速。按照预定时间把主席团车队带到酒店后,敖翔才发现,由于高度紧张,自己夹克里面的衣服都被汗湿透了。2022年2月26日到3月14日,敖翔与搭档共为北京冬残奥会主席团保障带道50余次,行程1300余公里,实现了零差错的工作目标。敖翔车组在一次次高规格带道勤务后,得到了各级领导以及外宾的高度赞扬。

在日常工作中,敖翔又是一个有温度的基层执法者,用他的幽默和智慧普及交通法规、维护交通秩序。2016年,敖翔在北京电视台《红绿灯》的一期节目中,因机智拆穿"老司机"谎言的视频燃爆网络。他以素质过硬、经验丰富的执法能力和诙谐幽默、机智灵活的执法语言,层层抽丝剥茧让涉事司机认罪服法、甘愿受罚。

"网红"多年"不翻车"的背后,是他过硬素质能力的体现。敖翔所在的执法小分队,承担着大队大部分的路面执法工作。在常年与饮酒司机的较量中,他细致琢磨违法者的微表情和心理状态,用心感受对方的情绪变化,积累了大量执法经验。与此同时,在大量醉驾案中现场伤亡的惨烈、醉驾司机的悔恨、亲属们的痛心始终萦绕在他脑海,使他心情难以平复。

敖翔在五环路上夜查，整顿大货车（敖翔供图　何建良　摄）

他深知，实现道路交通安全不仅要堵更要疏，教育和处罚同样重要。于是，借助自己在网络上的知名度和网友群众对他的认可，他主动向大队党支部请缨，邀请多家媒体合作，多次进行夜查酒驾的视频直播，尽可能多地为群众展示最真实的一线执法视频，用最直接的画面告诫存有侥幸心理的驾驶员酒驾醉驾的严重后果。2016年以来，他共开展了夜查现场直播30余次，参与开展交通安全宣教近20次，引起观众广泛共鸣。网友们说他话说得"在理儿""靠谱""听着就觉得舒服""我爸我妈就认他"，产生了良好的宣教效果。

金杯银杯不如老百姓的口碑，赞扬的背后是将警察形象立在百姓心中，用一颗诚心换真心。在路上，敖翔曾经热情帮助受困司机更换轮胎，倾情服务高考考生解燃眉之急，爱心护送危重病人及时赶到医院紧急救治……路上的难事得管得帮，社区的难事他也乐意"搭把手儿"。敖翔在走访群众时了解到，北苑家园社区住户集中，停车难问题难以解决，小区内乱停车造成拥堵带来出行不便。他利用公休日自带皮尺走进社区量路、量车、量空间，对社区路况调查研究，到物业公司和居委会了解情况，重新优化设计微循环路线，画线、码桶、设标志，对可用空地提出合理性规划，协助物业新增停车泊位百余个。

执法中，敖翔尽职尽责；普法上，敖翔尽心尽力。15年里，敖翔用热血和责任践行着从警的初心，为这座城市增添了一份温暖。

高巍：科普是医生用另外的途径救人

无独有偶，同样走上"北京榜样"颁奖台的，还有"网红"医生高巍。穿上白大褂、拿起听诊器，他是一名急诊科医生，和时间赛跑，救死扶伤；脱下白大褂、拿起手机，他是一名医学科普博主，为健康护航，大爱无疆。

高巍是北京大学第一医院密云医院急诊外科医师。2017年在急诊工作之余，他创立了名为"医路向前巍子"的自媒体账号，为公众科普疾病和急救知识。

一开始，高巍并不知道怎么写才受欢迎，只能翻翻书本，写出来的科普文章干巴巴的，阅读量只有几十。经过摸索，高巍尝试将急救知识和故事结合起来，文章的阅读量也从几百涨到几千、几万、几十万、几千万，其中一篇记录急救经历的原创文章甚至获得了过亿的阅读量。

除了文章，高巍还利用直播、视频等方式进行科普。从儿童异物卡喉咙的急救方法到缓解腰部疼痛的小妙招，这些与日常生活密切相关的小知识，高巍都能在视频中娓娓道来，而用户也会留言自己的健康困惑。"看了巍子的文章和视频可以救命。"这是很多网友发出的感慨。据可查的数据显示，截至2023年11月，高巍的科普已经间接挽救了230余条生命。

"原来科普是医生用另外的途径救人。我做急诊大夫和医学科普都是给老百姓做的，是讲给老百姓听的。让老百姓真正受益，是我的目的。"高巍说。

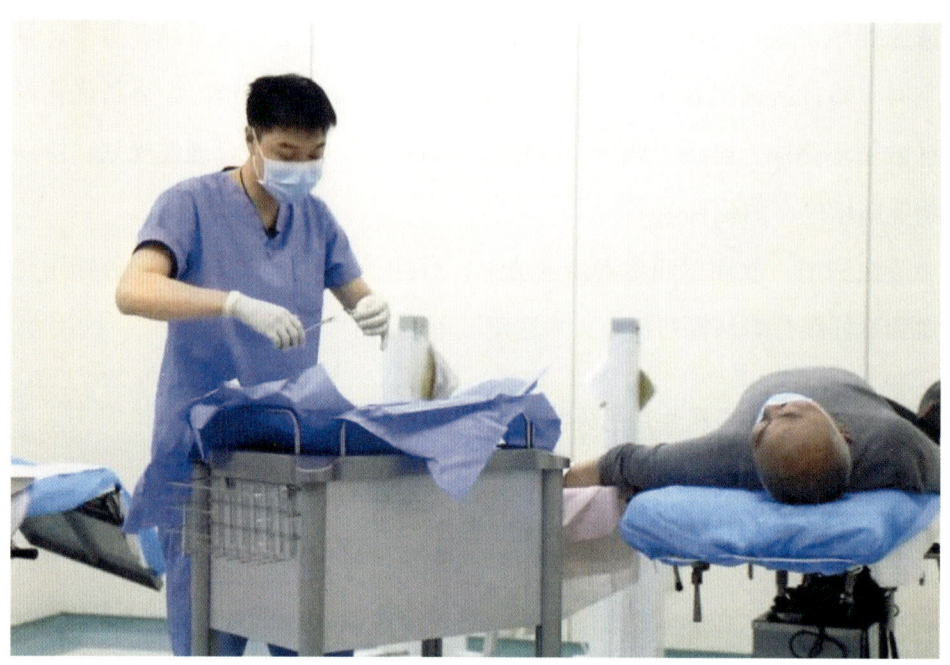

高巍在急诊室工作（北京广播电视台供图）

在急诊一线救助人和用视频科普的方式帮助人，两者最大的区别是什么？"一个是挽救于危难之际，一个是防患于未然。"高巍给出这样的答案。近几年，高巍组织的"医路向前"公益培训团队做了300余场公益的急救宣讲，全网粉丝累计达到3000余万，网络文章、视频、直播等内容在全网总点击量达200亿。

"做有情怀的医生，写有温度的科普"，这是在一个短视频平台上，高巍写下的简介。下一步，高巍还想积极响应国家乡村振兴的号召，通过下乡问诊，把医学科普推向更广大的农村基层，从而帮助更多的人。

三、优秀道德楷模：善行义举暖人心

几十万榜样人物之中，有舍己救人的英雄，有助人为乐的模范，有自觉承担社会责任的楷模。无论从事的职业多么平凡，他们都无一例外地以

身践行着社会主义核心价值观，成为我们生活中最平凡却也最闪亮的榜样。从评选之初，"北京榜样"就明确要以社会主义核心价值体系建设为根本，广泛推举和宣传群众身边敬业奉献、热心公益、助人为乐、见义勇为、诚实守信、孝老爱亲、勤俭节约、自强不息的榜样。随着时代的发展，践行社会主义核心价值观的榜样人物也有了更多的时代色彩。王龙、宋薛礼、张旭、周宏勃……就是他们的代表。十年间，上过"北京榜样"榜单的，不乏大家赞誉有加的知名人物，但更多的是普通的工人、农民、参加首都建设的新北京市民。普通市民，占到"北京榜样"群体的90%以上。这些平凡的北京市民，以实际行动践行社会主义核心价值观，在全社会范围内形成了崇德向善的浓厚氛围。或许在千万人中，他们很平常，但这座古都，因为他们而充满爱与温暖。

见义勇为的王龙

2022年6月3日，端午节。北京石景山区冬奥公园永定河边，上演了惊人的一幕——两个孩子被湍急的河水卷走。一名带着孩子来公园玩耍的男子路过这里，把自己的孩子交给岸边一位游客，二话不说跳入水中救人……

这位男子名叫王龙，是一名房产中介公司工作人员，来北京十年了。

过了两天，王龙收到了一个快递，打开一看，里面是"北京榜样"组委会给他寄来的奖状、绶带和奖章。为了表彰他不顾自身安危，勇救落水儿童的英勇事迹，王龙被评为2022年8月的周榜人物。

问起当时救人的情形，王龙说："那个时候我不能思考，一旦思考，甚至哪怕多看了我身边的儿子一眼，我可能就没有勇气下去了。"王龙救起其中一个离岸边比较近的孩子后，又奋力朝第二个孩子游过去。当他好不容易抓住了孩子的手时，求生的欲望让小孩子按了一下王龙的肩膀，已经接近力竭的王龙一下子沉入水下。他本想蹬一下回到水面，却发现自己一米八几的大个儿根本触不到底。

王龙已经记不清自己是怎么游回岸边的了,只依稀记得自己快力竭的时候,甚至想过抓住水里的水草来维持体力和平衡。最后,王龙咬着牙游回了岸边。落水孩子的妈妈瘫坐在河边,不停地向王龙表示感谢。王龙只是摆了摆手:"没事,你照顾好孩子就行。"说完,他带着自己的孩子离开了。

然而还没走出100米,王龙再也支撑不住,瘫倒在地上。旁边的游客赶紧拨打120,把他送到附近的医院检查。在昏迷3个小时后,王龙才恢复意识。

事实上,这并不是王龙第一次救人。

2021年8月16日傍晚,在石景山远洋山水的一个顶层活动区,王龙的同事发现一名男子想要跳楼。王龙听说后,第一时间与同事冲过去,及时拦下了这名男子。

这件事后,王龙的妻子对王龙发了一晚上的脾气。妻子抹着泪问他:"如果你也跟着掉下去了,我和孩子怎么办?"王龙拍着胸脯向妻子保证,以后一定确保自己安全再救人。但就像王龙自己说的,救人的那一瞬间,他什么也思考不了了。看到有人身处危险,他第一时间想到的就是冲上去。而这种"冲动",也来自他对"北京"这座城市的认识。王龙说,北京是一座充满正义感的城市。

2014年,王龙关掉自己经营的饭馆,从外地来北京和妻子一起奋斗。刚来的时候,偌大的北京城,让这个农村出来的山东小伙有点儿不知所措。然而一件事情的发生,让这个有些"虎"的汉子一下找到了温暖。那是2014年一个普通的日子,王龙的儿子突然发起了高烧,几近晕厥。情急之下,王龙带着孩子,开着外地牌照的车冲上了长安街,直奔二环路的医院。直到被执勤的交警拦下,他才知道自己违反了交通规则。

王龙急得说不出完整的话,一个劲儿地跟警察重复:"警察同志,我孩

第六章 新时代北京的"精气神"

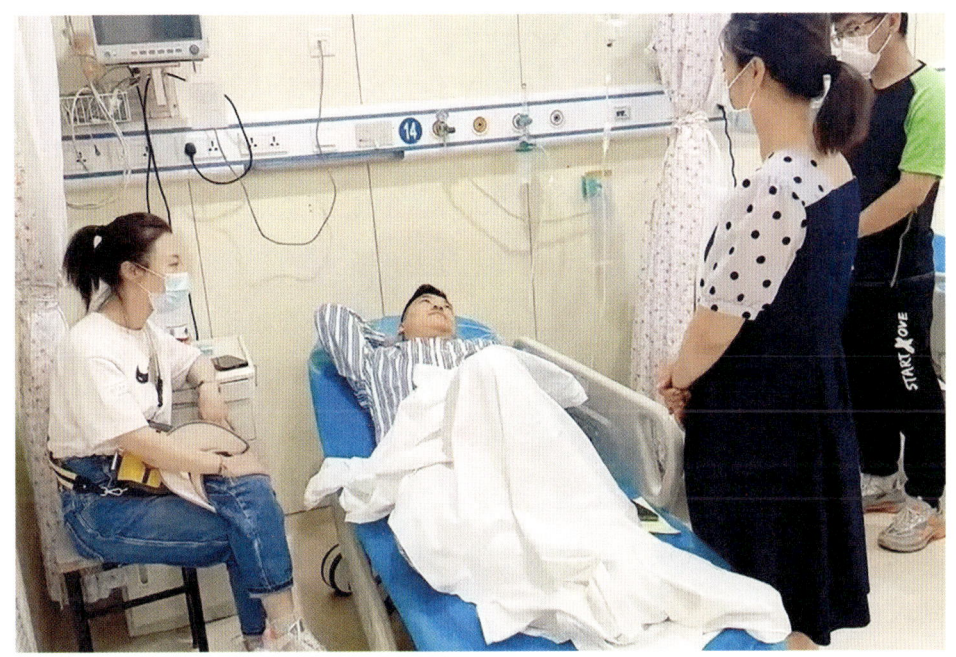

王龙救人后在医院（北京广播电视台供图）

子发烧了，来不及了！"执勤的交警看到王龙车上的孩子，不能说话，睁不开眼，没有一分钟的犹豫，立刻放行，还通过对讲机跟下一个路口的交警交代说："车上有个发烧的孩子，着急去医院，不要拦！"事后，安顿好孩子，王龙也主动第一时间去交管部门接受了相应的处罚。

这件事一直深深烙印在王龙心中。王龙说，北京这座城市，很有正义感，讲理也讲情，而这种正义感和温情也深深影响着他，让他在任何人需要帮助的时候，都毫不犹豫地伸出自己的援助之手。"北京是一座很大也很小的城市，"王龙说，"大多数时候，它很大，很光鲜，甚至会让人误以为它很冰冷；但其实它也很小，很温暖，很有人情味。"

热心助人的宋薛礼

宋薛礼算得上是个老"北京榜样"了，他是2014年"北京榜样"的年度提名人物。作为榜样人物，宋薛礼不仅用自己的手艺救人于危难，更是拉起了一支志愿队伍，活跃在大兴周边。

1992年，宋薛礼从部队复员后，来到大兴，投靠从事修锁开锁配钥匙的大哥，也经历了改变他一生的第一次开锁。

一天晚上，一位老太太敲开了宋薛礼的门，着急地告诉他，自己把钥匙落在屋里，家里还热着锅，请他马上过去开锁。

"可我还没出徒呢，从来没有单独开过锁。"尽管如此，宋薛礼还是和她一块儿去了。他学着大哥的样子，蹲在地上，三两下竟把锁捅开了。

从那之后，一辆三轮车、一把遮阳伞、一张修锁桌，宋薛礼开启了修锁人生。从开摊的第一天起，宋薛礼就给自己"约法三章"：对贫困老人、孤寡老人、残疾人等特殊群体一律免费。这个规矩，他一直坚持到现在。

这些年，宋薛礼不仅免费开锁修锁万余次、配钥匙7万多把，而且挽救了87条宝贵的生命。每次接到派出所的通知，走在路上，宋薛礼的脑子

社区居民给宋薛礼送锦旗（宋薛礼供图）

里就如过电影般复习着常见门锁的特征，为的就是能早一点开门。他说他不图什么，只是想做一个为老百姓服务的锁匠。"我打开的是一把锁，敲开的是一扇门，挽救的是一个生命，温暖的是一颗心。"

可渐渐地，宋薛礼觉得个人的力量是有限的，如果能成立一个志愿者团队，就能带动更多的好心人一起参与进来。

2009年10月28日，由宋薛礼发起的大兴区首家镇街级社团组织——大兴区清源街道志愿服务协会正式成立。每月5日、10日及重大节日，宋薛礼都会带领会员来到社区、敬老院及农村开展各种志愿公益活动。现在，协会由组建初期的10多人扩充到100多人，服务项目由6个发展为38个，包括关爱老人"一元理发"、过期药品半价兑换新药品、安全锁具平安你家我家等特色服务项目。

在宋薛礼的修锁铺里，留着一块褪色的老牌子——共产党员摊位牌。这是1994年大兴县（区）个体协会颁发给他的，也是他成为锁匠后得到的第一块奖牌。从那以后，宋薛礼又获得过数不清的荣誉。时至今日，他依旧记得自己最初的信念："我的初心是感恩社会、回馈社会，这是一个党员该做的事情。"

"中国好邻居"张旭

张旭从没想过自己会出名。出生在东北小镇，35岁的他，4年前离开家乡带着作品来到北京求职，应聘进了一家设计公司，成了一名"新北京人"。

2022年4月，在得知自己成为新冠病毒感染者的密接后，他第一时间主动报备，并在车内自我隔离超过11个小时，阻断了新冠病毒的传播蔓延，其所住的万人小区避免了临时封控。由于他一系列"教科书式"的自我隔离措施保护了邻里，社区居民和广大网友盛赞张旭是"中国好邻居"。

2022年末，张旭被评选为"北京榜样"年榜人物。这让张旭十分感慨：在北京，任何一个为城市付出过、奉献过的人，无论来自哪里，北京都会给予他热情的拥抱与肯定。

尽管已经过去了一年,但病愈回到小区的那个时刻,在张旭的记忆中始终恍如昨日。那天,他享受到了明星走红毯一般的待遇。小区里的人们为他拉起条幅,送上鲜花,鼓掌、呐喊……一位小学老师将班里孩子为他画的漫画展示出来,一名居民亲手交给他一幅自己花费80多个小时制作的丝绫堆绣。

这些是张旭亲眼看到的,而在他离开的26天里,小区里发生了一些他不知道的小小变化。一些孩子将他的故事写进作文里,也要做一个"好邻居";还有居民主动当"好邻居",帮小区里迷路老人找到家。一名7岁的小朋友对他说:"我长大也要成为'中国好邻居'。"

这些"双向奔赴"的善意不仅仅停留在"归来"的那一天。张旭病愈回到公司后,很多市民慕名而来,放心地将自己的房子交给他来设计装修方案。同为"年度北京榜样"的丛君敬和他已经成为朋友,并戏称他们的关系不一般:"那可是一起上过'公交站牌'的关系!"丛君敬满心欢喜地带着他看自己新买的房子:"多少钱都可以,不还价,就是看上你这个人了。"

张旭工作的店里有19个设计师。2023年第一季度,张旭的单量排在店里第三。店经理徐鑫说张旭是自己店里的"金招牌":"很多顾客就是奔着他来的,就点名要找他。还有一些人一开始来没认出他,回去上网看到他的事迹后就来签单交定金了。"他的同事严霞说:"一般客人跟他交谈半小时就能拿下订单,3月份一共有8个定制全屋的自然客流,张旭自己就谈成了7个。"

张旭回想起自己刚来北京寻找机会的时候,没有朋友,没有订单,过着出租房到公司两点一线的生活。那时他总以为"作品"是唯一的出路,并没有想到,其实"做人"才是。

2022年秋天,张旭自己注册了一个室内设计的工作室,命名为"218

号"。这个数字记录着张旭一段不寻常的经历,也就是他当时作为新冠感染病例的编号。他希望赋予这个数字一个不平凡的意义:愿它时时提醒自己要做个"像样的人",就像是开给自己心灵的"博物馆"。

在给客户装修房子时,如果客户不满意,张旭宁愿自己花钱重新来过。他说:"不能只看这一单生意的赔赚,这是一个长期口碑和信任累积的过程,要看长远,要有人情味,才是最长远的方式。"在张旭的心里,以心换心就是有人情味,与人为善就是有人情味,而这一理念也延续到了他的生活中。

在生活里,张旭的出租小屋是朋友们的聚会点,是连接大家的"路由器"和"黏合剂"。在下班后或周末的时间,张旭的朋友们会不约而同地聚在他家做饭、吃火锅、畅聊人生。张旭也很乐意为大家提供这样一个彼此支撑、继续向前的空间。

新冠肺炎疫情严重的时候,严霞和很多同事都无法回家,只能住在公司和宾馆。于是,他就自己做饭给同事吃,以至于严霞说起张旭的优点时,

2022年春天,张旭病愈回到小区。那天,他享受到了明星走红毯一般的待遇,小区里的人们为他拉起条幅,送上鲜花,鼓掌、呐喊……(北京广播电视台供图)

戏称："最让人无法抗拒的就是他做饭太好吃啦！他做的东北凉拌菜很爽口。"后来张旭在医院隔离时，"00后"同事小白也在第一时间给他送猪蹄。

张旭说："我们都是来自五湖四海，在北京都没有亲人，我选择大家成为我的亲人。"

2023年2月，张旭作为"年度北京榜样"上了全北京的地铁和公交的广告牌，也渐渐有人在大街上认出他。他的客户们都纷纷给他发来在不同站点广告牌上他的照片，他一张一张都珍存了。客户们说："仔细一看，真的是你啊，原来我朋友圈还有这样的名人！"

4月，张旭被邀请去重建的新工体观看比赛，他被安排在礼遇榜样的看台。在无数的观众席中，这个看台非常靠前，就像在大家心中的位置一样。工体、国安，几乎可以说是北京的代表。北京以这种方式表达着对榜样们的礼赞。在这个巨大的体育场里，张旭突然感觉到，有这样一个公益看台，在以城市的名义镌刻他。在荣获"北京榜样"后，张旭常常被邀请接受采访拍摄、参加活动。张旭都非常大方地接受并乐于参与。问及这一点，张旭露出了少年般意气风发的微笑："这都是人生美好的回忆，是以后可以讲出来的人生故事，年轻时我也活得很像样。"

如何融入北京、如何与自己的城市"双向奔赴"？张旭交出了自己漂亮的答卷。他说："磁场是很重要的，磁场大的话会影响到任何一个人。好人一定遇到好人，好人一定有好报。正直的人一定遇到公平的环境。"

在张旭接到小区邻居的鲜花的那一刻，在新工体看球的那一刻，在北京市民点名给他订单的那一刻，在同事给他热心介绍女朋友的那一刻，在无数个被这座城市接纳和善待的时刻，他终于坚定了他的选择："我爱上北京啦！"

这个简单又慎重的答案，也许就是一座城市政通人和的最好证明。这句轻松又意义非凡的认可，也许就是对一个城市最大的肯定。这双向奔赴的"人情味"，也许就是我们一直致力的精神文明建设。

第六章 新时代北京的"精气神"

勇救落水儿童的3位父亲

2023年6月19日,北京永定河,多名儿童在水边玩耍时不慎落水,3名儿童被水流冲走。危急时刻,恰巧在附近的周宏勃、李瀑、周思维等人果断下水救人。

目击者林女士说,当时水流很急,路过群众听到求救后纷纷跳河救人。周宏勃是第一拨下水的,当时,他正携妻儿路过此地。妻子回忆说:"他连衣服都没来得及脱就下了水。"救了两个孩子以后,周宏勃渐渐体力不支,"当时全是救孩子的,没来得及救他"。最终,落水儿童在众人合力下全部得救,周宏勃却再也没有回到岸边。

周宏勃1990年出生,是北京延庆区永宁镇人,在一家园林工程公司工作。他的妻子接受采访时说,当时曾阻拦周宏勃下水,但他还是选择了去救人。周宏勃1岁多的孩子,才刚学会叫"爸爸"。

另一位救人者名叫周思维,也是一位父亲,39岁,是一名网约车驾驶员。当时,周思维和妻儿在永定河边休息。听到有人喊救命,周思维毫不犹豫地脱掉衣服跳入水中。周思维爱好户外运动,坚持游泳已20多年。仗着水性好,周思维朝着被冲到最远端的一个男孩游去。可让他没想到的是,水流比他想象的要湍急。他艰难地拽着男孩的衣角游回岸边,在把男孩交到孩子父亲手中后,他一下子瘫软下去,大口喘着气,坐在岸边好长时间才缓过来。事后回忆起救人的经历,周思维说:"真的是憋着最后一口气把孩子救上来的。"

第三位跳河救人的市民叫李瀑。1992年出生的他是土生土长的门头沟人,还是一位退伍军人,也是一位年轻的父亲。下水救人时,他的妻子以及3岁的女儿就在岸边。记者问李瀑,妻女都在现场,就不怕自己出意外吗?李瀑回答,情况紧急,"当时就想着救孩子,根本没空考虑自己能不能上来"。

永定河畔热心市民勇救落水儿童的事迹感动了整个北京城。6月21日夜间，石景山区民政局发布通报，对周宏勃、李瀑、周思维3位市民见义勇为的事迹予以认定，并发布了相关情况。通报称："三名勇敢的父亲用自己奋不顾身的营救托起了两个家庭三个孩子未来的希望，以见义勇为的壮举温暖了一座城。"

【数说·新时代新北京】

截至2023年初，北京市各级举荐的身边榜样已达46万人，遴选进入市级"榜样库"的榜样候选人接近1.6万人，累计推选产生近1400组榜样，其中年度榜样人物及年度特别奖近200组，月榜及月度特别榜近500组，周榜近700组，覆盖了各个群体、各行各业。

第二节　志愿精神涵养文明城市风尚

从"全民奥运"开始,"我参与、我奉献、我快乐"就不仅仅是一句口号,更是北京市民的行动。在北京,学雷锋、做志愿者,不但是一种传统,更是一种时尚。

近年来,志愿服务不断发展,不断走向深入,已融入人们日常生活的方方面面。截至2022年底,"志愿北京"信息平台实名注册志愿者458.1万人,注册志愿团体超7.7万个,累计发布志愿项目60.75万个。到2023年,北京市五星级志愿者达到10675人。在新认定的第九批五星级志愿者中,超过80%的志愿者都具有垃圾分类、礼让行人等城市治理志愿服务的相关经历。

有志愿者的地方,就有文明在闪光。志愿服务作为北京"最好的都市名片",不断提升着城市的文明指数。上自已经退休的活力老人,下至中小学生,人人争当志愿者,"奉献、友爱、互助、进步"的志愿精神熠熠闪光,让北京成为一座"志愿之城"。

一、汇聚青春的志愿力量

在志愿者的队伍中,越来越多的年轻人选择加入其中。从一个人到一群人,从一支队伍到一群力量,微光成炬,向光而行,传递出向上向善的正能量。2008年北京奥运会的7万多名赛会志愿者中,70%是年轻人;2022

冬奥志愿者在雪中欢呼雀跃，祝福冬奥、祝福北京（北京日报社供图　方非 摄）

年北京冬奥会的1.9万名赛会志愿者中，35岁以下青年占到94%。汇聚起来的青春志愿力量，成为城市的最美风景。

二维码点亮志愿之灯

二维码已经是我们生活中习以为常的事物，然而在北京冬奥会的闭环内，一个二维码却赢得了外国朋友的赞叹，而它正是出自杜安娜这个时年20岁的年轻女孩之手。

杜安娜是北京林业大学的一名大三学生，是一个爽朗的甘肃女孩。2022年初，她成了服务北京冬奥会的一名志愿者，负责给冬奥会主媒体中心的各国记者提供交通咨询服务。

为了防止疫情扩散，北京冬奥会采取严格的闭环管理，闭环内的人员只能通过专用车辆往返于主媒体中心、酒店和三个赛区的各个赛场。为了挖掘更多新闻素材，记者们需要在各个地点间频繁往来，因此一套精确到分的班车时刻表对记者来说不可或缺。但是，由于各个比赛场馆临时出现的不同情况，班车时刻表每天都会作出调整，有些线路的发车时间可能间隔1个小时以上，对争分夺秒的记者来说，错过班车将严重影响他们的工作。

这给交通志愿者也带来了极大的挑战。闭环内为媒体服务的班车线路有近百条，站点则更多，每天打来的咨询电话可能有几百个，咨询者又大多处于焦急的情绪中，如何一边安抚咨询者情绪，一边提供准确信息，对志愿者来说也是个难题。杜安娜说，志愿者每天要无数遍翻阅2000多行Excel表格，才能帮助记者查询到某辆车在某个站点的准确时间，是个相当耗时的过程。

在这种情况下，杜安娜突然想到，自己以前在学生会工作时，为了节约纸张，会把需要分发给同学的材料上传到网上，再用简单的小程序生成二维码，同学们通过扫码就可以自行获取。这个办法是不是同样可以服务于报道冬奥的记者？

于是，杜安娜和志愿者们开始行动起来，每天晚上将第二天的班车信息制成简明的表格，上传到网页，并将生成的二维码贴在主媒体中心的每一个班车站的站牌上，记者们只要拍了照，什么时候扫码都可以即时获取最新最全最准确的时刻表，极大地提高了出行效率。

有了二维码的创意，杜安娜和同学们的灵感一发不可收。他们通过在后台不断完善二维码的信息内容，同步更新了3个赛区的班车时刻表和线路图，制作了跨赛区通行的流程图，以直观的示意图解释复杂的换乘过程，真正做到了"一码在手，通行无忧"。

杜安娜在冬奥会工作的73天里，共有4.2万人次通过扫码了解班车动态，一位美国奥组委的工作人员专门发来感谢信，并用一个大写的"THRILLED"（令人极为激动）称赞这个二维码。他还将二维码分享给在张家口和延庆赛区的同事，据说大家都如获至宝。国际奥委会的交通考察团还专门在考察报告里提及这个小小的"发明"并给予好评。

2022年2月20日晚，在北京冬奥会闭幕式上，新当选的国际奥委会运

杜安娜（前排左数第三位）与志愿者合影（杜安娜供图）

动员委员会委员代表全体运动员，向6位志愿者代表送上灯笼，国际奥委会主席巴赫起身鼓掌，向志愿者致意。杜安娜就是这6位志愿者代表中的一员。

杜安娜说："一个小小的二维码，不过是学以致用，让我惊喜的是它竟然给我带来了莫大的荣誉。从国际奥委会官员手里接过象征鼓励、感谢的红灯笼的时候，忽然觉得红灯笼是用我的二维码点亮的。"

一枚小小的二维码，是杜安娜细心观察、热情服务的缩影，也是中国志愿者们创造精神的具体体现。今天的年轻人生长在技术赋能的时代，他们更善于运用新技术、新技能创造更大的价值，更好地服务人民、服务社会。

服贸会上的"小白衫"

身着"小白衫"，脸上洋溢着青春的微笑，热情服务不断线……在2023年中国国际服务贸易交易会上（以下简称服贸会），1600名首都志愿者成为一道亮丽的风景线。他们大多来自北京高校，平均年龄22岁，"00后"成为"绝对主力"。志愿者们洋溢着青春的微笑，为国内外嘉宾提供人员引导、信息咨询、语言服务、文明宣传、应急救助、文化传播等88个岗位的服务，用贴心专业的服务擦亮首都志愿服务"金名片"。

中国人民大学大四学生陈子玥是为来看展的观众提供咨询服务的。第一天上岗，陈子玥就遇到了困难。虽然在上岗前接受了培训，但是许多观众前来咨询的问题非常细节，陈子玥只能一点点检索地图或者向负责的老师询问，咨询的人着急，自己更着急。

为了能迅速熟悉适应，陈子玥想到了建立共享文档的办法。"志愿者们分散在各个点位的不同岗位上，但是遇到的很多问题是相通的，使用共享文档，大家都能熟悉。"陈子玥马上行动起来，建立了共享文档，并在一个40多人的志愿者群里分享了文档。志愿者们共同编辑、分享遇到的疑难问题以及应对办法，这样就可以迅速掌握大量技巧，大大提高了自己的服务水平。

首都师范大学学生李铮的服务岗位在证件服务处，主要为那些遗失或忘带证件的人提供补办服务，也为那些不会操作预约的人提供帮助。

补办证件没有想象得那样简单。证件的办理需要经过系统严格审核，制作一个证件大概需要2个小时。有的时候李铮也会遇到一些着急的人抱怨："怎么还没补好，能不能通融通融让我进去？"

"这时就需要志愿者拿出热情，微笑服务。首先向别人解释这是原则问题，然后在可以的条件下尽量提供帮助，缓解他们的焦虑。"李铮介绍。

"我预约错了日子，怎么办？"烈日下，一名带孩子的观众被拦在门外，焦急得涨红了脸。北京航空航天大学学生志愿者夏侯超立马迎上前，帮这名观众查看预约记录。高个子的他弯下腰侧着头，边操作边安抚观众："别着急，我看看能不能帮您重新预约。名额满了也没关系，首钢园里群明湖、滑雪大跳台这些景点都不错，不用预约就能进。"夏侯超说，上岗不到两天，类似的状况数不胜数，但他依旧保持微笑，耐心面对，"因为我们是观众见到的第一拨服务者,代表了大家对服贸会的第一印象,必须以最高标准要求自己"。

在参观服贸会的观众中,不乏外国友人。北京第二外国语学院欧洲学院大四学生张赫精通英语和塞尔维亚语,她以彬彬有礼的举止和流利标准的翻译工作,频频收获外国嘉宾的点赞。"我遇到了一位来自伊朗的参展商,他带来了家乡精美的工艺品,但因为不会说中文,展台少有人问津。"张赫得知情况后,主动为他提供翻译服务,向观众介绍漂洋过海而来的展品,"看着展台前观众越来越多,他终于露出笑容,还用中文跟我说'谢谢',那一刻我感受到了满满的成就感。"

……

值得一提的是,本届服贸会的志愿者工作是自2020年以来参与高校最多的一届。虽然志愿者们很年轻,但很多人拥有参与冬奥会、服贸会等重大活动志愿服务的经验。

当"90后"博士遇上"夕阳红"

先给照片虚化背景,再加一个圆形边框,添个卡通贴纸,打上一行文字……白发苍苍的老人熟练地操作着手机上的修图软件,不一会儿,朋友圈发出一套"九宫格"。朋友们纷纷点赞,老人笑得合不拢嘴。

老人高兴,张佳鑫更高兴。这位"90后"博士、北京邮电大学青年教师,通过创立"夕阳再晨"公益助老品牌,教老人学电脑、学网络,让老人也能够跟上时代的步伐。

科技助老,起源于上大学时的一次经历。有一次,张佳鑫要和远在陕西老家的姥姥视频通话,可老人因为总弄不好摄像头,看不到外孙,急得满头是汗。

"我要进社区,教老人学电脑,帮他们跨过数字鸿沟!"很快,张佳鑫召集了13位同学一起参与公益助老行动,还给这个团队起了一个名字"夕阳再晨"，意思是让"夕阳红"可以重新焕发青春，回到"朝阳"状态。

张佳鑫带着两个同学顶着大太阳，走访社区，收集需求，最终将海淀区羊坊店有色设计院定为第一站。于是，张佳鑫与"夕阳再晨"团队的几位志愿者带着精心准备的教学内容与水果、零食，兴冲冲地来到社区。可是，当推开居委会活动室的门后，他们却愣住了——一个人也没有。

"当时我们特别狼狈，只好拿着海报出去现场'抓人'，'抓'一个是一个。后来，一下午进进出出的人总共加起来只有5个。"张佳鑫回忆。

第一次活动失败之后，张佳鑫给成员们开了个会，从失败中吸取教训：刚成立的组织没有口碑，老人们不信任也是正常的。而张贴于社区内的宣传海报，做得也不够为老人着想，譬如字号太小、课程设置不合理、没有想到老人们需要的是什么……

在进行了更加客观深入的调研后，"夕阳再晨"又一次出发了：海报的字号放大到老人们能接受的大小，内容也变得更加丰富，电脑、数码相机、网上预约挂号、交纳水电费、查询健康养生急救知识……各种为老年人量身定制的课程纷纷上线。渐渐地，坐在教室里的人越来越多了，老人们也开始尝到了互联网的甜头。

70多岁的靳阿姨上了QQ视频课之后，想起自己远在外地的孙子，回家马上就迫不及待地进行尝试；为撰写专利，高级工程师孙阿姨之前频繁往返专利局查专利，学习电脑后，改用网络查询，省时又省力；王阿姨第一次在QQ上聊天，给对方发出第一句"在吗"收到回复时，兴奋得"脚丫子都翘到天上去了，恨不得用脚丫子来打字"……

一个社区突破成功，张佳鑫和同学们开始寻找第二个、第三个……随着加入公益团队的大学生志愿者越来越多，张佳鑫开始寻求更多改变，课程内容也更加贴近生活：怎么在遛弯儿时用手机链接小音箱听歌，怎么用学习软件监督小孙子学习，怎么从银行卡里取钱，怎么修图，怎么做电子相册，怎么拍小视频……"只要周末这些大学生一来，活动室准爆满！"70多岁的马大爷说。

如今，"夕阳再晨"已在全国29个城市的100余所高校中成立了志愿服务队，每年拥有近万名的活跃志愿者，仅在北京，就活跃着48支"夕阳再晨"志愿者队伍。

二、志愿服务，以关爱守护银龄伙伴

2023年春节前夕，习近平总书记在视频连线看望慰问基层干部群众时指出，"尊老爱老是中华民族的优良传统和美德。一个社会幸福不幸福，很重要的是看老年人幸福不幸福"。中国人自古就有"老吾老以及人之老"的美德。如何安享晚年，能否老有所养、老有所乐，不仅是老年人自身关心的问题，更是全社会广泛关注的焦点。增进老年人的幸福，符合伦理道义和公平正义，是每个人义不容辞的责任。

北京市志愿服务工作坚持从民生热点、难点入手，培育深受群众欢迎

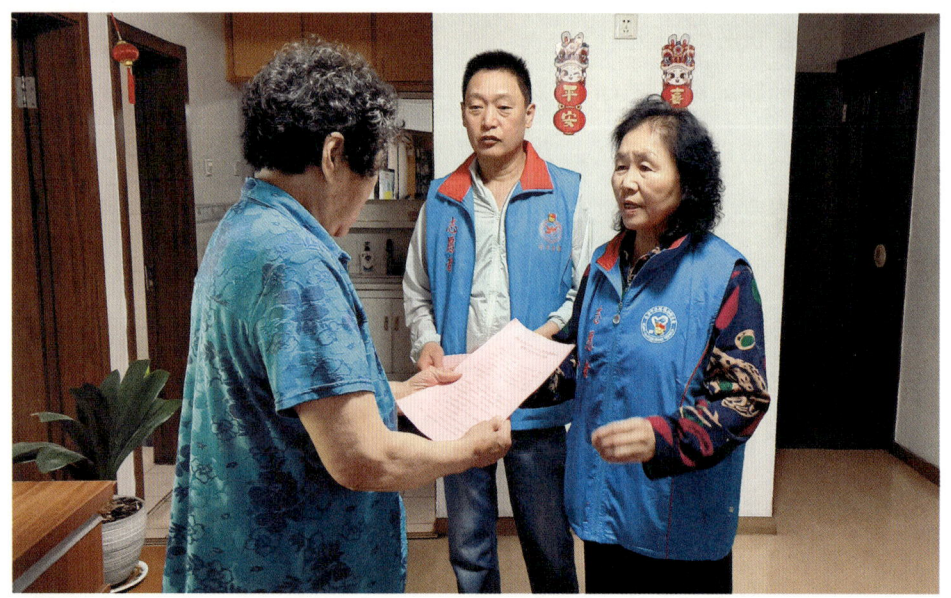

志愿者入户讲解消防安全（窦珍志愿服务联合会供图）

的志愿服务品牌，提升市民群众获得感、幸福感、安全感。在助老服务方面，志愿服务工作注重做好老龄化社会需求对接，组织常态化助老活动7000多场，参与人数达21万余人次，帮助更多的老年朋友安享幸福晚年。

与此同时，北京市委社会工委、市民政局着力建立和完善首都养老志愿服务体系，在全市范围内广泛开展"银龄伙伴"养老志愿服务关爱行动，制定并发布《北京市养老志愿服务工作指引》，不断推进养老志愿服务常态、健康、有序发展，让志愿服务为老年人的晚年生活赋能。

"窦珍志愿大家庭"：低龄助高龄，志愿小帮老

"我老伴儿突发腰椎痛，动不了，女儿在外地，快帮帮我……"作为"低龄助高龄志愿小帮老"项目志愿者，王晓兰在接到空巢老人谢东老伴儿的求助电话后，第一时间和志愿者李久龄赶往谢东老人家中。

在接上老人赶往右安门医院就医过程中，她同时通知右安门医院的导医志愿者在医院门口接应。到医院门口时，细心的导医志愿者早已准备好轮椅。谢东老人下了出租车后，直接坐上轮椅，挂号、看病、做核磁全程由志愿者陪同。直到把老人送到住院处安顿好，志愿者才放心离开。

谢东的老伴儿感激地说："我70多岁了，自己无法送老伴儿就医，把我急坏了，好在有志愿者的帮忙。"为了向志愿者表示感谢，谢东老伴儿送来了一面写有"窦珍志愿大家庭暖心助我解忧难"的锦旗。

而锦旗中提到的"窦珍志愿大家庭"，就是北京市丰台区右安门窦珍志愿服务联合会，它成立于2014年7月18日，是由右安门街道工委发起、经丰台区民政局核准登记注册的"枢纽型"社会组织。

窦珍志愿服务联合会成立后，协助政府动员百姓参与社区治理，服务身边居民，成立13支健身巡逻队，开展"七走进"的项目服务，即走进社区、走进医院、走进学校、走进幼儿园、走进家庭、走进养老院、走进残疾人家庭。"七走进"的项目服务受到市民政局表彰。

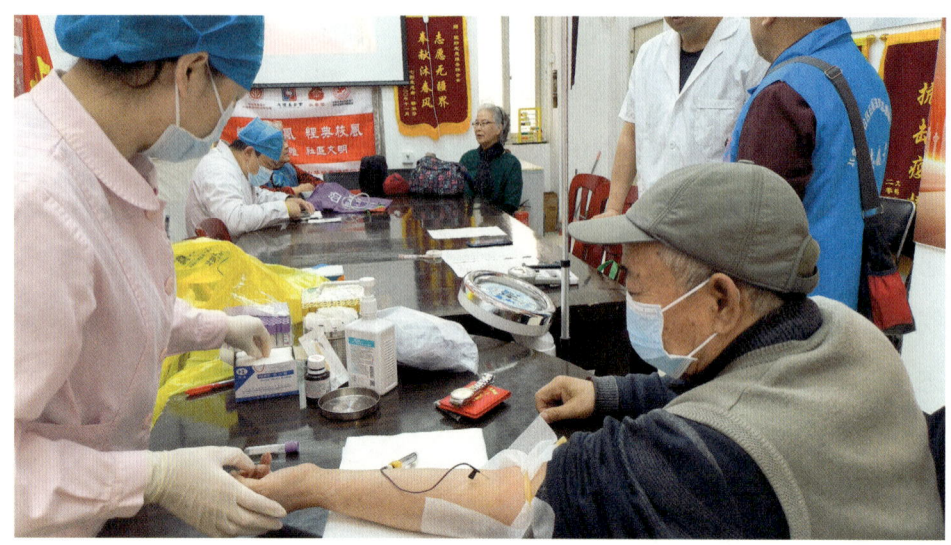

2023年3月,志愿者陪同被服务老人就医(窦珍志愿服务联合会供图)

在志愿团队中,有近80名志愿者在右安门医院、丰台妇幼保健院和右安门社区卫生服务中心3家医院提供志愿导医服务。在志愿导医服务中,涌现了许多好人好事——协助患者解决急难之事、拾金不昧……因为多年的导医服务经验,志愿者团队学到了一些医学专业知识,熟悉了各诊室的业务流程。当社区的帮扶对象(高龄独居、空巢老人等)需要上医院看病又无人陪同时,志愿者都提供便捷、暖心的服务。

窦珍志愿服务联合会秉承尽己所能、不计报酬、帮助他人、服务社会、传播先进文化的理念,弘扬"奉献、友爱、互助、进步"志愿者精神,培育"学习雷锋、奉献他人、提升自己"志愿服务理念,传承"行善举做好人"的窦珍精神,得到社会各界的广泛赞誉。

"二月兰助老服务队":做老人身边的守护者、贴心人

东城区北新桥街道海运仓社区12号楼是一个由10个单元组成的回字形住宅楼,楼中心的小花园里种着二月兰、月季等植物,是远近闻名的最美楼院。它的美,不仅源于每年四五月时繁花盛开的美景,更源于居民之间

的和谐共处和守望相助。

2003年,住在这里的老党员郭淑香带头成立"二月兰助老服务队"。除了定期组织居民志愿者对楼院公共区域进行清洁打扫外,服务队还为楼内高龄、空巢、失能等需要帮助的老人提供上门问候、陪伴、代买代办等服务,成为老人身边的守护者、贴心人。

给小花园里的花草树木浇浇水,帮老人处理大件垃圾并做好垃圾分类,过年过节时登门看望老人,走访慰问困难群众……这样暖心的志愿服务,"二月兰助老服务队"一做就是20年。

老党员带头,热心居民参与。现如今,越来越多的居民志愿者受到感召,主动申请加入服务队,也要为自己的家园出一份力。如今,服务队的志愿者已从最初的15人增加到50多人,志愿服务管理也越来越规范,从刚开始自己给自己安排任务发展到由8名党员志愿者认领片区,各片区"负责人带头,分区管理"的志愿服务模式。2021年,海运仓社区将12号楼的门房改造为"筑梦空间工作室",志愿服务队定期在这里进行志愿服务交流和总结,服务开展得更加有序规范。

郭淑香如今已经年过八旬,却仍然坚持在志愿服务第一线。当有人问她为什么如此高龄还热情开展志愿服务时,郭淑香总是坚定地说:"我是一名党员,只要精力允许,我就应该发光发热。"

"时间银行":回馈服务激发助老热情

被誉为"京郊板栗第一村"怀柔区渤海镇的六渡河村,有6000多亩山场、4000多亩板栗树,平均年产板栗50万斤。板栗是六渡河村村民的重要收入来源。但是每年九十月板栗成熟时,一些村民就为家中劳力不足而犯起难来。

为此,六渡河村发起了主题为"帮助老年村民采收板栗"的志愿服务活动,并将此发展为村里常态化开展的一项养老志愿服务。2020年12月,六渡河村成立村志愿服务站，建立起北京市第一家农村"时间银行"。

"时间银行"的志愿者由低收入户、待业妇女、低龄老年人组成，负责为高龄老人提供探访陪聊、餐食配送、洗衣打扫、理发助浴、送医送药、家政维修等服务，成为高龄老人的生活助手。

参与村级志愿服务可领取服务积分，服务积分可兑换课程、物品或获得相应的回馈服务。这样的机制，有效地激励了村民参与志愿服务的热情。

82岁的刘大爷是一名独居老人，子女常年在外务工，生活中总会遇到很多不便。"时间银行"建立以后，志愿者经常到刘大爷家中看看、聊聊，帮刘大爷家打扫庭院、收拾家务。"孩子不在家，志愿者们可帮了大忙。"刘大爷说，乡里乡亲的帮助和照顾，帮他处理了生活中不少琐事，解决了不少难题，邻里之间也变得更加和睦。

"时间银行"由村老年协会负责日常管理，今后将进一步扩大志愿服务覆盖面，形成有特色的志愿服务品牌，用爱心传承文明、以真情奉献社会，进一步促进美丽乡村建设。

"爱心公益助老服务队"：用文艺演绎别样晚年

在朝阳区大屯街道嘉铭园社区，总能见到一支志愿服务队的身影。他们深入养老服务机构，为老人表演丰富多彩的文艺节目；穿梭在楼宇之间，捡拾白色垃圾、维护社区环境；上门入户，为有困难的高龄、独居、失能老年人提供精神慰藉、助急助难等服务……他们就是"爱心公益助老服务队"。

这支志愿服务队已有15年的历史。2008年，为响应北京奥运会"全民健身"的号召，嘉铭园社区的几位退休居民自发成立"红舞鞋舞蹈队"，希望带动更多的低龄老年人走出家门锻炼身体、放松身心。

随着舞蹈队的不断壮大，大家开始尝试在娱乐健身活动之余，开展一些为老志愿服务活动。队长林晓红带领团队的100多名成员实名注册成为志愿者,并将舞蹈队正式更名为"爱心公益助老服务队"。

2021年,居民张阿姨突患疾病,需手术治疗。让她放心不下的是,家里重度失智的母亲、因中风失去自理能力的老伴儿和1岁的小孙子都需要人照顾。得知这个情况后,队长林晓红立即召集团队成员开会商议,决定轮流帮忙做家务、带孩子,还发挥团队特长,陪老人唱歌、聊天,排解寂寞。

多年来,"爱心公益助老服务队"经常开展慰问演出、举办草根大舞台文艺活动,带领社区高龄、独居老人共同参与、愉悦身心,把欢乐和温暖带给社区的老人们。为让环保、节约、健康的生活理念更加深入人心,大家自己动手将淘汰过时的旧服装改制成新的舞蹈服,将边角布料制成围裙、饭兜、太阳帽送给高龄老人。旧衣翻新、变废为宝,在增强社区居民幸福感的同时,也增强了团队成员的获得感和凝聚力。

"北京天坛医院志愿服务队":守护天使在行动

"在我看来,这座建筑面积超过35万平方米的智慧医院承载着全国各地患者的希望,而我们也有幸成为天坛医院5支队伍中的一支新生力量,天坛医院的美丽在我看来,是体现在人民至上的医者精神,生命至上的大爱之美,让我深受感动。"动情分享这些心里话的人叫张富贞。自2018年9月加入北京天坛医院志愿服务队以来,她用心用情服务好每一位就诊患者,以热心、真心、耐心解答每一位患者的提问,让患者带着病痛而来,带着微笑而归。

同时,张富贞积极投身医院疫情防控工作,协助开展预检分诊。在北京冬奥会、冬残奥会期间,她更展现了首都志愿者昂扬向上的精神风貌。她热爱志愿服务工作,坚守岗位,风雨无阻,以实际行动践行弘扬"奉献、友爱、互助、进步"的志愿服务精神,而"美丽天坛"正是为她注入了深耕志愿服务、热情帮助患者的不竭动力。

北京天坛医院志愿服务队成立于2012年7月30日，在医院党委的领导和社会各界爱心人士的支持下，持续推进"守护天使"志愿服务工作。

志愿者在门诊区域，每周一至周五工作日上午8点至11点在医院门诊服务中心、门诊一部、门诊二部、医技部走廊等位置，为门急诊、住院患者提供包括导医、导诊、排队、咨询、协助打印检查检验报告单、费用查询等非医疗服务，为住院患者，特别是老年人群体提供陪同检查、费用查询、健康教育等服务。

在住院区域，他们走进病房，开展针对老年、儿童和特殊患者群体的关心关爱活动，特别是在节假日、国际志愿者日等，给予病人温暖与照顾。此外，志愿服务队还到社区、学校、农村、社会福利院、残疾人家庭、养老康复机构等，为群众提供义诊咨询、健康宣教等服务。

如今，北京天坛医院志愿服务队已经拥有病房关爱、义诊送医、科普宣教、无偿献血、老少携手等六大类别的"6+N"系列志愿服务项目，每日志愿服务人次达到5000～6000人次。用心用情服务好每一位来院就诊的患者，让带着病痛而来的患者，带着微笑而归，展现了首都医疗与人文北京的温暖与温情，成为北京天坛医院门诊服务的"金名片"。

三、基层群众，以担当共促文明之风

一代人有一代人的使命，一代人有一代人的担当。十年来，北京圆满完成中华人民共和国成立70周年庆祝活动、中国共产党成立100周年庆祝活动、2022年冬奥会冬残奥会、"一带一路"国际合作高峰论坛、亚洲文明对话大会及世界园艺博览会等一系列重大活动服务保障任务，向党和人民交上了合格答卷。而这背后体现的正是"精精益求精、万万无一失"的首善标准，凝结着北京市千千万万基层社区工作者的奉献和忠诚。他们凝心

第六章 新时代北京的"精气神"

新中国成立70周年庆祝活动志愿者身着"志愿蓝"在服务站点合影留念（北京日报社供图 方非 摄）

聚力，全力以赴，完成庆祝活动和各项重大活动服务保障任务，以实际行动践行"两个维护"的政治自觉、思想自觉和行动自觉，共同奏响了时代华章的首都强音。

将"广场舞"跳进天安门的许清琴

许清琴从没想过，在65岁的年纪，能和其他330名老伙伴一起，在82天中，一道健步行走共329778452步，累计步行近270600公里，相当于绕地球赤道6.76圈。

作为东城区体育馆路体育馆总局社区健身操舞队队长，许清琴带领东城区体育馆路体育馆总局社区健身操舞队连年获得北京市、东城区健身操舞比赛冠军。常年风雨无阻的训练，扎实的基本功，为她和她的队伍代表亿万广场舞大妈在天安门接受检阅提供了基础。

为了天安门广场上的几十秒，她和其他大妈开始了每天1万～1.5万步的健步行走体能训练。每次半夜集合，在等待合练的过程中，这些平均年龄56岁的广场舞大妈困了就把塑料布往地上一铺,和衣而睡。以至于后来流传一句话,谁没躺在地上睡过觉,谁就不是广场舞大妈方阵的一员。

无论是烈日酷暑下的白天暴晒,还是瓢泼大雨下的夜间合练,为了天安门广场上那不到1分钟的绚丽绽放,她们脚步不停,流汗不止。她们以特有的"舞步"永驻史册,这亦舞亦行的步伐,矫健轻盈,欢快坚定,在十里长街踏动祝福千里,在欢乐的海洋舞起梦圆浪花。看似"潇洒走一回",背后却是每一位广场舞大妈一步一个脚印的逐梦努力。

由于表现出色,许清琴和东城区另外7位代表在人民大会堂作为东城区国庆庆祝活动筹办人员代表受到了习近平总书记的亲切接见。

能代表普通劳动者为国之大典作出贡献,还能代表普通劳动者接受习近平总书记的接见,让她感到无上的光荣,更感到新时代普通人奋力逐梦的舞台无比广阔,将个人的梦想融入中华民族伟大复兴的中国梦无比幸福!

"最美男版西城大妈"谭道亮

谭道亮说,他所在的社区,是离"红墙"最近的社区。的确如此,谭道亮所在的西城区西长安街街道西交民巷社区属于平房社区,紧邻中南海、国家大剧院、人民大会堂,是重大活动服务保障重点区域。

作为投身社区工作20余年、有着12年社区党组织书记工作经历的人,谭道亮被称为离"红墙最近的那个人"。

2019年,为做好中华人民共和国成立70周年庆祝活动服务保障,谭道亮带领社区志愿者精心研究工作方案,动员1800户共计5000余人次参加街巷胡同卫生整治,清理落叶杂物95车60吨,对70个院落铺设阻燃布共18000平方米,动员社区党员群众挪移汽车2920台次、电动车270台次。

制作道路指示牌,用喇叭喊话,还用电动三轮车在道路中心搭起临时指挥台,平均每天疏导百万人次,带头发挥党员先锋模范作用,圆满完成3次演练、1次庆典的服务保障,以及6天内疏导400万人的工作,被群众亲

第六章 新时代北京的"精气神"

2019年10月1日,谭道亮与西交民巷社区志愿者一起参与庆祝中华人民共和国成立70周年大会服务保障(北京广播电视台供图 邢丽娟 摄)

切誉为"最美男版西城大妈"。

而在谭道亮看来,"西城大妈"只是一个称谓,并不代表从事志愿服务的都是女同志,也要很多男同志投身志愿服务。称号无所谓,但是能够见证和服务保障大会的进行,谭道亮感到很自豪。

撑起半边天的女子军"康大姐"

在延庆区康庄镇有这样一群人,她们没有豪言壮语,却有一个共同的名字——"康大姐"。

张改平就是"康大姐"中的一员。2012年3月,她作为一名妇代会主任率先走进了这个只有150人的团队。因为她们都是地道的康庄人,又大都是农村妇女,其中有像王金兰、李丹那样的致富带头人,还有各村妇代会主任,"干脆就叫它'康大姐'吧",团队发起人王月华的这个提议得到大家的一致赞同。

从那时起，敬老院、火车站、乡村田间、大街小巷、世园会、冬奥会……到处都有她们的身影，留下了她们的足迹。从敬老助残到绿色环保，从说话聊天到心理疏导，从文明引领到服务盛会，哪里有需要，哪里就有"康大姐"。

王焕秀是马坊村的妇联主席，是第一批加入"康大姐"的志愿者。当初，她还有些疑惑：为老服务、邻里互助，这都是应该做的，咋又成志愿服务了？在她看来，村里人相互帮忙，照顾孤寡老人，都是理所应当的。正如屯军营村的"热心人"，也是第一批的"康大姐"王金兰所说："自己挣点钱，有能力了，觉得应该帮助妇女、儿童、孤寡老人，尽点责任。谁都有老的时候，能帮就帮点。"

这些朴实话语里蕴含的朴素情怀，正是中华美德延续至今的基因，也是志愿服务的传统文化基础。她们边开展活动，边学习政策理论、志愿知识、文明礼仪、英语对话、急救知识等。在广袤的乡土大地上，"康大姐"继承了先辈邻里守望的互助传统，又不断地吸收知识，提升服务技能，践行着奉献、友爱、互助、进步的志愿服务精神。

2019年北京世界园艺博览会召开期间，"康大姐"参与了前后25期56天的志愿服务。她们每天早上5点多就得从家里出来，6点集合，开始准备上岗，晚上7点多才能到家。天气炎热，汗水常常流进眼睛里。几天下来，每个人都被晒黑了，可她们脸上的笑容却越发明亮耀眼。

有些游客来到"妫川印象"场馆时，会对"妫"字的读音发出疑问。她们就赶紧热情而响亮地回应："guī，是我们延庆妫水河的'妫'。"真诚的应答，热情的笑容，略带着点乡音的"康大姐"，成为游客心目中的"本地通"。为了解答游客的咨询，"康大姐"狠下了一番功夫，熟记了附近的景点、民宿、用餐、交通、价格，为游客提供恰当的建议。一次次的优质服务，也让群众对"康大姐"赋予了更多的信任。李丹在延庆东关车站参与服务活动后，急忙去了洗手间。当时不少人在排队，有位妇女搀着老人如厕，却忽然转身冲着队尾的李丹说："您帮我拎着包吧。"回忆起当时的场景，李丹的眼角湿润了："那是女士用的手拎包，手机、钱包肯定都在里面，就这么递给我，这是对我们信任哪！"

沉甸甸的信任是对志愿者的肯定，也激发了志愿者的热情。"如果我们做每一件事都带着认真负责的态度，带着一份发自内心的关爱，即使在平凡琐碎的工作中，我们也能找到快乐。"这是志愿者李富霞参加完世园会服务工作后分享的一段话，也是"康大姐"们的心里话。

康庄镇下属乡村中，外出务工人员极少。"康大姐"大都是家中的祖母、母亲，做饭、洗衣、看孩子，照顾地里的产出、家中的副业，一点也不清闲。起初，她们参与志愿服务时，家人并不是完全理解。王金兰聊起当时家里人的意见："图啥呢？搭上人搭上车整天外边跑，自己买卖不做了，跑去帮助老人去了？"可时间长了，家里人开始全力支持。在王金兰的带动下，她们姐妹3人都成了"康大姐"。在"康大姐"志愿者协会中，姐妹、妯娌、母女、婆媳关系的志愿者还有很多，常常是一人参与带动全家，一家参与带动全村。

"康大姐"志愿者协会还牵头在各村开展技能培训，如皮雕手工工艺品制作。几次培训下来，有3个村开了皮雕作坊，提高了村民收入。以志愿服务精神反哺家庭，家庭生活和乐幸福；以志愿服务精神反哺乡邻，乡邻和睦友爱互助。

谈及这些事情，"康大姐"的目光里饱含着温暖与喜悦，质朴而响亮的声音更是传递着对家乡的热爱……就是这样的她们，植根乡土、立足家庭，汇聚善意、传递关爱。她们一直在行动，一直在为乡村美好生活付出努力。

小美成就大爱的"草根志愿队"

别看段杰瑞是一名小学生，却是一支志愿服务队的"老队员"了。在天元公园的新四军林红色教育基地，小小年纪的他作为志愿者，参加过宣讲新四军英烈的抗战故事、擦拭纪念碑和展板、对教育基地进行环境维护、垃圾清理、文明引导等志愿服务。几年来，段杰瑞风雨无阻，几乎没有错过一次志愿服务。为了让听众深入了解新四军那段血与火的革命历史，真切体会到战争的艰难与共产党人不忘初心、勇敢前进的大无畏精神，他认真学习相关历史，用行动铭记民族英雄、传承历史使命。

自2018年以来，共有4000余名像段杰瑞这样的志愿者，在新四军林开展140余次志愿服务，服务总时长达1万余小时。这支志愿队的名字叫"小爱志愿服务队"，是丰台区卢沟桥乡张仪村的民间志愿组织。这个由民间自发兴起，并扎根基层的志愿队，在2017年建立，2018年1月正式注册。

2020年，在新冠肺炎疫情防控工作中，"小爱志愿服务队"的众多志愿者主动请缨，承包了张仪村全部防疫站点的值守志愿服务，疫情严峻时期24小时不间断上岗。

战疫"逆行夫妻"张恺、闫园园就是"小爱"的骨干志愿家庭。夫妻二人面对疫情冲锋在前，三过家门而不入，从1月到8月一直参与疫情防控志愿服务。被大家称为"抗疫铁人"的王景田，他所在的村里出租户多、流动人口复杂，防疫形势严峻，路口值守必须严谨负责。他24小时连轴转，"带班组长冲在前"是他对自己的要求，军大衣一裹，在四面漏风的棚子里打个盹儿就是幸福。大雪压塌过他的"床"，大风刮洒过刚泡上的方便面，但他依然坚守在抗疫一线，以实干彰显责任担当。

如今，"小爱志愿服务队"仍然坚持着常态化志愿服务，精心设计文明劝导、垃圾分类、爱国卫生运动、环境清洁等志愿服务项目。从爱国主义教育到绿色环保理念，从为老助老到疏导交通，他们用行动展现奉献、友爱、互助、进步的志愿精神，把小美和大爱传递给更多的人。

第六章 新时代北京的"精气神"

【数说·新时代新北京】

截至2022年底,"志愿北京"信息平台实名注册志愿者458.1万人,注册志愿团体超过7.7万个,累计发布志愿项目60.75万个。

截至2023年6月,全市注册青年志愿者服务队已达7200余支。其中,社区(村)级青年志愿者服务队6920个,开展志愿服务项目13.1万个,累计志愿服务时长210多万小时。

2023年,北京市五星级志愿者达到10675人,突破万人大关。在新一批五星级志愿者中,超过80%的志愿者都具有城市治理志愿服务相关经历。

第三节　文明乡风塑造首都农村风貌

中国式现代化图景中，乡村应该什么样？习近平总书记在广东考察时，走进茂名高州市根子镇柏桥村。面对热情的村民，他娓娓道来："我们要搞共同富裕，先富带后富，把后富的往前推一把；钱赚得再多，不讲精神文明不行，我们的乡风民俗要文明；生态和经济要和谐，'个体现代化、村里脏乱差'不行……乡村振兴要和这些'国之大者'结合起来。"

习近平总书记简短的话语里，包含着丰富的内容。全体人民共同富裕、物质文明和精神文明协调发展、人与自然和谐共生……这些都是中国式现代化的主要特征。

实施乡村振兴战略，不能光看农民口袋里票子有多少，更要看农民精神风貌怎么样。如果天价彩礼"娶不起"、豪华丧葬"葬不起"、人情礼金"还不起"等问题解决不好，钱赚得再多，农民的幸福指数也会打折扣。因此，必须物质和精神两手抓，让农民经济生活富起来、文化生活美起来，大力培育文明乡风、良好家风、淳朴民风，建设形神兼备的和美乡村。

一、顶层设计开拓乡风善治新局面

2017年底，在中央农村工作会议上，习近平总书记曾指出，要传承发展提升农耕文明，走乡村文化兴盛之路；也要创新乡村治理体系，走乡村善治之路。此后的几年间，习近平总书记也多次强调，乡村文明是中华民族文明史的主体，村庄是这种文明的载体，耕读文明是我们的软实力。

2021年9月，北京市召开了推进乡村文化振兴工作会议，审议乡村文化振兴工作方案。会议提出，未来要提高认识，深刻把握推进乡村文化振兴的重大意义；要突出思想价值引领、突出乡土文化多样性保护、突出高品质文化供给、突出实现两效统一，抓好落实，高质量完成推进乡村文化振兴重点任务；要在精细上下功夫、在示范上谋创新、在融合上显特色、在保障上见真章、在统筹上求实效，打造乡村文化振兴的北京样板。这从顶层设计上为乡村振兴明确了方向，也推动了乡风善治的不断发展。

2020年，农业农村部开始推介全国村级"文明乡风建设"典型案例。从那时起，北京的村庄年年榜上有名。

二、怀柔北沟村：以"村规民约"培育文明乡风

每月5日，北沟村的30余名党员都会穿上红马甲，带着簸箕、笤帚等清扫工具给全村来一次大扫除。平日里，党员包路段，村民守村规。漫步村中，边角细缝看不到一个烟头。漂亮整洁的北沟村已有数十家精品民宿，旅游综合年收入达2000余万元，是遐迩闻名的"国际文化村"，先后获得"全国民主法治示范村""全国文明村""全国先进基层党组织""北京市最美的乡村"等荣誉称号。2015年，北京市首个"中华孝心示范村"正式落户北沟村，北沟村也成了全国第20个被授予此牌的示范村。

但在10多年前，因为这里脏乱差，外出务工的年轻人都不愿向朋友介绍自己老家在这"北旮旯"。北沟村位于慕田峪长城脚下，距怀柔城区18公里，地理位置相对偏僻。北沟村曾是渤海镇有名的贫困村，村党支部被列为"后进"，集体欠账80多万元，村民人均收入不足5000元。村里的年轻人都不愿意待在这个穷地方，整个村子走得只剩下一些老年人。

2004年，经营着一家乡镇企业的退伍军人王全，看到家乡日益破败、

怀柔区北沟村村道两侧到处可见的文明宣传语（北京广播电视台供图）

村民无所事事，于是不顾家人反对，挺身而出，挑起了北沟村村支书的重任。"村子小，平地不多，再加上有些村民乱搭乱建，随便养殖畜禽、乱倒垃圾，当年村里真是一片脏乱差。最让人担忧的是，村里没什么产业，村民挣不到钱，矛盾纠纷也比较多。"上任之初，摆在王全面前的就是这样一个脏乱差、老破穷的烂摊子。

一上任，他首抓班子建设，团结一帮人，大家不做碌碌无为的官，一心干实事。这个班子特别稳定，一直延续到现在，每次换届选举都能得到村民的拥护。从王全等村干部的作为和北沟村的发展来看，北沟近年走出的是一条"制度立村、环境美村、文化兴村、产业富村、发展成果共享"的路子。

用好村规民约

习近平总书记在《加快建设农业强国　推进农业农村现代化》的讲话中提到，农村精神文明建设就要找准具体办法，创新用好村规民约等手段，常抓不懈推动农村移风易俗。

2008年,王全带领北沟村在民主建设实践上大胆创新,每家每户征集意见,经党员会、代表会和户主会签字表决通过,修订完善了包括26项260余条款的村规民约。

自此,村务工作有章可循,村民行为有"法"可依。为了让村规民约真正外化为村民的行为自觉,北沟村不仅为每户村民发放手册,每月村内广播还不停滚动播放村规民约,让"约定"内容烂熟于民心。王全说,村规民约涵盖了村民生活的方方面面,比如农村养狗问题。村规民约规定狗能出院,但一次不拴绳年底就要扣200元,现在村民遛狗都知道要牵绳了,这就是规矩。还有垃圾自觉分类投放、车辆不乱停乱放、家庭和睦、邻里团结等,从个人到家庭再到集体,"约定"已经成为北沟村村民自我管理、自我约束的道德标尺。

一块方形金属铭牌钉在北沟村的路旁护栏上,上面写着:北沟村党员

怀柔区北沟村的文化宣传墙上,村规民约时刻提醒着每位村民(王岳华供图)

环境卫生服务区；第五组，组长徐迎春，组员王永江、王永明、王永利、王建；责任区为由大石头房、李德录家至小东沟墁砖路。在北沟村，这样的牌子意味着实打实的责任，每组党员保洁服务队每月5日必须清扫责任区路段，雷打不动。一把笤帚、一把铁锹，不仅扫净了北沟的村头巷尾，更扫亮了党员在群众心中的模范带头形象。

以文化立村、以文化兴村

回顾北沟村的发展历程，以文化立村、以文化兴村正是它快速发展的密钥。2008年，村里就搞起了"传统文化进北沟"活动，文化墙建起来后，特意刻上了《弟子规》。"事虽小，勿擅为；苟擅为，子道亏。物虽小，勿私藏；苟私藏，亲心伤。"王全说，《弟子规》是劝人孝敬的，但里面能让亲人不"心伤"的"孝"，是建立在不擅为、不私藏的基础上的。王全还给村里制定了《北沟村传统文化教育活动实施方案》，定期组织村民学习《弟子规》《三字经》《论语》《庄子》等传统经典；成立了道德评议小组，组织开展了"十星级文明户""十佳好公婆""十佳好儿媳"评选表彰活动，有效促进了村庄的和谐发展。

村里投资200万元建设了文化广场；村头的墙壁上刻有黄底红字的"和为贵"三个大字，"程门立雪""管鲍之交""岳母刺字""司马光砸缸"等典故也上了村里的文化墙；村内修建了"传统文化一条街"，在主街道两边安装壁画60余块，建设文化墙2000多延米，悬挂字画200余幅。这些举措不仅在北沟村营造了浓郁的文化氛围，潜移默化中影响了村民，同时也为旅游业的发展增添了一道亮丽的风景线。

2016年，村里又投资为村中40多名老年人建起了老年活动栈，占地370平方米的栈内设有老年人食堂、洗浴室、娱乐活动室。村里70岁以上的老年人免费吃住，食堂为老人提供科学营养的膳食。在确保每顿四菜一汤的前提下，合理调整老年人的饮食结构，让老人们可以在这里安享晚年。

一位十几年没跟父亲说过话的村民主动开了门,并请老人家去家里吃饭。每当别人提起这件事时,他都会说:"人也就活这几十年,当小辈儿的跟老人计较个啥?"传统文化的熏染在北沟村民身上发生着神奇的功效。现如今,即使目不识丁的老人和孩子也能背上几句《三字经》《弟子规》,讲几段敬老爱幼的经典故事,说几句做人做事的道理。

文化也可以转化为生产力

"文化也可以转化为生产力。"这是王全常挂在嘴边的一句话。

2010年5月2日,坐落于慕田峪长城脚下,包含北沟、慕田峪、田仙峪、辛营4个村子的"长城国际文化村"举行了开村仪式。它是怀柔区渤海镇为整合农村社会文化资源而实施的重点工程,力求通过深挖长城文化、乡土文化、国际文化等特色旅游文化内涵,优化生态环境、突出村落特色,构建"吃在田仙峪、住在北沟村、游在慕田峪、购在辛营村"的一体化建设格局。

长城国际文化村优美和谐的社会氛围吸引了众多投资者的目光,使村民的闲置房屋有了出租挣钱的机会。

美籍华人唐亮女士在北沟投资建设了商务会所——"小庐面",从此翻开了外国居民入住北沟的历史。在唐女士的牵线搭桥下,来自美国、加拿大、荷兰等国家的外国朋友也陆续在北沟村安家置业。他们将租来的民宅加以精心的设计和完美的布局,在不破坏整体风貌的前提下恰到好处地融入了西方元素,在北沟村搭建了一道独特亮丽的风景线。

初步投资取得成功后,唐亮女士又在北沟村投资了另一个项目,将村中废弃的琉璃瓦厂改造成瓦厂酒店,吸引了众多的外宾来到北沟村。

2020年瓦厂酒店易主2049集团,但依然保留了七八个原始的窑洞作为会议室或餐区。游客置身其中,犹如来到欧式古堡。五彩晶莹的琉璃瓦通过粘贴重组被设计成一幅幅抽象的艺术品,碎片铺就的走廊、镶嵌的墙面和房舍前后、草坪四周拼接成的图案，都为酒店平添了中西文化融合的艺术氛围。

"北沟村的瓦厂精品酒店，堪称北京郊区民宿的早期示范，除了在国内具有极大的影响力外，在国际上也获得了一定的知名度与美誉度。美国前第一夫人，荷兰国王，以色列总理，好莱坞影星，NBA球员，国内著名导演、演员及歌手都曾在瓦厂留下过足迹。瓦厂酒店还曾入选猫途鹰'旅行者之选'中国最佳家庭旅店和民宿。"说起关于长城国际文化村建设和当地文化助力乡村旅游业的发展变化，王全就满心满眼的自豪和骄傲。2020年，全村实现人均纯收入3万元。

如今，北沟村不仅建有高档艺术展馆、精品民宿院落，还有高水准的旅游接待站、老年人幸福驿站，更有村级物业管理公司。实现了街道绿化美化有人管，村民大事小情有人上门服务，一个充满文化气息的现代化村庄初步形成。

怀柔区北沟村的瓦厂精品酒店，堪称北京郊区民宿的早期示范（王岳华供图）

三、通州仇庄：用"德"聚人心 以"孝"敦民风

通州区仇庄村曾经是远近闻名的乱村，村里吵架闹事、打架斗殴的特别多。同时它也是出了名的脏村、落后村，主街道破旧杂乱，一下雨就全是泥泞。

为改变村庄面貌，以村支书王书信为代表的仇庄村党员干部，坚持推进以家庭、家教、家风建设为主抓手，将孝道文化融入村庄治理，用"德"聚人心，以"孝"敦民风。

1998年，农村实行第二轮土地承包。仇庄村分田地时，却没人主持大局。王书信临危受命，出任了仇庄村的党支部书记。他觉得村民的这份信任来自他早年间管理企业的经验，也来自他与父母、兄弟姊妹间和睦融洽的家庭氛围。

上任之初，王书信对于怎么当好一名村支书并没有思路。彼时的仇庄

通州区仇庄村每家每户都有这样一块"家规家训牌匾"（北京广播电视台供图）

又穷又乱，百废待兴。王书信觉得只有当文化和信仰立起来，负能量才能被驱逐。在此后至今的很多年里，"孝道与德善"成为王书信带领仇庄发展的切入点，也成为仇庄的核心文化。王书信希望传统文化能占领村民心中的"高地"，引领村民不断振奋精气神、汇聚正能量。

"风气足了，就成了风俗"

王书信上任第一年，仇庄村就设立了"老人节"，每年为村里60岁以上的老人发放慰问金。2014年，又为193户家庭提炼制定了家风、家训、家规，将社会主义核心价值观具体化、家庭化，让仇庄村家家户户过日子都有章可循、有规可守。

为什么要操心村民的家事？王书信的答案很朴实：因为家是最小的社会单元，小家的和谐稳定不仅能有效降低乡村治理成本，村庄也会因为村民家庭的和睦团结而凝聚力量，好的家风就会成为乡风，影响更多的人。

在王书信眼里，文化建设搞的就是一股精气神，为的就是村庄积极向上的活泛劲儿。家训家风的重申看起来有些古板，可老话讲"有言之教谓之训，无言之教谓之风"，这些都是社会文明的基础，也是乡风文明的底气。"风气"足了，就成了"风俗"，自能传承影响一代又一代的人。

"心灵上的绿水青山，同样也是金山银山"

2017年12月28日，习近平总书记在中央农村工作会议上指出，健全自治、法治、德治相结合的乡村治理体系，是实现乡村善治的有效途径。

乡村振兴不仅要搞"面子"，也要注重"里子"。什么是"里子"？王书信提到了村民内心的幸福感，"对于农村来说，幸福感未必是实现与城里人一样的生活条件、居住环境"。王书信眼里的新农村，一进村庄得是"主街绿，横街花，村民房前屋后还要种瓜点豆"，另外还"得保留住农村的特色，也要搞好家乡的文化"。尊老爱幼、妻贤夫安、母慈子孝、兄友弟恭，耕读传家、勤俭持家，知书达礼、遵纪守法，这些中华民族传统美德是融入中国人血脉的对于美好生活的向往，也是村民内心幸福感的来源。

与那些背靠绿水青山的美丽乡村不同，仇庄村既无青山可依，也无绿水相迎。"但要能把老百姓的思想意识，给它归置得干干净净的，保护好了，那大家也能收获自己心灵上的一片绿水青山，这同样也是金山银山。"王书信说。

【数说·新时代新北京】

截至2021年底，全市3776个行政村全部建立了党组织，党员中农民11.9万名。

2013年以来，陆续在农村地区开展乡情村史陈列室建设，截至2022年7月已建成约400个，成为留住乡愁、凝聚人心、传承文明的重要窗口。

全市现有全国文明村镇72个。北京将发挥72个全国文明村镇示范引领作用，深入推进全国文明城区全域创建，形成文明乡风、良好家风、淳朴民风。

全市现有17个新时代文明实践中心、362个文明实践所、6934个文明实践站。以"柠檬黄""志愿蓝""平安红"等为代表的首都志愿者，遍布城乡基层。

第四节　共建共享用文明守护文明

城市文明建设是新时代首都发展的重要内容，也是中国式现代化的精神支撑。近年来，北京市坚持人民城市人民建，人民城市为人民，在精治共治法治上下足了绣花功夫，积极践行德法兼治的理念，开展群众性精神文明创建和新时代文明实践，规范立法，推出专项整治活动，探索文明乡风建设，创新百姓宣讲机制，推动人与自然和谐共生。丰富的实践成果弘扬了城市文明风貌，为推进国家治理体系和治理能力现代化贡献首都力量。

一、开门立法　护文明新风

到2023年6月1日，《北京市文明行为促进条例》实施满3周年。这3年来，大家感觉到身边越来越多的市民开始自觉践行文明规范，不文明行为则在逐步减少。伴随条例的实施和推进，北京市民发现自己在不知不觉中养成了很多好习惯：司机遇到斑马线会主动停车让行人先行；在地铁、公交站台乘车，排队成为一道城市风景；到餐馆点餐，适量、光盘已经成为大家的生活自觉。

精神文明是城市的一面旗帜。3年来，首都文明行为促进工作正在全面融入城市治理，文明理念正在深度融入市民生活，城市文明程度和市民文明素养正在不断提升。

第六章 新时代北京的"精气神"

自下而上:"看到不文明行为,我觉得自己该做点什么"

说起《北京市文明行为促进条例》的出台,就不得不提起一个人,她就是北京市人大代表——杨华。杨华是北京地铁鼓楼大街站务中心的主任,从事客运服务工作已经有20多年。她每天值守在地铁里,穿梭于鼓楼站和奥林匹克公园站之间。可以说,她服务的北京地铁线路就是一条连接老京城和新北京的时代动线,也是一扇展示首都魅力的移动窗口。

2008年,北京成功举办了第29届夏季奥运会,这不仅是祖国的荣耀、北京的骄傲,也是杨华一生都难以忘怀的珍贵记忆。杨华记得那时候乘坐地铁的外国游客非常多,他们友好的举动给杨华留下了深刻印象,"他们会看着你的眼睛跟你微笑、点头致意,有一种作为北京市民的自豪感"。

2008年到2018年,10年间,北京的发展变化巨大,水清、地绿、天蓝、空气清新,城市越来越美。每天值守在地铁线路里的杨华感受最直接,"每天服务乘客的时候,总会有乘客跟工作人员说声谢谢,虽然是简单的一句

作为一名市人大代表,杨华提出建议,要通过立法对不文明行为进行规范和约束(杨华供图)

话，但大家的心里都会觉得特别温暖"。

与成千上万的陌生人擦肩而过，与形形色色的乘客打交道，杨华收获了很多不经意的小温暖，但也有一些不和谐的画面引起了她的注意。"有时候地上有垃圾、有痰迹，再有地铁里有人吃那种味道很大的食物，或者大声打电话的、外放音乐视频的。"看到这些不文明的行为，杨华觉得自己该做点什么。"咱北京要建设一流国际化大都市，中外游客来北京不仅会看经济社会发展、自然风光、历史文化底蕴，也会观察这个城市的精神风貌、市民的言行举止，这些不文明行为会让我们城市形象大打折扣。"作为一名深爱北京的市民和一名市人大代表，杨华决定通过倡议立法的形式来倡导文明之风，规范制止不文明行为。于是，在2019年的北京市两会上，杨华提交了关于出台《北京市文明行为促进条例》的建议。

"有了这样的民意基础，我们立法就很有底气了"

杨华建议提交当年，市人大常委会就开展了相关的立法工作。市人大常委会认为，杨华代表的建议体现了人大代表的责任和担当，又是北京通过制度保障提升城市文明和市民素养的好路径。

"这个立法难度是非常高的。"中国社会科学院国际法研究所研究员刘小妹是参与《北京市文明行为促进条例》起草的立法专家，她说条例起草制定的一个难点，那就是社会对于不文明行为的认识是动态变化的，并不统一。"我们说一个人的行为是否文明，通常是从道德层面来考量的。如何从法律层面去界定文明行为，哪些不文明行为应该纳入条例当中，我们是做了大量的工作的。"为了最大限度争取大家的共识，刘小妹会同条例的立法专班以及参与立法的人大代表一起，通过线上和线下的方式，向全社会发放调查问卷，从是否支持文明行为立法、哪些文明行为应该倡导、哪些不文明行为应纳入规范以及不文明行为应当如何处罚等多个维度大范围征求民意。

第六章 新时代北京的"精气神"

刘小妹作为立法专家，参与了《北京市文明行为促进条例》的立法全过程（北京广播电视台供图）

"通过四级人大代表联动机制，全国人大北京团代表，还有市、区、乡镇人大代表都参与了问卷调研，光人大代表就提交了1万多份调查问卷。参与网络问卷调查的有141万多人。"广大市民朋友积极参与问卷调查，网上共有2200万人次进行点击。直到现在，杨华仍旧清晰记得当年进行社会大问卷调查时的情形。"开门立法嘛，参与的人越多，这法立得就越有民意基础。你像老人一般不怎么参与线上调查，那怎么办呢？工作人员就走街串户，入户给老人发放调查问卷。"最终调查结果显示，99.36%的受访者对立法持支持态度。立法工作专班充分吸纳调查结果，将市民"最反对"的20多项行为（如随地吐痰、乱扔垃圾、高空抛物、共享单车乱停放等）直接入法。朝阳区人大代表王正志也参与了当年的调查问卷，他提的关于合理控制音量的建议，最后被采纳进了条例。"我看这条例里面啊，部分吸纳了我的建议，这个我挺高兴的。我相信呢，可能也有其他的代表、其他的渠道，可能很多人都有这样的共识。"而这些共识最终也成为文明行为促进条例落地的重要着力点。

大范围社会问卷征集调查也让立法专家刘小妹之前担忧的立法难点问题迎刃而解："由老百姓去提，哪些行为应该纳入法律规范的范畴，非常的客观、科学、全面、民主。有了这样的民意基础，我们立法就很有底气了。"

守文明底线，创北京经验

最大限度汇集民意、民智，坚持"开门立法"原则，条例立法起草小组在充分吸纳社会问卷调查结果的基础上，起草了《北京市文明行为促进条例（草案征求意见稿）》。

2020年6月1日，《北京市文明行为促进条例》正式开始实施，在倡导9个领域文明行为规范的同时，加大对公共卫生、公共场所秩序、交通出行、社区生活、旅游、网络电信6个领域的不文明行为整治，持续推进公共文明引导行动。

立法专家刘小妹认为，"对文明行为进行立法、普法、守法、执法，这些过程就是在开展群众性精神文明创建和新时代文明实践"。精神文明建设要刚柔并济，立法为文明之风提供制度支撑，自《北京市文明行为促进条例》实施以来，北京市征集民意、凝聚民智，发挥人大代表联动机制，用制度铺就精神文明建设新路径，形成了独特的"北京经验"。

《北京市文明行为促进条例》实施3年来，北京市通过严格执法、文明劝导、舆论曝光，持续抓好、抓实、抓出成效。全市各系统各单位运用法治思维和法治方式促进文明行为意识也在不断增强，北京市民公共行为文明指数从2005年的65.21提高到2022年的90.69，保持了"十七连升"的态势。文明指数从另一个侧面反映出北京在持续推进条例实施中取得的成效。

2022年9月，《北京市文明行为促进工作发展报告》白皮书首次发布，向社会全面展示了条例实施两年来，全市文明行为促进工作取得的进展，并总结了工作中积累的有效经验。白皮书显示，北京广泛开展《北京市文明行为促进条例》宣传，统筹多种传播形式，形成立体化、广覆盖宣传态势，营造了"学文明条例，守文明规则，建美丽北京"的浓厚氛围。通过榜样示范、文明引导等，倡导市民养成良好行为习惯和健康生活方式，积极培育文明风尚。文明行为的教育、引导和规范，需要德法兼治。《北京市文明行为促进条例》的颁布实施，通过地方立法树立鲜明的价值导向和文明标尺，以法治方式保障和实现社会主义核心价值观内化于心、外化于行。使我们的城市治理更加精细、城市服务更加优质、城市秩序更加井然、城市环境更加优美、城市文明更加鲜亮。

二、守法规知礼让　塑文明风景

文明是一座城市的内在气质，也是一座城市的幸福底色，城市的点滴美好变化，都让市民感受到实实在在的幸福感。现代文明不仅体现在硬件

在长安街台基厂路口，交通文明引导员和青年志愿者一起，引导行人文明过马路，协助维护路口交通秩序（北京日报社供图　贾同军　摄）

设施的多样和完备，更体现在广大市民的文明理念和行为素质上。

行驶到斑马线前，车流像约好了似的，停下来，让行人先过，而行人则点头致谢，回报以赞许。

北京街头，这样的温馨画面逐渐增多。"礼尚往来"，文明的互动使人愉快而温暖。

设施完备、管理科学是保障礼让守序的基础条件。近几年，北京通过一个个路口"手术"，消除人车交织的乱点、堵点，保障行人通行安全；公交出租带头示范，志愿者积极引领，交通参与者逐步养成礼让守序意识，人车"各行其道"。

一个个路口，宛若一个个舞台，见证着首都市民礼让守序文明素养的成长演进。

路口改造提升　助力守法礼让

人行道绿灯一亮，十字路口立即"清空"，各方向机动车在停止线后，等待行人直行、斜穿通过路口——这一幕，并非大名鼎鼎的东京涩谷十字街头，而是石景山区政达街与银河东街交叉口，也是北京于2018年打造的首个"全向十字路口"。

这一天上午8时45分，正值通勤高峰，这处四周既有商场又有写字楼的十字路口，却十分"安静"，没有鸣笛催促，"礼让行人"无须特别提醒。

只见人行道绿灯亮起，27秒倒计时内，行人既可以走到马路正对面，也可以沿着两条对角斑马线，从容地走到马路斜对面，不再需要二次过街。行人过街时，所有方向机动车右转信号灯变为红灯，最大限度保障行人路权。

"过马路不再卡壳，放心往前走，这种路口对行人太友好了！"在附近银行上班的王宇感慨道，路口"人车分流"，通行效率提升，行人也更加安全。

第六章 新时代北京的"精气神"

石景山区政达街与银河东街交叉口的"全向十字路口"最大限度保障行人路权（北京日报社供图 邓伟 摄）

望京西路与阜通西大街交叉口，是进出望京地区的"大门"，一度是朝阳区最大的路口，"总面积约8000平方米，路口还不规矩，呈Y字形"。亚运村交通大队副大队长米洋回忆，在这个超大路口，行人过街常常一次过不去，过一半变灯了，站在路中央，被阻断在车流中，进退两难。

为了平息人车之争，朝阳区交通委联合交管部门，对路口进行"瘦身"改造，3个路口车辆停止线均进行了前移，将路口范围缩小约60%，缩至3000平方米，行人过街距离缩短约30%。同时，增设7处行人过街安全岛，路中间增设倒计时信号灯，各个方向的过街斑马线，围绕路口连成一个矩形，行人过街不必再多走"冤枉路"。

"标志清晰，设施完善，通行时间能接受，行人不再焦虑，司机也更守规矩了。"米洋说，路口改造后，涉及行人、机动车交织的交通事故大幅下降。

骑行人，也是路口文明礼让的重要参与者。大型路口改造中，非机动车一次左转信号灯，正在成为"标配"。绿灯亮起，骑行人可沿着有弧度的白虚线，一次骑到马路斜对面，不仅效率提高，也减少了以往二次过街时，与机动车流、人流的交织。

"立体斑马线，清晰醒目，边缘的反光道钉，夜间也有提示作用，停止线前写着'礼让行人'……"米洋说，路口每处细小改动，都在唤起交通参与者内心文明礼让的自觉。

海淀黄庄路口，周边楼宇密集，汇聚着海淀医院、海淀剧院、人大附中等人员聚集的单位，早晚高峰车流、人流非常大。"双减"之前，这里曾被称为"宇宙培训中心"，是知名的网红地。

海淀交通支队交通科科长鲍海聪自信地说："您可以亲眼看看，咱们的司机是如何礼让行人的。"果然，东向西行驶的车辆，右转弯前自觉停在斑马线前，等待行人通过后，才继续右转。

车与人和谐相处，下的功夫并非一朝一夕。

"10多年前，路口治理还围绕着疏堵，更多是为机动车服务。"鲍海聪回忆道。早些年，为了方便大客车转弯，海淀黄庄路口曾拆除机非隔离带。而近年来，随着北京"慢行优先、公交优先"理念的推行，"文明驾车 礼让行人"专项行动的开展，路口治理也从"车本位"转变为"人本位"。

"自行车道铺'红毯'明示路权，地面上出现'礼让行人'提示……"鲍海聪感慨道。随着示范路口创建，海淀黄庄路口变了模样，路侧车位清除了，辅路右转车道取消了，由主路外侧车道承担右转功能，骑行人的路权得到最大程度的保障。如今，慢行环境越来越好，中关村大街上，骑车通勤的年轻人成倍增长。

科技手段，也为礼让斑马线助力。在市交通委、海淀区政府大力支持下，中关村西区综合治理项目启动，沿线几个路口信号灯智能化升级后，可以通过超声波监测交通流量。车流量下降时，信号配时自动优化，让行人、非机动车走得更快，等候时间更短。

"车让人，让出路口新风尚，执法工作都好开展了。"鲍海聪说。

"礼让行人，已经成我们公交司机的肌肉记忆了"

没有信号灯的斑马线前，一辆公交车停车让行，其他车也跟着停下。往来穿梭的公交车，成为礼让行人的"带头人"。

"礼让行人，已经成我们公交司机的肌肉记忆了！"北京公交集团"金方向盘"获得者、6路公交驾驶员朱逊娴说。

6路公交车从六里桥东开往龙潭公园，跨越丰台、西城、东城三个城区，途经四五家医院，还有北京西站、牛街、天坛等繁华区域。无论有无信号灯，只要前方出现斑马线，刻在朱逊娴脑海中的"321"指令就"启动"了——斑马线前30米开始减速、瞭望路况；斑马线前20米准备刹车、时速降至15公里内；斑马线前10米停车让行，行人完全通过再继续行驶。

"起初，有些行人不适应，看见公交车开过来了犯愣不敢走，我就微笑着朝他们挥挥手，示意请先走。"让朱逊娴感动的是，一个小小的举动，却收获不少行人的招手、点赞"回礼"，还有"红领巾"给她行队礼。

许多市民不知道，北京公交驾驶员每天上岗前，有个特殊的环节——宣誓。走到宣誓台前，朱逊娴庄严地举起右拳，大声朗读："为了人民生命和财产的安全，作为一名首都公交驾驶员，我宣誓：遵章守纪、服从指挥、敬畏生命、安全驾驶、真情服务、文明礼让……"在她看来，每一次宣誓，都让她驾车时更有使命感。

礼让斑马线，也为朱逊娴避免了不少麻烦，"路口车速降下来，面对蹿出来的电动车等情况，都有了反应时间"。开了27年公交车，朱逊娴安全驾驶里程超过80万公里，零投诉、零事故。

在北京公交集团客二分公司豆各庄场站调度应急室，大屏幕上实时显示着正在运行各条公交线路的运营情况。工作人员通过智能调度指挥系统，实时监测区域里公交车的行驶位置、车内外环境、行经斑马线时减速礼让等情况。

调度中心工作人员介绍："对车辆采取重点线路随机抽查的方式，比如车辆到了斑马线，采取录屏的方式，驾驶员到底让没让，如果没让，我们会把录像保存起来，跟驾驶员核对。"

41路公交车驾驶员孟大鹏说："我运营的41路公交车，一圈路线27.5公里，一共有64个路口，119条斑马线，每一处斑马线位置我都了然于心，提前采取减速停车措施，有时候我会给行人一个手势，每当他们给我回应的时候，也许是一个点头、一个招手，或者几步小跑，我都感觉特别欣慰。"

对于不礼让行为，处罚上也"动真格"。2021年8月11日0时起，全市首批217处探头开始抓拍不礼让斑马线，交警上路严查，100天内就处罚"不

在天坛路体育馆路路口，一辆右转的公交车在斑马线前等待行人通过（北京日报社供图　邓伟 摄）

礼让行人"行为2.9万起。随着市民守法意识提升，不礼让行为明显减少，专项整治启动1个月，百余个示范路口"不礼让斑马线"违法处罚量就下降近五成。

近年来，北京市打造了120处市级示范路口，并带动区级近400处示范路口建设。各部门"宣、劝、管、罚"多管齐下，千余套电子警察抓拍不礼让违法，增补"礼让行人"地面标志千余组、交通标志600余面、反光道钉7000余个……这些，无不在培育文明驾车、礼让行人的"土壤"。

文明秩序不仅来源于"法"，更来源于"礼"

6月3日上午，在海淀黄庄路口，志愿者赵伟打出"通行"的手势，行人有序过马路。与此同时，站在她旁边的志愿者亮出小红旗，伸出大拇指，向礼让行人的右转车辆点赞致意。

司机率先礼让，行人有序通行，这种默契非一日养成。在海淀黄庄路口站了9年岗的赵伟最有"发言权"。

"80后"赵伟是海淀区海淀镇团委的一名社工，工作之余一直从事支教、学雷锋等志愿服务。2014年，赵伟发现北京不少路口存在闯红灯现象。"我们能做些什么？"她利用业余时间走访调研了东大桥、海淀黄庄在内的10个路口，最终选定了海淀黄庄路口。

"因为我平时工作和生活都在海淀。这个路口周边既有商场，也有医院、学校，之前还有一些培训机构，边上是地铁的换乘站，早晚高峰路面人流量密集。"说干就干。当年3月，她带着五六名小伙伴在路口组织"停下来等等绿色"活动，设置"交通文明指引员"的岗位，大家按地铁4个出入口分工，引导路口秩序。

此前，路口的红绿灯没有倒计时，也没有非机动车信号灯，文明引导员还没进驻，只有协管员在早晚高峰服务。车辆抢行不礼让行人，或行人闯红灯和车主发生争执的情况屡见不鲜。赵伟做过粗略测算，1小时之内，闯红灯的竟有二三百人之多。

2017年4月,"礼在北京 让出文明"活动启动,赵伟所在的团队加入了由北京日报社、首都文明办、市交管局等单位发起的"认领爱心斑马线"活动,"承包"了这个路口。所在的路口,自行车道设置成醒目的红色,机动车道、非机动车道、斑马线明显区分开;红绿灯旁,加装了骑行指示屏,骑行人只需等待一个灯,就能直接来到路的斜对面……硬件升级的同时,赵伟也明显感觉到了司机、行人、骑行人的变化,"那就是更有耐心了"。

从"停下来等等绿色",到守护"爱心斑马线",再到加入"礼让斑马线",响应"文明驾车 礼让行人",从个人志愿者到志愿团体,9年下来,赵伟和小伙伴们在海淀黄庄路口开展礼让行人主题宣传340余场,志愿者的人数也从当初的几个人发展到2万多人次。"只有全社会广泛参与了,才能体会到文明交通的重要性。"赵伟说。

一条斑马线,测出了一座城市的文明与温度。而斑马线上的文明,涉及法律约束、技术保障、人车自觉等方方面面。

文明秩序不仅来源于"法",更来源于"礼"。要让斑马线成为安全线、文明线,关键在于涵养人的规则意识,对于司机、行人、骑行者而言,这是需要长期修炼的内功。

三、从群众中来到群众中去 养精神之源

习近平总书记强调,核心价值观是一个民族赖以维系的精神纽带,是一个国家共同的思想道德基础,要把精神文明建设贯穿改革开放和现代化全过程、渗透社会生活各方面,紧密结合培育和践行社会主义核心价值观,大力倡导共产党人的世界观、人生观、价值观,坚守共产党人的精神家园;大力加强社会公德、职业道德、家庭美德、个人品德建设,营造全社会崇德向善的浓厚氛围。

北京市把培育践行社会主义核心价值观作为凝心聚气的基础工程来抓，充分发动群众力量，坚持从群众中来到群众中去，成立"百姓宣讲团"，践行"百姓宣讲机制"，建立市、区、街、社四级宣讲网络，打通首善之区建设的"最后一公里"。

截至2023年6月，全市共有各级各类宣讲团5300多支、在册宣讲员6.5万余人。2009年至今，累计开展各类百姓宣讲活动5万余场，受众覆盖面达3亿多人次，真正让党的创新理论"飞入寻常百姓家"，市民群众认知认同度不断提升，社会力量共建核心价值观的态势逐步形成，社会主义核心价值观在全国文化中心建设中的引领作用不断凸显。

"不仅仅是讲述一段经历，更重要的是一种能量的传递"

在位于西城区大栅栏街道的"口技传习所"，百姓宣讲员张建平正拿着手中的演讲稿反复练习。1987年出生的张建平，有着一张可爱的娃娃脸。2020年底，她被派驻到门头沟区清水镇洪水峪村担任第一书记。"到基层去长见识、增才干！"抱着这样的想法，张建平一头扎进了深山区，帮老百姓卖农产品、开发国内第一个口技民宿……一年下来，她的务实工作，为村子里带来了新气象。

"我是国家级非遗口技代表性传承人，我希望能发挥我的一技之长，为乡村振兴作出我的贡献！"在张建平的努力下，全国首个口技民宿落户洪水峪村。来此游玩的游客，不仅可以体验农家生活，还可以现场观看大师用口技与百花山鸟儿的互动，并现场体验非遗研习课。驻村期间，张建平还收了4个小徒弟，最小的6岁，最大的12岁，他们对口技特别感兴趣，一招一式都学得有模有样。此外，村里还成立了民间艺术团，用唱歌、跳舞、口技等方式丰富百姓的精神生活。

正是这样的经历，让张建平入选了百姓宣讲团，成了一名"百姓宣讲员"，从最初的一字一句"磨"稿子到肢体培训、语言培训，张建平很快就

2022年8月15日,"强国复兴有我"——北京冬奥精神宣讲团走进丰台区和东城区,在丰台区委党校和天坛街道举办专场报告会(北京日报社供图 刘平 摄)

2023年"建功新时代"百姓宣讲员与观众座谈(北京市社会科学院供图)

第六章 新时代北京的"精气神"

走上了百姓宣讲台。

一年下来,张建平跟随宣讲团走社区、进企业,累计宣讲70多场。在这个过程中,她更加深刻地感受到自己工作的社会意义,"以前,总觉得干好自己的本职工作,为村里多做点事,就是一种奉献,而来到宣讲团,看到各行各业的优秀人才,无论是他们的个人经历,还是所做出的成就,让我感到非常汗颜"。正是团队中的这种氛围,让张建平在一次又一次的宣讲中感受到了认可和鼓舞的力量,感受到作为第一书记肩上更加沉重的责任感。

"每一次宣讲,看到台下听众凝神聚气、认真聆听的样子,我都觉得,我们作为宣讲人,更应该讲好我们的故事,不仅仅是讲述一段经历,更重要的是一种能量的传递!"每一次从宣讲台上走下来,张建平都会仔细回味刚刚结束的演讲,对于自己不满意、发挥不佳的地方,回去之后再次打磨、修正。

"台下观众的每一次掌声,以及和我们近距离的交流、沟通,都让我们感受到沉甸甸的荣誉感、使命感,感谢百姓宣讲团给了我们一个展示自己的平台,同时也鼓舞着我们每一位宣讲员,不忘初心,勇毅前行!"在做好

张建平参加百姓宣讲团活动现场(北京广播电视台供图 武骁飞 摄)

宣讲工作的同时，洪水峪村第一书记张建平也在延续着她扎根基层、服务百姓的故事。2023年6月10日，全新的"口技民宿"也正式对外营业，融合非遗技艺与乡村振兴的梦想，即将照进现实！

"没想到可以把我们科研人员的故事，讲给那么多人听"

与张建平不同，来自首钢集团北京北冶功能材料有限公司的文新理，是一名地地道道的"理工男"。从2022年7月成为市级宣讲员以来，文新理深感这段经历是他人生的一次蜕变，"原来就是每天做科研、下车间，从来没有想到，自己有一天会在大庭广众之中做宣讲，而且还可以把我们科研人员的故事，讲给那么多人听"。

最初入选百姓宣讲团，文新理既兴奋又紧张。他深知，他代表的是全市科研领域的科研工作者，登上百姓宣讲台，也是个人的光荣使命。为此，他利用一切可以利用的时间，反复背诵、练习，甚至于每字每句都逐渐形成肌肉记忆。在他看来，能够在科研岗位上做好科技攻关，就一定能把宣讲的故事讲好！

"不管哪一场，都当成第一场来面对。"怀揣着这样的坚定信念，文新理跟随宣讲团队，把自己的故事带到了广大市民群众身边。宣讲团队所到之处，受到了社区居民、大中学生、企业员工的热烈欢迎，坐在台下的观众，认真专注地聆听着宣讲员的感人事迹。宣讲结束后，观众们都会自发地聚拢到宣讲员身边，与他们拍照合影、沟通交流。

"这样的场面，每次都让我们深受感动。"文新理翻看着电脑里的老照片，回忆着每一次宣讲的暖心画面，"我觉得我讲述的就是我们科研人员普普通通的故事，宣讲的艺术结合着各行各业劳动者的经历，产生了一种凝心聚力的感染力，所以大家才会觉得宣讲内容很接地气，每次听过都会觉得意犹未尽！"

文新理告诉记者，他们所做的研究，主要是航空发动机用的先进高温合

第六章 新时代北京的"精气神"

2021年北京市"决战脱贫攻坚"百姓宣讲团走进门头沟（北京市社会科学院供图）

金——一个大众知晓甚少的行业。作为科研人员，这些年来，他习惯了埋头科研、低头奉献的生活，"甚至于我的家人，对我的工作也不甚了解"。而百姓宣讲这个平台，则让以文新理为代表的科研人员，用更接地气的方式走进了大众视野。

文新理说，他要感谢百姓宣讲团这个平台，一次又一次的面对面讲故事，真真切切地拉近了科研与普通群众之间的距离，让他们有机会向更多的人介绍科研工作的乐趣所在，展示新时代科研人员群体的风采。"台上台下的距离，让我们在讲述与聆听之间，产生了心与心之间的双向沟通。"文新理坦言，百姓宣讲团是一个培养爱国主义情怀的优秀平台，无论是宣讲员，还是广大市民群众，大家在宣讲过程中，都感受到了爱国主义的熏陶，"每次讲到我们如何打破外国垄断，如何实现国产自主化，我都可以深切地感受到台下观众专注的神情，以及洋溢在脸上、发源于内心的民族自豪感"。这种爱国爱岗、敬业奉献的情感共鸣是相通的。

营造社会氛围　共建首善之区

举办重大活动是北京特有的载体优势,也是培育践行社会主义核心价值观的重要契机,北京市充分挖掘重大纪念日、重大历史事件蕴含的爱国主义教育资源,积极开展系列庆祝纪念活动和群众性主题教育,用辉煌的成就鼓舞人,用美好的前景激励人。

2022年,北京市组建"强国复兴有我"之北京冬奥精神宣讲团和喜迎党的二十大百姓宣讲团,指导各区(系统)开展"强国复兴有我"基层巡讲活动907场,累计受众达300万人次,推出云宣讲25场,直接受众达419万。

2023年,为推动党的二十大精神深入人心,北京市学习宣传贯彻党的二十大精神"启航新征程"百姓宣讲市级示范团启动"七进"系列巡讲活动,组织宣讲团进机关、进企事业单位、进城乡社区、进校园、进军营、进各类新经济组织和新社会组织、进网站,以人民群众喜闻乐见的形式,将党的创新理论成果送到百姓身边,走进群众心里。截至2023年8月,已开展线下宣讲50余场,受众46万余人。

树立典范,宣传模范。"警察爷爷"高宝来、"北京榜样"优秀群体和世界麻风病防治专家李桓英同志先后被中宣部评为"时代楷模",26人入选全国"最美奋斗者","北京榜样"优秀群体先进事迹报告团、李桓英先进事迹报告团等深入基层的报告宣讲,在社会上引发热烈反响,营造出了见贤思齐、学习楷模、争当先进的浓厚氛围。

品牌栏目深入人心。《中国梦365个故事》由中共北京市委宣传部策划、北京广播电视台承制,是国内唯一集中表现中国人梦想故事的大型系列微纪录片。自2013年播出以来,栏目累计拍摄700余位人物故事,北京本地最高收视率达10.7%,全网播放量近3亿次,多次斩获中国新闻奖、亚洲微电影艺术节"金海棠奖"、中国电视纪录片最佳微纪录片等重量级大奖,入选国家广电总局"记录新时代"纪录片精品工程项目、"十四五"纪录片重点选题规划名单,并在亚非欧等海外国家广泛传播。

在思想教育方面,北京市不断深化新时代中国特色社会主义思想学习教育,推出一系列具有首都底蕴的特色思政课程,加强学校爱国主义、集体主义、社会主义教育,抓住青少年价值观形成和确定的关键时期,引导青少年扣好人生"第一粒扣子",树立正确的价值观和人生志向,扎实践行为党育人、为国育才的目标要求。

【数说·新时代新北京】

2022年北京市民公共行为文明指数发布,北京交出了90.69的答卷,比2021年提升0.63个分值,实现了稳中有升,保持了"十七连升"的良好态势。

140余万市民参与条例立法,网上共有2200万人次点击;线下入户采集市民意见6400份;通过本市四级人大代表联动机制,收回问卷10751份。调查显示,99.36%的受访者对立法持支持态度。

持续推进"文明驾车 礼让行人"专项整治行动,确定120处市级示范路口,配备执法引导力量。完善基础设施,增补"礼让行人"地面标识1000余组、交通标志600余面、反光道钉7000余个;精细交通组织,对412处路口优化交通流线,在50余处路口设置非机动车一次左转设施。

2022年路口未礼让行人事故数量下降45.5%,"12345"涉及未礼让行人派单月均同比下降44.6%。

后　记

2023年3月至6月，围绕学习宣传贯彻习近平新时代中国特色社会主义思想和党的二十大精神，北京市委宣传部组织市属媒体推出"新时代首都发展巡礼"重大主题报道。报道涵盖京津冀协同发展、科技创新、历史文化保护利用、超大城市治理、生态治理、精神文明建设等专题。系列报道突出"讲故事、讲经验、讲道理"，生动展示习近平新时代中国特色社会主义思想在京华大地形成的生动实践，展现首都成就、揭示发展道理、激发奋进力量，取得良好社会反响。出版图书为此次宣传报道的成果转化工作安排之一。

市委主要领导高度重视此次宣传报道工作，提出明确要求，市委常委、宣传部部长莫高义同志牵头组织工作专班，全程调度内容策划、渠道推送和成果利用工作。本书是成果利用的重要部分，莫高义同志高度重视图书编写工作，担任本书编委会主任，审定编纂出版方案及大纲、样书等。

北京日报社、北京广播电视台、新京报社等市属媒体负责书稿撰写工作。具体分工为：第一章、第二章、第四章，由北京日报社撰稿；第三章，由新京报社撰稿；第五章、第六章，由北京广播电视台撰稿。各有关单位协助完善编写框架，积极提供资料，认真审核书稿。北京日报出版社、北京出版集团有关同志为本书出版工作付出了大量的辛勤劳动。谨向所有为本书编写工作作出贡献的单位和同志表示诚挚感谢!

由于时间仓促,加之编者水平有限,本书在很多方面难免会有疏漏或不足之处,敬请读者批评指正。

本书编委会

2023年12月

主创名单

序言撰写：崔文佳　胡宇齐　范　荣　鲍　南　朱　峰　晁　星
（含序言及章首语）
照片统筹：李继辉　石　宁

第一章

总监制：毛晓刚
监　制：聂忠华　王道新
统　筹：李如意
记　者：崔文佳　潘福达　赵语涵　曹　政　孙乐琪　陈　强　李如意
　　　　　武文娟　王　斌　孙宏阳　赵晓松　蒋若静　韩　梅　王琪鹏
　　　　　崔毅飞　王　薇　刘　洋
编　辑：李如意　王　谌

第二章

总监制：李学梅
监　制：涂露芳　赵莹莹　耿　诺
统　筹：孙奇茹
记　者：孙奇茹　刘苏雅　曹　政　赵语涵　孙　杰
编　辑：孙　杰　杨天悦　鹿　杨

第三章

总监制：李　海　郭　强
监　制：李砚洪　涂重航　金　秋　肖名焰
统　筹：温　薷　赵　亢　王　煜　陈　薇　李玉坤　王瑞锋　王言虎
　　　　刘国良　王　伟
记　者：徐秋颖　杜寒三　乔　迟　行海洋　周怀宗　展圣洁　赵利新
　　　　刘　臻　汪　畅　吴采倩　左　琳　叶红梅　沙雪良　刘　旻
编　辑：胡　杰　袁国礼　张　磊　张树婧　田偲妮　杨　海　刘　倩
　　　　彭　冲　刘　晶
特　约：张佰明　张子祎

第四章

总监制：李学梅
监　制：赵中鹏　杨　滨　侯莎莎
统　筹：任　珊　孙宏阳　张　楠
记　者：任　珊　孙宏阳　王海燕　朱松梅　陈　强　孙　颖　张淑玲
　　　　蒋若静　潘福达　陈雪柠　曹　政　何　蕊　孙乐琪　张　骜
　　　　张　楠　赵莹莹　于丽爽　李　瑶　夏　骅
编　辑：任　珊　孙宏阳

第五章

总监制：李秀磊

监　制：景　兵　邢立新　陆　健

统　筹：马　骏

记　者：杨　帆　于川梓　张　博　郭晋旭　张　煜　郑建明　任晨光
　　　　史　喻　王　悦　郭雅静　王任卫　吴　思

编　辑：王　彦　葛文婕　贾　萌　檀彦杰　朱　峰　杨　迪　康利坡

第六章

总监制：边　建　彭司海

监　制：张　庆　王　毅　梁雪松

统　筹：王金春　王　娟

记　者：肖　宬　杨晓春　胡知奂　陈晶磊　赵　煦　吕梓源　杨玉卓
　　　　李　佳　田智钢　肖艳萍　匡　丽　朱　嘉　张晓达　尹　谦
　　　　王　博

编　辑：陈　楠　李光军　邓德花　张慧荣　田　刚　邓　力　曹　宁
　　　　陈芃萱　丁丁嘉喁　李　慧　杨雅淇